W0465897

KNAUR

Bisher sind folgende Titel von Harriet Evans bei Knaur erschienen:
Die große Liebe ihres Lebens
Das Glück in deinen Augen
Das Buch der verborgenen Wünsche
Der Garten der verbotenen Träume
Das Jahr der Schmetterlinge

Über die Autorin:
Harriet Evans lebt in London und war Lektorin, bis sie selbst anfing, Romane zu schreiben. Inzwischen zählt sie in England zu den ganz Großen der Frauenunterhaltung.

Harriet Evans

Die Zeit der Wildblumen

Roman

Aus dem Englischen von
Doris Styron

KNAUR

Die englische Originalausgabe erschien 2018 unter dem Titel
»The Wildflowers« bei Headline, London.

Besuchen Sie uns im Internet:
www.knaur.de

Aus Verantwortung für die Umwelt hat sich die Verlagsgruppe Droemer Knaur zu einer nachhaltigen Buchproduktion verpflichtet. Der bewusste Umgang mit unseren Ressourcen, der Schutz unseres Klimas und der Natur gehören zu unseren obersten Unternehmenszielen.
Gemeinsam mit unseren Partnern und Lieferanten setzen wir uns für eine klimaneutrale Buchproduktion ein, die den Erwerb von Klimazertifikaten zur Kompensation des CO2-Ausstoßes einschließt.
Weitere Informationen finden Sie unter: www.klimaneutralerverlag.de

MIX
Papier aus verantwortungsvollen Quellen
FSC www.fsc.org
FSC® C083411

Deutsche Erstausgabe März 2020
Knaur Taschenbuch

Covergestaltung: FAVORITBUERO
Coverabbildung: © Mark Owen/Trevillion Images,
© Les Roses de Thory. Rosa Pumilia (colour lithograph),
Redouté, Pierre-Joseph (1759–1840)/
Bibliothéque du Muséum d'Histoire Naturelle,
Paris, France/Bridgeman Images,
shutterstock.com
Abbildung im Innenteil: © Les Roses de Thory. Rosa Pumilia (colour lithograph),
Redouté, Pierre-Joseph (1759–1840)/
Bibliothéque du Muséum d'Histoire Naturelle, Paris, France/
Bridgeman Images
Satz: Adobe InDesign im Verlag
Druck und Bindung: CPI books GmbH, Leck
ISBN 978-3-426-52404-6

2 4 5 3

Für Caloo
»Uns geht es gut, Jack.«

Die gespaltene Persönlichkeit eines Mannes, der einen starken Teil seines Wesens überwinden musste, um eine bestimmte Stellung in der Welt zu erreichen … Ich erinnere mich an die Aussage über Brenda de B., dass sie sich auf der Bühne »bemühe, zu weinen«, wogegen man sich im wahren Leben bemühe, mit dem Weinen aufzuhören.

Brief von Joan Plowright an Laurence Olivier
vor seinem ersten Auftritt als Othello, 1964

Knab' und Jungfrau goldgehaart, zu des Bettlers Staub gepaart …
William Shakespeare, *Cymbeline*

I

Dorset, August 2014

Erblickte man es vom Weg aus, machte das unbewohnte, von Zaunwinden und Brombeergestrüpp umgebene Haus nicht viel her.

Aber nachdem die beiden Männer das Gewirr aus Feldblumen und Kletterpflanzen, das um das Haus herum wuchs, durchdrungen hatten, kamen sie auf eine Veranda. Die Stufen davor waren schimmelgeschwärzt und morsch. Auf der Veranda stand ein schon ewig nicht mehr benutzter, von Wetter und Seeluft silbrig grün gebleichter Rohrsessel, den die Ranken des rot-grünen Wilden Weins umschlungen hatten und auf den vermodernden Holzdielen festhielten. Unterhalb davon hörte man das leise Schwappen der Wellen auf Kies, und wenn man sich dem Rauschen des Meeres zuwandte, lag Worth Bay vor einem mit dem Bogen des hellen Sandstrands, dem türkisfarbenen Wasser und den weißen Kalkfelsen in der Ferne.

Irritiert betrachtete Dave Nichols, der bei Mayhew & Fine eine Ausbildung als Immobilienmakler machte, Frank Mayhew, der auf dem sandigen Pfad stehen geblieben war und in seiner Tasche nach dem Schlüssel herumfingerte. Der Tag war glühend heiß, die Sonne stach unerbittlich. Eine Mutter und ein kleines Mädchen kamen in ihren Badeanzügen auf dem Weg zum Strand vorbei und schauten sie neugierig an. Dave kam sich albern vor, wie er da in seinem schicksten Anzug vor diesem verfallenen, alten Haus stand.

»Ich verstehe nicht«, meinte er verdrießlich, »warum wir den Wert schätzen sollen, wenn die alte Schachtel es doch nicht verkaufen will.«

Frank stieß einen missbilligenden Laut aus. »Alte Schachtel! Für Sie, Dave, ist das Lady Wilde, und sie hat nicht mehr lange zu leben, also, etwas Respekt, bitte! Passen Sie auf. In ein paar Monaten, wenn sie nicht mehr da ist, wird die Familie wahrscheinlich verkaufen wollen. Offensichtlich liegt ihnen nichts an dem Haus. Und da kommen wir ins Spiel, alles klar?« Er wandte sich der herrlichen Aussicht auf die Bucht zu und warf dann einen Blick auf seinen lustlos und mürrisch dastehenden Praktikanten, den Sohn eines alten Golferfreundes, und seufzte diskret. »Wenn wir es geschickt anstellen, werden wir den Verkauf übernehmen können. Häuser an der Worth Bay, das kommt nicht oft vor. Es gibt ja nur zehn davon. Das Bosky-Haus – das ist ein erstklassiges Objekt direkt am Strand.«

Dave zuckte mit den Schultern. »Es ist eine Ruine«, sagte er und starrte auf die Zaunwinden und die Algen an den Fenstern. »Schauen Sie sich den Holzboden an! Würde mich nicht wundern, wenn er durch und durch morsch wäre.«

»Den meisten Käufern ist das egal. Sie reißen es ab und stellen was Neues hin.« Frank zog die Winde und die vertrockneten Rosenzweige weg, schob den Schlüssel ins Schloss und drückte angestrengt gegen die Tür. »Es macht mich ganz traurig, es so zu sehen, um ehrlich zu sein. Wie muss das erst für Lady Wilde sein, in dem Altenheim dort vorn eingesperrt zu sein, den ganzen Tag rauszuschauen und das vor Augen zu haben – ich kann's mir nicht vorstellen. Verdammt noch mal, die steckt fest. Na los, komm schon ...« Er warf sich mit seinem rundlichen Körper gegen den Türrahmen. Aber es tat sich nichts. Frank trat zurück und blickte durch eines der Fenster mit den geschlossenen Läden. »Hm ...«, sagte er, auf den Fersen wippend, und stieß plötzlich einen lauten, empörten Aufschrei aus.

Dave, der sich die Aussicht ansah, wandte sich erschrocken um. Frank war dreißig Zentimeter tief eingesunken, die Holzdielen lösten sich einfach auf, als seien sie aus Butter.

Frank musste ein Lachen unterdrücken und hielt dem älteren Mann seinen Arm hin, während der sich mühsam aus dem Loch hochzog.

»Das werde ich Lady Wilde selbst erklären.« Frank strich sich das wirre Haar glatt. »Also, helfen Sie mal mit. Mit 'nem bisschen mehr

Schmackes wird sie schon aufgehen. Hau ruck ...« Gemeinsam warfen sie sich gegen die Tür, die mit einem traurigen Krachen nachgab, und die beiden Männer taumelten ins Haus.

Während der warme, modrige Geruch in dem dunklen Haus sie in der Nase kitzelte, schaltete Frank seine Taschenlampe an und leuchtete den Flur aus. Von der Decke löste er den Trieb einer vertrockneten Pflanze ab.

»Na ja«, bemerkte er leise. »Hier sind wir.«

Dave atmete die muffige Luft ein. »Parfüm. Ich rieche Parfüm.«

»Ach, Unsinn«, sagte Frank, aber er erschauerte. Diese Luft war seit Jahren von niemandem mehr eingeatmet worden, aber es haftete ihr etwas an.

Gleich links von ihm befand sich eine Garderobe, vor ihm eine Treppe, die zu den Schlafräumen im Untergeschoss führte. Rechter Hand lag die Küche und links das Wohnzimmer mit bodentiefen Fenstern, durch die man auf die Veranda zurückkam.

»Machen wir die doch mal auf«, sagte Frank und ging in die Küche, wo er die verblichenen, sandfarbenen Vorhänge zurückzog, deren ursprüngliche Farbe längst vergessen war. In der Ecke des Raums zur Veranda hin war ein Fensterplatz mit verblassten, gelb-grau karierten Überzügen, auf denen die toten Fliegen und Wespen eines Jahrzehnts verstreut lagen. Die Pantry-Küche, deren Fenster auf den Weg hinausgingen, war im hinteren Teil des Hauses.

Die Regale waren leer, es gab kein Anzeichen, dass einmal jemand hier gewohnt hatte.

Frank legte mehrmals einen Schalter um. »Nein, überhaupt nichts.« Er schnupperte. »Ich rieche auch irgendwas. Ein Duftstoff oder Blumen oder so etwas.« Er schüttelte sich. »Gut. Öffnen wir die Fenster. Wir lassen mal frische Luft und Licht herein, inzwischen können wir runtergehen und die Schlafzimmer ausmessen.«

Aber die Fensterrahmen waren zu aufgequollen von der Feuchtigkeit, sodass sie nach einer Minute vergeblicher Versuche beide aufgaben und in den Flur zurückkehrten.

Dave fragte: »Die Schlafräume sind unten?«

»In dem Haus ist alles umgekehrt. Die Wohnräume sind alle hier oben und gehen aufs Meer hinaus. Schlafzimmer sind zum Schlafen da, es ist egal, wo man von dort hinschaut.« Frank fuhr mit der Hand am Geländer entlang.

»Eine gute Idee. Als Junge habe ich davon geträumt, so ein Haus zu haben.«

Dave blickte ihn fragend an. »Sie haben sie gekannt?«

»Jeder kannte sie«, antwortete Frank. »Die waren was Besonderes, die Wildes.« Er ließ den Strahl der Taschenlampe an der holzgetäfelten Wand hochwandern, und beide Männer fuhren zusammen, als ihnen plötzlich ein Gesicht entgegenschaute. Frank fasste sich zuerst. »Es ist nur ein Foto«, erklärte er mit leicht zittriger Stimme.

Das Bild an der Wand schimmerte in der Dunkelheit. Es zeigte eine Frau mittleren Alters mit einem Schlapphut und einer großen Nase; breit lächelnd ließ sie eine Krabbe zwischen Zeigefinger und Daumen baumeln.

»Sie sieht aus wie eine Hexe«, fand Dave.

Die Taschenlampe in Franks Hand ruckelte plötzlich, und das Licht fiel auf zwei weitere Gesichter.

»Wer sind diese Leute? Was – was in aller Welt ist das alles?«, fragte Dave schließlich.

Frank ließ das Licht der Lampe langsam weiterwandern und die Wände anstrahlen, und aus den Rahmen starrten ihnen weitere Gesichter entgegen. Lachende Gesichter, solche, die Grimassen schnitten, höflich lächelten, Gruppen von Menschen, die Gläser hielten und anstießen, tanzende Kinder und noch mehr Gesichter, manche in Farbe, die meisten schwarz-weiß. Dazwischen hingen auch Poster und Zeitungsausschnitte.

»Das sind sie«, sagte Frank und deutete darauf. »Die waren schon was Besonderes, oder?«

Dave betrachtete das Foto, das neben ihm hing. Eine schöne Frau mit tizianrotem Haar hatte zwei Mädchen auf dem Schoß, eins blond, das andere dunkelhaarig. Eine Gruppe Erwachsener saß entspannt auf der Veranda, alle hielten Gläser und Zigaretten in den Händen. Zwei kleine Kinder tanzten lachend auf einem Strand, ein Junge und ein Mädchen. Weitere Gruppen lächelnder Menschen. Der Mann und die Frau, stets elegant gekleidet, waren auch auf den Zeitungsausschnitten zu sehen. Auf einem Foto hielten sie sich an den Händen und lachten, wobei die Frau sich leicht einer Gruppe von Zuschauern zugewandt hatte und mit der anderen Hand winkte. Dave ließ den Blick über die Fotos schweifen. Mit der Taschenlampe leuchtete er erst eins, dann das andere an, auf der Suche nach *ihr.*

Reglos starrte er sie an. Sie war die schönste Frau, die er je gesehen hatte.

Dave hielt sein Handy vor den Text und konnte nur mit Mühe entziffern: »›Anthony Wilde und seine Gattin Althea kommen zur Premiere von *Macbeth* am Royal Court Theatre an. Applaus und Vorhänge dauerten zehn Minuten, und es gab Standing Ovations der begeisterten Menge für Mr Wilde.‹ Also gut.« Er wandte sich wieder Frank zu und griff in seinen Aktenkoffer. »Wer zum Teufel sind die denn?«

»Ich kann nicht glauben, dass Sie nie von Anthony Wilde gehört haben«, sagte Frank und richtete seinen Laserentfernungsmesser auf die Wände. »Zwei Komma vier Meter. Der großartigste Schauspieler seiner Zeit. Und das ist Althea Wilde, seine Frau. Sie müssen von ihr gehört haben. Sie hat in *Hartmann Hall* mitgespielt. Lady Isabella?«

Dave schüttelte den Kopf. »Nee.«

»Ach Gott. Wie können Sie bloß *Hartmann Hall* nicht kennen? Es kam größer raus als *Downton* und war besser.« Frank seufzte. »Und wie steht's mit *On the Edge*? Die Sitcom über die alte Dame, die mit ihrem Spiegel spricht? Das war sie auch.«

»Vielleicht erinnert Sie das an etwas.« Dave schaute sie noch einmal an, den langen Hals, die etwas zu große Nase, die feuchten grünen Augen mit nussbraunen Einsprengseln. Sie blickte ihn direkt an, nur ihn, in dem dunklen Haus. Er schwenkte das Licht seiner Lampe weg von ihr. Plötzlich wurde es ihm zu viel.

»Sie wurden die Wildflowers genannt, die ganze Familie. Jeden Sommer verbrachten sie hier. Ach, die Leute, die sie zu Gast hatten. Der Glamour! Man kam auf dem Rückweg vom Strand vorbei und sah sie da oben mit dem Grammofon, wie sie Cocktails tranken, die Frauen mit ihren schönen Kleidern, und ihre Kinder rannten die Stufen rauf und runter – ein Junge und ein Mädchen, ein bisschen jünger als ich ...« Franks Blick verschwamm. »Was für ein Leben. Ich schaute ihnen beim Spielen zu, wenn ich vom Strand zurückkam ... Der Vater schrie die Mutter an, sie hatte den Kopf gesenkt und tat so, als gehöre sie nicht zu ihm, beide hatten wohl eine oder zwei Flaschen Bier zu viel getrunken, und die Sonne ... Ich dachte dann immer, was ich nicht dafür geben würde, um dort oben zu sein.«

Er kratzte sich mit einem Finger am Kinn. »Sonst wohnten sie auch in einem riesigen Haus am Fluss in London, weil Althea gern am Wasser war, so hatte ich gehört. Er hätte alles für sie getan. Absolut alles. Und diese Kinder, wow! Glück haben ist gar kein Ausdruck dafür, jeden Sommer hier unten, er war der beste Vater, Sir Tony, das war er wirklich, immer Spaß und Spiel ...« Frank zuckte mit den Schultern und sagte dann verdrießlich: »Nehmen Sie die Hände aus den Hosentaschen. Kommen Sie. Sie nehmen die Zimmer auf der linken Seite, ich mach den Rest. Beweisen Sie mir, dass Sie mit dem Lasermeter umgehen können.«

Dave folgte Frank widerstrebend ins Dunkel hinunter. So schnell er konnte, maß er die Schlafzimmer und das Bad aus und horchte dabei die ganze Zeit auf den Wind, der draußen ums Haus pfiff. Drinnen war es warm, und es herrschte eine gedämpfte, betäubende Stille.

»Was ist mit ihnen passiert?«, fragte Dave seinen Chef, als sie die Treppe wieder hinaufstiegen. »Warum kommen sie nicht mehr her?«

Frank strich sich die verstrubbelten Haare glatt, machte sich dann an seiner Armbanduhr zu schaffen, als mache er sich wieder bereit für die Welt da draußen. »Etwas ist passiert. Vor ungefähr zwanzig Jahren.«

»Was denn?«

»Ich war mir nie sicher. Ein Streit in der Familie. Die Tochter ist eine berühmte Sängerin. War, sollte ich sagen. Cordelia Wilde. Der Sohn ist ein bekannter Regisseur, er hat die *Robot Master*-Filme gemacht.«

Zum ersten Mal war Dave beeindruckt. »Ach was! Ich finde *Robot Master* super.«

»Also, das ist er. Ben Wilde. Er war verheiratet ... Ich weiß nicht, was aus ihr geworden ist.« Frank kniff die Augen zusammen und schrieb ein paar Zahlen in ein kleines Notizbuch. »Jedenfalls, seine Schwester, die Sängerin, sie redet nicht mehr mit ihnen. Nettes Mädchen war sie, total verrückt, aber ich mochte sie. Dann ist Sir Anthony gestorben, und zwei Sommer später schickte Lady Wilde jemanden runter und ließ alles ausräumen. Das große Haus vorn am Weg war auch ein Ferienhaus, 'ne komische Familie wohnte dort. Daraus wurde ein Altenheim gemacht, und da ist sie hingezogen. Ist nie mehr hierhergekommen. Niemand kommt mehr.«

Mit der Zeit schlug sich die düstere Atmosphäre aufs Gemüt. Und außerdem das Gefühl, dass diese Gesichter an den Wänden einen in der Dunkelheit beobachteten, dass sie sich wünschten, die Lampen wären an, damit sie wieder lebendig werden und ihre herrlichen Sommerferien wiedererleben könnten. Dave fröstelte, als Frank vorsichtig einen Schritt über das Loch im Verandaboden an der Tür machte. Er folgte ihm und holte tief Luft.

»Frische Luft«, meinte Dave und zog sein Mobiltelefon heraus. »Gott sei Dank. Schaun Sie, wir haben wieder Empfang.«

»Es ist nur 'n bisschen muffig. Da hab ich schon Schlimmeres erlebt.« Er schloss die Tür, und mit lautem Klirren fiel etwas vom Türsturz in das Loch und stieß dort gegen etwas.

»Ach je.« Frank bückte sich und hob es auf, dazu musste er zwischen die beschädigten Dielen greifen. Er holte einen Steinengel an einem rostigen Haken heraus. Die Figur hatte große ausgebreitete Flügel, nackte Brüste, sehr große Augen und lächelte rätselhaft. Sie sah starr zu ihm hinauf. In einer Hand hielt sie einen Tannenzapfen, in der anderen eine Eule, deren eingemeißelte Federn zerzaust aussahen.

»Was ist denn das?«, fragte Dave.

»Ein Willkommensengel oder so was«, sagte Frank und betrachtete die kleine viereckige Platte. »Ja, das stimmt. Die alte Dame, die hier vorher lebte, war Archäologin.«

»Welche alte Dame?«

»Die mit dem Schlapphut. Das ist seine Tante. Sie lebte während des Krieges hier mit Sir Anthony. Mein Vater hat sich noch an sie erinnert, sie war absolut übergeschnappt. »Also ...« Er kratzte sich am Kinn und hielt noch immer die Platte in der Hand. »Ich weiß ihren Namen nicht mehr. Aber an das hier erinnere ich mich von damals, als ich noch ein Junge war; es hing hier.«

»Gehört das nicht in ein Museum?«, meinte Dave. Er mochte die Art und Weise nicht, wie die riesigen Augen mit ihren ungleichen Pupillen ihn Unheil verkündend anstarrten.

»Ach, reden Sie keinen Blödsinn.« Frank betrachtete es unschlüssig. »Es ist nicht echt. Natürlich nicht. Ich werde es Lady Wilde bringen.« Er spähte wieder in das Loch. »Da ist was, da unten, unter der Veranda.« Mühsam ging er in die Hocke und holte eine Blechdose herauf. »Was ist denn das?«

Es war eine Dose aus Metall, die an manchen Stellen so verrostet war, dass sie leicht aufging. Drinnen lag ein viereckiges Stück schwarze Plastikfolie, in die etwas eingewickelt war. Frank zog an den Klebestreifen, die es zusammenhielten, und fand ein ramponiertes Buch in der Größe eines Schulhefts mit Gummibund, der einen Sammelhefter daraus machte. Als Titel stand darauf: *The Children's Book of British Wild Flowers.* Jemand hatte an das *Wild* ein *e* angefügt.

»Was zum Teufel soll das denn sein?«, fragte Dave.

Aber nachdem Frank es kurz angestarrt hatte, schüttelte er nur den Kopf und wirkte, als wollte er nicht darauf eingehen: »Ich weiß es nicht, mein Junge. Ich weiß es nicht und will es auch nicht wissen. Das alles werde ich an Lady Wilde weitergeben.« Kopfschüttelnd wickelte er den Engel in ein Taschentuch. »Traurig. Macht mich traurig«, hörte Dave ihn vor sich hin murmeln.

Als Frank den Engel und die Blechschachtel in seinen Aktenkoffer geschoben hatte, atmete Dave erleichtert auf.

»Ich sage Ihnen eins: Es ist mir egal, wer sie waren. Aber ich hatte ein ungutes Gefühl da drin.«

»Wie gesagt«, erwiderte Frank, während er einen letzten Blick auf das Holzhaus warf und sie die baufälligen Stufen hinuntergingen, »früher war es nicht so.«

II

Dorset, Juli 1975

The Children's Book of British Wilde Flowers
Großbritanniens Wildblumen – das Buch für Kinder

Sonntag, 21 Uhr 15

Ich habe etwas Schlimmes gemacht.

Die Wildflowers haben letztes Jahr das Buch auf der Veranda liegen lassen, als sie wegfuhren. Es ist ein Buch für Kinder. Darin sind Bilder von Wildblumen, die es draußen gibt. Und es ist ein Gummiband drum und eine Innentasche und ein Heft. In das Heft kann man zeichnen. Cord hat reingezeichnet. Dann zieht man das Gummiband drüber, damit alles zubleibt.

Ich habe es geklaut. Ich kann gut schreiben, das haben sie mir in der Schule gesagt. Ich schreibe Sachen rein, die mir an der ganzen Familie aufgefallen sind. Es wird nützlich sein.

Auf der Veranda vom Bosky-Haus gibt es ein lockeres Bodenbrett. Ich hab es gestern entdeckt, bevor sie ankamen. Dort werde ich das Buch am Ende des Sommers in einer Blechschachtel verstecken. Die Dose werde ich mit Plastikfolie wasserdicht verpacken, und das Brett lege ich wieder rein. Dann geh ich weg, und sie fahren ab, und es wird das ganze Jahr über sicher dort liegen. Dann kann ich nächstes Jahr reinschreiben, was ich über sie erfahre.

Sie sind seit einer Woche hier, Althea und die zwei Kinder. Er ist gestern Abend gekommen, nur für eine Nacht, er macht in einem Stück mit.

Ich habe gesehen, wie sie angekommen sind, und habe sie die ganze Woche beobachtet, gestern hab ich ihnen fast den ganzen Abend zugeschaut. Ich habe nichts anderes zu tun.

Mir tut immer der Magen weh. Ich habe probiert, Gras zu essen. Es schmeckt eklig, aber vielleicht auch, weil ein Hund draufgepinkelt hat. Ich versuch's wieder mit Brombeeren, aber da tut's noch mehr weh. Daddy kommt aber erst morgen zurück, und ich hab zu große Angst vor dem Geist in der Küche, da kann ich nicht reingehen, und das Essen ist dort drin. Im Sommer fehlt mir Tante Jules, sie fehlt mir so sehr, dass es im Magen noch mehr wehtut. Deshalb denke ich lieber an andere Dinge, nicht daran, dass ich allein bin und dass der Geist Geräusche macht, und dass ich hungrig bin.

Cordelia: *neue Latzhose von Oshkosh, helle orange-rosa Streifen. Letztes Jahr hatte sie eine blau gestreifte. Apfelgrünes T-Shirt, Leinenschuhe mit Spangen, wie letztes Jahr. Sie erinnert sich nicht an mich. Ich würde gern sagen, ich weiß noch, wie ich mit dir gespielt habe am Strand vor zwei Jahren, und du? Sie ist sehr laut. Sie nennen sie Cord.*

Benedick: *rot-gelb gestreiftes T-Shirt aus Frottee, blaue Baumwollshorts bis zum Knie, Turnschuhe mit Gummisohlen, gelbe Socken. Die Shorts und Socken hat er auch letztes Jahr getragen. Er ist nicht so viel gewachsen wie Cordelia. Er hatte ein Buch über Schiffe dabei. SHIPS and BOATS stand drauf. Sie nennen ihn Ben.*

Mr Wilde *(Anthony): Anzug, so kariert, helles Graugrün und schwarze Vierecke drauf, sehr blass. Hat er letztes Jahr auch getragen. »Er ist sehr schneidig«, sagte Tante Jules einmal zu mir, als sie noch über ihn sprach. »Oh, Ant war sehr schneidig.«* **Dieses Wort benutzen** *Braune Schuhe, ein gelbes Hemd, rote Krawatte, ein Filzhut mit gelbem Band. Auch letztes Jahr getragen. Er trägt eine Sonnenbrille. Ich erinnere mich nicht, dass ich schon mal einen Mann mit Sonnenbrille gesehen habe. Heute ist er weggefahren, zurück nach London zum Theater, ich habe ihn gehört, wie er das heute Vormittag um 11 Uhr 46 sagte. Er hat sie hergebracht und muss jetzt zurück, weil er in* Tony & Cleopatra *ist, einem Stück.*

Mrs Wilde *(Althea): schönes Hemdblusenkleid, Seide, dunkles Königsblau, fließend und fast schwarz, wenn die Sonne drauffällt. Espidrilse oder so ähnliche Schuhe, mit Korksohlen. Ein wunderschöner, schmaler Gürtel. Ganz neu. Sie ist sehr schlank. Ich bin sehr schlank. Dad nennt mich Schnürchen oder Bohnenstange. Sie hatte auch eine Sonnenbrille auf.*

Althea sieht lieb aus. Wie eine Mutter aussehen sollte. Ihr Haar ist wellig, aber ich glaube, es ist von Natur aus so. Es ist schön, dick und kupferrot, zu einem riesigen Knoten hochgesteckt; ihre Augen sind dunkelgrün, der Blick verschleiert und leuchtend. Ihre Wangen sind wie Äpfel. Sie ist schön (aber sie schaut zu oft in den Spiegel, und das sollte sie nicht, Daddy sagt, das ist eitel). Sie scheinen alle so vergnügt zu sein. Wir sollten alle Freunde sein. Aber sie brauchen nicht noch jemanden, weil sie die Wildflowers und nicht einsam sind.

Ich erinnere mich eigentlich nicht daran, zu viert zu sein; an Mummy erinnere ich mich zwar ein bisschen, aber an das Baby nicht, es war ja nicht lang genug da. Deshalb denke ich manchmal darüber nach, wie es wäre, zu viert zu sein. Oder zu ihrer Familie zu gehören und zu fünft zu sein. Die Zahl Fünf gefällt mir noch besser als die Vier. Fünf ist eine Primzahl.

Es wäre schön, wenn wir alle zusammensitzen würden, wenn die Sonne über den Klippen steht, und Kakao aus Bechern in verschiedenen Farben trinken würden. Ich könnte ja meinen eigenen mitbringen, wenn sie das verlangten.

Mr W. – *weiß, mit etwas draufgeschrieben*

Mrs W. – *blau*

B. – *Plastikbecher, blau*

Gestern Abend gab es ein besonderes Essen, nur konnte ich nicht richtig reingucken, um zu sehen, was es war, aber es roch köstlich, Fleisch mit einer Kruste und Zwiebeln, und irgendwie gebacken, ich glaube, ein Pie oder Shepherd's Pie. Mein Bauch tat weh, als ich es gerochen und ihnen zugeschaut habe. Dann hörten sie sich Musik an. Sie haben einen Plat-

tenspieler auf der Veranda und einen Kassettenrekorder in der Küche, der Songs spielt. **Die Aufnahme vom Musical Oklahoma aus der Bücherei ausleihen und sie hören, weil da immer Oklahoma vorkam, und ich glaube, das war's vielleicht.** *Ich hab die Kinder im Bett miteinander reden hören. Habe draußen vor ihrem Zimmer gelauscht, weil das Fenster am Weg ist.*

Cordelia: *mag jemanden in ihrer Schule, sie heißt Jane, sie mag Wonder Woman und ABBA.*

Benedick: *mag die Rolling Stones und Jennings. Und Schiffe.*

Beide mögen: den Film Dschungelbuch *und* Es ist nicht halb so heiß, Mum. *Dann wurde es still, und sie sind eingeschlafen. Ich hab nicht gemerkt, dass es halb neun war, bis ich auf meine Uhr geschaut habe. Im Internat schlafen wir schon um acht. In den Ferien mache ich, was ich will. Wenn ich das den Mädels im Internat erzähle, dann sind sie sehr neidisch darauf, dass ich so lange aufbleiben darf. Ich erzähle ihnen nicht, dass es mich in Wirklichkeit ankotzt oder dass Dad mich allein lässt.*

Ich überlege, was ich tun könnte, damit ich zu ihnen gehören würde.

Mrs Wilde: *ihr ein Geschenk bringen, vielleicht Blumen. Letztes Jahr hat sie am Geißblatt draußen vor unserem Haus gerochen und mir gesagt, dass es herrlich riecht.* **Lieber nicht, weil ja Geißblatt schon bei ihrem Haus ist.**

Mr Wilde: *ihm eine Frage über Shakespeare stellen, weil er Schauspieler ist. Er ist dieses Jahr in* Macbeth.

Cordelia: *ihr meine Sindy zeigen, die ich von Tante Jules gekriegt habe. Sie hat ein Tennisröckchen an und Turnschuhe und eine Wolljacke mit blauen und roten Streifen an den Bündchen und Kanten. Die Sindy, meine ich.*

Ganz plötzlich, als ich ihnen beim Essen zuschaue und mir der Duft von der guten Mahlzeit in die Nase steigt und als Althea ihrem Sohn über den Kopf streicht, als hätte sie ihn lieb, da fällt mir etwas Wichtiges ein. Ich bin entschlossen, diesen Sommer ins Haus reinzugehen. Dieser Sommer wird spitze. Es wird der Sommer, in dem ich ein Teil ihrer Familie werde. Tante Jules wird staunen, wenn ich ihr davon erzähle. Tante Jules ist aus Astraylien zurückgekommen, damit sie sich um mich kümmern kann. Die Sommer hier sind meine Zeit bei Daddy, aber ich finde sie furchtbar, weil er mich allein lässt und schlägt, es tut weh, und er ist so gemein, wenn er sich ärgert. Wenn ich also mit den Wildes Freundschaft schließe, brauche ich ihn überhaupt nicht zu sehen. Ich werde dieses Buch einwickeln und zukleben, wenn der Sommer vorbei ist, damit niemand es liest, wenn jemand es findet.

Meine Pläne sind alle gut organisiert. Aber manchmal habe ich es schon sehr satt, ich zu sein, und bin froh, dass ich alles aufschreiben kann. Jetzt bin ich müde.

III

Vielleicht wäre die Abrechnung mit ihrer Vergangenheit auf jeden Fall irgendwann erfolgt, aber als es so weit war, schien sie aus heiterem Himmel zu kommen, und erst hinterher ging Cordelia Wilde auf, wie seltsam es war, dass sie gerade den *Messias* sang, als das Telefon klingelte. Sie hatte ihn an dem Abend gesungen, als ihr Vater starb, und wurde dadurch immer an ihn erinnert. Er hatte diese Musik genauso sehr geliebt wie sie, und noch lange Zeit danach ergriff es sie tief, die erste Arie mit ihren sanften, zögernden Akkorden zu hören. *Tröstet mein Volk.*

Die letzten Noten waren verklungen; man hatte die Türen der Kirche weit geöffnet, sodass die schwache Brise aus der sommerlichen Stadt bis in den hinteren Bereich des Kirchenschiffs herein fächelte. Der letzte Zuhörer, an Arthritis leidend, war langsam von seinem Platz zum Ausgang geschlurft, der noch von älteren Leuten versperrt war. Sie trugen dünne Stoffe, schlabberige, mit Blumen bedruckte Kleider oder Leinen in dezenten Tönen, der übliche Dresscode der englischen Mittelklasse. Während der Chor sich in die Seitenkapelle zurückzog, man sich umzog und plauderte, machte sich Cord mit einem neuen Einfassband für ihre arg mitgenommene Partitur zu schaffen und ignorierte die vorwurfsvollen Blicke; damit zögerte sie den Moment hinaus, in dem sie in die Sakristei zurückkehren, ihre Konzertkleidung ausziehen und wieder ihr gewöhnliches Ich werden musste. Sie wollte nicht weg, wollte nicht durch die stillen Straßen gehen, vom Licht des riesigen Augustmonds beschienen, einem silbrig goldenen Ball am dunkelblauen Himmel. Wollte nicht das Ende des Sommers in der Luft riechen. Sie hasste diese Zeit des Jahres.

Der Dirigent, ein dünner junger Mann namens William, kam auf sie zu. Cordelia schaute lächelnd zu ihm auf und wies auf das Klebeband und die Partitur.

Er schaute ihr einen Moment zu und sagte dann verlegen: »Äh – danke, Cordelia.« Mitleid oder Betretenheit flossen in die Worte ein, er war nervös, das wusste sie, denn jetzt war ihm klar, warum genau es ihm gelungen war, die einst berühmte Cordelia Wilde für sein kleines Chorkonzert in der Vorstadt zu buchen. Sie kannte das alles schon, es war dieser Tage immer das Gleiche nach einem Auftritt. »Es – es war ein wunderbarer Abend.«

Cord riss das letzte Stück Klebeband vom Rücken der Partitur ab. »Oh, ich danke Ihnen auch, William. Na ja, es ist schließlich der *Messias*, oder? Mit dem *Messias* liegt man nie daneben.«

»Mhm. Genau.«

»Mein Vater hat oft die Rolle der Posaune gespielt«, sagte sie plötzlich. »Wissen Sie, an der Stelle, wo es heißt: ›Sie schallt, die Posaun!‹«. Sie demonstrierte das Posaunespielen, während er sie verständnislos anstarrte. »Ich sang, wissen Sie, und er war die Posaune.«

Jedes Weihnachten, gemeinsam auf dem Sofa im Wohnzimmer im Haus am River Walk, wo die Lichter von der Themse herauf an den gelben Wänden flimmerten. Im Feuer knackte es, die Kastanien verbreiteten einen feuchten, süßen Duft. Daddy war ein ausgezeichneter Ersatz für die Posaune. Er konnte fast alles, einen Drachen wieder flottmachen, ein Pflaster auf ein blutendes Knie kleben, die Wand hochlaufen und einen Salto rückwärts machen … *Freut euch, ihr Männer Angers' …!*

Ihre Gedanken wanderten … Das kam in letzter Zeit oft vor.

William lächelte höflich. »Manche im Chor sind Opernliebhaber und erinnern sich an Ihre Gräfin im *Figaro*. Es ist eine große Freude, dass Sie hier sind.«

»Das ist sehr nett von Ihnen«, sagte sie höflich.

»Ich wollte, ich hätte es gesehen …« Er hielt inne. »Es ist so lange her, es muss Sie schrecklich langweilen, dass die Leute immer danach fragen.« Seine Glubschaugen hinter den Brillengläsern schauten starr.

»Ich meine …« Cord lachte. »Sie meinen, ich bin alt und erledigt, und manche Ihrer Chormitglieder erinnern sich an mich, als meine Stimme noch nicht ruiniert war.«

William schaute absolut entsetzt drein.

»Nein! Nein, Cor… Cordelia«, stotterte er und wurde hochrot. »Ich versichere Ihnen, das meinte ich nicht.«

»Ich mache ja nur Spaß«, unterbrach sie ihn gutmütig, denn obwohl er das natürlich schon gemeint hatte, wusste sie: Nur so kam sie über solche Augenblicke hinweg, über den intensiven, scharfen Schmerz in der Brust, den sie empfand, wenn sie sich erlaubte, auch nur eine Sekunde daran zu denken, wie es gewesen war, wenn sie den Mund auftat und diesen göttlichen, herrlichen Klang hervorströmen ließ. Früher, lang her, in einer anderen Zeit.

»Es hat mir Freude gemacht, mit Ihnen allen zu singen. Ein wunderbarer Chor.« Dann kam eine ganz kurze, angespannte Pause. »Also, leider muss ich es erwähnen, der schnöde Mammon. Soll ich die Rechnung schicken, oder …«

Er räusperte sich. »Nein, nein, wir haben ja die Informationen, die Sekretärin wird das begleichen, sobald sie mit der Kasse so weit ist.«

»Natürlich. Sehr gut!« Sie hatte den kritischen Ton seiner Stimme gehört, aber inzwischen kannte sie keine Scham mehr. Man musste bei den kleinen Chören wie diesem hinterher sein. Kürzlich hatte sie einen Auftrag gehabt, nach dem man versucht hatte, sich ganz um das Honorar herumzudrücken. Der Chorleiter hatte ihr sogar eine patzige Nachricht auf dem AB hinterlassen und gesagt, sie hätte den Job nicht annehmen sollen bei dem Zustand ihrer Stimme. Cord hatte sich an den Musikerverband gewendet, und man bezahlte sie, wenn auch nur widerwillig. Aber die Zeiten waren schon lange vorbei, als sie auf ihr Honorar warten konnte. Der Triumph der Gräfin Almaviva lag sechsundzwanzig Jahre zurück, und heutzutage konnte sie sich zusätzlich zu ihrer Unterrichtstätigkeit höchstens alle paar Wochen ein Konzert erhoffen, genug für die laufenden Rechnungen und Lebensmittel. Und sie kam gerade so über die Runden.

»Also, vielen Dank noch einmal«, sagte William, und die Röte wich aus seinem Gesicht. Er machte eine kleine, recht großspurige Verbeugung vor ihr. »Entschuldigen Sie mich – ich muss zu den anderen. Wir haben eine kleine Feier ...«

»Ah, schön«, antwortete Cordelia und lächelte ihn an.

»Oh, ach du meine Güte! Es tut mir schrecklich leid, im Pub sind die Plätze ziemlich knapp. Leider ...«

Cord tätschelte ihm mit einer Mischung aus Grauen und Belustigung den Arm. »Ich wollte mich damit nicht selbst einladen. Wirklich nicht.«

Wie schnell daraus ein Affentheater wird, dachte sie, schauderte und versuchte, sich auf Williams Händedruck zu konzentrieren. Sie nickte, und er wich erleichtert zurück, fast wirkte es komisch.

In ihre Garderobe zurückgekehrt – in Wirklichkeit war es nur eine winzige, mit einem Vorhang abgetrennte Ecke hinter der Sakristei, wo sich der Pfarrer umzog –, wechselte Cord schnell aus ihrem schweren Samtkleid in eine Leinenhose und ein weites Oberteil und versuchte, sich aufzumuntern. Obwohl es ein warmer Abend war, zitterte sie noch leicht in dem kühlen, alten Gebäude. Solche Kirchen kannte sie nur allzu gut, ihre miserablen Heizungssysteme, die seltsamen Orte, wo man die Toilette untergebracht hatte, ihre wichtigtuerischen Mesner und am allerschlimmsten die gnadenlose, sie verspottende Akustik, die die Mängel dieser einst makellosen Stimme zu verstärken schien.

Als sie sich die Haare bürstete, schaute sie freimütig in den fleckigen, alten Spiegel. Irgendwie fühlte sie sich an diesem Abend besonders traurig, es war mehr als ihre übliche Trübsal nach einem Auftritt. Sie war müde, hatte dieses trockene, tote Gefühl des Londoner August satt; natürlich kannte sie den Grund, es war jedes Jahr das Gleiche.

»Du dumme Gans«, sagte sie laut.

Es kam wahrscheinlich auch davon, dass sie den *Messias* gesungen hatte. Cord kannte sich ja: Singen war wie eine Droge, es wirkte auf sie ein, pumpte Adrenalin und Sauerstoff durch ihren Körper, sodass sie manchmal *fast* dieses Gefühl festhalten konnte, dieses Gefühl des Triumphs, der Versenkung in die Kunst, der rauschhaften Leichtigkeit, die einen glauben ließ, man könne die Welt beherrschen …

Ihr Telefon klingelte, und sie fuhr zusammen, es klingelte doch sonst nie. Unbeholfen kramte sie es aus den Tiefen ihres Rucksacks heraus.

»Hallo?«

Zuerst wusste sie nicht, ob jemand sprach oder nicht, das Hintergrundgeräusch, wie ein Windkanal, war so laut.

»Hallo? Ist da jemand?« Cord wollte schon auflegen, und dann hörte sie die Stimme.

»… Cordy?«

Sie spürte, wie sie erstarrte. Niemand nannte sie Cordy. *Nicht mehr.* »Wer spricht da?«

»Cordy? Kannst du mich jetzt hören? Ich geh von den Strandhäuschen weg.«

Sie sagte noch einmal steif: »Wer spricht da, bitte?«

»Ich bin's«, sagte eine Stimme, die mit jeder Sekunde deutlicher wurde, und Cord fühlte, wie Beklemmung und Angst sie erfassten, wie sich Röte vom Brustbein her auf ihrer Haut auszubreiten begann und ihr heiß wurde. »Hier ist Ben, Cordy.«

»Wer?«

»Dein Bruder, Benedick.« Er schrie fast. »Mensch, der Empfang ist furchtbar hier. Von drin im Haus konnte ich dich überhaupt nicht anrufen …« Weitere schnelle Schritte folgten. »Ich geh jetzt auf den Weg zu. Kannst du mich jetzt hören?«

»Ja.« Ihr Herz schlug bis zum Hals. »Bist du – bist du nicht in L. A.?«

»Ich bin für eine Weile wieder in England. Den ganzen Tag versuche ich es schon.«

»Ich hab nicht auf mein Telefon geschaut. Ich hatte ein Konzert. Fast den ganzen Nachmittag haben wir geprobt.«

»Wirklich?« Die Überraschung in seiner Stimme nervte sie. »He, das ist toll.«

Beim Blick auf ihr Spiegelbild in dem trüben Spiegel sah Cord, wie die Röte über die Kieferpartie hochkroch, sah den nackten Schrecken in ihren Augen und war erstaunt, dass es jetzt, Jahre danach, immer noch so war. »Ich muss mich umziehen.«

»Ach so – ja, gut.« Anders als sie hatte Ben nicht die Fähigkeit seiner Eltern geerbt, seine Gefühle zu verbergen. »Na ja, es ist so ... Es geht um Mumma. Ihr geht's nicht gut. Ich wollte es dir nur sagen ...«

»Was ist mit ihr?«

»Es tut mir so leid, Cordy. Sie – sie wird sterben.«

»Sie liegt seit Jahren im Sterben, Ben.«

»Nicht so.« Er räusperte sich. »Oh, Cordy. Sie hat höchstens noch ein paar Monate. Ein Hirntumor. Ein Schmetterlingsgliom, so nennt sich das. Klingt so hübsch, oder? Aber es ist Grad IV.« Seine Stimme war leise. »Man hat uns gesagt, es kann nicht operiert werden.«

Stille, Rauschen und Knacken in der Leitung. Cord schluckte.

»Das – das hab ich nicht gewusst.«

»Natürlich.«

»Was ist mit Chemo?«

»Lauren und ich, wir haben sie heute gefragt. Das will sie nicht. Man hat ihr gesagt, sie würde Zeit gewinnen, aber nur ein paar Monate, und die Therapie ist wirklich anstrengend.«

»Oh, Mumma.« Cord schloss die Augen, einen Moment spürte sie die sanfte Berührung der weißen Hände ihrer Mutter, die sich um ihren Hinterkopf legten, roch den Duft ihres Parfüms, Flieder und Rose, sah den Glanz ihres rotgoldenen Haars, und die Traurigkeit fuhr ihr durchs Herz. »Arme Mumma.«

»Es geht ihr gut, eigentlich. Das klingt vielleicht komisch. Sie ist sehr gern in dem Heim. Und man kann sie dort pflegen bis zum Ende. Ich glaube, sie ... Na ja, wie du sagst, sie stirbt schon jahrelang, und jetzt, wo ihr ein Ausweg gezeigt wird, ist es fast eine Erleichterung. Oh, Cord – es tut mir so leid, dass ... « Er verstummte einen Moment. »Ich wollte nicht wieder so mit dir reden, Cordy.«

Cord legte ihre kühle Hand an ihren Kopf, in dem sich alles drehte. Sie wusste nicht, was sie sagen sollte.

»Die Sache ist, sie will dich sehen. Sie sagt, sie hätte etwas für dich. Und – na ja, das Haus, das Bosky. Es geht um das Bosky.«

»Was ist damit?«

»Es – es gehört dir, wenn sie nicht mehr da ist. Daddy hat es dir vermacht.«

»Mir?« Cord stützte sich mit der Hand an der Wand ab. »Das – das Bosky?«

Ach, es zu sagen, den Namen auszusprechen, der angenehme Klang, wo sie ihn doch sonst nie aussprach, nie Sätze sagte wie: »Wenn wir im Bosky sind« oder »Letzten Sommer im Bosky«, die Strichliste, mithilfe derer sie die Tage zählte, wie es dort roch, sie erinnerte sich immer noch daran, Kiefer, Lavendel, warmes, trockenes Holz und Meersalz …

»Es wurde heute geschätzt, du kannst also entscheiden, was du damit machst, wenn sie …« Ben verstummte. »Aber sie will dich sehen, Cord. Will dir einige Dinge erklären.«

»Welche Dinge?«

»Ich weiß es nicht.« Zum ersten Mal hörte sie den Frust in seiner Stimme. »Sie sagt, du musst kommen und sie besuchen, nur einmal, damit sie es dir erklären kann. Ich kann später den Verkauf abwickeln, wenn du das Haus nicht haben willst.«

»Es ist nicht gerecht, du solltest einen Anteil haben …«, begann sie.

»Du weißt doch, dass mir so was alles nicht wichtig ist«, sagte er wütend. »Komm einfach hier runter. Komm morgen. Die Mädels werden da sein. Deine Nichten. Du hast sie seit zehn Jahren nicht mehr gesehen.« Seine Stimme klang hohl. »Großer Gott! Cordy, komm und lerne Lauren kennen, sie ist meine Frau, ihr habt euch noch nie gesehen. Komm und besuch Mumma ein letztes Mal. Du musst.«

»Nein.«

»Wie kannst du …«

Aber sie unterbrach ihn. »Ich kann nicht, Ben.« Sie bemühte sich, gelassen zu klingen. »Lass. Ich kann wirklich nicht.«

»Du kannst nicht, weil du arbeitest, oder du kannst nicht, weil du nicht willst?«

»Beides. Keins von beiden.« Sie stieß einen Laut aus, der halb Lachen und halb Schluchzen war.

»Früher kannte ich dich besser als irgendjemanden sonst, irgendjemanden auf der ganzen Welt, und jetzt ... verstehe ich dich überhaupt nicht mehr, Cord.« Seine Fassungslosigkeit brach ihr fast das Herz. Die Lügen, das schreckliche Netz der Unwahrheiten, das sie im Lauf der Jahre ausgespannt hatte, um die Wahrheit vor ihm zu verbergen. »Ich bin heute dort gewesen, nach dem Immobilienmakler. Das Haus ist vollkommen leer außer diesen Fotos überall an den Wänden. Eins von dir und Mumma und Mads, nachdem sie ihr die neuen Kleider geschenkt hatte, in diesem ersten Sommer mit ihr ...« Cordelia schloss die Augen, drückte sich gegen den kalten Stein wie ein in die Enge getriebenes Tier, ein stechender Schmerz bohrte sich in ihren Magen. »All diese Erinnerungen ... Es ist in einem furchtbaren Zustand, und trotzdem ...« Er verstummte. »Ach, wirklich, ich will dich einfach, verdammt noch mal, wiedersehen, das ist alles.«

Sie schluckte und hielt sich an dem staubigen Pult fest, das in der Ecke der engen Sakristei abgestellt war. Mit großer Anstrengung brachte sie heraus: »Ich komm nicht runter, Ben. Ruf mich – ruf mich an, wenn sie gestorben ist.«

Er setzte an, etwas zu sagen, etwas über Daddy, aber Cord schnitt ihm das Wort ab. Sie starrte auf das Telefon und schaltete es mit zitternden Händen ab.

Sie wusste genau, wo er gestanden hatte. An der Stelle, wo hinter dem Haus der Strand anfing, wo die dunklen Kiefern aufragten wie eine Mauer, neben der Weide mit den Pferden und der lieben Claudie, deren weiche Schnauze sie immer so gern gestreichelt hatte. Die Hecken dort waren jetzt, genau jetzt, dicht mit den festen, frühen herbstlichen Brombeeren besetzt, die stechend waren wie Eiswasser und süß wie ein Kuss. Oben am Weg standen eine Telefonzelle und ein Kiosk, wo es Gummibälle, Netze zum Krabbenfangen und Eis am Stiel gab. Als sie zum ersten Mal allein unterwegs war, mit acht Jahren, ging sie los und kaufte Teilchen mit Guss im Strandkiosk. Wie der Sand auf dem Steinboden knirschte, und dabei roch es nach Kuchen und starkem Tee und Sonnencreme. Die Erleichterung, nachdem sie den holprigen Weg entlanggetrottet war, als das Tor zum Bosky erschien, und wie stolz ihr Vater auf sie war! »Kleine Cord. Du bist großartig, mein tüchtiges Mädchen. Ganz allein!«

Cordelia hatte nicht geweint, als sie ihren Vater verlor, oder ihre beste Freundin. Sie hatte nicht geweint, als sie mit Hamish Schluss machte, auch später nicht, als sie merkte, was sie verloren hatte, indem sie ihn aufgab. Sie hatte nicht geweint, als sie nach der Kehlkopfoperation aufwachte und herausfand, dass sie missglückt war, oder nach den Träumen, die sie im Schlaf verfolgten und sie mit Bildern eines Lebens verhöhnten, das sie hätte haben können.

Aber jetzt weinte sie, presste die Hände an die Wangen, hatte den Mund weit offen wie ein Kind.

Sie wusste, dass sie in ihre sichere Wohnung zurückkehren musste, wo sie wieder allein sein konnte. Sobald sie es schaffte, griff sie sich mit zitternden Händen ihre Tasche und das Samtkleid, stürzte auf die ruhige Straße hinaus und rannte von der Kirche weg, ohne sich darum zu kümmern, ob sie jemand sah.

Sie war froh, dass die S-Bahn leer war, mit der sie nach West Hampstead zurückfuhr. In dem dunklen, schmutzigen Fenster auf der gegenüberliegenden Seite sah sie ihr Spiegelbild, das blasse Gesicht, die verquollenen Augen ... Ein Geist, sie war der Geist einer anderen, völlig von ihr verschiedenen Person. Als sie zu Hause ankam, schloss sie die Tür zur Welt da draußen und ließ sich zu Boden sinken, die Hände vors Gesicht geschlagen.

Knab' und Jungfrau goldgehaart, zu des Bettlers Staub gepaart ...

Sie wusste, dass sie unmöglich schlafen konnte, jetzt, da sie zurückgeschaut, wieder in den Abgrund geblickt hatte. Und trotzdem konnte sich Cord, als sie in der stickigen Nacht lag, die Decke zu Boden geworfen, erhitzt und ruhelos, die Arme weit ausgebreitet, die Augen mit leerem Blick an die Decke starrend, nur an die guten Zeiten erinnern. Sie waren die Wildflowers gewesen, und sie waren doch so glückselig, so herrlich glücklich gewesen. Bis sie – und sie selbst war es gewesen, sie trug die ganze Schuld – vorsätzlich alles zerstört hatte. Stück für Stück. Das Glück einer Familie. Ihrer Familie.

KAPITEL EINS

Sommer 1975

Es war sehr seltsam, dass sie sich nicht einig werden konnten, wann und wie Madeleine Fletcher damals in ihr Leben getreten war. Nachher, im Spätherbst, als das Bosky und Worth Bay nur eine verklärte Erinnerung waren, konnten sie sich jeder winzigen Einzelheit des Sommers entsinnen. Aber am Anfang schmerzte es immer zu sehr, daran zu denken. Sie waren emotionale Kinder, oder zumindest Cordelia war das, und ihr Bruder folgte ihrem Beispiel. Sie konnten das Bosky nicht erwähnen, ohne dass ihnen die Tränen kamen und die Lippen dramatisch zu zittern begannen. Ringeltauben gurrten träge in den Bäumen, der blank gewetzte Stoff der Kissen am Fensterplatz fühlte sich wie Seide an; der kühle Sand hinter den Strandhäuschen war schmutzig grau, mit Stücken von Kiefernrinde vermischt, Brombeersträucher säumten den schmalen Pfad zum Meer hinunter. Wie es dort roch, die Geräusche vom Wasser her, der weite Himmel über ihnen. Alberne Spiele, die Daddy oder Cord erfanden wie *Folge meinem Flapjack*, *Wellen* und das momentan beliebteste *Blumen und Steine*, bei dem man sich mit verbundenen Augen auf die große Blumenwiese neben dem Haus stürzte und in zehn Sekunden so viele Blumen und Steine wie möglich aufsammelte. Extrapunkte bekam man für verschiedene Farben und Abzüge für Muscheln. Ben gewann immer, obwohl ihm danach vor lauter Aufregung oft schlecht war, und manchmal geriet er in die Brombeeren und holte sich schrecklich viele Kratzer.

Nach der Rückkehr nach Twickenham, wenn im Herbst der graue Strippenregen auf das alte Haus am Fluss fiel und nach und nach dem Winter wich, trösteten sich die Kinder, indem sie die Ferien in Tage oder Ereignisse aufteilten und ihre Erinnerungen miteinander verglichen, damit sie deutlich und klar erhalten blieben. »Wir sind sieben Mal zusammen zum Eisessen gegangen.« »Mrs Gage hat uns vier Mal gekochte Eier zum Abendessen gemacht.« »Ich habe zehn Mal hintereinander bei *Blumen und Steine* gewonnen.« »Fünfzehn verschiedene Gäste haben bei uns gewohnt.« »Daddy blieb zwanzig Tage lang bei uns.«

Sogar Althea, die schwor, dass sie das Haus von Herzen verabscheute, konnte sich an die Farbe des Drachens erinnern, der im Sommer 1972 auf die Veranda gestürzt war und sich mit den Troddeln des Kissens verhedderte. Ebenfalls hatte sie noch die Tunika von Biba im Gedächtnis, die sie 1973 gekauft hatte, eine Woche vor ihrer jährlichen Verbannung an die Worth Bay, und Berties Stimme, der mit seinem schlaksigen Körper wohlig ausgestreckt auf der Veranda lag und seine absolut perfekte Imitation von Mrs Gage, die ihnen den Haushalt machte, zum Besten gab, bis sie vor Lachen Schluckauf bekam. Und Althea erinnerte sich sehr gut an das traurige kleine Mädchen von nebenan, deren schmales, entsetzlich blasses Gesicht im Sommer 1975 jeden Abend auftauchte, wenn sie und die Kinder Abendbrot aßen. Aber sie wusste nicht mehr genau, wann sie sie zum ersten Mal bemerkt hatte. Vielleicht schon im Jahr davor.

Benedick und Cordelia wussten alles Mögliche – was die Süßigkeiten im Kiosk am Strand kosteten, die Abfahrtszeiten der Busse nach Swanage, den ersten Lunch im Bosky, den Mrs Gage ihnen gerichtet hatte (Geflügelsalat, Tomaten, knuspriges Brot, Kirschen und dicke Sahne), das Problem, das Mrs Gage mit ihren Zehen hatte, und die Zeiten für Ebbe und Flut, die in dem kleinen blauen Buch abgedruckt waren, das sie jedes Jahr sofort nach der Ankunft gründlich studierten. Aber sie stritten erbittert über den Zeitpunkt, wann sie Madeleine zum ersten Mal gesehen hatten. Ben konnte sich überhaupt nicht an sie erinnern, aber Ben war ja meistens in einer Traumwelt. Cord sagte, sie erinnere sich, Mads schon lange vorher gesehen zu haben, sie hätte mit ihr schon früher gespielt, aber wenn sie danach gefragt wurde, wusste sie nicht mehr, wo oder wann.

Die Wahrheit war, dass es bei dem Jahr, in dem Mads in ihr Leben trat, um den Sommer ging, in dem sich rückblickend alles zu verändern begann. Schließlich war es Tony gewesen, der Madeleine zuerst kennenlernte, und das war, als er sie fast umgebracht hätte.

Sie traten die Fahrt zum Bosky immer frühmorgens an. Wenn Tony in einem Stück auftrat, bestand er darauf, dass die Koffer gepackt waren und aufgereiht im Flur standen, bevor er am Spätnachmittag zum Theater ging, damit das Auto ganz früh morgens beladen werden und sie zum Frühstück dort sein konnten. Dadurch bekam die Abfahrt noch mehr den Charakter eines inszenierten, dramatischen Abgangs. Ben und Cord konnten in der letzten Nacht davor kaum schlafen, so aufgeregt waren sie. Um halb sechs wurden sie von Tony in ihren Schlafanzügen ins Auto gesetzt und dösten auf dem ganzen Hinweg vor sich hin, um nur hin und wieder aufzuwachen, wenn ihr Kopf zur Seite sank. Dann starrten sie aus dem Fenster auf den tiefblauen, frühmorgendlichen Augusthimmel, die schweren Bäume, die jetzt einen frischen, dunkelgrünen Ton annahmen, Londons Ausfallstraßen waren ins warme Morgenlicht getaucht; sie waren schon heimwehkrank gestimmt, bevor sie überhaupt angekommen waren. Und es war immer kühl, Cords Beine auf den Ledersitzen im Wagen waren kalt, und sie zitterten und quengelten, schliefen wieder ein. Aber alle waren wach, wenn sie an Wareham vorbeikamen und die letzten paar Meilen die gewundene Landstraße hinunterfuhren, die sich oben am hoch aufragenden, sich zur Küste hin wellenden Kalkhügel hinzog (und wo, wie Daddy in seiner Verzweiflung bei einem nervigen Abendessen ihnen einmal erzählt hatte, eine Hexe wohnte, die sie holen würde, wenn sie die Leber mit Zwiebeln nicht äßen).

Der erste von ihnen, der einen Blick aufs Meer erhaschte, durfte bestimmen, was es zum Frühstück geben würde. Cord gewann immer. Sie hatte Adleraugen. »Dort! Dort – es ist Ebbe.« Und sie bemerkte jedes Jahr alle kleinen Veränderungen. Cord sei schon wachsam auf die Welt gekommen, sagte ihre Tante Isla immer.

Sanft knirschte der Wagen auf dem Sandweg, der alte Schlüssel drehte sich geräuschvoll im lockeren Schloss, und das Getrappel der Kinderfüße dröhnte auf der Treppe und den alten Parkettböden, die im oberen Stock an manchen Stellen uneben waren; die Fenster waren vom Frühlingsregen verquollen und mussten oft mit Gewalt aufgestemmt werden, wenn eine Zeit lang niemand im Haus gewesen war. Das herrliche Aroma des ersten Atemzugs salziger Seeluft, der ferne Lockruf von Möwen und dem Meer, das sich zurückzog und dann auf den Sandstrand hereinbrach, all dies waren solch lieb gewordene, vertraute Eindrücke, die jedes Jahr vergessen wurden und dann plötzlich wieder da waren, als wären sie in einem Kästchen verschlossen, das erst im August geöffnet werden konnte.

»Sollen wir den Appell machen?«, sagte Cordelia zu Ben und hielt inne – sie waren durchs Haus gerannt und hatten alles sorgfältig auf Veränderungen untersucht. Sie blieb stehen und zerrte an den Verandatüren. »Wir müssen es selbst machen, Daddy ist ja nicht hier.«

Auf den Armen einen Stapel frisch gebügelter Wäsche, die sie zum Schrank brachte, sah Althea ihnen von der Diele aus zu.

»Zieh nicht so an der Tür, Schatz. Nimm den Schlüssel.«

»Hab ich gemacht, er ist kaputt …« Cord zerrte heftig an der Tür. »Ach.«

»Ich hab gesagt, lass das, Cordy! Hörst du!«

»Mumma, bitte, sei doch nicht gemein und böse, als wären wir wieder in London, nicht *genau* am Anfang von den Ferien«, sagte Cord flehentlich. *»Bitte.«*

Hilf mir. Die Zähne zusammenbeißend, wandte sich Althea ab und dem Schrank zu. Letztes Jahr war sie zum ersten Mal, seit sie die Kinder bekommen hatte, auf die Bühne zurückgekehrt. Als zweifache junge Mutter in einem gewagten neuen Stück am Royal Court Theatre. Sie hatte nur sehr wenig zu tun gehabt, außer dazustehen und zuzuschauen, wie ihr Mann Stühle durch die Gegend schmiss und den Zustand der Welt kritisierte. Die Figur, die sie darstellte, war so beschrieben worden: »Vicki, Harrys Frau, nett, geduldig, treu sorgend, eine typische junge Mutter.« (Natürlich stammte das Stück, wie ihre

Schwester Isla bissig bemerkte, von einem »typischen zornigen jungen Mann«.)

Jeden Tag gelobte Althea beim Aufstehen, dass sie die Kinder nicht anschreien oder sich über sie ärgern werde, und bis um halb sechs, wenn sie zum Theater gehen musste, litt sie jeden Tag furchtbar darunter, dass sie wieder eins von ihnen zum Weinen gebracht hatte, weil sie den Extrakeks nicht erlaubt oder verboten hatte, den Fernseher anzuschalten, oder so irgendetwas. Wenn sie dann im Theater war, zog sie Vickis schlichtes Hängerchen an, trug Rouge auf und strahlte Harry zwei Stunden lang an, während sie ihre beiden sich wie Engelchen betragenden Theater-Kinder herzte. Dann brachte ein vom Theater gestelltes Auto sie nach Haus, und die ganze Geschichte begann am nächsten Tag von Neuem. Beim Frühstück flog eine Müslischale krachend gegen den Kleiderschrank, an ihrer Schlafzimmertür fand sie ein Gedicht mit dem Titel »Warom is unsere Mutter nie hir?«. *Sie* war weder geduldig noch treu sorgend, und ihre lieben Kleinen waren keine Engel. Letztendlich fühlte sie sich, als werde sie langsam verrückt.

Und jetzt einen Monat allein mit ihnen. Der verflixte Tony! *Er* sollte es sein, der mit den Kindern durchs Haus rannte, die Türen aufriss und Versteck spielte. Jedes Jahr stand er nach der Ankunft auf der Veranda und rief über die Bucht hinaus, ließ seine schöne Stimme erklingen, und Cord und Ben hopsten vor Aufregung neben ihm herum. Er sollte hier sein und diese schöne Zeit mit ihnen genießen, die, so erklärte er ihr immer, so wichtig sei für das Familienleben, statt – statt Gott weiß was anzustellen in London. Sie liebte die Kinder bis zum Wahnsinn, aber sie waren so *laut*. Stellten *immer und ewig* Fragen. Wollten Spiele spielen, wenn sie auf der Veranda sitzen und ein Buch von Georgette Heyer lesen wollte. Oder sich mit dem Gast unterhalten wollte, der gerade da war …

Althea straffte die Schultern, öffnete die Schranktür und atmete den beruhigenden Duft von frischen Laken und Lavendel ein. Na ja, wenn Tony nicht hier war, da würde sie aber dieses Jahr einladen, wen sie wollte. Wenn er in London war, würde sie Bertie bitten – er hasste Bertie – und Simon ... Ja! Sie nickte. Dies war das Jahr, in dem Simon kommen sollte. Wenn sie es geschickt anstellte, ließ sich das alles sehr gut einrichten. Ziemlich hastig schob sie die Wäsche in den Schrank und strich sich über den Rock, was sie immer tat, wenn sie nervös oder gestresst war, dann wandte sie sich wieder den Kindern zu.

»Ich will's nicht ohne Daddy machen«, klagte Cord.

»Na los, Schätzchen«, sagte sie. »Daddy will bestimmt, dass du es machst.«

»Mach du mit.«

»Ach du meine Güte, nein«, sagte Althea entsetzt.

Ben stieß die Tür für seine Schwester auf, und sie traten auf die aus Holz gebaute Veranda hinaus, die nun am späten Morgen im Schatten lag. Althea schaute ihnen zu, Bens dichtes, goldblondes Haar, das in Büscheln hochstand, seine kleinen, eckigen Schultern in dem gestreiften Frottee-T-Shirt, der winzige Leberfleck auf seinem Nacken. Er hielt die Hand seiner kleinen Schwester fest, obwohl sie führte, wie sie das immer tat, und sie drehte sich mit einem kurzen Lächeln zu ihrer Mutter um, dabei strahlte ihr herzförmiges Gesichtchen, ihr wild den Kopf umgebendes dunkles Haar bildete ein schwarzes Netz, durch das das Sonnenlicht fiel.

»Komm doch, Mumma«, rief sie.

Die kühle Brise und die Geräusche von der Bucht her beruhigten Althea nach der langen Fahrt. Es würde schon gut gehen, ohne dass er hier war. Zum Teufel mit ihm. Sie schluckte, als Cordelia beide Hände auf ihre Brust legte und rief: *»He, Geist, wo geht die Reise hin?«*

Sie stieß Ben in die Seite, der etwas zaghafter sagte: *»Freut euch, ihr Männer An... An...«*

»Angers«, unterbrach ihn Cord. »Angers, es ist eine Stadt in Frankreich, Ben. *»Freut euch, Ihr Männer Angers', zieht die Glocken«*, brüllte sie, und Ben trippelte zur Seite und betrachtete sie halb verärgert und halb resigniert. »Was sagt Daddy noch am Anfang der Ferien?«

»Seht da, er kommt und ...«, begann Ben, aber Cord unterbrach ihn wieder.

»Seht da, er kommt ...«

»Cordelia! Das ist *viel* zu laut.«

»Seht da, er kommt ...«, setzte Cordelia wieder ein und beachtete Althea überhaupt nicht. Ihre Stimme erscholl über der Bucht, und Ben sprach mit: *»So seht Ihr dann in ihm des Weltalls dritte Säule umgewandelt zum Narren einer Schülerin.«*

Sie traten zurück und schauten sich zufrieden an.

»War das richtig?«, fragte Cord ihre Mutter.

»Wunderbar. Es heißt übrigens Buhlerin, nicht Schülerin.«

»Was ist eine Buhlerin?«

»Frag Daddy. Also, kommt in die Küche, ihr beiden, das reicht jetzt mit dem Krach. Cordelia, kannst du ...« Ihre Tochter kniff wütend die Augen zusammen. »Cord, es tut mir leid. Was ist denn los?«

Cord deutete auf die Wand. »Guck mal, das Bild von den Booten ist weg. Was ist das? Ein gemaltes Bild? Wer ist denn das? Wer hat es geändert?«

Althea wuchtete einen Karton mit Lebensmitteln auf die Küchentheke und hielt inne. »Ich weiß nicht. Vielleicht hat Daddy es abgenommen, als er im Mai hier war.«

»Ich mag das nicht, wenn Sachen geändert werden«, sagte Cordelia wütend. »Er sollte nicht ohne uns herkommen.«

»Ja«, sagte Ben. »Es ist nicht fair.«

»Also, ihr zwei, ehrlich. Geht und wascht euch die Hände, dann frühstücken wir. Ben, du hast das Meer zuerst gesehen, du darfst wählen. Rührei oder Spiegeleier?«

»Rührei, bitte – aber, ach je, Daddy macht doch immer das Rührei. Wer soll das jetzt machen?«, fragte Ben ganz besorgt.

»Ich glaube, ich kann auch Rührei, Benedick.«

»Nenn mich nicht Bene*dick*. Ich kann das nicht leiden. Und sorry, nein, kannst du nicht, Mumma. Tut mir leid.« Althea lachte. »Du kannst es nicht. Du kannst überhaupt nichts kochen.«

Das traf sie doch ziemlich. »Das stimmt aber nicht.«

»Daddy eigentlich auch nicht«, sagte Cord hilfsbereit. »Ach, ich vermisse ihn«, fügte sie hinzu und fuhr übellaunig über den Esstisch. »Ich wünschte, er wäre hier.«

»Ich weiß. Schau, wir werden uns bemühen, auch ohne ihn ein paar knappe Augenblicke mit angenehmem Zeitvertreib herauszuholen«, sagte Althea ruhig. Sie schaute auf die blaue Uhr aus Bakelit an der Wand und überlegte, wann wohl – und ob überhaupt – das Telefon klingeln werde.

»Das wird aber schwer sein«, seufzte Ben. »Kommt Tante Isla?« Altheas Schwester, eine lebhafte, vergnügte Schulleiterin, die sich die Dialektfärbung und die Stimmung ihrer eigenen Kinderjahre erhalten hatte, war bei den Kindern sehr beliebt. Sie hatten sie in Kirkcudbright in ihrem weißen Reihenhaus aus dem 19. Jahrhundert besucht, wo die Schwestern aufgewachsen waren. Es war ein wunderschöner Ort. Isla hatte aus dem alten Studio ihres Vaters, einem Maler, das am Ende des langen, weitläufigen Gartens stand, ein Spielhaus gemacht. Unterhalb davon floss der Dee vorbei, auf dessen braunen Fluten die Schleppkähne und Fischerboote zum Solway Firth hinausglitten.

»Nein, Tante Isla ist unterwegs auf einer Schulfahrt.«

»Oooh«, sagten Ben und Cord wie aus einem Mund übertrieben enttäuscht. »Ooh, nein, das ist ja schlimm.«

Althea stockte. »Vielleicht bekommen wir anderen Besuch. Wie zum Beispiel Mummy und Daddys alten Freund Simon. Erinnert ihr euch an Simon?«, fragte sie behutsam.

»Nein«, sagte Ben.

»Er hat früher mit Daddy zusammengewohnt. Er ist blond, und Daddy hat ihm einmal auf der Veranda die Haare geschnitten, und sein glänzendes Haar war den ganzen Sommer lang zwischen den Brettern zu sehen«, sagte Cord mit ihrem Elefantengedächtnis. »Er hat dir einen Schal geschenkt, Mumma. Und er hat dir immer beim Spülen geholfen.«

»Genau der. Er kommt vielleicht. Und – Onkel Bertie.«

»Hurra!«, rief Cord. »Aber, ach, ich bin doch noch traurig wegen Tante Isla. Ich wollte ihr mein neues Buch zeigen.«

»Ich wollte, dass sie mir wieder zeigt, wie man Fische fängt«, sagte Ben. »Wenn Daddy nicht da ist und mir zeigt, wie man es macht. Sie kann supergut kleine Fische fangen.«

»Ich kann das machen«, sagte Althea. »Ich habe früher immer gefischt.«

»Nein, Tante Isla weiß, wie man's richtig macht. Bei ihrem Haus fließt ein Fluss hinterm Garten vorbei.«

»Ach du meine Güte. Ich bin doch in dem Haus aufgewachsen«, erwiderte Althea gereizt. »Ich kann fischen. Und eigentlich«, fügte sie unbedacht hinzu, »war ich viel besser im Fische- und Krabbenfangen. Tante Isla hat nur mit Puppen gespielt.« Die Kinder starrten sie ungläubig an, waren aber zu höflich, um ihre Skepsis zu zeigen. Ben rieb sich an der Nase und sagte: »Ach so, ich dachte, du wärst nur hübsch gewesen, Mumma.« Althea schloss kurz die Augen und zuckte dann heftig zusammen, als Cord ihr die Arme um die Taille legte.

»Du kannst ja nichts dafür, dass du manche Sachen nicht so schrecklich gut kannst«, sagte sie ernst. »Bestimmt wird es ohne Daddy und Tante Isla auch sehr schön, Mumma.«

Althea umarmte sie innig und sagte dann gleich: »Danke, mein Liebes. Also, jetzt zum letzten Mal, geht euch die Hände waschen. Und zieht bitte eure Shorts an. Danach könnt ihr an den Strand gehen. Nein, geht einfach, sonst gibt es nichts zu essen.«

Tony liebte sein Publikum, das war der große Unterschied zwischen ihnen, wenn es ums Schauspielern ging. Er freute sich auf die Zuschauer, blickte durch sie hindurch, über sie weg und versuchte, eine Verbindung herzustellen und damit die Menschen mitzureißen. Zu Haus in London kannte er die Namen der Schiffer auf dem Fluss, er erinnerte sich an jeden Taxifahrer, die Lumpenhändler, die oft extra einen Umweg machten, um ihn zu treffen. Er sprang auf Busse auf und unterhielt sich leutselig mit Fahrern und Fahrgästen, die nicht wussten, wer er war. Hier unten in seinem geliebten Bosky war er noch mehr in seinem Element, grüßte alte Bekannte, kitzelte Kinder unterm Kinn, eilte die Stufen der Strandhäuschen hoch, um den Frauen mit ihren Picknickkörben zu helfen, machte Witze mit alten Männern, die auf der Bank vorm Pub saßen – er gehörte zu ihnen, und alle liebten ihn. Er war sehr beliebt.

»Wie schade, dass Mr Wilde nicht gleich wegkonnte«, sagte Mrs Gage, als sie den Tisch deckte.

»Ja, sehr traurig. Kinder!«, rief Althea laut. »Die Eier sind fast fertig. Kommt rauf zum Essen.« Sie wandte sich an Mrs. Gage. »Es ist ein großer Erfolg und ist deshalb verlängert worden.«

»Welches Stück ist es denn?«

»Antonius und Cleopatra.«

»Aha.« Mrs. Gage schien nicht sonderlich beeindruckt. »Das hab ich in der Schule gelesen, ist jetzt schon lang her. Wir haben an Weihnachten ein Stück gesehen, ich wollte ihm eigentlich davon erzählen. Es war soo witzig. *No Sex Please, We're British – Lady Henderson präsentiert,* und es handelt von einer Ehefrau, die bestellt aus Versehen unanständige Zeitschriften, und sie fangen an ...«

Althea unterbrach sie. »Könnten Sie bitte die Kinder holen, Mrs Gage?«

»Jedenfalls, diese Cleopatra war ein fieses Weibsstück, wenn Sie mich fragen« murmelte Mrs Gage und ging langsam auf die Tür zu. »Ich erzähl es ihm, wenn er kommt.«

Althea nickte. Sie stand auf und warf einen Blick in den Spiegel und dann an ihrem Spiegelbild vorbei auf das Porträt von Tante Dinah an seinem neuen Platz. Sie betrachtete das freundlich lächelnde Gesicht der älteren Frau mit der langen spitzen Nase, irgendwie kam es ihr auf verwirrende Weise bekannt vor, aber sie konnte es nicht klar umschreiben. Sie starrte das Bild an.

»Was ist nur los mit ihm, seit letztem Jahr oder so?«, sagte sie leise vor sich hin. »Weißt du es? Ach, ich wünschte, du könntest es mir sagen.«

Die Schritte der Kinder wurden lauter, und sie kamen herein und rutschten auf ihre Plätze am Tisch. Althea lächelte sie an und goss jedem ein Glas Milch ein, dann setzte sie sich und breitete eine Serviette auf ihrem Kleid aus.

»Also gut. Eier, Speck und geröstetes Brot.«

Ben schaute auf seine jüngere Schwester. »Danke, Mumma ...«, setzte er an.

»Mutter«, fuhr Cord dazwischen. »Wir wollen dir etwas sagen.« Ben nahm ein Stück Brot und steckte es in den Mund.

»Ja?«, sagte Althea, da es wirkte, als wolle sie nicht weitersprechen.

»Wir ändern unsere Namen. Das machen wir doch, Ben?« Cord schaute ihren Bruder an, als wolle sie sich absichern. »Unsere Namen gefallen uns nicht mehr. Es ist blöd, Namen von Leuten in Shakespeare-Stücken zu haben.«

»In der Schule nennen sie mich Dick, und das mag ich nicht.«

»Und *mich* nennen sie Lime Cordial!«

Althea sagte nichts, nickte aber.

Cord fühlte sich ermutigt und sagte: »Kannst du dann allen sagen, dass ... Ta-ta-taa – hier musst du dir einen Trommelwirbel vorstellen ...« Ben klopfte leicht auf den Tisch: »... unsere Namen jetzt Flash Gordon und Agnetha sind.«

Althea brach unwillkürlich in Gelächter aus. »Nein, das kann ich nicht«, antwortete sie, und beide wandten ihr die erstaunten Gesichter zu.

»Also«, sagte Cord ernst, »wenn wir vom Bosky zurückkommen, gehen wir zum Rathaus und holen ein Formular, dann können wir sie offiziell ändern. Du kannst nicht Nein sagen.«

»Doch, das kann ich sehr wohl.«

Ben knuffte seine Schwester in den Arm.

»Cordy, du hast gesagt, du würdest ...«, flüsterte er, aber Cord schüttelte ihn ab.

»Ich rufe euch nicht Flash Gordon und Agnetha, und damit hat sich's!«, erklärte Althea. »Eure Namen sind gut, wie sie sind. Es sind schöne Namen!«

»Aber wir mögen sie nicht, Mumma«, rief Ben zu laut, ein Zeichen, dass er sich aufregte. »Und wir sind keine Babys mehr. Du kannst es uns nicht verbieten.«

»Das kann ich allerdings, mein Lieber. Jetzt iss dein Frühstück.«

»Ich hasse dich«, sagte Cord plötzlich. Althea riss die Augen auf.

»Was fällt dir ein«, sagte sie, ihre Geduld war am Ende. »Sag so etwas nie wieder.«

»Es ist nicht ungezogen, es ist wahr. Und du ... Oh!«

Sie stieß einen kurzen, spitzen Schrei aus.

»Was?«, sagte Althea scharf und drehte den Kopf herum.

Cord war aufgesprungen. »Wer ist das? Oh ... Ist es ein Gespenst?«

Ben klammerte sich fest an die Hand seiner Mutter. Von der Veranda war der Laut trippelnder Schritte zu hören, die sich die Stufen hinunter zum Strand hin entfernten, und Althea stand auf. »Wer war das, habt ihr es gesehen?«

Cords Gesicht war rot. »Es war ein Gespenst. Es hatte silbriges Haar. Es hat uns angestarrt.« Sie deutete mit einem zitternden Finger, dessen Nagel abgekaut war, aus dem Fenster. »Es war Virginia, die Hexe, wie die, die ich damals im Gras gesehen habe. Virginia Creeper. Sie ist zurückgekommen, will uns umbringen und dann verfolgen.«

»Setz dich, Schatz, das stimmt doch nicht. Es ist ein kleines Mädchen, keine Hexe. Ich habe sie weglaufen sehen. Sie wird dich nicht umbringen.«

»Ich wäre traurig, wenn du sterben würdest«, sagte Ben. »Und Cord auch.« Er schob seine Hand in ihre. Sie drückte sie.

»Agnetha, meinst du.«

Beide lächelten schwach. »Ja, natürlich meine ich das.«

Sie stand auf und gab beiden einen Kuss auf die Stirn.

»Daddy kommt doch, oder?«, fragte Cord fast flüsternd.

Althea küsste ihre Tochter innig auf den Scheitel, damit sie ihr Gesicht nicht sehen konnte. »Ja, mein Liebes. Natürlich kommt er. In ein paar Wochen. Und inzwischen werden wir eine wirklich wunderbare Zeit verbringen. Ich versprech's.«

KAPITEL ZWEI

Einige Wochen später ließ Anthony Wilde, Träger des britischen Verdienstordens, in einem drückend heißen, schalldurchlässigen Garderobenraum im Herzen der St. Martin's Lane die Tür hinter sich zufallen. Er näherte sich seiner Gefährtin mit einem Lächeln auf den Lippen, zog dabei seinen dichten, schwarzen, moosigen Bart geschickt vom Gesicht, als wäre es eine Gummimaske, und warf ihn auf den Schminktisch. »Nun, meine Süße ...«, sagte er, zog sie zu sich heran und küsste sie auf den Nacken. »Soso!«

Sie lächelte, und ihre Grübchen erschienen. »Soso«, flüsterte sie.

»Das ist aber sehr nett von dir, mir einen Besuch abzustatten«, sagte er. »Kann ich dir etwas zu trinken anbieten?«

»Nein danke« lehnte sie ab. »Wo ist denn Nigel?«

»Hab ihn schon weggeschickt.« Nigel war seit vielen Jahren Tonys getreuer Ankleider. »Wir sind also ganz unter uns.« Seine Hand glitt an ihrem straffen Bein hoch. »Oh, là, là, was haben wir denn da, mein Schätzchen?«

Sie stieß ein kurzes, nervöses Kichern aus. »Aber du hast mir doch gesagt, ich soll nichts drunter anziehen«, flüsterte sie ihm ins Ohr und presste sich mit ihrem jungen, festen Körper an ihn. »Den ganzen Abend hab ich gewartet. Es war ziemlich schwierig an der Stelle, wo ich tot umfallen muss, ich hatte Angst, dass mein Rock hochfliegen könnte und mein – hm – für das ganze Publikum zu sehen wäre.«

»Unanständig ist das«, sagte er und küsste ihren cremeweißen Hals, während einzelne Locken unter ihrer Haube hervorrutschten. »Sehr unanständig. Du warst wunderbar heute Abend. Ich hab zugeschaut. *Zu Ende denn! Der klare Tag ist hin. Im Dunkel bleiben wir ...* Einfach grandios.« Er lockerte ihr Baumwollleibchen, geübte Finger schubsten die Knöpfe aus den Knopflöchern wie die Kerne aus einer saftigen Zitrone. »Grandios.«

»Das war Iras. Ich bin Charmion«, sagte sie leicht entmutigt.

»Ja natürlich«, gab Tony knapp zurück. »Das weiß ich. Aber ich liebe diese Stelle. Meine Lieblingszeile des Stücks sogar ...« Rosalies Kopf schnellte hoch, als er ihre kleinen, fülligen Brüste aus dem Leibchen herauslöste.

»Hattest du eigentlich vor, Rosie an meiner Stelle hier reinzubitten?«, fragte sie. »Sie hat mich so komisch angeguckt, ich hab's gesehen. Also, das ist doch ... Anthony, hattest du das vor?«

Nein, weil ich sie letzte Woche schon hatte, und sie war eine ziemliche Enttäuschung. Nettes Mädchen, aber strähnige Haare. Stöhnt furchtbar viel, hätte er fast gesagt. Tony holte Luft und sagte sich, dass er den leichten Geruch nach Kanalisation und die Geräusche von der U-Bahn, die unter ihren Füßen durchrumpelte, ignorieren müsse ... *Konzentrier dich, los, alter Junge.* So antwortete er stattdessen: »Natürlich nicht, Liebling.« Er zog sie zu sich heran, sodass sie einander ins Gesicht schauten, und umschloss ihr Kinn mit beiden Händen. »Dich wollte ich, du süßer, unschuldiger Engel. Ich hab dir den ganzen Abend zugeschaut. Ich konnte es nicht erwarten, dich hier hereinzukriegen.« Er küsste sie sanft. »Dich zu berühren ...« Er schob eine Hand wieder zwischen ihre Beine, und sie erbebte überrascht und schloss die Augen. »Es war eine Qual.«

»Ja«, sagte sie und bog sich leicht zurück. »O ja, Anthony.« Sie fuhr ihm mit den Händen durchs Haar.

»Au«, rief er abrupt und berührte vorsichtig seine Stirn. »Tut mir leid. Nicht. Ich hab da 'ne kleine Beule.«

»Oh!« Ihre braunen Augen schauten besorgt, ihre bezaubernden rosa Lippen öffneten sich. »Du Armer. Ich sehe es, es ist eine richtige Schwellung. Wie ist denn das passiert?«

»Ach, ist egal«, sagte er schnell und setzte ein anzügliches Lächeln auf. »*Ich sterb', Ägypten, sterbe.* Also, wo waren wir stehen geblieben ...?«

Er hielt sie, einen Arm um die Hüfte gelegt, und schob sie ganz sanft rückwärts zum Tisch, der an einer Wand stand und über die ganze Länge reichte. Er setzte sie darauf und hob die Röcke ihres Zofenkostüms – die Inszenierung war extravagant, Cleopatra in kompletter ägyptischer Aufmachung, ihre Mägde in elisabethanischem Kostüm, und die Römer trugen Straßenanzüge bis auf den letzten Mann. Tony warf Jackett und Krawatte ab und knöpfte flink den Hosenschlitz auf.

»Oh, Anthony ...«, seufzte sie wieder und zog ihr Kleid über die Schulter herunter, wobei er eher wünschte, sie würde es lassen.

»Schätzchen, ich hab dir gesagt, nenne mich Tony.«

Sie streckte das Kinn vor. »Das könnte ich nicht, so nennt *sie* dich ja. Und Oliver.«

»Sie?«

»Helen.«

»Ach, die«, murmelte Tony verächtlich über seine Kollegin und küsste sie noch einmal.

Sie legte ihm die Arme um den Hals, und ihre harten, kleinen Brustwarzen rieben gegen sein Hemd, während er sich aus seiner Hose wand. Er versuchte, ruhig zu bleiben, war aber fiebrig und aufgekratzt vor Erregung. So war es immer bei ihm. Vorher, jedenfalls.

»Ach«, sagte sie herablassend. »Sie redet so unverschämt über dich hinter deinem Rücken. Mit diesem amerikanischen Akzent. Ich will einen anderen Namen für dich. Meinen eigenen ganz speziellen.«

»Alle nennen mich so, meine Liebe«, sagte er und küsste sie rasch. Sie war ja süß, wirklich, aber später wollte er Simon und Guy treffen und hatte schließlich nicht den ganzen Abend Zeit ...

Sie zeigte ihre kleinen Zähne, die Brüste an ihn gepresst, und knabberte aufreizend an seinem Ohr, und dann flüsterte sie leise: *»Ant...«*

»Nein!« Tony riss sich so grob von ihr los, dass sich seine Finger in ihren Haaren verfingen und sie aufschrie. »Lass das – tut mir leid. Nenn mich nie wieder so.«

»Es – es tut mir leid«, stammelte sie und wurde rot. »Tony ... Ich wollte dich doch nicht ...«

»Es macht nichts. Tu's einfach nicht. Liebling«, fügte er zärtlich hinzu und knutschte mit größerer Begeisterung weiter, fast etwas übertrieben. Jetzt wollte er einfach in sie eindringen, wollte, dass es vorbei und erledigt war. Vorsichtig schob er sich voran, fühlte sich unwohl, in seinem Kopf hämmerte es schlimmer denn je.

Sie klammerte sich an ihn, zog ihn näher zu sich heran, weiter in sich hinein. »Oh – oh mein Gott.«

Plötzlich und ungebeten trat Altheas Erscheinung in sein Bewusstsein, wie sie ausgestreckt auf dem Bett lag, und der Brechreiz stieg ihm scharf bis zum Hals hoch. Ihre üppigen, cremeweißen Schenkel, ihr rotbraunes, loses Haar über den Schultern, die halb geschlossenen Lider, ihr vollkommener Gleichmut, bis es zum Eindringen kam, wenn sie fieberhaft, ekstatisch, geradezu besessen wurde, danach dann ihre Gier nach Schokolade oder Alkohol oder dem Verzehr von irgendetwas Luxuriösem ... Himmel noch mal, nicht jetzt, nicht jetzt ...

Das Zimmer, das sie wieder sicher gemacht hatte ... sein Schluchzen, der Geruch von einem in der Dunkelheit entzündeten Streichholz ... Er berührte seinen schmerzenden Kopf. Der Duft von Feldblumen draußen, drinnen der scharfe Geruch von Öllampen ... ein weicher, rosa Bettüberwurf, bei diesem ersten Mal ... Klebstreifen kreuz und quer an den Fenstern ... Sirenen ... Tony blinzelte, als er heftiger in Rosalie eindrang, und sie keuchte und stöhnte laut. *Denk nicht dran. Denk nicht an das Zimmer, verdammt. Warum jetzt, nach so langer Zeit? Verdammt ... Der Bettüberwurf ...*

Er kam in ihr, stöhnte, ließ sich zusammensinken auf Rosie ... Rosalie? Rosalie. Auch sie stieß ein Stöhnen aus, etwas zu laut. In der Stille danach, die nur von seinen tiefen Atemzügen und Rosalies kurzen, keuchenden Schnaufern unterbrochen war, hörte er perlendes Lachen und Plaudern von Helens Garderobe. Hol sie doch der Teufel. Alles soll der Teufel holen.

Tony saß da und entfernte mit fast brutaler Eile sein Make-up, als das honigsüße Säuseln seiner Partnerin, die die zweite Hauptrolle im Stück hatte, durch die hauchdünnen Wände der Garderobe drang. Die schwüle Sommerhitze schien ihm die halbe Arbeit abzunehmen, denn die Schminke war dabei zu schmelzen und lief zum Teil schon herunter. Tony schaute sorgsam in den Spiegel, um zu sehen, ob auch nichts in den Poren und um die Nase herum zurückgeblieben war. Das war doch keine Eitelkeit, nicht wahr, mit ein paar Freunden zum Essen ausgehen zu wollen, ohne dass die Theaterschminke an einem klebte. Besonders wo Simon kam, der so gern spöttelte. Einer von Helens geistlosen Verehrern sagte leise etwas, und ein weiteres silbriges, perlendes Lachen drang zu Tony herüber. Er zuckte zusammen und unterdrückte den Impuls, an die Wand zu klopfen und allen zu sagen, dass sie, verdammt noch mal, die Klappe halten sollten.

Er hasste London im August. Warum war er hier, wenn er im Bosky sein konnte? In diesem schrecklichen, abgewrackten Theater bei miserabler Bezahlung, während Clive drüben im National mit *Othello* regelmäßig das Haus füllte? Weil er Antonius sein wollte, weil er mit Oliver Thorogood zusammenarbeiten wollte, *dem* Regisseur, der gerade in war und den Tony unmöglich hätte abweisen können. Weil er zweiundvierzig und überzeugt war, dass es mit seinem Aussehen, seiner Männlichkeit und seinem Talent abwärtsging und Antonius die perfekte Rolle war, um sich selbst, seinem schlimmsten Kritiker, zu beweisen, dass es nicht so war. Weil er mit Helen O'Malley hatte arbeiten wollen, verflixt noch mal. Was für ein *Trottel* er doch gewesen war.

Er und Althea hatten nur eine Regel – keine Rollen, die sich mit dem August und dem Aufenthalt im Bosky überschnitten. Wegen dieser Hauptrolle in der Miniserie der *Thames Television*, die Althea letztes Jahr angeboten wurde, hatte er mit Kälte und Wut reagiert, weil sie auch nur andeutete, sie könne annehmen, obwohl es die erste passable Möglichkeit im Fernsehen war, die sich seit der Geburt der Kinder für sie aufgetan hatte. Also hatte sie abgesagt und stattdessen diese schreckliche Rolle als süßlich lächelndes, dämliches Muttchen angenommen, die sie hasste. Dabei wusste Tony, dass sie mehr draufhatte als das, wusste wahrscheinlich besser als sie selbst, wie gut sie war.

... Dass sie besser sein könnte als er, der Gedanke erschreckte ihn.

Und dann war im März Thorogood mit seinem Angebot für *Antonius und Cleopatra* im Albery gekommen, eine seiner Lieblingsbühnen, er war in allen Dingen abergläubisch, aber besonders, was Theater anging, und die Möglichkeit, neben der einzigartigen Helen O'Malley bei ihrem ersten Auftritt auf einer Londoner Bühne die Hauptrolle zu spielen, hatte er angenommen und musste es dann Althea erklären. Sie war furchtbar wütend gewesen. Bei der Erinnerung an den Streit, den sie hatten, schloss Tony kurz die Augen. Er war immer noch bestürzt über manche Dinge, die sie gesagt hatte. Auch vorher hatten sie sich manchmal gestritten, o durchaus, aber das war eine andere Kategorie, etwas ganz anderes ... Tony beugte sich vor und stützte den müden Kopf in die Hände.

Es kam ihm vor, als sei sie mit den Kindern schon vor Monaten ans Meer gefahren, und es war ihm zuwider, allein in dem Haus in Twickenham zu sein. Er war nie allein da, konnte es nicht ausstehen, mit sich selbst allein zu sein. Tante Dinah hatte oft gesagt, er müsse auf seinen eigenen beiden Beinen stehen.

»Abgesehen von mir bist du ganz allein auf der Welt, lieber Ant. Du musst lernen, gut zurechtzukommen, wenn ich nicht mehr da bin. Das Leben ist ein Glücksspiel. Du hast den Würfel in der Hand.«

Seine Großtante hatte mit einem Juristen des Außenministeriums um einen Platz auf dem letzten Schiff von Basra aus gewürfelt, als sie seinetwegen zurückgekommen war. Sie hatte gewonnen, und wahrscheinlich war der junge Mann, der gehofft hatte, nach Aldershot zurückzukehren, am Kai zurückgeblieben, und zwar für den Rest des Krieges. Es lag Dinah im Blut, das Glücksspiel, und ihm auch. Tonys Vater, auch er Schauspieler wie Tony, erzählte seinem Sohn von damals, als sie zu seinem ersten professionellen Engagement auf der Bühne in London kam, er spielte Blaubart. Sie hatte (wie sie behauptete) ihre Handtasche vergessen und wettete mit der Dame an der Kasse des Alhambra, sie könne die Augen eine Minute offen halten, ohne zu blinzeln. Sie gewann die Wette, und Tony erinnerte sich daran, wie ihr Vater beschrieben hatte, dass sie sich an den verärgerten Theaterbesuchern vorbei zur Mitte der ersten Reihe vorgedrängelt hatte, Platz nahm und ihm mit weit aufgerissenen Augen zusah, als hätte sie vergessen, dass sie jetzt wieder blinzeln konnte.

Tony selbst blinzelte jetzt, wischte ihr Bild weg – immer öfter sah er Dinah vor sich, wenn er die Augen schloss, wie sie sich über ihn beugte …

Bist du zurückgekommen? Warst du das wirklich?

Er berührte wieder vorsichtig die Beule. Jetzt, da das sexuelle Lustgefühl am Verfliegen war, fühlte sich sein Kopf an, als sei er in einen Schraubstock eingespannt. Letzte Nacht, zu Haus, war er bei einem Geräusch zusammengefahren – eine Maus? Jemand, der im Park hinterm Haus oder auf dem Fluss einen Schrei ausgestoßen hatte? Er war ausgerutscht, hatte sich den Kopf an der Tür angeschlagen und war k.o. Er war weiß Gott wie lang bewusstlos gewesen, genau wusste er es nicht, und jetzt hatte er da eine Beule von der Größe eines Enteneis, was sich ziemlich seltsam anfühlte.

Als das Gelächter vom Nebenraum anschwoll, schaute Tony auf seine Uhr. Zeit zu gehen, wenn er es zum Essen mit Simon und Guy schaffen wollte. Nach einem hochprozentigen Drink und einem anständigen Essen würde es ihm wieder besser gehen. Auf dem Weg nach draußen blieb Tony stehen; dann klopfte er, obwohl er es eigentlich gar nicht vorgehabt hatte, an die Tür der benachbarten Garderobe.

»Gute Nacht, Helen«, rief er und öffnete die Tür einen Spalt. »Bis Dienstag.«

Einer der Fans, der sich auf einem Sessel neben der Tür rekelte, sprang auf. »Gute Nacht, Sir«, sagte er eifrig.

Tony winkte gnädig. »Tony, bitte.« Er nickte Helen zu, die sich nicht vom Spiegel abwandte. »Ja, ein wunderschönes Wochenende wünsch ich dir, meine Liebe.«

»Ja«, sagte sie. »Danke, Tony.«

Er betrachtete sie distanziert. Sie nahm das schwere, imitierte

Goldcollier ab, das er ihr während der Aufführung umgelegt hatte. Der Duft ihres betäubenden Parfüms, Gewürznelken und Jasmin, stieg ihm in die Nase. In der ersten Zeit der Saison war er vollkommen überzeugt gewesen, dass sie Cleopatra *war,* zum Leben erwacht. *»Andre Weiber sätt'gen die Lust gewährend, sie macht hungrig, je reichlicher sie schenkt.«*

Aber als er ihr mit seinen üblichen Sprüchen kam, war sie so zornig geworden, dass sie seitdem kaum mehr mit ihm gesprochen hatte, und die Aufführung war etwas angespannt gewesen. Sie wusste Bescheid über Rosie – Iras. Das mit Rosalie würde sie bald herauskriegen ... Er dachte wieder an Rosalie, wie sie rot wurde, als er sie berührte, ihre Jugend und Schönheit ... an den hoffnungsvollen Blick, den sie ihm zugeworfen hatte, als sie ging ... Wäre er besser in Form gewesen, dann wäre es ein großartiger Fick gewesen, wirklich genau das, was er brauchte. Es hatte ihr eindeutig gefallen. Das war doch so? Die Richtlinie, der Maßstab, der ihm erlaubte, an seiner Selbstachtung festzuhalten, war, dass alle es genossen. Mit Helen schien es nicht mehr so zu sein ... Ach, was für ein Schlamassel!

Es war der Junge neben ihr, der das Schweigen brach.

»Sonntag und Montag keine Vorstellung? Eindeutig Urlaub im Theater, was? Warum läuft am Montag nichts?«

»Da gibt es eine Benefizrevue, die war schon lange festgelegt, bevor die Termine für das Stück zugesagt wurden«, erklärte Tony. »Deshalb haben wir zwei Abende ohne Auftritt, und das ist fabelhaft.«

»Wenn das so ist«, meinte der jüngere Mann, »wissen Sie was, Helen, würden Sie nicht gern mit dem Zug nach Oxford hochfahren morgen? Oder am Montag? Ich geh mit Ihnen Stechkahn fahren.«

Helen warf Tony einen kurzen Blick zu. Sie setzte ein flüchtiges, wohlüberlegtes Lächeln auf. »Nein danke. Ich hab noch keine festen Pläne, aber ich glaube, ich werde keine Zeit haben«, sagte sie leise. »Tony? Wie sieht's bei dir aus?«

Tony strengte sich an, das drängende, schwindelerregende Gefühl zu ignorieren, das ihn erfasste. Er ballte die Fäuste, nur kurz, schaute weg und hörte sich dann sagen: »Eigentlich habe ich vor, heute Abend nach Dorset zu fahren.«

»Zu deinem reizenden Häuschen am Meer?«, sagte sie kühl. Die Ader auf ihrer Stirn pulsierte, nur ein wenig. »Was für eine Freude.«

»Ja«, sagte er und fand Gefallen an der Idee. »Ja, ich will – ich will die Familie überraschen.«

»Wie schön.« Sie schaute ihm in die Augen, und die Geringschätzung in ihrem Blick war so stark, dass er sich fragte, wieso die anderen es nicht wahrnahmen. »Na ja«, meinte sie, »da müssen wir dich ziehen lassen. Du hast eine lange Fahrt vor dir ... Ach, danke, Rosie.«

Tony fuhr zusammen und machte einen Schritt zur Seite, als Rosie hinter ihm erschien und Helen eins ihrer Kosmetika reichte. »H... hallo, Rosie, Schätzchen«, sagte er, als sie an ihm vorbeistreifte.

Rosie nickte nur, und Tony drückte sich gegen die Wand, um sie vorbeizulassen. »Gut«, sagte er. »Ich gehe dann.«

Einer von Helens Bewunderern nickte, aber Helen beachtete ihn nicht. Allein im feuchten Flur, wischte sich Tony mit Erleichterung über die Stirn und rannte die Treppe hoch. Er winkte Cyril, dem Pförtner, zu, der die Tür zur Bühne öffnete, als er näher kam.

»Wartet irgendjemand?«, fragte Tony vorsichtig.

»Da waren ein paar ältere Damen, aber ich glaube, sie sind alle gegangen, Mr Wilde.«

»Aha, Glück gehabt. Danke, Cyril.«

»Fahren Sie in den freien Tagen schön irgendwohin, Sir?«, fragte Cyril, als Tony ihm die Hand schüttelte und in das glänzende rote Auto stieg, das er in der schmalen Hinterstraße geparkt hatte.

»Ans Meer, Cyril. Ich will meine Lieben überraschen. Oh«, fügte er nebenbei hinzu, »könnten Sie bei Sheekey's anrufen? Erklären Sie, dass ich fürs Wochenende losmusste und meine Freunde nicht zum Dinner treffen kann. Guy de Quetteville, Simon Chalmers oder Kenneth Strong. Ich weiß nicht mehr genau, wer gebucht hat. Sagen Sie doch, wie leid es mir tut. Häusliche Krise oder so was. Sagen Sie – äh –, sagen Sie, meine Frau braucht mich.« Er lächelte bedauernd und stieg ein. »In Wirklichkeit fehlen sie mir so sehr, dass ich, verdammt noch mal, einfach heute Abend zu ihnen runterfahre, jetzt, da es möglich ist.«

»Na, das ist ja schön. Ich geh gleich dort vorbei, sobald Sie weg sind, Mr Wilde, machen Sie sich keine Sorgen«, antwortete Cyril beifällig. »Moment, Sir.« Er ging ins Büro am Künstlereingang zurück. »Warten Sie. Ja, ich habe eine Nachricht für Sie, jetzt fällt es mir ein ...« Er faltete ein schmieriges Stück Papier auseinander. Tony starrte ihn etwas gereizt an. »Mr Chalmers musste das Essen streichen. Er kommt heute Abend aus Dorset zurück und wird leider erst später in London sein, aber er hat angerufen, um zu sagen, dass er eine gute Zeit hatte mit Ihrer Frau und den Kindern.« Über den Zettel hinweg schaute er Tony an. »Ist das nicht schön, Mr Wilde, Sir. Das sieht Mr Chalmers ähnlich, einen zu veralbern. Sehr amüsant, der Herr.«

Tony knirschte mit den Zähnen. »Sehr amüsant«, wiederholte er, dann schaute er an sich hinunter und schmunzelte. Lächerliche Situation. »Könnten Sie Guy and Kenneth Bescheid sagen? Richten Sie aus, dass es mir leidtut. Ich hoffe, sie haben Verständnis dafür. Danke, Cyril.«

Er winkte Cyril zu, ließ den Motor an und fuhr die St. Martin's Lane hinunter, wo die blinkenden Lichter der glitzernden Schilder an den Theatern sich auf der Fahrbahn spiegelten. Mit einem splitternden Knall zersprang plötzlich eine Glühbirne am Garrick, und die Leute sprangen zur Seite, Schreie gellten. Sie waren nervös – eine Weile hatte es in London schon keine Bombenanschläge mehr gegeben, aber die IRA hatte erst zwei Tage zuvor eine Bar in Belfast ins Visier genommen. Vier Tote. Die Nerven lagen immer ziemlich blank, aber was sollte man machen. Die Schultern straffen und weitermachen, wie im Krieg. Was war die Alternative?

Die Leute strömten immer noch in Scharen in dieses Musical von Sondheim im Adelphi ... Anständige Paare in schweren Wollmänteln, die Mützen über den Kopf gezogen, strömten zur U-Bahn-Station ... Tonys letzte Garderobe hatte ein Fenster auf den St. Martin's Court hinaus gehabt, und er hatte immer am Gang jeder vorbeikommenden Person erkennen können, wer im Theater gewesen und in eine andere Welt entflohen war, wessen Ideale infrage gestellt worden waren, wessen Herzen gebrochen, wessen Ohren mit Gesang und Gelächter erfüllt waren ... Er liebte den Glanz des West End, die Lichter über jedem Theater, die nie ausgingen, die engen Sitzplätze, die labyrinthischen Bauten, wo man im Untergrund verschwand, um als Romeo oder Iwanow oder Willy Loman wieder aufzutauchen. Er hatte sie alle gespielt, mehr als einmal. Er war Hamlet im Weltraum gewesen, und er hatte Pinero in einer römischen Toga verkörpert; im Lauf der Jahre hatte er buchstäblich Tausende Male Wams und Strumpfhose getragen, beginnend bei seiner ersten Vorstellung, einer bescheidenen Inszenierung des *Sommernachtstraums,* aufgeführt in einem wunderschönen englischen Pfarrgarten, während der Abendhimmel mit deutschen Flugzeugen übersät und der Tod immer möglich war, denn er lauerte hinter jeder Ecke.

Als er am Coliseum vorbeifuhr, fiel ihm in dieser nostalgischen Stimmung das Büro seiner ersten Schauspieleragentur ein, das ein paar Türen weiter war. Über einem Friseur, *Renée Creations,* ja, stimmt. Maurice Browne, tuntig und ernst, der sein blassviolettes Haar zu Zöpfchen geflochten hatte, was Tony anfangs komisch fand und dann insgeheim mit Neid betrachtete, der Gedanke, dass man sich so wenig daraus machte, was andere dachten, dass man sein Haar in einem zarten Lilaton färbte ...

Nachdem er an der Central School of Speech and Drama abgeschlossen hatte, suchte er wochenlang einen Agenten, wanderte im zerstörten Nachkriegs-London wie Hunderte andere junge Schauspieler die Martin's Lane hoch und runter, klopfte an Türen, bettelte um eine Chance, die *eine* Glückssträhne. Maurice hatte ihn noch am gleichen Tag angenommen, brachte ihn in einem Monat in *Hamlet* heraus, in der berühmten innovativen Inszenierung von *Hamlet,* die Tony direkt zum Star machen sollte. Nach der letzten Aufführung musste die Polizei herangezogen werden, um die Menge unter Kontrolle zu halten, die gekommen war, um den jungen Star zu sehen, als er zum letzten Mal seine Garderobe verließ.

Natürlich hatte ihm das gefallen ... Tony lächelte nachdenklich und bremste, um eine Gruppe Nonnen die Straße überqueren zu lassen. Sie lächelten ihm zu, er lächelte charmant zurück, und sein Blick wanderte wieder zu den Fenstern jenes ersten Agenten hinauf. Die Agentur gehörte zu seiner Karriere, dieses Treffen mit Maurice – 52? 53? 1952 war es gewesen. Und das war wie lang her?

»Mein Gott«, sagte Tony leise. Dreiundzwanzig Jahre. Er war schon so lange im Beruf, wie das ganze Leben eines jungen Menschen dauerte. (Er fragte sich mit einem mulmigen Gefühl, wie alt Rosalie wohl war.) »Ich gehöre zum alten Eisen«, flüsterte er, und es freute ihn umso mehr, die Stadt hinter sich zu lassen.

Es war wenig Verkehr. Das Dach war auf, die Nachtluft des Hochsommers im Haar, fing Tony an, sich langsam wieder zu beruhigen. Das war immer so, wenn er wusste, dass er dorthin zurückfuhr.

Er hoffte, dass Rosalie die Regeln begriffen hatte. Allzu oft taten die Damen das nicht, und dann wurde es schwierig. Wie Helen. Oder Jacqui, das Garderobenmädchen vom White Elephant, die ihm all diese Briefe geschrieben hatte. Oder Bryan, der liebe Junge, den er eine Zeit lang betreut hatte. Oder – oder irgendeines der hübschen jungen Dinger, die er brauchte, die am Künstlereingang erschienen oder an der Tür vom Garrick Theatre, oder am River Walk, um Himmels willen, mit verheultem Gesicht, blass, mit gequältem Blick. »Du hast mir versprochen ...« »Du hast gesagt, du würdest mich anrufen, Tony ...« »Ich liebe dich. Du kannst nicht verlangen, dass ich das einfach abschalte.« »Zwölf Wochen, hat der Arzt gesagt.«

Das Mädchen, das vor ein paar Monaten bei ihnen zu Hause aufgekreuzt war – wer war sie noch mal? Er kniff die Augen zusammen, versuchte sich zu erinnern und wich einem schwarzen Taxi aus, das ihn anhupte. Tabitha? Jemima? Irgend so was. Die Nanny der Kinder, die mit Cordelia und Benedick spielten. Sie wusch sich nicht. Roch nach Erde, überall buschige Haare, in den Achselhöhlen, zwischen den Beinen, und noch stolz drauf. Bei ihr hatte er auch einen Fehler gemacht, einen verheerenden. Die sexuelle Befreiung kam bei den Mädchen offenbar nicht so gut an wie bei den Jungs, fand er heraus. Freudig hatte er sich in die Sechzigerjahre gestürzt, weil er glaubte, sie bedeuteten, dass endlich alle so sehr darauf abfahren würden wie er, aber was für ein Fehler! Sie wollten trotzdem nach wie vor ein Haus, einen Garten und Kinder, ein Versprechen, einen Ring ... Sie wollten *ihn* für immer und ewig, und er gehörte Althea, was auch immer kommen mochte. Das letzte Mal, als er sie gesehen hatte, war vor der Klinik in der Devonshire Street gewesen, ganz früh an einem eiskalten Morgen im Mai, als er das Geld in ihre Hand legte – Tabitha, ja, sie hieß Tabitha.

Irgendwo nach dem New Forest merkte Tony, dass es schlimmer als je war mit seinem Kopf, in dem sich die Gedanken mit dem Schmerz vermischten. Es war, als öffne sich ein Spalt in seinem Gehirn, und drinnen war alles ständig angefüllt mit Gedanken an nackte Körper, die sich wanden und verdrehten, flüchtig zu sehen durch Seide oder Spitze, offene Münder, wallende Haare ... Gedanken, gesättigt mit den erregendsten Erinnerungen, und die Panik zu wissen, dass Simon im Bosky unten gewesen war, während er oben in London war ... Sie würde doch nicht, oder? Der Spalt war ganz schmal, er konnte ihn noch gerade so schließen, wenn er sich richtig anstrengte, aber es wurde immer schwerer ...

Angespannt fuhr er weiter, der Mond leuchtete ihm den Weg, während die Straßen in Dorset schmaler und grüner wurden, die leeren kleinen Straßen, die sich am Tag mit Ausflüglern und Farmmaschinen füllten. Nur noch ein paar Meilen, dann war er zu Haus und würde neben seiner lieben Frau ins Bett schlüpfen, und am nächsten Morgen würden die Kinder ihn sehen und vor Vergnügen jubeln, und sie würden Krabben fangen gehen, und er würde schwimmen und ihnen Sandburgen bauen, und Althea würde mit ihrem Gin Tonic auf der Veranda sitzen und ihr Buch hinlegen, um sich am kühlen Abend mit ihm zu unterhalten; die Tropfen von dem dicken, beschlagenen Glas würden über ihre weißen Finger rinnen, die schlanken Füße auf dem Verandageländer abgestützt, ihr unbeschwertes Lachen, der Blick in ihren Augen bedeutete: *Ich kenne dich, Schatz. Bei mir bist du sicher.* Denn das war er; immer hatte er bei ihr das Gefühl, dass sie die Einzige war, die ihn retten konnte, wenn alles losging.

Und dann sah er Julias Gesicht, das vor ihm erschien, als sei es gestern. *Komm,* sagte sie, warf ihr Haar nach hinten, biss sich mit den weißen Zähnen auf die Unterlippe, die verlassenen Strände, die langen Schutzwälle, die gegen den drohenden Angriff angelegt worden waren. *Komm hierher, niemand ist da.* Und ihre Hände auf ihm, und seine eigenen begierigen Hände, die unter ihr Kleid griffen ... Sex, Haut, der Geruch von Sommernächten und Schweiß und Seife. Tony schüttelte den Kopf, biss die Zähne zusammen, die Hände taten ihm weh, weil er das Steuerrad so fest umklammert hielt wie ein Ertrinkender einen Rettungsring. *Nein, nein. Nein. Nicht sie.* Zum Himmel hochblickend, zog er eine Grimasse und fuhr weiter. Dünne Streifen aufgeblähter Wolken zogen vor den riesigen Augustmond, und das Getreide auf den Feldern leuchtete silbrig in der Dunkelheit. Es herrschte Stille. Über das Steuerrad gebeugt, raste er auf das Meer zu, als verfolge ihn etwas oder jemand. Heim. Er würde bald daheim sein.

Aber er hatte seine Schlüssel nicht dabei, so kam es, dass Tony vor dem schlummernden Haus anhielt, die Haustür jedoch nicht öffnen konnte. Er wagte es nicht, Althea aufzuwecken, noch viel weniger die Kinder, sie aus dem Schlaf zu reißen und diese kleine Überraschung mit einem schlechten Anfang zu belasten. Er zog einen Pullover aus dem Kofferraum, schloss ihn so leise wie möglich, kroch auf den Rücksitz, legte den Pullover unter seinen hämmernden Kopf und deckte sich mit seinem Tweedjackett zu. Als Letztes sah er die sich neigenden Malven, die vor dem Haus schwarz im Mondlicht schwankten, und während die Erleichterung ihn überwältigte, versank er in der Bewusstlosigkeit und schlief den Schlaf der Toten.

KAPITEL DREI

Tony erwachte um halb sieben mit einem Schreck. In London konnte er bis zum Mittag schlafen, wenn ihn niemand störte, aber an der Worth Bay wachte er immer zur gleichen Zeit auf. Tante Dinah war immer früh auf den Beinen gewesen, sie war daran gewöhnt, beim Morgengrauen aufzustehen, bevor die Hitze des Bagdader Sommers ihr zu schaffen machte.

Die Stelle mit der Beule an der Stirn war immer noch empfindlich, und er hatte Kopfschmerzen. Gemächlich den steifen Hals streckend, begutachtete Tony das Haus. Die Vorhänge waren noch zugezogen. Seine Zunge war nach dem Schlafen dick und glatt, die Bartstoppeln juckten an der Stelle, wo sein Kinn auf das Schlüsselbein hinuntergesunken war. Er kam sich schmutzig vor, London haftete ihm an. Gern wäre er auf der Veranda gesessen, Hose und Hemd frisch gebügelt, die Zeitung lesend, die frühe, morgendliche Brise an den glatten, sauber rasierten Wangen spürend. Aber sie aufzuwecken ... kam ihm so egoistisch vor. Tony saß ruhig da und umfasste wieder das Steuerrad.

Plötzlich fiel ihm ein, was er tun konnte. Er würde nach Wareham fahren, die Zeitung holen und Brötchen besorgen, die man im alten Gasthof am Marktplatz durch eine Klappe verkaufte, frisch aus dem uralten Brotofen. Rhoda, die Wirtin, kannte ihn sozusagen seit Ewigkeiten. Er würde zurückkommen und sich auf den Korbsessel setzen, sodass er lesend auf der Veranda saß, wenn sie herauskamen. Was für eine Überraschung das für sie sein würde! Er konnte sich Cordys Gesicht schon vorstellen ... Kurzerhand stieß er zurück, geradezu fröhlich – aber in dem Moment hörte er einen Aufprall, und dann erst schaute er in den Rückspiegel.

Es war ein Mädchen. Er konnte das helle Haar erkennen, das wie

Bänder auf dem schmutzigen, sandigen Weg ausgebreitet war, und als Tony aus dem Auto sprang und zu ihr hineilte, sah er Blut aus ihrer Nase sickern. Einen Moment fragte er sich, ob er mit seiner Beule am Kopf wohl halluziniere. Er starrte ihren winzigen Körper an, sie musste jünger als Ben sein, ihr flaches, blasses Gesicht wirkte leblos, ihre dünnen Arme und Beine waren ausgestreckt, als wolle sie sich verteidigen ... Das Blut stockte in seinen Adern.

»Oh Gott, mein Gott. Nein.« Er streckte die Hand nach ihr aus, dann erinnerte er sich an Tante Dinahs Training für Erste Hilfe: dass man niemals jemanden verlagern soll, der sich den Hals oder die Wirbelsäule gebrochen haben könnte. Er streichelte ihr über die Wange. »Mein liebes kleines Mädchen – es tut mir so leid. Kannst du ...« Er kam sich lächerlich vor, der Schweiß brach ihm aus, als das ungeheure Ausmaß der Begebenheit ihn überwältigte. Er starrte das kleine Gesicht unter all den Haaren an. Er kannte sie, war sich dessen sicher ... Hektisch tätschelte er ihr die Hand.

»Kannst du mich hören? Hallo, Kleines?«

Und dann ... öffnete sie wie durch ein Wunder ein Auge. Er hätte vor Erleichterung schreien mögen. Als sie sah, dass er über sie gebeugt war, schloss sie das Auge sofort wieder.

»Schätzchen«, sagte Tony leise, »ich hab dich angefahren. Kannst du mich hören?« Er nahm ein Taschentuch heraus und wischte sanft das Blutrinnsal weg, das sich über ihre Wange schlängelte. Etwas trieb ihn dazu zu sagen: »Es war nicht deine Schuld, weißt du. Ich war schuld.«

Er schaute hinunter und sah, wie die kleinen Fäuste sich öffneten, bemerkte den Schmutz auf ihrem Kleid und ihren Söckchen. Auf dem unbefestigten Weg wirbelte sehr leicht Staub auf. Er nahm ihre Hand in seine. »Kleine, wenn du mich hören kannst, ich möchte, dass du dich aufsetzt. Ich heiße Tony. Wenn du kannst, sag doch ›Hallo, Tony‹.«

Und sie öffnete die Augen, richtete sich auf und sagte entrüstet: »Ich weiß, wer Sie sind, natürlich weiß ich das.«

Tony lachte erleichtert. Das kleine Mädchen setzte sich auf, hielt ihr helles, silbriges Haar in einer Faust fest, schüttelte den Staub ab und strich sich über ihren Rock und die Söckchen.

»Aha, das weißt du?«

»Ja, meine Tante erzählt mir von Ihnen«, sagte sie ernst, die großen Augen auf ihn gerichtet. »Meine Mami hat Sie sogar im *Hamlet* gesehen. Sie war total von Ihnen begeistert.« Sie hielt inne. »Sie ist tot«, fügte sie hinzu. »Sie war eins siebzig groß. Sie ist gestorben, als mein Bruder zur Welt kam. Er ist auch gestorben.«

Unwillkürlich streichelte er ihr übers Haar und ergriff die kleine Faust. »Das tut mir wirklich leid zu hören.«

Sie zuckte nüchtern mit den Schultern. »Wie gut kennen Sie Bristol?«, fragte sie, als unterhalte sie sich bei einer Teeparty mit der Königin, und er musste wieder lächeln. »Ich wohne im Sommer hier bei meinem Daddy, aber wenn ich zur Schule gehe, wohne ich bei meiner Tante. *Sie* ist aus Australien zurückgekommen, damit sie für mich sorgen kann. Sie mag Sie. *Sie* wohnt in Bristol.«

Tony kannte nur allzu viele solcher Tanten. Meist traktierten sie einen mit ungenießbaren selbst gebackenen Kuchen und mit Heften, in die man Autogramme reinkleben konnte, und sie wollten einen mit Geschichten darüber beglücken, wie sie *Hamlet* gesehen hatten, und sie kamen einem immer zu nah. »Ich kenne Bristol nicht besonders gut. Hör zu, bist du sonst irgendwie verletzt? Wo ist dein Vater? Ich glaube, wir sollten dich nach Haus bringen und …«

Sofort schüttelte sie seine Hand ab und rappelte sich auf; sie war dünn und ungelenk wie ein Storch. Abrupt sagte sie: »Nein. Das ist wirklich nicht nötig, danke. Daddy schläft noch. Er würde wütend werden.«

»Wo ist denn euer Haus? Wo wohnst du?« Tony stemmte die Hände in die Hüften und schaute auf sie hinunter.

»Dort drüben. Es ist dreißig Meter von hier. Ich hab es gemessen. Mein Vater ist dort. Mit mir ist alles in Ordnung, ehrlich. Tut mir leid. Sehr leid. Bis später.« Und bevor er noch etwas sagen konnte, machte sie sich davon, schoss in Sekunden den Pfad entlang. Tony folgte ihr, seine müden Glieder schmerzten, und obwohl er am Weg und hinter den leeren Strandhäuschen suchte, war sie verschwunden.

Er starrte den Weg entlang, auf dem sie sich entfernt hatte, in Richtung Beeches, zu Ian und Julia Fletchers Haus. Er hatte Ian schon seit ein paar Jahren nicht mehr am Haus gesehen ... War dieses kleine Ding seine Tochter? Julias *Nichte? Meine Tante auch* ... Er rieb sich die Augen, presste die Finger an den pochenden Kopf. Er brauchte etwas zu essen, musste sich waschen und umziehen. Julia – natürlich, an sie hatte er sich erinnert gefühlt. Er ging zum Wagen zurück, schaute zum Haus hinauf, um sicherzugehen, dass es dort keine neuen Lebenszeichen gab, und stieß wieder zurück, diesmal äußerst vorsichtig.

Als Tony vierzig Minuten später mit vier glasierten süßen Teilchen und dem *Observer* auf dem Sitz neben sich zurückfuhr, fiel ihm ein, dass er den Wagen oben stehen lassen sollte, damit es wirklich eine Überraschung gäbe; also parkte er und ging den Rest auf der Straße zu Fuß. Der gleiche Klumpen Gras in der Mitte des Weges, der gleiche Geruch nach Meersalz und Wildblumen, die Schreie der Möwen und der Wind ... Seit Mai war er nicht mehr hier gewesen. An jenem Wochenende mit Tilly, der Ankleiderin von *Trelawny of the »Wells«*. Keinerlei Hemmungen, der Vater war in der Marine, kleine Leberflecke überall auf ihrer Haut. Damals herrschte an der Bucht der Frühling, Schwalben glitten über die Felder, und der Himmel war von einem frischen, klaren Blau. Aber den August hier fand er am schönsten, als er vor so vielen Jahren das Haus damals zum ersten Mal gesehen hatte, das gebleichte Gras, die dunklen Bäume, die Frische am Abend, das Gefühl, dass etwas zu Ende ging.

Vor langer Zeit hatte er an der Central School of Speech and Drama den Trick gelernt, wie man sich geräuschlos bewegt. Als Tony sich dem niedrigen Holzhaus näherte, freute er sich zu sehen, dass die Vorhänge in Altheas Zimmer noch vorgezogen waren. Er ging auf das Seitentor zu, das von vorn und vom Strand her auf die Veranda führte, und war so froh, dass er gekommen war, dass er sie alle sehen würde. Die Freude bei dem Gedanken an ihre lieben Gesichter erfüllte ihn.

Er blieb einen Moment stehen und schaute zur Veranda hoch. Das Küchenfenster war offen, aber er konnte nicht nach drinnen schauen, und dann gab es plötzlich ein dumpfes Geräusch, danach das Klappern am Türgriff der Verandatüren, und eine Gestalt mit wirrem Haar in einem hellblauen, filzigen Morgenrock stürzte sich auf ihn.

»Daddy! Daddy-Daddy-Daddy-Daddy!«, rief sie und warf die Arme um seinen Oberkörper. »Du hast uns überrascht! Mummy hat gesagt, du kommst nicht, und ich hab gesagt, du kommst doch, oh, Daddy!«

»Mein Liebling, Cord«, sagte Tony und drückte sie, so fest er konnte, ohne ihr wehzutun. »Da kommt sie ja! Hallo, Ben, alter Junge, wie geht's, mein Kleiner?«

»Gut, Daddy«, sagte Ben und lief mit verstrubbeltem Haar und verschränkten Armen auf ihn zu. Tony wusste, dass er sich auf diese Weise bemühte, nicht am Daumen zu lutschen. »So schön, dich zu sehen.«

Tony umarmte den Jungen, während Cord noch an ihm hing und ihn zu sich zurückzuziehen versuchte. »Bist du mit den zwei anstrengenden Frauen zurechtgekommen, Ben?«

»Geht so. Bin sehr froh, dass du da bist.«

»Ach, ich hab dich so lieb, Daddy«, sagte Cord und küsste seine Ohren, seine Wange, sein Haar. »Ich verzeih dir – ich verzeih dir alles! Oh …« Sie hielt das Gesicht ihres Vaters umfasst, strahlte ihn an, und dann schaute sie plötzlich mit finsterer Miene über seine Schulter. »Ach, Mist, Ben, da ist wieder die Spionin. Das Mädchen, ich hab dir von ihr erzählt. Was macht *die* denn hier?«

Das kleine Mädchen war zurückgekommen, ihr Gesichtchen schaute über das Holzgeländer. Mit ihren graublauen Augen starrte sie ungerührt alle an.

»Wie heißt du denn, Kleine«, fragte sie Tony.

»Madeleine«, antwortete sie und verschränkte die Arme. »Madeleine Fletcher.«

»Dann bist du also Julias Nichte«, sagte er, nickte und lächelte ihr zu.

Sie nickte, rührte sich aber nicht, als wäre sie an dem Geländer festgeklebt.

»Sie drückt sich immer hier rum«, sagte Cord gleichgültig. »Hör zu, hau ab, los. Er ist unser Dad. Hast du nicht deinen eigenen daheim?«

»Ja schon, und …« Madeleine hielt inne und streckte die Zunge heraus. »Ja, da hast du's!«

»Immer ist sie da«, sagte Ben mürrisch.

»Sie spioniert hinter uns her«, fügte Cord hinzu.

»Madeleine«, sagte Tony, wandte sich ihr zu und lehnte sich über das Geländer. »Es ist schön, dich richtig kennenzulernen. Vielleicht kommst du mal und spielst mit Cordelia. Würde dir das gefallen, Cord?«

»Eigentlich heiße ich jetzt Agnetha«, sagte Cordelia, ließ sich an ihrem Vater hinuntergleiten und landete mit einem Plumps auf dem Boden. »Ich hab ja eigentlich schon mal mit ihr gespielt, als wir *Blumen und Steine* erfunden haben.«

»Blumen und …« Tony unterbrach sich, denn er erinnerte sich, welch großen Teil seines letzten Sommers er mit dem Spielen von Cords neuestem Lieblingsspiel verbracht hatte. »Oh. Stimmt.«

»Wir *müssen* es unbedingt wieder spielen, wir sind jetzt richtig gut geworden«, sagte Cord, und Tony nickte. Dann drehte er sich zu Madeleine um und sah, dass sie wieder verschwunden war. Er fragte sich, ob sie Ian Fletchers Kind war – das musste sie sein, natürlich. Der arme kleine Wicht. Er konnte nicht umhin zu denken, dass es wohl keinen großen Spaß machen würde, Ians Tochter zu sein.

»Du solltest nett zu Madeleine sein«, mahnte er.

»Sie ist verrückt, ehrlich, Daddy«, erwiderte Cordelia energisch. »Erinnerst du dich nicht an den Tag, als ich mit ihr gespielt habe? Da hat diese Dame sie am Strand gefunden, und sie weinte. Und ich hab den Engel gefunden, den hast du oben am Haus aufgehängt.«

»Ja«, sagte Tony. »Ja, ich erinnere mich«, und er drehte sich um und blickte den Engel zum ersten Mal an. Er nickte der Figur grüßend zu, aber sie starrte einfach ungerührt zurück, die angelegten Flügel zeigten nach unten, die Augen waren glasig und unbeweglich, ein Geheimnis. Als Junge hatte er Abenteuergeschichten gemocht, besonders die über verschollene Schätze und uralte Götter. Tante Dinah sagte immer, sie hätte den Engel auf einem Markt in Bagdad entdeckt, aber das hatte er ihr nie geglaubt. Er stellte sich vor, wie sie eines Abends die Stufen einer in Ruinen liegenden mesopotamischen Zikkurat hinaufhuschte. Das Mondlicht strahlte die Farben ihres alten Kimonos an, die dem Federkleid eines Pfaus glichen. Sie ließ den Engel und jene kleinen Vogelfiguren mitgehen, die sie als Glücksbringer um das Haus herum vergrub. Bevor die Nazis kamen, hatte sie sie aus einer alten Grabkammer entwendet und gerettet, hatte sie nach Haus mitgebracht, wo sie ihn und seine zukünftige Familie beschützen konnten …

Er blinzelte, als er bemerkte, dass Cord ihn am Arm zog.

»Ich sag dir, Daddy, dieses Mädchen ist eine Spionin. Sie erinnert sich an alle Dinge, die mit uns zu tun haben, wie zum Beispiel, welche Farbe meine Schuhe letzten Sommer hatten. Wir hassen sie, und sie wäscht sich nie.«

»Ihr solltet nicht so unfreundlich sein, ihr beiden. Ihr müsst hingehen und euch bei ihr entschuldigen«, sagte Tony. »Fragt sie, ob sie mit euch spielen will.«

»Nur wenn du mitkommst«, sagte Cord und hielt dem Blick ihres Vaters stand. »Komm zum Beeches-Haus mit uns. Wir haben Angst, allein zu gehen. Ihr Vater ist auch verrückt.«

»Na ja«, sagte Tony schwach. »Wir werden sehen.«

»Ja. Werden wir«, sagte sie keck, und er hätte am liebsten gelacht. »Komm, Flash Gordon. Komm, Daddy.«

Tony folgte seinen Kindern ins Haus und atmete das Aroma von Kiefern, Holz, würziger Reinlichkeit und Wärme ein. Der Geruch von Tante Dinah, der Geruch nach Sicherheit, nach Zuhause. »Ich bin sehr müde, meine Herzchen«, sagte er und zog seine Schuhe aus. »Ich will mich waschen und rasieren, und dann komm ich wieder rauf. Hier sind süße Stückchen.«

»Mummy hat gesagt, du würdest Frühstück für uns machen«, meinte seine Tochter.

»Das glaub ich nicht – sie wusste ja nicht, dass ich komme«, erwiderte Tony erschöpft.

»Sie hat gesagt, sie wettet mit jedem von uns um fünfzig Pence, dass du nach dem Stück kommst und uns überraschst, und du würdest zum Frühstück hier sein, und wir sollten ganz erstaunt tun, wenn wir dich sehen«, sagte Cord.

»Cord, ich ...«

»Ich heiße *Agnetha.*«

Tony lachte, er konnte nicht anders. Er stützte den Kopf in die Hände und ließ der Fröhlichkeit ihren Lauf. »Ach, ihr Kleinen, es ist wunderbar, euch zu sehen.«

»Wie lang wirst du hier sein?«, fragten sie fast einstimmig.

»Heute, morgen und bis Dienstagmittag. Ich habe süße Teilchen mit Guss fürs Frühstück gekauft. Also, bitte, lasst euren armen, müden Vater gehen und sich waschen, und dann werden wir uns alles Mögliche ausdenken, was wir machen können.«

»Liest du uns den *Hobbit* vor bis zum Ende? Simon hat es probiert, aber er kriegt das mit den Stimmen nicht hin, und dann musste er nach London zurück, und wir waren nur bis Rivendell gekommen.«

»Ich – ja, das mach ich.«

»Kaufst du auch noch Speck zum Krabbenfangen? Mrs Gage sagt, das ist das Einzige, was funktioniert.«

»Ja, Cord.«

»Agnetha, Daddy, du musst dran denken. Wir ändern die Namen, wenn wir nach London zurückkommen. Mit einseitiger Willenserklärung.«

Ben nickte und zog dann am Arm seines Vaters, der ihn immer noch umfasst hielt. »Können wir das Boot aus dem Strandhäuschen holen?«

»Können wir ein Wettrennen am Strand machen? Und *Follow My Flapjack?* Oh, und können wir dir zeigen, wie wir jetzt ganz anders *Blumen und Steine* spielen? Ich hab ein paar neue Regeln aufgeschrieben, deshalb ist es jetzt *noch* spannender ...«

Tony zog sie beide wieder an sich. »Ja«, flüsterte er seinem Sohn ins Haar, in dem Sandkörnchen hingen. Ein Kloß saß ihm im Hals. Er war daheim, er war sicher, sie waren hier ... Er hörte Schritte, hob den Blick, und da stand Althea in der Tür, die Sonne legte einen Lichtschleier um ihren vollen Körper, der in ihrem lavendelblauen Seidenmorgenrock steckte ... Ohne ihr Make-up sah sie jung aus, das scheue Mädchen aus Schottland mit ihrer klassischen Schönheit, das er jahrelang durch ganz London verfolgt hatte, in Cafés und verrauchten Klubs, und das er mit einer Heftigkeit begehrt hatte, die ihn immer noch überraschte. Ihr Gesicht glich einer Maske, aber sie biss sich auf die Lippe, als er ihr in die Augen schaute, und er wusste, sie war noch sein – gerade so.

»Hallo«, sagte er und schaute zu ihr auf.

Sie zog die Kordel ihres Morgenrocks etwas fester und betrachtete ihn.

»Na, hallo«, sagte sie. »Das ist ja eine nette Überraschung.«

Die Kinder beobachteten die beiden neugierig.

Du hast mir gefehlt.

Du hast also Simon zu Besuch kommen lassen.

Der letzte Streit tut mir leid.

Tony schüttelte den Kopf und schloss kurz die Augen.

Er wusste, es war seine Entscheidung, er konnte die Fehler auslöschen, wenn er nur aufhören könnte, auf die Stimme in seinem Kopf zu hören, die sich in diesem Jahr wieder flüsternd gemeldet hatte. Es waren keine katastrophalen Fehler, noch nicht. Er wusste, es kam auf ihn an, er hatte die Macht, sie alle glücklich zu machen, konnte er nur stark genug sein. Er holte tief Luft, atmete dann aus.

»Die Antwort ist ›Ja‹, auf alle Fragen.« Er küsste seine Tochter. »Ach, ich bin so froh, hier zu sein, Cord.«

»Zum letzten Mal, Daddy. Ich sag's nicht noch einmal.«

Althea zuckte mit den Schultern. »Du musst mit ihnen über diesen Unsinn mit den Namen reden, Liebster. Ich hab's aufgegeben.«

»Das werd ich tun. Hast du mich denn vermisst?«

»Ja«, sagte sie gelassen. »Du alberner Kerl. Du weißt doch, dass wir dich vermisst haben.«

»Ein kleiner Vogel hat mir erzählt, dass Simon hier war.«

»Ja, und es war toll. Er war großartig mit den Kindern.« Sie räusperte sich. »Aber er heiratet und zieht für ein paar Jahre in die Staaten. Er wird eine Zeit lang nicht mehr herkommen.«

Sie begegnete seinem Blick. Er nickte dankbar.

»Onkel Bertie war auch hier. Er hat einen Drachen mitgebracht«, sagte Cord. »Aber er ist kaputtgegangen.«

»Ich kann ihn wieder richten.«

»Ich weiß.«

Tony stand auf, stellte sich auf die unterste Verandastufe, sodass ihm die Sonne auf den Kopf schien, und breitete die Arme weit aus. *»Freut euch, Ihr Männer Angers'«*, rief er laut aus, und die Kinder zappelten vor Vergnügen und tanzten um ihn herum. *»Ziehet die Glocken!«*

Jeden Abend auf der Bühne zu stehen und ein anderer Mensch zu sein war ein sehr sonderbarer Beruf. Es wurde schwerer, nicht leichter. Manchmal dachte er, sein Gehirn könnte jederzeit aufbrechen und diese widerwärtigen, amoralischen, verrückten Gedanken würden heraushüpfen wie böse Kobolde, würden aufspringen, schreien, ihm in die Beine beißen, überall herumrennen, alles umwerfen; gestern Abend hatten sie das fast getan. Die Leute wären entsetzt, man würde ihn einsperren, aber dann würde es vorbei sein, und deshalb wäre das Aufbrechen vielleicht nicht so schlimm ... Tony schüttelte den Kopf. Sie war immer da, die Vergangenheit, sie wartete auf ihn, wartete darauf, ihn zu fassen. Aber jetzt noch nicht. Heute nicht.

KAPITEL VIER

London, Juli 1940

Im Krankenhaus konnte man die Schritte vom anderen Ende des Korridors näher kommen hören. Sie hallten auf den roten Fliesen wider, solche Fliesen, die aussahen, als fühlten sie sich warm an, aber sie waren immer kalt. Deshalb wusste man, ob jemand kam, selbst wenn man so tat, als schliefe man.

In der ersten Zeit, nachdem Ant dorthin gebracht worden war, drehte er sich jedes Mal um, wenn er Schritte hörte, obwohl er auf dieser Seite nicht schlafen konnte, weil die rote, wunde Haut zusammenschrumpfte, sich zu unzähligen Grinden zusammenzog. Sich zu drehen war eine Qual, aber er tat es trotzdem. Er musste doch nachschauen. Weil man sich vielleicht getäuscht hatte und sie zurückkommen und ihn holen würde. Vielleicht hatte man sie an einen anderen Ort gebracht.

Aber sie war es nie.

Das alte viktorianische Krankenhaus roch nach etwas ekelhaft Süßlichem, und es war kalt dort, selbst im Hochsommer, und sehr still. Die anderen Kinder auf Ants Station waren ganz ruhig, genau wie er. Manche von ihnen sprachen nicht, weil sie zu schwer verletzt waren, manche sagten nichts wegen der Dinge, die sie gesehen hatten. Ant hatte mit einem kleinen Mädchen gesprochen, das gegenüber auf der anderen Seite des Raums lag. Sie hieß Cherry. Die ganze Zeit klammerte sie sich an einen Teddybären, den einer der Mitarbeiter vom Roten Kreuz Ant gegeben hatte, und er hatte ihn ihr geschenkt. Er war zu alt für Teddys, hatte er ihr erklärt. Ihr Haar bauschte sich zu verfilzten Büscheln, eins davon ganz einseitig. Niemand hatte die Schleifen herausgenommen und sie gekämmt seit dem Unglück, das ihr zugestoßen war. Sie war eine Quasselstrippe, darin unterschied sie sich von den anderen. Wenn sie sprach, wackelte sie mit dem Kopf, und von ihrem grauen Haar rieselte Staub in Wölkchen, die im kalten Sonnenlicht wie ein Heiligenschein leuchtend um ihren Kopf schwebten. Es war Trümmerstaub von ihrem zerbombten Zuhause. Ruby, das Mädchen im Bett neben Ant, hatte ihm, als Cherry endlich eingeschlafen war, zugeflüstert, dass ihre ganze Familie umgekommen sei, beide Eltern, zwei Brüder, eine kleine, neugeborene Schwester und ihre Großeltern. Aber sie sprach nicht über sie. Sie redete nur von Mickey Mouse. Einen Tag bevor es passierte, war sie im Kino gewesen und hatte Zeichentrickfilme gesehen. Sie war verrückt nach Mickey Mouse. Hatte auch die Gasmaske. Ant redete gern mit ihr, sie war süß, und er redete sowieso lieber mit Mädchen.

Etwa zwei Wochen nachdem Ant gekommen war, wachte er auf und schaute hinüber, aber Cherry war nicht da. Er war verwirrt. Er konnte nicht gut schlafen, hatte Träume, die ihn fesselten wie Ketten, und danach war die Matratze patschnass von Schweiß und Urin. Aber ihr Bett war ordentlich gemacht, mit neuen Bezügen und kratzigen Decken, bereit für ein anderes Kind.

»Wo ist Cherry?«, fragte er Ruby.

»Hast du das nicht mitgekriegt?« Sie war dabei, ein Comicheft zu lesen, und schaute mitleidig über den Rand.

»Nein. Wo ist sie denn?«

»Der kleine Quälgeist ist in der Nacht hopsgegangen. Hast du sie nicht schreien hören? Bis sie dann gekommen sind?«

Ant schluckte und schaute hinüber. »Ich – ich muss geschlafen haben.«

»Ja, aber trotz all dem Krach, den du machst, würde ich doch meinen, dass du sie gehört hast …«

»War es so schlimm?« Er starrte auf die Fensterbank hoch über Cherrys Bett, wo sein Teddy saß.

»Na klar. Ihre Haut ist ganz rot geworden. Der Splitter war in ihrem Bein.« Ruby gehörte nicht zu den Rührseligen. »Sie haben es gestern Nacht abgenommen, das war die einzige Hoffnung. Die Schwester hat gesagt, dabei ist sie gestorben.« Sie schüttelte genüsslich den Kopf. »Das Herz hat aufgehört zu schlagen.«

Colin, der dicke weinende Junge auf der anderen Seite von Ruby, blinzelte hektisch. »Halt die Klappe, Ruby.«

»Vielleicht ist es besser so«, sagte Ruby mit größerer Weisheit, als ihrem Alter zukam. »Wo hätte sie hingehen sollen?«

»Ich hab gesagt, halt die Klappe, sonst hau ich dir deine verdammte Stütze unterm Arm weg«, sagte Colin wütend. »Halt einfach die Klappe.«

»Na ja, stimmt doch, oder?« Ruby wandte sich an Ant, als sei er ihr Verbündeter. »Niemand ist zu ihr gekommen, oder? Niemand hat sie besucht.« Plötzlich hielt sie inne. »Ich meine ...«

Ant hatte sich wieder hingelegt und von ihr abgewandt, er war selten unfreundlich; seine Mutter legte größten Wert auf Manieren, aber er konnte es nicht mehr mit anhören.

»Tut mir leid, Ant«, sagte sie. »Ich hab nur an sie gedacht, hab's nicht so gemeint, weil sie doch ... Entschuldigung.«

Entschuldigung.

Am Ende des langen Saals wurden plötzlich die Türen geöffnet und schlugen dabei gegen die Wand. Manche der Kinder blickten auf, Ant tat das jedoch zum ersten Mal nicht. Er hörte Schritte, die näher kamen; sein verletztes Bein war ganz verdreht, sodass die Grinde schmerzten, weil die wunde Haut sich an dem rauen Bettzeug rieb. Er spürte, wie einer der Grinde sich löste, und zugleich wurden die Geräusche lauter. Er lächelte, als Schwester Eileen vorbeikam, hinter ihr ging eine Dame in einem graubraunen Mantel klappernd auf ein Bett am hinteren Ende des Saals zu. »John?«, sagte die Schwester bestimmt. »Mrs Havers ist hier, sie will dich in ein schönes, neues Zuhause mitnehmen. Setz dich auf, mein Kleiner. Nein, nein, geweint wird nicht. Es ist Zeit, sich anzuziehen.«

Niemand kam, um ihn zu holen. Er begriff das jetzt, selbst wenn die anderen es nicht verstanden.

Daddy war schon zwei Monate nach Kriegsanfang umgekommen.

Weil nicht gekämpft wurde, niemand starb, fingen die Leute an, vom Sitzkrieg zu reden, und Ant gefiel das, weil er sich dabei besser fühlte. Nur war Philip Wilde tatsächlich gestorben, als sein Flugzeug bei einer Übung in Newquay in Brand geraten war. Sein Vater, der Flugingenieur und der Navigator waren alle sofort tot. »Ein Held. Und er hat nicht gelitten«, sagte der Mann von der Royal Air Force, der kam und es ihnen sagte. »Er hat bestimmt gar nicht gewusst, was los war.«

Darüber hatten Mummy und er tatsächlich gelacht, als er gegangen war. »Ich wüsste ganz genau, was los ist, wenn ein Feuerball mein Flugzeug vernichten würde«, hatte Mummy später gesagt, hatte sich eine Zigarette angezündet und sich den Rest Gin eingeschenkt. Zu lachen hörte sich schrecklich an, aber das taten sie. Der Pfarrer von der Royal Air Force, der am nächsten Tag kam, sagte, das sei vom Schock gewesen.

»Ich würd's echt auch wissen!«, hatte Ant zugestimmt und seine Knie umnfasst. Er konnte gar nicht mehr aufhören zu lachen, ein laut brüllendes Gelächter. »Ich würd's, verdammt noch mal, merken, wenn ich lebendig verbrennen würde!«

»Sag nicht ›verdammt‹, Liebling.«

Und so sagte Ant es immer noch zu sich selbst – als er seine Mutter sterben sah, als er das Erbrochene bemerkte, das von dem blitzsauberen, neuen Luftschutzhelfer stammte, der zuerst half, ihn aus dem Schrank zu ziehen, und der seine Mutter zurückließ – die eine Hälfte von ihr war weggerissen, die eine Seite sauber abgetrennt ... Da hatte Ant es immer noch zu sich selbst gesagt, eher geflüstert, während sie ihn auf einer Trage aus dem Haufen Backsteine und Rohre und zerrissener, im Sommerwind flatternder Stoffreste herausbrachten, die einmal die Wohnung seiner Familie gewesen waren. »Ich würd's, verdammt noch mal, merken, wenn ich verbrennen würde!« Er meinte, er solle es immer noch sagen, immer noch witzig sein. Mummy hasste es, wenn Leute ernst waren. Erst als eine der Schwestern ihn ohrfeigte, am nächsten Tag, als er nicht aufhören konnte, es zu wiederholen, erst da wurde ihm klar, dass er es nicht laut sagen sollte. Und erst als sie kamen und ihm erklärten, dass er ihre Beerdigung verpasst hatte, begann er sich zu fragen, ob es stimmte, dass sie nicht wiederkommen würde. Deshalb war Cherrys Tod der Zeitpunkt, als es wirklich anfing: der Gedanke, dass das, was er in jener Nacht gesehen hatte, tatsächlich geschehen war, dass das sein Leben war, nicht irgendetwas im Kino, eine Illusion oder Albträume.

Einen Monat nach seiner Ankunft war es schon fast August, und Ant träumte zum ersten Mal von seiner Mutter und ihrem kleinen Haus mit der roten Haustür in Camden. Er sah sie aus dem winzigen Garten hereinkommen, dabei lachte sie noch über irgendetwas. Und er hörte ihre Stimme im Traum ganz deutlich sagen: *Das Haus ist nicht mehr da. Sie ist tot. Daddy ist tot. Du bist ganz allein.* Und dann verschwanden der Ort und die Leute darin, alles glitt schnell weg wie die Teile des magnetischen Puppentheaters, das seine Eltern ihm letztes Jahr zu Weihnachten gekauft hatten. Die Fassade des Hauses, die Figuren auf der Bühne, die schwarzen Kulissenwände des Wohnzimmers mit den Fotos und dem Radio – alles verschwand, wurde weggezogen, Pappe und Papier. Jahre später, als er schon alt war, erinnerte er sich daran als die schlimmste Zeit. Oft glaubte er, dass sich alles aus den Tagen entwickelte, die auf diese Erkenntnis folgten: die Dunkelheit, die immer da war, immer auf ihn wartete. Bis an sein Lebensende hatte er schreckliche Angst vor der Dunkelheit.

Und dann, eines Tages, kam sie.

Ant saß im Bett, las ein Buch über einen verschollenen Schatz in Zentralafrika und kratzte dabei gelangweilt an den Grinden an seinen Beinen herum; sie verstanden nicht, warum er das immer wieder tat, warum er gern sah, wie sie sich immer wieder bildeten. Eine Schmeißfliege summte laut am Fenster über ihm. Er hörte die Kinder draußen spielen, die, denen es gut genug ging, das zu machen. Sie waren leise, nicht wie spielende Kinder auf seiner Straße.

Es war Sommer. Er fragte sich, was seine Freunde wohl machten. Er wusste nicht, was man im Sommer tat, wenn Krieg war. Es klang komisch, wenn man es so sagte. Ant versuchte wieder zu lächeln, aber es gelang nicht.

Inzwischen war er jedes Mal erleichtert, wenn die Schritte sich näherten und nicht für ihn waren. Es war besser, dieses Elend zu ertragen, als sich über irgendetwas anderes Gedanken zu machen. Deshalb setzte Ant eine desinteressierte Miene auf, dachte daran, wie stolz Mummy auf ihn wäre, und lächelte der Frau zu, die den Korridor entlangkam. Sie war von oben bis unten in verschiedene Schattierungen von Braun und Schwarz gekleidet – braune Stiefel, hochgeschlossene Bluse und ein langer, brauner, gekräuselter Seidenrock, alles gekrönt von einer Art samtener, weit fallender Jacke mit einem Pfauenfedernmuster.

Als sie sich über ihn beugte, überlegte Ant, wie sie es in all diesen Kleidern in der Hitze aushielt. Ihre Nase zuckte, als er ihr zunickte. Es war eine lange Nase, ein bisschen schief. Sie hatte wirre Haare und dünne, gerötete, raue Hände, die gestikulierten, als wären sie nicht ihre eigenen. Was ihm auffiel, das waren jedoch ihre Augen. Sie hatte dunkelgrüne Augen, wunderschön, ausdrucksvoll und voller Leben. Sie blitzten, als sie sprach, sie schauten ihn klug an und ließen einen die lange, schiefe Nase und die merkwürdige, leicht schmuddelige Kleidung vergessen. Sie sprach zu ihm, sagte irgendetwas.

»Mein lieber Ant, ich bin so froh, dass ich dich gefunden habe, und du bist heil.« Sie ergriff tatsächlich seine Hand, und die Schwester nickte. Ant war zu überrascht, um etwas sagen zu können. Er war sicher, dass sie etwas an sich hatte, das ihm vertraut vorkam, aber sein verwirrter, kaputter Kopf konnte sich nicht erinnern, was es war. Ihre Augen tanzten, als sie ihn anlächelte, und es war, als verzauberten sie ihn.

»Es tut mir so leid, dass ich dich so lang hiergelassen habe. Es hat Probleme gegeben bei der Rückreise. Schließlich musste ich den Zug nach Basra nehmen und auf ein Schiff warten, das nach England fuhr. Es war ziemlich verzwickt«, sagte sie munter, als beschreibe sie einen heiteren Nachmittag auf dem Serpentine-See. »Aber wir haben es letzten Endes geschafft!« Sie setzte sich auf das Bett und strich eine lose Strähne des kastanienbraunen Haars hinters Ohr. »Ah«, sagte sie. »*Queen Sheba's Ring*. Rider Haggard, famos. Ganz prima. Sag mal, du liest also gern Abenteuerbücher?«

Er schwieg.

»Anthony liest gern, er mag seine Bücher«, sagte die Schwester. »Nun, Anthony. Sag doch Hallo zu deiner Tante.«

Ein pochender Schmerz begann, in Ants Schädel zu hämmern. Die Dame – jetzt schien sie ihm ein bisschen einem Pelikan zu ähneln, den er im Zoo gesehen hatte, mit ihren herunterhängenden langen Armen und den in Falten gelegten Kleidern – lächelte nur. Sie legte etwas in einem Päckchen, das in zerknittertes braunes Papier eingeschlagen war, auf das Bett neben ihn.

»Ich habe gesagt, du sollst deine Tante begrüßen«, ermahnte ihn die Schwester in drohendem Ton.

»Sie ist nicht meine Tante. Ich habe sie noch nie gesehen.«

Die Frau nickte, während die Schwester ein missbilligendes »Ts-ts« hinzufügte. »Sei doch nicht albern. Natürlich ist sie das.«

Ant sagte sehr höflich: »Schwester Eileen, sie ist nicht meine Tante.«

»Nein, es stimmt, das bin ich nicht.« Die fremde Frau schaute auf. »Ich bin seine Großtante, Schwester Eileen. Philip war mein Neffe. Der liebe Philip. Ich meine, nur der Genauigkeit zuliebe sollte man darauf hinweisen.«

»Ich verstehe«, sagte Schwester Eileen nicht gerade begeistert. »Anthony, steh auf. Räum deine Sachen zusammen. Miss Wilde nimmt dich jetzt mit.«

»Aber ich ...«, setzte Ant an. Panik ergriff ihn, er schnippte einen der Grinde auf seinem Arm weg und schob das Päckchen zur Seite, um es Schwester Eileen zu zeigen. »Sehen Sie – es blutet. Ich weiß nicht, wer sie ist. Ich kenne keine Miss Wilde. Sie können mich nicht mit ihr wegschicken. Wer sind Sie?«, fragte er und wusste, dass er sich ungezogen benahm.

Miss Wilde schien das nicht zu stören. »Warum, in aller Welt, solltest du mich kennen?«, sagte sie. Sie klopfte leicht auf das Buch. »Wir haben aber den gleichen Nachnamen. Und ich glaube, mich zu erinnern, dass ich dir dann und wann das eine oder andere sorgfältig ausgewählte Geschenk geschickt habe.«

Er kniff leicht die Augen zusammen und zog das Buch näher zu sich heran. »Hast du mir das geschenkt?«

»Ja, das war ich. Es ist ziemlich ausgeklügelt, aber das Abenteuer ist recht gut. Wir wissen eigentlich nichts über die Königin von Saba, aber ich war in König Salomos Minen.«

»Wirklich?« Unwillkürlich setzte sich Ant auf. »Wo sind die?«

»In der Nähe von Jerusalem. Das Kupfer in der Kammer gibt dem Sand verschiedene Farben. Rot, Grün, Blau – wie ein Regenbogen.«

»Und hast du etwas gefunden?«

»Viele Sachen«, sagte sie, und ihre Augen leuchteten. »Das ist mein Beruf.«

»Ich wäre gern ein Abenteurer«, sagte Ant. »Oder ein Grabräuber wie Belzoni.«

»Na ja. Seine Methoden sind heutzutage ziemlich verpönt, lieber Anthony, obwohl das Britische Museum ohne ihn ziemlich leer wäre. Aber ich bin sehr froh zu hören, dass wir gemeinsame Interessen haben.« Sie strich über das Päckchen neben ihr. »Heute hab ich dir auch ein Geschenk mitgebracht.«

»Wie ist dein richtiger Name?«

»Dinah. Dinah Wilde.«

Grüblerisch betrachtete Anthony das Päckchen im braunen Papier. »Dinah«, sagte er den vertrauten Namen langsam vor sich hin. »Ja, ich kenne dich doch. Aber du wohnst nicht hier, du wohnst in der Wüste.«

Er wünschte, er könnte sich an mehr erinnern, sein Gehirn schien jedoch in letzter Zeit nicht richtig zu funktionieren, seit der Nacht, als er seine Mutter verloren hatte. Aber jetzt erinnerte er sich, dass sein Vater seine Tante Dinah, die weit weg wohnte und fast nie nach England zurückkam, über alles liebte. Philip Wilde, ein großartiger Geschichtenerzähler, hatte seinem kleinen Sohn Geschichten über sie erzählt, die von seiner eigenen Mutter an ihn weitergegeben worden waren. Sie war viel älter als ihre exzentrische Schwester und entsann sich der schrecklichen Dinge, die Dinah oft angestellt hatte. Das war sie, tatsächlich. Die freche Tante Dinah. »Sie hat einen Papagei aus dem Zoo im Regent's Park gestohlen.« »Sie und mein Großvater wetteten, dass bei der Mitternachtsmesse Asseln an den Kirchenbänken hochkrabbeln würden.« »Sie hat mal in Indien einem Mann glatt die Fingerspitze abgeschossen.«

Mummy missbilligte diese Geschichten. Tante Dinah war einmal bei ihnen zu Gast gewesen, als Ant noch ganz klein war, dessen war er sich sicher, und Mummy hatte sie nicht gemocht. Mummy konnte es nicht leiden, wenn über Tante Dinah gesprochen wurde, und schon gar nicht über Dinahs Vater, Philips Großvater, ein Oberst in der Armee, *aus dem nichts geworden war*. Es gab da noch mehr, er war sicher, aber er konnte sich nicht richtig daran erinnern ... Ant blinzelte, von anderen Erinnerungen überwältigt.

Die schreckliche Großtante Dinah nahm jetzt seine Hand, und Ant schüttelte sie aus irgendeinem Grund nicht ab. »Ich habe in der Wüste gelebt, ja. Jetzt wohne ich hier, mein lieber Ant.« Sie schob ihm das Päckchen hin. »Mach's mal auf.«

Ant zog die Schichten braunen Papiers auseinander und hob eine kleine Steinplatte heraus. Er starrte eine weibliche Figur an, deren Arme ausgestreckt waren. Sie hatte große Augen, volle Lippen, riesige Flügel – sie war nackt, und ihm war komisch zumute, als er ihre großen Brüste sah, aber sie war eindeutig ein Engel oder eine Fee, keine richtige Frau. In einer Hand hielt sie einen Tannenzapfen, auf der anderen saß eine starr blickende Eule.

Schwester Eileen schniefte missbilligend, aber Ant fand die Figur interessant.

»Was ist das?«, fragte er und drehte die lächelnde Figur mit den vorstehenden Augen und dicken, geschwungenen Lippen in seinen schmerzenden Händen. Sie fühlte sich kühl an.

»Sie stammt aus einer altertümlichen, jahrtausendealten Stadt. Ich habe sie auf einem Bazar in Bagdad gekauft. Ich nehme sie überall mit, wo ich hingehe, und sie behütet mich.«

»Wirklich?«

»Ja«, sagte Großtante Dinah lächelnd. »Ich war in Ninive bei der Ausgrabung von König Assurbanipals Bibliothek. Es ist vielleicht die größte Bibliothek, die es je gab. Ich hatte plötzlich ein komisches Gefühl. Normalerweise neige ich nicht zu Platzangst – man musste Stunden in engen Räumen verbringen in der sengenden Hitze, ohne Licht, beim Geruch der Gaslampen. Aber ich fühlte mich plötzlich seltsam. Schwach. Ich hob sie auf und trat aus der Kammer hinaus, um Luft zu schnappen, und da waren überall Zauneidechsen. Tausende saßen nebeneinander, absolut bewegungslos und schauten mir zu. Ich ging zu meinem Zelt, um mich hinzulegen. Ein Sandsturm kam auf und versperrte den anderen den Weg aus der Kammer heraus. Drei andere Zelte wurden weggeweht. Fünf Männer kamen um. Ich hab sie die ganze Zeit in der Hand gehalten, und sie gab mir Trost. Sie hat mich behütet. Sie sagte mir, wann ich gehen sollte. Es ist wichtig, das zu wissen.« Ant schaute von seiner Tante zu der kleinen Figur. »Deshalb hab ich gedacht, du würdest sie auch mögen. Sie ist sehr alt.«

»Älter als Jesus?«

Sie lächelte und schob ihren Finger über den Nasenrücken hoch, als säße eine Brille dort, was nicht der Fall war. »Viel, viel älter. Du kannst sie über der Haustür aufhängen. Dadurch werden böse Geister abgehalten.«

»Oh, aber ich habe keine Haustür«, sagte Ant. Seine Stimme zitterte. »Sie – sie ist weggerissen worden.«

Schwester Eileen räusperte sich irritiert.

»Jetzt hast du wieder eine. Du wirst mitkommen und bei mir wohnen, am Meer.« Dinahs Augen leuchteten. »Dort bist du sicher. Ich versprech's dir.«

KAPITEL FÜNF

Ende August 1975

Cord rutschte im Bett hin und her, ihre Zehen wurden durch das zu fest eingesteckte Bettzeug nach oben gebogen. Sie schaute hinüber zu der matt zitronengelb gestrichenen Wand, wo die Lamellen der Jalousie helle und dunkle Streifenschatten warfen, und sie wusste, es würde ein weiterer glühend heißer, wolkenloser Tag werden.

Ben schnarchte leise im Bett neben ihr. Cord warf einen Blick auf sein ruhendes Gesicht und die sich schälende Nase, die nach einem Sommer an der Worth Bay mit Sommersprossen übersät war; dann legte sie die Arme um ihren Oberkörper und genoss die herrliche Glätte der Laken an ihren nackten Armen. Das Bettzeug zu Hause war nie so seidig glatt wie das hier, das Wetter war nie so heiter wie hier, das Essen schmeckte daheim nicht so köstlich und frisch, selbst wenn es voller Sand war. Von hier fortzugehen war jedes Jahr wieder unerträglich, das war ihr klar geworden. Gestern hatte sie Ben versprochen, dass er nicht zu der neuen, gefürchteten Schule, dem Internat, würde gehen müssen. Und Cord brach ihre Versprechen nie.

Am vorhergehenden Nachmittag hatten sie die Lebensmittel und die Koffer im Strandhäuschen versteckt. Die Koffer würden erst am Samstag nach dem langen Wochenende im August, dem Bank Holiday, gebraucht werden, wenn der Sommer vorbei war, das Haus abgeschlossen wurde und sie vor der langen Fahrt nach London zurück ins Auto gesetzt wurden. Aber Cord hatte argumentiert, dass es vernünftig wäre, die Vorräte schon jetzt zu verstecken. Sie würden dadurch den Verdacht vermeiden, der kurz vor der Rückfahrt entstehen würde. Daddy sagte immer, er müsste die richtigen Schuhe einer Figur haben, bevor er wüsste, wie er die Rolle spielen sollte. Cord kam es dieser

Tage vor, als hätte sie immer die richtigen Schuhe an, sie fühlte sich unbesiegbar.

Früher hatten sie auch schon Pläne ausgeheckt, alberne Pläne eigentlich, der Limonadenstand hatte nach nur einem Tag Schiffbruch erlitten, und letztes Jahr wurde der gesponserte Mitsingwettbewerb abgebrochen, nachdem Daddy tatsächlich Cord den Mund mit Abdeckband zugeklebt hatte, als sie auf der Veranda ihre zweite Stunde mit Songs von ABBA und aus *The Sound of Music* starten wollte. Außerdem hatte es vorher in diesem Sommer den Plan des Hundeklaus gegeben, der aber kein gutes Ende fand. Diese Sache war jedoch das bislang gewagteste Unterfangen. Ben war noch zaghaft, aber Cord wusste, dass sie es schaffen würden.

Sie wollten weglaufen.

Weglaufen und hierbleiben, ziemlich widersprüchlich. Sie würden Worth Bay nie wieder verlassen, und Ben würde nicht ins Internat der großen Jungs in Sussex gehen müssen, vor dem er sich fürchtete und auf dem Daddy hartnäckig beharrte, obwohl er selbst es gehasst hatte. Die Spielzeit von *Antonius und Cleopatra* war endlich zu Ende, Daddy war vor zwei Tagen angekommen, um die letzte Woche mit ihnen zusammen zu verbringen, und sie hatten versucht, mit ihm darüber zu sprechen. Aber Daddy, der normalerweise so vernünftig war, ließ kein Gespräch über das Thema zu. »Du wirst begeistert sein, wenn du erst mal dort bist, Ben«, sagte er öfter.

Bens Verzweiflung wuchs. Er konnte nicht mehr schlafen, aß kaum noch etwas und hatte sogar aufgehört, an seinem Modellflugzeug weiterzubauen. Cord fand es absolut herzlos. Man brauchte Ben nur anzuschauen, um zu sehen, dass man ihn nicht wegschicken sollte. Er war ganz anders als sie: klein für sein Alter, schüchtern, unsicher. Im Internat würden sie ihn bei lebendigem Leib auffressen, das oder schlimmer, hatte Mrs Berry, ihre Haushälterin in London, grimmig gesagt, allerdings glaubte Cord nicht, dass es etwas viel Schlimmeres gab, als bei lebendigem Leib aufgefressen zu werden.

Sie hatte sogar mit Simon darüber gesprochen, als er zu Besuch gewesen war. Eines Nachmittags hatte sie ihn auf der Veranda entdeckt, wo er scheinbar Kreuzworträtsel löste, in Wirklichkeit kaute er aber an einem Bleistift und starrte in die Ferne.

»Kannst du mit Mumma und Daddy reden?«, hatte sie gefragt. »Wegen Ben und dem Internat, er will nämlich auf keinen Fall, und sie hören nicht auf ihn.«

Mit Simon konnte man unheimlich gut reden, wenn es einem gelang, seine Aufmerksamkeit zu gewinnen. Ansonsten war er fast so schlimm wie Bertie, der ganz toll darin war, alberne Parodien vorzuführen und den Kindern dreckige Witze zu erzählen, der aber absolut unbrauchbar war, wenn es um Dinge ging wie Haarbänder zu finden oder Sandwichs zu machen. Er hatte im Jahr zuvor einmal einen Nachmittag lang auf sie aufgepasst, und Cord war tatsächlich in der Kloschüssel stecken geblieben, mit dem Hintern hatte sie fast den U-Bogen berührt, wobei sie verzweifelt mit Händen, Kopf und Beinen herumzappelte und nach Hilfe rief, während Bertie am Telefon mit jemandem namens Johnny eine halbe Stunde über irgendein blödes Stück redete. Aber Simon konnte zumindest zuhören und einen Rat geben.

»Cordy, ich weiß nur, dass euer oller Dad absolut darauf steht«, sagte er. »Allerdings verstehe ich nicht, warum.«

»Er hat es gehasst! Der arme Ben. Es ist furchtbar.«

»Er will das, was er selbst hatte, so ist es, Cordy«, hatte Simon ihr erklärt und sich eine Zigarette angezündet. Er hatte den Rauch ausgestoßen und grübelnd aufs Meer hinausgeschaut. »Er will Ben als sein eigenes Abbild formen. Ich fürchte, du wirst ihn nicht umstimmen können.«

Cord hatte das Kinn vorgestreckt.

»Doch, das werde ich.«

Simon hatte einfach gelacht und sich wieder seiner Zeitung zugewandt. »Und wehe dem, der sich dir in den Weg stellt. Du machst, was du willst. Gut gemacht, mein Mädchen!«

Cord verstand das fast als stillschweigendes Einverständnis mit ihren Plänen, die nach diesem Gespräch Fahrt aufnahmen. Im Lauf des

Sommers eine Dose hier, eine Packung da, und jetzt hatten sie mehr als genug, um sich davon zu ernähren. Cord lag noch im Bett und ging die Bestandsliste durch, die sie auswendig kannte:

- *2 Dosen Ananasstücke*
- *2 Päckchen Wackelpudding (einmal Himbeere, einmal Zitrone)*
- *1 Schachtel Cornflakes*
- *5 Dosen Suppe (x2 Tomaten, x2 Minestrone, x1 Schottischer Eintopf)*
- *1 Päckchen Füllsel*
- *1 Rolle Klopapier*
- *1 Cords Kassette mit* Waterloo

Sie meinte, das sollte genügen, um davon mindestens eine Woche im Strandhäuschen zu leben, und bis dahin, hoffte sie, würden ihre Eltern aufgehört haben, nach ihnen zu suchen, und nach London zurückfahren.

Man musste natürlich sehr vorsichtig vorgehen. Mumma war überraschend geschickt darin, Unfug zu entdecken. Hinter den Taschenbüchern oder dem *Sunday Times Magazine*, hinter dem aufgesetzten »Geh nur, Schätzchen«, begleitet von einem lässigen Winken, unter dem großen schwarzen Bogen des kundig aufgetragenen Eyeliners bemerkten die scharfen grünen Augen alles.

Ben hatte schon Ärger bekommen, weil er ungezogen zu Simon war, als er da war, dann weil er ungezogen zu Daddy war, als er ankam, und dann wegen des großen Hundeklauvorfalls, als er einen netten Hund »ausgeliehen« und ihn zum Strandhäuschen mitgenommen hatte, bevor er Cord Bescheid gegeben hatte. Sie hatten ihn witzigerweise »Sandy« genannt und spielten den ganzen Nachmittag mit ihm, und er war so zutraulich gewesen, hatte mit dem Schwanz gewedelt und sich mit Keksen füttern lassen, und dann war der Besitzer vorbeigekommen und hatte Sandy in der offenen Tür des Häuschens gesehen, die Polizei gerufen und sie beschuldigt, seinen Hund von der

Worth Farm weiter oben an der Straße entführt zu haben, und da war die Hölle los. Er war kein freundlicher Farmer mit Tweedmütze und Strohhalm im Mundwinkel. Er war dünn und zornig und sagte immer wieder, dass Sandy ein Hirtenhund sei, der für ihn arbeite, und eine Sie, kein Er. Er zog Sandy ständig am Halsband herum. Und es zeigte sich, dass sie sich unter dem wahrhaft deprimierenden Namen Spam abrackerte. Darüber war Ben wütender gewesen als über alles andere.

»Ihr so einen würdelosen Namen zu geben! Furchtbar. Sie sollte Hermione oder Larch heißen oder so. Spam ist so fies.«

Nachdem es vorbei war, grübelte Ben über Spam und ihr deprimierendes Leben nach und dass sie für den fürchterlichen Farmer arbeitete, den sie früher schon mal auf dem Weg in der Nähe der Farm gesehen hatten, als er ein totes Kätzchen trug. Er hatte es am Nacken gepackt und warf es einfach weg, als sei es Müll. Mehrmals erwähnte er Cord gegenüber, wie ungerecht es war, wie böse dieser Mann war.

Aber es war die Geschichte mit dem Hund gewesen, die in Cords Kopf den Fluchtplan entstehen ließ. Wenn sie nur die Tür zum Strandhäuschen geschlossen gehalten hätten, dann wäre Spam vielleicht nicht gefunden worden, und sie hätten sie für immer behalten können. Die Erwachsenen gingen nie ins Strandhäuschen. Daddy sagte immer, sie sollten es verkaufen, aber irgendwie kam er wohl nie dazu.

Das Strandhäuschen war die eigene Welt der Kinder, wo sie all ihre Sachen für den Strand aufbewahren konnten, Spaten, Siebe, Windschutzbahnen, aus denen sich ausgezeichnet Zelte und Höhlen machen ließen. Darin hingen die legendären Regeln für das Punktesystem bei *Blumen und Steine* an der Wand. Dort würden sie und Ben in ihrer eigenen Welt leben, wenn die Erwachsenen endlich nach London zurückgekehrt wären. Sie würden Poster mit Wonder Woman und mit Kricketspielern aufhängen, und es würde Tomatensuppe aus der Dose und Marmelade und Ananasstücke zum Abendbrot geben, und im Winter, wenn es kalt war, würden sie die alten Theaterprogrammhefte von Mummy und Daddy verbrennen, die sie in einem großen Karton unter der Treppe aufhoben und die Cord insgeheim auch schon in das Häuschen hinübergeschafft hatte. Sie wusste, wie kühl es sein konnte, sie waren zur Beerdigung von Mrs Gage im Winter zurückgekommen, und außerhalb der Saison war es ganz anders hier. Der Sand war grau, die Wiese vertrocknet und die Zweige kahl, mit Beeren statt grüner Blätter. Auf dem Weg und den Feldern dahinter lagen überall Kiefernzapfen, die hatte sie noch nie gesehen, weil sie im Sommer immer verschwunden waren. Wohin waren sie gegangen? Sie wusste es nicht. Eine Handvoll hatte sie aufgesammelt und in die Taschen ihres Wintermantels gestopft, und als sie wieder am River Walk waren, hatte sie sie auf der Fensterbank aufgereiht, wo sie rasselten, wenn der Wind blies, eine Erinnerung an das Bosky im Winter, sein anderes Leben, von dem sie nichts wusste.

Liebe Mumma und Daddy,
wir wollen nicht zurück, und FG (Ben) will nicht in die Downham Hall ins Internat gehen. Wir haben euch das schon oft gesagt. Wir werden an der Worth Bay bleiben und lernen, wie man am Meer leben kann. Wie die Kinder, die in der Scheune gelebt haben. Das geht schon in Ordnung. Bitte, kommt nicht und sucht uns, wir schreiben Euch wieder, damit Ihr wisst, dass es uns gut geht. Vielleicht auch, damit Ihr Geld und andere Sachen schicken könnt, die wir brauchen, wenn es nötig ist.

Noch einmal, wir kommen klar, bitte sucht uns nicht. Bis nächsten Sommer.

Liebe Grüße von Flash Gordon und Agnetha

PS: Ich hätte trotzdem noch gern eine Ballerina Sindy mit den karierten Mix-'n'-match-Kleidern zu Weihnachten. Vielleicht könntet Ihr sie an Weihnachten auf die Veranda legen? Danke.

Ben hatte geweint, als er den Brief unterschrieb, aber Ben war ja so feige, total unbrauchbar. Cord sagte sich, sie werde stark und hart sein. Mumma würde ihr nicht fehlen, nicht einmal Daddy ... Sie biss die Zähne zusammen.

»Cord! Ben!« Die Stimme ihrer Mutter von draußen. »Kinder, das Frühstück ist fertig. Steht auf, ich hab eine Überraschung für euch.«

Cord erstarrte und schaute erschrocken zu dem schlafenden Ben hinüber. Sie mochte Überraschungen nicht, und aus Altheas Tonfall schloss sie, dass es keine Überraschung im Stil eines Hundebabys und Eiscreme sein würde, eher so eine im Stil von »jemand Grässliches kommt zum Abendessen«. Onkel Bertie war schon hier – wer noch? Sie hatten gestern Freunde zu Besuch gehabt zum Lunch, Kenneth, den Schauspieler, und seine Freundin Lavinia, ein Model. Kenneth hatte einen Bart, und Lavinia trank zu viel Fruit Punch und flirtete mit Daddy, bis Mumma plötzlich reinging und sich hinlegte. *Ständig* kamen ihre Freunde zum Bosky und blieben über Nacht oder fuhren im Auto für einen Tag runter, sie brachten Gin und Grammofonplatten und saßen bis spätnachts mit Mumma und Daddy herum, waren zu laut und störten mit ihrem dummen, unbändigen Gelächter.

»Kinder! Wacht auf!«, rief ihre Mutter immer noch in der Nähe. »Die Überraschung ist im Strandhäuschen.«

»Ben«, zischte Cord eindringlich und rüttelte ihn unsanft wach. »Wach auf. Das Strandhäuschen. Sie hat's gemerkt.«

Aber oben in der Küche war alles normal, und Cord beruhigte sich und fragte sich, ob ihre Mutter sich geirrt hatte. Althea hatte ihnen ihr besonderes Lieblingsfrühstück gemacht: Weetabix mit Goldsaft und ganz wenig Milch. Ihr Vater studierte gerade ein Textbuch und trank Kaffee. Das Wetter war schön, aber stürmisch.

Draußen auf der Veranda rauchte Onkel Bertie und las die *Times*. Er war schon eine Woche bei ihnen und ging Daddy auf die Nerven, deshalb traf man ihn oft auf der Veranda an. Bertie hatte immer etwas Neues dabei, das die Kinder faszinierte. Diesmal waren es seine neuen Schuhe, in deren Absatz je ein Kompass in antiker Goldfarbe eingelassen war; die Kompassnadeln drehten sich, wenn er die Richtung änderte. Er hatte sie von einem Typen in World's End gekauft, erzählte er ihnen, und das hatte sie mächtig beeindruckt, obwohl sie nicht sicher waren, ob World's End ein wirklicher Ort war oder ein magischer wie Narnia.

Althea summte vor sich hin und schlug die Löffel der Kinder aneinander. Ihr Haar war auf dem Kopf hochgesteckt, und sie trug ein schickes, grünes Kleid. Cord sagte misstrauisch: »Wieso bekommen wir ein besonderes Frühstück?«

»Brauche ich eine *Begründung*, um nett zu euch zu sein?«, sagte ihre Mutter lachend. »Na, das ist ja ein vernichtender Vorwurf, oder, Schatz?« Sie schaute zu ihrem Mann hinüber. »Tony? Ich gehe jetzt und bin morgen zurück.«

»Morgen?« Bens Lippe zitterte ein wenig. »Wo gehst du hin?«

»Nach London, zum Vorsprechen, und Onkel Bertie fährt mich hin, damit mir nichts passiert, Ben.« Ben hatte angefangen, die Zeitung zu lesen, wenn die Erwachsenen durch waren, und war überzeugt, dass jeder, der sich von ihm verabschiedete, entweder von der IRA in die Luft gesprengt oder in einem Zug-, Auto- oder Flugzeugunglück sterben werde, je nachdem, was gerade an dem Tag in den Nachrichten kam, obwohl seine Eltern sich bemühten, ihm die Wahrscheinlichkeit von Unfällen zu erklären.

»Vorsprechen? Warum?«

»Für eine Rolle in einer Fernsehserie«, sagte Althea. »Wenn ich sie kriege, wird das sehr aufregend.«

»Aber du bist doch keine Schauspielerin mehr«, sagte Ben ärgerlich. »Daddy ist der berühmte Schauspieler.«

»Oh!« Althea schaute Tony an, der mit den Schultern zuckte, grinste und einen Schluck Kaffee nahm. »Na ja, ich bin schon noch Schauspielerin, mein Kleiner. Ich hab nur eine Weile nicht viel gearbeitet, weil ich auf die richtige Rolle gewartet habe.«

»Und weil du dich um uns gekümmert hast.«

»Oh – das auch, natürlich. Aber das ist jetzt die richtige Rolle. Bertie ist überzeugt, dass ich sie kriege.«

»Und wo kommt die Rolle vor?«

»In einer Fernsehserie. Und – Mensch, es wäre ... egal«, sie verstummte und starrte in die Ferne.

Ben runzelte die Stirn. »Onkel Bertie fährt wie ein Verrückter, hat Daddy gesagt.«

Daddy strich Ben über die weiche rosa Wange. »Bertie ist ein guter Fahrer, und deine Mutter wird einen wunderbaren Abend in London verbringen und beim Vorsprechen alle begeistern, sodass sie ihr die Rolle geben und danach mit ihr ausgehen und sie zum Champagner einladen. Meinst du nicht?« Daddy stand jetzt auf und hatte die Arme um Mumma gelegt, die rot wurde.

Cord war schockiert und stieß ihren Vater an. »Daddy. Das solltest du dir nicht wünschen, dass Männer sie zum Champagner einladen.«

»O doch«, sagte Daddy heiter. »Alle verlieben sich in deine Mutter, weil sie sehr, sehr liebenswert ist.«

»Das reicht jetzt, was für ein Unsinn«, sagte Mumma und klang plötzlich schottisch. »Ich werde ... Tony, du wirst doch klarkommen, oder?«

»Mein Schatz, natürlich«, sagte er und küsste ihr die Hand, fast förmlich, und sie schauten einander ganz kurz an, bis Mumma sich abwandte.

»Althea«, rief Bertie, erschien an den Verandatüren und wedelte mit seiner Zigarette hinter sich herum. Er fuhr sich nachdenklich mit der Zunge zwischen Unterlippe und Zähnen entlang. »Hör mal, Liebling, wir werden knapp dran sein, wenn wir nicht bald losfahren.«

»Ich bin im Moment fertig.« Mumma hatte ihre Seidenjacke genommen und gab dem bekümmert dreinschauenden Ben einen Kuss. »Ich hab dich lieb, mein süßer Kleiner. Cord, mein Liebling, pass auf Ben auf. Ja, im Strandhäuschen ist etwas Schönes für euch, und ich will, dass ihr beiden sehr, sehr brav seid bei Daddy. Hört ihr mir zu?«

»Was ist die Überraschung?«, fragte Ben und stocherte wütend in seinen Weetabix, dass ein Klumpen Sirup am Löffel hängen blieb.

»Na ja ... Oh, da ist sie ja!« Mummas Stimme wurde ein bisschen höher. »Sie sagte, sie sei zu schüchtern, um hier raufzukommen. Ich dachte, sie wollte auf euch beide im Strandhäuschen warten. Komm rein, Kleine! Tony, sie ist hier.«

Durch die Tür kam Madeleine. Sie stand regungslos auf der Schwelle und blickte alle mit einem seltsamen Gesichtsausdruck an. Cord wusste nicht, ob es Angst oder Aufregung war. Ihre Wangen waren gerötet. Ihr Haar klumpte in ungleichen Büscheln zusammen, strähnig wie in Rippen nebeneinander liegend und knotig, wo es nicht gebürstet war. Sie war irgendwie sandgrau, weil ihr, wie Cordelia später herausfinden sollte, im Sommer nie jemand sagte, sie solle ein Bad nehmen. Sie trug winzige, apfelgrüne Shorts, die für ein halb so großes Kind wie sie gedacht waren. Der Hosenschlitz stand offen wie ein O und ließ eine blaue Unterhose sehen. Sie hatte ein Jeanshemd von einer großen Frau an und Sandalen mit merkwürdigen, senffarbenen Söckchen. Ihre grauen Augen waren groß und rund, ihr kleines, ovales Gesichtchen blass.

Cord erinnerte sich immer an diesen ersten richtigen Blick auf sie, der ungehindert war von Türen, Fensterrahmen oder von Weglaufen oder dem Gefühl zu fallen und sich anzustrengen, um sich ihrer zu entsinnen.

Sie hing halb seitwärts auf ihrem Stuhl. »Das ist keine Überraschung. Das ist Madeleine«, sagte sie unfreundlich.

»Oh …«, flüsterte Ben. »Die.«

Der Tonfall ihrer Mutter war bestimmt. »Cord. Das reicht. Also ihr beiden, hört zu.« Sie warf ihrem Vater einen Blick zu, und er nickte. »Daddy hat Madeleine gestern am Strandkiosk getroffen. Ihr Daddy ist … äh … weg, sie ist also allein.«

»Ganz allein! Du hast aber Glück«, sagte Ben. Madeleine blickte ihn ausdruckslos an.

Althea legte ihr die Arme um die mageren Schultern. »Ich habe Maddy gefragt, ob sie mit euch spielen will, weil sie Freunde haben möchte.«

»Wir wollen keine Freunde«, sagte Cord und verschränkte die Arme.

»Nein, wollen wir nicht«, fügte Ben ermutigt hinzu.

Ihre Mutter seufzte genervt und frustriert. »Tony, *Tony*«, zischte sie ihrem Mann ins Ohr. »Kümmere dich darum. Sie muss ein Bad nehmen und braucht was zu essen, sie war gewissermaßen verwahrlost, als ich sie gefunden habe, einfach draußen auf dem Weg, und sie war die ganze Nacht nicht im Haus, weil sie zu große Angst hat, sagt sie ... Ich muss gehen, wirklich ... Sprich du mit dem Mann, Tony. Sprich mit ihm, verflixt noch mal.«

»Liebling«, sagte Daddy sanft zu Madeleine. »Komm rein und setz dich, du kannst bei uns frühstücken.« Er hielt Madeleine die Hand hin, und sie lächelte ihm schüchtern zu. Er ergriff ihre Finger. »Geht schon in Ordnung. Wir beißen nicht, bestimmt nicht. Ich bin doch dein Freund, oder?«

»Ja«, sagte sie leise. »Auch wenn Sie versucht haben, mich zu überfahren.« Tony schlug die Hände vor den Mund und lachte, seine Augen sahen wie fröhliche Halbmonde aus.

»Was?«, sagte Cord, aber Madeleine verschränkte wieder die Arme und antwortete nicht.

»Gary, wenn Sie ein Auge auf sie haben könnten ...«, sagte Mumma zu Mrs Gage, sie mit ihrem Spitznamen ansprechend, den sie hasste. »Suchen Sie doch ein paar von Cords alten Kleidern heraus, das arme Lämmchen ...«

»Ja natürlich«, antwortete Mrs Gage in deutlich sarkastischem Tonfall. »Weil zwei ja nicht reichen, und ...«

Althea beachtete sie nicht. »Ben! Du sollst nicht auf dem Stuhl knien. Und knöpf dein Hemd zu.«

»Ich hab gar nicht gekniet. Ich hab etwas gemacht, das Cord mir gezeigt hat. Die Bay City Rollers hatten letzte Woche in *Top of the Pops* überhaupt keine Hemden an, nur Jacken, solche Jacken mit Pailletten, und ...«

»Gib nicht mir die Schuld«, brüllte Cord wütend. »Tu nicht so, als wollte ich, dass du dich am Tisch danebenbenimmst, Flash ...«

»Ich lass den Motor an, Althea, meine Liebe.« Onkel Bertie war wieder an der Tür erschienen.

»Onkel Bertie, kannst du noch mal machen, dass dir fast das Auge aus dem Kopf rausspringt?« Ben kniete schon wieder auf dem Stuhl.

»Ben …«

Plötzlich durchdrang eine klare Stimme den Lärm.

»Entschuldigung. Entschuldigung!« Alle hielten inne und starrten zu der kleinen Gestalt hinüber. Sie deutete auf Ben und Cord. »Ich will mit euch beiden nicht spielen. Ich bin daran gewöhnt, allein zu spielen. Es ist sowieso viel besser, wenn ich allein spiele. Ich wäre nicht hergekommen, aber eure Mum und euer Dad waren nett zu mir, und in unserer Küche ist nur ungekochter Reis, und ich bekomme dort Angst. Ich finde, ihr zwei seid einfach schrecklich. So verwöhnt, *und* ihr findet euch auch noch *toll.*«

Cord starrte sie an, die Augen leicht zusammengekniffen. »Na ja«, sagte sie und versuchte, eine gute Antwort zu finden. »Wir finden uns *wirklich* toll, ätsch«, sagte sie schließlich, und dann verzog sie ärgerlich das Gesicht, als Madeleine überheblich grinste.

»Cord!«, rief ihre Mutter streng, und vor dem Haus ertönte eine Autohupe. »Ach, Maddy, mein Herzchen, es tut mir so leid, dass ich gehen muss. Cord und Ben sind so froh, dich hierzuhaben, mein Schatz … Ich hoffe, dass ihr alle Freunde werdet und … Wiedersehen!«

Sie sauste die Treppe hinunter, warf die Haustür zu und war fort.

»Also, ihr drei«, sagte Daddy freundlich in die Stille hinein. »Gut. Soll ich mit euch zum Strand gehen? Oder sollen wir alle Quartett spielen?« Es folgte eine verlegene Pause. »Oder sonst irgendein Spiel?«

»Sie müssen nicht auf mich aufpassen, Mr Wilde«, sagte Madeleine. »Ich gehe jetzt auch. Oh, ihr habt die Tür vom Strandhäuschen offen stehen lassen«, fügte sie mit ihrem klaren Stimmchen hinzu. »All die Dosen und die vielen Sachen zum Essen und so, die ihr dort aufhebt, das sollte nicht verderben, Mr Wilde, könnte ich vielleicht etwas für mein Mittagessen mitnehmen?«

»Sachen zum Essen?«, fragte Daddy verwirrt. »Meine Kleine, dort ist kein Essen drin.«

»Doch. Und ein Stapel Programmhefte vom Theater und ein Brief, den haben Cord und Ben unterschrieben, es geht um Weglaufen, gehört das zu einem Spiel?« Sie warf Cord jetzt ein schwaches Lächeln zu, und zwei rote Flecken leuchteten auf ihren schmuddeligen Wangen. »Ich wusste es nicht genau, vielleicht verstehe ich Spiele nicht so richtig, weil ich lieber allein spiele.«

Daddy stand auf, ging wortlos hinaus und die Verandastufen hinunter, und als sie sahen, wie er sich durch das Gras einen Weg zu den Strandhäuschen hinunter bahnte, fuhr Cord ihren Bruder bissig an: »Du hast *gesagt,* du hättest die Tür abgeschlossen, Ben. Ich verlass mich nie wieder auf dich. Du dummes *Baby.*« Sie gab ihm einen Stoß, der heftiger war, als sie beabsichtigt hatte, und er fiel gegen die Anrichte, stieß sich den Kopf und weinte. Er stand auf und versuchte, auf Cord einzuhauen, traf aber nicht und tat sich noch einmal weh, und Mrs Gage trennte sie, nannte sie undankbare kleine Monster und packte Cord am Ohr, was ziemlich wehtat.

Die ganze Zeit stand Madeleine Fletcher da und schaute zu, die Arme um ihren kleinen Oberkörper gelegt, mit ihren ungleichen Haarbüscheln und dem blöden O in ihren zu engen Shorts, durch das die blaue Unterhose zu sehen war, und offenbar machte ihr das überhaupt nichts aus. Als Daddy mit grimmigem Gesichtsausdruck zurückkam, trug er den Beutel mit Essen, den Brief in Cords Handschrift und den übrigen Teddybären, den Ben dort zurückgelassen hatte, und als er die Wunde an Bens Kopf sah, schickte er Cord für den Rest des Tages in ihr Zimmer.

Später kam er herunter, vor dem Mittagessen, und setzte sich auf die Bettkante; mit seinen langen, sensiblen Händen, die genauso waren wie ihre, spielte er mit den Fransen des vanille-rosa-farbigen Bettüberwurfs. Sie tat so, als weine sie noch, und er sagte zu ihr: »Du musst lieb sein, Cord. Es bricht mir das Herz, wenn du dich so benimmst.«

»Ben will nicht ins Internat, Daddy.«

Daddys Haar wurde oben auf dem Kopf dünner. Er machte ein trauriges Gesicht. »Ich sage euch beiden doch immer wieder, dass es erst nächstes Jahr ist. Er hat noch viel Zeit, sich daran zu gewöhnen. Oh, Cord. Es sind nicht die Lügen oder dass ihr Pläne hinter unserem Rücken gemacht habt. Aber, Schätzchen, hast du eine Ahnung, wie Mumma und ich uns aufgeregt hätten, wenn ihr weggelaufen wärt?«

Cord sagte mit gepresster Stimme: »Mumma wäre es egal. Sie hat dir gesagt, dass sie nie Kinder wollte und du hättest ihr ihr ganzes junges Leben weggenommen. Ich hab euch beide gehört.«

Daddy schaute bestürzt drein. »Wann?«

»An Ostern. Als Mumma wollte, dass ihr beiden nach Venedig fahrt mit Guy und Olivia und Simon, und du hast Nein gesagt.«

»Sie – ach, na ja, das hat sie nicht so gemeint. Es war im Eifer des Gefechts.«

»Was ist das?«

Daddy klang auf einmal ungeduldig. »Ist egal. Versuch nicht abzulenken, Frechdachs. Ich will, dass du freundlich bist, Cordy. Es macht mich traurig, wenn du gemein bist.«

Cord saß ein Kloß in der Kehle. »Ich bin nicht gemein. Aber wir wollen dich für uns haben. Zwing mich nicht, nett zu sein zu Madeleine Soundso, das ist alles.«

»Ihr Vater ist sehr lieblos zu ihr«, sagte er, zupfte an der Tagesdecke, und seine Kieferpartie war angespannt, sodass die Worte nur mühsam herauskamen. »Er hat sie allein gelassen im Haus, ohne Essen, sie kommt nicht mal an die Wasserhähne ran, ohne auf einen Stuhl zu steigen.«

»Warum?«, fragte Cord, sie war zu jung und zu sorglos, um verstehen zu können, wie schlimm ein Kind behandelt werden konnte.

»Er ist arm dran, der Mann. Genau wie sein Vater. Seine Mummy ist gestorben.« Daddy seufzte tief. »Und der Krieg hat viele Leute verändert.«

»Deine Mummy ist gestorben, und es hat dich nicht verändert.«

Er fuhr ihr übers Haar. »Doch, Liebling. Leider. Maddys Vater ist ein verstörter Mann. Wir sollten nett zu ihr sein, bis sie nach Bristol zurückgeht, dann kümmert sich ihre – ihre Tante um sie, und sie ist eine sehr liebe Frau.«

»Hast du sie im Krieg auch gekannt?«

»Ja.« Daddy hielt inne. »Ich hatte sie sehr gern.«

»Lieber als Mummy?«

»Nicht lieber als Mummy. Niemanden hab ich lieber als Mummy.« Er schlug sich auf die Knie. »Also. Das sind genug alte Geschichten. Du wirst dir selbst schaden, wenn du nicht lieb zu ihr bist, Cordy.« Er streichelte ihre Wange. »So, du bleibst hier unten bis nach dem Mittagessen, dann kommst du rauf und hilfst, das Strandhäuschen aufzuräumen. Dann spielen wir alle *Blumen und Steine* – und damit ist die Sache erledigt. Für jetzt. Aber ich geh rüber und rede mit ihrem Vater. Ich will, dass du Madeleine magst. Ich schulde ihrer Tante etwas, und das Mindeste, was ich tun kann, ist, dafür zu sorgen, dass ihre Nichte bei uns in Sicherheit ist. Du bist zu jung dafür. Ich sage es dir, weil du genauso bist wie ich. Und vielleicht wirst du es eines Tages verstehen.«

»Okay.« Sie nickte, obwohl sie es nicht verstand, hatte er wohl recht. »Ich werde mein Bestes tun, Daddy.«

Er schloss die Tür und ging leise die Treppe hoch, sodass sie die Dielen nur schwach knarren hörte.

KAPITEL SECHS

Als Mumma am folgenden Tag ohne Onkel Bertie im Schlepptau aus London zurückkam, strahlte sie. Normalerweise war Mumma etwas chaotisch, entweder sie döste oder rauchte oder wurde panisch, verlor Dinge, schrie, brachte alles durcheinander, wohin sie auch ging, und seltsamerweise störte Cordy das nie. Deshalb war diese Mumma – im Stil von Mary Poppins, die mitsang, wenn Cordy ein Lied anstimmte, Mrs Gage unvermittelt Kusshände zuwarf, wie ein trillernder Vogel lachte (»wie eine dumme Frau in einem dummen Liebesfilm«, so beschrieb es Ben angewidert) –, diese Mumma war befremdlich. Bis Althea heftig zusammenfuhr und ein Glas fallen ließ, als das Telefon klingelte, war Cord nicht klar, dass ihre Mutter nervös war.

Sie nahm den Anruf im Schlafzimmer entgegen und war Ewigkeiten da drin. Als sie auf die Veranda herauskam, hatte sie gerötete Wangen. Sie hatte die Rolle bekommen, teilte sie ihnen mit.

Daddy sprang auf, breitete weit die Arme aus, sein Mund stand offen, erstarrt in einer freudestrahlenden Grimasse.

»Schatz, das ist ja fabelhaft!«

Die Kinder durften länger aufbleiben und Nüsse essen, bekamen ein Glas Tonic, während ihre Eltern Champagner tranken. »Auf Mumma«, sagte Daddy, und sie stießen an. »Jede Schauspielerin der Stadt hat für die Isabella vorgesprochen, und sie hat sie alle geschlagen. Sie wird *wunderbar* sein.« Seine Augen leuchteten; er zeigte auf Mumma, die den Kopf schüttelte. »Schatz, du hast das verdient. Du bist an der Reihe, echt.« Er lehnte sich gegen das Geländer, breitete weit die Arme aus, schaute auf das Meer hinaus und rief: *»Andere Weiber sätt'gen die Lust gewährend, aber sie macht hungrig, je reichlicher sie schenkt!«*

»Wie charmant und wie schmeichelhaft für alle Frauen«, sagte Althea und nahm einen kräftigen Schluck aus ihrem Glas, während die Kinder klatschten und sich vor Entzücken herumwälzten.

Es stellte sich heraus, dass Altheas neue Rolle eine recht große Sache war. Es ging um die Hauptrolle in einer Fernsehfassung von *Hartman Hall*, dem gleichnamigen Bestseller des letzten Sommers über eine Aristokratenfamilie aus Cornwall um die Jahrhundertwende. Mumma spielte Lady Isabella, die stürmische Erbin, die auf Hartman Anspruch erhob, und der australische Schauspieler Ray Harrington hatte die Rolle des entfernten Cousins, der zurückgekommen war, um sein Erbe einzufordern.

Mumma erklärte Daddy: »Es ist eigentlich sehr feministisch, das ganze Ding mit ihrem Erbe. Aber ich muss trotzdem ständig die Haare zurückwerfen und an der starken Schulter eines Mannes weinen. Und ein Korsett tragen, das ist das Schlimme daran. Ich bin so dick.«

Daddy lachte. »Was? Liebste, du bist so schlank wie mit neunzehn.«

»Würg«, machte Ben. Von allen begrüßte er die Neuigkeit von Altheas Erfolg am wenigsten. »Wie alt warst du, als du Mummy kennengelernt hast?«

»Ich war viel älter. Zehn Jahre älter. Ein *coup de foudre*.«

Ben schwieg, dann sagte er: »Was ist ein *coo de fooderer?* Jemand, der junge Leute mag?«

Mumma seufzte missbilligend. »Ehrlich, Ben. Was bringen sie euch denn den ganzen Tag bei? Nein, er war neunundzwanzig. Und ein *coup de foudre* ist ... Ach, wenn dein Herz erobert wird. Das hat Daddy mit mir gemacht.«

»Und sie mit mir.«

Daddy stieß mit Mumma an. Zu den Füßen ihres Vaters saß Cord mit dem Rücken an seine Beine gelehnt, ein Häufchen gerösteter Nüsse in der Hand, ihr Nachthemd über die Knie hinuntergezogen. Sie ließ den Blick über die Bucht zu den weißen Klippen von Bill's Point schweifen, die korallenrot im Abendlicht leuchteten. Das Meer war vollkommen ruhig, von einem unbewegten Azurblau, und auf dem Weg hinter ihnen hörte sie eine Ringeltaube träge in den Bäumen gurren. Cord war heiter, ganz und gar glücklich und wünschte, sie könnte dieses Gefühl in eine Flasche bannen, das Gefühl, hier zu sein, die Wärme an ihren Armen und die sie stützenden, knochigen, gebräunten Beine ihres Vaters zu spüren, den schwachen Duft des Chanel N°19 ihrer Mutter und das leichte Sprudeln des Champagners wahrzunehmen.

»Wann fängst du an zu filmen, Mumma?«

»Im Oktober. Ich werde eine Weile weg sein. Wegen der Szenen mit dem Haus muss ich nach Cornwall fahren. Mrs Berry war freundlicherweise einverstanden, uns auszuhelfen.« Die Kinder stöhnten, und Ben schnaubte entrüstet. »Na ja, von Daddy kann man nicht erwarten, dass er euch versorgt.«

»Warum nicht?«, fragte Ben.

»Er ... Also er muss sich auf *Macbeth* vorbereiten.« Althea schaute ihren Mann an.

»Da werden wir einfach allein gelassen«, sagte Cord. »Wie Waisenkinder. Müssen selbst für uns sorgen.«

»Mach nicht so ein Theater, Cord. Mrs Berry wird dich zur Schule bringen, und abends macht sie euch Abendessen.«

Cord erhob sich mit runden Augen auf die Knie. »Ich kann am Fluss entlang nach Richmond zu Fuß gehen und allein den Zug nehmen. Nächstes Jahr werde ich zehn.«

Ihre Mutter beugte sich vor und strich ihr übers Kinn. »Nein, das kannst du nicht.«

»Was ist mit mir?«, fragte Ben. »Ich kann sie doch hinbringen. Ich bin schon zehn, und ich habe gedacht, ich kann sie einfach begleiten, wenn ich sowieso ...«

Mumma sagte sanft: »Nein, Ben. Du wirst im nächsten Jahr sowieso im Internat sein.«

»Ich habe es schon gesagt«, flüsterte Ben. »Ich werde nicht in dieses Internat gehen. Es tut mir leid, aber ich mach es einfach n... nicht.«

Daddy sagte: »Hör zu, alter Knabe, lass uns nicht jetzt darüber reden. Es wird dir super gefallen, wenn du dort bist. Nimm zum Beispiel die Jennings. Du bist doch von den Jennings-Büchern begeistert.«

»Ja, aber das ist, wenn …« Bens Stimmchen zitterte. »Ich dachte, es wäre wie *Der Wunderweltenbaum* oder – oder *Der König von Narnia.* Nicht – nicht wirklich. Erfunden. Ich wusste nicht, dass man ein Kind wirklich im echten Leben ins Internat schicken kann. Oder dass du vorhattest …«

»Oh, mein Kleiner«, sagte Mumma und schüttelte traurig den Kopf.

»Jedenfalls«, wandte sich Daddy an Mumma, als hätte Ben gar nichts gesagt. »Es ist dein Abend, Liebste. Wundervoll.«

»Ich gehe nicht«, sagte Ben wieder und hielt sich die Ohren zu. Cord schaute ihn angewidert an und schlug ihm auf den Unterarm.

»Pscht! Sei still, Ben. Du machst Mummas Abend kaputt.«

Ben zuckte trotzig die Schultern, nahm aber die Hände herunter. Mumma schob ihnen die Nüsse hin. »Hier. Ich sollte keine mehr essen. Von jetzt an halte ich strenge Diät. Tony, Liebling, nimm sie weg …«

Aber da schrie Ben auf, und alle fuhren zusammen. »Was soll das?«, fragte Cord wütend, drehte sich um und sah Madeleine Fletcher, die wieder auf den Verandastufen stand. Im schwindenden Licht blockierte sie die Sonne und warf einen langen Schatten.

Die Wildes blickten zu ihr hin, und Cord nahm wahr, wie sie alle unwillkürlich ein bisschen näher zusammenrückten.

»Ich wollte Danke sagen für gestern, Mr Wilde.« Sie schaute Cord an. »Ich wollte schon mit dir spielen. Ich war nur sauer, weil du fies zu mir warst. Ich wollte sagen, es tut mir leid, dass ich euch hinterherspioniert habe und dass ich Feindschaft gesät habe zwischen unseren Häusern.«

Daddy lachte. »Nein, nein, keine Feindschaft gegen dich, Herzchen.«

»Liebes Mädchen«, sagte Mumma und lächelte ihr zu. Sie kam näher. »Pass auf, willst du nicht zum Abendessen bleiben? Ja, tu das.«

»Nein!«, sagte Ben.

»Ja gern«, stimmte Madeleine zu, kam die Stufen herauf und sagte schüchtern zu Mumma: »Vielen Dank.«

»Schon gut. Solltest du nicht schnell deinem Vater Bescheid sagen?«

»Er ist nicht da.«

»Oh.« Cord schaute hinüber. Ihre Mutter schüttelte den Kopf über ihren Vater. »Tony, hast du nicht mit ihm gesprochen ...«

»Ja«, murmelte Daddy leise. »Das dachte ich schon.« Zu Madeleine sagte er: »Er hat dich wirklich wieder allein gelassen?«

»Sie können im Haus nachsehen, wenn Sie möchten«, antwortete Madeleine und legte den Kopf schief. »Ich lüge nicht. Jetzt nicht und sonst auch nicht. Er musste zu einem Meeting in Birmingham. Stahlstäbe. Er ist Ingenieur. Er hat mir Würste dagelassen, aber ich weiß nicht, wie man sie braten kann.«

Etwas in Cords Herz gab ihr einen Stich. Sie empfand kein Mitleid mit Madeleine, nicht mal mit ihr in diesem seltsamen, viktorianischen weißen Trägerkleidchen mit Lochstickerei und den Schnallenschuhen ohne Söckchen, mit ihren abgekauten Nägeln, ihrem müden Gesicht und dem dichten Haar, das sie wie ein Cape umgab. Sie begriff, dass ihr Madeleine Achtung einflößte. Wie ungeheuer einsam musste sie gewesen sein oder wie groß ihre Angst, dass sie ihren Stolz hinuntergeschluckt hatte und in dieses Haus zurückgekommen war mit diesen Kindern, die so gemein zu ihr gewesen waren.

Ich werde lieb sein, dachte sie, sich an die Worte ihres Vaters erinnernd. Cord hatte das vage Gefühl, dass Madeleine kein Mitleid von ihr wollte, so stand sie auf und sagte lässig: »Ich zeig dir, wo du dir die Hände waschen kannst vor dem Abendessen, wenn du willst. Wir – wir wollten gerade mit unseren Eltern zu Abend essen.«

»Wir haben schon gegessen«, sagte Ben. »Was redest du? Sie kann nicht dableiben, wir haben gegessen.«

Cord seufzte. Ben begriff es nie, wenn der Kampf zu einem anderen Ort verlagert wurde, wenn die Armeen ihre Zelte auf einem anderen Schlachtfeld aufschlugen.

»Ben«, sagte Mumma und zog ein Geschirrtuch über dem Essen weg, das Mrs Gage für Tony und Althea bereitgestellt hatte. »Das reicht jetzt.«

»Also, ich meine, sie sollte nach Hause gehen.« Ben warf Cord einen Zustimmung fordernden Blick zu.

»Madeleine ist in diesem Haus zu Gast«, sagte Daddy, der schließlich die Geduld verlor.

Ben schrie: »*DAS IST MIR EGAL!* Ich wohne in diesem Haus, und du beachtest mich nicht.«

Daddy stand auf, sein Gesicht war weiß. »Raus.« Er zeigte auf die Verandatüren. »Raus. Ich kann dich nicht mehr sehen, du undankbarer kleiner Feigling. Beklagst dich über jede verdammte Kleinigkeit, wo ich mein Bestes für dich zu tun versuche. Geh in dein Zimmer. Wir sehen dich beim Frühstück.«

Ben starrte seinen Vater an, und Cord und Madeleine standen ganz still an der Tür. Dann sagte er: »Cord ...«

Die Stimme ihres Vaters hatte einen Tonfall, den sie noch nie gehört hatte. »Ich hab gesagt, geh in dein Zimmer. Sofort, andernfalls verhau ich dich.«

Cord wurde heiß, und der Schweiß brach ihr aus. Das würde er doch nie tun, oder? Daddy, der so weichherzig war, dass er laut weinte, als Ben die toten Amseljungen im Nest fand oder als Cord das *Ave verum* bei ihrem Schulkonzert sang?

»Ich ... Sorry, Sir«, sagte Ben leise. »Ich wollte nicht ungezogen sein.«

»Doch. Du bist der Ältere und benimmst dich immer noch wie ein Kleinkind. Du lässt dich von Cord gängeln wie ein geprügelter Hund. Geh mir aus den Augen.«

Mumma stand an der Tür und beobachtete die beiden, sie winkte Ben herbei und küsste ihn auf den Scheitel. »Ab durch die Mitte, mein Kleiner«, flüsterte sie und drückte ihn fest. »Bis morgen früh.«

»Er muss erwachsen werden, Althea.« Cord hörte, wie ihr Vater die Worte böse ihrer Mutter entgegenschleuderte, während Ben nach unten ging. »Du verziehst ihn.«

»Ich verziehe ihn nicht«, murmelte Mumma. »Tony ... Du musst nachsichtig sein mit ihm. Das weißt du doch. Es ist nicht seine Schuld.«

Einige Augenblicke herrschte Stille, dann hörten sie Bens Zimmertür zuknallen.

»Ich geh telefonieren«, sagte Daddy und stapfte die Treppe hinunter auf das Schlafzimmer zu.

»Ist es wirklich in Ordnung?«, sagte Madeleine hinter ihr, und Cord fuhr zusammen. »Wenn – wenn ich dableibe?«

»Oh ... O ja, natürlich. Komm rein mit mir.«

Madeleine schien zu zögern. »Ich wollte noch mal zurück und etwas holen.«

»Was? Ich kann dir Kleider leihen. Wenn du willst. Ich finde, du siehst nett aus. Und wir können meine Kassetten anschauen, bis Mumma das Abendessen fertig gerichtet hat.«

Madeleine zuckte mit den Schultern. »Okay. Danke.«

Cord zuckte ebenfalls mit den Schultern. »Passt schon. Willst du meine ABBA-Fotos sehen? Sie sind unten in meinem Zimmer.«

Aber Madeleine sagte Nein, es sei am besten, Ben eine Weile in Ruhe zu lassen, und sie sollten oben bleiben. Cord wünschte, sie hätte daran gedacht, und musste ihr recht geben.

»Hast du sie letzte Woche im Fernsehen im *Seaside Special* gesehen?«, fuhr Cord fort, lehnte sich gegen den Türrahmen und stieß sich mit den Händen hinter dem Rücken ab. »Sie haben *Waterloo* gesungen und *SOS*. Wir geben nächste Woche hier auf der Veranda eine Show, mit verschiedenen Songs und Musik. Du solltest ...«

Madeleine unterbrach sie. »Also, ich kenne eigentlich keine ABBA-Songs. Ich habe ein Transistorradio. Mit Kopfhörer. Ich höre John Peel in meinem Schlafsaal im Internat.«

»Oh.« Cord überlegte kurz. »Du solltest mit Ben über das Internat reden, er meint, es ist schrecklich.«

»Es *ist* schrecklich«, sagte Madeleine. »Aber es ist besser, als bei Daddy zu sein. Am Wochenende bin ich dann bei Tante Jules, und das macht Spaß. Wir gehen in den Zoo und wandern. Sie macht Zimttoast. Und sie hat eine riesige Katze, die heißt Studland ...« Sie wand eine Haarsträhne um ihren Finger, dann schüttelte sie das Haar vor dem Gesicht aus, als habe sie zu viel gesagt. »Jedenfalls – freut ihr euch nicht alle über die Neuigkeit deiner Mutter?«

»Welche Neuigkeit?«

»Na, die große Rolle in der Fernsehserie«, erwiderte Madeleine.

»Woher weißt du das?«

»Ich – ich hab's zufällig gehört. Als ich rübergekommen bin. Der Wind war in der richtigen Richtung.«

»Oh. Ja, es ist schon toll.«

»Keiner von euch scheint so besonders begeistert zu sein!«, meinte Madeleine. »Ich wäre begeistert, wenn meine Mum ein großer Fernsehstar werden würde.«

»Das wird sie nicht sein«, sagte Cord wegwerfend. Sie hörte ein leises Murmeln, die Stimme ihres Vaters von unten. »Ich meine, ja, sie hat immer als Schauspielerin gearbeitet, aber Daddy ist der Star.« Sie zeigte nach unten. »Er ist der beste Schauspieler seiner Generation. Das hat Guy mir gesagt.«

»Wer ist Guy?«

»Einer der Freunde meiner Eltern. Er ist auch Theaterschauspieler wie Daddy«, versuchte Cord zu erklären. »Mumma mag die Aufmerksamkeit nicht. Sie spielt Rollen, um sich zu verstecken. Daddy schauspielert, um alle zu sehen, um geliebt zu werden, zu spüren, dass die Zuschauer ihn anhimmeln. Er ist wie ein Hund, er will einfach Zuneigung. Arme Spam«, sagte sie zusammenhanglos. »Armes Mädchen.«

»Spam?«

»Ein Hund, den Ben gefunden hat.«

»Ich habe ihn mit ihm gesehen.«

»Mit ihr. Sie hieß Spam.« Cord war abgelenkt. Durch die Holzdielen hörte sie, dass Daddys Stimme lauter wurde und er geradezu schrie.

»Ich versuche so vernünftig zu sein, wie ich kann! Wie kannst du es wagen. Nein – das geht zu weit.« Dann verlegene Stille.

Cord, die immer zu viel redete, wenn sie nervös war, sagte: »Ja, das ist super. Wir können ABBA auf dem Plattenspieler spielen, das neue Album heißt *ABBA*. Mein Lieblingssong ist *I've Been Waiting for You*. Dann gefällt mir auch *I Do, I Do, I Do, I Do, I Do*. Fünf Mal!«, sagte sie ganz atemlos. »Ben hasst sie. Ich will Sängerin werden, wenn ich älter bin. Oder Richterin. Ich will meinen Namen zu Agnetha ändern.«

»Ich verstehe nicht, wieso du dich Agnetha genannt hast, wenn dir doch Anni-Frids Stimme besser gefällt.«

»Woher weißt du das schon wieder?«

Madeleine schien zu erstarren. »Ach – ich war unterwegs zum Strand. Mit Freunden. Sie haben gehört, wie du es gesagt hast.«

Cord hatte nun mal beschlossen, zu diesem merkwürdigen Mädchen nett zu sein, also setzte sie sich im Wohnzimmer auf den Boden und zog ihren Korb mit Kassetten zu sich her. »Guck mal, hier ist die *TV Times*, schau mal da – Anni-Frid, sie hat ihre gelbe Katzentunika an, das ist die Werbung fürs *Seaside Special*. Onkel Bertie hat mir versprochen, wenn sie in *Top of the Pops* sind, will er versuchen, über seine Beziehungen zu erreichen, dass ich hingehen und sie sehen kann. Ich kann mich nicht erinnern, welcher war dein Lieblingssong von ABBA?«

»Ich hab keinen«, sagte Madeleine. Sie schüttelte ihr langes Haar, sodass es über Schultern und Knie fiel. »Ich mag Bolan, Fleetwood Mac, Bowie. ABBA kenne ich eigentlich nicht, außer *Waterloo*.

»Ach! Okay, dann spiel ich sie dir mal vor«, schlug Cord vor und tat so, als könne sie verbergen, wie sehr sie das schockierte. »Soll ich?«

»Ja, mach nur«, sagte Madeleine und lächelte hinter ihrem Haarvorhang, und Cord begann, in ihrem Plattenstapel zu suchen.

Wie hätten sie ahnen sollen, was geschehen würde?

Fünfzehn Minuten später kehrte Daddy nach seinem Telefonat zurück, war blendender Laune, und sie setzten sich alle zum Abendessen hin. Er entschuldigte sich, hielt Mummas Hand, nannte sie ein Genie und sagte ihnen, sie sei dazu bestimmt, ein Superstar zu werden, er lockte Madeleine aus der Reserve, ließ sie von ihrem Internat in Bristol erzählen und wie sie Mytyl in *Der blaue Vogel* war und nach dem blauen Vogel der Glückseligkeit suchte. Madeleine war geradezu lebhaft und stützte die Ellbogen auf den Tisch, während sie erzählte. Die Quiche war köstlich, und als sie fertig waren, sagte Daddy: »Ich bringe Ben einen Teller runter. Ich hätte nicht so streng sein sollen.«

»Sie waren nicht streng, Sie sind für mich eingetreten, er war ja ziemlich unhöflich«, sagte Madeleine unerwartet, und Mumma und Cord tauschten ein Lächeln darüber, dass Madeleine Daddy offensichtlich förmlich anbetete. Im Lauf der Jahre entwickelte sich das zu einem Witz, wie sehr Madeleine für Daddy schwärmte, und das alles nur, weil er sie angefahren hatte.

Während Daddy nun seinen Stuhl zurückschob und mit einem Teller für Ben aufstand, goss Mumma sich noch Wein nach. »Abends spülen die Kinder das Geschirr«, informierte Cord Madeleine und räumte den Tisch ab.

»Cord, sie ist doch zu Besuch«, sagte Mumma.

»Nein, ich mach das gern«, sagte Madeleine. »Bitte. Danach geh ich dann. Vielen, vielen Dank.«

»Du bleibst über Nacht«, sagte Mumma, zündete sich eine Zigarette an und lehnte sich auf ihrem Stuhl zurück. »Du solltest nicht allein sein, Mads.«

Madeleine sagte: »Ich bin doch immer allein, daran bin ich gewöhnt«, und dann hörten sie Tony in die Nacht hinausrufen.

»Er ist fort«, rief er und erschien unten an der Treppe. »Ben ist weg, er ist ausgerissen.«

»Nein, Daddy, es ist nur ein Scherz, wir wollen das doch gar nicht mehr machen«, sagte Cord mit einem Lächeln, aber dann erstarrte ihr Gesichtsausdruck, denn ihr Vater stieß sie zur Seite und hielt seiner Frau den Zettel entgegen.

»Nein. Er meint es ernst.« Kleine Speicheltröpfchen von ihm flogen durch die Dunkelheit. »Er hat seine Sachen gepackt – und das hinterlassen ...« Mit zitternden Händen hielt er einen flatternden Zettel. »Ben – Ben ist weg.«

Cord schaute von Daddys gequälter Miene zu dem schreckensstarren Gesicht und weit offenen Mund ihrer Mutter und fühlte eine Bestürzung, die sie nie wieder wirklich verließ. Die Bestürzung darüber, dass ihre Eltern die Kontrolle verloren hatten und tatsächlich so wenig wussten wie sie selbst.

KAPITEL SIEBEN

Drei Jahre später, Sonntag, 26. Juli 1978

Als ich in diesem Jahr das Brett auf der Veranda hochhob, um das Heft herauszuholen, war ich ziemlich beschämt. Jetzt kenne ich sie so gut, da brauche ich doch das Heft nicht mehr dort zu verstecken. Aber ich habe immer noch Angst davor, dass sie mich vielleicht doch plötzlich nicht mehr mögen, und deshalb ist es gut, das Heft an einem sicheren Ort aufzuheben. Ich bin beruhigt, wenn ich daran denke, dass es in seiner kleinen Dose liegt, geschützt unterm Haus neben dem seltsamen Vogelmann und dem alten Spielzeugauto und den Stäbchen vom Eis am Stiel.

Die Wildflowers kommen heute. Wann waren sie zuletzt alle zusammen hier? Ich weiß es natürlich, ich weiß ja alles, es war, als Ben verschwand.

Ich kann kaum glauben, dass es schon ein Jahr her ist, seit ich irgendjemanden von ihnen gesehen habe. Genauer gesagt dreihundertundneunundvierzig Tage.

Cord ist furchtbar mit Briefeschreiben. Ben ist noch schlimmer. Ich habe so viele Fragen, aber ich kann sie natürlich das nicht alles fragen, sie würden erschrecken, wenn ich das täte, denn es ist ziemlich merkwürdig, so viel wissen zu wollen wie ich, und ich weiß das, aber den Rest des Jahres (349 Tage) ohne sie, meine ich manchmal, ich werde platzen vor lauter Verlangen danach zu wissen, was sie machen. Althea ist ja die Einzige, die ich jemals sehe, und auch das nur, weil sie im Fernsehen ist, nicht im wirklichen Leben.

1. Was für Kleider hat Althea sich wohl gekauft? Jetzt scheint sie noch mehr davon zu haben. Wird sie mir etwas erzählen über die neue Serie Hartman Hall?

2. Was wird Cord wohl machen? Sie ist immer an etwas Neuem inte-

ressiert, ABBA, damals, als Ben im Krankenhaus war, hörte sie viel David Bowie mit ihm, er hat ein Transistorradio wie meins. Typisch Cord – jetzt ist sie plötzlich die Superexpertin für ihn. *Ich lerne immer alles über etwas, damit wir darüber reden können, aber sie ist immer schon bei was anderem. Nach Bowie waren es Raumfähren und wie sie konstruiert sind. Letztes Jahr war sie besessen von Schach und Garri Kasparow! Und ich hatte noch nie Schach gespielt, da hab ich es das ganze Jahr über gelernt und bin dem Schachklub beigetreten. Ich wurde wirklich gut, weil mein merkwürdiges Gehirn solche Dinge wie Schach mag, ich bin sogar die Beste im Schach von der ganzen Schule und habe Bristol in der Inter-School Chess Championship vertreten, und dann hab ich einen Brief von ihr bekommen,* einen Brief *dieses Jahr im Juni, in dem sie schrieb, sie hätte das ganze Jahr nicht Schach gespielt, sie würde jetzt auf Breschnew und die Kommunistische Partei und Russland abfahren und sie wäre Kommunistin!!!!!*

Ich geb's auf!!!!

Also, über den Kommunismus hab ich mich nicht informiert. Da kann sie lange warten. Ich verstehe, wie sie gestrickt ist und warum sie so ist, Cord braucht etwas, über das sie nachdenken kann, und das gefällt mir auch. Aber die Sache ist, dass wir eigentlich nichts gemeinsam haben, außer dem Lachen. Wir lachen die ganze Zeit. Sie ist einfach so lustig.

3. Und Ben? Was fühle ich für Ben?

(((((Niemand weiß Bescheid über die Sache letzten Sommer im Strandhäuschen, ich hab es das ganze Jahr über für mich behalten. Es gibt ja auch niemanden, dem ich es erzählen könnte. Ich weiß nicht recht, ob Cord es gut finden würde. Es war am letzten Abend. Ich war traurig. Ben hat mir zum ersten Mal erzählt, was passiert ist, als er verschwunden war, und wir waren ganz still danach, und dann hat er sich zu mir hingeneigt und mich geküsst und gesagt, danke, dass wir Freunde sein können, und ich tat ihm nicht leid. Ich sagte, schon gut so.

Ich hasse es, wenn ich Leuten leidtue. Bei Althea ist es ein bisschen so, und da bekomme ich innen drin ein ganz komisches Gefühl. Ich mag es nicht.

Es war das Schönste, das ich erlebt habe, und ich werde es bis zum Tag, an dem ich sterbe, festhalten. Ich hoffe, der Tod wird hier sein bei ihnen allen, weil ich nie etwas oder jemanden so sehr lieben werde wie sie.)))))

Das ist das Geheimste, was ich jemals aufgeschrieben habe.

Gary sagt, sie werden rechtzeitig zu einem späten Lunch ankommen, weil Althea morgen früh ein Interview mit einer Zeitung hat. Gary ist ihr Spitzname für Mrs Gage. Althea mag Beinamen, Mads, Bertle, Gary. Gary hat Hackbraten und einen Salat gemacht. Ich verstecke mich hinter den wilden Rosen und beobachte sie. Die Malven blühen, sie schwanken im Wind, sie reichen fast bis zum Dach hoch. Die Türen zur Veranda sind offen, ich kann die zitronengelben karierten Vorhänge im leichten Wind flattern sehen, und ich höre Terry Wogan im Radio, kann in das heiß geliebte Haus sehen und das Bild von Großtante Dinah an der gegenüberliegenden Wand, die Chiantiflasche, die als Leuchter dient, die zwei Holzstühle, deretwegen wir uns streiten, damit wir nicht darauf sitzen müssen, auf der Seite die riesige, schokoladenbraune Teekanne, die alten, abgenutzten Korbsessel, der Schrank, der Stoß mit Brettspielen, ausnahmsweise ganz ordentlich weggepackt. Hinter dem Schrank steckt auf dem Boden das Ballkleid der Feenkönigin aus Papier, vom Ausschneideset, das wir vor zwei Jahren hatten und das Cord verlor und sich so darüber aufregte. Es ist komisch, hier spielen wir mit kindlichen Dingen, machen alberne Spiele, und es ist in Ordnung. Das Ballkleid ist zwischen der Fußbodenleiste und dem Schrank eingeklemmt, es muss da runtergefallen sein. Ich schleiche jetzt rein und hole es und gebe es Cord, wenn sie kommt, sie wird so zufrieden sein mit mir, und ich muss die Bodenleiste richten, ich sehe, dass ich sie nicht richtig runtergedrückt habe.

Sich auf sie zu freuen ist fast das Schlimmste an den Wildflowers. Weil es eines Tages zu Ende sein wird, und sie werden weg sein. Nur einen Tag lang, einen Tag würde ich gern das Gefühl kennen, total und grenzenlos glücklich zu sein, mit nichts anderem im Herzen als Glück, nichts sonst, um das man sich Sorgen macht. Nur einen Tag, bitte.

Ich muss jetzt los, weil Gary nach unten gegangen ist. Ich werde das Puppenkleid nehmen und die Bodenleiste richten, als wäre ich selbst eine kleine Fee, und niemand wird eine Ahnung haben, dass ich da war.

KAPITEL ACHT

August 1978

Der Besuch, der diesen Sommer zum Bosky kommen sollte, wurde jeden Tag erwartet, erschien aber nicht. Während der vierten Woche der Hitzewelle sagte Mumma beim Frühstück zu Daddy: »Ich könnte wetten, deine Sängerin kommt bis zum Ende der Woche nicht.«

»Kenneth hat gestern angerufen«, sagte Daddy. »Sie kommt offenbar heute.«

»Oh«, sagte Althea, und Ben sah sie die Stirn runzeln. »Das hättest du mir aber sagen können.«

Tony zuckte die Schultern. »Wo soll sie schlafen? Du wirst Bertie sagen müssen, dass er im Strandhäuschen übernachtet, wenn er vorhat, übers Wochenende zu bleiben.«

»Bertie kommt nicht«, antwortete Mumma knapp.

»Kommt nicht? Aber ich habe ihn vor Kurzem bei Claire gesehen, und er sagte, er würde kommen.«

»Er ist ein paar Tage weg«, sagte Mumma und bestrich eine Scheibe Toast mit Butter. »Hat ein besseres Angebot bekommen.«

»Du ärgerst dich immer noch über ihn, weil er dich in dieser Sketchshow besetzt hat, oder? Liebling, ich fand, dass du so komisch warst.«

Althea strich immer mehr Butter auf ihren Toast. »Es macht mir nichts aus, wenn man sich über mich lustig macht, Schatz.«

»Oh«, sagte Daddy und lachte schallend. »Wirklich?«

»Absolut nicht. Nicht wie manchen anderen. Wenn du es denn wissen musst, Bertie ist zu Simons Fünfzigstem gefahren«, sagte Mumma fast bösartig. Daddy lehnte sich auf dem Stuhl zurück und verschränkte die Arme.

»Oooh«, machte er.

»Simon, der immer hierherkam und bei uns zu Gast war?«, fragte Cord. Niemand gab ihr eine Antwort. »Der aus Papier Vögel und Sachen machen konnte und …«

»Nicht jetzt, Cord«, sagte Mumma.

»Warum kommt er nicht mehr?«

»Sei *still,* Cord«, sagte Ben verzweifelt.

»Er hat geheiratet«, sagte Mumma und trommelte mit den Fingern auf den Tisch. »Irgendeine Schauspielerin, die er beim Repertoiretheater kennengelernt hat. An ihren Namen kann ich mich nicht erinnern, aber sie ist ein süßes Ding. Ich habe etwas mit ihnen getrunken, als er zu den Dreharbeiten kam. Ach, wie hieß sie denn bloß noch?«

»Typisch Simon«, Tony zog die Augenbrauen hoch und trank weiter seinen Kaffee.

»Rosalie, das ist es, Rosalie Byrne.« Daddy fing an zu husten. »Sie ist aus Irland.« Daddy stieß laut die Luft aus, und Ben starrte ihn an.

»Also, ich kann ja auch nach Haus gehen, und Ben kann sich mit Cord das Zimmer teilen«, unterbrach sie Mads. Ben betrachtete ihr ängstliches Gesicht, schaute zwischen den Eltern hin und her und rieb seine fehlenden Finger oder vielmehr den Stumpf, wo sie früher gewesen waren. Morgens, wenn er gerade aufgewacht war und nicht genug gegessen hatte, pochte es am heftigsten.

»Nein, Schätzchen, ist schon gut«, sagte Mumma. Sie legte ihren Toast hin. »Es ist absolut in Ordnung. Hör zu, Tony, bist du *sicher,* dass sie heute kommt … Oh, wie hieß sie noch mal?«

»Belinda Beauchamp«, sagte Daddy. Mummy lachte schnaubend.

»Was für ein Name. Ist der echt, oder ist es ein Künstlername?«

»Ich weiß nicht, liebe *Dorothy*«, sagte Daddy und schüttelte mit einem Knall die Zeitung auseinander. Dorothy war Mummas richtiger Name, den sie absolut hasste, Ben wusste das. »Sie kommt her, um mir beizubringen, diesen verdammten Song zu singen, und der einzige Grund, weshalb sie hier übernachtet, ist, weil sie Kenneths Patentochter ist und er sagte, sie ist ganz verrückt nach *Hartman Hall* und will dich kennenlernen. Alles klar? Offenbar hat sie überall an der Wand Bilder von dir. Ziemlich bescheuert für 'ne Dreiundzwanzigjährige, aber was soll man machen.«

»Aha. Na, das wird schön sein, sie hierzuhaben«, sagte Mumma, und Cord kicherte und nahm die liegen gelassene Scheibe Toast ihrer Mutter. »Cord, sei nicht frech.«

»Sorry«, sagte Cord ganz unschuldig.

»Schatz, das ist genug Toast für dich. Du hast fünf Scheiben gegessen«, sagte Mumma kurz angebunden. Cord schob ihren Teller von sich. »Du kannst sonst nichts zu Mittag essen, und es gibt Schinken.«

»Oh, leckerer Schinken«, sagte Mads und rettete damit den Frieden, wie sie es immer machte. »Komm, Cord, wir ziehen uns um, mir wird's schon zu heiß.«

»Ja«, antwortete Cord. »Und dann gehen wir zum Kiosk und holen uns ein Eis.«

»Nein, Schätzchen, nicht vor dem Mittagessen«, rief Mumma ihr nach, als sie nach drinnen rannten.

»Cord ist furchtbar dick«, meinte Ben gespielt beiläufig. »Es ist gut, dass du ihr sagst, sie soll nicht so viel essen.«

»Sei kein Schleimer, mein Spatz«, sagte Mumma. »Sie wächst doch, sie muss essen. Ich sah genauso aus, als ich so alt war wie sie. Aber sie stopft sich den ganzen Vormittag voll, und dann isst sie ihr Mittagessen nicht, und sie redet so ungezogen davon vor anderen Leuten. Und diese Zöpfe …«

»Was ist mit den Zöpfen?«, fragte Tony ein wenig neugierig.

»Ach, sie sind der Fluch meines Lebens. Sie sehen aus wie Zigarrenstummel. Ich wünschte, sie würde sich die Haare schneiden lassen. Oder sie richtig wachsen lassen. Sie sieht aus wie eins der schlimmsten St.-Trinian-Girls.« Mumma hob den Blick und schaute um sich. »Schau mich nicht so finster an, Tony. Es ist wahr.«

»Cordy ist wunderschön.«

»Ich sage nicht, dass sie das nicht ist. Aber Tatsachen sprechen eben einfach für sich …« Sie verstummte. »Schon gut. Diese schreckliche alte Mumma, was?« Sie lächelte Ben zu. »Du dagegen bist perfekt, mein Liebling. Immer schon.«

Ben fühlte sich ausgesprochen unbehaglich, entweder weil sie sein Gesicht streichelte, was sie lieber lassen sollte, so wünschte er, oder weil Daddy einen kurzen, verächtlichen Blick auf sie beide warf.

Daddy stand auf. »Ich geh an den Strand schwimmen, bevor es zu heiß wird«, sagte er. »Kommt ihr mit?« Er schaute zu Althea hin und hielt ihr die Hand entgegen.

»Ja klar«, sagte Mumma, schaute ihm in die Augen und nahm seine Hand in ihre. »Lass mich nur schnell mit Gary reden wegen dem Lunch, dann komme ich. Vielleicht könnte ich Kartoffelsalat machen zum Schinken.«

»Oh, mein Lieblingsgericht, wie wunderbar«, sagte Daddy. Immer begrüßte er jede kleine Anstrengung, die Mumma machte, um etwas in der Küche zu vollbringen, wie einen Versuch, den Everest zu besteigen. »Du bist fantastisch, das ist sie doch, oder, Gary?«

»Ja, das ist sie«, stimmte Mrs Gage trocken zu und räumte klappernd das Frühstücksgeschirr weg. »Machen Sie sich keine Gedanken wegen dem Salat, Mrs Wilde, es ist am besten, wenn ich ihn mache.«

»Na gut«, sagte Althea, als wäre dies eine große Enttäuschung. »Also gut, gehen wir zum Strand.«

Cord war eine hervorragende Schwimmerin, sie war wahnsinnig gern im Wasser, konnte weiter raus als die anderen und auch gegen die Gezeitenströmung schwimmen. An jenem Tag waren sie alle gemeinsam im Wasser, Mumma in ihrem raffiniert albernen aquamarinblauen Badeanzug, der mit in der Brise fächelnden Blumen besetzt war, Madeleine, die aus einem von Cords Badeanzügen vom letzten Jahr herausquoll, und Ben und Daddy, die einander im Meer nachjagten. Cord tauchte immer wieder unter, wenn gerade niemand hinschaute, und kniff die anderen in die Zehen, erst wenn es zu spät war, sah man ihre blaue auf einen zuschießende Gestalt wie einen dahinrasenden Torpedo.

»Deine Lungenkapazität ist erstaunlich«, sagte Daddy und balgte sich mit ihr außerhalb des Wassers, nachdem sie ihn anzugreifen versuchte. »Du solltest an einem dieser Wettbewerbe teilnehmen, die es in Bournemouth gibt, die für Luftanhalten unter Wasser.«

»Ich weiß«, sagte Cord japsend, tauchte wieder und zog plötzlich an Bens Shorts, und Ben schrie vor Schreck auf, kippte kichernd rückwärts ins Wasser, und alle fielen ein, lachten, und dann fing er an zu würgen, weil er so heftig lachte. Madeleine zog ihn hoch, und Mumma klopfte ihm auf den Rücken, und er bekam Schluckauf.

»Tut mir leid«, sagte Cord. »Ich wollte nicht ...«

»Schon gut!«, sagte er und schlug mit der Hand nach ihr. »Ich bleibe ein bisschen auf dem Sand sitzen.« Er watete zurück zum Strand, ließ sich auf sein Handtuch fallen und schaute nach unten. Er hatte dünne, spillerige, braune Haare auf der Brust, achtzehn oder so, und er wünschte, sie wären etwas dunkler oder auffälliger, und auch, dass er nicht so schmächtig aussehen würde in seiner orangefarbenen Badehose.

Es war seltsam, dass sie alle wieder hier waren. Ben glaubte, sie würden in dem Jahr, nachdem es passiert war, nicht hingehen; Mumma war verreist, bei den Dreharbeiten zur zweiten Staffel von *Hartman Hall*. Und Daddy war mit den Proben für etwas beschäftigt, er musste mit schottischem Akzent sprechen, und es war nicht sehr gut. Aber irgendwann im Lauf des Sommers änderte sich etwas – später, viel später, als er erwachsen war, wurde Ben klar, dass sein Vater sich wahrscheinlich aus dem Stück oder dem Fernsehvertrag, was immer es war, zurückgezogen hatte. Denn Daddy fuhr sie selbst hin, und obwohl Ben nicht sicher war, dass er zum Bosky zurückkehren wollte, war es herrlich von dem Moment an, als sie, die drei, dort ankamen. Durch Mads wurde es auch besser, sie schien zu verstehen, sie machte kein Aufhebens – Daddy und Cord machten beide ein bisschen Theater, zuerst.

Im zweiten Sommer danach war Mumma beim Filmen der dritten Staffel, und deshalb war Mrs Gage bei ihnen, und Mumma kam an

Wochenenden. Daddy war fort in New York und trat in *Macbeth* am Broadway auf. Das war auch okay gewesen, hauptsächlich, weil Mads da war, mit der sie schöne Sachen unternehmen konnten, und drei waren eine Bande, bei zweien war das nicht so. Sie und Ben mochten die gleiche Musik, sie mochten alle die gleichen Witze und wilden Spiele. Aber das Tolle an Mads war, dass sie wusste, wann sie einen in Ruhe lassen sollte. Denn manchmal wollte Ben allein sein. Früher nicht, aber jetzt schon, und besonders hier, wenn er sich umschaute und diesen geliebten Ort sah, wo er einmal ein Junge gewesen war, der glaubte, es könne ihm nichts Schlimmes geschehen. Aber es war geschehen, und manchmal hätte er am liebsten Cord nachts aufgeweckt, um ihr zu sagen, dass sie nichts wusste und nicht verstand, wie anders die wirkliche Welt war im Vergleich zu der balancierenden, kreiselnden kleinen Blase, in der sie aufgewachsen waren. Es war ein rauer Ort, wo ungute Dinge passierten.

Dass Mumma berühmt war, veränderte auch alles, fast so sehr wie der Unfall. Das tägliche Leben war dadurch anders, man konnte nicht mit ihr die Straße langgehen, und sie gab ständig Interviews oder war in Fernsehsendungen wie der *Parkinson*-Talkshow. »Ach, da ist Mumma«, sagte Cord einmal so nebenbei, als sie den Fernseher anschaltete und Althea sah, die auf einem Sofa saß und so bezaubernd wie immer aussah. Sogar in einem Sketch von *Morecambe and Wise* wirkte sie mit, dabei stülpte ihr Eric einen Eimer über den Kopf, und sie war so komisch; Ben und Cord gefiel es, weil Mumma tatsächlich komisch war.

Manchmal war das toll, die Partys, bei denen man sich Teile der Serie anschaute im Haus am River Walk mit Champagner und allen gut gelaunten Freunden von Mumma und Daddy, oder wenn sie zu den Dreharbeiten mitkommen durften, wenn man ihnen in der Schule Fragen zu Althea stellte. Und manchmal war es nicht toll, wenn sie wochenlang weg war und sie allein waren und versuchten, die Stunden in dem großen, leeren Haus auszufüllen, und sie ihnen fehlte, während Mrs Berry in der Küche saß und strickte. Die Wahrheit war jedenfalls, dass sie jetzt eine andere Familie waren.

Ben umschlang seine Knie mit den Armen. Im Bosky zu sein brachte alles wieder hoch. Cord hatte ihm einmal erzählt, dass Mumma, als er verschwunden war, sich vor Kummer das Gesicht ganz zerkratzt hatte. Als er im Krankenhaus aufgewacht war, sah er die geschwollene, rote, aufgerissene Haut, fragte aber nicht, er war zu weggetreten, zu verwirrt. Und dann war Daddy erschienen, und Ben hatte ihm gesagt, er solle weggehen. Er hatte ihn angeschrien, hatte um sich geschlagen, sich die Schläuche herausgerissen, und die Ärzte mussten Tony bitten zu gehen.

Mads winkte vom Wasser her, und Ben winkte zurück und erinnerte sich an ihre Lippen auf seinen, spürte die Wärme auf seinen trocknenden, salzigen Schultern, fühlte sich gut und sicher und glücklich. Er wünschte, er könnte genau jetzt die Welt anhalten, denn er fand es schlimm, dass, wenn er sich so fühlte, die anderen Gefühle schon im Anzug waren, so, als müsse man eine Art Buße ableisten dafür, dass man sich glücklich fühlte. Er presste die Arme fester an sich und schüttelte den Kopf, und es war wieder da, er erinnerte sich wieder daran, und wenn er da mittendrin war, konnte er die Filmrolle nie anhalten, die vor seinen Augen abgespult wurde. Er musste die ganze Sache wieder durchleben, als wäre er an einem Stuhl festgebunden und gezwungen, einen Horrorfilm anzuschauen, den man schon so oft gesehen hat. Cord fragte ihn nicht mehr dazu, weil er gesagt hatte, sie solle damit aufhören. Aber er fragte sich, ob sie daran dachten.

Es ginge ihm jetzt gut, sagte er Mumma und Daddy oder jedem, der fragte. Aber es war die ganze Zeit da. Fotos in seinem Kopf, Gerüche, die es in Gang setzten. Hellbraun-weiß gefleckte Hunde wie Greyhounds oder der Geruch von Teer oder die Silhouette einer großen, dünnen Frau, die er vor sich auf der Straße sah. Außerdem war da so viel in seinem Kopf, dass es ihm manchmal vorkam, als gäbe es nicht genug Platz für alles, wie sehr er die Schule hasste und dass er sich immer Sorgen machte wegen Bomben der IRA und wegen Flugzeugabstürzen oder ob Cord an der Ecke überfahren werden könnte, wo die Straße zum Bahnhof abbog und die Motorräder immer zu schnell fuhren, oder ob Mumma am Krebs sterben werde, der Jones' Mutter umgebracht hatte, oder ob Daddy sie wegen einer anderen Frau verlassen werde, einer jüngeren, die mehr Kinder wollte, und sie wären dann vergessen. So war es einem Jungen an der Schule ergangen, er hatte keine Geburtstagsgeschenke mehr bekommen und musste irgendwann die Schule verlassen, weil seine Mutter sich das Schulgeld nicht mehr leisten konnte.

Tatsächlich wusste er, warum er sich wegen dieser Dinge sorgte. Damit er nicht an die anderen denken musste, die Wirklichkeit waren, die er gehört hatte und von denen er wusste, dass sie wahr waren.

Er hatte Daddy am Telefon belauscht an jenem Abend, als er weglief, hatte die Worte aus seinem Mund kommen hören. Was, wenn er gewusst hätte, dass Ben zuhörte? Was hätte er gesagt? *Sorry, Ben, aber das ändert nichts.* Oder hätte er gesagt: *Jetzt hast du die Wahrheit darüber gehört, warum ich dich nicht mag, Ben, und deshalb schicke ich dich weg ins Internat. Ich will dich aus dem Haus haben.*

Es stand alles so klar vor ihm, als wäre es gestern gewesen.

Nach dem Streit mit Daddy wegen des Internats hatte er im Sinn gehabt wegzulaufen. Er hatte beschlossen, zum Strand zu gehen, ein bisschen im Meer zu planschen, um sich zu beruhigen. Aber als er im Flur vor dem Schlafzimmer seiner Eltern stand und Daddy reden hörte, war ihm klar geworden, dass er weiter weglaufen müsse, so weit weg, dass keiner von ihnen ihn jemals würde finden können.

An dem Abend hatte er eine Tafel Schokolade in der Tasche, die er nachmittags im Dorfladen als Teil der Vorräte für das geplante Reißausnehmen gekauft hatte. Er hatte sie als Überraschung für Cord aufgehoben, ein besonderer Genuss, um sie aufzuheitern auf dem Rückweg nach London. Daneben steckte er ein Stück Bindfaden hinein, und in die andere Tasche stopfte er ein Paar Socken, ein sauberes Taschentuch und zwei Pfundnoten, sein aufgespartes Taschengeld, mit dem er sich *Monty Python und der Heilige Gral* hatte ansehen wollen, das noch in Swanage lief. In seine Schultasche packte er ein sauberes

Hemd, Shorts und *Robinson Crusoe,* der, so meinte er, nützlich sein könnte.

Ben hörte Tony immer noch in seinem Zimmer am Telefon reden. Nach oben zum Licht von der Veranda schauend, schlich er sich in den Flur, horchte ein letztes Mal auf die Stimme seiner Schwester, konnte sie aber nicht hören und öffnete deshalb lautlos die Haustür, ließ das Bosky hinter sich und begann, den Weg hinunterzugehen. Ohne einen Blick zurück. Er versuchte, sich tapfer und erwartungsvoll zu fühlen, aber es war nicht so. Er fühlte sich elend.

Als er auf die Straße eingebogen war, bemühte er sich, den Kopf hochzuhalten, und warf seine Schultasche lässig über die Schulter, sodass sie schräg hing. Er war ein Troubadour, ein Wanderer. Es war ihm egal, ob das, was er zufällig mitgehört hatte, der Wahrheit entsprach. Alle waren ihm egal. Jetzt würde er nicht ins Internat gehen müssen. Er würde eine andere Familie finden, bei ihnen wohnen und zum Bosky zurückgehen, wenn er erwachsen war. »Seht ihr?«, würde er sagen. »Ich bin ganz in Ordnung. Aus mir ist etwas geworden. Ich habe euch nicht dazu gebraucht.«

Es wurde schon dunkel, als er das Bosky verließ. Eine Meile oder so war alles okay, er wäre sogar fast gut gelaunt gewesen, wäre nicht das gewesen, was er erlauscht hatte, und auch dass er Cord und Mads hatte verlassen müssen. Er aß die Tafel Schokolade und grübelte, bei wem er wohnen würde. Eine reiche Familie, die das ganze Jahr über am Meer wohnte, die einen Sportwagen und ein ganzes Stockwerk für Scalextric-Autorennbahnen hatte. Jeden Freitag würden sie Fisch und Chips essen und würden einen jungen Hund haben.

Ben ging einen Weg hinunter, der, wie er meinte, zu Bill's Point führte. Er hatte den unbestimmten Plan, über die Downs nach Swanage zu gehen und in einem Wimpy-Restaurant etwas zu essen. Aber er hatte den falschen Weg erwischt, der weiter den Hügel hinauf ins Inland führte, von den Klippen weg, wo die neuen Ferienbungalows gebaut wurden, eine lange Reihe, die auf die Farm zulief. Es gab weder Straßenbeleuchtung, noch schien der Mond, deshalb war es jetzt sehr dunkel, und als die Dame aus einem der Häuser trat, erschreckte sich Ben fast zu Tode.

»Was machst du denn hier draußen so spät?«, hatte sie gesagt. Sie rauchte, trug einen Morgenmantel und Hauschuhe. Ben fühlte sich unbehaglich. Er schaute zum bewölkten, dunkelgrauen Nachthimmel hinauf.

»Ich mache einen Spaziergang.«

»So ein Kleiner wie du? Bist du nicht ein bisschen zu jung, so allein herumzulaufen?« Sie musterte ihn. »Ach du meine Güte. Ich kenne dich doch. Du bist Tony Wildes Junge, oder? Ich hab dich am Strand gesehen.«

Sie lachte, und er roch ihren alten Zigarettenrauch. Sie hatte etwas Unangenehmes an sich mit ihrem gefärbten blonden Haar, den schwarzen, herauswachsenden Ansätzen und dem dünnen, trostlosen Gesicht. Er erinnerte sich an Cords Stimme, sah ihr Gesicht vor sich, orange und schwarz im Schatten der Kerze auf der Veranda. *Auf dem Hügel ist eine Hexe. Ich hab sie gesehen. Einmal ist sie aus dem Himmel hergeflogen, und jetzt wohnt sie hier. Ihr Name ist Virginia Creeper. Sie stiehlt Kinder.*

Er entfernte sich rückwärts von dem Haus, auf die Hecke auf der gegenüberliegenden Seite zu.

»Nach dem Krieg hab ich ihn gekannt, weißt du das? Er erkennt mich natürlich nicht. Wir waren per Du, dein Dad und ich, er ist ein ganz schöner Casanova.« Sie spähte hinunter und starrte ihn an. »Vielleicht sollte ich nicht so mit dir reden. Sehr freundlich, das hab ich gemeint. Er war ganz oft hier unten, nachdem die Alte die Fliege gemacht hat …« Sie schwenkte die Zigarette vor ihm herum. »Dein Vater, oh, oho! Die Partys, die er nach dem Krieg geschmissen hat, die Leute, die er mitgebracht hat … O ja!« Sie blinzelte hektisch. »Nicht mehr viele da, die sich jetzt noch an die Zeit erinnern, bevor er sich mit deiner Ma zusammengetan hat, sie hat immer ausgesehen, als hätte sie 'nen Schürhaken im Arsch stecken. 'tschuldigung, wie ich mich ausdrücke.«

»Schon gut«, sagte Ben automatisch, und ihm war schlecht.

»Komische Clique war das, die Frau mit der Narbe, die alte Schachtel und er ... Die drei zusammen, kam mir irgendwie verdächtig vor, obwohl Krieg war.« Sie deutete mit der Zigarette in seine Richtung. »Allerdings, die hatte ja 'nen Sprung in der Schüssel, mit ihren alten Keramikscherben und ihren Hühnern und alles. Mein Dad hat immer gesagt, er hätte sie gesehen, wie sie einen von den Leuchtern aus der Kirche geklaut hätte, aber er war ein Säufer, mein Dad, wusste nicht, was vorne und hinten ist ...«

Sie hielt inne und starrte ihn an, versuchte sich zu konzentrieren, und da begriff Ben, dass sie betrunken war.

»Entschuldigung, ich muss jetzt gehen«, sagte er und gab sich Mühe, höflich zu klingen. »Entschuldigen Sie mich ...«

»Ach, geh nicht, komm doch rein! Du solltest nicht da draußen sein, Kleiner.« Sie lehnte sich an die niedrige Mauer ihres Vorgartens, stützte sich mit der Hand auf den Backsteinen ab und versuchte, sich zu sammeln. »Ich ruf deinen Dad an, wir lassen ihn kommen, damit er dich abholt ... Wir amüsieren uns 'n bisschen, trinken was zusammen. Wäre 'n Spaß, ihn wiederzusehen, nach all der Zeit, ich und er, wir haben uns seit Jahren nichts erzählt ...« Sie lächelte und beugte sich vor, und er sah Mitesser auf ihrer Nase, ihre merkwürdigen, gelben Augen. »Ich ruf ihn an, deinen Dad.«

»Er ist nicht mein Dad!« Ben rannte los, voller Angst, dass sie ihn packen und er nicht entkommen könnte. Er hörte sie hinter ihm herrufen und rannte immer weiter, die Münzen in seiner Tasche klirrten, sein Herz schlug bis zum Hals. »He! Komm zurück! Komm doch her!«

Er rannte und rannte an den Häusern vorbei und hielt erst am Ende des Weges an. Dort war ein schmaler Seitenweg, an dem sich seitlich frühe Brombeeren und orangerote wilde Rosen bis hoch hinauf rankten. Er führte zu einem Seiteneingang des Farmhauses, wo der schreckliche Farmer Derek wohnte, Spams Besitzer.

Ben zögerte, aber als er dann mit klopfendem Herzen stehen blieb, hörte er die Frau weiter unten am Weg, und ihre Stimme kam näher. »Komm her! Ich will dir etwas sagen!«

Er rannte noch schneller, einen winzigen, überwucherten Weg entlang, durch den Hintereingang der Farm hinein und versteckte sich in der Scheune.

Es war warm und still, und er kauerte sich unter dem Stroh zusammen, das nach Pisse und Schweiß roch; von Kühen, hoffte er. Aber es war sicherer, als draußen zu sein, und er hielt sich ganz ruhig, bis ihm die Augen zufielen.

Als er aufwachte, hörte er ganz nah ein entsetzliches Geräusch. Ben wurde bewusst, dass er eingeschlafen war, und er griff sich seine Schultasche, stand auf und kroch langsam auf die Tür zu, indem er sich vorsichtig vorantastete, denn es war jetzt vollkommen dunkel. Er öffnete die Tür so leise wie möglich, nur ein paar Zentimeter.

Das Geräusch war ein Schreien, wenn auch nicht sehr laut. Ein wimmerndes, raues Bellen. Als seine Augen nach und nach Umrisse wahrnahmen und er wacher wurde, sah Ben Farmer Derek, der einen Schraubenschlüssel hielt und damit auf einen an einem Pfahl im Hof der Farm angebundenen Hund einschlug. Es war Spam.

Sie war so dünn. Knochen hoben sich unter ihrem weiß-rosa Fell ab, der Schwanz war um ihren ermatteten Körper geschlungen, als wolle sie sich anspannen gegen die Schläge, die ihr verpasst wurden, und Farmer Derek brüllte sie an und schlug mit so großer Kraft auf sie ein, dass Ben nicht verstand, wie sie noch so viel Lärm machen konnte.

Der Grund für die Prügel, die dem hungernden Hund verabreicht wurden, lag daneben im Dreck: ein totes Huhn, dessen Hals abgerissen war.

»Du verdammtes Aas, da *hast du's,* kannst nicht mal deine eigenen Jungen versorgen, du blödes Rabenaas, da *hast du's!*«

Obwohl Spam schwach war wie eine Feder im Wind, hielt sich der Farmer an dem Pfahl fest, damit er besseren Halt hatte, und trat ihr mit voller Wucht in die Rippen. Wieder kam dieses entsetzliche, würgende, gequälte Bellen. Ben schrie auf, er konnte sich nicht zurückhalten, aber der Mann reagierte nicht darauf. Es war, als wäre er besessen, und leise murrend trat er sie noch einmal. Diesmal brach Spam auf dem Boden zusammen und rührte sich nicht.

Lauf, rief Bens innere Stimme ihm zu. *Lauf und halte ihn auf. Du kannst ihn beißen oder treten.*

Aber er tat nichts, vor Schreck wie am Fleck angewurzelt.

Bei einem weiteren Tritt ließ Farmer Derek ein halb zufriedenes Ächzen hören und murmelte: »Steh noch mal auf und stiehl eins von meinen Hühnern, versuch's nur, du gieriges Miststück«, und ließ den reglosen Körper des dünnen Hundes liegen, ging ins Haus und gab der Tür einen Tritt, dass sie zufiel. Ben wartete einen Moment, krank vor Schuldgefühlen und Selbstekel, und kroch durch den Kot und Dreck im Hof auf Spam zu.

Er streichelte ihren dünnen, warmen Körper und flüsterte ihr ins Ohr, aber sie bewegte sich nicht, kein bisschen. Und da wurde ihm klar, er konnte nicht nach Haus gehen, vielleicht niemals, weil er ein Jammerlappen war, der zugesehen hatte, wie ein Hund geschlagen wurde, statt zu versuchen, es zu verhindern. Daddy hatte recht, und er hatte es verdient.

Ben blieb lange Zeit dort, für den Fall, dass er sie wieder atmen hören würde. Aber sie war schwer und vollkommen reglos, und er wusste, dass sie tot war.

Er dachte, er könnte sie wegtragen irgendwohin und versuchen, sie zu begraben, oben auf den Hügeln. Also versuchte er, sie in den Armen haltend aufzustehen, aber sie war noch an den Pfahl angekettet, und die schweren Glieder der Kette schlugen gegen das Metall und machten ein lautes, klirrendes Geräusch.

Die Tür des Farmhauses ging auf, und Farmer Derek stand unter der Tür. Er war eigentlich klein, Cord hatte dazu eine Bemerkung gemacht, als er kam, um Spam zu holen. »So ein Knirps«, hatte sie geringschätzig gesagt. Er starrte Ben an, dort in dem matten Licht; Ben war immer noch nicht sicher, ob es die Abenddämmerung oder der Morgen war.

»He, du«, sagte er. »Wer ist da?« Ben senkte den Kopf. Er konnte ihn nicht erkennen. »Komm her«, und er fing an, auf Ben zuzulaufen. Ben legte Spam, so sanft er konnte, zurück auf den Boden und rannte wieder los, so schnell, dass er einmal oder zweimal strauchelte. Er rannte durch den Hof hinaus an dem kleinen Weg und der Scheune vorbei, auf die Umgrenzung der Farm zu.

»Komm zurück! Du kleiner ... Wer ist das, ist das der kleine Schwachkopf? ... Komm zurück, kommst du her!«

Farmer Derek war klein, aber auch schnell und holte mit jeder Sekunde auf. Ben schlenkerte seine Schultasche zur Seite und kletterte über den Zaun, der am freien Gelände entlanglief. Der Zaun war aus Holz und Stahl, und als er den einen Fuß von der unteren Planke des Zauns hochzog, um sich über den oberen Rand zu schwingen und hinauszuspringen, rutschte sein anderer Fuß ab, auf dem das Gewicht ruhte. Er ruckelte und fiel nach vorn, und seine Hand blieb am Draht hängen, von dem der Zaun zusammengehalten wurde, wo das Holz abgenutzt oder durchgekaut war. Im Bruchteil einer Sekunde, wie zum Standbild erstarrt, stieß er sich ab und taumelte in die Freiheit; aber als er die Hand von der oberen Planke zurückzog, blieb sie an dem scharfen Stahl hängen, der sie aufriss.

Er landete mit einem Plumps, rollte zur Seite und war fast zufrieden mit sich, daran erinnerte er sich. Das war er, er war erfreut, er konnte die Rufe des Farmers hören, seine blinde Wut, das Grauen. Und erst als er zweihundert Meter oder so gerannt war, außer Sichtweite der Farmgebäude, und plötzlich in das hohe, schwankende Gras gefallen war, schaute er nach unten und sah fast überrascht, dass seine Haut klebrig war von Blut und diese seltsame, eigenartige Hand, an der nichts stimmte.

Es tat nicht weh. Und er schaute darauf und fragte sich, wieso.

Dann wurde alles schwarz, und der Schmerz meldete sich, ein brüllender, nagender Schmerz, und er versuchte weiterzulaufen, aber er konnte es nicht. Er sah die merkwürdige Frau auf dem Weg, die Hexe mit dem schmutzig blonden Haar, und den Farmer, und er hörte Daddys Stimme, ablehnend, knapp, am Telefon, und er hatte noch das gleiche Empfinden von Spams gebogenen Rippen unter ihrem weichen, dünnen Fell, von der Wärme ihres Körpers. Dann nichts mehr.

Sie fanden ihn, zwei Tage nachdem er weggelaufen war, bewusstlos in einer alten Steinscheune auf dem Nine Barrow Down. Er erinnerte sich nicht, wie er dort hingekommen war, er musste irgendwie gekrochen sein. Er lag auf dem Boden, sein *Robinson Crusoe*-Buch als Kopfkissen, und hatte sich mit seinem Mantel zugedeckt.

»Es ist ein Wunder, wirklich«, hatte eine der Schwestern zu Althea und Tony im Royal Bournemouth Hospital gesagt. »Die Infektion, das viele Blut, das er verloren hat, er hätte ... Er muss einen Schutzengel gehabt haben.«

Von Bens linker Hand, die sich entzündet hatte, waren drei Finger abgerissen; das war der Grund, weshalb er schließlich das Bewusstsein verlor. In gewisser Hinsicht mochte es Ben, ein Zeichen zu haben, eine Erinnerung, die ihn daran mahnte, dass es Wirklichkeit war. Er erzählte ihnen von der verrückten Lady in dem Bungalow und dem schrecklichen Farmer, und die Polizei ging hin und sprach mit ihm, las ihm die Leviten, sonst nichts. Ben schrieb an *Blue Peter,* die TV-Kindersendung, und versuchte dabei, es mit seiner rechten Hand zu schaffen. »Man sollte mehr tun, um Tieren in schlechter Haltung zu helfen«, schrieb er. Mumma brachte den Brief zur Post. Man schickte ihm ein Abzeichen und einen Extrakommentar vom Redakteur der Sendung. Wochenlang trug er das Abzeichen. Aber er erzählte ihnen nie den Rest der Geschichte, den Grund, warum er überhaupt weggelaufen war. Sie hatten keine Ahnung, keiner von ihnen, und deshalb fragten sie niemals nach.

Die Mittagssonne verlieh dem Sand am Strand eine blendende Helligkeit. Mit bis unters Kinn hochgezogenen Knien dasitzend, blinzelte Ben und schob die Erinnerungen von sich. Wenn er die Augen schloss, sah er das Rote seiner Augäpfel, und wenn er sie öffnete, war die Welt einen Moment schwarz, die Gestalten im klaren, blauen Meer, aus denen seine Familie bestand, wurden langsam zu durcheinandergewürfelten gelblich rosa Figuren, und plötzlich stand er auf und rannte ins Wasser, wo die Kälte seinen heißen, sandigen Körper durchflutete.

»Oh, hallo, mein Lieber. Ich geh jetzt wieder rauf«, sagte Mumma, und er streckte die Hand aus und ergriff ihren Arm, plötzlich in Panik.

»Nein, bitte, Mumma, bleib noch ein bisschen länger.«

Sie drehte sich um und sah sein blasses Gesicht. »Natürlich«, sagte sie und nahm ihn im Wasser in den Arm, und er ließ es zu, ließ sie ihren nassen Kopf küssen. Sie spielten Seeschlachten, Mads auf Cords Schultern, Mumma auf Daddys, bespritzten sie einander mit dem kühlen Wasser, bis einer unter großem, ausgelassenem Lärm herunterfiel, und sie tauchten zwischen den Beinen der anderen durch, und Daddy schwamm so weit hinaus, dass er sagte, er hätte den Panzer sehen können, der im Zweiten Weltkrieg zurückgelassen wurde. Es war ein ruhiger, heißer Tag, nicht ganz so heiß wie in den vorhergehenden Jahren, aber fast. Nachdem die Spiele vorbei waren, lag Ben im Wasser auf dem Rücken und starrte auf das Bosky, das hoch über dem Strand stand, auf der Veranda trockneten Handtücher, dahinter ragten kühl die Kiefern auf, Blumen wanden sich an der Vorderseite des alten Holzhauses hinauf.

Schließlich gingen Mumma und Daddy vor den Kindern hinauf, um sich zu waschen und zum Lunch fertig zu machen. Cord, Ben und Mads blieben im Wasser, bis ihre Finger weiß wie Wachs aussahen und sie zitterten. Nachdem sie so viel Meerwasser geschluckt hatten, war ihnen etwas übel, und als sie herauskamen, war der Sand fast zu heiß, um darauf zu gehen.

»Au«, sagte Mads, die keine Schuhe anhatte. »Das ist ja eine Tortur.«

»Sogar für dich, die ja keinen Schmerz fühlt?«, sagte Cord.

»Ich weiß, es müssen heute 38 Grad sein«, sagte Mads und hüpfte von einem Fuß auf den anderen.

»Moment«, sagte Ben, den ihr vor Schmerz zusammenzuckendes

nasses Gesicht bekümmerte. Mit einem Schwung hob er sie hoch, trug sie zu den Stufen vor einem der Strandhäuschen und setzte sie dort eher hastig ab. Cord schaute ihnen zu.

»Oh, danke, Ben«, sagte Madeleine und lächelte durch ihr Haar zu ihm hinauf.

»Gern geschehen«, sagte er mit einem Achselzucken.

»Mads, du bist ja rot geworden!«, rief Cord. »O du meine Güte. Du bist in Ben verliebt!«

Ben war plötzlich wütend, die Hitze des Tages ging ihm jetzt doch auf die Nerven. »Halt die Klappe, Cord, halt einfach die Klappe.«

»Okay!« Cord starrte ihn an und hob dann die Hände.

Ben stampfte vor ihnen her und fühlte dabei den Blick seiner Schwester auf seinem Rücken. Als sie durch das struppige Gras zurück zum Haus schlüpften, hatte sich die kristallene Klarheit der Euphorie, die er im Meer gefühlt hatte, vollkommen verloren. Er hörte die beiden lachen, und als er sich etwas nach rechts drehte, sah er ihre verzerrten Mittagsschatten, ihre Köpfe waren miteinander verschmolzen wie bei siamesischen Zwillingen. Plötzlich ärgerte er sich über Mads statt über Cord. Warum musste sie *immer* dabei sein?

Die Erinnerung vom letzten Sommer an ihre warmen, schmalen Lippen auf seinen, wie sie sich geküsst hatten, als würden sie zueinander hingezogen wie Magnete, um dann sofort wieder auseinanderzuschnellen. Er bebte, Verwirrung mischte sich mit Lust bei der Erinnerung daran. Er dachte an ihr kleines, blasses Gesicht und ihre winzigen Füße, die über den Sand hüpften, und daran, wie Mumma am Fenster gestanden hatte, ihr und Cord nachschaute, die zum Strand hinunterrannten, und ihm gesagt hatte, Mads' blaue Flecke seien von ihrem Vater, der sie die Treppe hinuntergestoßen hatte, als er betrunken war. Und dass die Polizei ihn deswegen ermahnt hatte, aber sie, die Wildes, müssten sich trotzdem darum kümmern, dass es ihr gut ging. Er dachte darüber nach, welches Glück er hatte, und ja, das war so, trotz des Geheimnisses, das er jetzt mit sich herumtrug, und obwohl er weggelaufen war und all das – es war nicht so schlimm … Er sah ihr liebes, ernstes Gesicht, die Augen mit den schweren Lidern fest geschlossen, das Haar knisterte, als sie sich langsam zu ihm hinneigte, weil sie ihn küssen wollte …

Die Wahrheit war, dass er gern an sie dachte, selbst wenn er sich nicht wohl dabei fühlte, weil heiße Schuldgefühle in ihm aufstiegen. *Tu das nicht. Es ist doch Mads. Denk an etwas anderes. Blumen. Oder Steine.*

Langsam trottete er mit gesenktem Kopf auf die Stufen zur Veranda zu. Aber als er seine Schuhe hinwarf, sagte eine tiefe Stimme in singendem Tonfall: »Oh, hallo. Ich bin so froh, dass jemand hier ist! Ich habe mich schon gewundert. Das Radio ist an im Haus, aber niemand kommt zur Tür. Das ist doch Anthony Wildes Haus, oder?«

Ben blinzelte im Schatten auf der Veranda nach dem grellen Sonnenlicht und sah einen langen Rock, langes Oberteil, Hut mit breitem Rand, lange Haare. Immer auf der Hut vor Gefahren, spähte er zu der rundlichen Gestalt hin, plötzlich war er durch die tiefe Stimme aufgeschreckt und dachte, es könnte ein verkappter Mann sein – er hatte gehört, dass sie manchmal so vorgingen, sich als Frauen zu verkleiden – aber dann fing er sich. Das war kein Mann.

»Ich bin sein … Ich bin Ben.« Er fragte sich, wo Mumma und Daddy waren. Sie waren doch schon lange hochgekommen?

Die Frau – aber eigentlich war sie eher ein Mädchen, nicht so alt – beugte sich vor. »Hallo, Ben. Schön, dich kennenzulernen.«

Ben war verlegen und wünschte, er wüsste, was in dieser Situation zu tun sei. Cord hätte dieses Mädchen bzw. diese Frau korrekt beurteilt, und wenn sie sie vertrauenswürdig gefunden hätte, hätte sie nach fünf Minuten schon auf der Veranda gesessen und mit ihr geplaudert.

»Mhm«, sagte er. »Möchten Sie reinkommen?« Dann hielt er inne. »Ich meine, Entschuldigung, wer sind Sie?«

»Ich bin Belinda Beauchamp.« Sie zog an einer honigfarbenen Haarsträhne. »Ich bin die Sängerin, die kommen soll, um mit deinem Daddy für *Jane Eyre* zu üben.«

»Ach ja, natürlich.«

Sie nahm ihren breitkrempigen Hut ab und warf ihn zwanglos auf den Korbsessel, schüttelte ihr langes Haar und lächelte ihm zu. Sie hatte einen Spalt zwischen den Zähnen wie Mumma. »Ich war sogar schon so weit, dass ich geweint habe, so besorgt war ich. Ich meine, es ist doch *Tony Wilde!*« Sie lachte kurz auf.

»Ja«, sagte Ben.

»Ich bin albern«, und sie zuckte die Schultern und lächelte breit und strahlend. Der Stoff ihres Oberteils war seltsam. Er verstand nicht, was damit los war, spitzenartige Bänder liefen darauf auf und ab, und er sah ... Er trat vom einen Fuß auf den anderen und wünschte abermals, Cord wäre hier.

Er ließ Belinda ins Haus kommen und gab ihr ein Glas Wasser, dann kamen sie wieder auf die Veranda zurück, und er bot ihr an, sich zu setzen, während sie die ganze Zeit redete: über ihre Ausbildung an der Royal Academy, dass sie Joan Sutherland einmal bei einem Schulkonzert getroffen hätte und dass es der stolzeste Augenblick ihres Lebens gewesen sei, als sie sagte: »Dieses Mädchen wurde geboren, um zu singen.« Dass sie Gesangslehrerin sei, weil sie Probleme mit ihrer Stimme gehabt hätte, und also nun stattdessen unterrichte, und das sei eine wunderbare, sehr interessante Tätigkeit ... Sie redete immer weiter, und Ben beobachtete sie und betrachtete das seltsame Top und wie ihre Brüste darunter hin- und herschaukelten und den Spalt zwischen ihren Zähnen und ihre schlanken Füße, die karamellbraun waren, wogegen er sah, dass ihre Beine nicht so gebräunt waren.

Dann hörte er dumpfe Schritte auf der wackeligen Treppe, schaute hinüber und sah seine Eltern, Daddy schon halb oben, Mumma gerade aus dem Schlafzimmer kommend. »Wo wart ihr denn?«, verlangte er zu wissen.

»Unten«, sagte Daddy und schielte zu dem Gast hinüber. »Wir haben uns umgezogen.«

»Wir haben ... etwas in Ordnung gebracht«, sagte Mumma, die ein

Strandkleid angezogen hatte und ihr Haar zurechtstrich. »Oh«, sagte sie und kam näher. »Es tut mir wirklich leid ... Ben, mein Lieber, du hättest mir sagen sollen, dass jemand hier ist.«

»Belinda Beauchamp«, sagte Belinda und hielt Mumma ihre Hand hin. »Ich habe mich furchtbar verspätet, *ich* sollte mich entschuldigen.«

»Wir dachten, Sie würden heute Abend kommen«, sagte Mumma und gab ihr die Hand. »Ach je. Da sind Sie einsam und verlassen auf der Veranda gesessen und haben sich gefragt, wo wir alle sind?«

»Nein, nein, ich hatte doch Ben, der sich um mich gekümmert hat«, sagte sie und lächelte Ben zu. »Hallo, Mr Wilde. Belinda Beauchamp. Ich bin so dankbar, dass Sie beide mir anbieten, mich zu beherbergen.«

Ihre blauen Augen strahlten Mumma kurz an, aber ihr Blick wanderte zu Daddy zurück, und Daddy lachte. »Ist mir ein Vergnügen, meine Beste«, sagte er und drückte ihr die Hand. »Kenneth hat mir gesagt, dass Sie eine schöne Stimme haben. Das, was passiert ist, tut mir so leid.«

»Danke«, sagte Belinda und schaute kurz nach unten auf den Holzboden der Veranda. Ben, der sie betrachtete, fühlte sich ein bisschen merkwürdig, als sei sein Herz voll und er werde gleich weinen. Verstohlen zog er an seinen Shorts. *Nein, bitte nicht jetzt.*

»Ich habe großes Glück, dass Sie hier sind, um mir das eine oder andere beizubringen«, sagte Daddy, kratzte sich am Hals und bedeutete ihr mit einer Geste, wieder Platz zu nehmen. »Können wir Ihnen etwas zu trinken anbieten? Althea, Liebling, bleib hier und unterhalte dich mit Belinda Beauchamp.« Er drückte flüchtig einen Kuss auf Mummas nackte Schulter, und sie schloss ganz kurz die Augen und ergriff seine Finger, mit denen er leicht ihren Nacken berührte.

Ben erriet, was sie unten gemacht hatten. Er erschauderte. Es war furchtbar peinlich, wie seine Eltern sich in dieser Hinsicht benahmen. Einmal hatte er sie gehört, als sie es auf der Veranda machten, weil er noch einmal heraufgekommen war, um spätabends ein Glas Wasser zu holen. *Auf der Veranda,* wo sie doch ein völlig ausreichendes Schlafzimmer hatten.

Belinda Beauchamp hatte die Beine untergeschlagen und ihr Haar hinter die Ohren gestrichen und hörte Mumma hingerissen zu, als Ben mit einem Martini für Mumma und einem Ginger Ale – »Oh, meine Güte, nein, ich bin etwas unerfahren, was Alkohol betrifft« – für Belinda Beauchamp wieder erschien. Daddy reichte die köstlichen kleinen Käsecracker herum, die sie für Gäste aufhoben, und sie schauten aufs Meer hinaus, wo die Hitze des Tages vor ihnen zu flirren schien, in welligen Linien prallte sie von den Dächern der Strandhäuschen ab.

»Dann also der Gesangsunterricht«, sagte Daddy. »Wie wollen Sie es machen?«

Belinda Beauchamp richtete sich auf und setzte die Füße auf den Boden. »Ja klar. Also, ich habe eine kleine Gitarre dabei. Ich werde Ihnen das Lied beibringen und mich vergewissern, dass Sie sich sicher fühlen beim Singen. Mr Rochester muss selbstbewusst klingen, wenn er singt. Nicht schüchtern. Oder zaghaft. Er ist ein Mann, der …«

»Ich weiß, wie ich meine Rolle zu spielen habe, danke«, sagte Daddy trocken.

Sie wurde hochrot. »Es – es tut mir leid … Ich meinte ja nur in Bezug auf das Lied …«

»Ich scherze ja nur.« Daddy lächelte ihr zu.

Was war mit ihrer Stimme geschehen? Warum war sie Lehrerin? Warum war ihr Haar an manchen Stellen vorn blond und an anderen dunkelbernsteingelb? Hatte sie einen Freund? Er starrte sie hungrig an, als wäre sie ein exotisches Tier, das jeden Moment in den Nachmittag entfliehen könnte.

Gott sei Dank kamen in diesem Moment Cord und Madeleine zurück, die sich bei den Strandhäuschen mit anderen Kindern unterhalten hatten, und er konnte sich zurücknehmen und ihnen das Feld überlassen. Sie kommentierten entzückt Belinda Beauchamps Haar, ihre Sandalen und ihre Halskette: »Ist das schön, haben Sie das gemacht?« »Nein, meine Mutter hat es aus Marrakesch mitgebracht.«

Für diese Art Geplauder war er völlig ungeeignet. Erst als sie zum Händewaschen vor dem Lunch unten waren, sagte er zu Cord: »Sie ist nett, oder? Ich hoffe, dass sie nett ist. Ich will nicht, dass sie unsere Ferien ruiniert.«

»Sie ist ganz nett«, antwortete Cord finster. »Aber sie sollte einen BH tragen. Es gehört sich nicht, dass sie so *raushängen,* nicht bei einem Top, das so durchsichtig ist. Ist mir egal, was die Feministinnen dazu sagen. Und Mumma wird das auch nicht gefallen.«

KAPITEL NEUN

Belinda Beauchamp sollte eigentlich zwei Nächte bleiben, aber eine Woche später war sie immer noch da. Nach zwei Jahren Abwesenheit war Onkel Bertie wieder aufgetaucht, ein geheimnisvolles blaues Auge zur Schau tragend, das, wie er behauptete, die Folge einer Auseinandersetzung mit einem streitlustigen Milchmann war, der eines frühen Morgens die Straße versperrt hatte. Daddys alte Freunde Guy und Olivia de Quetteville waren übers Wochenende auch da, sie kannten Kenneth, Belindas Paten. In Mummas und Daddys Welt kannte jeder jeden. Ben fand, dass es in der wirklichen Welt nicht so war.

Solange die de Quettevilles da waren, schlief Ben auf dem Sofa und Bertie ganz zufrieden in der Hängematte auf der Veranda. Und Madeleine musste zu ihrem Vater zurück, sagte er, obwohl Cord meinte, das sei richtig gemein, sie dazu zu zwingen. Aber Mumma blieb standhaft und sagte, Madeleine müsse sich während der Ferien ein- oder zweimal dort zeigen, es sei nicht fair, ihren Vater vollkommen zu ignorieren. Cord fragte – mit Recht, wie Ben meinte –, warum er denn im Sommer überhaupt noch an die Worth Bay kam, wenn es ihm offensichtlich so sehr zuwider war.

Ian Fletcher kam und holte Mads nach dem Abendessen, und Cord starrte ihn an – sonst sahen sie ihn nie. Er war drahtig dünn und hatte einen kleinen, borstigen Schnurrbart und ein langes Gesicht mit einem Haarbüschel obendrauf. »Er sieht aus wie eine Zahnbürste«, hatte Cord gesagt, und Ben hätte vor Nervosität fast gelacht, denn Mads' Vater sagte kaum ein Wort, vermied den Blickkontakt und starrte auf den Boden, wenn er mit Mads sprach. Mumma lud ihn zu einem Drink ein, aber er lehnte ab, und Ben fand sie wunderbar, weil sie es versucht hatte, weil sie freundlich war.

»Danke, aber es ist Zeit, nach Haus zu gehen«, hatte er zu Mads gesagt, und sie war mit gesenktem Kopf hinter ihm hergetrottet, apathisch mit einem Arm winkend, und Cord hatte Bens Hand gedrückt. Sie verabscheuten den Gedanken, dass sie jetzt mit ihm im Beeches-Haus übernachten musste. Sie gehörte nicht mehr zu ihm, sie gehörte zu ihnen.

Belinda Beauchamp schlief mit Cord zusammen in deren Zimmer. Cord benahm sich merkwürdig in Bezug auf Belinda Beauchamp. Ben merkte ihr an, dass sie sich ein bisschen in sie verknallte, und das mochte er nicht besonders. Cord war groß darin, zu schwärmen, für die Französischlehrerin und für Carolyn, die in der Schulaufführung die Hauptrolle hatte. In diesem Sommer war sie voller Begeisterung für Gedichte und Lieder. Sie zitierte immer Dinge, die Belinda gesagt hatte, und flocht sich keine Zöpfe mehr. Allerdings fiel ihr Haar nicht über die Schultern wie sich kräuselnde, sonnenbeschienene Wellen, so wie es bei Belinda war, sondern es war braun und mit von Sonne und Meer steif abstehenden getrockneten Spitzen.

Sie sangen gemeinsam in ihrem Zimmer, Ben hörte sie manchmal. Es war sehr schön. Cord sang selten vor ihren Eltern. Sie sang nur im Haus, wenn Mumma sich auf dem kleinen Fleck Sand vor dem Haus sonnte, wo die Sonne hinkam. Das war vormittags, und Belinda Beauchamp klimperte leise auf ihrer Gitarre und wartete, bis Daddy auf die Veranda kam, und dann übten sie miteinander, er lachte, und sie ermutigte ihn behutsam. Sie war eine gute Lehrerin, entdeckte Ben, denn er hatte jede Menge Erfahrung mit schlechten Lehrern. Daddy *hatte* einfach keine gute Singstimme, obwohl seine Sprechstimme natürlich ausgezeichnet war. Er klang irgendwie zugeschnürt, wenn er singen musste; es war eine Art Witz innerhalb der Familie, und obwohl er oft und laut gesungen hatte, als sie kleiner waren, wurde er im Lauf der Jahre befangen. Er hatte mehrere Rollen abgelehnt, für die Singen verlangt wurde. Ben fragte sich, wieso er *Jane Eyre* nicht abgelehnt hatte, nur hörte man eben oft, dass es das nächste *Hartman Hall* sein werde. *Jane Eyre* würde bei der BBC den guten Sendeplatz am Sonntagabend bekommen und in der Woche nach Beendigung der nächsten Staffel von *Hartman Hall* beginnen.

Auch Guy de Quetteville hatte eine kleine Rolle in *Jane Eyre*. Seine Frau, Olivia, war eine großartige Bühnenschauspielerin. Normalerweise gingen Ben und Cord nicht ins Theater; sie waren als Kinder zu Theaterbesuchen gezwungen worden, und ihre hauptsächliche Erinnerung daran waren die gewöhnlich für sie reservierten, samtbezogenen Logen, die so kratzig waren, dass sie sie vom Einschlafen abhielten. Aber Ben und Cord hatten an einem Stück, in dem sie Olivia im vorhergehenden Jahr gesehen hatten, wirklich Freude gehabt. Althea hatte sie zur Aufführung des *Sommernachtstraums* ins Regent's Park Open Theatre mitgenommen, damit sie Daddy sehen konnten, der neben ihr als Titania in der Rolle des Bottom auftrat. Als die Sonne unterging, begannen funkelnde, bunte Lichter in den Zweigen zu leuchten. Es war einfach märchenhaft, und die Kinder mussten tatsächlich beide lachen über die Sache mit dem Spalt in der Wand und über die Handwerker. Daddy war so lustig, winkte ihnen am Ende des Stücks direkt zu und rief ihre Namen, sodass sich alle nach ihnen umdrehten und zu ihnen hinschauten, und er warf ihnen Küsschen zu; Ben konnte es nicht ausstehen, aber Cord nahm den ganzen Abend alles begeistert auf. Olivia als Titania war wunderbar, Furcht einflößend und albern zugleich, mit blauem und grünem Make-up, einem goldenen Kopfschmuck und Flügeln, ihre Stimme klang scharf und belegt vor leidenschaftlicher Erregung. Sie war kein bisschen wie die elegante, ziemlich trockene Olivia, deren Haar immer perfekt frisiert war und die sehr wenig sprach. Danach, als sich alle an der Theaterbar zu einem Drink versammelten, waren die Kinder zu schüchtern, um mit Olivia zu sprechen, die in ihrem bretonischen Ringelhemd und abgeschnittener Hose wieder ganz normal war.

»War sie nicht fantastisch?«, flüsterte Cord später auf der langen Taxifahrt zurück nach Twickenham. »War sie nicht wie eine echte Königin? War sie nicht *unglaublich?*«

Am letzten Abend von Olivia und Guy saßen sie nach dem Abendessen alle auf der Veranda. Die Kinder waren später auf als sonst, auch Madeleine hatte mit ihnen gegessen. Ein voller Augustmond hing niedrig am Himmel. Die Sterne strahlten heller denn je, der Große Wagen stand nördlich über dem Dach des Hauses.

Es war wieder ein schwüler, heißer Tag gewesen, kein Wind, keine Abkühlung am Abend.

Daddy war im unteren Stock und sprach mit seinem Agenten in Amerika. Mumma und Bertie hatten sich auf die Sessel plumpsen lassen, und Guy und Olivia hatten auf dem Sofa Platz genommen. Belinda Beauchamp saß auf dem Schemel und zupfte leise auf ihrer Gitarre nur hier und da ein paar wahllose Akkorde. In den Hecken hinter ihnen zirpten laut die Grillen; Kerzen brannten, um die Mücken abzuhalten. Es war vollkommen still. Die Kinder saßen zusammengekauert beieinander auf der alten, gemusterten Matratze in der Ecke. Sie waren schon halb eingeschlafen, wollten sich aber nicht rühren, damit die Erwachsenen sie nicht bemerkten und sie womöglich ins Bett schickten. Und plötzlich fing Olivia an zu sprechen:

»Fürchte nicht mehr Sonnenglut,
noch des grimmen Winters Drohn,
jetzt dein irdisch Treiben ruht,
heim gehst, nahmst den Tageslohn;
Knab' und Jungfrau goldgehaart,
zu des Bettlers Staub gepaart.«

Sie sagte es nicht laut, trug nicht vor, sprach einfach leise vor sich hin, und Ben bekam Gänsehaut. Er kannte den Vers. Althea hatte ihn ihm und Cord beigebracht, ein kleines Lied, das sie singen konnten, wenn sie Angst hatten, aus einem schlechten Traum erwacht waren oder in eine unbeleuchtete Wohnung zurückkommen mussten, bevor sie das Licht hatte anschalten können, wenn sich Schatten bewegten und sie beide zusammenschrecken ließen. Aber als er es jetzt wieder hörte, machte ihm der Text Angst, statt ihn zu trösten. Wir werden alle sterben und zu Staub werden. Er biss sich in den Daumen, um die unguten Erinnerungen abzuschütteln, konnte sie aber nicht aufhalten. So war es, wenn sie kamen: Tagelang, manchmal über Wochen war alles in Ordnung, und dann geschah etwas, und er war auf dem Stuhl gefesselt und musste zusehen, wie alles wieder ablief. Er ballte seine verkrüppelte linke Hand in die rechte hinein und schluckte krampfhaft die Galle hinunter.

Aber dann begann Cord, die verborgen im Dunkel saß, plötzlich zu singen.

»Fürchte nicht mehr Flammenblitze,
Zittre nicht vorm Donnerschlage,«

Sie hielt inne und räusperte sich leise. Dann ergriff sie Bens Hand und drückte sie fest.

»Stumpf ist der Verleumdung Spitze,
Für dich schweiget Lust und Klage;
Liebchen, Liebster, goldgehaart,
wird, so wie du, dem Staub gepaart.«

Sie sang noch zwei Verse, die Hand noch in seiner liegend, ihre Stimme schwoll im letzten Vers an und klang laut, Belinda Beauchamp zupfte dazu eine einfache Begleitung, und als sie fertig war, herrschte Stille. Ben drückte ihre Hand noch fester.

»Ich weiß, dass du vor manchen Sachen Angst hast«, sagte Cord so leise zu ihm, dass sogar Mads, die schon halb schlief, es nicht hörte. »Ich wünschte, du hättest keine Angst, Ben. Ich werde immer auf dich aufpassen. Ich versprech's. Wir sind die Wildflowers.«

Er sagte nichts, seine Kehle war zugeschnürt. »Hast du mich gehört?«, fragte sie immer noch sehr leise. »Ich versprech es dir. Ich werde mich immer um dich kümmern. Wir werden immer zusammen sein.«

Er nickte, konnte aber immer noch nicht sprechen und drückte noch einmal ihre warme, kleine Hand.

Belinda hatte die Gitarre hingelegt. »Cord«, sagte sie mit seltsamem Tonfall, »wer hat dir dieses Lied beigebracht?«

»Mumma«, sagte Cord zerstreut, immer noch ihren Bruder anschauend. »Sie musste es an der Central School of Speech and Drama lernen.«

»Ich meine …« Belinda blinzelte. Sie drehte sich zu Mumma um, die Cord zulächelte. »Hat jemand ihr beigebracht, so zu singen?«

Mumma war verblüfft. »Nein. Sie hat aber eine schöne Stimme, nicht wahr, Cord? Schon immer.«

»Ja«, sagte Belinda Beauchamp leise. »Ja wirklich. Ich überlege mir …«

Olivia klatschte sanft. »Hört, hört«, sagte sie, und Guy schloss sich an. »Großartig, Cordy, hier, denk dir, das wären Blumen für dich, Primadonna.«

Ben wusste, dass Cord Klatschen oder Komplimente nicht mochte, sie wollte nicht angeben oder Applaus bekommen, sie tat es, weil es zu ihr gehörte. Die erste Erinnerung, die er an seine kleine Schwester hatte, war, als sie in einem kirschroten Strickjäckchen mit einer Rose drauf in ihrem Bettchen lag, vor sich hin summte und mit ihren pummeligen Füßchen in der Luft herumzappelte. Belinda Beauchamp stand auf und stolperte über eine lockere Diele. An der Tür blieb sie stehen.

»Du wurdest geboren, um zu singen«, sagte sie. »Es ist eine Gabe, so singen zu können. Du musst sie nutzen.«

Sie ging nach unten, und die anderen schauten einander an. Cord schwieg, starrte nur auf die Verandatüren, wo Belinda Beauchamp gestanden hatte. Mads kicherte.

»Sie ist so pathetisch.«

»Belinda? Sie ist ein komisches Mädchen, ziemlich theatralisch.

Aber ich mag sie«, sagte Mumma und nippte an ihrem Drink. »Sie hatte diesen großen Traum, professionelle Sängerin zu werden, wisst ihr. Aber sie hatte einen Knoten auf den Stimmbändern. Letztes Jahr wurde er entfernt. Seitdem hat sie kein einziges Mal gesungen.« Mit einem Blick auf Cord sagte sie: »Es ist eine Gabe, Schatz, sie hat recht.«

Ben erwiderte hitzig: »Sie ist kein komisches Mädchen.«

Er sah, wie seine Mutter sich zu ihm umdrehte, spürte, dass er rot wurde, und war wütend.

»Mein Lieber, ich habe mich nicht über sie lustig gemacht.«

»Sie ist nicht übertrieben theatralisch, sie ist nur ehrlich, du verstehst das nicht ...« Er verstummte, sein Gesicht war erhitzt vor Erregung, und es herrschte Stille. Er konnte nicht ausdrücken, was er wirklich sagen wollte. Was er Mumma schon die ganzen letzten Jahre hatte sagen wollen, aber nie herausbringen würde. Aber in dieser letzten Woche, in der er Belinda kennengelernt hatte, war alles anders geworden. Obwohl sie altersmäßig sieben Jahre voneinander trennten, würde er ihr bald sagen, dass er sie liebte, und der Altersunterschied würde keine Rolle spielen. Daddy war um Jahre älter als Mumma, allerdings waren sie kein gutes Beispiel. Ben schwor sich, dass er es irgendwie schaffen würde, reich zu werden, und sie würde sich nie wieder mit Unterricht befassen müssen, und er würde jemanden finden, der ihre Stimme heilen konnte, und er würde für sie sorgen, was alles andere betraf ... Ihre sanfte Stimme, ihr liebenswürdiges Wesen, die Art, wie ihre Brüste gegen ihr Top hüpften ... Sie war natürlich und wahrhaftig. »Sie ist keine Lügnerin. Nicht so wie du.«

Ein undurchdringliches, heikles Schweigen entstand. »Was meinst du damit?«, fragte seine Mutter schließlich, und ihr Tonfall hatte etwas Drohendes. Er hörte, dass Guy Olivia etwas zuraunte.

»Du weißt, was ich meine, Mumma«, sagte er mit zitternder Stimme.

Sie standen am Rand des Abgrunds, er wusste es, und er war kurz davor, in die Tiefe zu stürzen ...

Aber dann schüttelte er den Kopf. »Es war doch das einzig Wichtige, was sie hatte tun wollen, und dann wurde es ihr genommen. Das – das ist alles.« Ben zuckte mit den Schultern und zog sich vom Abgrund zurück. *Aber ich weiß alles über dich und Daddy. Ich weiß es schon seit drei Jahren* dachte er und sah sie an.

Guy murmelte etwas übers Zubettgehen, und Olivia nickte zustimmend. Ben sah, wie sie mit einem Blick zu Althea hin amüsiert eine Augenbraue hob, und Althea lächelte. Wut ergriff ihn. Alle waren sie Lügner, alle waren Betrüger.

Olivia stand auf. »Gut gemacht, Cordy!«, sagte sie und warf Cord eine Kusshand zu. »Das war wirklich unglaublich schön. Ich werde dich eines Tages in Covent Garden sehen, ich spür's in den Knochen.« Sie gähnte. »Ach du meine Güte, bin ich jetzt erledigt.«

Mumma schien plötzlich zu bemerken, wie spät es war. »Mads, schlaf doch auf dem anderen Sofa, es ist ja schon so spät«, sagte sie. »Ben, geh und hol Laken von unserem Schlafzimmer.« Sie kam zu ihnen herüber und schaute zu Boden, als sie leicht stolperte. »Diese Diele ist locker«, sagte sie. »Wir müssen sie festnageln ... Na, Mads, du siehst aber erschöpft aus, Schätzchen. Ich hol dir ein Glas Milch. Cord, geh und hilf Ben das Bettzeug holen.« Sie berührte Cords Kinn. »Du hast mich sehr stolz gemacht. Cordy? Hörst du zu? Geh und hilf Ben.« Sie drückte leicht die Schulter ihrer Tochter, und Cord schüttelte sich.

»Ja, ja«, sagte sie. Später, lange danach, würde sie Ben erklären, wie dieser Moment war, dass ihr jetzt alles klar war, dass sie wusste, sie hatte das fehlende Puzzlestück gefunden. Sie fasste Ben am Arm. »Komm, wir gehen.«

Sie drehte sich zur Treppe um, ging nach unten, und Ben folgte ihr.

Aber Cord kam vor ihm bei Mummas und Daddys Schlafzimmer an und legte die Hand auf den Türgriff. Geräuschlos öffnete sie die Tür, stand jetzt still und starrte durch einen schmalen Spalt ins Zimmer. Der matte Schein der Nachttischlampe umgab sie mit einem goldenen Schatten. Ihr Mund öffnete sich unwillkürlich und wurde zu einem kleinen O. Langsam schüttelte sie den Kopf.

Er ging bang auf sie zu, und sie versuchte, ihn zurückzudrängen, aber er stellte sich hinter sie und starrte über ihre Schulter. Er kniff die müden Augen zusammen, erschüttert von dem, was er da sah.

Durch die nur leicht geöffnete Tür war ihr Vater sichtbar, der sich an der hinteren Wand gegen jemanden warf. Er stöhnte, dann trat er zurück, und Ben sah, dass es Belinda war, gegen die er sich presste. Daddy hatte seine Hände auf ihrer Taille, ihr Top stand weit offen, er küsste sie, und ihr Kopf war zurückgeworfen. Er sah ihre kleinen, gleichmäßigen Zähne. Ihr goldenes Haar war ganz durcheinander.

»Nein«, sagte sie heftig. »Oh, Tony, ich bin runtergekommen, um dir zu sagen …«

»Schscht, Liebling, leise«, sagte Daddy, küsste ihren Hals, zog ihr gerafftes Top herunter, sodass ihre vollen, schönen Brüste zu sehen waren, und mit seinen großen Händen umfasste er sie und hob sie ein bisschen an, und sie quollen weiß zu beiden Seiten seiner gebräunten Finger heraus. Er begann, eine Brust zu küssen, dann die andere, Belinda gab etwas nach, hatte die Augen geschlossen, und Ben dachte, ihm werde übel werden.

»Den ganzen Abend schon warte ich darauf«, sagte Daddy. »Es ist eine Qual, dir zuzusehen, weißt du …?«

Cord griff nach Bens Hand, die neben ihr herabhing. Er legte sein Kinn auf ihre Schulter. Ihre Finger schlossen sich fester um seine.

Daddys Haar war hinten zerzaust und leicht ergraut. Ben hatte das noch nie bemerkt. Mummas Nachthemd lag auf dem Bett, rosa Seide mit perlgrauer Spitze. Sie hatte einen dazu passenden Morgenmantel. Sie hatte sie bei Harrods mit dem ersten Teil der Gage für *Hartmann Hall* gekauft; Ben erinnerte sich an den Tag, als sie vom Einkaufen nach Haus kam und beim Aussteigen aus dem Taxi die Einkaufstüten schwang … Er schaute die Stücke an und dann wieder die beiden. Ben konnte jetzt Belinda Beauchamps Brustwarzen sehen, muschelrosa und fest, die Röte an ihrem Hals. Verzweifelt dachte er, wenn er jetzt eine Erektion bekäme, wo er dies vor sich sah, dann wäre er der widerlichste Mensch auf Erden.

In den ersten paar Sekunden schien es unglaublich, dass sie nicht bemerkt worden waren. Aber die Tür war nur halb offen, und er schaute noch ein bisschen länger hin und strengte sich an, um ihr leidenschaftliches Geflüster zu hören, Belindas ungezügelten, hungrigen Gesichtsausdruck zu sehen.

Einen Augenblick später wich Cord lautlos zurück, schloss vorsichtig die Tür und drehte sich zu ihm um. Ihr herzförmiges Gesicht war weiß. Dann schob sie die Lippen vor und zuckte kurz mit der Schulter. *Was sollen wir machen?*

Als Antwort darauf drehte sich Ben um, ging nach oben, und Cord folgte ihm langsam und schweigend.

»Hast du es gewusst?«, flüsterte sie oben an der Treppe.

Ben zuckte mit der Achsel. »Eigentlich nicht.« Er brannte darauf, ihr zu erzählen, was er an jenem Abend gehört hatte, als er weggelaufen war. *Sie sind beide Lügner, beide gleich schlimm.* Oben hörte er Mads und Althea im Wintergarten, sie lachten über irgendetwas.

Cords Augen waren weit aufgerissen. »Es – es ist schrecklich. Daddy ...« Sie rieb sich übers Gesicht. »Wie konnte er nur!«

»Das machen sie eben«, sagte Ben. Bedrückt zuckte er die Schultern.

Ihr Gesicht war sehr blass.

»Aber ich werde nicht so sein wie sie, wie keiner von beiden«, sagte sie. Ben lächelte zum ersten Mal.

»Wie kannst du das sagen?«

»Das kann ich, weil ich es weiß.« Sie schüttelte wieder den Kopf. »Mir tut der Hals weh vom Flüstern. Was machen wir mit den Laken?« Ihre Hände umschlossen sein Handgelenk. Sie schaute flehend zu ihm auf, sie wünschte, er werde alles wieder in Ordnung bringen, aber das konnte er nicht.

Ben ging zu dem vollgestopften Schrank. Er nahm einen alten, vogelförmigen Briefbeschwerer aus Stein in die Hand. Cord starrte das Ding an.

»Was machst du denn?«, zischte sie.

Ben begegnete ihrem Blick. Dann streckte er den Arm aus und ließ den Vogel über das Geländer in die Diele fallen. Er landete auf dem Tisch, die Schale mit den Schlüsseln zersplitterte und erschütterte die pechschwarze Stille im Untergeschoss. Sekunden später hörte er die Stimme seines Vaters.

»Herrgott noch mal, was war denn das?« Daddy erschien im Flur und schloss die Schlafzimmertür hinter sich. Ben rannte hinunter und schaute zu Cord hoch.

»Ich hab den Vogel umgeschmissen ... Er muss vom Schrank gefallen sein, und ich hab ihn durch das Geländer gekickt.«

»Das war Tante Dinahs Alulim. Er ist sehr alt.« Daddy sammelte am Boden kauernd die Scherben auf. »Sie hat ihn ausgegraben. Mein Gott, Ben. Herrgott noch mal.«

»Es war ein Versehen, Daddy«, rief ihm Cord über das Geländer zu.

»Ich weiß, dass es versehentlich passiert ist, aber bitte, sei nächstes Mal ein bisschen vorsichtiger. Jemand hätte verletzt werden können.«

»Ja, das schon«, sagte Ben. Sein Vater starrte ihn an.

»Du könntest sagen, dass es dir leidtut.«

Ben sagte langsam: »Sorry, Daddy.«

Er nahm sich vor, ihn nie wieder *Daddy* zu nennen. So ein alberner Name für einen Menschen wie ihn.

»Ich – ich muss Bettlaken von eurem Zimmer holen. Für Mads.«

Tony fuhr sich über den Kopf, das Haar war zerzaust, und er strich es über der kahlen Stelle glatt. Ben erinnerte sich an die Gelegenheiten, bei denen sein Vater Männer wie Onkel Bertie verspottet hatte, die die Haare über ihre Glatze kämmten.

»Ich hol die Laken. Bring du die Kehrschaufel. Da liegen überall Scherben, aber der Vogel ist noch ganz, zum Glück. Der gute, alte Alulim.« Er hielt ihn einen Moment hoch. »Achtundzwanzigtausend Jahre war er König. Sie hat mit ihm immer das Tischtuch beschwert, wenn wir draußen gegessen haben, so ein prosaisches Ende.« Dann blickte er zu ihnen hoch. »Komm nicht runter. Du könntest dich verletzen.«

Ben nickte, er fühlte sich elend. »Ja, Sir.«

Cord ging zur Küche, und Tonys Gesichtsausdruck wurde sanfter. »Ist schon gut. Hol die Kehrschaufel, okay?«

In diesem Moment fühlte sich Ben plötzlich leichter, als wäre eine Last von ihm genommen worden. Diesen Mann konnte er nicht gernhaben wie zuvor, es war einfach nicht möglich. Er brachte es fertig, Ben wegen eines alten Briefbeschwerers von einer blöden, alten Tante anzuschreien, wenn er im Schlafzimmer gerade *das* getan hatte ... Belindas Gesicht, ihr geröteter Hals, ihr bernsteinfarbenes Haar, das um sie herabfiel, während ihre Finger nach ihm griffen und ihn näher heranzogen ...

Warum ist er so?

Um die Ecke hatte Cord angefangen, vor sich hin zu singen, mit ihrer lieblichen Stimme, leise und traurig.

»Fürchte nicht mehr Sonnenglut ...«

»Sorry«, sagte Ben leise zu ihr. »Es tut mir leid, du hättest das alles nicht sehen sollen.« Sein Vater stand unten, gebückt las er die Scherben der Schale auf, den Briefbeschwerer hielt er dabei immer noch umklammert. Cord sang weiter:

»Knab' und Jungfrau goldgehaart,
zu des Bettlers Staub gepaart.«

KAPITEL ZEHN

Dorset, August 1940

Ant saß in dem dunkelgrünen Morris 8 und suchte nach abheilenden Grinden, und als er einen an seinem Schienbein fand, blassrosa, kratzte er zornig und zugleich lustvoll daran herum.

Das Auto steckte neben einem merkwürdigen Haus fest. Eine Stimme schwebte durch das offene Fenster herein, begleitet von einem schwachen Geruch nach Geißblatt und salzigem Meerwasser.

»Komm schon, altes Mädchen. Hau ruck!«

Ant biss die Zähne zusammen, die Augen hasserfüllt zugekniffen, und riss den Grind ab.

»Halt den Mund«, murmelte er leise.

»Braves Mädchen. Hau ruck. Du meine Güte, die Flugzeuge, sie kommen eindeutig näher, oder?«

Bevor seine Mutter starb, hatte Ant geglaubt, Hitler und die namenlosen Männer zu hassen, die seinen Vater abschossen, und am meisten hatte er die Nacht gehasst – den entsetzlichen, alles einhüllenden Mantel der Dunkelheit, der sich jeden Abend mit der Verdunkelung auf London herabsenkte, wenn man seine Hand nicht vor den Augen sehen konnte. Aber der Hass auf diese Person, die jetzt für ihn verantwortlich war, das war etwas anderes. Von mir aus kann sie sterben, murmelte er oft leise. *Ja, ich wünschte, sie würde sterben!*

Komisch, sich vorzustellen, dass sie am Anfang ganz in Ordnung zu sein schien; im Krankenhaus hatte er sie durchaus gemocht, mit ihren Geschichten über uralte Gräber und dem Leben in Zelten. Aber jetzt hasste er sie. Er hasste ihre Größe, ihren blöden Schlapphut aus Stroh, ihre lächerlich großen Füße, in denen sie wie ein Clown aussah, die formlosen braungrauen Kleider, die sie trug. Sie war wie ein Mann, der Verkleiden spielt, unnatürlich, unbeholfen. Sie war keine Mutter, jemand, der Kuchen für einen buk und Radio hörte und beruhigende Geschichten erzählte, wenn man nicht schlafen konnte. Seine Mutter war erst zweiundzwanzig, als sie ihn zur Welt brachte, und wirkte noch wie eine junge Dame, als sie starb: zart, zierlich, einwandfrei gekleidet. Ihre Fingernägel waren perfekte, glänzende Tränenperlen, ihr seidiges Haar immer glatt. Es war unmöglich zu glauben, dass diese Person jetzt tatsächlich das einzige lebende Familienmitglied war, dass sie mit seinem eleganten, ordentlichen Vater verwandt war.

Jetzt, da Ant klarer denken konnte und sich mehr an sie gewöhnt hatte, konnte er seine Großtante im Zusammenhang sehen, allerdings gab es nicht viele Zusammenhänge. In der Kindheit hatte er von Dinah gehört; Mummy stand ihr eher missbilligend gegenüber. Sie war einmal, bei ihrer letzten Reise nach London vor zehn Jahren, bei ihnen zu Haus zu Gast gewesen. Er konnte sich nicht daran erinnern, aber anscheinend hatte sie ein furchtbares Durcheinander angerichtet und legte oft die Füße auf die Sofalehnen. Mummy hatte in dem Chaos, das Dinah hinterließ, einen silbernen Anhänger für ein Bettelarmband, eine Katze, verloren, und Mummy gab ihr die Schuld daran.

Dinah erzählte Ant in den Tagen, bevor sie nach Dorset runterfuhren, mehr über sich, an manches davon erinnerte sich Ant aus ihren seltenen, ungewöhnlichen Briefen. Er war an Leute mit interessanten Berufen gewöhnt – sein Vater war schließlich Schauspieler, kein immens erfolgreicher, aber er bestritt damit seinen Lebensunterhalt (Captain Hook im Repertoiretheater war bisher sein größter Triumph). Aber der Beruf seiner Großtante war etwas anderes. Sie hatte jahrelang in Damaskus gelebt, dann arbeitete sie bei berühmten Grabungen der uralten Stadt Ur und ihren grauenerregenden Todesgrüften und Zikkurats mit, diesen massiven Bauten von pyramidengleicher Dimension, wie sie in Comics über große Forscher zu sehen waren. Das war sie.

Jetzt wohnte sie in Bagdad, wo sie für das Britische Museum arbeitete und vor Ausbruch des Krieges regelmäßig reiste, um bei den Ausgrabungen der prachtvollen archäologischen Orte Nimrud und Ninive zu helfen, wo die großen assyrischen Könige ihre Paläste gebaut hatten. In Bagdad hatte sie im blau gefliesten Innenhof einen Hausgarten und eine Dattelpalme. Auf dem Dach war ein Teleskop, durch das sie die Milchstraße sehen konnte. Sie hatte einen Affen, der auf ihrer Schulter saß und ihr Pistazien aus der Hand fraß. Sie hatte Ägypten besucht, die Sphinx und die Pyramiden gesehen und war *tatsächlich* in Tutanchamuns Grab gewesen. Sie hatte Howard Carter gekannt, wenn auch nicht gut.

Der kleine Ant hatte weder eine Ahnung, was Pistazien waren, noch die Milchstraße, aber es war aufregend. Johnson hatte einen deutschen Granatsplitter vom Nachbarhaus, das getroffen worden war, und Rogers kannte jemanden, dessen Onkel in der Armee war und Hitler mit vergiftetem Tee umbringen würde, denn offenbar trank er gern Tee. Aber er war der einzige Junge in der Schule, der jemanden kannte, der in Tutanchamuns Grab gewesen war. *Sehr, sehr imposant,* hatte Tante Dinah geschrieben.

Und ganz klein, jeder Raum. Aber man spürt sie, die Macht, die dieser Raum hat. Mein Lieblingsgrabungsort ist aber Ninive in einer Stadt, die Mossul heißt. Jetzt ist dort nur Wüste, aber einst waren die Ebenen im Nordirak reich und fruchtbar. Löwen streiften durchs Land und griffen Menschen an und töteten sie. Ein altertümlicher König baute dort seinen neuen Palast. Er nannte ihn den Palast, der seinesgleichen nicht hat, und erreichte, dass Ninive die mächtigste und schönste Stadt der ganzen Welt *wurde. Auf den Toren war ein geflügelter Stier dargestellt, der die Stadt vor Angriffen schützen sollte. Er ist dreimal so groß wie Du und ich zusammen. Ich habe geholfen, ihn auszugraben.*

»Wann wird Tante Dinah wiederkommen? Wird sie mir ein Geschenk bringen?«, fragte Ant oft seine Mutter.

Beim letzten Mal, als er sie fragte, sagte sie: »Schatz, ich glaube, sie wird nicht nach England zurückkommen, solange noch Krieg ist. Aber ich bin sicher, dass sie danach kommt. Auf Besuch, nicht um hier zu leben. Hier gefällt es ihr nicht.«

»Warum?«

Er erinnerte sich, dass seine Mutter gelächelt hatte.

»Die Wildes sind nicht so dafür, sesshaft zu werden. Dein Vater wollte, dass wir die Welt bereisen, aber ich wollte in London leben. Ich habe ihn überzeugt davon, dass ich nicht der Typ dafür bin. Aber Dinah hasst das Leben hier. Schlechte Erinnerungen. Ihre Familie hatte früher einmal sehr viel Geld, aber alles ist verschwunden. Oh, Daddy mag es überhaupt nicht, wenn ich über Geld rede, er sagt, das ist vulgär. Aber da hast du's, alles ist weg.«

»Wie denn?«

»Ach, mein Kleiner. Ihr Vater, dein Urgroßvater, hat alles verloren. Wir sprechen nicht darüber, leider.« Ant begriff nichts, nickte aber gehorsam. »Aber Dinah hat eine Wohnung in London, neben dem Naturkundemuseum. Und sie hat das Bosky, das ist allerdings jetzt ganz zugesperrt, seit meinen Flitterwochen bin ich nicht mehr dort gewesen. Es ist wirklich schön dort und ziemlich unfair, dass sie niemanden sonst reinlässt. Daddy sagt, sie ist eine arge Sammlerin. Als sie hier war, hat sie ein paar Deckchen mitgenommen, ich bin absolut sicher. Und ich mach mir immer noch Gedanken wegen dem silbernen Katzenanhänger damals, wirklich.«

»Ich wünschte, sie würde zurückkommen.«

»Ich glaube, sie ist gern da drüben. Wer weiß, warum. Es ist dreckig dort, und sie ist ganz allein, so exzentrisch. Aber anscheinend war sie schon immer so. Und«, fügte seine Mutter hinzu, als wäre das ein nebensächlicher Hinweis, »die Arbeit, die sie geleistet hat, ist wichtig. Sie hat die eine oder andere Kammer gefunden, die sie ganz vergessen hatten, absolut vollgestopft mit alten Wandtafeln. Verrate deinem Vater nicht, dass ich das gesagt habe, Schatz, aber er hat mir die Fotos gezeigt, und die Bilder auf den Tafeln sehen für mich alle gleich aus. Soldaten, die Leute umbringen. Immer das Gleiche. Trotzdem ist sie sehr gescheit, da bin ich sicher. Und sie sagt immer, sie wird auf Besuch kommen. Ich bin sicher, eines Tages wird sie wieder hier sein.«

Letzten Endes war es nötig, dass Mummy umkam, damit Tante Dinah aus Bagdad zurückkehrte.

Ant versuchte, die Geräusche am Himmel zu ignorieren, das ferne Summen wie von herabsausenden Fliegen, die gegen eine Fensterscheibe stoßen. Wenigstens war es hell. Noch Stunden bis zur Verdunkelung, wenn er sich dann richtig Sorgen machen musste über die Fensterläden, die sie hatten. Er hatte gehört, dass es auf dem Land noch dunkler sei als in der Stadt. Ant konnte sich kaum etwas Schlimmeres vorstellen als die Dunkelheit in der Stadt. Ganz schwach fing er an zu summen, um die Geräusche auszublenden. Tante Dinah war stark, aber nicht stark genug, um allein ein Auto von der Stelle zu bewegen. Während der Morris stur in dem einen Meter breiten Graben steckte, schief und ziemlich betrunken wirkend, kam Tante Dinahs Stimme durch das offene Fenster herein und wurde jetzt lauter.

»Na, komm, altes Mädchen. Du und ich. Hau ruck, na, komm schon.«

Ant kurbelte das Fenster ein wenig weiter herunter und streckte den Kopf hinaus.

»Bist du sicher, dass ich nicht helfen kann, Tante Dinah? Ich glaube, wir sollten reingehen. Die F... Fl... Flugzeuge sind schon ziemlich nah ...«

Den Kopf schief gelegt, spähte seine Großtante erschrocken um die Seite des Wagens herum. »Was ist das? Hilfe?« Sie schob ein widerspenstiges Büschel Haare hinter ihre großen Ohren. »Du meine Güte, nein. Du musst im Auto bleiben, für deine eigene Sicherheit. Ich kann nur die verflixte Haustür nicht aufkriegen, wenn die Karre so eingekeilt ist. Schlaglöcher, das ist doch was Teuflisches, oder? Aber egal. Wir werden dich gleich rauskriegen.« Jetzt murmelte sie leise vor sich hin. »Ich muss los und den alten Alastair bitten. Verdammt. Ich hoffe nur, dass er nicht ... Verflucht, diese rissige Erde an der Südküste. Ach, zum Teufel ...«

Wenn Anthony seine Knie so weit wie möglich bog, bekamen die großen braunen Grinde Risse und hoben sich ein bisschen, und man konnte an manchen Rändern sehen, dass sich die Haut ablöste und winzige Blutströpfchen hervortraten. Es war angenehm, den Rand mit einem Fingernagel behutsam hochzuheben und den stechend scharfen Schmerz zu spüren. Irgendetwas zu spüren.

Der Schorf an seinen Beinen war am Abheilen, obwohl die Wunden sehr tief gewesen waren und an seinem linken Schienbein, wo die Mauer auf sein Bein gestürzt war, hatten genäht werden müssen. Er und seine Mutter hatten den Fliegeralarm verpasst, sie hatten geschlafen, also rannten sie hinunter, um sich unter der Treppe zu verstecken. Wenn sie es nicht zum Luftschutzkeller schafften, dann wussten sie, dass sie dort sicher waren. Dort hatten sie sich schon oft versteckt. Mummy hatte sogar eine Flasche mit klebrigem, verstaubtem Brombeerwein gefunden, den Daddy aus den Brombeeren auf Hampstead Heath vor zwei Jahren gemacht hatte und den sie nie ausgetrunken hatten, weil er zu ekelhaft süß war in jenen Jahren vor dem Krieg, als Zucker etwas Normales war, das man einfach zu sich nahm, wann es einem behagte. An ihrem Geburtstag, nur eine Woche bevor sie starb, waren sie in den Schrank unter der Treppe geflüchtet, als die Sirene erklang. Sie hatte auch kleine Gläschen reingestellt und ließ ihn ein winziges Schlückchen von dem Zeug trinken, und sie waren fast vergnügt gewesen, während der entsetzliche, schrille Lärm der Zerstörung über ihren Köpfen vorüberbrauste und die Welt draußen zerriss. Bomben landeten nur ein paar Meter entfernt, der Krach war so laut, dass man zuerst dachte, man würde es nie aushalten können, man würde verrückt werden, man würde lieber auf die Straße hinausrennen und sterben, als hier zu bleiben wie ein angestochenes Schwein, um darauf zu warten ... Und das Geräusch eines Treffers, das Geräusch, wenn Wohnungen, Geschäfte und Schulen in die Luft gejagt oder dem Erdboden gleichgemacht wurden. Nichts konnte einen auf den Schrecken vorbereiten, den man dort in der Dunkelheit fühlte, wenn man horchte, bis der nächste Treffer kam, und sich auszurechnen versuchte, ob es dieses Mal einen selbst erwischen würde. Und dann hatte man das Gefühl, mehr Glück zu haben, weil man dort sicher war und über den Brombeerwein und andere Dinge kichern konnte, und man hatte das Gefühl, sich eines Tages an diese Hölle gewöhnen zu können. Ja, sie hatten begonnen zu glauben, dass sie sicher waren, dort unter der Treppe.

Im Krankenhaus hatte er an den zu sehr gestärkten, steifen Laken gezogen und an den Schorfplacken herumgekratzt und sie einen nach dem anderen abgemacht. »Tu das nicht«, sagte eine der Schwestern und schlug seine Hand weg von den Flecken der neuen Haut. Sie war nett, blaue Augen, volle Unterlippe. Sie hatte nach Ants Dad gefragt, sie wusste, er war in der Royal Air Force gewesen. Sie hatte einen Freund, der Halifax-Bomber flog, und sie saß oft an Ants Bett und sprach mit ihm über Piloten, dass sie die tapfersten Männer seien, dass sie den Krieg für uns gewinnen würden, aber sie war streng, wenn es um die Grinde ging. »Hör auf, daran herumzumachen! So heilen sie nie.«

Ant konnte ihr nicht die Wahrheit sagen, nämlich dass er nicht wollte, dass sie heilten. Sie waren die Verbindung zu dieser letzten Nacht, als sie noch am Leben war. Wenn sie heilten, würde es vorbei sein, und sie würde unwiederbringlich fort sein.

»Ant? Ant? Bleib im Wagen, ja, mein lieber Junge. Ich hole Alastair Fletcher. Er wohnt unten an der Straße, und er wird uns helfen können. Nur eine Minute, Ant.«

Nenn mich nicht Ant. Anthony wusste, dass Tante Dinah unrecht hatte und dass der Morris 8 der letzte Ort war, an dem man sich aufhalten sollte. Er war Londoner. Geh in einen Luftschutzraum. Raus aus dem Auto. Geh in den Keller oder unter die Treppe oder den Tisch. Vielleicht wollte Tante Dinah lieb sein, aber sie war dumm. Sie wusste *nichts* … Aber es war ihm ja egal, ob er starb oder nicht, also duckte er sich noch mehr, genoss den Schmerz und wünschte, er könnte aufhören zu zittern.

Das Krankenhaus hatte ihr ein Telegramm geschickt, dass sie nach

Haus kommen sollte, es hatte einen Monat gedauert, zuerst der Zug nach Basra, tatsächlich ein Güterzug, in dem sie sich einen Wagen mit vier Pferden teilte. Er fuhr quälend langsam, und es war gefährlich, dann musste sie tagelang in Basra warten, wo sie versuchte, eine Verbindung zurück nach England zu bekommen. Sie war direkt zum Krankenhaus gekommen und hatte dann das Auto eines Freundes abgeholt; sie hatte vereinbart, es sich leihen zu können, während er im Krieg war. Noch nicht einmal in ihrer Wohnung in South Kensington war sie gewesen. Ihre Freundin Daphne kümmerte sich um die Wohnung, sie hatte eine kriegswichtige Tätigkeit und ungewöhnliche Arbeitszeiten, und Dinah wollte nicht unangekündigt aufkreuzen und das Bettzeug mitnehmen. Deshalb war sie zu Fortnum's gegangen und hatte Vorräte eingekauft. Geld schien für Tante Dinah keine Rolle zu spielen, jedenfalls zuerst nicht, damals nicht. Später, sagte sie ihm, später, wenn sich alles beruhigt hat, fahren wir nach London, besuchen die assyrischen Sammlungen im British Museum, um die großen Schätze der Könige zu sehen, von Sanherib und Ashurbanipal, einige jener berühmten Wandtafeln, die sie auszugraben geholfen hatte. Wir werden bei Daphne übernachten. Ja, Daphne war so lustig, es machte so viel Spaß mit ihr. Sie wäre hocherfreut, Ant kennenzulernen. Dinah hatte mit ihr gesprochen, und sie hatte das gesagt.

Ich will die verdammte Daphne nicht kennenlernen, hätte er am liebsten geschrien. *Ich mache mir nichts aus Steinen in Museen, jetzt nicht. Ich will, dass alles wieder normal ist.* Aber Dinah schien kein Interesse daran zu haben, dass die Dinge normal waren. Es machte ihr nichts aus, dass all seine Bücher weg waren und seine Spielsachen und die Fotos auf der Anrichte und Daddys Pokal, den seine örtliche Mannschaft bei der Cricketmeisterschaft gewonnen hatte. Oder dass die Töpfe und Körbe, die Mummy aufhängte, um den kleinen Garten hinter dem Haus zu verschönern, zerschmettert waren, als hätte ein Monster sie zertreten.

Es schien ihr nichts auszumachen, und sie fragte ihn nicht nach ihnen oder den Dingen, die er immer vor sich sah, wenn er die Augen schloss, wenn die Dunkelheit ihn umklammerte und er seine Hände vor dem Gesicht nicht erkennen konnte, er aber nur sie sah.

Er lag auf dem Küchenboden, auf den Rücken geworfen, seine Beine in der Luft wie bei einer umgedrehten Schildkröte, der Nachthimmel über ihm war zu sehen, die Wände waren in Stücke zerbrochen, er hatte zur Treppe hinübergeschaut und gesehen, dass die Schranktür darunter weggerissen war. Der größte Teil der Treppe fehlte, und seine Mutter an der gegenüberliegendenWand. Eine Seite von ihr war noch ein Mensch, die andere Seite war einfach weggesprengt, der braune Fair-Isle-Pullover war ausgefranst an der Stelle, wo sie in zwei Teile zerfetzt wurde, als hätte das Monster einen Teil von ihr mitgerissen. Die Sehnen an ihrem Hals, der gesplitterte Knochen, der aus ihrem weichen, goldenen, sich um ihren Kopf kräuselnden Haar ragte, war sehr weiß. Der blaue Filz ihres schmiegsamen Gürtels hatte sich zusammengerollt und in die blutige, schwammige Masse gedrückt, da, wo ihr Magen und die Seite fehlten. Und als er das anblickte, ließ ihn der Schock staunen über die Wirkung der Verwandlung, denn er sah, dass Staub wie graubrauner Schnee sich über das frische rote Blut und den sauberen weißen Knochen breitete.

Der Grind ließ sich am Rand hochheben, fast einen Zentimeter, und darunter kam eine Fläche glatter roter, wunder Haut zutage. All diese Dinge hatte er gesehen, und Tante Dinah fragte ihn nicht danach. Niemand fragte ihn. Und er wollte es unbedingt jemandem erzählen. Damit er nicht allein war, damit noch eine andere Person davon gehört hatte. Er sagte seiner Mutter alles, egal wie albern es war, und sie hörte zu und wusste immer, wie sie ihn trösten konnte. Anthony zog hasserfüllt an dem Schorf. Er brach durch, eine Hälfte klebte wieder auf der Stelle am Knie fest, die andere fiel zu Boden. Blut quoll aus der offenen Wunde, und Ant schlang zornig die Arme um die Knie, während Tränen auf seine Knie und Hände fielen.

Irgendwie hatte jemand seine Schuluniform gefunden, die er nicht getragen hatte, als die Bombe fiel. Er konnte sich nicht daran erinnern, wo seine Uniform gewesen war oder warum sie plötzlich vor zwei Tagen an seinem Bett wieder aufgetaucht war. Es waren die einzigen Kleider, die er jetzt hatte.

Zum Haus war er nie zurückgekehrt. Man sagte, es hätte keinen Sinn. »Gar nichts übrig davon, Kleiner«, hatte ihm eine andere Schwester gesagt. Sie sagte es fast fröhlich. Er sollte dankbar sein, dass Tante Dinah gekommen war, um ihn zu holen. Es war vorgesehen, dass er in der folgenden Woche ins Heim kommen sollte, wenn sie nicht erschienen wäre.

»Ich will aber in London bleiben«, hatte er ihr gesagt, als sie ihn zum zweiten Mal besuchte. »Ich will nicht ans Meer. Ich kenne dort niemanden.« Außerdem bildete er sich ein, dass, wenn er in London einmal getroffen worden war, es ihm nicht noch einmal passieren könne. Überall sonst war es gefährlich. Er kannte die Straßen in Camden, und er kannte den Park und den Kanal und die Schaukeln, die noch nie von Bomben getroffen worden waren. Im Dunkeln fand er sich sogar zurecht. Die Dunkelheit, das war die Sache. In London, wo es immer Geräusche gab, kam er damit zurecht. »Bitte, zwing mich nicht, dorthin zu gehen. Ich will nicht – nicht weg.«

»Hör zu«, hatte sie gesagt. »Wir können nicht in London bleiben. Daphne braucht die Wohnung. Wir gehen ins Bosky. Mein Vater hat es gebaut. Dein Urgroßvater, Ant. Es ist mein Haus, es wird dir gehören, es ist jetzt unser Zuhause. Es ist das, was wir beide brauchen. Frische Luft, weg von all den schlimmen Erinnerungen … Meer. Es wird herrlich sein.« Aber während sie das sagte, kaute sie an ihrem Fingernagel, und er war nicht sicher, dass sie es selbst glaubte.

Jetzt, während er auf Tante Dinah und diesen imaginären Nachbarn wartete, konnte er bisher nur einen Trampelpfad und eine bewegte, graue Wasserfläche erkennen, die durch Reihen schäbiger Strandhäuschen getrennt war, und einen Stacheldrahtzaun am Ufer, der sich entlang der Bucht hinzog, so weit er schauen konnte. Über ihm in der Ferne, noch Meilen entfernt, aber jetzt doch schon näher, stiegen die deutschen Messerschmitts und die britischen Spitfires in Spiralen auf, begradigten ihre Bahnen wieder, drehten sich verrückt am graublauen Himmel wie Motten nach zu viel Kerzenlicht. Er konnte den ratternden Pffft-pffft-Laut hören und zugleich den Gesang von Vögeln, der aus dem Wald dahinter kam. Ant rüttelte am Türgriff, versuchte auszusteigen. Es war ihm egal, was Tante Dinah sagte.

Aber als er die Tür öffnete, begann das Auto sich heftig zu bewegen, und er wurde gegen das andere Fenster geschleudert, schlug sich den Kopf an, und ein kleines, in Stoff gewickeltes Päckchen löste sich aus ihrer Tasche, flog durch die Luft und traf ihn am Knöchel. »Sieg!«, rief Dinah, als der Wagen vorwärtsrollte. »Alastair, du tust Wunder, richtige Wunder!«

»Das würd ich nicht sagen«, antwortete eine bedächtige, schottisch klingende Stimme. »Gern geschehen, Dinah. Ich bin unheimlich froh, dass du wieder da bist. Ich dachte, du würdest nie wieder kommen, nachdem ...«

Dinah unterbrach ihn. »Komm raus, Ant, mein Lieber, und sag Mr Fletcher guten Tag. Er wohnt hier an der Straße im Beeches. Dir scheint es gut zu gehen, Alastair. Wir sollten dich irgendwann mal zu 'nem Drink einladen.«

»Das solltet ihr, aber was wir da trinken könnten, das weiß ich nicht«, sagte Alastair und nickte zur Begrüßung, als Anthony zittrig aus dem Auto kletterte und das Päckchen hielt, das so fest gegen seinen Knöchel geknallt war. Sein Arm blutete. Alastair Fletcher nickte, und sein Schnurrbart wand sich auf seiner Lippe wie eine haarige Raupe. »Schön, dich kennenzulernen, mein Junge.« Er wandte sich an Dinah. »Pass auf, geht rein. Da drüben Richtung Bournemouth wird wieder gekämpft.« Er stieß Ant an, als wolle er ihn auf ein großes Vergnügen aufmerksam machen. »Donnerwetter, mein Junge, guck dir das an. Der Scheiß-Jerry ist schon wieder da, um was abzukriegen. Ich sag dir, Dinah, es ist gnadenlos, schon den ganzen Sommer geht es so. Ich weiß nicht, wie lange wir noch weitermachen können. Also, ich geh in meinen Schutzraum. Willst du mitkommen?«

»Nein danke, Alastair«, sagte Dinah herzlich und zeigte keinerlei Absicht, sich in Bewegung zu setzen. »Ich werde zusehen, dass wir reinkommen, da sind wir sicher.«

»Hm. Ach, Anthony, ich habe einen Sohn und eine Tochter, ich denke, mit denen wirst du dich verstehen. Ian, der ist zwei Jahre älter als du, und Julia. Sie kommen in ein paar Tagen von der Schule zurück, dann schick ich sie rüber, damit sie Guten Tag sagen. Wär dir das recht?«

Ant starrte ihn verständnislos an, während der Lärm von den Flugzeugen lauter wurde und in seinen Ohren dröhnte. »Ja.«

Alastair Fletcher beugte sich zu ihm hin. »Hast du mich gehört, Junge?«

»Ian und Julia«, sagte er und dachte, jetzt werde ihm tatsächlich gleich schlecht werden, so nah war der Flugzeuglärm schon. »Ja, Sir. Sorry, Sir. Ich – ich meine nur, wir sollten reingehen.«

Die Erwachsenen blickten beide auf sein Gesicht. »Auf jeden Fall«, sagte Alastair Fletcher. »Stimmt. Bis dann, Dinah. Gut, dich hierzuhaben.«

»Alles klar. Mach's gut, alter Spezi«, rief Tante Dinah hinter ihm her. »Und nieder mit den Nazis!«

Nachdem er gegangen war, riss Ant den Kopf herum und betrachtete wieder das Haus. Er deutete darauf. »Da ist ja gar kein Keller.« Er wusste, dass er unhöflich klang, aber er konnte es nicht ändern. »Wir können nicht sicher sein ohne Keller.«

»Die Wohnräume sind im oberen Stock mit Blick aufs Meer. Aber die Schlafzimmer sind in die Sanddüne gebaut, damit sind wir sozusagen einen Stock tiefer, hier vom Weg aus gesehen. Wir schlafen hier unten, also ist es nicht nötig, woanders hinzugehen, wenn die Sirene losgeht, verstehst du«, sagte Dinah und pustete sich das Haar aus dem Gesicht. »Oh, schau mal, sie verziehen sich.«

Und es stimmte, dass die Flugzeuge jetzt weiter weg am Strand entlangflogen, Richtung Bournemouth. Aber Ant war nicht beruhigt.

»Ist es s…sehr dunkel in der Nacht?«

Dinah nickte. »Aber das ist gut. Es heißt, dass die Deutschen nicht so viel sehen können. Wirklich. Es ist total sicher.«

Anthony starrte weiter den Himmel an. »Nichts ist total sicher«, sagte er leise.

Dinah legte den Arm um ihn. »Ich weiß, mein lieber Junge«, sagte sie rasch, und ihre Stimme bebte. »Aber hier ist es schon sicher. Ich versprech es dir. Lass uns reingehen. Ich sehne mich nach einer Tasse Tee. Als ich in Camden war, habe ich Zuckermarken gegen Teemarken getauscht mit deiner netten Nachbarin Mrs Gallagher.«

»Ich mag Tee nicht«, sagte Anthony geradeheraus. »Mummy hat immer Kaffee getrunken.«

»Na ja, wir haben Krieg, lieber Ant ...«

»Nenn mich nicht Ant.«

»Außerdem gibt es keinen Kaffee.«

»Aber Mummy wusste, wo sie welchen kaufen konnte, sie ...«

Aber Tante Dinah unterbrach ihn, lächelte schnell, und er sah ihre weißen, gleichmäßigen Zähne in der späten Nachmittagssonne blitzen. »Hör zu, Anthony. Wir werden miteinander gut klarkommen, wenn wir es beide *versuchen*. Was meinst du? Wenn nicht, fürchte ich, dass die Situation bald unangenehm werden wird. Wir haben beide viel aufgegeben, um hierherzukommen. *Versuch* doch, daran zu denken, bitte.« Er nickte, ließ den Kopf hängen, und sie berührte mit dem Finger sein Kinn und hob es ein wenig an, sodass sie sich in die Augen schauten. »Schwamm drüber. Willkommen im Bosky.«

Dinah öffnete die Tür. Ant folgte ihr. Sie zündete eine Kerze an, nahm ihn an der Hand und führte ihn nach oben. Es war dunkel im Haus, warm und still, und es herrschte die süßlich-modrige Atmosphäre von Räumen, die jahrelang nicht betreten worden sind. Dinah öffnete die Rollläden am oberen Ende der Treppe, und die Sonne fiel schräg herein und blendete sie beide. Ant schaute sich in der Küche mit Wohnstube um und musste in dem goldenen Licht blinzeln. Zuerst war er nicht sicher, was er da sah. Dann begann er den Rest seiner Umgebung wahrzunehmen und stieß einen kurzen Seufzer aus.

Es war buchstäblich kein Platz vorhanden außer der Stelle, wo er stand, jeder Fleck war eingenommen von … Dingen. Daneben stapelten sich an einer freien Wand wackelige Stöße von Büchern, von denen manche eingestürzt waren, umgeben von ihrem eigenen Konfetti, cremeweißen Fetzen Papier, die überall verstreut waren und dem Raum einen fast festlichen Anstrich gaben.

»Oje, die Mäuse haben sich über meine Bücher hergemacht«, sagte Dinah kopfschüttelnd. »Ich hatte vergessen, wie viel ich hier unten gehortet habe. Daphne wollte, dass ich die meisten meiner Besitztümer aus der Wohnung räume … Also, wo sind die Zwerghirsche?«

Neben den Büchern stand eine samtbezogene Schneiderpuppe in einem brokatenen Morgenrock, beide von Motten zerfressen, sodass nur noch durchbrochene Flicken übrig waren, bei den Verandatüren ein Stapel ramponierter Lederkoffer und Truhen, ganz mit Gepäckaufklebern bedeckt, an dem Stapel lehnten eine Menge Holzplatten und gerahmte Bilder. Manche waren vornübergefallen, und er sah Gemälde und Wandteppiche in Rahmen, letztere auch von Motten angegriffen. Eine riesige Steinplatte nahm die Mitte des Raums ein, darauf waren Männer dargestellt, die nach Fischen tauchten. Es gab einen Stoß Bronzeschalen, einen kleinen ausgestopften Affen in einem roten Mantel, der Zimbeln hielt, einen Fußschemel mit alten, abgenutzten, schon grünen Löwenfüßen aus Metall und ein Paar Paradiesvögel in einem Glaskasten, blau, korallenfarben und rosa, deren Schwänze so lang wie Ants Arm waren.

»Wo hast du … Wo sind all diese Sachen *her?*«, fragte er schließlich.

»Ach … Von hier und da.« Sie machte eine ausladende Armbewegung. »Manche hab ich auf meinen Reisen erworben. Manches gehörte meinen Eltern, aus Indien, weißt du, mein lieber Vater war Oberst in der Armee. Ich bin an der Nordwestgrenze aufgewachsen, bevor wir … Wir mussten nach Haus zurückkommen.« Dinah stieg mit schweren Schritten über Haufen von gefaltetem Damast mit einem Akanthus-Muster, der von Blau zu Gelb verblasste. »Vater hatte da eine kleine Schwierigkeit, und wir mussten alles verkaufen, aber es gab sehr vieles, das man bei der Auktion nicht loswerden konnte. He, was für Entdeckungen!« Dinah hob einen glatten, polierten Stein auf, der Flügel hatte und an dessen Seite ein Schnabel eingemeißelt war. »Der Briefbeschwerervogel! Alulim, lieber Alulim. Hallo, alter Freund, und guten Nachmittag.« Sie verneigte sich leicht vor dem Briefbeschwerer in ihrer Hand. »Ich habe ihn in Ur gefunden. Alulim war achtundzwanzigtausend Jahre lang König, hast du das gewusst?«

»Äh ... Nein«, sagte Ant. »Nein, wusste ich nicht.«

Dinah zog den Pfauenkimono aus und warf ihn wie ein Cowboy beim Betreten einer Bar über eine Stuhllehne. Sie streckte die Hand aus und lächelte den Affen an. »Also *ihn* nenne ich Livingstone. Wie ist es *Ihnen* ergangen, Sir?« Sie sah, dass Ant sie beobachtete, und setzte ihr ganz bezauberndes Lächeln auf. »Also, genug von dem Unsinn. Lass uns die Türen aufmachen. Mach einen Weg frei, Ant, mein Lieber.«

»Ja klar.« Ihre beschwingten Bewegungen imitierend, schob Ant sein ramponiertes, geprelltes Bein zwischen eine Kiste mit Schallplatten und ein Grammofon, landete auf einer marmornen Röhre, die wegrollte und ihn zu Boden gehen ließ. Dabei erwischte er ihren Arm, bückte sich und hob die Röhre auf. »Was ist das?«

»Oh, das ist ein Marmorzylinder. Es war eine Möglichkeit, seine Unterschrift zu leisten. Man rollt es auf feuchten Ton, und es entsteht ein Muster – schau, siehst du es? Ein Mann und ein Gott, schau seine Flügel an.« Tante Dinah hob eine große Puppe mit einem Porzellangesicht und verstörend weichem, lebensechtem, zu einem Knoten hochgestecktem Haar auf. »Hallo, Eunice, Grüße an die Familie.« Sie legte die ernst blickende Puppe vorsichtig zur Seite. »Schau mal, da ist ein Mah-Jongg-Spiel! Das hab ich in Mossul gekauft, weißt du, von einem Furcht einflößenden Kerl, der nur ein Auge hatte. Wunderbar! Wir werden das brauchen können, wenn die Bombenangriffe kommen, nehme ich an.« Ants Magen krampfte sich zusammen, während sie ein Holzkistchen mit einem Perlmuttmuster an ihren Busen drückte. »Macht riesigen Spaß, Mah-Jongg. Guck mal, da ist die Teekanne.

Also, apropos Zylinder, ich habe im Dorf mit Mr Gage gesprochen, und er hat freundlicherweise dafür gesorgt, dass eine Gasflasche gebracht und aufgestellt wird, wir sollten also ... Ja, wir haben Feuer, oh, großartig.« Nachdem sie den Kessel auf den Gaskocher gestellt hatte, kam sie aus der Küche und hob die Puppe wieder auf. »Sie gehört dir. Sie ist von deinem Vater. Er hat mit ihr gespielt, als er klein war. Hat Geschichten nachgespielt. Ganz goldig.«

Sie hielt Ant die Puppe hin, der zurückwich. »Oh.« Er hielt Eunice' steifen Körper und spürte das harte, scharfe Rosshaar, das aus ihrem Kopf quoll und ihn an Armen und Bauch kratzte. Sein Vater hatte sie gehalten, hatte ihr kaltes, weißes Porzellangesicht berührt, hatte Geschichten über sie erfunden. Er war hier gewesen. Er kannte das hier. Und Mummy auch, weniger, aber es war doch ein Ort, den seine Eltern gekannt hatten. Er tätschelte Eunice' Kopf. Dinah ruckelte und zog an den Verandatüren und stieß sie schließlich auf, dabei fiel sie fast selbst nach draußen. »Komm raus. Komm und schau aufs Meer.«

Dem Schein der Abendsonne folgend, humpelte Ant langsam zur Tür. »Dort«, sagte sie und zerrte ihn das letzte Stück über einen Haufen glänzender Messingtöpfe und Pfannen. Sie standen auf der Schwelle, die Türen weit aufgerissen. »Schau dir das an, sie sind noch da.«

Da war das Meer, silbern-türkis in der Nachmittagssonne, eingefasst von einer gekrümmten, glitzernden Bucht, Wald und grünes Laub erstreckten sich von ihnen aus hinab zum Wasser, rechts verlief eine Linie weißer Klippen und Felsen. Und links tanzten zwei Flugzeuge umeinander herum, klein wie summende Fliegen.

Dinah trat auf die Veranda hinaus, Ant ergriff ihre Hand.

»Nicht.«

»Wir sind sicher hier, mach dir keine Sorgen.«

»Aber sie könnten ...« Er fühlte sich hilflos, er hatte es so satt. Die Gerüche, der Anblick des neuen Hauses überwältigten ihn. Dass alles neu war, war nicht spannend, es erdrückte ihn; vor Angst, er könne vor ihr weinen, schlug er die Hände vors Gesicht. *Ich will einfach nur nach Hause,* sagte er sich, aber natürlich gab es kein Zuhause mehr.

Sie zog etwas aus ihrer Tasche. Es war das mit einem Lappen umwickelte Päckchen, das ihn vorhin getroffen hatte. Er hatte es auf den Tisch gelegt. Sie packte es aus. »Hier. Häng das über der Verandatür auf, ja?«

Er schaute hinunter. In seinen Händen lag die uralte Engelsfigur, die ihn unbeeindruckt anschaute. Er starrte sie an. Ihr ruhiges, breites Lächeln schien zu sagen: *Ich bin hier. Ich bin jetzt hier.*

Anthony folgte Dinah hinaus auf die Holzveranda und holte Luft, ein langer, tiefer, beruhigender Atemzug, und zum ersten Mal im Leben roch er den Duft von Rosmarin, der von dem sandigen Boden ausging und sich mit dem Duft der wilden Rosen vermischte, die mit ihren Blüten die Seite des Hauses überzogen, und über allem die frische, salzige Seeluft ... Er schloss die Augen, die viereckige Steinplatte in der Hand.

»Jetzt mach das auf«, sagte sie und reichte ihm eine Tüte, die sie vom Auto mit hereingebracht hatte. »Sehr viel ist es nicht, aber es ist alles, was ich herausholen konnte.«

Ant spähte hinein. »Von wo?«

»Von eurem alten Haus. Ich war vor zwei Tagen dort. Ich dachte doch, ich sollte noch mal schauen, ob ich irgendetwas retten könnte.«

»Das warst also du, die noch mal hingegangen ist. So hast du meine Uniform geholt.« Sie nickte, ihre Augen schimmerten feucht von Tränen, die lange, spitze Nase glänzte.

»Die einzigen Kleider, die dir geblieben sind, mein Lieber. Die Lady in der Nummer einundzwanzig hat sie aufgehoben. Sie hatte sie für deine Mutter zum Trocknen aufgehängt.«

»Mrs Ball, die Nachbarin von Mrs Gallagher. Bei ihr kommt die Sonne in den Garten ...« Langsam öffnete Ant die Tüte. Obendrauf, in ein Stück Stoff eingewickelt, lag eine Uhr, ein Weihnachtsgeschenk von seinen Eltern. Sie hatte ein dunkelblaues, verkratztes Lederband, und das Glas war gesprungen, aber sie funktionierte noch. Er hielt sie ans Ohr, hörte das schwache, surrende Ticken des Uhrwerks, und dann lächelte er Tante Dinah zum ersten Mal mit leuchtenden Augen an. »Meine Uhr«, sagte er. »Du hast meine Uhr gefunden.«

Sie nickte. Mit zitternden Fingern zog er als Nächstes einen Türknauf aus Messing heraus, dessen lange Schraube leicht verbogen war, dazu ein zerfleddertes Exemplar von *Peter Pan* voller Bleistiftgekritzel und zwei Knöpfe, die überzogen waren mit aufgeklebten Strasssteinchen; Mummy hatte ein Sortiment von Knöpfen in ihrem Nähkasten gehabt. Danach kam eine schwarze Abendtasche aus Samt, durchwirkt mit Goldfäden, und darin steckte ein dazu passender gefalteter Schal. Einige Karten von einem Quartettspiel waren dabei: Mr Thread, der Schneider, Master Stain, der Sohn des Färbers, Mrs Smut, die Frau des Schornsteinfegers. Eine Silbergabel, an der zwei Zinken unwiederbringlich verbogen waren, und schließlich wie ein Wunder ein Foto von Ant und seiner Mutter in Brighton.

Er starrte es an, ihr lachendes Gesicht, ihre hellen Augen, ihre Hände, die seine Schultern drückten, und sie beide lächelten seinem Vater zu, der das Foto machte. Sie hatte dieses Foto berührt, hatte die Gabel benutzt, den Schal getragen, mit diesen Karten gespielt. Es war alles, was er noch von ihr hatte, von beiden.

Während er sich mit zitternden Händen mühte, die Uhr anzulegen, sagte Ant: »Du hast diese Sachen von der Wohnung geholt? Wie bist du reingekommen?« Er und seine Freunde waren jedes Mal, wenn sie sich einem Trümmerfeld zu nähern versuchten, von eifrigen Luftschutzhelfern und Polizisten weggejagt worden.

Tante Dinah zuckte mit den Schultern. »Ich bin schließlich Archäologin. Ich bin gut darin, in Ruinen herumzuklettern und Dinge zu finden. Und ich kann überzeugen, wenn ich will. Man sollte bereit sein, mit der Wahrheit flexibel umzugehen, aber nur, wenn es absolut nötig ist.«

Die Uhr fühlte sich an seinem Handgelenk schwer an, nachdem er sie so viele Wochen nicht getragen hatte. Wieder starrte er das Foto an, Tränen traten ihm in die Augen.

»Kennst du Shakespeare-Verse?«, fragte Tante Dinah nach einem kurzen Schweigen.

»Wenig.«

Sie griff über das Verandageländer nach einem Zweigchen Rosmarin. *»Da ist Rosmarin, das ist zum Andenken, ich bitte Euch, liebes Herz, gedenket meiner!«* Sie rollte die nadelförmigen Blätter zwischen den Fingern, und der rauchig süße Geruch stieg ihm in die Nase. »Jetzt häng diesen Engel an seinen Platz. Er wird dich beschützen, hab ich dir nicht gesagt, dass er das machen würde?«

Ant griff hinauf und stützte die Figur auf dem Sturz über der Tür ab. »Geht es so?«, fragte er.

»Wir werden einen Haken anbringen, damit wir ihn richtig aufhängen können«, antwortete sie. »Sieh mal, wie groß du bist, du ähnelst so sehr deinem Vater, und er war so gern hier, weißt du. Was meinst du, vielleicht könntest du hier auf der Veranda abends mal Stücke aufführen, wie er.« Sie warf einen Blick hoch zu dem Engel und holte tief Luft. Ant fand, dass es eher wie ein rauer Seufzer klang. »Nun, mein lieber Ant. Hier sind wir also.«

KAPITEL ELF

September 2014

Als frühmorgens an einem Samstag im September die Türglocke läutete, achtete Cord fast nicht darauf. Die Leute, die man kannte, klingelten nicht mehr, genauso wie man nie auf dem Festnetz angerufen wurde, es sei denn, jemand wollte Geld von einem. Sie hatte sich in letzter Zeit angewöhnt, energisch in den Hörer zu zetern: »Schämen Sie sich nicht, jemandem seine Ersparnisse abzuluchsen? Wirklich. Ich lege jetzt auf. Tschüss.«

In Wirklichkeit wäre ihr ein Anruf von einem alten Freund oder von jemandem, mit dem sie Jahre zuvor zusammen gesungen hatte, eher willkommen gewesen. »Wie geht's dir, Cordelia? Ich hab deine Nummer in meinem Notizbuch gesehen und dachte, ich könnte doch mal vorbeischauen.« Aber es war nie jemand, den sie kannte. Nie. Es war dumm zu meinen, es wäre so jemand, sagte sie sich streng. Diese Strenge gab ihr das Gefühl, alt zu sein, wie so viele Dinge heutzutage. Snapchat. YOLO. Letzte Woche war sie zu ihrem Lieblingsmusikladen in Kentish Town gegangen, um nach einigen unbekannten Liedern von Brahms zu suchen. Erfolglos – und außerdem, welchen Sinn hatte das? Warum sich die Mühe machen, neue Noten zu kaufen für eine kaputte Stimme? Als sie auf dem Weg aus dem Laden die zufallende Tür sanft hinter sich schloss, hatte ein Mann, der ziellos auf seinem Handy herumtippte und sich an einen massiven, blöden, glänzenden schwarzen Land Rover anlehnte, gerufen: »Der Laden ist ein Beschiss.«

»Ach?«, sagte Cord erstaunt.

»Ja.« Er kaute heftig auf seinem Kaugummi herum und schien gelangweilt. »Ich hab früher alle Noten für meine Kinder dort gekauft, bevor mir Amazon einfiel.«

»Was für eine schrecklich dumme Einstellung«, hatte Cord sich sagen hören mit jener lauten, strengen Stimme der Besserwisserfrau. Er war wahrscheinlich nur fünf Jahre jünger als sie, aber trotzdem. »Es mag billiger sein, aber was ist der Preis auf lange Sicht? Hm?«

Der Mann hatte sie verständnislos angeschaut. »Es gibt keinen Preis auf lange Sicht. So ein Laden ist bis in ein paar Jahren geschlossen.«

»Und das ist Ihnen *egal?*«, hatte Cord gedröhnt.

Er sah total erstaunt drein. »Natürlich ist es mir egal. Warum sollte ich mich darum kümmern?«

Warum? *Warum?* Cord war bestürzt über die Wut, die in ihr hochkam. *Weil das alles nicht in Ordnung ist,* hätte sie ihm am liebsten entgegengeschrien. Kleine Geschäfte gehen unter wegen großer Konzerne, Jahre der Erfahrung gehen verloren. Lorelei, die das Geschäft führte, wusste genau, welche Kontrabasssaiten gebraucht wurden oder welches das beste Plektrum für ihre Gitarre ist, nein, nein, Fachkenntnis spielt keine Rolle, wenn es bei Tesco oder Amazon oder wo auch immer billiger ist in der Meinung eines idiotischen Hedgefonds-Managers, der einen schnellen Wagen fährt und damit die schmalen Londoner Straßen verstopft und abscheuliche Dieselabgase ausstößt, die von Kindern eingeatmet werden, und ...

Durchatmen, Cord.

Meistens konnte sie über sich selbst lachen, über die grantige alte Dame, zu der sie im Begriff war zu werden, und die muntere Unbekümmertheit, mit der sie die Verantwortlichen maßregelte. »Hier ist ein Beutel für das Häufchen, das Ihr Hund gerade absetzt«, sagte sie oft, wenn sie hinter überraschten Hundehaltern herlief, deren Tiere ihre Straße verschmutzt hatten. »Sie müssen vergessen haben, einen mitzunehmen. Diesmal werde ich Sie nicht anzeigen.« Mit einem breiten, strahlenden Lächeln.

»Bitte, schreien Sie diese Bedienung nicht an. Es ist nicht ihre Schuld, dass keine Mandelmilch da ist. Laktoseintoleranz ist von der immer mehr industrialisierten Naturkostbranche gepusht worden.

Normale Kuhmilch ist gesund, außer wenn Sie eine medizinisch diagnostizierte Allergie dagegen haben. Die Produktion von Mandelmilch verbraucht unverantwortlich viele Ressourcen.«

»Dieses Geschmiere ist eine charmante Ausschmückung der Eisenbahnbrücke. Ich hoffe, es stört Sie nicht, wenn ich Sie darauf hinweise, dass Sie den Unterschied zwischen *Sie* und *sie* nicht kennen. Ich mache ein paar Fotos, könnten Sie Ihre Kopfbedeckung ein bisschen hochschieben, damit ich Ihr Gesicht sehen kann? Nein, das werde ich nicht tun, vielen Dank.«

Und einmal, als ein kleiner, unscheinbarer Mann in einer blauen Bomberjacke und Jeans sich im Bus an ihr rieb, hatte sie ihn einfach weggestoßen, seine Hand gepackt und sie hoch über ihren Kopf gehoben, wobei sie laut rief: »Perversling an Bord! Gehen Sie nach Haus und machen Sie das mit Ihrem Türrahmen, Sie jämmerlicher Wicht.«

Danach folgten zwanzig qualvolle Sekunden, in denen der Mann vollkommen ruhig dastand, bevor er an der nächsten Haltestelle aus dem Wagen sprang, sich noch zu ihr umdrehte und rief: »Elende, verdammte Hure.«

»Ja!«, hatte Cord ihn angeschrien. »Ja, bin ich, verdammt noch mal, und es ist mir egal!«

(»Perversling?«, hatte ihre Freundin Nalah in der darauffolgenden verlegenen Stille gefragt.)

Es war ihr egal, und das stimmte. Irgendwo war ihr im Lauf der Ereignisse der Auslöser für Verlegenheit abhandengekommen. Das Leben wurde mit jedem Jahr schwieriger. Dem Selbstmitleid nachzugeben würde einen in den Wahnsinn treiben.

Aber an diesem Samstag war das wiederholte Klingeln, nachdem sie es ignoriert hatte, so lang und so entschieden, und das schneidende Rasseln des Metalls klang, als werde es so traktiert, dass es gleich zerspringen werde. Mit einem Seufzer stellte Cord ihren Kaffee ab und stieg über Papierstöße, um sich vorsichtig einen Weg zum Flur ihrer Wohnung zu bahnen. Sie drückte auf den Türöffner.

»Ja?«

»H…hallo?«, meldete sich eine schüchterne Stimme.

»Wer ist da, bitte?«, sagte sie knapp.

»Sind Sie Cordelia Wilde?«

»Wer ist denn da?«

»Sind Sie das?«

»Verdammt noch mal!«, sagte Cord, schon reichlich wütend. »Sagen Sie mir, wer Sie sind, dann sage ich Ihnen, ob Cordelia Wilde hier ist. Ich sollte Sie schon vorwarnen, dass die Antwort wohl sein wird: *Wahrscheinlich nicht.*«

Es folgte eine Pause, dann sagte die Stimme: »Ich bin ihre Nichte. Äh – ich bin Iris Wilde. Sie hat mich seit Jahren nicht gesehen. Ich bin Bens …«

»Ja«, sagte Cord, lehnte den Kopf an die Gegensprechanlage, und plötzlich saß ihr ein schmerzhafter Kloß im Hals. Sie bekam heraus: »Ich weiß, wer du bist. Was – was willst du?«

»Dad wollte, dass ich komme.« Ihre Stimme wurde lauter. »Er sagte, du rufst ihn nicht zurück. Er sagte, ich soll's versuchen. Ich habe etwas, das ich dir geben soll, etwas von Gramma.«

»Hör zu, ich …«

»Bitte, Tante Cordy.«

Tante Cordy. Nach den Jahren des Schweigens und der Entfremdung war der Name hängen geblieben. Tränen traten ihr in die Augen, aber sie blinzelte sie weg und richtete ihre kleine Gestalt auf, sodass sie gerade stand. Sie drückte auf den Türöffner. »Komm rauf. Ich wohne im dritten Stock. Tut mir leid wegen dem Durcheinander.«

Alles, was sich Cord in der Angelegenheit mit ihrer Familie je gewünscht hatte, war, vergessen zu werden, damit keiner von ihnen das erfuhr oder auch nur vermutete, was sie wusste, was sie gesehen hatte. Während sie auf Schritte lauschte, schaute sie sich hektisch in ihrer Wohnung um und betrachtete sie zum ersten Mal mit fremden Augen. Sah nicht das gemütliche, sonnige, elegante Heim, in das sie vor

Jahren mit so vielen Plänen für eine glückliche Zukunft eingezogen war. Die Tapeten lösten sich von den Wänden, eine Fensterscheibe hatte einen Sprung, und jede Oberfläche war vollkommen bepackt mit allerhand Kram. Der verteilte Bodensatz aus dem traurigen, bescheidenen Leben einer Sammlerin, hoch aufgeschichtete Zeitungen, Notenstöße überall, Musikstücke, die sie niemals singen würde. Aufgeregt überlegte sie, ob noch Zeit genug wäre, sich zu verstecken. *Ich könnte einfach im Schrank warten, bis sie weg ist.*

* * *

Sie waren Zwillinge, Iris und Emily, beide blond, eine mit glattem Haar und einem fast herzförmigen Leberfleck auf der Wange, die andere mit dichten, weichen Locken. Aber das war vor einundzwanzig Jahren gewesen, als sie achtzehn Monate alt waren, und obwohl sie ein paar Jahre lang nach dem Tod ihrer Mutter Geburtstagsgeschenke und Weihnachtskarten geschickt und vage Versprechungen abgegeben hatte, sich zu melden, und als sie alt genug zum Malen waren, zum Dank kleine Bilder von ihnen bekommen hatte, die jetzt in irgendeinem Schrank oder in Schubladen weggeräumt waren, hatte sie sie seit jenem letzten, schrecklichen Wochenende im Bosky nie wiedergesehen.

Als ihre Nichte nach der letzten Wendung der Treppe erschien, starrte Cord sie an. Es war die mit dem Leberfleck. Ihr Haar war nicht mehr blond, sondern pechschwarz und kurz geschnitten, ihre Augen mit schwarzen Eyelinerstrichen umrundet. Ihre Schuhe, Jeans, Lagen von T-Shirt, Weste und Pullover alle in Schattierungen von Schwarz, Weiß und Grau; die einzige Farbe an ihr war der korallenrote, matte Lippenstift. Sie war gertenschlank, und die impulsive, koboldhafte Art, wie sie sich vorbeugte, um ihrer Tante die Hand zu reichen, ließ Cord erkennen, dass sie genau wie ihre Mutter war, und sie begann zu begreifen, wie schwierig diese Begegnung sein werde.

Vor fünf Minuten trank ich meinen Kaffee und schaute mir den Reise-

teil in der Zeitung an und stellte mir all die Orte vor, zu denen ich nie reisen würde, starrte aus dem Fenster und fragte mich, ob der Herbst schon da sei. Ich wollte ein langes Bad nehmen und zur West End Lane hinuntergehen und als besonderen Genuss Steak kaufen. Ich wollte in das Konzert von Hannele in Highgate gehen ...

»Möchtest du Kaffee?«

Das Mädchen nickte. »O ja, danke.«

Cord setzte sich, gab ihr ein Zeichen, sie solle auch Platz nehmen, und fegte ein paar Partituren von einem abgenutzten Korbsessel. »Milch?«

»Hast du Mandelmilch?«

Cord zog die Augenbrauen hoch. »Nein. Weißt du ...« Sie biss sich auf die Zunge, schaute dann ihre Nichte richtig an und sah, dass sie blass war, ihre Hand, mit der sie ihre Lippen berührte, zitterte, und Cord vergaß alles und legte ihr spontan die Hand auf die Schulter.

»Oh, es ist so schön, dich zu sehen. Du bist erwachsen. Natürlich ... Wie geht's Emily?«

»Gut. Sie ist in L. A. und studiert Drehbuchschreiben. Sie will ... also Drehbuchautorin werden. Na klar.« Sie machte ein verlegenes, selbstironisches Gesicht.

»Dein Dad ist jetzt dort, oder?«

»Er ist gerade nach L. A. zurückgeflogen. Lauren ist hier. Sie ... arbeitet an etwas.« Sie sagte: »Kennst du Lauren? Seine Frau.«

»Nein, ich habe sie nicht kennengelernt.«

»Sie ist wirklich nett. Letztes Jahr hat sie das Haus renoviert.« Iris räusperte sich. »Sie will auch das Bosky herrichten. Gramma hat gesagt, sie darf das, bevor sie ... Gramma mag Lauren sehr.«

Diese neuen Familienbeziehungen, die Erweiterung ihrer alten Familie. Sie erinnerte sich vage an ihre Mutter als Oma, und wie überraschend gut sie war, geduldig, lustig, komisch. Die schöne Seite an Mumma, ihre schottische Unkompliziertheit und ihr bescheidenes Ego, das so gar nicht zu ihrer großen Schönheit passte ... Cord merkte, dass sie sich den Magen hielt, denn die Erinnerung, die sie überfiel, tat richtig weh. *Ob sie wohl große Schmerzen hatte? Es ist gut, dass sie Lauren mag. Ich hoffe, Lauren macht Ben glücklich. Er will nur jemanden, den er lieben kann …*

Kummer, Übelkeit und Verwirrung überwältigten sie. »Gut.« Cord stand auf. »Wohnst du also im Haus in Primrose Hill? Mit deinem Dad?«

»Ja, ich kann mir keine Wohnung in London leisten, und Dad will, dass ich eine Arbeit finde, bevor er mir aushilft. Es ist in Ordnung so, ich habe Glück. Sie sind sehr viel weg.«

Cord erinnerte sich an Bens Haus in Primrose Hill, ein riesiges, schäbiges, viktorianisches Reihenhaus, das er nach seiner ersten Heirat gekauft hatte, bevor Primrose Hill ein Ort für Leute wurde, die jede Menge Geld verdienen, nicht für Leute mit interessanten Berufen. »Du bist also allein dort.«

»Na ja, sozusagen. Manchmal lässt er einen Freund von sich im Untergeschoss wohnen. Hamish?«, sagte Iris. Sie trank den Rest ihres Kaffees. »Er kennt Dad von … Oh – oh, Tante Cordy. Die Tasse, du verschüttest überall Kaffee.«

»Ach, wie dumm von mir.« Cord wischte die Flüssigkeit von ihrem Rock auf den schlammfarbenen Teppichboden. Als sie einzog, vor fünfundzwanzig Jahren, war der Teppichboden immerhin von Harrods verlegt worden, damals in der Zeit, als Harrods noch nützliche Dinge erledigte wie Teppichbodenverlegen. Seit Jahren schaute sie ihn zum ersten Mal richtig an. *Er ist dreckig,* dachte sie.

Iris fragte neugierig: »Kennst du Hamish?«

Cord nickte. »Hab ihn früher gekannt. Ist lang her.«

Iris bemerkte nicht, dass etwas nicht stimmte. »Emily und ich, wir mögen Hamish. Er hat sich gerade scheiden lassen und ist irgendwie ein Versager, aber er ist nett. Als er einzog, hat er am Anfang nur im Souterrain herumgesessen und laut französische Liebeslieder gespielt …«

»Charles Trenet«, sagte Cord sehr leise.

»Du kennst ihn doch. Ich *dachte* noch, er hätte gesagt, dass er dich von früher kennt. Aber Daddy war dabei und …«

»Es ist schon lange her. Er ist Schauspieler. Er kannte meinen Vater.«

»Ach so, ich dachte, er ist Steuerberater«, sagte Iris verwundert.

»Hamish Lowther?«

»Ach, ich kenne seinen Nachnamen nicht«, sagte Iris mit jugendlicher Lässigkeit. »Auf jeden Fall ist er Steuerberater, wirklich, er hat nämlich letztes Jahr Grammas Steuer für sie gemacht, und es hat irgendeinen Ärger damit gegeben. Ist alles in Ordnung?«

Cord legte die Hände hinter den Kopf und streckte sich. »Mir geht es gut. Dann kann er es nicht sein.« Sie holte tief Luft. Eine große Welle der Erleichterung überkam sie, dass dieser Steuerberater namens Hamish kein weiteres Gespenst war, das aus ihrer Vergangenheit auftauchte. »Also, Iris, meine Liebe, das ist sehr nett, aber du bist doch nicht nur hier wegen einer Tasse Kaffee, so viel weiß ich. Warum bist du gekommen?«

»Oh.« Iris' Augen weiteten sich, und sie wühlte in ihrer Tasche zu ihren Füßen. »Dad – Dad sagte, so wäre es besser als anzurufen, weil du nicht ans Telefon gehen würdest. Ich habe etwas für dich.« Sie hielt inne, die Hand halb in die Tasche gesteckt. »Aber vorher ... Gramma lässt dich bitten, sie will dich sehen. Es ist wegen dem Haus. Sie will es dir überschreiben und ...«

»Ich weiß, und ich will es nicht haben. Ich habe es ihnen gesagt.«

»*Willst* es nicht?« Iris schaute erstaunt drein. »Wie kannst du es nicht wollen? Für mich ist es der liebste Ort auf der Welt.«

Der liebste Ort auf der Welt. Cord versuchte, ruhig zu bleiben. »Ich kann es nicht wirklich erklären. Ich habe ihr geschrieben, dass ich es nicht haben will.«

Iris warf ihr einen Blick zu. »Genau. Aber sie wird bald sterben. Du ... weißt das, oder?«

»Ja, ich – ich weiß.« Sie dachte an das letzte Mal, als sie ihre Mutter gesehen hatte, am River Walk, nachdem Daddy gestorben war. Sie hatte sich im Spiegel im Flur angestarrt und leicht auf die Haut unter ihrem Kinn geklopft, als sie dachte, niemand sähe ihr zu. Hohläugig, die

Haut porig und teigig, wie Vorteig, den man in der Sonne stehen ließ, damit er säuert. Die Mundwinkel nach unten gezogen ... Damals schon begann sie abzubauen. Sie jetzt zu sehen, ihr gegenüberzusitzen und zu lügen über die Jahre des Schweigens ...

Cord glaubte, es kaum aushalten zu können, über Mumma nachzudenken. Aber es war doch so, dass es nur mehr Schmerz, mehr Schwierigkeiten bringen würde, wenn sie es offenlegte. *Bleib bei dem, was du dir immer gesagt hast. Es ist besser, wenn sie mich hasst. Besser, wenn mir alle Schuld gegeben wird.*

Iris' junges Gesicht war voller Verachtung. Sie presste ihre glänzenden Lippen zusammen. »Wie kannst du so sein, wenn – wenn ich von dem, was Daddy sagt, weiß, dass ihr es alle so schön gefunden habt da unten? Daddy sagt, du warst das fröhlichste kleine Mädchen der Welt.«

Cord stand auf und ging zum Fenster hinüber. Durch die schmutzigen Scheiben schaute sie über die Dächer von West Hampstead hinunter zur Innenstadt.

»Iris«, sagte sie, »ich kann es dir wirklich nicht alles erklären. Aber ich will nichts zu tun haben mit dem Bosky. Oder mit der Familie. Es tut mir sehr leid.«

»Aber du hast uns doch Geburtstagsgeschenke geschickt.« Das Gesicht ihrer Nichte unter ihrem Pony hatte sich gerötet. »Dad hat alle Schildchen und Karten aufgehoben. Warum, wenn du nichts mit uns zu tun haben willst?«

»Ich weiß es nicht. Ich wollte euch wissen lassen, dass ich noch – noch am Leben war.« Sie verschränkte die Finger ineinander. »Wenn die Dinge anders gewesen wären, wäre ich sehr gern ...«

»Wenn die Dinge anders gewesen wären, wärst du sehr gern ein Teil unseres Lebens gewesen?« Iris lachte kurz auf. »Aber du willst den Grund oder irgendwas davon nicht erklären ...«

»Ich kann nicht.«

»Warum kannst du nicht?«, verlangte Iris zu wissen. »Ich meine es ernst, ist es so schlimm?«

Cord drückte einen Finger auf den Nasenrücken. »Wir wuchsen auf eine Art auf, dass wir sie für Götter hielten, wir glaubten, ein so perfektes Leben zu haben, und dann hat er alles kaputtgemacht. Alles. Dort, im Haus. Deshalb kann ich nicht dorthin zurückgehen.«

»Aber was hat er getan?« Iris senkte die Stimme. »O Gott. Hat er ... War er ... Hat er dich missbraucht?«

»Nein!«, sagte Cord. Dann hielt sie inne. »In gewisser Weise schon. Aber nicht so. Nicht so etwas.« Sie ging auf Iris zu. »Mein Schatz, es ist am besten ... ehrlich, ich versichere dir, es ist am besten ... wenn wir es dabei belassen. Bitte, wir wollen uns nicht in all dem verfangen, weil ich dich sonst wegschicken muss, und das will ich nicht.« Sie sprach in bittendem Tonfall. »Also – zeig mir, was du gebracht hast.«

Iris' Gesicht war noch weißer als zuvor. Sie zog ihre Tasche auf ihren Schoß hoch und nahm ein Päckchen heraus, das in einen großen Streifen Stoff eingewickelt war. »Hier. Sie will, dass du das hast. Sie hat es letzte Woche Dad gegeben. Es wurde gefunden, als das Haus geschätzt wurde. Man dachte, man sollte es abgeben.«

Cord nahm es ihr ab und wickelte den Stofflappen auf, wobei sie den Streifen wie ein Leichentuch um ihre Hand wand, die Bahnen fielen mit einem merkwürdig lauten Plumps zu Boden. Sie nahm eine kleine, viereckige Terracottaplatte heraus und starrte die Engelsfigur an, die so lange Jahre über der Tür hing mit ihren großen, starr blickenden Augen, der Eule in der einen Hand und dem Tannenzapfen in der anderen und den riesigen, gefiederten Schwingen.

»Hallo«, grüßte sie die Figur. Ein kaltes, unheimliches Gefühl beschlich sie. Eine Erinnerung, die in ihrem Kopf gefangen saß und zornig darauf bestand, herauszukommen. »Weißt du, was das bedeutet?«, fragte sie schließlich. Iris zuckte mit den Schultern. »Natürlich nicht. Aber deine Mutter wusste es. Sie verstand es.« Sanft stellte sie den Engel zurück auf den Tisch.

»Verstand was?«

»Dass es einen Fluch gibt. Der Engel sollte uns allen Glück bringen, tat er aber nicht. Und er behütete uns gar nicht.«

»Woher weißt du das?«, fragte Iris. *Sie hält mich für verrückt,* dachte Cord.

»Ich weiß es nicht. Ich kann mich nicht erinnern.« Sie tippte sich leicht mit den Fingern an den Kopf. »Hab ich es geträumt? Hat sie ... Die Figur war früher nicht da, das ist es. Sie war nicht da, als ich klein war, dann ist sie eines Tages wieder aufgetaucht. Sie gehörte Daddy, weißt du. Seine Großtante hat sie ihm geschenkt.«

»Es tut mir leid« sagte Iris höflich. »Aber das verstehe ich nicht.«

»Nein, nein«, murmelte Cord. »Das kannst du auch nicht. Aber deine Mutter wusste es. Das hat sie umgebracht, glaube ich.«

»Meine Mutter hat sich selbst umgebracht«, sagte Iris mit matter Stimme.

»Ich weiß«, sagte Cord und schluckte. »Ich war ja da.« Das Gesicht des Engels war noch halb aufgedeckt und starrte zu ihr hoch. »Ich hab sie sehr lieb gehabt, weißt du«, setzte sie an, hielt dann aber inne.

Iris sagte leise: »Wirklich?«

Cord nickte und schaute zu Boden. »Du hörst das ja oft, aber sie war wirklich ganz besonders. Ich dachte immer, es passte, dass sie Zwillinge bekam, als müsse sie zwei Mädchen haben, um das weiterzugeben, die ganze Kompliziertheit ihres – ihres ...« Sie verstummte. »Tut mir leid, ich kann es nicht richtig erklären.«

Auf Iris' Gesicht lag ein verlangender Ausdruck. »Nein, du tust das ja schon. Erklären, meine ich. Niemand spricht über sie.«

»Dein Dad ...«

»Ja, aber er ist mit Lauren zusammen und ist jetzt glücklich. Ich weiß nicht, ob meine Mum ihn glücklich gemacht hat.« Iris schob die Lippen vor. Sie sah plötzlich sehr jung aus. »Ich will einfach nur, dass jemand uns mehr über sie erzählt. Dad tut das nicht, und Gramma erinnert sich jetzt nicht wirklich an viele Dinge. Du bist unsere einzige andere ...« Sie schwieg und senkte den Kopf.

»Sie hat euren Vater glücklich gemacht, Iris. Das weiß ich.«

»Wirklich?«

»Absolut.« Cord schob ihre Bedenken beiseite und fuhr fort. »Was noch? Also, ich kann dir sagen, dass sie Sting mochte, als er bei The Police war, später nicht, als er so ernst wurde. Bowie. Und *Grease*. Den Film. Wir waren alle davon begeistert. Dein Dad hatte eine Lederjacke, in der er aussah wie Danny Zuko ...« Sie lächelte. »Am allermeisten Kate Bush. Sie war total hin und weg von ihr. Und Marshmallows. Sie konnte eine ganze Tüte voll essen.« Sie lächelte. »Sie war kleiner als ich und Ben, und ihr Haar war wie ein Umhang, so lang und dick, und es schimmerte in der Sonne. Deshalb war sie wie eine Fee oder ein Kobold, schnell und magisch. Sie konnte ein Buch schneller lesen als sonst irgendjemand, den ich kannte. Sie war sehr, sehr, sehr intelligent, hat euer Dad euch das gesagt? Seid ihr beiden intelligent?«

Iris zuckte die Achseln und schlug die Augen nieder.

»Sie hatte eine traurige Kindheit, ihr Vater hat sie furchtbar behandelt, deshalb war sie in den Ferien bei uns. Sie war glücklich. Das weiß ich, denn diese Zeit ...« Cord hatte einen bitteren, scharf-metallischen Geschmack im Mund und schluckte. »Nein, ich kann nicht. Es tut mir so leid. Ich kann nicht mehr sagen.«

Das Gesicht ihrer Nichte wurde starr. »Ich will nur wissen ...«

Cord schnitt ihr das Wort ab und schluckte wieder, fragte sich dabei, ob sie sich erbrechen werde. »Ich wünschte, ich könnte das für dich sein, was du dir wünschst. Aber ich kann es nicht.«

»Wie traurig muss es sein, du zu sein«, sagte Iris, und ihre Stimme versagte. »Was für ein bedauernswertes Leben, kaum jemanden zu sehen, keine Karriere, wenn das stimmt, was Dad sagt. Du musst sehr egoistisch sein. Dad sagte, du hättest dich verändert, als du Sängerin wurdest. Er sagte, früher seist du nicht so gewesen. Na ja, gut. Du kannst mich mal.«

Sie hob tatsächlich eine Faust hoch, als wolle sie Cord den Stinkefinger zeigen, aber sie schwang den Arm halbherzig, und ihr kleines, blasses Gesicht wurde traurig, dann ging sie rückwärts aus dem Raum und durch die Tür, die sie hinter sich zuwarf.

Cord musste wohl stundenlang an dem alten, vertrauten Platz in der

Ecke gesessen haben, ohne irgendetwas zu tun. Sie hörte nur die Geräusche aus der Stadt durchs offene Fenster, das gleichmäßige, brausende Rauschen. Sie dachte einfach nur nach. Dann stand sie auf, schaltete die Lampe an – inzwischen war es Spätnachmittag – und stolperte über die Stoffbahnen, in die die übereifrigen Immobilienmakler den Engel verpackt hatten. Da war noch etwas in dem Stoffbündel. Cord hob es auf, ließ es sich aufwickeln, und ein Stück Pappe fiel heraus und zu Boden. Dabei war auch ein Heft. Sie nahm es in die Hand.

The Children's Book of British Wild Flowers (Großbritanniens Wildblumen – das Buch für Kinder) stand darauf. Ein Kinderbuch mit einem Bild von Butterblumen und Wiesenmargeriten auf der Umschlagseite, und hinten war eine Art Ordner eingesteckt, eine Art Übungsheft. So etwas kaufte Mumma oft als Ferienvergnügen bei Woolworth, am Tag bevor sie zum Bosky aufbrachen, etwas, mit dem die Kinder sich beschäftigen konnten, wenn es regnete … Sie starrte es an.

Jemand hatte ein »e« an das »Wild« angefügt. Wild*e* Flowers. Es war überzogen von ausgetrocknetem, rissigem Klebeband.

Mit zitternden Händen konnte Cord das Klebeband leicht abziehen und öffnete das Buch.

The Children's Book of British Wilde Flowers

Madeleine Fletcher

Es ist ein GEHEIMES TAGEBUCH

Cord schaute von dem Steinengel zu dem abgenutzten kleinen Buch. »Oh, ihr zwei«, flüsterte sie. »Ihr zwei.«

Sie sagte sich, sie wisse, was in dem Tagebuch stehen würde, ohne eine feuchte, dünne Seite umzublättern. Waren sie einander bis zu ihrem Bruch nicht so nah gewesen, dass es nichts gab, was sie über Mads nicht gewusst hatte? Sie brauchte es nicht zu lesen und sich das anzutun. Aber der Engel … Was war das, dieses kratzige, sandige Gefühl im Mund, diese merkwürdige Empfindung einer lange verschütteten Erinnerung, die sich einen Weg ins Freie bahnte? *Ihr seid die Wildflowers. Vergiss das nicht.*

Sie starrte das Buch so lange an, dass ihre Augen brannten und trocken wurden bei der Empfindung, nicht zu blinzeln. Sie nahm es und hielt es mit seinem leichten Gewicht in einer zitternden Hand.

Zeit, dorthin zurückzugehen, sich wissend dem Schmerz und dem Verrat an Mads traurigem, kurzem Leben zu stellen. Cord blätterte die Seiten um, zuckte zusammen beim Anblick der kleinen, komplizierten Handschrift, die die Jahre überbrückte und selbst im Erwachsenenalter noch kindlich war. Sie blinzelte, versuchte sich zu konzentrieren und ließ die Seiten irgendwo auffallen. *1981.* Da stand *1981* in ihrer Handschrift. Der Sommer, in dem sie Mads weggeschickt hatte, der Sommer, in dem ihrer aller Erwachsenenleben wirklich begann, obwohl Mads und Ben es viel früher sahen als sie.

Cords Herz pochte bis zum Hals, sie sank zurück auf das Sofa und kauerte sich in einer Ecke zusammen. Jetzt gab es nichts anderes als die weichen, vergilbenden Seiten und die krakelige, silbrige Schrift. Worte, Mads Worte, bestimmt und standhaft auf das Papier geschrieben, damit sie sie nach all diesen Jahren las.

KAPITEL ZWÖLF

The Children's Book of British Wilde Flowers
Großbritanniens Wildblumen – das Buch für Kinder

1. August 1981

Hallo, mein Buch. Jedes Jahr denke ich, du wirst nicht mehr hier sein, aber da bist du. Und es ist so komisch, wenn fast ein ganzes Jahr vorbeigegangen ist, einfach da weiterzumachen, wo ich in der Zeile vorher aufgehört habe. 1980 war ich mit meinen Pickeln beschäftigt, sehe ich weiter oben stehen, und mit irgendeinem Unsinn in der Schule. Aber wenn ich an letztes Jahr denke, ist es doch der Sommer, in dem Cord und ich die gleichen Blusen von Littlewoods hatten, mit den Stunden, die wir auf den Stufen des Strandhäuschens saßen und die Roadshow auf Radio 1 hörten, und mit dem Tag, an dem wir alle *»Bits and Pieces« korrekt zusammenbekamen. Nach ihren Briefen und dem Gespräch am Telefon glaube ich, dass es dieses Jahr The Police sein wird. Sie mag Stewart Copeland, ich mag Sting. Obwohl ich Kate Bush noch mehr mag, aber Cord macht sich eigentlich nichts aus Kate Bush. Ich habe versucht, sie dazu zu bringen, dass sie sich Kate Bush anhört, aber sie macht es nicht. Ich finde* Walking on the Moon *zum zwanzigsten Mal langsam ein bisschen langweilig, um ehrlich zu sein.*

Ben mag Kate Bush. Ich habe gehört, dass er sie letztes Jahr einmal erwähnt hat. Ich war fünfzehn, jetzt bin ich fast siebzehn. Erwachsener.

Wenn ich im Internat nicht schlafen kann, denke ich an dich, hier unter dem Haus in deiner Blechbox, warm und sicher eingewickelt. Ich denke während des Jahres gern an dich, zu wissen, dass du auf mich wartest …, außer dir gibt es niemanden, dem ich alles sagen kann. Die Mädels in der Schule meinen, ich bin verrückt. Ich bin nicht verrückt.

Ich wünschte, Tante Julia wäre noch hier, damit ich sie zu diesen Dingen fragen könnte.

Sie fehlt mir so sehr. Ich konnte ihr nicht sagen, wie sehr, sonst wäre sie hiergeblieben, und ich weiß, sie wollte nach Australien zurück. Sie hat dieses Land satt. Sie hasst Mrs Thatcher. Sie will wieder in der Sonne sein. Sie ist nur zurückgekommen, um sich um mich zu kümmern, und ich bin jetzt erwachsen. Na ja, fast. Sie fehlt mir wirklich.

Sie haben mich unterbrochen! Ich saß auf der Veranda und schrieb, und da sind sie angekommen! Wir haben lange miteinander geredet und sind am Strand spazieren gegangen. Cord schreit immer noch wegen jeder Veränderung erstaunt auf. Die Tür am Strandhäuschen der Harrisons ist jetzt rot, der Strandroggen ist gewandert und hat sich auf den Dünen drüben ausgebreitet, in der Nähe von Bill's Point ist ein Baum umgestürzt und ins Wasser gefallen. Ich bin schnell mit ihnen reingegangen und dann zum Beeches zurückgekommen, damit sie auspacken konnten. Ich habe immer noch ein bisschen Angst, ich könnte im Weg sein und sie könnten mich nicht mehr mögen oder nicht mehr wollen, dass ich rüberkomme.

Hier sind ein paar Dinge, die ich bemerkt habe.

Altheas weiter Rock mit dem Blumendruck ist von einem Laden in Beech Ham Place. Ich habe gehört, dass sie das gesagt hat. Ihr Haar ist mehr goldschattiert als vorher, bestimmt gefärbt.

Cords Pixie-Stiefel sind von C&A und sehr modisch.

Ben liest John Wyndham, Die Triffids, *wie großartig, ich habe es ihm nämlich in einem Brief empfohlen.*

Tony kommt in zwei Tagen nach dem Ende der Spielzeit. Sie haben mir gesagt, sein Stück heißt Die Möwe, *das ich lesen muss, nehme ich an, obwohl es von einem Russen und deprimierend ist. Aber trotzdem, ich muss und werde es lesen. Nur für den Fall, die alten Gründe, nur für den Fall.*

Woran ich denken muss:

Sei ihnen gegenüber entspannt und Hör auf, *zu bemüht zu sein. Du bist jetzt sechzehn und bist die Intelligenteste in deiner Klasse und wahrscheinlich im Jahrgang.*

Die königliche Hochzeit: Ich bin nicht so scharf auf die königliche Familie, aber alle anderen sind das in diesem Sommer, es ist sozusagen Vorschrift. Ich fand, dass ihr Kleid albern ist, und es ist sehr komisch*, so eine lange Schleppe zu haben. Man stelle sich vor, dass man plötzlich rennen muss, wenn es brennt – was dann? –, aber als ich das bei Gwendolen zu Hause gesagt habe, waren die anderen Mädchen entsetzt. Gwendolen sagte, ich sei unpatriotisch. Da hätte ich am liebsten laut gelacht. Gwendolens Mutter hat ein Bild von der Queen in der Küche hängen. Jedenfalls muss ich daran denken, ihnen die silberne Gedenkmünze von der Hochzeit zu zeigen, die mir Daddy geschenkt hat, so was passt ja gar nicht zu ihm, aber er hat sie von jemandem bei der Arbeit bekommen, um sie mir zu schenken. Sie ist in einem blauen Plastikkästchen (Trustee Savings Bank, nicht Midland Bank, das von den Midlands ist schwarz) und sie ist sehr groß und dick, ich will sie ausgeben, da sie 25 Pence wert ist, aber alle scheinen zu denken, dass sich das nicht gehört. Gestern wollte ich am Eisstand damit bezahlen und bekam gesagt, es wäre nicht anständig, sie dafür auszugeben. Ich konnte ihnen nicht sagen, dass ich allein hier runtergekommen bin und in unserem Haus bin und überhaupt kein Geld mehr habe, bis die Wildflowers kommen. Natürlich bin ich lieber allein in unserem Haus und 'n bisschen unglücklich, während ich auf sie warte, als zu Haus mit den tickenden Uhren, um auf Daddy zu warten, bis er von der Arbeit kommt und wegen irgendetwas wütend ist … Ich vermisse Tante Jules. Sei kein Schaf wie alle anderen, wenn du groß bist, sagte sie oft. Im Moment sind alle Schafe.*

2. August

Jetzt sind sie da: Weitere Ermahnungen.

Ben will dich vielleicht nicht wieder küssen, versuch also rauszukriegen, ob er es tun will. Willst du ihn küssen?

(Ja.)

Ben ist anders, ich merke es, sogar schon nach einem Tag, an dem ich sie gesehen habe.

Er hasst Tony, und ich versuchte gestern, mit ihm darüber zu sprechen. Er sagt, er durchschaut ihn. Ich weiß, dass Tony schwach ist, aber teilweise ist das der Grund, weshalb ich ihn so mag. Er gibt mir das Gefühl, menschlich zu sein. Cord ist genauso. Sie sind manchmal ziemlich egoistisch und mögen es, beachtet zu werden, aber in Wirklichkeit wollen sie Liebe und dass man ihnen sagt, sie tun das Richtige. Ich verstehe das, aber Ben sieht es nicht so.

Althea ist anders. Die Berühmtheit hat sie nun doch verändert. Es macht nicht mehr so viel Spaß mit ihr wie früher, sie denkt mehr an sich und ihr Aussehen. Dauernd macht sie eine Diät. Ich bin sicher, dass sie es nicht so genießt wie vorher. Ich habe das Interview in Good Housekeeping *ausgeschnitten, es wurde in ihrem Haus in London am Fluss gemacht, ein Foto von ihr im Wohnzimmer ist dabei, sie hat eine Seidenbluse an mit einer Schleife am Ausschnitt und eine Seidenhose, und sie breitet weit die Arme aus. Das Zimmer ist wunderschön, riesige Fenster, überall Fotos von ihnen allen, Gemälde an den Wänden, goldene Leuchter und die Tapeten mit vielen Blumen drauf. Es ist wie eine elegantere Version des Bosky. Ich war nur einmal in ihrem Haus in London. Ich starrte immer nur die Fotos an und versuchte, alles aufzunehmen. Sie wird imposanter mit dem Älterwerden, strahlt aber weniger Freude aus.*

Letztendlich Cord – ich habe nur gelächelt, als ich das geschrieben habe! Meine liebste Freundin, es ist so wunderbar, sie wiederzusehen. Sie ist die Gleiche geblieben, zurzeit hat sie eine gewisse Zurückhaltung an sich, aber sie macht es wirklich der Mühe wert. Ich kann den Rest des

Jahres überleben, wenn ich ein paar Wochen lang den Sonnenschein ihrer Gesellschaft genossen habe. Sie stellt mir sogar Fragen über mich und will alles Mögliche wissen, aber ich will sie nur reden oder singen hören ... Es ist sehr seltsam, weil ich oft nicht weiß, was ich sagen soll, ich habe ja eigentlich kein Leben außer bei ihnen und dem fleißigen Lernen in der Schule. Vielleicht sollte ich mich selbst mehr erforschen (das ist jetzt nur ein Scherz, vielleicht sollte ich es aber wirklich tun).

Tschüss, mein Buch. x x x

3. August

Ich mag die Wildflowers sehr, aber ich vergesse, dass ich mich jedes Jahr wieder an sie gewöhnen muss. Ich bin ein einsamer kleiner Spatz, so hat Tante Jules mich mal genannt, und es stimmt. Jedes Jahr träume ich so lange von ihnen, und dann ist die Wirklichkeit ein bisschen überwältigend. Manchmal scheinen sie sich gegenseitig zu zerfleischen bei all diesen internen Kämpfen, die ich nicht wirklich verstehe. Vielleicht bemerke ich es mehr, weil ich jetzt älter bin. Tony und Ben. Ben und Althea. Cord und Althea. Althea und Tony.

Sie streiten darüber, wann Cord ihr Gesangsstudium beginnen soll, sie will bald gehen, und sie wollen, dass sie vorher Abitur macht. Dann ist da eine Sache mit Tonys Freund Simon, der zum Lunch kommt. Althea will nicht, dass er kommt, und Cord sagt, der Grund ist, dass sie vor Jahren mit ihm gegangen ist. Und Tony ist noch wütend auf Althea wegen der Sache mit dem Kleid, das sie bei seiner Ordensverleihung getragen hat, und ob es anstößig war oder nicht. Ein Parlamentsmitglied hat sogar im Unterhaus angefragt, ob es bei offiziellen Anlässen eine Kleiderordnung für Damen gibt. Was für eine Zeitverschwendung. *Es war ein bisschen kurz, na und, wen stört das?*

Tony sagt, sie hätte am Tag seines Ritterschlags die Aufmerksamkeit von ihm abgelenkt. Es war vor drei Wochen, und sogar ich, die ich meine, er kann nichts falsch machen, meine, er ist ein bisschen kindisch in der

Sache. Cord ergreift für ihn Partei – natürlich. Ben ist auf Altheas Seite, obwohl er auch sagt, sie sei nicht besser als sein Vater.

Die Mädchen im Internat wollen unbedingt *wissen, wie Althea ist, da wir alle jede Woche immer noch »H Hall« anschauen, auch wenn es inzwischen damit bergab geht. Ich erzähle nichts von ihr, und das gefällt mir. Ich mag es, Geheimnisse zu haben. Ich sammle die Erinnerungen an den Sommer und kann mich dann mit ihnen beschäftigen, wenn ich allein bin und sie brauche. Die Platzdeckchen auf der Anrichte mit alten Pferdebildern drauf. Cords T-Shirt mit einer lächelnden Sonne. Die Gesichter der Könige und Königinnen auf den klebrigen alten Karten, mit denen wir* Racing Demon *spielen, wenn es draußen nass ist. Die neuen Becher von Habitat, braun und grün, enorm chic. Der Geschmack der Benson & Hedges, die Ben und ich geraucht haben. (Wir haben sie genommen wegen Benson – Ben Son –, weil Ben immer darüber lachte. Ich wünschte, ich wäre nicht sein Sohn, sagte er immer wieder.)*

Es ist, als könnte man ein Glas mit Sonnenschein für den Winter aufheben oder wie Tiere im Winterschlaf, die warten, bis die Sonne kommt. Ich denke den Rest des Jahres an all diese Dinge. Tante Jules sagte manchmal, es kann nicht alles die ganze Zeit magisch sein wie jeden Tag Weihnachten, aber so sind sie für mich.

5. August

Ben, Cord und ich sind heute im Bus nach Swanage gefahren. Ben ging ins Kino, um Kampf der Titanen *zu sehen, er macht nichts, außer sich Filme anzugucken und über Filme zu reden! Wir sind zu Boots (die Drogerie) gegangen, und Cord hat sich einen total widerlichen Lippenstift gekauft, der sich Sheer Pink Mink nennt. Sie hat ihn in London gesehen und dafür ihr Geburtstagsgeld gespart, und ich konnte nicht sagen, das ist absolut die falsche Farbe für dich, sie ist so glücklich, ihn zu haben. Aber er steht ihr überhaupt nicht, und sie legt einfach die Lippen aufeinander und fährt drüber, trägt ihn nicht vor einem Spiegel auf oder so, übt nicht. Von The Police hat sie genug. Ihr Musikgeschmack ist im letzten Jahr sogar noch schlechter geworden. Wirklich katastrophal. Sie mag Shakin' Stevens, Olivia Newton-John, Elaine Paige! Sie hat eine Single von* Memory, *und dabei ist sie angeblich musikalisch. Ich versuche immer wieder, sie dazu zu bringen, dass sie sich andere Musik anhört. Wir mögen beide immer noch ABBA und schauen uns Bilder von ihnen an, obwohl sie dieses Jahr nachlassen. Wir können* One of Us *zweistimmig zusammen singen, zumindest singe ich die Melodie und sie die zweite Stimme. Sie hat wirklich eine schöne Stimme. Am liebsten würde ich weinen, wenn wir es singen ... Es ist so schön, und verliebt zu sein ist furchtbar, echt.*

(Aber Memory *aus* Cats ... *Niemals. Für sie tue ich trotzdem so, als würde ich es mögen, wenn wir es uns anhören.)*

Sie scheint viel jünger zu sein als ich und spricht nicht über Jungs. Ich denke darüber so: Sie verschließt ihr Herz, aber ich will meins an jemanden verschenken, ich habe all diese Liebe in mir, die nie ausgegeben wurde, wie Geld in einem Sparschwein. Ich mag Baryshnikov. Im Internat habe ich ein Bild von ihm aufgehängt, und sie hat es mich auch über unserem Bett anbringen lassen. Er ist umwerfend. Ich mag auch Adam Ant. Und ich mag ...

Ihr Haar ist dieses Jahr viel schöner (keine Zöpfe mehr, länger, schön wellig), und sie ist ein bisschen dünner und braun. Letztes Jahr war sie furchtbar pummelig, Babyspeck, sagten sie alle, aber dieses Jahr ist etwas davon verschwunden. Niemals würde ich so was zu Cordy sagen, die sowieso schön ist – ihre Augen, sie hat so schöne Augen, genau wie die ihres Vaters, silbergrau, dicke, schwarze Wimpern und Brauen. Cord macht sich nicht wirklich etwas daraus, wie sie aussieht. Sie mag Lippenstift und Lidschatten und hübsche Dinge, aber ist nie stundenlang im Bad. Sie ist wunderschön, wenn sie lächelt und lacht, was sie die ganze Zeit macht, aber Singen interessiert sie mehr als Shopping. Sie würde den ganzen Tag üben, wenn sie könnte, aber sie darf nicht zu viel singen, sonst ruiniert sie sich ihre Stimme.

Stell dir vor, Cord zu sein und zu wissen, was man werden will, das gan-

ze Leben schon entworfen. Ich seh es vor mir – ein großer Star werden, die beste Sängerin der Welt sein, einen attraktiven Dirigenten heiraten, in einer riesigen Villa wohnen mit jeder Menge Kinder und Angestellten, bei der nächsten königlichen Hochzeit singen, wenn Prinz Andrew heiratet.

10. August

Althea und Tony hatten Freunde zu Gast auf ein paar Drinks, Schauspieler von einem früheren Stück von Tony, die zur Zeit in Studland wohnen, und ihr Freund Simon und seine Frau und zwei alte Freundinnen von Althea, ehemalige Models, sie waren ziemlich grässlich. Es wurde sehr spät. Wir haben Gimlets gemixt für sie. Zwei Frauen sind unten an die Treppe zur Veranda gekommen und haben um ein Autogramm von Althea gebeten! Althea hat unterschrieben, aber Tony war unwirsch. Er sagte, sie hätten die Gesellschaft nicht stören sollen. Althea sagte: Sie haben nicht nach dir gefragt, Liebster, sie wollten mich. Die anderen lachten alle sehr darüber.

Weitere Fakten:

Tony hat ein neues Hemd von Austin Reed. Sehr schön, zwei oder drei davon, eigentlich kariert, in Grün und Braun.

Neuer Panama-Hut, den hat er von irgendwo in der Nähe vom Ritz, sagte er mir. »Ich lade euch zum Tee im Ritz ein, dich und Cord, wenn ihr mal in der Stadt seid, Mads.« Das sagte er gestern, ich glaube, er hat's gesagt, um Althea zu ärgern, nachdem die Leute da waren, mit denen sie getrunken haben. Es gab danach einen großen Krach, das weiß ich.

Althea hat wunderschöne Kopftücher, die sie perfekt um den Kopf bindet, sodass nur ein bisschen von ihrem glänzenden, rotgoldenen Haar rausguckt.

Neue Granatohrringe von Tony zu ihrem Hochzeitstag.

Sie liest Prinzessin Daisy. (Übrigens: Auch lesen?)

Mrs Gage richtet Coronation Chicken Sandwichs für uns, die wir morgen zum Picknick in der Worbarrow Bay mitnehmen können. Ich sagte zu ihr: »Sie haben Coronation Chicken Sandwichs für unser Picknick dort im letzten Jahr gemacht.«

»Nein, habe ich nicht.«

»Doch.«

»Du weißt das nicht«, sagte sie in ziemlich gehässigem Ton. »Hab ich nicht gemacht, basta.«

Oh, aber ich weiß es. Ich habe es aufgeschrieben. Ich habe alles aufgeschrieben. Ich weiß auch über Sie Bescheid, Mrs Gage, dass Sie schielten, als Sie klein waren, und in der Nase bohrten. Sie wurden Eliza Proudfoot gerufen, und sie wollten nicht mit ihnen spielen, Tony und Tante Jules und Daddy. Tante Jules erinnert sich an alles, verstehen Sie, und sie erzählt es mir. Sie war in Gary Cooper verliebt, deshalb nennt Althea sie Gary, wissen die anderen Wildflowers das, oder interessiert es sie überhaupt? Nein, sie war einfach immer Gary für sie. Früher einmal sah Mrs Gage Tante Jules bei einer Hecke weinen, weil ihr etwas Schreckliches passiert war, und sie hat Tante Jules angespuckt, und sie sagte, sie hätte es verdient. Vielleicht werde ich sie nie wiedersehen.

13. August

Ich habe heute Ben geküsst. Richtig, so wie Erwachsene.

Oder eher, ich habe ihn mich küssen lassen. Wollte es schon ewig mal, um zu sehen, wie es ist. Ich habe ihn meinen BH berühren lassen. Wir waren im Strandhäuschen, und Cord wollte nicht rauchen wegen ihrer Stimme, deshalb ist sie zurückgegangen, und wir blieben noch ein bisschen draußen, und ich flirtete mit ihm, um zu sehen, ob er darauf reagiert. Es ist sehr einfach, es mit den Jungs zu machen, wenn man weiß, wie es geht. *Das habe ich dieses Jahr gelernt.*

Ich habe mich also rübergebeugt und ihn leicht mit der Brust gestreift, das ist es. Dann habe ich auch seinen Arm gestreichelt und danke gesagt.

Ben hat dauernd Erektionen, aber er ist noch so ein kleiner Junge, selbst mit seiner Lederjacke, in der er sich so erwachsen vorkommt. Ich habe sie von einem Markt in Camden. Ich merke es, wenn er einen Ständer bekommt, er deckt sich mit einem Kissen oder etwas wie einem Beezer *oder einem* »Dandy« Annual *zu, die hat er immer irgendwo bei sich, was total süß ist, weil … Wer liest denn noch diese kindischen Comics?*

Wir haben uns zehn Minuten lang geküsst. Es wurde dann bald etwas langweilig. Er war nervös, seine Hände zitterten. Er hat mich abgeleckt *und mein Gesicht. Er sagte, er mag meinen Lidschatten (den Eyeliner). Er flüsterte »Danke«, als wir halb fertig waren. Es machte mich traurig. Ich weiß nicht, warum.*

Ich mag ihn so sehr, und er benimmt sich jetzt anders mir gegenüber. Er ist erwachsen.

Aber komischerweise dachte ich an Cord, während wir das taten, und daran, wie wütend sie wäre, wenn sie uns so fände. Weiß nicht, warum, aber ich bin sicher, sie würde es nicht mögen, dass wir uns küssen. Ben versuchte, mich auf die Liege im Strandhäuschen zu schubsen, und ich tat so, als wäre ich beleidigt und sagte Nein. Ich hätte es ihn tun lassen, aber ich will meine Jungfräulichkeit nicht so an ihn verlieren. Obwohl es vielleicht ganz gut wäre, es so hinter sich zu bringen. Aber ich glaube nicht, dass es mir Spaß machen würde, jetzt noch nicht, deshalb sagte ich Nein.

Er ist sehr süß. Er sagte, ich sei das erste Mädchen, das er geküsst hat. Ich fragte: Dein erster Kuss? (Er ist mein dritter, ein Junge beim Clifton-College-Tanzabend und jemand bei Bethans Party an Weihnachten.) Er sagte etwas, das ich nicht verstand, über ein andermal und neu anfangen. Manchmal redet er wirr, er lebt in seiner eigenen Welt. Auf dem Heimweg wollte er meine Hand nehmen, aber ich ließ es nicht zu, falls sie uns sehen würden. Aber ich sagte, ich würde ihn morgen treffen.

18. August

Ben und ich halten uns jetzt an den Händen, wenn wir zum Strand gehen, hinter Cord, damit sie es nicht sieht. Manchmal, wenn wir auf der Schaukel auf der Veranda sind, berühren wir uns gegenseitig unter der

Decke, wenn wir sicher sind, dass niemand es bemerkt. Ich mag es, die Heimlichkeit, unsere eigenen Geheimnisse zu haben, wo es vorher immer Cord war. Cord kommandiert mich mehr als je zuvor herum, ich frage mich, was sie denken würde, wenn sie es wüsste.

Heute sind wir am Strand entlanggegangen, so weit es geht, auf die Kettenfähre zu, eine Stunde oder so, und haben einfach geredet. Als wir sicher waren, dass uns niemand sieht, haben wir Händchen gehalten. Wir saßen am Strand und ließen das Wasser über unsere Zehen laufen. Unsere Schuhe standen nebeneinander und berührten sich. Ben streichelte mein Gesicht, und ich hielt seine Hände und schaute auf seine Finger und den Stumpf, wo er die Finger verloren hat. Ich küsste die Hand und den Stumpf und hielt ihn an meine Wange. Ich spürte den schnellen Pulsschlag.

Wir wissen beide, dass wir eine Ferienromanze erleben wie die Lady in Mrs Gages Kummerkasten in Woman's Own, *die einen spanischen Kellner kennengelernt hat. Cord liest so etwas gern laut vor. Wir machen Witze darüber.*

Ich würde jetzt »mit ihm schlafen«, wenn er mich fragen würde. Ich denke jetzt mehr an ihn als an die anderen alle. Ausnahmsweise mal mehr als an Tony, und Tony war ja immer der Held meines ganzen Lebens. Aber jetzt sehe ich wirklich, dass er ein alter Mann ist.

Bens Augen funkeln, wenn er lächelt. Er hat große Hände, und er ist größer, als mir klar war, wenn wir auf der Liege im Strandhäuschen liegen, stößt er mit den Füßen an die Wand. Wenn er über mir ist, hängen seine blonden Haare in mein Gesicht. Seine Arme sind gebräunt mit kleinen weißen Pünktchen drauf. Er hat blonde, flaumige Härchen, die in einer Linie bis zu seiner Leiste verlaufen.

28. August

Da ich das auf der Veranda schreibe, muss ich vielleicht plötzlich aufhören, wenn sie mich finden. Alles ist aus, und das könnte jetzt das letzte Mal sein, dass ich in dich schreibe, mein Buch.

Ich habe ein M-Zeichen auf meine Hand geschrieben mit Kuli. Mehrmals am Tag habe ich die Linien nachgezogen. Es ist jeden Tag größer.

Ich hasse mich, ich hasse mich.

M für Madeleine, für Mondkalb, Mist, Möglichkeiten.

Wenn ich wieder im Internat bin, kann ich den Kompass nehmen, um es richtig einzuritzen. Um die Narbe immer anschauen zu können und zu sagen: »Das steht dafür, dass ich so einen Fehler gemacht habe.«

Alles ist zerstört.

Tony ist verrückt geworden, ich glaube, er hat eine Erkrankung des Gehirns. Ben war ungezogen zu ihm, aber Tony hat tatsächlich seinen Arm gepackt und ihn geschlagen, und Ben ist inzwischen fast größer als er. (Er hat im Internat Gewichte gestemmt. Neulich abends hat er mir das im Strandhäuschen erzählt. Er sagte, der Grund sei, dass er in der Vergangenheit von Größeren herumgeschubst worden sei, und das will er nicht mehr.)

Ben hat sich Whisky genommen. Whisky ist ekelhaft, ich habe mal welchen getrunken, eines der Mädchen in der Schule hat ihn in einer Flasche vom Body Shop reingeschmuggelt. Ben kam in der Nacht, als alle schliefen, ins Wohnzimmer hoch und hat ein ganz großes Wasserglas voll getrunken. Er hat sich wirklich betrunken und sich auf der Terrasse übergeben. Tony hörte ein Geräusch, kam rauf und fand ihn. Ich glaube, dass Tony ihn echt schrecklich behandelt hat. Er hat uns alle aufgeweckt, so laut hat er ihn angebrüllt. Er sagte, er wäre schwach und eine Blamage und er müsste lernen, ein Mann zu sein, kein Junge mehr. All solchen Unsinn, den T sonst nie mochte. Althea hat Tony angeschrien, Tony hat sie angefahren und mit einem furchtbaren Wort beschimpft. Cord hat sie beide angeschrien, Ben stand nur mit verschränkten Armen da und schwankte und sah sehr blass und elend aus. Roch nach Erbrochenem (widerlich). Aber Tony war wirklich wütend auf ihn. Sein Gesicht ist derzeit sehr rot. Die Augen blutunterlaufen. Eine Ader pocht an seinem Hals. Jetzt bin ich wirklich nicht mehr in ihn verliebt. Ben sagte, er hätte nur probiert und weigerte sich, sich zu entschuldigen. Er sagte, Tony hätte ihn nie gefragt, wie es ihm geht, nachdem er weggelaufen war, und dass er niemand anderen wichtig nehme außer sich selbst.

Dann zeigte er auf seinen Dad und sagte: »Ich kann's kaum erwarten, bis ich mich nicht mehr verstellen muss.«

Tony sagte: »Was, zum Teufel, meinst du damit?«, und er kniff die Augen zusammen.

Ben sagte: »Du weißt schon, was ich meine, Tony.«

Tony führte eine Hand an sein Gesicht, als wolle er seine Augen vor Ben schützen.

Althea sagte: »Schatz, hör auf. Hör auf damit«, aber ich wusste nicht, zu wem sie das sagte.

Tony fing an zu brüllen, er hätte von alldem genug. Dass es diesen Sommer keine Besucher mehr geben würde, dass es sein Haus sei und dass er es nicht ausstehen könne, wie sie ihn lächerlich mache ...

Cord, Ben und ich verschwanden früh am nächsten Tag, wir nahmen ein Picknick mit ins Grüne. Althea fuhr hoch nach London, um für ein Stück vorzusprechen. An dem Abend, als wir drei im Strandhäuschen waren, sagte Ben, er hätte nachts nicht schlafen können, und deshalb sei er nach oben gegangen. Er sagte mir, er hasst es, allein zu schlafen, er hat Albträume, und allein aus dem Grund, dass er sich ein Zimmer mit zwei anderen Jungen teilt, hat er nichts gegen das Internat. (Ich bin also der Grund, dass er Albträume hat, denn wenn ich nicht bei ihnen übernachten würde, könnte er vielleicht das Zimmer mit Cord teilen. Er war okay, als sie da war.)

Der andere Grund, weshalb ich früher weggehe und mir diese Narbe mache, ist viel schlimmer für mich, und es ist zweitens: Cord hat uns erwischt. Sie ließ Ben und mich im Strandhäuschen zurück, wo wir rauchten (merkwürdigerweise hatte es keine Strafe für Ben gegeben, als wüsste Tony, dass er zu weit gegangen war), und dann muss sie dahinter gewartet haben, denn nach ein paar Minuten stürzte sie herein.

Mir machte es diesmal Spaß, das tut es immer mehr, und ich denke immer mehr daran, wie er mich berührt und küsst, und manchmal sind die Tage sehr lang, wenn ich auf den Abend warte, bis ich mit ihm hier bin. An dem Abend änderte sich alles mit ihm. Ich sah ihn zum ersten Mal als eine andere Person. Nicht als den Jungen, mit dem ich früher gespielt habe. Ich wollte, dass er mich küsst, wir beide wollten es. Ich wollte mich an ihn pressen und spüren, wie nah wir einander kommen konnten, und ihn und seine Haut berühren.

Er hatte seine Hand unter meinem Rock, ich ließ ihn einen Finger in mich stecken. (Es war okay. Ich bin scharf auf Küssen und Umarmen, nicht so besonders auf die Sache mit dem Finger.)

Sie ist eigentlich nicht reingestürzt, das ist zu dramatisch. Sie machte die Tür auf, und wir saßen und lagen halb auf der Liege. Ich sah sie zuerst. Über seine Schulter. Ich sah ihren Gesichtsausdruck, und den werd ich nie vergessen. Als wäre sie verwirrt. Als könne sie nicht begreifen, was da los war. Zwei kleine Falten erschienen zwischen ihren Augenbrauen. Sie sagte: »Was macht ihr zwei da?«

Ich lachte. Wenn ich etwas den Rest meines Lebens bereuen werde, ist es, dass ich über sie gelacht habe. Aber ich hatte Angst, als ich ihr Gesicht sah und wie sie mich anschaute.

Ich sagte: »Ach, nichts.«

»Seid ihr ein Paar?«

Ich sagte Nein, aber Ben sagte damals wirklich laut Ja. *(Ich meine, wir hätten darüber vorher sprechen sollen.)*

Ich sagte: »Cord, alles ist immer noch genauso wie bisher.«

Aber sie sagte nur: »Nein, ist es nicht. Du hast es kaputtgemacht«, und sie drehte sich um und ging.

Schon zwei Tage hat sie nicht mit mir gesprochen. Sie tut so, als schliefe sie schon, wenn ich zu Bett gehe. Ignoriert mich, wenn ich sie am Frühstückstisch etwas frage.

Drängt sich an mir vorbei, rempelt mich mit dem Ellbogen an, wenn ich vorbeigehe, damit ich im Flur gegen die Wand stoße. Niemand hat es bemerkt, ich wollte nichts sagen, aber ich gehöre ja sowieso nicht zu ihnen, das darf ich nicht vergessen bei all der Freundlichkeit, die sie mir im Laufe der Jahre gezeigt haben.

Jedenfalls bin ich früher nach Haus gegangen. Vorgestern ging ich zu Bett, und sie hatte eine Nachricht auf das Kissen gelegt. Ich klebe sie hier rein.

Liebe Madeleine,
ich schreibe Dir dies, um Dich zu bitten, Ben in Ruhe zu lassen und das Bosky zu verlassen. Ich will nicht mehr mit Dir befreundet sein. Daddy hat mir einmal erzählt, dass es merkwürdig war, während des Krieges als Nachbar neben Deinem Vater und Deiner Tante Julia zu wohnen, weil sie so ganz anders waren als er, und er konnte sie eigentlich nicht verstehen, er versuchte es, aber letztendlich hat es nie funktioniert. Ich dachte, es ist gut, dass wir verschieden sind, Du und ich, aber jetzt sehe ich, dass Du so anders bist und dass es schlecht ist.
Wir waren glücklich, und jetzt sind wir es nicht mehr, und niemand scheint zu merken, dass Du die Ursache von allem bist. Es tut mir leid, dass das passiert ist.
Cordelia Wilde

Ich log Althea und Tony an und sagte, dass ich wegen eines Preises in den naturwissenschaftlichen Fächern eine Woche vor Schulbeginn zurück sein müsste. Tony interessierte das nicht besonders, was schlimm war, aber Althea glaubte mir. Sie war sogar traurig, dass ich gehe. Ich bin immer noch auf der Veranda und schreibe jetzt, es wird bald anfangen zu regnen. Das Korbgeflecht ist warm und hängt unter mir durch, ich rieche die Blumen und die trockene Hitze, das metallische Gefühl, dass der Regen sich nähert. Der Schemel, der immer genau dort an einer der Dielen hängen bleibt, wo man ihn haben will. Die Wellen unten. Grillen. Das Radio im Hintergrund. Alles Klänge, die mir lieb und teuer sind.

Ich muss dich für diesen Sommer wegpacken, mein Buch. Althea ist jetzt im Haus und macht sich fertig, um mich zum Bahnhof zu fahren. Sie fährt fürchterlich schlecht. »Wir sehen dich im nächsten August, Schätzchen, nicht wahr? Mach keine anderen Pläne, du wirst uns allen fehlen, wenn du nicht hier bist.«

Heute Morgen, als ich in unserem Schlafzimmer war und unter das Bett schaute, kam Cord herein.

Ich sagte: »Hier ist etwas, ich habe dir ein Geschenk gemacht. Es tut mir leid.« Und ich reichte ihr ein ganz kleines Päckchen.

Sie hat es nicht mal ausgepackt, warf es nur aufs Bett und sagte: »Wir wollen dich hier nicht haben. Komm nicht wieder.«

Ich glaube, es ist das Schlimmste, was jemals irgendjemand zu mir gesagt hat. Weil ich Cord am liebsten hatte von allen. Wenn ich nachts Angst hatte, kam sie zu mir ins Bett, legte die Arme um mich, und unsere Zehen berührten sich. Sie konnte meine Haare kämmen, ohne an den Knoten zu ziehen. Sie wusste, wenn ich traurig war, und sie nahm meine Hand und drückte sie. Wenn sie lacht, wirft sie den Kopf zurück, und ihr Mund ist weit offen, und sie reibt sich den Bauch. Sie ist so bestimmt bei allem. Ich liebe sie alle, aber ich liebte sie aufrichtig.

Trotzdem denke ich aber nicht, dass das, was ich und Ben getan haben, falsch war. Ben ist traurig, und ich habe ihn froh gemacht. Und umgekehrt.

Das M wird größer und deutlicher, jetzt, da die Kulitinte eindringt und unter die Haut geht, wenn ich jedes Mal ein bisschen mehr kratze.

Ich wüsste gern, ob Cord die Kette ausgepackt hat. Ich wüsste gern, ob sie sie tragen wird. Es ist eine Muschel, die ich am Strand gefunden habe, und irgendetwas hat gescheuert, bis ein Loch drin war, und sie sieht aus wie ein Herz. Ich habe sie auf die Kette von Tante Jules aufgezogen, die sie mir geschenkt hat, als ich zehn war. Sie ist aus Gold.

Ich weiß nicht, wohin ich gehen werde. Wird man mich im Internat eine Woche vor Schulbeginn reinlassen? Ich glaube, ich werde wohl bei Dad bleiben müssen, obwohl er in Schweden auf irgendeiner Konferenz ist. Ich weiß nicht, wo der Schlüssel ist. Ich werde in mein eigenes Haus einbrechen müssen. Was irgendwie komisch ist, wenn man es bedenkt.

Sie kommt. Nichts mehr jetzt. Danke, mein Buch.

xxxxxxx

KAPITEL DREIZEHN

August 1983

Althea wusste, dass Tony wieder fremdging, als er ihre Schwester für den Sommer einlud. Andere mögliche Gäste waren dieser Tage rar. Guy und Olivia waren in New York, und Guy trat in einem Zyklus von Geschichtsdramen auf. Simon war eindeutig *persona non grata,* und Bertie war inoffiziell vom Bosky verbannt. Tony wollte nicht sagen, warum, aber eine freundliche Schauspielerkollegin hatte Althea erzählt, dass Bertie am Künstlereingang als verspätetes Geburtstagsgeschenk eine leere Champagnerflasche hingestellt hatte mit einer mysteriösen Mitteilung, die lautete *Nicht mehr so prickelnd, oder?*

Viele der anderen waren abgedriftet; man sah die Leute nicht mehr so regelmäßig wie früher. Wenn er also Bertie nicht einladen konnte, dann war es Isla. Einst hatte er Isla verehrt, die in früheren Schulferien, als die Kinder noch klein waren, eine seltene, aber allseits beliebte Besucherin in Twickenham und im Bosky gewesen war. Künstlervolk beeindruckte sie nicht, da sie bei ihrem und Altheas Vater aufgewachsen war, einem immens charismatischen, aber ziemlich reizbaren Maler. Sie hatte eine Art, Tony zu necken, die er mochte, früher einmal.

Vor langer Zeit. Wann hatte sich das geändert? Er war weniger interessiert an der reizenden Isla oder sonst jemandem, was das betrifft. Es war jemand Neues aufgetreten, nicht die Schauspielerinnen, nicht die kleine Gesangslehrerin – zum ersten Mal war es Althea egal, wer es war. Bestimmt war es eine, die jung war, schmiegsam und die ihn anbetete. Eine, die das Gegenteil von ihr war.

In Althea und Islas Kindheit hatte Isla gern mit Puppen gespielt und Häuser gebastelt aus allem, was sie im Studio ihres Vaters oder in dem großen, unaufgeräumten Haus finden konnte. Ihre Puppen hatten in Altheas Augen ein sehr straff organisiertes, langweiliges Leben; ihre Schlafenszeiten wurden überwacht, ihre Mahlzeiten waren öde und gediegen, sie wurden ständig mit kleinen Stoffläppchen gewaschen, die aus Geschirrtüchern geschnitten waren. Nie hatte sie sich dafür interessiert, mit den anderen Kindern am Ufer Krabben zu fangen oder in dem langen, schmalen Garten, der unten an den Fluss grenzte, Verstecken zu spielen oder sich etwas auszudenken.

»Komm und stell dir vor, in der Weide wären Kobolde.«

»Nein, Flossie will bald ihren Tee.«

Sie war zu einer guten Tante geworden, eine herzliche, beruhigende Person; sie hatte eine Figur wie ein Landbrot, das aus zwei runden, aufeinanderliegenden Laiben besteht, mit den gleichen funkelnden grünen Augen wie ihre Schwester und einem trockenen, bissigen Humor. Sie war Schulleiterin einer Mädchenschule, lebte allein, war unmöglich aus der Ruhe zu bringen, und Althea fand das Zusammensein mit ihr dieser Tage abwechselnd tröstlich und unangenehm. Isla kannte ihre kleine Schwester. Sie durchschaute sie mit ihren wachsamen Augen, die alles wahrnahmen. Nur noch selten rief sie sie Dorothy (Altheas richtiger Name, den sie abgelegt hatte, als sie an der Schauspielschule war), außer versehentlich, aber jedes Mal, wenn sie Althea sagte, hörte Letztere immer einen leise amüsierten Tonfall in ihrer Stimme. Sie stand früh auf, wogegen Tony sich spät erhob, sie mochte keine starken Getränke und fand Gespräche übers Theater ermüdend. Althea wusste, dass ihre Schwester wahrscheinlich am glücklichsten war, wenn sie Mrs Gage in der Küche half.

Tony bekam das mittlere Alter nicht. Sein Benehmen hatte nachgelassen. Er trank mehr, die Leute langweilten ihn offensichtlich, und am schockierendsten war, dass sie vor ein paar Monaten gesehen hatte, wie er auf der Bühne blockierte. Es war ein würdiges, staatstragendes Stück über Thatcher, das im Royal National Theatre aufgeführt wurde, und es war ihm sehr unangenehm, aber trotzdem blieb Tony sonst *niemals* stecken. Er lachte über das gefürchtete Lampenfieber, das andere befiel. Das tat er schon immer. Aber in letzter Zeit war er anders. *Guys and Dolls*, die bisher erfolgreichste Inszenierung am National, wurde im Olivier Theatre aufgeführt, das neben seinem lag. In der Pause von *Mother's Milk* konnte man das Grölen, Schreien und Pfeifen hören. Die Bühnenarbeiter wurden dabei erwischt, dass sie nach hinten gingen und sich *Guys and Dolls* anschauten. Wenn man das Betonfoyer verließ und in die Nacht auf der South Bank hinausging, konnte man leicht erkennen, wer das herrliche, lebensbejahende Musical mit den begehrtesten Karten der Stadt gesehen hatte und wer gerade aus einem zornigen, lahmen Stück über eine zugrunde gehende Textilstadt, ein alterndes Paar und ihre beiden gestörten Kinder kam.

Was Althea beunruhigte, war, dass Tony das normalerweise egal gewesen wäre. Er hätte sich für die Besetzung von *Guys and Dolls* gefreut oder hätte zumindest so getan, als freue er sich. Aber so war es nicht mehr. Er hasste sie, knirschte mit den Zähnen, wenn die Sprache auf sie kam, lächelte dünn, wenn Freunde sie fragten, ob sie es gesehen hätten. Bei einem Dinner für einen Regisseur, der sich vor dem Ruhestand verabschiedete, verließ er sogar den Raum, als jemand den Refrain von *The Oldest Established* zu singen begann. »Sorry, musste mal an die frische Luft, und den Song hör ich ja ziemlich oft«, erklärte er, als er zehn Minuten später zurückkam und nach Zigaretten und Whisky roch. »Es tut mir schrecklich leid, Michael. Verzeih mir.«

»Geht es Tony gut?«, fingen die Leute schon an, sie zu fragen. »Scheint 'n bisschen angeschlagen in letzter Zeit.« Als hätte er einen Schnupfen, einen Schnupfen im Kopf.

Und er hatte wieder begonnen, an Wochenenden ins Bosky zu gehen. Es gab immer Affären, sie war nicht so dumm, so zu tun, als gäbe es sie nicht. Sie kannte das schon: Ein paar Wochen vor der letzten Vorstellung kam er gewöhnlich in den Garten oder das Wohnzimmer geschlendert und sagte so nebenbei: »Hast du was dagegen, wenn ich ein paar Tage zum Bosky runterfahre, nach der Abschiedsvorstellung, Liebste? Es wäre gut, einen klaren Kopf zu bekommen.«

»Natürlich«, sagte sie dann und hob nicht einmal den Kopf von der

Zeitschrift oder dem Rosenbusch oder davon, womit sie gerade beschäftigt war. »Mein armer Schatz, hast ja nonstop gearbeitet.« Er schien diese Redewendung nie zu bemerken, aber sie fühlte sich dann besser. *Ist es diese dunkelhaarige Kleine, die Doll Tearsheet spielt? Körperbau wie ein Junge, keine Hüften, keine Titten, große Augen? Oder die Bühnenhelferin mit dem Nasenring und dem laschen blonden Irokesenschnitt?*

Er war dieses Jahr schon dreimal dort gewesen und hatte zweimal eine kleine Schar mitgenommen, Bewunderer von den letzten Inszenierungen, zumindest hatte er ihr von denen erzählt. Bei den anderen Gelegenheiten war er angeblich allein, aber das glaubte sie nicht. Sie war zweiundvierzig und zu alt für ihn, auch das wusste Althea.

Das erste Mal, als er sie zum Bosky mitgenommen hatte, vor so vielen Jahren, als er sie auf dieses Bett gesetzt und ihr die ganze Wahrheit gesagt hatte, da hatte sie sich ihm hingegeben, genau dort. An jenem Wochenende hatten sie ihre Gelübde abgelegt, die, die wichtig waren, dachte sie immer, nicht die, denen sie ein paar Monate danach im Standesamt zustimmten. Sie hatte ihm an jenem Tag gesagt, dass sie ihn niemals zu fest an sich binden werde, er müsse tun, was er wollte. Und dass das Gleiche auch für sie gelte. Dass sie am Ende immer wieder zueinanderkommen würden. Hatten sie sich nicht an diese Abmachung gehalten? Hatte es nicht funktioniert?

Eine Woche nach ihrer Ankunft gab es ein heftiges Unwetter, wobei Blitze krachend über den Nachthimmel zuckten und ein Platzregen ungestüm gegen das alte Holzhaus schlug. Am nächsten Morgen, als aufgequollene weiße Wolken, von einem scharfen Ostwind gejagt, über die Bucht trieben, schaute Althea beim Frühstück zu ihrem Mann auf und sah, dass er sein Spiegelbild auf der glänzenden Fläche seines Messers betrachtete und sanft auf den kleinen Hautlappen klopfte, der andeutungsweise von seinem Hals hing. Er drehte den Kopf nach rechts und links, nichts ahnend, dass er beobachtet wurde, sein Gesichtsausdruck wies nicht die geringste Spur von Humor auf, und er war absolut und vollkommen auf sich selbst konzentriert. Sie sah ihn mit dem Finger eine Augenbraue nachziehen, die Nasenflügel aufblähen, mit den Lippen eine kleine Schnute ziehen – es war fast lustig.

Ihre Schwester war in die Zeitung vertieft. Althea beobachtete ihren Mann und spürte, wie sie ein kaltes Grauen überlief. Wo war er geblieben, der fröhliche, faszinierende, so attraktive Wirbelwind von einem Mann, der sie überwältigt hatte und dazu brachte, ihn zu lieben? Sah er sie überhaupt? Sah er ihre gemeinsamen Kinder, eines praktisch von ihnen entfremdet, das andere nur am Gesang interessiert? Und was war mit ihr? Dachte er über *Hartman Hall* nach? Darüber, was ihre Träume waren, ihre Hoffnungen für die Zukunft? Es schien ihn nicht zu kümmern, und sie dachte dauernd an ihn und an das, was er brauchte. Er war auch kleinlich, wollte immer recht haben, und es gab sehr wenig recht zu haben ... Andere Schauspieler seines Alters und mit seiner Erfahrung gründeten Theatergesellschaften, marschierten für den Frieden, schrieben emotionale Protestbriefe, griffen Regierungen an. Tony saß beim Frühstück und sorgte sich wegen seiner Kieferpartie.

Eine frische Brise wehte durchs offene Fenster und fuhr über die Härchen an ihren Armen, und Althea fuhr erschrocken auf und beobachtete immer noch ihren Mann. Sie merkte, dass ihr Kopf schon eine Weile schmerzte.

»Was liest du denn, Althea?«, fragte Isla und stieß das Manuskript eines Stücks an, das sie zusammengerollt in einer Hand hielt. Althea hob den Blick und bemühte sich, nicht irritiert zu sein.

»Nur ein Rollenheft. Es ist gestern gekommen. Für eine neue Inszenierung. Eine Überarbeitung von ... etwas.«

»Für dich, Liebling?«, fragte Tony und schaute auf. »Ein Stück?«

»Fernsehen oder ein Stück. Es ist noch nicht sicher ...« Sie hielt inne, wollte etwas sagen, zuckte aber dann mit den Schultern.

»Wie aufregend. Lass mich sehen.« Er stopfte sich ein Stück Toast in den Mund und nahm ihr, ohne zu fragen, den Packen Papier aus der Hand.

»Moment! Lass das«, sagte Althea und packte zu. Von unten stieg der Klang von Cords Stimmübungen herauf, jeder Ton einen Schritt höher als der vorige. »Ich war dabei, es zu lesen. Schnapp es mir nicht einfach weg.«

»Sorry, Liebling.« Er hob die Hände, als bekenne er sich schuldig. »Verzeih.«

»Ich wusste nicht, dass du wieder ans Theater denkst, Althea«, sagte Isla, ließ einen pflaumengroßen Klecks Marmelade auf ihren Toast fallen und verteilte ihn akribisch. »Das ist eine andere Richtung für dich. Du würdest doch *Hartman Hall* nicht aufgeben, oder?«

»Na ja«, sagte Tony. »*Hartman* ist großartig für Althea, aber ewig kann es nicht weitergehen, oder?«

Althea hörte sich sagen: »Das würde dir wohl gefallen, was? Langsam in die Mittelmäßigkeit abgleiten und dann vollkommen vergessen werden? Das würde dir so passen.« Sie stand auf, ignorierte, dass Isla angespannt die Lippen kräuselte, und entwand das Heft seinen zufassenden Fingern. »Ich trinke meinen Kaffee draußen zu Ende.«

Draußen war es kühl, da die Sonne noch hinter dem Haus stand und der Wind kräftig wehte. Althea zog die Decke über ihre Knie, saß eine Weile da und starrte auf das aufgewühlte Meer hinaus. Sie fühlte sich ziemlich schlecht.

Letzte Woche hatte man ihr mitgeteilt, dass sie im Plot von *Hartman Hall* umgebracht werden würde. Niemand sonst wusste es; es wurde als großes Geheimnis gehütet, ein riesiger Schock für die letzte Episode der Staffel, um die Quoten für die folgende und letzte Staffel wieder hochzudrücken. Lady Isabella würde unter mysteriösen Umständen von ihrem brutalen, frisch angetrauten amerikanischen Mann ermordet werden. Dadurch würde es ihm gelingen, der Verhaftung zu entgehen, bevor er zu einem sensationellen Prozess nach London gebracht würde.

»Grandios, auf dem Gipfel auszusteigen, meine Liebe«, hatte Tobias, ihr neuer Agent, zu ihr gesagt. »Es ist Zeit für eine Veränderung.

Das ist eigentlich eine hervorragende Nachricht. Auf einem Höhepunkt aufzuhören.«

Aber es kam ihr nicht wie eine hervorragende Nachricht vor. Man brachte doch seine Hauptfigur nicht um, wenn alles gut lief, oder? Man brachte eine nebensächliche Figur um und hängte der Hauptperson den Mord an. Sie wusste, warum sie abserviert wurde. Sie wollten eine Jüngere. Eine neue Hauptdarstellerin, um die herum sie eine ganze Story aufbauen und damit versuchen konnten, dem knarrenden, alten TV-Schlachtross vom Sonntagabend, das schon seit einigen Jahren nicht mehr gut lief, neues Leben einzuhauchen. Inzwischen hatte man *Hartman Hall* mit anderen, hochwertigeren Serien auf historischem Hintergrund nachgeahmt und es besser gemacht. *Jane Eyre* zum Beispiel mit Tony als Mr Rochester, die Ironie war Althea durchaus bewusst. Um mitzuhalten, hatte man für *Hartman Hall* alle möglichen abgenudelten Handlungsvariationen hervorgeholt, um zu sehen, ob sie sich bewährten. Sie war nicht sicher, wann die Serie schließlich alle Glaubwürdigkeit verloren hatte, die sie einmal gehabt haben mochte. Vielleicht als Lady Isabella angefangen hatte, Gespenster zu sehen, oder mit dem haarsträubenden Handlungsstrang in der vierten Staffel, als sie sich als Schmugglerin betätigt hatte.

Vor *Hartman Hall* hatte sie eine so lange »Pause« gemacht, dass sie nun auch keine andere neuere Erfahrung hatte, auf die sie zurückgreifen konnte. Die Serie hatte ihren Ruhm begründet, ohne sie war sie nichts. Mit zweiundvierzig würde sie wieder von vorn anfangen müssen, und die Dinge hatten sich geändert, während sie nicht mehr auf der Bühne gestanden hatte und zu einem sehr bekannten Fernsehstar geworden war. Letzte Woche hatte sie für zwei Rollen Absagen bekommen, eine war die Hauptrolle in einem Drama im Granada Theatre für sonntagabends, die andere die Ehefrau in einer neuen Sitcom. Die erste Absage hatte sie nicht überrascht, Tobias war aufrichtig gewesen mit ihr. »Du bist zu alt, liebe Althea. Man ist auf der Suche nach einem neuen Gesicht, weißt du. Jemand mehr ... im Stil der Achtzigerjahre.«

Aber die zweite war wirklich ein Schlag. Es war eine Rolle für eine in einem Londoner Vorort mit viel Grün lebende Ehefrau und Mutter von zwei Teenagern. Nach fünfzehn Jahren findet sie endlich wieder eine Stelle … im selben Büro, wo ihr Mann als Anwalt arbeitet. Sie *war* Mutter von zwei Teenagern. Sie lebte in einem Londoner Vorort mit viel Grün, wenn auch in einem Stadthaus aus dem achtzehnten Jahrhundert am Fluss. Und trotzdem hatte man gesagt, sie passe nicht für die Rolle, und Tobias hatte ihr mehr oder weniger klar eröffnet, es sei wieder, weil sie zu alt sei.

»Eigentlich war ich ziemlich jung, als ich meine Kinder bekam«, hatte sie erwidert. »Die meisten Mütter von Teenagern sind noch älter als ich, wenn du dir das vorstellen kannst, mein Lieber.«

Aber Tobias hatte nur ein nervöses Lachen ausgestoßen. Oh, sie vermisste Bertie mit seiner unhöflichen Ehrlichkeit und die Art und Weise, wie sie dieselbe Sprache sprachen. Aber sie hatte ihn weggeschickt, um Tony zu besänftigen. Sie begann, daran zu verzweifeln, eine andere Rolle zu finden, und fragte sich, ob man sie einfach vergessen werde und ihre einzige Rolle die von Lady Wilde sein werde, die Veranstaltungen eröffnete und affektiert an Tonys Arm lächelte, und der Gedanke versetzte sie absolut in Schrecken. Dann war das Textbuch zu *On the Edge* gekommen.

Jetzt schaute sie darauf, sie hielt es zusammengerollt in der Hand. Es würde ihren Ruf festigen oder ihre Karriere ruinieren; es war gewagt, stellenweise höchst zweideutig, so etwas war noch nie im Fernsehen gezeigt worden. Sie war Janey, eine geschiedene Frau, die in Betracht zog, einen viel jüngeren Mann als Liebhaber zu nehmen. In der Anfangsszene kaufte sie BHs, und es kam eine Szene im Bett nach dem Sex vor. Richtige Gespräche, kein Unsinn wie in *Dynasty*, wo die Männer so viel Make-up trugen wie die Frauen und die Bettlaken aus blauer Seide waren. Außerdem war es urkomisch, das war es, was ihr daran gefiel. Janey war eine richtige Frau. Die Autorin war eine Frau. Sie sah vor sich, wie alle ihre Freunde daran Vergnügen finden würden, und in ihrer begrenzten Erfahrung war das eine Blaupause für einen Hit. Aber das Risiko …

Es war Simons Vorschlag gewesen, es ihr zu schicken, der liebe, freche Simon, der das wahrscheinlich tat, um Tony zu ärgern, aber ... wie klug er war ... wie schrecklich, wenn es schiefging ... Althea war wieder ein bisschen schlecht, aber diesmal vor Nervosität. Sie musste entscheiden, ob sie es annehmen solle, ja oder nein.

»Oh, Kummer! Oh, Kummer!«

Cords Stimme, noch schwach, drang durch das offene Fenster. Sie bereitete eine Arie aus *Dido und Aeneas* für ihr Vorsingen bei der Royal Academy im nächsten Monat vor. Mindestens zwei Stunden pro Tag übte sie, hörte berühmte Aufnahmen auf dem abgenutzten Kassettenspieler, den Onkel Bertie ihr vor vielen Jahren geschenkt hatte und neben dem sie und Ben früher kauerten und sich Bänder anhörten.

Kopfschüttelnd – sie konnte nicht an Ben denken, ohne dass ihr die Tränen kamen – zog Althea den Handspiegel aus Plastik heraus, den sie in der kleinen Schublade des Beistelltischs auf der Veranda verwahrte, und betrachtete sich kritisch. Der blasse, milchige Teint, die blauen Adern, die Falten, die wie darauf schraffiert aussahen. Die Augen mit dem leicht missbilligenden Blick. *Hatte sie immer schon so ... so ... enttäuscht gewirkt? Es gab eine Zeit, als Männer stehen blieben und mich anschauten, wenn ich vorbeiging. Und es ist nicht so, als würde ich es vermissen,* sagte sie sich übellaunig, zog die Knie hoch bis unters Kinn und wickelte, plötzlich zitternd, die Decke fester um sich. *Das tu ich auf keinen Fall, natürlich nicht. Es ist kläglich, diese Frauen, die immer noch ihrer Jugend nachjagen. Ich hatte meine Zeit, und es war wunderschön, dieses Mädchen zu sein.*

Zum Lunch hatte sie Ray Harrington getroffen, den australischen Schauspieler, der ihren Mann spielte und den man am Ende der zweiten Staffel hatte sterben lassen. Sie hatte ihn nie gemocht, seine Hände, die er nicht bei sich behalten konnte, sein unangenehmes Benehmen, wenn er getrunken hatte, und er besaß keine Raffinesse als Schauspieler. Die Rolle hatte er wirklich nur wegen seines Aussehens bekommen. Beim Verzehren seines Lachsschaums hatte er sich vorgebeugt, Speicheltröpfchen auf dem Kinn, und in sanftem, äußerst gehässigem Ton gesagt: »Du wirst mit dem Altwerden nur schwer klarkommen, schwerer als die meisten. Es wird ein wahrer Abstieg sein für eine Göttin wie dich.«

Das hatte er ganz genüsslich gesagt. Sie hätte ihn am liebsten genau dort, mitten im Langan's, geohrfeigt. Er mit seinem dicken Bauch und seiner aderigen Nase gab an mit Charakterrollen, die man ihm anböte, Sachen mit etwas dran, mit echter Substanz, nicht wie all diese abgewrackten Schauspielerinnen, die nur ihr Aussehen hatten, von dem sie profitierten ... Seit jenem Lunch war Althea immer mehr von dem Gedanken besessen. Von der Idee, dass jede Menge bekannter Schauspielerinnen einfach nach einer bestimmten Zeit verschwanden, wenn sie an eine gewisse Schwelle kamen, an der es je nach ihrer Berühmtheit zulässig schien, sie abzusägen. Männer machten weiter, Männer konnten im Film bis in ihre Sechziger oder sogar Siebziger begehrenswert sein ... Es war ungerecht, war verdammt ungerecht ... Althea fuhr zusammen, als die Verandatüren mit einem Knall aufgingen und Tony auf der Veranda erschien.

»Hör zu, Liebling, es tut mir leid, dass ich gemein zu dir war. Ich muss gestern Abend ein bisschen zu viel getrunken haben. Ich fühle mich miserabel heute Morgen.« Tony drückte einen Kuss auf ihren Kopf. »Ich bin eine totale Nervensäge. Wir wollen uns doch nicht zerstreiten, bevor das Frühstück zu Ende ist.«

Sie starrte weiter geradeaus, noch nicht bereit, ihm zu vergeben.

»Was ist das neue Textbuch? Ist es ein Stück? Soll ich es lesen?« Er ging in die Hocke und ergriff eine ihrer Hände. »Althea? Was ist los?«

Sie wünschte, sie könnte es ihm sagen. Wünschte, sie wären ein Team wie Olivia und Guy, die wussten, was am besten für den anderen war, sich den Erfolg und die Zufriedenheit für den anderen mehr wünschten als für sich selbst. Tränen traten Althea in die Augen.

»Bist du traurig wegen Ben, Liebste?«

»Nein«, sagte sie, aber es klang nicht überzeugend.

»Er wird zu uns zurückkommen. Ich versprech's.«

»Ich …« Althea schüttelte den Kopf und machte die Fäuste auf.

Tony fasste ihr Kinn und drehte ihren Kopf sehr sanft in seine Richtung. Er war gebräunter, sein Gesicht strahlte und sah gesünder aus als in letzter Zeit, seine Augen leuchteten, als er sie anschaute. »Althea«, sagte er leise. »Liebling, du bist genauso schön wie damals. Schöner vielleicht.«

Schwer atmend blickte sie ihn mit leicht zusammengekniffenen Augen an. »Hör auf zu flunkern, Tony.«

Aber er hatte den Blick in vollkommener Aufrichtigkeit auf sie gerichtet. Als könne er ihre Gedanken lesen, wisse, was sich in ihrem Herzen tat. Es war ein Trick, den er immer schon beherrschte, hol ihn der Teufel. »Es ist wahr, Schatz. Du hast etwas, was du damals nicht hattest.«

»Krähenfüße? Tony, es geht nicht nur – nicht nur ums Aussehen, um Himmels willen. Ich bin doch keine Schaufensterpuppe in einem Laden. Ich bin Schauspielerin, tatsächlich eine verdammt gute Schauspielerin.«

Er lachte und küsste sie, legte seine Hand auf ihren Nacken.

»Mein schönes Mädchen, du bist die beste, die ich kenne«, sagte er. »Es tut mir leid, dass du besorgt bist. Kann ich denn irgendetwas tun?«

Althea räusperte sich.

»Es ist wegen *Hartman Hall*«, sagte sie geradeheraus. »Ich bin gefeuert.«

»Oh.« Er nickte. Er bot ihr kein falsches Mitgefühl an, sondern stand da und dachte mit schmalen Augen einen Moment nach. »Es ist am besten so. Ja, absolut. Wir werden etwas anderes für dich finden.« Er blickte auf sie hinunter, noch einmal alles neu einschätzend. »Ach Gott, es tut mir leid, dass ich in letzter Zeit so ein Schuft gewesen bin, und du musstest mit all dem fertigwerden.«

Sie zuckte müde mit den Achseln.

»Früher hat es mir etwas ausgemacht«, sagte sie trostlos. »Ich hab mich in der ersten Zeit, als wir zusammen waren, zermartert. Als ich dachte, oh, ich kann ihm helfen, nach den Versprechen, die wir einander gegeben haben …«

»Althea … Liebling. Sag das nicht.« Er sah ganz mitgenommen aus. »Es tut mir leid.«

Sie hörten Isla, die drinnen mit den Tellern klapperte, und die Flut, die am Morgen unten auf den Sand schwappte. Lauter normale Geräusche. Sie war ganz ruhig.

»Es spielt jetzt keine Rolle mehr«, sagte sie vage. Siedachte an *On the Edge*. Er würde es hassen. Tony starrte sie an und umschloss ihr Handgelenk mit seiner Hand. »Ich bin nicht traurig«, sagte sie. »Ich bin nicht wütend … Es ist schon gut.«

»Sei nicht traurig meinetwegen. Ich liebe …« Er räusperte sich. »Verdammt, Althea, ich liebe dich, das weißt du doch, ich hab dich immer geliebt.«

»Meine Güte, so viel Sturm und Drang gleich nach dem Frühstück«, sagte sie nachsichtig, und er lächelte.

»Sei auch wegen *Hartman Hall* nicht traurig. Du bist besser als sie.«

Althea hob den Blick und sagte: »Eigentlich nicht. Ich werde in einer Sitcom auftreten, sie haben mir die Rolle angeboten. Sie ist ziemlich gewagt. Es wird viele Leute aufregen, Tony …« Sie tastete neben sich herum. »Hier, ich gebe dir das Textbuch …«

Aber als sie sich umdrehte, um es ihm zu reichen, sah sie, dass er nicht zuhörte. Er starrte aufs Meer hinaus und dachte intensiv über etwas nach. Dann zog er ein großes Taschentuch aus der Tasche und rieb sich das Gesicht damit ab, und sie roch zuerst das Parfüm, dann sah sie den Lippenstift auf dem hellblauen Stoff. Nur ein verwischter Fleck. Sie wusste, es hätte alles Mögliche sein können, Marmelade, Kuli, sein eigenes Bühnen-Make-up, aber sie wusste, dass es das nicht war. Das war es nie.

»Alles ist ein bisschen schwierig im Moment«, sagte er ausdruckslos. »Es tut mir leid. Es wird schlimmer.«

Althea sagte langsam: »Wie, Schatz?«

»Die Albträume. Ich hab sie immer wieder. Furchtbar unangenehm.«

»Sie kommen zurück?«

»Jedes Mal.«

Es ging ihr zu Herzen, und plötzlich spürte sie Mitgefühl für ihn, aber dann überkam sie wieder die distanzierte Gefühlsleere. Zum ersten Mal sah sie eine Zukunft ohne ihn vor sich, ohne die Taschentücher oder Schlimmeres, den Telefonhörer, den er auf die Gabel knallte, wenn sie einen Raum betrat, die Quittungen von Restaurants, in denen sie nie mit ihm gewesen war. Oder das Gefühl, die unbestimmte, aber zutreffende Überzeugung, die man hatte, dass eine andere Frau im Schlafzimmer gewesen war, sich im Spiegel betrachtet hatte, den man sonst selbst benutzte, in dem Bett gelegen hatte, in dem man schlief …

Althea hob den Kopf und nahm seine Hand. Sie sagte leise und erschöpft: »Du bist ein großartiger Schauspieler, der größte Schauspieler deiner Zeit. Du hattest eine schreckliche Kindheit. Unvorstellbar. Es wird immer schmerzlich sein, aber denk dran, Lieber, es hat dir geholfen, das zu werden, was du bist.«

»Glaubst du das wirklich?«

Sie nickte müde und zwang sich zu einem gütigen Lächeln. Tony küsste sie auf die Stirn, er war so froh wie ein kleiner Junge, dass er alles wieder ins Lot gebracht hatte. »Ich muss los zum Bahnhof, um Hamish abzuholen. Zum Lunch bin ich zurück.«

»Wen?«

»Hamish Lowther, Liebste. Du erinnerst dich doch. Prince Hal. Ich habe ihn für diese Woche eingeladen. Du warst doch so angetan von der Idee.« Tonys Gesicht nahm jenen etwas störrischen Ausdruck an, der sie früher amüsierte. »Du warst diejenige, die sagte, wir sollten ihn einladen, glaube ich mich zu erinnern.«

Jetzt richtete sich Althea auf. »Ich habe aber nicht gedacht, dass du ihn einlädst, ohne mich zu fragen. Was sollen wir mit ihm machen? Eine ganze Woche? Ach, Tony, das ist ärgerlich. Wirklich.«

Er erhob sich, schon wieder ungeduldig. »Schatz, du bist doch diejenige, die ihn bei Orso's bekniet hat, doch zuzustimmen. Ich musste ihn ansprechen. Jedenfalls, seine Verlobte hat ihm gerade den Laufpass gegeben, und er ist furchtbar deprimiert. Er muss ein bisschen aufgeheitert werden. Er ist so ein netter Junge, er kann … Cord wird ihn mögen, und dann …« Tony verstummte, Bens und Madeleines Abwesenheit drückte unausgesprochen auf die Stimmung. »Er kann mit Cord spazieren gehen.«

Plötzlich sah Althea die komische Seite der Situation: Dieser attraktive junge Mann, mit dem sie an jenem Abend zweifellos zu intensiv geflirtet hatte, und zwar zum Teil deshalb, weil Tony mit Hamishs Freundin schlief, einer kühlen jungen Blondine namens Emma, die Catherine de Valois spielte, und zum Teil, weil … na ja, er ein gut aussehender junger Mann war. Er war spaßig und umgänglich mit großen grauen Augen, hellbraunem Haar und dem weichen Akzent der Borders an der schottischen Südgrenze, der sie an ihre Heimat erinnerte. An liebe, behutsame Jungs, die sie küssen wollten, als sie noch ein junges Mädchen war, an warme Nächte, den Kieferngeruch und den Ruf der Fischer, die frühmorgens ihren Fang am Ufer des Flusses Dee ausluden. Die Brise fuhr über ihr geschlossenes Textbuch, ihr Haar und küsste sie zärtlich.

»Ja, er war wirklich reizend«, sagte sie mit einem Lächeln zu ihrem Mann und gestand ausnahmsweise mal offen ihrer beider Unzulänglichkeiten ein. »Du hast recht. Er kann mit Cord spazieren gehen.«

KAPITEL VIERZEHN

Hamish war so attraktiv, wie sie ihn in Erinnerung hatte, und genauso zurückhaltend. Im Gegensatz zu Tony, der etwas von der Ausstrahlungskraft, über die er auf der Bühne verfügte, jeden Abend mitnahm, hätte Hamish nicht weniger schauspielerhaft wirken können.

Zwei Tage nach seiner Ankunft heftete Isla wohlgefällig und mit Bewunderung den Blick auf ihn und sagte: »Eigentlich bemerkt man gar nicht, dass er da ist. Er fügt sich einfach so gut ein, nicht wahr, der liebe Junge.«

Althea konnte nicht umhin zu bemerken, dass er rot wurde, wenn er mit ihr sprach, und auch nicht, wie bedächtig und gefasst er mit allem umging, dem Essbesteck, einer klemmenden Tür oder einem Kind, das sich verirrt hatte und weinend am Haus vorbeikam. Eines Abends gingen sie in ein Pub, und sie beobachtete, wie er vier Gläser an den Tisch im Garten zurücktrug, je zwei auf einer Handfläche seiner riesigen Hände. Er war stets liebenswürdig, unaufdringlich und nett; nur manchmal, wenn sie ihn anschaute und merkte, dass er sie beobachtete, wurde auch sie etwas rot.

Was natürlich niemand vorhergesehen hatte, war, dass Cord sich auf schmerzlich offensichtliche Art und Weise in ihn verknallte. Cord, die doch mit siebzehn noch nie ein Interesse an Jungen gezeigt hatte, außer dem üblichen Lippenbekenntnis zu John Travolta. Aber Hamish wirkte auf sie wie der sprichwörtliche Blitzstrahl, und wie sehr Althea auch wünschte, sie könnte mit ihrer Tochter, deren Wangen vor Verlegenheit rot glühten, wann immer sie im selben Raum wie Hamish war, darüber sprechen, so schaffte sie es doch nicht. Sie und Cord waren nie die Art Mutter und Tochter gewesen, die sich jungmädchenhafte Dinge zuflüsterten, während sie Make-up kauften, und jetzt war es zu spät, um damit anzufangen.

Im Gegensatz dazu schien Hamish ein vollkommen umgänglicher Feriengast zu sein. Sie dachte, er müsse wohl eher verwirrt sein von ihrer eigenen Kälte ihm gegenüber, aber sie wusste, sie musste sich von weiteren Verirrungen fernhalten, wenn sie ihre moralische Überlegenheit gegenüber Tony behalten wollte. Hamish brauchte immer eine gewisse Zeit, um etwas zu sagen, und erst als er schon ein paar Tage da war, erzählte ihr Tony, dass er bis ins Teenageralter Stotterer gewesen war und die Schauspielerei ihm geholfen hatte, dies zu überwinden. Er überdachte alles, was er sagte, ganz anders als die Wildes, die wie ein Schwarm Krähen auf dem Baum pausenlos plapperten. Erst vor zwei Monaten hatte er seine Verlobte Emma verloren, die auf einer landesweiten Tournée mit *Normans Eroberungen* mit ihm Schluss gemacht und sich mit ihrem Regisseur zusammengetan hatte, und Tony sagte, er sei deshalb immer noch sehr niedergeschlagen.

Es wäre gut für Cord, ihre erste Liebe hinter sich zu bringen, und zwar mit diesem gutartigen, sanftmütigen Mann, jemandem, der nicht gähnte, während Cord laut und erregt ihre Ansichten zu moderner Musik erklärte und welche Sänger sie mochte und warum ... Es ließ Altheas Blick starr werden vor Langeweile, aber dabei war Hamish als Schauspieler besser als sie und hörte immer aufmerksam zu. Ja, sie war wirklich froh, dass Tony ihn eingeladen hatte.

Cord wedelte mit einem Chip in der Luft herum. »Na ja, ich meine, manche moderne Musik ist wunderbar, aber viele Stücke tun mir in den Ohren weh.«

»Darum geht es gerade, meine ich«, sagte Hamish lächelnd. »So viel Lärm zu machen wie möglich. Deshalb gefällt es mir. Das Chaos der Klänge.«

»Also, mir nicht. Was ist mit dem lächerlichen Stück, das einfach daraus besteht, drei Radioapparate anzuschalten und sie fünf Minuten spielen zu lassen. Oder einfach viereinhalb Minuten in der Stille dazusitzen. Es ist furchtbar! Ich mag es, wenn Musik einen Sinn hat. Äh ... dass sie schön klingt.«

Hamish lachte nur. »Wie spießig, Cord«, sagte er und lächelte ihr ins Gesicht. »Ich hatte mehr von dir erwartet.«

Ihr Vater lachte. »Er hat recht. Man braucht das Neue. Die Leute fanden damals Mozart furchtbar aufdringlich.«

»Aber heutzutage, meine ich eben, müssen wir die klassische Musik bewahren«, sagte Cord ein wenig zu laut und rot im Gesicht. »Es ist wirklich wichtig. Es gibt zu viel von all dieser anderen Musik, und ich meine nur – Ich meine nur ... Wie auch immer.« Aber der Schwung ging ihr verloren, sie hielt inne, starrte zu Boden und biss sich jugendlich unbeholfen auf die Lippe. Altheas Herz zog sich zusammen, sie fühlte mit ihr.

Hamish nickte und lächelte ihr zu. »Es ist cool, etwas leidenschaftlich zu vertreten. Es gefällt mir. Es bedeutet, dass man Interesse hat.«

»Danke«, sagte Cord förmlich und nahm die Schale auf dem Tisch. »Möchtest du noch Erdnüsse und Rosinen, Hamish?«

»Ja danke, Cord.«

»Äh, keine – keine Ursache.« Ein scheuer Blick zu ihm hinüber. »Jedenfalls, was ich über Koloratur sagte ... Es ist sehr interessant, weil ...« Sie verstummte. »Ach, ich hab's vergessen.«

»Noch ein Martini, Hamish?«

»Sehr gern, Tony, aber ich sollte lieber nicht. Du machst sie furchtbar stark, weißt du.«

»Mein lieber Junge, das ist gar nichts. Eine Schülerdosis.«

»Lass Hamish in Ruhe, Dad!« Mit rotem Gesicht schlug Cord ihrem Vater scherzhaft auf den Arm. »Er will keinen Drink mehr.«

Hamish lächelte über Cord. Sein Blick traf auf den Altheas. »Ich glaube, ich schone mich lieber für später«, sagte er langsam.

Althea fühlte, wie die Anziehungskraft, die sexuelle Gewissheit sie wie ein Schock durchfuhr, wie es seit ... oh, seit Jahren nicht mehr gewesen war. Bildete sie sich das ein? »Gute Idee, Hamish«, sagte sie mit einem langsamen, katzengleichen Schmunzeln, und er errötete, und sein Blick kehrte wieder zu Cord zurück.

O Gott. Zu denken, dass wieder ein junger Mensch sie attraktiv fand! Sie fühlte mit Rücksicht auf Cord einen stechenden Schmerz, aber nur kurz – sie hatte schon beschlossen, nichts dagegen zu unternehmen, und es war gut zu sehen, wie ihre Tochter sich verliebte. Sie bemerkte, dass Isla sie anschaute, und wünschte, ihre Schwester kenne sie nach all diesen Jahren nicht immer noch so gut.

»Ich schau mal nach dem Pie«, sagte Isla und stand auf. »Ich will nicht so spät essen, wo ich doch morgen früh losmuss und so weiter.«

»Ach, Tantchen«, sagte Cord. »Ich wünschte, du würdest nicht gehen.«

»Na ja«, sagte Isla und verschwand in der Küche. »Ja.«

Althea, jetzt schuldbewusst, stand auf und folgte ihr. Mrs Gage hatte ganz genaue Anweisungen in Bezug auf den Pie gegeben, obwohl ihre Augen nicht mehr so gut waren wie früher und sie sich manchmal in den Kochzeiten oder den Mengenangaben täuschte. Die Coronation Chicken Sandwichs letzte Woche hatte sie so stark mit Curry gewürzt, dass sie tatsächlich ungenießbar waren. Althea raffte ihren Rock zusammen und schaute in den Ofen.

»Ich weiß nicht, Isla, was meinst du? Durch oder nicht?« Sie rieb an der uralten, angeschlagenen Emailtür mit Glassscheibe.

»Ach, ich würde sagen, er ist so fertig, wie er wird«, sagte Isla. Sie griff sich die Ofenhandschuhe. »Ich nehme ihn raus, soll ich?«

»Danke.« Althea nahm den Ketchup aus dem Schrank. Eine kurze Pause trat ein. Sie wünschte, ihr würde etwas einfallen, das sie zu ihrer Schwester sagen konnte, aber die Zeit schien die Gräben zwischen ihnen nur zu vertiefen. »Du fährst also morgen früh? Bist du sicher, dass du nicht zum Lunch bleiben willst?«

»Ja.« Isla öffnete die Ofentür, und ein Schwall heißer Luft kam ihr entgegen. »Ich fahr nach dem Frühstück los. Ich brauche freie Fahrt, damit ich zum Tee in Lancaster sein kann. Ich halte dann irgendwo mit meinen Sandwichs an, mach ein nettes Picknick …« Altheas Blick wurde unscharf, und sie sah sich nach etwas anderem um, das zu tun sei. »Es gibt schöne Stellen in der Nähe der M5, ein Ort vom National Trust, wo ich ... Althea, ist mit Tony alles in Ordnung? Ich mache mir ziemliche Sorgen um ihn.«

Althea hatte zuerst nicht richtig verstanden, und dann lachte sie. »Tony? Ihm geht's gut. Nun, so gut wie immer. Warum?«

»Nichts.« Ihre Schwester lächelte ihr altes, tröstliches Lächeln, während sie den Pie hielt. »Ich mach mir auch um dich Sorgen. Ich bin deine Schwester. Er kommt mir anders vor. Er ist irgendwie anders als vorher.«

Althea lachte kurz auf. »Wirklich, Isla, das ist komisch, so etwas zu fragen.«

»Meinst du? Dotty, manchmal glaube ich, du lebst in einer Traumwelt. Zum Beispiel Cord, die sich so sehr anstrengt, von euch beiden wegzukommen; sie ist eine fast erwachsene Frau, und ihr behandelt sie, als wäre sie immer noch die achtjährige Cordy, die gern Listen zusammenstellt. Und dann ist Mads fort, als wäre sie nie hier gewesen ...«

»Das ist ihre Entscheidung, sie arbeitet in diesem Sommer ...«, begann Althea. »Wir haben sie nicht rausgesetzt, Isla, sie sagte, sie wolle diesen Sommer in Bristol bleiben, und im letzten Sommer ...«

»Das mag sein, aber sie brauchte euch, und ich finde, es ist ziemlich beschämend. Und dann Ben, über den kaum gesprochen wird, als sei er gestorben, und du sitzt hier herum, vertust deine Zeit und wartest darauf, etwas über ein Textbuch zu hören.« Wütend ergriff sie die Hand ihrer Schwester; Althea riss sich los.

»Es ist ... Ich werde klarkommen.«

Isla sagte erbittert: »Ja, ich weiß, meine Liebe, *dir* geht es immer gut. Ich mach mir keine Sorgen um dich. Du bist stark.«

»Du redest über mich, als wäre ich eine Zuchtstute.« Althea schüttelte den Kopf. »Isla, lass das. Ich bin Cords Mutter, ich kenne sie am besten. Und ich vermisse Ben, aber er – er wird zurückkommen. Und Mads – sie war ja nie unser Kind, wir konnten sie nicht zwingen hierherzukommen ... Sie werden erwachsen, das ist alles.«

»Ich bring das jetzt raus«, war Islas einzige Antwort, und sie drehte sich um und ließ Althea allein in der Küche stehen.

Wie schon befürchtet, war der Pie trocken und mehlig, schmeckte zu streng für Huhn und war nicht genug gewürzt, und Althea beschloss, ein Wörtchen mit Mrs Gage über ihre Kochkunst und die Dinge im Allgemeinen zu reden, obwohl sie keine Ahnung hatte, wie sie das Thema anschneiden solle. Sie saßen alle schweigend da, und gelegentlich warf sie einen verstohlenen Blick auf Hamish, auf die starken Kiefer, die den Pie kauten, die großen, behutsamen Hände, die langen Wimpern.

Sie fragte sich, ob es so schlimm wäre, ihn zu küssen. Sie wollte es so sehr, obwohl es sie anwiderte, dass sie sich auf diese Weise verraten und ihre eigene Tochter betrügen würde.

Tony unterhielt sich mit Hamish über eine neue Inszenierung von *Othello* im Old Vic, in der Othello weiß war und der Rest der Besetzung schwarz.

»Ich finde, es ist sehr mutig, aber ich bin nicht sicher, dass es funktioniert. Außerdem …«

»Mir gefiel es sehr gut«, sagte Hamish. »Ich meine, es war bemerkenswert, nicht nur die Idee, sondern auch der Rest der Darsteller neben Patrick. Eine ganze Reihe von schwarzen Schauspielern auf der Bühne zu sehen, nicht nur einen oder zwei Alibidarsteller, ich fand es anregend. Die Kritiker fanden das auch, oder?« Er verstummte, als Tony etwas Verächtliches murmelte und sein Glas leerte. Hamish fing Cords bewundernden Blick auf und erwiderte ihr Lächeln.

»Kritiken!« Tony verdrehte die Augen. »Je länger ich lebe, Hamish, mein Guter, desto stärker wird meine Überzeugung, dass die meisten Kritiken keine Übung mehr in kritischem Denken sind. Sie sind für provinzielle Idioten, die keine Ahnung von Kultur haben, oder für einfältige alte Jungfern, die wollen, dass jemand ihnen sagt, welche Meinung sie haben sollen.«

»Blas dich doch nicht so auf«, sagte Althea, schob ihren Stuhl zurück und zündete sich eine Zigarette an.

Cord lachte, schüttelte ihr Haar aus dem Gesicht, und ihre grauen Augen funkelten. »Allerdings. Was für ein Quatsch, Daddy. Du sagst das nicht, wenn sie dich den größten Schauspieler deines Zugabteils nennen, oder worum es gerade geht.«

Tony lächelte seiner Tochter zu. »Du wirst schon eines Tages sehen, was ich meine, Cordy. Es wird dir klar werden, dass die Kritik eines idiotischen Journalisten von einem Abend wertlos ist. Wen interessiert das, wenn du es nur versucht hast, wenn du nur so hart an der Rolle gearbeitet hast, wie du konntest? Wenn du nicht selbst die Rolle *wirst.*«

»Was meinst du damit?«, fragte Hamish ruhig.

Tony beugte sich vor. »Es heißt, dass du alles hinter dir lässt, wenn du diese Bühne betrittst, verstehst du. Allein dort oben Abend für Abend, zutiefst überzeugt von dem, was deine Figur tut, auf einer Bewusstseinsebene vollkommen sie zu sein.« Er blickte Hamish durchdringend an, und dann Cord. »Du bist es, der sie beherrscht, der sie in der Hand hat. Macbeth ist nichts weiter als ein Verbrecher und Schläger, ein zwielichtiger Mörder. Es hängt von dir ab, sie zu überzeugen, dass er ein Dichter ist, ein leidendes Genie. Wenn du sie nicht fesseln und nicht auf jedes Publikum jeden Abend anders reagieren kannst, dann bist du kein Künstler. Und die einzige Möglichkeit dazu ist, absolut zu glauben, dass du die Figur selbst bist.«

»Du kannst das nicht wirklich glauben, Tony, bestimmt nicht«, sagte Althea und schob ihm ihr Glas zum Auffüllen hin, dabei Islas wachsamem Blick vom anderen Tischende her ausweichend. »Du würdest dich selbst in den Wahnsinn treiben, wenn du glaubtest, jeden Abend tatsächlich Macbeth zu sein.«

»Ist das nicht das, was ich auf einer Ebene gesagt habe?« Er goss ihr nach, dann sich selbst. »Nicht als Ganzes. Es gibt verschiedene Stufen, verstehst du? Aber ja, auf einer Ebene muss man sich in ihn verwandeln.« Er schaute zu ihr hoch, und sein Gesichtsausdruck war erschreckend. Sein einst schönes Gesicht war in der Dunkelheit rotschwarz, das Mondlicht tauchte es in einen makabren Schatten wie ein billiges Monster auf dem Horror-Kasperltheater. »Dann muss man lernen, den Rest seiner Seele zu bewahren, damit man die Chance hat, bei gesundem Verstand zu bleiben.« Er lachte kurz auf. »Vielleicht ist das auch aufgeblasen. Aber zufällig entspricht es der Wahrheit.«

Isla machte den Abwasch und zog sich dann an jenem Abend umgehend zurück. Cord, die ein Zimmer mit ihr teilte, verschwand mit ihr, um packen zu helfen und ihren größten Koffer ins Auto zu bringen; als sie die Treppe hinunterstiegen, plauderte sie liebenswürdig mit ihrer Tante. Tony sagte, er sei müde, ging früh zu Bett und gab fast fröhlich zu, er habe zu viel getrunken, also räumte Althea allein das Geschirr weg. Sie sah, dass Hamish sich noch herumdrückte, auf der Veranda rauchte und zum Vollmond hinausschaute. Er hatte angeboten, ihr zu helfen, aber sie hatte abgelehnt, und trotzdem blieb er in der Nähe; sein langer, schlanker Körper wurde vom Mondlicht angestrahlt, das die ganze Bucht mit einem phosphoreszierenden, silbrigen Schimmer überzog.

Althea sang leise, während sie in der Küche hin und her ging, und vertrieb sich die Zeit vor ihrem nächsten Schritt. Plötzlich war sie ruhiger.

Fünf oder zehn Minuten nachdem unten alles still geworden war, schaltete sie in der Küche das Licht aus, ging auf die Verandatüren zu und hielt inne, um ihn in der Dunkelheit noch einmal zu betrachten. Die Verheißung der Jugend. Die Verheißung der Hingabe, etwas Schlimmes zu machen, wieder etwas zu fühlen, nach all diesen Jahren. War es so böse, all das zu wollen? Die Lippen halb geöffnet, Herzklopfen bis zum Hals, öffnete Althea lautlos die Tür.

Er war verschwunden.

Sie erstarrte, sah eine Bewegung, und dann wurde ihr klar, dass er über das Fleckchen Wildblumen gelaufen war und auf dem dunklen, sandigen Pfad auf das Strandhäuschen zustapfte, in die silbrige, glitzernde Nacht.

Althea folgte ihm. Nach ein paar Schritten trat sie auf einen zerbrochenen Tannenzapfen, und die zackigen Ränder schnitten in die dünne Haut ihres Fußes, was unglaublich schmerzhaft war. Sie musste einen Moment oder zwei warten, biss sich in die Hand und lehnte sich gegen das Strandhäuschen, das das übernächste von ihrem eigenen war. Sie rief ihn schon fast, aber etwas hielt sie noch zurück, was, wenn sie jemand beobachtete?

So begann sie, die letzten paar Meter zu gehen oder eher zu humpeln, und unterdrückte jetzt ein Lächeln, weil es so lächerlich war, und auch herrlich. Einmal oder zweimal meinte sie, er sei sich dessen bewusst, dass sie hinter ihm war, und als er an ihrem Strandhäuschen ankam, blieb er stehen, und auch sie hielt an.

»Hallo?«, hörte sie ihn lachend rufen, es klang übermütig. »Bist du das?«

Altheas Herz schlug bis zum Hals, und sie flüsterte leise: »Ja ...«

Aber er hörte sie nicht und ging die Stufen hinauf. »Ich bin da«, sagte er. »Wartest du schon lang?«

Althea war schon drauf und dran zu antworten, und sie hätte sich vielleicht total lächerlich gemacht, wären ihr nicht plötzlich Islas Worte in den Sinn gekommen.

Du lebst in einer Traumwelt.

Hinter dem Häuschen, das ihrem am nächsten stand, blieb sie stehen, spähte um die Ecke und beobachtete, wie er die Stufen hinaufging. Dort oben war eine Gestalt, die sich schwarz abhob, und das Mondlicht beschien die eine Seite ihres Gesichts.

»Ich bin schon seit Ewigkeiten hier«, sagte die Gestalt mit einem kurzen, leisen Lachen.

Nein. Althea klammerte sich an die Seite des Häuschens, vollkommen regungslos, als hätte ein arktischer Windstoß sie zu Eis werden lassen. Ihre Augen brannten, ihr Magen zog sich zusammen.

»Ich hab gewartet, bis deine Mutter weg war. Sie hat ewig lang gebraucht. Oh, Cordelia ...« Die Stufen knarrten, Hamishs Stimme klang eindringlich. »Ich hab mich den ganzen Abend nach dir gesehnt.«

»Ich auch, aber du hättest mich nicht so berühren sollen beim Abendessen. Ich bin sicher, Mumma hat Verdacht geschöpft.«

»Hat sie nicht. Ich fange an, mich zu fragen, ob sie meint, ich bin scharf auf sie.«

»O nein!« Ein heiteres gurgelndes Lachen. »Arme Mumma. Aber um fair zu sein, früher war das schon oft so.« Cords Umrisse flogen auf Hamish zu, der sie auffing und ihr die Arme um die Taille legte, ihr Haar küsste, ihren Hals, ihre Hände, und Althea wich so weit zurück, wie sie konnte.

»Ich will nicht über deine Mutter sprechen.«

»Lüg nicht. Ich bin sicher, das willst du doch. Sie sind beide Schauspieler, vergiss das nicht. Ich weiß, wie ihr alle seid.«

»Sie anschauen? Wenn du da bist? Nein, mein schöner, schüchterner Engel, das tu ich nicht. Ich tu's nicht. Ich bin auch nicht scharf auf dich.«

Althea hörte, wie die Stimme ihrer Tochter stockte – dann war es still, nichts sonst zu hören. »Oje.«

»Bin ich nicht, weil das für Menschen ist, die mit anderen spielen. Ich liebe dich. Ich bin in dich verliebt. Das weißt du doch.«

»Liebster Hamish ...« Sie hörte, wie die Tür sich knarrend öffnete. »Red keinen Unsinn. Lass uns reingehen. Es ist kalt hier draußen.«

»Ich kann es kaum den Tag über aushalten. Es m...m...macht mich total verrückt. Darauf warten, bis ich mit dir zusammen sein kann ...«

Seine Stimme war belegt, sein Stottern versuchte, sich durchzusetzen. *Er liebt sie wirklich,* dachte Althea, absolut erstaunt. Sie starrte auf die Silhouette ihrer schlanken, glücklichen Tochter, die entspannt und erwachsen war. *Ich kenne sie überhaupt nicht.*

»Ich dachte, sie würden nie gehen, und als Isla sagte, ich solle ihren Koffer rausbringen und von vorn zum Strandhäuschen gehen ...«

»Sie i...i...ist ein prima Kumpel. Wirklich. Ich werde ihr schreiben und mich bedanken. Wenn alles heraus ist. Wann können wir es deinen Eltern sagen?«

»Niemals.«

»Mach keine Witze, Cordelia …«

Ihr Tonfall war locker. »Hamish, ich hab es dir von Anfang an gesagt. Du kannst all diese Sprüche bringen, dass du mich liebst, aber es ist wirklich … Es ist nicht so einfach, oder?«

»Ich weiß nicht, wie du so reden kannst.«

»Du weißt schon, wieso. Du bist fünfundzwanzig, Hamish, ich bin siebzehn.« Cords klare Stimme war gut zu hören in der Nachtluft. »Ich fange im September an der Academy an …«

Hamish fragte sie etwas, seine sanfte Stimme klang entschlossen.

»Aber, ach, Hamish, du verstehst das wirklich nicht. Mumma und Daddy! Sie sind wunderbar, aber mit … Aufgaben als Eltern sind sie nicht gut. Glaub's mir. Dad wird es als einen Angriff auf sein männliches, gutes Aussehen und sein Alter verstehen und wird die Krise kriegen und dich aus dem Haus werfen, und Mumma wird es irgendwie verhindern. Sie sind beide Kinder, das ist das Problem, sie benehmen sich wie Kinder. Ben hat das schon vor langer Zeit begriffen, ich brauchte länger.« Sie klang so sachlich. »Und wir sind jetzt erwachsen, das ist es. Ich bin erwachsen, und ich hab's in die beste Einrichtung der Welt für Gesang geschafft, und ich will nur singen. Ich werde auf keinen Fall tun, was Daddy und Mumma gemacht haben, alles zu vermischen, sodass man gar nicht mehr weiß, was Bühne und was Realität ist.«

Ich sollte gehen, sagte sich Althea. *Jetzt, bevor ich mehr höre …* Scham brannte heiß auf ihren Wangen; immer noch konnte sie sich nicht vom Fleck rühren.

»K…k…komm schon, Cord, verdammt. Kann ich dich nicht in London sehen?«

Sag Ja, du dummes Mädchen, hätte Althea am liebsten gerufen.

Sie konnte nicht hören, was Cord antwortete, dann war es still, und dann sagte er: »Willst du nicht?«

»Ich will bei dir sein.«

»Das habe ich nicht gemeint.«

»Nicht«, sagte sie, und leises Gemurmel und Gelächter folgten.

»Ich … Oh, Hamish, ich glaub es nicht, ich kann nicht glauben, dass es Wirklichkeit ist, du und ich …«

Ihre Stimme verstummte. Nach einem Moment der Stille legte Althea ein Versprechen ab: nie, niemals zu verraten, dass sie irgendetwas von dem Gehörten vernommen hatte. Sie würde von diesem Moment an so tun, als sei alles normal. Sie würde die Rolle annehmen, die sie in *On the Edge* spielte, auch wenn es sie in Angst und Schrecken versetzte, eine verzweifelte, alternde Schauspielerin zu spielen, die in der Unterwäsche vor dem Spiegel stand, die sich betrank, die einen jüngeren Mann küsste und keine neuen Rollen mehr bekam. Sie mussten sehen, dass sie über sich selbst lachen konnte. Sie musste die Rolle des glamourösen, lebenslustigen, immer zum Lachen aufgelegten Püppchens spielen, das jetzt vom Pech verfolgt war … Sie musste den letzten Tropfen aus der Rolle herauspressen, egal, was es sie kostete. Und sie würde ihr Bestes geben. Tony irrte sich, man wurde nicht zur Rollenfigur, sondern man verschwand für zwei Stunden in ihr, sodass man eine Zeit lang nicht mehr man selbst war. Sie würde in der Rolle von Janey verschwinden und würde diesen Abend vollkommen vergessen.

Ihr Fuß tat jetzt weh, der Schmerz durchpulste alle ihre Sinne. Althea schlang die Arme um ihren zitternden Körper. Sie durfte nie jemandem erzählen, wie sie sich fast zur Närrin gemacht hatte, wie weh das tat, schlimmer fast als sonst irgendetwas.

Althea entfernte sich von ihnen, ging zur Bucht hinunter bis dorthin, wo der Strand an das plätschernde Meer stieß, und dann übergab sie sich, erbrach das trockene Huhngemisch und den Wein in einer flüssigen Masse auf den Sand, und sie blieb lange vornübergebeugt stehen, Speichelfäden hingen ihr aus dem Mund wie bei einem Hund. Schließlich kehrte sie zurück zum Haus, wo alles still war und dunkel. Sie stieß sich den Zeh am Türrahmen an und fluchte leise, dann lauter. Es war ja egal, wer sie jetzt hörte, oder?

Oben an der Treppe angekommen, schaltete sie das Licht an und starrte eine Ewigkeit, so schien es, wieder im Spiegel ihr Gesicht an.

Sie sah die Wölbung ihrer Brauen, die apfelgleichen Wangen, die verwirrenden Augen. All diese kleinen Teilstücke, die ihre Schönheit ausmachten. Die jeden Tag, jede Stunde, jede Sekunde älter wurden, sich veränderten, sodass sie vor ihren eigenen Augen zerfiel ... Sie nahm den schalen Geruch des Erbrochenen an ihrem Atem wahr. Während sie sich noch anstarrte, zog Althea langsam einen scharfen Fingernagel über ihre Wange herunter, dass es blutete und einen feinen, roten, fast kerzengeraden Streifen auf ihrer weißen Haut hinterließ.

Im Haus war es ganz still. Unter der Tür von ihrem und Tonys gemeinsamen Schlafzimmer leuchtete ein goldener Strich. Sie sagte sich, es würde bald vorbei sein, der Sommer nahte sich seinem Ende. Und sie war froh darüber. Etwas hatte sich verschoben, aber sie verstand nicht, was.

KAPITEL FÜNFZEHN

Acht Monate später, Frühjahr 1984

An den meisten Tagen wehrte Ben die Einsamkeit ab, indem er in Bristol spazieren ging. Er war jetzt groß gewachsen wie seine Mutter, und obwohl er ein umgänglicher junger Mann war, der neue Freunde finden wollte, machte er sich nichts aus Mannschaftssport. Die anderen jungen Männer in seinem Studentenwohnheim erinnerten ihn an seine gefürchteten früheren Schulkameraden, die wetteiferten, wer bei Rugbyspielen mehr Bier trinken konnte, oder über Gower und Gooch, die beiden Rugbyspieler, diskutierten. Die meisten hatten es nicht geschafft, in Oxford oder Cambridge anzukommen, und taten so, als sei das pseudogotische, viktorianische Wohnheim ein College in Oxford. Sie organisierten Bälle und Dinner mit obligatorischer schwarzer Krawatte, wo blonde Mädchen aufgeblähte Taftkleider in leuchtenden Farben und die Jungen Fliegen in ähnlichen Farben trugen, um sich darzustellen als spaßig, verrückt, bei allem dabei. Ben nahm das zur Kenntnis, er bemerkte alles, aber als unbeteiligter Außenstehender. Es war nicht sein Spielfeld.

Oft wachte er früh auf, vermisste sein Zuhause, sehnte sich nach dem alten Haus an der Themse und Cords Gesang, während sie sich für die Schule fertig machte, oder dem Geruch von Schilfmatten und Mummas Duft. Sein Herz schmerzte ein wenig in seinem winzigen, dunklen Zimmer mit Steinwänden, und er wusste, dass er aufstehen und spazieren gehen musste, um sich besser zu fühlen.

Beim ersten Tageslicht ging er also los über das hügelige Umland und bemerkte verlegen den Schlamm, der an seiner Hose klebte … Irgendwie bekam man es nie hin, die Sachen zu waschen, wenn man es selbst erledigen musste. Oben auf der offenen, freien Fläche über der

Stadt ging er weiter, bis er den in einer Spirale abwärtsführenden Weg erreichte, auf dem er durch Clifton kam, vorbei an Avon Gorge, einer finsteren Schlucht, die so gar nicht zu den artigen, creme- und rosafarbenen, georgianischen, sich an den Felsen schmiegenden Reihenhäusern passte.

Ben mochte die Spannung von Bristol, die Gegensätze innerhalb der Stadt, die heute dort herrschten. Er wanderte, schlenderte und wartete darauf, dass das Café öffnete, in dem sich Bauarbeiter versorgten, denn es bot ab sechs jeden Morgen ein komplettes englisches Frühstück an. Dort wollte er sich niederlassen mit seinem Notizbuch und einem Becher süßen Tee und anfangen zu schreiben. Nur tat er das nie.

Zum Studiengang *Drama and Film* gehörte es, im ersten Jahr ein komplettes Drehbuch zu verfassen. Ben hatte die Idee, über einen Jungen zu schreiben, der von zu Hause ausreißt und drei Tage lang in einer Scheune eingeschlossen ist, während seine Familie inzwischen immer verzweifelter wird, mit abwechselnden Zwischenschnitten, die die Abgeschiedenheit in der Scheune und die Panik der Familie zu Hause zeigen sollten. Es war eine großartige Idee, das wusste er, aber er schaffte es nicht zu schreiben, seine eigene Erfahrung hinderte ihn, und die Szenen, die er schrieb, kamen ihm nicht eindringlich und erschreckend vor. In den Vorlesungen wurde ihm immer wieder gesagt, wie wichtig es sei, seine Figuren in Gefahr zu bringen – aber der Teil mit dem Weglaufen war nicht gefährlich, es war die Familie, aus der der Junge kam, die gefährlicher war, und die Figuren wollten sich auch nicht so benehmen, wie er es sich wünschte. Sie sagten immer wieder Dinge mit der Stimme seines Vaters oder der von Mads oder Mrs Gage.

Wenn er vom River Walk und dem Bosky weg wäre, von den Fesseln des Internats befreit wäre, hatte er gehofft, dass er einen neuen Anfang machen würde, selbst seine Persönlichkeit entwickeln, nicht mehr so sehr im Schatten seiner berühmten Eltern und seiner ungestümen, jüngeren Schwester stehen würde. Aber er konnte immer nur an sie denken, an alle, und dass er nicht wirklich dazugehörte, niemals dazugehört hatte und niemals dazugehören würde.

Er hatte sich gewünscht, dass er Bristol mögen und sich die Erfahrung voll zu eigen machen würde. Aber in letzter Zeit fürchtete er, es zu hassen.

Dann geschah jedoch ein Wunder.

* * *

Eines besonders unproduktiven Morgens im Café hob Ben den Blick, als ein heftiger Windstoß eine Blumenampel gegen die Scheibe schubste. Er sah eine Gestalt in einem Umhang vorbeieilen, rote Schuhe an den Füßen, Haare wie Zuckerwatte in Mittelblond, die hinter ihr herwehten.

Hätte er da nicht aufgeblickt, hätte er sie dann wiedergesehen? Hätten sie sich zufällig getroffen? Das Schicksal würde Ja sagen, aber Ben war nie sicher. Als er älter war, versuchte er darüber zu schreiben, über sie zu schreiben, aber er konnte sie nie ganz einfangen. Sie war nie erreichbar, und es erschien ihm danach immer als ein Wunder, dass er sie an jenem Tag sah.

»Mads!« Er stieß den Tisch zur Seite, warf seine weiße Porzellantasse um und hastete zur Tür. *»Mads! He!«*

Durch eine schwindelerregend steile Gasse, die sich mitten durch Clifton wand, folgte er ihr – vorbei an verborgenen Fahrwegen und hoch oben stehenden weißen Stuckreihenhäusern, die von schwarzen Geländern eingerahmt waren. Immer wieder verschwand sie, das dunkelblaue Cape oder der Umhang, den sie trug, bauschte sich wie eine Glocke um sie, ihre Schuhe leuchteten rubinrot unter den Bäumen weit vorn in der Gasse. Wieder und wieder rief er nach ihr, aber sie drehte sich nie um; offensichtlich wollte sie ihn nicht mehr sehen. Schon begann ihm in den Sinn zu kommen, was er Cord im nächsten Brief schreiben würde.

Verdammt noch mal, Cordy. Mads hat nicht mal Hallo zu mir gesagt. Wer bist Du denn, dass Du meinst, Du kannst Gott spielen? Wieso kümmert es Dich, wenn wir uns ein paarmal geküsst haben? Wir haben nichts Schlimmes getan, aber Du hast sie vertrieben, als wäre sie eine Verbrecherin. Sie tat doch keiner Fliege etwas zuleide.

»*Mads!*«, brüllte er ein letztes Mal.

Und da geschah es. Sie hielt am Straßenrand an und nahm ein Paar Kopfhörer ab, wickelte vorsichtig das Kabel um einen Sony Walkman – rot wie ihre Schuhe –, drehte sich auf dem Gehweg um und schaute zu ihm hoch. Dieses silbrige Haar, von dem er geträumt hatte, flog um ihr kleines stirnrunzelndes Gesicht, und dann, mit den Augen nach dem suchend, was sie gehört hatte, traf ihr Blick auf ihn.

»Oh!«, rief sie aus, und das Cape kräuselte sich um sie herum, als sie beide Arme hochhob und jetzt hektisch winkte. »Ben? O meine Güte, du bist es wirklich. Ben!«

Ihre blaugrauen Augen, flüssiges Silber wie das Meer in der Bucht nach einem Sturm, ihre geröteten Wangen, normalerweise so blass, ihre dünnen, kleinen Hände mit den abgekauten Nägeln und winzigen, geschickten Fingern, die einen Käfer behutsam an einem Bein hochheben oder eine Wimper von einer Wange klauben konnten ... Ben starrte sie hilflos an, als sie ins Blickfeld rückte und den steilen Hügel heraufgerannt kam. Er wusste nicht, was er sagen sollte. Er war sich nur eines klopfenden Schmerzes im Stumpf an seiner Hand bewusst und eines drängenden Gefühls, das ihn aber auf der Stelle festhielt.

Das Leben hatte Ben inzwischen beigebracht, dass man pragmatisch sein musste, trotzdem hatte er ständig an Mads gedacht, seit sie sich vor anderthalb Jahren zuletzt gesehen hatten. Und jetzt, da sie ihm fast schon gegenüberstand, wusste er nichts zu sagen.

»Was hast du gerade gehört, Maddy?«, fragte er, als sie an seine Seite trat. Er machte ein nickendes Zeichen zu dem Walkman hin.

»Kate Bush«, sagte sie keuchend.

»*Never for Ever?*«, fragte er.

»*The Kick Inside.* Ich hab's endlich auf Band bekommen, zu meinem Geburtstag. Ich hatte vergessen, wie erstaunlich es ist. *The Man with the Child in His Eyes.*«

»Ich höre sie nicht mehr. Ich vermisse sie.«

»Oh, Ben, wirklich? Du vermisst sie wirklich? Ich bin zurzeit total auf sie fixiert. Ich meine, sie ist ein richtiges Genie.«

Er nickte. »Ich auch. Aber *Never for Ever* ist besser als *The Kick Inside.*«

»Nein, überhaupt nicht«, sagte sie, grinste aber dabei, und er grinste zurück, und da waren sie beide, als wäre keine Zeit verstrichen, aber sie waren jetzt Erwachsene. »Ben, wusstest du, dass sie an einem neuen Album arbeitet? Es war im Radio letzte Woche, und ...« Sie unterbrach sich, legte ihre Hände neben seine auf das Geländer und blickte zu ihm auf. »Vergiss das alles. Warum bist du in Bristol? Du wohnst doch nicht hier, oder?«

»Ich studiere hier. Theater- und Filmwissenschaft.«

»Nein, wirklich? Ich auch. Ich studiere Konstruktion und Entwicklung.«

»Aber du bist doch aus Bristol.«

»Was soll ich sagen?«, meinte sie achselzuckend. »Ich bin eben ein Nesthocker. Hab zu viel Angst, um irgendwo anders hinzugehen, und ich kann in Tante Jules' alter Wohnung wohnen.«

»Was ist mit deinem Vater?«

Sie schüttelte den Kopf. »Er ist gestorben ... Wusstest du das nicht, Ben?«

»Ach. Nein. Mein – mein Beileid.« *Mein Beileid?* Er blinzelte und wünschte, er wäre erfahren und lebenskundig, ein gestandener Mann, der solche komplexen Situationen bewältigen konnte, und rieb an dem Stumpf seiner Finger. »Äh ... Es tut mir wirklich leid. Was ist passiert?«

»Er hatte einen Herzinfarkt«, sagte Mads und schüttelte den Kopf. »Er war auf dem Rückweg aus Filton und hielt in einer Parkbucht an, und man hat ihn tot dort aufgefunden, zwei Tage später. Ich musste ihn identifizieren. Musste alles organisieren und ... Na ja, wir waren uns nicht nah, weißt du ...« Sie schüttelte den Kopf und schaute mit einem knappen Lächeln zu ihm hoch. »Er war nicht sehr nett. Das weißt du ja. Jemand sagte das zu mir bei der Beerdigung. Ein alter Kollege. Tante Jules ist nicht mal rübergekommen. Es waren letzten Endes nur sieben Leute. Ich, der Pfarrer, zwei Kollegen von ihm aus der Fabrik in Filton, eine Cousine aus Dundee, ein alter Mann, dessen Namen ich nicht verstanden habe, und eine Dame, die in unserer Straße wohnte.« Sie senkte den Kopf. »Er war nicht sehr nett, aber es war eine armselige Versammlung. Tante Jules sagte immer, es sei nicht ganz seine eigene Schuld gewesen, dass es ihr Dad war, der sie beide verkorkst hat, weißt du, dass er zerbrach, nachdem ihre Mum gestorben ist. Aber trotzdem ... Ich kann ihm nicht verzeihen.«

Sie hustete und schob ihren Segeltuchrucksack mit chemischen Symbolen und Friedenszeichen zurück über ihre Schulter. Ben erwischte sich dabei, dass er ihre Hand nahm.

»Es tut mir leid. Ich weiß, es war schlimm, aber ich glaube, Cord und ich, wir haben es nie wirklich verstanden, wir waren zu behütet und von allem abgeschottet.«

»Ihr hättet es nicht wissen sollen, niemand hätte es wissen sollen. Deine Eltern haben sich bemüht, ich habe sie deswegen geliebt.« Sie nickte ernst. »Aber selbst sie konnten nicht wirklich verstehen, wie schlimm es war. Weißt du, er gab mir einmal kein Wasser ... Er schloss mich am heißesten Tag des Jahres in mein Zimmer ein, weil ich ihn bei der Arbeit unterbrochen hatte ...« Sie lächelte über Bens Gesichtsausdruck. »Ja, das hat er getan. Ich bat ihn, mir eine Tasse mit Wasser zu bringen, und er tat es nicht. Ich war fünf, Ben. Ich war einen Tag da drin, ich ging nicht zur Schule, habe nichts gegessen, ich habe auf den Teppich gepinkelt, weil ich so sehr aufs Klo musste, und mein Hals ... Er war wie Schmirgelpapier. Ich konnte an nichts anderes denken als an Wasser. Schließlich habe ich irgendwie das Bewusstsein verloren.«

»Mads …« Ben schüttelte den Kopf, der Schmerz presste sich in seiner Brust zusammen. Er drückte ihre Finger. »Hat niemand etwas gesagt? Hat man nicht in der Schule gefragt, wo du warst?«

»Das verstehe ich auch nicht. Sie ignorierten es einfach, wenn ich hie und da einen Tag gefehlt habe oder ein blaues Auge hatte, weil er mich geschlagen oder die Treppe hinuntergeworfen hatte.« Sie sprach jetzt schnell. »Er hat das mal gemacht, und mein Haar war so verheddert, es verfing sich am Treppenpfosten am Ende des Geländers, und das bremste den Sturz, aber ein Teil des Haars wurde herausgerissen, auf der Seite, hier. Und ich wusste vorher überhaupt nicht, was ein Treppenpfosten ist. Sie haben es mir im Krankenhaus erklärt. Aber sie schickten mich wieder nach Haus. Du weißt …«

Sie rieb sich müde die Augen. »Er hat es nicht mit Vorbedacht getan. Er war kein Sadist. Er hatte einfach kein emotionales Sicherungssystem, keine Möglichkeit, sich zu beruhigen. Wenn ihn etwas ärgerte, rastete er einfach aus. Ich habe ihn einmal daran erinnert, dass ich Geburtstag hatte, und er hat mich geschlagen. Er sagte, ich sei böse und deshalb würden wir an meinem Geburtstag nichts unternehmen. Er hat mich mit der Faust geschlagen, Ben, ins Gesicht … Ich war sieben Jahre alt, und er hat mir einen Zahn ausgeschlagen.« Sie zog ihren Mundwinkel zur Seite, und er sah eine leere, dunkle Lücke in der Zahnreihe. »Es war noch dazu ein neuer Zahn, ich war so stolz auf ihn. Aber dann kam ich später nach unten, und er weinte. Er schluchzte und schluchzte, sehr leise, so ein Zischen, und er hatte die Augen mit den Händen bedeckt. Er war so ein unglücklicher Mann. Ich glaube, das war damals, als Tante Jules auftauchte. Ich denke, er muss sie damals gerufen haben. Sie hatten eine Abmachung für zehn Jahre. Sie kam aus Australien, um sich um mich zu kümmern, und ich ging auch ins Internat. Ich glaube, er wusste, dass er mich umbringen oder etwas Dummes machen würde. Und …« Sie umklammerte seine Hände. Ihr kleines Gesicht war weiß. »Ich kann nicht glauben, dass ich nach all diesen Jahren das alles zu dir sage. Ich will damit aufhören, aber ich kann nicht. Ich habe es nicht wirklich ausgesprochen. Noch nie. Wie geht es dir? Wie geht es allen? Sag's mir ... Wie geht's ...«

Er unterbrach sie. »Es ist alles in Ordnung«, hörte sich Ben sagen. »Vergiss sie mal kurz. Vergiss sie, Mads.« Er legte seinen Stumpf in ihre Handfläche und schlug Zeigefinger und Daumen um ihren Daumen und führte sie einen steilen, gekrümmten Pfad hinauf, auf dem er ein paar Tage zuvor bei seinen Wanderungen gegangen war. Sein Herz pochte vor Zorn, Traurigkeit und reiner Freude zugleich, dass er sie wiedersah. Er war benommen, aber gleichzeitig sehr ruhig.

Am Rand einer heruntergekommenen Bogenstraße gab es eine kleine Kneipe, die Cider in Schoppengläsern anbot, weil er so stark war. Zu dieser Tageszeit waren noch die Rollläden unten und die leeren Aschenbecher umgedreht. Sie setzten sich auf die Bank draußen auf dem Pflaster und schauten über den Brandon Hill hinaus, zu den Hafenanlagen hinunter.

Eine Weile schwiegen sie, eine Minute oder so. Schließlich sagte Ben wieder: »Es ist schrecklich. Es tut mir so leid.«

Sie schüttelte den Kopf. »Es ist schrecklich, nicht traurig zu sein, wenn einem der Vater gestorben ist. Aber ich hätte euch alle nicht kennengelernt, wenn er nicht so scheußlich gewesen wäre. Und jetzt bin ich frei davon.« Eine wässrige, blasse Sonne flimmerte über der Stadt unten. Sie wandte sich zu Ben um.

»Weißt du, mein Freund Johnny hat etwas zu mir gesagt, im Pub am Abend nach der Beerdigung. Johnny ist wirklich klug. Er sagte: ›Nach allem, was du über deinen Dad gesagt hast, hinderte er dich daran, richtig zu leben. Er hat dich daran gehindert, dich zu verlieben oder von der Zukunft zu träumen, eine Karriere zu haben oder Kinder oder etwas von all diesen Dingen ... Er war wie eine Sperre für dein Herz.‹ Und er sagte: ›Also jetzt, da er nicht mehr da ist, kannst du anfangen zu leben.‹ Und ich ... Verstehst du, genauso ist es. Er kam so zur Welt. Wurde traurig und böse geboren und einfach nicht sehr nett.«

»Weißt du, ich bin nicht sicher, ob es hilft, aber mein Dad sagte auch etwas Ähnliches über ihn«, antwortete Ben und biss sich auf die Lippe, so anstrengend war es, nicht danach zu fragen, wer Johnny war.

»Der liebe Tony.« Sie presste ihre Hände ineinander und lächelte Ben zu, und sein Herz jubelte. »Er hatte recht, wie immer. Daddy hasste ihn, und es kam einem immer so kleinlich vor. Er hat im Krieg so viele Probleme für Tony und Tante Jules gemacht. Sie hat ihm nie vergeben.«

»Was hat er getan?«

»Ich glaube, es ging eher darum, was sie taten, wenn du weißt, was ich meine«, sagte Mads, schaute ihn wieder an, zog die Augenbrauen hoch, und er lachte.

»Das leuchtet ein, was meinen Vater angeht«, meinte er.

»Na ja, sie war immer ein freier Geist, Tante Jules, weißt du. Sie würde dir sehr gefallen.« Ihr Lächeln verlor sich. »Sag, wie geht's deiner Mum?«

»Sehr gut, danke. Diese neue Sitcom, in der sie spielte, das ist schon was Besonderes.«

»Ich habe letzte Woche ein Interview mit ihr in der *Times* gelesen«, sagte sie. »Man war sehr ablehnend.«

»So etwas ist noch nie zuvor gezeigt worden. Eine ältere Frau spricht in einen Spiegel, trifft sich zu Verabredungen mit Männern, trinkt etwas zu viel, stell dir das vor!« Ben lächelte. »Ich bin zu einer Videoaufzeichnung gegangen. Bei einer kurzen Aufnahme ist sie im BH. Das hat sie alle in helle Aufregung versetzt. Wäre es ein knapper Bikini gewesen, dann wäre es kein Problem. Da sieht man mal wieder, wie mit zweierlei Maß gemessen wird.«

»Ist es gut?«, fragte Mads ernst.

»Ja, es ist fantastisch. Etwas ganz anderes und Neues, aber natürlich spielt *sie,* und sie ist so etwas wie ein Nationalheiligtum, glaube ich, deshalb macht es die Pferde scheu, dass sie so gewagt ist. Aber sie begeistert mit dem Stück.«

»Dein Dad ...«

»O ja, na, er freut sich sehr für sie«, sagte Ben etwas zu schnell. »Er sagt, er hätte ihr gleich geraten, die Rolle anzunehmen.«

Mads nickte. »Und … wie … geht's Cord?«

»Okay, glaube ich.« Er wiegte den Kopf hin und her, ein Ausdruck der Ungewissheit. »Ich weiß nicht. Seit Weihnachten habe ich sie nicht gesehen. Ich fahre manchmal nach London und besuche sie alle, aber … ich sehe sie alle selten.« Er ließ den Blick über die Dächer schweifen. »Sie hat im September an der Royal Academy angefangen. Sie hat viel zu tun.«

»Ach, das ist großartig.« Mads nickte nachdrücklich. »Ich wusste nicht … Sie hat nicht auf meine Briefe geantwortet … Ich will nur wissen, ob's ihr gut geht.« Sie räusperte sich und beruhigte sich wieder.

»Es geht ihr sehr gut.« Er streckte die Hand aus und wollte ihren Arm berühren. »Manchmal frage ich sie, ob es ist wie in *Der Weg zum Ruhm* und ob sie ein gelbes Trikot und Stulpen tragen muss und ob die Leute auf den Fluren vor sich hin trällern und auf der Treppe vorm Eingang Tanznummern üben. Es macht sie total wütend. Sie nimmt es sehr ernst.«

Mads lachte glucksend.

Ben hielt inne. Dann sagte er: »Äh … Weißt du, ich habe ihr gesagt, sie hätte sich doch absolut idiotisch benommen wegen der ganzen Sache, und ich glaube, sie fand das auch.«

»Welche Sache?«

»Du … und ich …« Er spürte, dass er rot wurde bei der Erinnerung an die heftigen, ungeschickten Knutschereien mit Mads im Strandhäuschen, an die Erregung, als er ihre schwere, seidige Mähne vom Nacken schob, ihr T-Shirt hochzog, an ihre zerschrammten, pulsierenden Lippen, ihre weiche, kühle Haut und an die glückselige Unschuld all dessen … »Es ging sie gar nichts an. Sie benahm sich, als besitze sie dich. Als wärst du nur mit *ihr* befreundet. Ich habe ihr gesagt, das ist Unsinn. Dass du ein Familienmitglied warst.«

»Familienmitglieder tun das nicht, was wir taten, Ben«, sagte sie nüchtern, ihre Augen glänzten heiter, und er rutschte verlegen auf seinem Platz herum und lächelte.

»Hm. Jedenfalls ist sie jetzt ein bisschen vernünftiger geworden. Sie hat einen Freund.«

»O wirklich? Wer ist er?«

»Er ist ein Freund von Dad und Schauspieler. Ein paar Jahre älter als sie, fünfundzwanzig. Er ist total verrückt nach ihr, es ist komisch«, sagte Ben mit der Abgebrühtheit des großen Bruders. »Mein Vater war in *Heinrich V.* mit ihm, und er war gerade verlassen worden, da hat er sich seiner angenommen und ihn letzten Sommer ins Bosky eingeladen, und da ist es anscheinend geschehen.«

»Das ist die aufregendste Neuigkeit, die ich im ganzen Trimester gehört habe.« Mads zappelte auf ihrem Platz herum und schüttelte ihr Haar aus. Er hatte vergessen, wie ungern sie über sich selbst sprach, wie viel wohler ihr dabei war, sich im Leben seiner Familie zu bewegen, nicht ihrem eigenen. »Ist er nett? Wie heißt er? Wie gehen sie miteinander um? Ach du meine Güte.«

»Hamish. Er ist ein netter Kerl. Hat so einen belustigten Gesichtsausdruck, als amüsiere er sich die meiste Zeit. Er findet sie umwerfend komisch. Er ist liebenswürdig. Und er trägt sie auf Händen.«

»Welches Glück für Cord, wie wunderbar!«

Ben zögerte. »Es ist seltsam … Ach, Mads, ich glaube, sie ist nicht so scharf auf ihn. Vor zwei Wochen habe ich einen Brief von ihr bekommen. Er versucht, Händchen zu halten, wenn sie auf der Straße gehen.«

»Du liebe Zeit, das ist nicht Cord.«

»Nein. Sie sagte, sie will sich ihrer Kunst widmen und kann sich nicht verlieben, weil das den Ehrgeiz einer Frau unterminiert. Sie hat so einen Professor, ein Italiener, sehr klein, der sie anschreit und mit Mumma und Daddy telefoniert und schimpft, weil sie ihre Stimme nicht schont. Er meint, sie sollte nicht am Fluss wohnen, es ist zu feucht für die Stimmbänder. Seiner Meinung nach sollte sie sich aufs Singen konzentrieren, und es bleibt kein Raum für etwas anderes in ihrem Leben.«

»Stell dir das vor«, sagte sie kopfschüttelnd.

Die Haustür am Haus neben dem Pub wurde geöffnet. Die Besitzerin kam heraus und blickte sie beide misstrauisch an. Dann schloss sie die Tür zweimal ab und eilte an ihnen vorbei den Hang hinunter. Die Luft fühlte sich plötzlich etwas kühl an.

Ben fragte unvermittelt: »Du musst doch nicht irgendwohin? Frühstückst du mit mir?«

»In fünf Minuten habe ich eine Vorlesung«, antwortete sie. »Ich bin schon spät dran.«

»Ach, eine Vorlesung«, sagte er wegwerfend. »Das kannst du doch ausfallen lassen.«

»Wir von den Naturwissenschaften müssen tatsächlich an den meisten Tagen zu Vorlesungen gehen, nicht wie ihr Künstler, die ihr einfach in Cafés herumsitzt und aus dem Fenster schaut.« Sie biss sich auf die Lippe und unterdrückte ein Lachen. »Aber ... oh, Ben.«

Sie verstand alles, alles. Das hatte sie immer schon getan. »Wenn ich nicht aus dem Fenster geschaut hätte, hätte ich dich nicht gesehen, und das wäre furchtbar gewesen«, sagte er und drückte ihre Hand. Sie zitterte leicht, merkte er. »Dann später? Ich koch dir ein Abendessen, wenn du willst«, sagte er. »Ich komm in deine Wohnung. Wenn – wenn du möchtest.«

»Liebster Ben«, sagte sie und schaute ihn mit leuchtenden Augen an, den Kopf zur Seite geneigt. »Da bist du. Da, vor meinen Augen. Früher haben wir nur gespielt, oder? Vor so vielen Jahren, und jetzt ist es anders.«

»Was meinst du damit?«, fragte er, und das Herz pochte ihm bis zum Hals.

Aber sie schüttelte nur den Kopf und schrieb ihre Adresse und Telefonnummer auf einen Zettel. »Ich muss los.« Sie schob ihm den Zettel in die Hand. »Komm heute Abend. Komm schon früher, komm, sobald du kannst.« Sie rannte die Straße hinunter, ihre leuchtend roten Schuhe trappelten auf dem Kopfsteinpflaster. Er schaute auf die Adresse hinunter, ihre krakelige Handschrift, und sein Herz hüpfte vor Freude.

»Ich komm gleich, nachdem ich eingekauft habe. Ich bring etwas zu essen mit.« Er zögerte und sagte: »W…wär dir das recht?«

»Ja, das wär mir alles recht«, rief sie und war schon fast verschwunden. »Ja, ja bitte.«

KAPITEL SECHZEHN

Juni 1941

Wenn es ein Schönwettertag war, wusste man das, weil in der aufgeklebten Gaze ein winziger Riss war, wo durch die Verdunkelungsjalousien Licht eindrang, und wenn die Sonne schien, fiel ein direkter Lichtstreifen wie ein Laserstrahl von einem der Gewehre von Dan Dares Schurken auf den Boden des Zimmers. Der 21. Juni 1941, der Mittsommertag, war ein solcher Tag. Es war auch Anthonys dreizehnter Geburtstag, und ein Geräusch draußen vor dem Fenster seines Zimmers weckte ihn, ein Herumschlurfen.

Er lag eine Weile da und fragte sich, was Dinah vorhatte und ob er nachsehen oder versuchen sollte, wieder einzuschlafen. Es war zu dunkel, um seine Uhr sehen zu können, aber er war froh. Fast ein Jahr war der Tod seiner Mutter her, und Gott sei Dank war der Sprung im Glas auf dem Zifferblatt nicht größer geworden. Und die Uhr lief bemerkenswert genau. Obwohl er sie jeden Tag getragen hatte, seit er hierhergekommen war, hatte Ant schon geplant, sie heute einfach auf der Kommode liegen zu lassen. Es war ein Geschenk von seinen Eltern zu seinem zwölften Geburtstag gewesen. Hätte er ein Jahr zurückgehen und seinem frischgebackenen zwölfjährigen Ich gesagt, wo es in einem Jahr sein werde, er hätte ... Ja, er wusste, was er getan hätte. Er hätte dafür gesorgt, dass er neben ihr gestorben wäre in jener Nacht. In seinen lichteren Momenten konnte er zumindest über den Gedanken lächeln, dass Tante Dinah ihn von London weg und nach Dorset in Sicherheit gebracht hatte. Hier gab es öfter Fliegeralarm, als er es in Camden jemals erlebt hatte; die Sirenen in Swanage heulten in den meisten Nächten.

Die Geräusche von draußen wurden lauter.

»Sie war verachtet! Verachtet und verlassen! Von den Menschen ver-

lassen! Der Strick hier ist nicht dick genug, Dinah. Ach, ist ja egal, wer wird denn das Ding klauen? In zwei Stunden wird er auf sein.« Eine Pause trat ein. »Aber man weiß nicht, wer hier vorbeikommt, vielleicht einer von der unehrlichen Sorte, dem es womöglich gefällt und der es mitgehen lässt ... Ach, je eher wir es ihm geben und es ist drin, desto besser. *Eine Frau der Schmerzen ... und mit Lei...hei...heiden vertraut.* Oh, was für ein *herrlicher* Tag es ist.«

Ant blinzelte und biss sich in die Fingerspitze. Er stand auf, tätschelte der samtenen Schneiderpuppe, die jede Nacht bei seinem Bett Wache stand, auf den Arm und spähte mit zusammengekniffenen Augen durch den Riss in der Gaze aus dem Fenster. Da stand sie auf dem Weg draußen und kratzte in der Erde, die Röcke mit einem Arm hochgerafft, die großen Füße in den riesigen, flachen Schuhen fest im rechten Winkel auf dem staubigen Boden wie bei einem Clown, das Hinterteil gen Himmel gereckt. Kleine Gänseblümchen und verspätete Veilchen in den Ritzen am Rand des Hauses schwankten in der frischen Sommerbrise.

Anthony schüttelte den Kopf. Wenn er hinausging und ihr Vorhaltungen machte (behutsam natürlich, sie gingen immer höflich miteinander um), dass sie so früh am Morgen so einen Lärm machte, würde sie irgendeine Antwort bereithaben. Das hatte sie immer. Er kannte niemanden, der sich seiner Sache in allem so sicher war, und das war tröstlich, selbst wenn er sich manchmal fragte, ob sie sich immer an die Wahrheit hielt. Jedenfalls stand fest, dass er im Vergleich zum vorhergehenden August sich jetzt mehr für sie erwärmt hatte. Vielleicht mochte er sie sogar, nur ein bisschen.

Es hatte dunkle Tage gegeben, Augenblicke, in denen er dachte, er werde es nicht schaffen zu überleben, hier oder sonst irgendwo. Der Winter war am schlimmsten gewesen. Im Haus war es so kalt und windig, dass sie beide Frostbeulen hatten, und der Schmerz, dass ihm Mutter und Vater fehlten, schien sich in seinem Herzen festgesetzt zu haben; es war wie ein Splitter aus Eis, es tat weh, wenn er atmete. Das Bosky war immer noch voller Krimskrams, und obwohl Dinah darüber seufzte, machte sie keine Anstrengungen aufzuräumen. Für jemanden, der ständig beschäftigt war, konnte sie dabei merkwürdig unproduktiv sein.

In jenem ersten Sommer hatten sie Spaziergänge am Ufer unternommen, aber im Herbst und Winter wurde der Strand unbetretbar; er war übersät mit Minen, mit Stacheldraht überzogen, das Gelände, das von der Küste zum Haus hin anstieg, war mit Drachenzähnen gesäumt, massive Reihen spitzer Betonblöcke, die den Feind aufhalten sollten. Eine Invasion wurde an einem bestimmten Tag, in einer Woche, einem Monat erwartet, und man hörte, dass die Deutschen, wenn sie kämen, in der Worth Bay landen würden. Und obwohl Ant sich sagte, es sei ihm egal, wenn er stürbe, fiel es doch schwer, sich nicht ständig zu fürchten. Alle hatten Angst, man gab natürlich vor, es sei nicht so. Jede Nacht gab es Luftkämpfe am Himmel, deutsche Flugzeuge waren am Harman's Cross und direkt dort in der Worth Bay abgeschossen worden, und der Pilot des letzteren Vorfalls war nie gefunden worden. Jede Nacht allein in der schrecklichen, undurchdringlichen, seidigen Dunkelheit, zitternd vor Kälte und doch schweißbedeckt, fragte sich Ant, was wäre, wenn der Pilot *nicht* in der Bucht ertrunken wäre, was, wenn er noch da draußen wäre und darauf wartete, zu kommen und sie in der Nacht alle in ihren Betten zu töten?

Dann kam der Frühling, und irgendwie wurde sein Leiden etwas leichter durch die helleren Abende, die Lieblichkeit der wärmeren Luft, die Lämmer auf den Feldern und die Dörfler, die ihn jetzt kannten und freundlich zu ihm waren, weil sie Dinah mochten und froh waren, dass die Wildes zurückgekommen waren. Manche von ihnen erinnerten sich sogar an seinen Vater, als er jung war. Philip Wilde hatte Stücke aufgeführt und Eintritt verlangt, wenn die Leute sie sehen wollten. Und Tony fand es toll, diese Geschichten zu hören, genauso gern hörte er Dinge über Dinahs Vater, Colonel Wilde, der beim Sonnenuntergang von der Veranda aus gern Schüsse auf den Strand abgab.

»Nee, wir hatten keine Angst, wir dachten, es ist nur Colonel Wilde, der sich 'n Spaß macht, der arme Kerl«, erzählte Mrs Proudfoot Ant einmal. Sie mochte Ant und gab ihm kostbare, in Wachspapier gewickelte Zuckerstangen, wenn er bei ihr vorbeiging, um ihre Einfahrt zu fegen. Dinah schwieg, wenn Ant sie nach ihrem Vater fragte, aber das war nicht überraschend. Ein anderer Nachbar ließ Ant ein Kätzchen für sich aussuchen, als seine Katze Junge geworfen hatte. Ant hatte es sehr gern, nannte es Sweep, und es leistete ganze Arbeit beim Vertreiben aller Mäuse und Ratten, die sich im Bosky eingerichtet hatten, Bücher annagten und zwischen dem Gerümpel von Dinahs Familie und ihrer früheren Lebensabschnitte lebten.

Aber hauptsächlich bewirkte Dinah selbst, dass alles besser wurde, aufgrund der Tatsache, dass sie in allen Dingen so herrlich sicher war. Allerdings verstand er sie in Wirklichkeit nicht besser als vor einem Jahr, denn sie aß mit den Fingern, redete in fremden Sprachen, wenn sie den Abwasch machte, wusste nichts über Filmstars oder Radioprogramme, kannte aber Hunderte von Liedern, manche davon äußerst anstößig, die sie bei Ausgrabungen aufgeschnappt hatte. Sie mochte Käse und versuchte, welchen aus dem Quark herzustellen, den sie von der Farm geschenkt bekam. Sie hielt sich fatalerweise Bienen (der Schwarm flog weg) und Hühner (Ratten fraßen die Eier, Füchse fraßen die Hühner). Sie pflanzte Gemüse an, das entweder nie aufging oder sofort ins Kraut schoss. Sie stützte sich auf ihren Spaten in dem winzigen Garten seitlich vom Haus, die starke, schmale Hand an die Stirn gelegt, Löckchen hingen ihr lose ums Gesicht, und sie betrachtete mit gerunzelter Stirn die umgegrabene Erde. Sie hatte versucht, der Heimwehr beizutreten, und war empört, als man sie lachend ablehnte.

Er war nie sicher, was sie von seinen Problemen begriff. Aber irgendwie hatte sie seine Angst vor der Dunkelheit erkannt, deshalb brachte sie ihm bei, in seinem Zimmer Mah-Jongg zu spielen (Jahre später wurde Tony klar, dass die Version, die er so gut kannte, keine Ähnlichkeit mit dem tatsächlichen Mah-Jongg hatte, dass sie die Regeln verändert hatte, damit es für zwei Spieler funktionierte, sie hatte es so zurechtgemacht, dass es für sie beide passte, wie bei so vielen Dingen). Oft blieben sie bis spät in die Nacht auf und tauschten die schönen Mahagonispielsteine mit Perlmuttsymbolen, bis er vor Müdigkeit ganz schlapp und der Docht der Öllampe fast heruntergebrannt war und Dinah sich hinausschleichen und ihn fest schlafend zurücklassen konnte. Mit dem uralten Teleskop, das die mysteriöse Daphne ihr widerwillig aus der Wohnung in South Kensington geschickt hatte, und den Büchern, die zu dem Thema in der Bücherei in Swanage zur Verfügung standen, lehrte sie ihn die Grundlagen der Astronomie. Die Leichtigkeit, mit der sie sich Wissen aneignete, erstaunte ihn, und doch überforderten sie einfache Dinge, wie einen Durchgang freizuräumen, damit man vom Wohnzimmer auf die Veranda gehen konnte, oder daran zu denken, dass die Hühner eingesperrt werden mussten, oder die Milch in die Speisekammer zu stellen. Daher verwirrte sie ihn jedes Mal, wenn er glaubte, ihre Ansichten oder ihre Vorgehensweise zu verstehen. Zu Anfang kam sie mit Lügen, er wünschte, sie würde das lassen, nur kleine, etwa wenn es darum ging, wo sie gewesen war. »Ich war oben am Bill's Point«, wenn er sie im Dorf gesehen hatte, weil er selbst dort gewesen war. Oder wenn es darum ging, woher das Essen kam, oder manchmal waren ihre Geschichten über das Leben in Bagdad nicht recht stimmig. Aber Ant hatte einen Schulkameraden gehabt, Peters, der nur log, wenn er aufgeregt oder nervös war. Wenn man ihn deswegen zur Rede stellte, log er noch mehr. So war es mit Dinah. Als das Leben im Bosky die Form einer gewohnten Routine angenommen hatte, verdrehte sie die Tatsachen weniger. Und Ant fand auch, dass es eigentlich keinen Schaden anrichtete. Schließlich war es eine Abwechslung. Das Leben mit ihr war sonderbar, lustig, frustrierend, anregend – aber nie langweilig.

Während Ant sich wieder hinlegte und dabei mit dem Fuß das Mah-Jongg-Spiel unters Bett schob, verklang das Schlurfen und das leise Singen. Er starrte das Foto von ihm und seiner Mutter auf dem Brighton Palace Pier an, das immer an seinem Bett stand. In gedrückter Stimmung fragte er sich mit Schrecken, wie seine Großtante wohl

Geburtstage und den Mittsommertag feierte. Sie war ja Spezialistin dafür, große oder kleine Anlässe zu zelebrieren.

Obwohl sie selbst selten den Gottesdienst besuchte, ging sie mit Ant an Fest- und Feiertagen wie Weihnachten und Christi Himmelfahrt in die Kirche und brachte ihn dann in schreckliche Verlegenheit. Ihre Knie stießen gegen die schmalen Kirchenbänke, wenn sie sich setzte, und ihre mächtige Stimme hallte von den alten bunten Kirchenfenstern wider. Sie hatte eine schöne Stimme, tief und rein, aber sie sang viel zu laut und sprach jedes Wort überdeutlich aus. *(»Ich schau dich aahahan, Herr Jesus Chrihihist ...« »Oh, Chrihihist! Siehst du sie? Auf der heil'gen Eheheerrde?«)*

Der Pfarrer, Reverend Ambrose Goudge, war ein freundlicher Mann mit ausdrucksvollen Augenbrauen. Durch den Krieg von seiner High-Church-Gemeinde in Pimlico in ein schläfriges englisches Dorf versetzt, in dem man jetzt entweder die Auslöschung durch einen grausamen Angriff aus der Luft oder eine deutsche Invasion zu Land befürchtete, nahm er die nicht unbeträchtliche Herausforderung an, die Gedanken der Einwohner vom Krieg abzulenken, mit welchen Mitteln auch immer. Er hatte eine lokale Theatergruppe gegründet, die auch schon eine ausverkaufte Aufführung von *Mother Goose* gegeben hatte, und war voller Ideen, was man als Nächstes unternehmen könnte.

Der Pfarrer schwärmte für Dinah und gewöhnte sich an, zum Tee vorbeizukommen. Ant sah schon früh, dass die meisten Männer Dinah mochten, aber auf eine merkwürdige Art und Weise, anders als die, in der sie seine Mutter mochten. Sie behandelten sie auf Augenhöhe, nicht wie eine Frau, deren Hand man galant küsste. Mummy lachte leise über ihre Scherze und fragte dann, ob es wohl später regnen werde oder ob er wohl so nett sein könnte, die Milch zu reichen. So war Tante Dinah überhaupt nicht. Sie erzählte Mr Hill, dem Anwalt des Orts und bekannten Heimatforscher, sie glaube an Feen und habe in ihrer Kindheit eine Hexe auf dem Dach genau dieses Hauses landen sehen, eine Hexe, die kleine Rosmarinzweige für Zaubertränke mitgenommen hatte. Mr Hill hatte genickt und nach Beweisen gefragt, hatte die Arme verschränkt und genau zugehört, als Dinah ihm davon erzählte, dass in Dorset weiße Hexen gesehen worden seien. Sie fragte den Pfarrer nach Beweisen für die Transsubstanation, aber der Pfarrer lachte nur und sagte, wenn sie Beweise wolle, hätte sie den Sinn der Sache nicht verstanden.

Zu Ostern gab es ein winziges Stück Huhn für beide zum Lunch, freundlicherweise zur Verfügung gestellt von Alastair Fletcher vom Beeches. Sein Garten war groß, und er baute nicht nur Gemüse an, sondern hielt auch Hühner. Ant hatte Angst vor Alastair, der freundlich, aber auch, wie er herausgefunden hatte, sehr streng sein konnte. Er konnte Dinge erledigen wie Drachen reparieren, und gleich nachdem Ant und Dinah angekommen waren, bot er an, ihm beim Bowling auf der sandigen Bahn zu helfen. Aber er hatte eine Art, Ants zu dünnen Arm fest zu packen und ihm zu sagen, er müsse seine Muskeln aufbauen oder seine Wurftechnik sei erbärmlich. Es machte keinen großen Spaß, und nach einiger Zeit ging ihm Ant eher aus dem Weg.

Wie Reverend Goudge war Alastair für die Einberufung zu alt gewesen und war stattdessen ein engagiertes Mitglied der Heimwehr. Und ebenfalls wie Reverend Goudge saß er in den hellen Sommernächten vor der Verdunkelung oft auf der Veranda, schaute auf die Worth Bay hinaus und lachte über Dinahs skurrile Geschichten. Alastair hatte in Oxford »Greats« studiert, was Latein, Griechisch und Philosophie bedeutete, wie Ant herausfand, und er konnte stundenlang von exotischen Orten mit magischen Namen erzählen: das Mausoleum in Halikarnassos, das Minarett der Umayyaden-Moschee in Aleppo, der Tempel des Baal. Dabei war er am glücklichsten; er war ein ernster Mann und widmete sich mit Ernsthaftigkeit seinen Interessen. Dinah, die die Familie Fletcher schon seit Jahren kannte, sagte, er sei nicht immer so gewesen. Seine Frau war vor einigen Jahren an der Grippe gestorben, und ihr Tod, die Kinder und die Fürsorge für sie schienen schwer auf ihm zu lasten. Er war äußerst streng mit Julia, die behandelt wurde wie eine viktorianische Debütantin und überallhin begleitet werden musste, obwohl sie erst zwölf war. Und seinem introvertierten Sohn Ian gegenüber war er ratlos.

Ant mochte sie eigentlich beide nicht. Julia war lästig, sie redete zu viel und sagte Gedichte in einem schrecklich *vielsagenden* Ton auf, und Ian war seltsam. Er hatte eine Stoppelfrisur, brummelte vor sich hin, wenn er überhaupt sprach, und starrte Ant mit fast offensichtlicher Missachtung an. »Niemand mag den armen Ian«, sagte Dinah einmal. »Der Junge muss Qualitäten haben, aber es ist schwer zu erkennen, woraus sie bestehen.«

In den ersten zwei Sommern war Alastair also ein vernünftiger Nachbar. Und es heiterte ihn auf, meinte Dinah, auf der Veranda zu sitzen und sich über belanglose Dinge zu unterhalten, die nichts mit dem Krieg und den Kindern zu tun hatten. Der liebe, vergnügte Pfarrer mochte beides, Dorftratsch und Diskussionen über alte Gräber und Tonscherben, und er war der einzige Mensch, den Ant kannte, der Tante Dinahs fürchterlichen Holunderwein ausstehen konnte. Ant hörte die drei, wenn er im unteren Teil des Hauses im Bett lag, und es machte seine Angst vor der Dunkelheit beherrschbarer, wenn er wusste, dass beim Aufwachen das Murmeln der Gespräche oft noch in sein Zimmer herunterdringen würde.

Dieser Tage konnte er sogar ohne Mah-Jongg regelmäßig sofort einschlafen, denn er war nach jedem weiteren Tag schulischer Ausbildung müde. Die Unterrichtsstunden bei Tante Dinah glichen denen in seiner alten Schule nicht im Entferntesten. Englisch bedeutete Shakespeare, sonst nichts. Geografie bestand daraus, über die Hügel zu laufen und nach Schmetterlingen und ihren Puppen Ausschau zu halten und die Pflanzen und Steine zu untersuchen. Das Beste war Geschichte, voll von Sultanen, die von ihren Söhnen ermordet wurden, oder verrückten, inzuchtgeschädigten Königen mit Zungen so groß wie Schlangen, oder Marie Antoinettes Kleidern im Gefängnis. Getreidegesetze oder langweilige Seeschlachten kamen nicht vor. Nichts am Leben mit Dinah war langweilig.

Ant schaute auf die Uhr neben ihm. Plötzlich lastete der Kummer, dass seine Mutter nicht da war, um ihm zum Geburtstag zu gratulieren, so schwer auf ihm, dass er sich nicht rühren konnte. Er beschloss, er müsse aufstehen. Er wollte sich ein Stück Brot aus der Speisekammer holen, Sweep suchen, die oft nachts in der Küche schlief, und sie, das Brot und sein Buch mit ins Bett nehmen. Wieder einmal las er den *Hobbit.* Zweimal hatte er ihn schon gelesen.

Lautlos und nicht ohne Anstrengung zog er seinen Morgenmantel an, er war zu klein und roch nach Öl, weil er und Dinah einmal versucht hatten, etwas am Auto zu reparieren, und den Morgenmantel als Lappen benutzt hatten. Sie hatte ihn hinterher in der Spüle durchgewaschen, aber ohne großen Erfolg. Er würde es nie zugeben, aber es gefiel ihm, nicht so viel Wert auf gebügelte Kleidung und Perfektion zu legen.

Er schlich die oftmals knarrende Treppe hinauf, kam in das Wohnzimmer hinaus, schob den Verdunkelungsvorhang zur Seite und schaute hinaus auf das Schauspiel der aufgehenden Sonne. Perlmuttern schimmernde Wolkenbänder hingen am himbeerroten und türkisblauen Himmel; er lächelte bei dem Anblick und zog den Morgenmantel fester an sich.

»Eins-zwei, zwei-drei, hopp! Auf und ab und auf und ab ...«

Ant drehte sich um und sah seine Großtante auf dem Boden liegend; die Augen zur Decke gerichtet und offenbar ohne ihn wahrzunehmen, machte sie abwechselnd Sit-ups und merkwürdige drehende Armbewegungen, wobei sie die Arme nach hinten schwenkte. Mit einer Hand stemmte sie sich vom Boden ab.

»Auf und ab und drei und vier! Komm, altes Mädchen, noch 'n paar!«

Anthony sagte: »Morgen, Tante Dinah.« Dinah fuhr zusammen, und ihr Arm gab nach. Überrascht brach sie auf dem Boden zusammen.

»Ach du meine Güte, du hast mich aber erschreckt.«

»Du hast *mich* erschreckt.« Ant fand das unfair. »Ich dachte, du wärst draußen.«

»Ich war draußen. Bin ich dumm!« Sie schüttelte den Kopf und sprang auf die Füße wie eine Katze. »Ich gratulier dir ganz, ganz herzlich zum Geburtstag, mein Freundchen.« Sie packte ihn an den Schultern und küsste ihn fest auf die Stirn. »Mein lieber Junge.«

»Danke«, murmelte er.

Aber sie trat zurück, ließ ihn los, und ihre Augen strahlten. »Was für ein wunderbarer Tag für einen Geburtstag. Deine liebe Mutter war gescheit, dich am Mittsommertag zu bekommen. Also, wir haben allerhand geplant. Ich habe ein Picknick für uns vorbereitet. Schinken, mein liebster Ant. Ich habe Schinken für uns. Frag mich nicht, woher.« Ihre Augen blitzten. »Und Tomaten vom Garten.«

»Nein«, sagte er neugierig. »Richtige, echte Tomaten? Nicht aus unserem Garten!«

»Ja, aus unserem Garten. Es muss irgendwie ein Wunder sein. Ich habe vier gepflückt. Und es gibt einen Kuchen mit echten Eiern.«

Er starrte sie ungläubig an. »Woher?«

»Mrs Proudfoot hat ihn gestern Abend gebracht. Es ist ihr Geschenk für dich.« Sie klatschte in die Hände. »Aber der Kuchen ist für später. Der Pfarrer und Mrs Goudge und verschiedene andere kommen heute Abend zum Essen. Alastair kommt auch. Seine Kinder sind früher zurückgekommen, ihre Schule ist evakuiert worden. Ant blickte finster drein. »Mein Guter, aber ich dachte, da wärst du froh. Kinder, mit denen du spielen kannst.«

»Sie sind nicht mein Typ Freunde. Bei Ian läuft es mir kalt den Rücken runter. Sie ist auch bekloppt.«

»Du kannst nicht Teenager sein und nur mit mir feiern. Du hast ja schon Unterricht bei mir und wohnst mit mir zusammen.«

Ohne wirklich nachzudenken, antwortete er: »Aber das macht mir alles nichts aus. Ich bin gern bei dir.«

Dinahs Gesicht wurde lächerlich rot, und sie hob die Hände und bedeckte ihre Wangen. »Lieber Ant. Willst du jetzt nicht wissen, wo wir unser Picknick machen wollen?«

»Dort? Verlegen deutete Ant auf den sandigen Fleck einer Restdüne vor den Drachenzähnen und dem Draht am Strand, einhundert Meter vom Standort entfernt, und unterdrückte ein Lächeln. Wo sonst konnte es sein? Benzin war jetzt so teuer, dass das Auto seit Monaten auf Backsteinen hochgebockt stand, um die Reifen zu schonen, und was Busse anging, die musste man mit der Lupe suchen.

Sie schüttelte den Kopf. »Aha, nein! Siehst du, reingefallen! Ich dachte, wir könnten nach St. Aldhelm's gehen.«

Das war eine alte Kapelle, die hoch oben auf den Klippen jenseits von Swanage stand. Die Aussicht dort war überwältigend, reichte meilenweit in alle Richtungen, und es gab einen besonders schönen Fußweg, aber Anthony zögerte. Er machte sich nicht so viel aus Aussichten und erinnerte sich an damals, als Dinah ihn zwang, an einem glühend heißen Tag im letzten September zur Square and Compass Inn in Worth Matravers zu wandern, nicht weit von St. Aldhelm's entfernt. Die Hitze machte ihr nichts aus; ihr jahrelanger Aufenthalt im Irak hatte sie gegen die meisten Entbehrungen wie das Fehlen von Elektrizität, heißem Wasser und kühlem Wetter unempfindlich werden lassen. Ants Füße bluteten bereits, aber sie ging trotzdem weiter, den Hut über den Kopf gezogen. Sie wedelte mit den Armen und zeigte ihm interessante Grabhügel und Gesteinsschichten. Dabei murmelte sie voller Begeisterung bei der Aussicht auf die Purbeck Hills, die sich vor ihnen auftaten. Schließlich war er weinend auf einem Kilometerstein zusammengebrochen und hatte sich geweigert, noch weiter zu gehen, fast hysterisch vor Erschöpfung und Wut. Sie hatte ein Auto anhalten müssen, das sie beide zurückfuhr. Als sie zu Hause ankamen, wurde ihm speiübel, und er musste am nächsten Tag das Bett hüten.

»Wie kommen wir denn hin? Tante Dinah, ich hoffe, ich klinge nicht wie ein Waschlappen, aber es ist ein weiter Weg, und an seinem Geburtstag will man vielleicht nicht …« Er verstummte. Sie beobachtete ihn mit einem seltsamen, lächelnden Gesichtsausdruck.

»Aha, verstehe. Na, komm doch mal mit«, sagte sie und führte ihn sanft am Arm. Sie gingen nach draußen auf den Weg.

Da stand ein Fahrrad mit dunkelblauem Rahmen und mattsilbernem, poliertem Lenker ans Haus gelehnt. Als Schleife war ein Seidenschal darumgebunden. Auf dem schmutzigen Sand davor war mit einem Stock folgender Text eingeritzt:

HAPPY BIRTHDAY, LIEBER ANT XXX

Schnörkel rankten sich um die wackelige Schrift. Wann immer er nach draußen auf den Weg am Bosky schaute, sah er sein ganzes restliches Leben lang, egal, wie lange danach, diese Stelle, wo die Buchstaben wieder auf dem schmutzigen, ockerfarbenen Sand erschienen, und hörte, wie sie sie an diesem schönen Morgen des Mittsommertages einkratzte.

Anthony schaute zu ihr hoch. »Gehört das wirklich mir?«

»Es gehört wirklich dir«, sagte sie, lächelte ihm zu, und dabei dachte er wieder, wie schön ihr langes, erwartungsvolles Gesicht war, wenn sie lächelte.

»Oh, Tante Dinah!« Er probierte die Klingel aus, um zu sehen, wie sie klang, die Finger hielten den Lenker umfasst. »Danke. Es ist fabelhaft, es ist super. Aber wie ...«

»Für manche Dinge lohnt es sich, ein bisschen Geld hinzulegen« war alles, was sie jemals dazu sagte.

Das Fahrrad war gebraucht, aber in gutem Zustand. Die Tochter des Eisenwarenhändlers in Wareham war der *Women's Land Army* beigetreten und hatte es mit dem Auftrag zurückgelassen, es zu verkaufen, und es war praktisch neu. Zu Sweeps Missfallen war es den Rest seiner Zeit im Bosky während des Krieges Anthonys treuster Begleiter.

Beim Picknick bewirtete ihn Tante Dinah königlich. Kalter Schinken, Senf, Brot und selbst gezogene Tomaten sind alles, was man für ein wirklich gutes Festmahl braucht, und sie hatte es geschafft, ein merkwürdiges Getränk zusammenzubrauen, aus Minze vom Garten, die sie mit einem winzigen Anteil Zucker kochte. Es war köstlich, obwohl sie sich den ganzen Nachmittag Stückchen von durchweichten Minzeblättern aus den Zähnen klaubten. Die Tomaten waren absolut essbar, wenn auch noch ein bisschen grün, und ein weiterer gärtnerischer Triumph Tante Dinahs waren fünf winzige Erdbeeren, und – die große Überraschung – in ihr großes, seidenes Männertaschentuch eingewickelt, gab es zwei Wunderkugeln und ein Stückchen Schokolade für jeden. Süßigkeiten waren sehr teuer, und man brauchte dafür viele Zuckermarken; Anthony war gerührt.

Als sie auf dem von den Schafen abgefressenen Gras auf dem Rücken lagen und den über den Rand der Felskuppe schwebenden Möwen und den tosenden, sich überschlagenden türkisen Wellen Hunderte von Metern unter ihnen zuschauten, fühlte sich Anthony vollkommen im Einklang mit sich und der Welt. Er spürte, wie die wärmende Kraft der Sonne den Wind durchdrang, spürte sie auf seinen nackten Knien und der Stirn und blickte zur Sonne hinauf. Er wusste, dass drüben über dem Kanal Krieg und ein entsetzlicher Konflikt tobte, aber vielleicht sollte man sich an einem solchen Tag keine Sorgen darüber machen, und das hemmende, klein zusammengerollte Gespenst der Angst in ihm, das sonst quälend auf ihn einstach, sodass ihm übel wurde, verhielt sich heute ruhig.

Der Himmel war weit und von einem klaren Blau. Ant dachte über Mummy und Dad nach. Ob sie von dort, wo sie waren, sehen konnten, ob sie ihm zuschauten. Er hasste den Gedanken, dass sie im Himmel sein und sich um ihn sorgen könnten, wie er sich sorgen würde, wenn er an jenem Tag, als er Mummy allein ließ, statt ihrer gestorben wäre. Er wäre am liebsten aufgestanden und hätte dem Meer und dem Himmel zugerufen: *Es geht mir gut. Ich bin in Sicherheit, alles in Ordnung.* Er starrte in die blaue Unendlichkeit hinauf. *Ich vermisse euch. Ich wünsche mir so, ihr wärt hier.*

Und er spürte etwas, eine Brise, die ihm durchs Haar fuhr, eine leichte Berührung auf seiner Stirn, Gischt, sollte er sich später sagen, aber in dem Moment damals kam es ihm vor, als küsse ihn etwas Unsichtbares. Er strich sich sachte über den Kopf. Tante Dinah neben ihm seufzte zufrieden.

»Mir gefällt es hier«, sagte er und wandte sich ihr zu.

»Es ist ein herrliches Plätzchen, nicht wahr?«, sagte sie, ihn missverstehend.

Glockenblumen nickten im leichten Wind, leuchtend blaue Schmetterlinge flatterten vorbei. Er lächelte. Eigentlich wollte er sagen: *Danke, dass du dich um mich kümmerst.* Aber er tat es nicht. Nach einer Weile rollte er sich auf den Bauch. »Tante Dinah, kann ich dich etwas fragen?«

»Natürlich.«

»Liebst du Alastair Fletcher?«

»Alastair?« Sie lachte und drehte sich auch herum, sodass sie ihn anschaute, Ringellocken ihres weichen braunen Haars hingen ihr ums Gesicht, ihre Augen glänzten. »Um Gottes willen, nein. Wie kommst du auf die Idee?«

Er kratzte sich am Hinterkopf. »Ich weiß nicht. Er bietet immer Hilfe an. Mummy sagte manchmal, man muss sich vor Männern hüten, die Hilfe anbieten.«

Ihr Gesichtsausdruck wurde nüchtern. »Lavinia hatte recht, wie immer.«

»Weil … er kommt in letzter Zeit immer vorbei. Und ihr beiden lacht miteinander.«

»Na ja, er bringt mich eben zum Lachen.« Sie setzte sich auf. Niemals wurde sie ärgerlich, es gab nichts, über das man mit ihr nicht sprechen konnte. »Er ist so verständig und ernst, aber er ist auch so ein lustiger Bursche. Ich wünschte, er …«

»Was?«

»Ich wollte sagen, ich wünschte, er wäre nicht so einsam, aber er hat natürlich die Kinder, und ich glaube, man ist niemals einsam, wenn man Kinder hat, selbst wenn sie fort sind im Internat.«

»Glaubst du das?«

»Ich weiß nicht. Ich halte es schon für wahr.«

»Warst du in Bagdad einsam?«

»Eigentlich nicht. Man ist nie einsam, wenn man in eine andere Welt entfliehen kann. Ich bin dort ich selbst, verstehst du. Hier bin ich eine exzentrische alte Dame und die Tochter eines Spielers, die zu nichts taugt.«

Sein Hals schnürte sich zu. Er sagte: »Wirst du also dorthin zurückgehen?«

»Ja, mein Liebling. Ich hab ja immer gesagt, dass ich das tue, oder? Aber bis dahin werden noch Jahre vergehen.«

»Aber es ist doch alles zerstört dort, wurde gesagt. Wir haben die Stadt wieder eingenommen. Da war doch das Foto in Reverend Goudges *Times*, erinnerst du dich? Ich meine, du solltest nicht zurückgehen. Du hast wahrscheinlich kein Zuhause mehr.«

Aber Dinah schaute über die Klippen hinaus auf Meer, wo zwei große Schiffe in der Ferne die unbewegte Stille des Horizonts unterbrachen. »Hab ich dir schon mal die Geschichte von Gilgamesch erzählt?« Er schüttelte den Kopf. »Es ist die großartigste Geschichte von Ninive. Eines Tages werde ich mit dir dorthin fahren. Die Paläste sind jetzt alle nur noch Schutt, oder sie sind unter modernen Städten verborgen, aber was man sehen kann ... Es ist unfassbar. Tore höher als drei Männer. Steinlöwen mit großen Schwingen bewachen sie, wirklich Furcht einflößend. Und die Könige, die Tafeln, die sie herstellten, die Geschichten über ihre Taten ... Gewaltig. Gilgamesch war ein Herrscher einer solchen Stadt. Er war stolz und hart zu seinem Volk, man litt unter ihm, obwohl er ein starker König war. Aber er hatte einen Freund.« Sie hielt inne. »Einen Freund namens Enkidu, ein weiser, gütiger Mann. Und er wurde *von den Göttern geschaffen,* um Gilgamesch zu zeigen, wie er sich benehmen sollte. Er war besser als die meisten Menschen. Und Gilgamesch begann, ihn zu lieben, und sie wurden sehr gute Freunde. Enkidu machte ihn zu einem guten Menschen. Verstehst du das?«

Ant schaute auf das harte, abgeweidete Gras hinunter. »Hm ... vielleicht. Sein Freund machte ihn besser.« Er wollte fragen, ob das auf sie zutraf, aber irgendwie war ihm klar, dass er das nicht tun sollte.

»Genau. Du musst darauf hoffen, dass es eines Tages geschieht. Eine Person, die dich in allem besser macht. Die dir hilft, ein besserer Mensch zu werden.«

»Eine Frau?«

»Ja, oder ein Freund. Oder ein Kind, wie du. Ich habe nie ... Es gab nie ... Was wollte ich sagen? Du hast aus mir einen besseren Menschen gemacht, da bin ich ganz sicher.«

»Oh.« Ant fühlte sich unbehaglich. Es gab keine Emotionen zwischen ihm und Tante Dinah, nur Gespräche über Essen und alte ägyptische Gräber und solche Dinge. Sie wurde nie wütend. Nie sah er sie aufgebracht. Seit er sie kannte, war sie unerschütterlich gewesen, immer heiter. Zum ersten Mal fragte er sich, ob ihr das gemeinsame Leben und die Gemeinschaft, die es mit sich brachte, auch gefielen.

»Warst du gut beim Auffinden von Dingen in der Wüste, Tante Dinah?«, fragte er, als sie alles vom Picknick zusammenräumten.

»Ja«, antwortete sie. »Das war es, was ich gut konnte. In der Schule war ich nicht gut, hoffnungslos in Mathe oder der tieferen Bedeutung eines Gedichts. Aber ich habe ein gutes Gedächtnis und einen sechsten Sinn dafür, glaube ich, wo etwas versteckt sein könnte.« Ihre Augen strahlten unter ihrem weichen Strohhut. »Der Moment, wenn deine Hände etwas zu fassen kriegen. Etwas, das Tausende Jahre vergraben war, das vielleicht in der Bibel vorkam. Der Tempel hat unter dem Sand Jahrhunderte überdauert, er wird noch in Jahrhunderten da sein. Das gefällt mir. Alles andere im Leben ist eher unvorhersehbar.«

»Ich verstehe«, sagte Ant ernst.

»Sicher tust du das«, sagte sie und lächelte ihm zu, und sie räumten zusammen, wickelten alles sorgfältig in Geschirrtücher und legten es in Tante Dinahs Korb vorn an ihrem Fahrrad. Sie nahm seine Hand. »Ich wünsche dir alles Gute, lieber Ant. Was für ein wunderschöner Tag das heute ist.«

Ant kratzte an seinem Knie und nickte, anschauen konnte er sie nicht.

Auf dem Heimweg sangen sie immer wieder von vorn *It's a Long*

Way to Tipperary, streckten die Beine nach rechts und links und rollten im Freilauf die schmalen grünen Wege hinunter, und obwohl der Wind an Anthonys Wangen kalt war, fühlte er sich warm und im Inneren ganz ausgefüllt.

Dinah hatte auf dem Hin- und Rückweg oben auf den Hügeln und an den Hecken Wildblumen gepflückt, die sie jetzt an den Lenker und den Gepäckträger des alten Fahrrads band, und als sie fuhr, flogen Laub, Blütenblätter und Knospen hinter ihr weg als milder Wirbelwind aus Blumen wie die letzten Blätter, die im Herbst von einem Baum fallen.

Er verglich sie nie mit seiner Mutter, aber später im Leben erkannte er allmählich, wie eigen Mummy immer gewesen war, zum Beispiel, wenn sie weinte, weil ein Leinentischtuch einen Riss bekam, wenn sie wütend wurde wegen eines kleinen Flecks an der Anrichte, wenn sie ihn immer in der Nähe haben wollte, ein Muttersöhnchen aus ihm machte, und er hatte angefangen, sich dagegen aufzulehnen. Bei Dinah war es ihm erlaubt zu werden, wie er wollte, seinen eigenen Weg zu wählen. Wenn er in seinem späteren Leben an sie dachte, kam ihm dieser Moment an seinem dreizehnten Geburtstag in den Sinn, als sie mit Heckenrosen, Gänseblümchen und Lavendel geschmückt, im Pfauenkimono, der sich hinter ihr bauschte wie ein Umhang, die Beine seitlich ausgestreckt, breit und glückselig lächelte.

Er sah sie auf sich zukommen und erlebte einen Moment der Klarheit, ein deutliches Gefühl, dass alles wieder vertraut und sicher sei. Er kannte diesen Weg, diese Wildblumen, die Ecke des Bosky-Hauses, die rechts von ihm vorragte, den Ruf der Ringeltauben in den Bäumen. Er fühlte sich sicher.

Du kannst hier frei sein, Tante D, dachte er bei sich, als sie näher kam. *Du brauchst nicht wegzugehen. Hier ist Freiheit, hier ist es gut. Es geht uns gut. Du darfst mich nicht verlassen.*

KAPITEL SIEBZEHN

An jenem Abend saß Ant auf der Bettkante und zog langsam die Schublade seines Nachttischs heraus. Er nahm die Uhr, die seine Eltern ihm geschenkt hatten, aus der schwarzen Schachtel und schnallte das Uhrenarmband fest. Dann zog er sie auf und stellte sie auf die richtige Zeit. Mit der anderen Hand bedeckte er sein Handgelenk und dachte an den Tag, als sie sie ihm schenkten, während er das leise Ticken in seinen Fingern und bis in den Arm hinauf spürte. Sekunden Zeit vergingen, die ihn weiter von ihnen und seinem alten Leben wegführten.

Oben dröhnten die Nachrichten aus dem großen Radioapparat. Der Home Service brachte einen Bericht über Bomber, die Städte an der Südküste angriffen. Es wurde nicht gesagt, wo, das wurde nie gesagt. Aber er und Dinah, sie hatten beide die Flugzeuge gehört, während sie den Tee zubereitete.

Er hörte, dass Dinah einen Gast begrüßte, er dachte, vielleicht sei es der Pfarrer. Ants Arme waren warm und sonnengebräunt vom Sommer, und er war müde von dem langen Ausflug auf dem Fahrrad und wünschte, er könnte unten bleiben. Aber er stieg trotzdem die Stufen hinauf und berührte dabei die Wand, denn er mochte die Wärme der Holzverkleidung, wenn die Sonne sie den ganzen Tag beschienen hatte.

Plötzlich hörte er vereinzelte Geräusche wie Schüsse, und er erstarrte, sein Herz schlug dumpf und schmerzhaft, bevor ihm klar wurde, dass das Geräusch Klatschen war, keine Schüsse. Er ging weiter zur Veranda, und da stand die Schneiderpuppe, aus seinem Zimmer heraufgeholt und mit einem Papierhut versehen, Alulim, der alte Steinvogel, ein Briefbeschwerer, schwankte auf einem Beistelltisch, und Livingstone, der ausgestopfte Affe, die Puppe Eunice und die Paradiesvögel in ihrem Schaukasten.

»Die sind auch alle hier. Sie wollten dir zum Geburtstag gratulieren«, sagte Dinah und strich sich lächelnd das Haar aus den Augen. Ant starrte sie verwirrt an, dann sah er auch ein Grüppchen dahinter stehen.

Der Reverend und Mrs Goudge waren da, und Mrs Proudfoot mit einem Kuchen, und ihre schielende Tochter Eliza mit ihrem Verlobten Joe Gage, und Alastair Fletcher mit seinen Kindern, Julia schwang sich vom Geländer der Veranda und winkte der untergehenden Sonne, und Ian mit den Händen in den Taschen. Und Phoebe und Roy, zwei andere Kinder vom Dorf in seinem Alter, mit denen er oft herumhing, und der Hilfspfarrer Bob, und ... Ach, er sah nicht, wer sonst noch da war. Alle klatschten, als er erschien, und er spürte, wie seine Wangen brannten vor Verlegenheit, als hätte man ihn geohrfeigt, und dann reichte Mrs Proudfoot Dinah den Kuchen mit den dreizehn brennenden Kerzen, die ihn hochhielt und alle anführte mit *Hoch soll er leben.*

Auf der dünnen Schicht Buttercreme des Kuchens waren als Dekoration kristallisierte Blütenblätter von Rosen, gelb und rosa, zu einem A angeordnet. Der Kuchen lag auf der alten Tortenplatte mit dem blauen chinesischen Muster, die seiner Großmutter, Dinahs Schwester Rosemary, gehört hatte.

Julia Fletcher sang lauter als alle anderen und fügte störende Triller und eine tiefe, dröhnende zweite Stimme zu dem Lied hinzu. Ant ignorierte sie.

Als sie aufhörten zu singen und Ant die Kerzen ausgeblasen hatte, sagte Dinah atemlos: »Alle haben etwas beigesteuert. Jane hat die schönen Blütenblätter aus Zucker gemacht«, sie wies auf die Frau des Vikars. »Die Eier sind von Mrs. Proudfoot, und Joe und Alastair haben von ihrer Zuckerration abgegeben, und ich habe die Sahne und Butter von der Farm vom alten Roger Hardy oben hinter dem Dorf bekommen. Sein Sohn Derek hat sie gebracht.« Sie lächelte einem dünnen

Jungen mit griesgrämigem Gesicht zu, der mit verschränkten Armen am Rand der Veranda saß, als wünsche er sich, überall bloß nicht hier zu sein. »Alle haben dazu beigetragen, wie ich schon sagte, Ant. Das ist alles für dich. Happy Birthday.« Ihre Augen strahlten, und ihre Perlenkette klirrte, als sie ihn umarmte. »Happy, happy Birthday, lieber Junge.«

»O ja, Ant, den schönsten, herrlichsten Geburtstag«, sagte Julia und warf stürmisch die Arme um ihn.

Ian murmelte: »Halt die Klappe und hör auf, dich so furchtbar peinlich zu benehmen, Jules.«

Er zog sie weg, und sie ließ sich mit einem Kichern zurückfallen.

Ant beachtete sie nicht. Sie war *wirklich* nervig. Aber sie konnte diesen schönen Nachmittag nicht kaputtmachen.

Einen solchen Kuchen hatte es noch nie gegeben, und er erinnerte sich an den Geschmack der frischen Eier, der Sahne und Butter, solange er lebte, Jahre nachdem so etwas zu essen schon unerheblich geworden war. Und es gab Sandwichs, auf dünnen Scheiben von einem Kriegsbrot entweder mit hiesigen Krabben, die Julia in Chapman's Pool gefangen hatte, was nett von ihr war, oder mit einem hauchdünnen Belag Fleischpaste und Bratenfett, beigesteuert vom Vikar, und es gab Erdbeeren und eine extrem halb gare Gemüsepastete, die Alastair gemacht hatte und herumreichte, wofür er gehänselt wurde, aber er nahm es relativ gutmütig hin. Die Stimmung war heiter, sogar magisch; dieser Abend hatte etwas, als das Licht einfach nicht schwinden wollte und sie alle plötzlich von einer Bombe getroffen oder erschossen werden konnten, er hatte etwas Glanzvolles. Manche Gäste schleppten die alten Korbsessel über die Verandastufen auf den Sand hinunter, andere blieben auf der Veranda oder auf den Stufen. Derek, der Sohn des Farmers, entschuldigte sich, Ian drückte sich herum und sah unglücklich aus, und Julia plauderte mit Dinah über ihren gemeinsamen Glauben an Feen.

Als die Sonne untergegangen war, stellten sie die Kerzen und die Paraffinlampen auf das Geländer der Veranda, und alle gaben etwas zum Besten. Mrs Proudfoot sang *When Father Painted the Parlour* mit großem Elan, wofür sie eine Runde begeisterten Applaus erntete, Alastair sagte unter bewunderndem Schweigen sehr ernst *There's a one-eyed yellow idol to the north of Khatmandu* auf. Ziemlich schüchtern sang Julia einen kurzen Vers aus *O for the Wings of a Dove* mit einer tiefen, überraschend lieblichen Stimme.

»Das war gut«, sagte Ant zu ihr, und sie hüpfte von der Veranda.

»Oh, du lieber Junge, das ist zu freundlich von dir«, antwortete sie und umschlang ihn mit den Armen, worauf er zurückwich und bedauerte, dass er sie für einen Moment nicht lästig gefunden hatte.

Dann wurde das Geburtstagskind mit viel Nachdruck auf die Bühne gedrängt und sollte eine Rede zum Besten geben. Obwohl er mit Dinah jeden Tag mehr Shakespeare lernte, war Prosperos Rede aus dem *Sturm*, die sein Vater immer beim Vorsprechen deklamierte, die einzige Stelle, die er ganz sicher auswendig konnte.

»Das Fest ist jetzt zu Ende; uns're Spieler,
Wie ich Euch sagte, waren Geister und
Sind aufgelöst in Luft, in dünne Luft.
Wie dieses Scheines lock'rer Bau, so werden
Die wolkenhohen Türme, die Paläste,
Die hehren Tempel, selbst der große Ball,
Ja, was daran nur Teil hat, untergeh'n
Und, wie dies leere Schaugepräng' erblasst,
Spurlos verschwinden.«

Er war nervös und nicht daran gewöhnt, obwohl er vor Daddys Tod in der Schule sehr gern in Stücken aufgetreten war. Er musste sich zweimal räuspern, um über die Stelle *selbst der große Ball, Ja, was daran nur Teil hat, untergeh'n* wegzukommen, denn Daddy hatte immer eine kleine Geste mit den Händen hinzugefügt, die den allgemeinen Zerfall darstellte, aber dann zwang er sich, nicht mehr daran zu denken und nur so zu tun, als sei er Prospero, der auf den Stufen seiner eigenen, magischen, geheimnisvollen Hütte stand und aufs Meer hinausschaute, zum Horizont blickend, mit seinen seltsamen, jenseitigen Untertanen um sich herum, halb wirklich, halb fiktiv. Und plötzlich war es wahr. Er war kein Junge, der gerade das Teenageralter erreicht hatte und an einem Sommerabend x-beinig auf einer Veranda stand. Er war ein Zauberer, ein verbannter Herzog, ein Meister der Magie, mit der Fähigkeit, die Gezeiten zu beherrschen und Stürme heraufzubeschwören. In der Ferne glänzte Venus ruhig am lila-pfirsichfarbenen Himmel. Er richtete den Blick auf sie, und als er zu Ende gesprochen hatte, gab es respektvollen Beifall, aber Dinah betrachtete ihn mit einem merkwürdigen Gesichtsausdruck.

»Du bist sehr gut«, sagte Jane Goudge und küsste ihn auf die Wange, als er die Stufen herunterkam und eher unbeholfen bei ihnen stand. Die anderen standen murmelnd auf. Dinah reichte noch einmal Holunderwein.

»Danke«, sagte Ant. »Man muss ja eigentlich nur Worte auswendig können …«

»Es ist schon ein bisschen mehr, lieber Junge«, sagte Mrs Goudge, die ein Kissen an sich drückte und ihn abschätzend anschaute. »Er hat eine wunderschöne Sprechstimme, oder, Ambrose?«

»Das würde ich auch sagen«, meinte der Vikar.

»Ja, altes Haus, das stimmt«, kam eine Stimme aus den Schatten, die die untergehende Sonne warf.

Ant fuhr zusammen. Eine Frau stand neben dem Bosky mit einem kleinen Schweinslederkoffer.

»Guten … Abend«, sagte er, und der Vikar und seine Frau starrten sie an. »Kann … ich Ihnen helfen?«

»Das will ich meinen. Ich suche Dinah Wilde, ist sie hier?«

Die Goudges gingen zusammen in die Küche, um sie zu holen, und ließen Anthony allein mit der fremden Frau, die näher trat und ihm das Gesicht entgegenstreckte, und Ant musste sich zusammennehmen, um einen leisen Schrei zu unterdrücken.

Ihr blondes, verwuscheltes Haar war elegant kurz geschnitten und lag am Nacken lockig an. Ihre Augen waren blau, ihre weiße Haut spannte sich über schräge Wangenknochen, die ihr das Aussehen einer Eisprinzessin oder eines Naturgeists hätten verleihen können, Ariel zum Leben erwacht, aber ihr hartes, kantiges Kinn hob das wieder auf. Sie hatte etwas Unweibliches an sich, etwas Hässliches, obwohl ihre Augen fast türkis waren und funkelten. Im schwindenden Licht konnte er nur erkennen, dass sie ganz in Grau gekleidet war.

Daran schockierte ihn nichts. Jedoch hatte sie eine Narbe, die über ihre rechte Wange nach unten verlief, eine dünne Linie wie eine Naht, nur am Ende zum Mund hin waren rote Spuren von Stichen zu sehen. Er blinzelte heftig, die Aufregungen und Emotionen des Tages holten ihn jetzt ein, und er nickte ihr zu.

»Du musst der berühmte Anthony sein«, sagte sie mit einer merkwürdig vollen und resoluten Stimme. »Na, das ist ja sehr schön hier. Eine Party, was? Ich bin Daphne. Daphne Hamilton«, sagte sie und streckte ihm eine schlanke weiße Hand entgegen, an der jeder Fingernagel dunkelrot lackiert war. »Ich bin eine sehr alte Freundin deiner Tante. Du *bist* doch Anthony, oder?«

Alastair Fletcher betrachtete Daphne und versuchte, sie einzuschätzen. »Ja, ganz recht, das ist Anthony«, bestätigte er kurz und bündig.

»Ja«, sagte Anthony langsam, es klang jedoch wenig überzeugend, als lüge er. Sie reichte ihm die Hand, er nahm und drückte sie. Sie war kühl, weich und schwer und lag fast schlaff in seiner, als wolle sie sich kaum die Mühe machen, eine Anstrengung auf ihn zu verschwenden.

»Ich habe schon viel von dir gehört, Anthony. Aber, wo ist sie denn nur? Sag bloß, sie hat sich wieder aus dem Staub gemacht.«

In diesem Moment erschien Dinah auf der Veranda, mitten im Gespräch über etwas lächelnd, was jemand gesagt hatte, schon halb wieder dem Haus zugewandt, und dann sah sie Daphne und stutzte plötzlich, zwei Kristallgläser in der Hand, deren grüne Stiele im Lampenlicht glänzten.

»Was tust du hier?«, sagte Dinah. Ant schaute sie an, den Tonfall hatte er von ihr noch nie gehört.

»Guten Abend, Liebling!«, rief Daphne vergnügt. »Meine Güte, ich bin gekommen, um die große Schatzsucherin in Altersteilzeit zu besuchen, wenn das in Ordnung geht.« Sie hielt eine halb leere Flasche Gin in der Hand. »Hab 'ne Flasche Booth's Dry mitgebracht. Ich dachte, es wäre doch schön, sich mal wieder zu unterhalten. Im Moment ist es schrecklich langweilig in der Stadt. Alle sind entweder fort und kämpfen, sind evakuiert, laufen weg wie Feiglinge, oder sie sind schon tot, verdammt noch mal.« Ihr matter Blick fiel auf die brennenden Öllampen, die leere Tortenplatte, wo nur noch Krumen lagen, und die umgefallenen Gläser. »Offensichtlich habe ich die richtige Entscheidung getroffen herzukommen, wenn auch die Züge schrecklich waren, meine Liebe. Ich musste vier verschiedene nehmen, und es dauerte den ganzen Tag, deshalb komme ich so spät. Du hast dein Haar wachsen lassen. Mir hat es kurz gefallen, muss ich sagen.« Sie schaute sich um und lachte. »Nun, ich kann doch bleiben, nicht wahr?«

»Oh.« Dinah setzte die Gläser ab. »Also – natürlich kannst du das, liebe Daphne. Es ist nicht sehr günstig, aber …«

»Ich musste einen äußerst verdächtigen Typen am Bahnhof bitten, mich mitzunehmen«, meinte Daphne, als hätte Dinah gar nichts gesagt. »Hat mich angeschaut, als wäre ich eine Hunnin.« Sie ließ den Blick auf der Veranda schweifen, ihre Vogelaugen nahmen alles wahr. »Jedenfalls, meine Liebe, wollte ich mit dir über Ishtar sprechen.«

»Ishtar?«, fragte Dinah stirnrunzelnd.

»Hör doch zu, Dinah. Du weißt sehr wohl, was ich meine.«

»Ja«, sagte Dinah und nickte wütend. »Absolut, aber komm rein, meine Liebe, ich zeige dir dein Zimmer …«

Die Unterhaltung der anderen Gäste war verklungen, und es herrschte Schweigen. Daphne blickte sich um, sie hatte immer die Kontrolle, das sollte ihm später klar werden. »Hallo.« Sie hob grüßend eine Hand vor der versammelten Gruppe. »Ihre Brosche gefällt mir«, sagte sie zu Mrs Goudge, die wieder von drinnen herausgekommen war.

»Das ist meine liebe Freundin Daphne Hamilton, Assistentin des Kurators der assyrischen Altertumssammlung am Britischen Museum«, sagte Dinah unnötig laut. »Daphne, komm doch rein.«

Sie gingen nach drinnen, die Hand der Fremden lag auf Dinahs Kreuz, um sie über die Schwelle ihres eigenen Hauses zu führen, und Anthony blieb allein auf der Veranda zurück.

»Wer ist das, bitte schön?«, fragte eine Stimme neben ihm, und er schaute sich um und sah Julia Fletcher, die neben ihm graziöse Armbewegungen machte.

»Sie ist die Freundin meiner Tante«, sagte er. »Aus London.«

Er beugte sich vor und spähte an der Ecke des Hauses vorbei auf den Weg hinunter zu den verwischten Buchstaben, Dinahs Geburtstagswünsche auf der sandigen Erde im Dämmerlicht. Sie waren fast ganz verschwunden. Von drinnen im Haus hörte er gedämpfte Stimmen und dann ein leises Lachen. Er zögerte, war nicht sicher, wieso, und dann folgte er ihnen ins Haus.

KAPITEL ACHTZEHN

London 2014

Eine Woche nachdem ihre Nichte wieder aufgetaucht war, ging Cord zum ersten Mal seit Jahren zur Royal Academy of Music. Ihr alter Gesangslehrer, Professor Mazzi, der zu ihr gehalten hatte und einer der wenigen war, die glaubten, dass ihre Stimme eines Tages wiederkommen werde, hatte sie eingeladen, an einer Podiumsdiskussion über Gesangskarrieren nach dem Studium teilzunehmen. Cord hätte alles getan, um darum herumzukommen.

Das alte Buch mit dem kaputten Buchrücken ließ sie nicht los. Der Herbst lag in der Luft, und jeden Abend schlug sie, eigentlich gegen ihren Willen, behutsam eine beliebige Seite auf und begann, Mads' schwierige, gedrängte Handschrift zum zweiten, vierten, achten Mal zu lesen. Sie hatte nur dann so etwas wie Ruhe, wenn sie darin las, und doch graute es ihr jedes Mal davor, die Seiten zu öffnen, denn sie hatte Angst vor dem Schmerz, den es mit sich bringen würde, all das aus der Sicht des Menschen wieder zu lesen, den sie geliebt und so sehr verletzt hatte.

Sie konnte nicht ungeschehen machen, was geschehen war, und sie konnte niemandem erzählen, was sie wusste. In jenem Herbst begann sie wieder zu träumen, zu überlegen, Muster zu sehen, die im Lauf der Jahre aufgetaucht waren, und es war erschreckend, das alles wieder aufzudröseln, denn so lange hatte sie einfach überlebt, indem sie ihre Gedanken gegen das ganze Thema ihrer Eltern, Bens, Mads', Hamishs, ihrer Stimme, des Bosky, des Menschen, der sie einmal gewesen war, abgeschottet hatte. Sie war intelligent genug, es nicht ganz zu unterdrücken, aber sie hatte den größten Teil ihres früheren Lebens, den Teil, der einen zu dem macht, der man ist, jahrelang aus ihrem jetzigen Leben herausgehalten. Jetzt konnte sie nicht verhindern, dass die zwei Teile sich vermischten.

Die Träume waren seltsam, manchmal entsetzlich, Träume, in denen sie wieder dort war, wo sie die alte Hexe am Strand sah, die wie Daddys Tante aussah, wo Wildblumen um das Haus herum wuchsen und es erstickten, wo sie schaurige Anblicke heraufbeschwor: ihr Bruder und ihre Mutter, die sich küssten, eine gewaltige Wasserwoge, die das Haus und die Wildblumen und das Strandhäuschen verschlang und alles wegspülte … Jeden Abend kam sie heim und las abermals Mads' Worte, las noch einmal die Tagebucheinträge eines verschreckten kleinen Mädchens und über die Wärme, die sie bei Cords Familie gefunden hatte. Und Cord begann zu begreifen. Aber sie konnte die Zeit nicht zurückdrehen und ändern, was geschehen war.

In den Nachrichten ging es oft um eine Furcht einflößende Gruppe, die sich IS nannte und große Teile von Syrien und dem Nordirak scheinbar ohne Gegenwehr eroberte. Die Fernsehberichte brachten Bilder von Männern, die nach Mossul hineinfuhren und auf die Steine der alten assyrischen Städte der Umgebung wie Nimrud und Ninive einhackten, von geflügelten Löwen, die sie zu Götzen erklärten, von Statuen der Könige, die Tausende von Jahren vor Mohammed gelebt hatten und die sie zu Ungläubigen erklärten. Cord hatte Beschützergefühle für ihren kleinen Engel, gern stellte sie sich vor, dass er aus einer solchen assyrischen Stadt gerettet worden war, und hatte auf dem überladenen Kaminsims einen Platz freigeräumt. Jetzt blickte er auf Cord hinunter, wenn sie frühstückte oder erfolglos Papiere durchging auf der Suche nach Noten oder Artikeln, die sie beiseitegelegt hatte, oder wenn sie auf dem alten Sofa lag und wieder und wieder bis in die Nacht die Tagebucheinträge las. Sie mochte den unheilvollen Blick der Eule, der sie tatsächlich an Professor Mazzi erinnerte. Am meisten gefiel es ihr, wie die kleine Tafel fein säuberlich zwischen ihrem Plunder stand, als gehöre sie dorthin. Nur manchmal erwischte sich Cord dabei, dass sie sich fragte, ob der Engel sie tatsächlich beobachte, darauf warte, dass Cord etwas tat, und versuche, ihr etwas mitzuteilen. Und dann sagte sie sich, sie sei wirklich dabei, verrückt zu werden. *Ich gehe nicht Mumma besuchen. Ich gehe nicht dorthin zurück. Nichts hat sich geändert*, sagte sie sich, aber zum ersten Mal kam ihr dieser Rückzug und die Abschottung nicht wie eine notwendige Haltung vor, die sie einnehmen musste, um sich zu retten, sie alle zu retten, sondern wie eine Ausrede.

Die anderen zwei Diskussionsteilnehmer waren ein unscheinbarer junger Kontratenor und ein Bariton, der mit Tourneen, Platten und Auftritten in Talkshows sehr erfolgreich gewesen war, allerdings, dachte Cord bei sich, eher aufgrund pompösen Auftretens als aufgrund eines wirklichen Talents.

Die Fragen bewegten sich von technischen Dingen – wie man die Stimme aufwärmt, wenn man Kammermusik in einem großen Saal vorträgt – bis zum Optimismus: Wann sollte ich einen Manager beschäftigen? Und sie freute sich, dass ihr so viele Fragen gestellt wurden wie dem Bariton, dessen leicht aufgeblasene, sich selbst in den Mittelpunkt stellende Art und dessen kommerzieller Erfolg ihn dem Publikum ernster junger Studenten, die vor ihnen aufgereiht saßen, nicht sonderlich sympathisch gemacht hatten. Das Selbstvertrauen der Studenten begeisterte Cord. Sie wussten, sie waren gut, die besten – sie wären nicht von der Royal Academy angenommen worden, wenn sie das nicht wären. Cord bedauerte viele Dinge, aber sie hatte eigentlich nichts dagegen, alt zu werden, graue Haare zu haben, Stechen im Knie oder nichts von Popkultur zu verstehen, denn sie war auf jeden Fall schon immer zu früh alt gewesen. Aber hier in dem warmen, holzgetäfelten Saal, umgeben von Porträts früherer Direktoren und erfolgreicher ehemaliger Studenten, überkam sie plötzlich ein elementarer, brennender Neid auf diese jungen Leute und ihre ungeschädigten Karrieren, auf das, was sie sich nehmen konnten, wenn sie sich dazu entschlossen. Was würde sie nicht geben, nicht für ihre faltenlose Haut, aber für die Möglichkeit, zurückzukehren und es noch einmal zu tun. Sich anders zu entscheiden … Noch ihre Stimme zu haben. Den Mund zu öffnen und diesen glorreichen, einzigartigen Klang wieder zu haben, der ihm früher einmal entströmte … Die Nachmittagssonne fiel in Strahlenbändern durch die hohen Fenster wie Scheinwerfer, und sie blinzelte, plötzlich überwältigt.

Meine liebste Freundin, es ist so wunderbar, sie wiederzusehen ... Ich kann den Rest des Jahres leben, wenn ich ein paar Wochen lang den Sonnenschein ihrer Gesellschaft genossen habe. Sie stellt mir sogar Fragen über mich und will alles Mögliche wissen, aber ich will sie nur reden oder singen hören ...

»Für eine weitere Frage haben wir noch Zeit«, sagte Professor Mazzi, der die Veranstaltung leitete. Er schob seine Brille nervös auf die Nase hoch. »Ja ...« Er deutete auf ein wissbegieriges Mädchen mit übergroßer runder Nickelbrille und hoher Stirn in der zweiten Reihe. »Sie. Oh.« Seine Stimme wechselte in einen anderen Tonfall, klang jetzt resigniert. »Soo-Jin. Welche Frage wollen Sie den Teilnehmern stellen?«

»Meine Frage ist für Miss Wilde«, sagte Soo-Jin und beugte sich vor. »Vielen Dank, dass Sie heute gekommen sind, Miss Wilde.«

Sie zögerte, und Cord, die das für die Frage hielt, lachte verlegen.

»Nun, gern geschehen, allerdings bin ich nicht sicher, ob das wirklich eine ...«

Soo-Jin unterbrach sie. Mit katastrophaler Eindeutigkeit sagte sie: »Ich wollte Sie fragen, was passiert ist, als Sie Ihre Stimme ruiniert haben?«

Man hörte, wie jemand abrupt Luft holte, dann herrschte tiefe Stille.

»Entschuldigung, könnten Sie sich genauer ausdrücken?«, sagte Cord leise. Sie nahm wahr, dass der Kontratenor neben ihr erstarrte, und selbst der Bariton schaute von seinem iPhone hoch. Professor Mazzi ähnelte mehr denn je einer Eule, sagte aber nichts.

»Ihre Stimme war früher perfekt. Wir behandelten letzten Monat englische Lieder und bekamen ein Video zu sehen, in dem Sie Dido sangen, als sie zweiundzwanzig waren, und es war sehr inspirierend.«

Stell dir vor, Cord zu sein und zu wissen, was man werden will, das ganze Leben schon entworfen.

Soo-Jin redete noch weiter. Cord blinzelte und versuchte, wieder in die Gegenwart zurückzufinden.

»Aber ich hörte Sie bei einem Auftritt der *Matthäus-Passion* im Juni. Ihre Stimme klingt nicht mehr so. Es war wirklich sehr schlimm. Bei der hohen Note ist Ihnen die Stimme weggebrochen, und Sie konnten nicht bis zum Ende des Laufs durchhalten, und …«

»Soo-Jin, das genügt.« Professor Mazzi blitzte Soo-Jin an, die ruhig und etwas neugierig mit verschränkten Armen dasaß. »Entschuldigen Sie bitte, Cordelia, Sie brauchen die Frage nicht zu beantworten.«

Verlegene Stille war die Folge. Das Rauschen des Verkehrs draußen schien lauter zu werden wie ein Schwarm heranfliegender Bienen, und Cord hätte sich am liebsten die Hände an die Ohren gepresst. Nicht das, nicht das jetzt noch zu allem anderen. Sie nickte immer wieder verständnislos und versuchte, Zeit zu gewinnen …

»Möchte sonst jemand stattdessen etwas anderes fragen?«, sagte der Bariton plötzlich, und Cord war ihm dankbar dafür.

Aber bevor sie sich bremsen konnte, hatte sie die Hand gehoben und hörte sich, zu ihrer eigenen großen Überraschung, sagen: »Das ist schon in Ordnung. Wirklich. Hören Sie, Soo-Jin. Wissen Sie, was das Epithelium ist?« Soo-Jin schüttelte den Kopf. »Nein? Na ja, dann sollten Sie sich darüber informieren. Es ist die Membran, mit der die Stimmbänder überzogen sind. Ich hatte einmal eine Läsion daran, vor acht Jahren. Ich musste sie entfernen lassen, und bei der Operation ist das Epithel gerissen. Das kann vorkommen, es ist ein sehr heikler Eingriff. Wenn ich jetzt Lehrerin oder Buchhalterin oder jemand mit irgendeinem normalen Beruf wäre, hätte es keinen Unterschied gemacht. Meine Sprechstimme hätte genauso geklungen wie vorher. Aber es riss, und danach fand ich heraus …« Sie konnte den Satz nicht zu Ende sprechen und schluckte. »Meine Singstimme ist schwer beschädigt worden.«

Nun herrschte Stille, nur unterbrochen vom Scharren der Füße auf dem versiegelten Holzboden. Die Studenten hielten den Blick gesenkt und konnten ihr nicht in die Augen schauen. Als wäre sie verschmutzt oder angesteckt.

Soo-Jin jedoch nickte. »Okay. Danke.« Sie fügte hinzu: »Das ist wirklich beschissen, es tut mir leid.«

»Danke.«

»Wissen Sie, wodurch die Verletzung überhaupt entstand?«

Cord schluckte wieder. »Ich – ich habe sie eines Tages bemerkt.«

»Wieso?«

Ich hatte Cord am liebsten von allen. Wenn ich nachts Angst hatte, kam sie zu mir ins Bett, legte die Arme um mich, und unsere Zehen berührten sich.

Sie schaute auf ihre feuchten Handflächen hinunter, die auf dem Holztisch Schmierspuren hinterließen, auf ihre zitternden Hände, und sie faltete sie auf dem Schoß. »Ich habe jemanden angeschrien. Es war kein guter Tag.« Sie hob den Blick, aber alle starrten sie ausdruckslos und verlegen an. »Ich hatte schon Knötchen auf den Stimmbändern, aber sie waren nicht so groß. Gleichwohl hatte ich einen Spezialisten hinzugezogen und erwog eine Operation. Es war nicht sicher, dass ich sie brauchte, oder ob das Risiko zu groß wäre. Aber ich war sehr durcheinander, und ich …« Sie verstummte, konnte nicht weiter.

»Sie wollen uns also sagen, dass wir niemanden anschreien dürfen, ist das richtig?«

Jemand kicherte nervös. Cord zog die Schultern fast bis zu den Ohren hoch.

»Ich hatte einen Streit mit meinem Vater.« Sie spürte, dass sich ihre Kehle zuschnürte und ihr die Tränen in die Augen traten. »Ich erfuhr etwas und war tief bestürzt und verlor die Kontrolle. Jedenfalls, der Grund ist unwesentlich … für Sie. Aber das ist geschehen.«

Plötzlich fühlte sie sich leichter. Sie hatte all das laut ausgesprochen.

»Was für ein Pech«, flüsterte der Bariton ihr leise ins Ohr und klopfte ihr auf den Arm. »Sie Ärmste.«

Pech. Sie hatte es nie anders sehen können als zutiefst verbunden mit ihrem eigenen Schicksal, eine Art Vergeltung, etwas, das zum Mythos ihrer Familie gehörte. Aber was, wenn es nicht so war? Was, wenn es einfach das war: Pech? Sie hatte ihre Stimme beschädigt, sie hatte sich operieren lassen, die Operation hatte nicht geholfen, und es war Pech. Nichts sonst.

Sie lächelte Soo-Jin zu, die fieberhaft in ein Notizbuch schrieb, und ließ die Schultern sinken. *Wie merkwürdig,* dachte sie jetzt. *Sie haben mich gefragt, und ich habe ihnen die Wahrheit gesagt. Und es ist in Ordnung.*

Cord war immer so zielstrebig. Ich finde das sehr tröstlich, ein Mensch, der stets weiß, was er tun sollte. Das war sie immer.

Sie wollte nicht die U-Bahn nehmen, es war ein so schöner Tag. Cord hielt sich nach der Diskussion noch etwas in der Vorhalle auf, denn sie wollte nicht mit den sich zerstreuenden Studenten zusammentreffen. Als sie schließlich gerade gehen wollte und die schwere Tür, an die sie sich so gut erinnerte, direkt hinter ihr zufiel, hörte sie, dass jemand ihren Namen rief. Sie hielt den Kopf gesenkt und ging weiter auf das York Gate zu und in den Park, über die Brücke, unter der sich das schlammige grüne Wasser träge dahinwälzte und die Bäume regungslos standen, der Himmel war von einem grellen, herbstlichen Blau.

Plötzlich kam ein Moped mit quietschenden Reifen genau vor ihr zum Stillstand, und Professor Mazzi, der seinen Helm abnahm, sagte verärgert: »Ich wäre beim Überqueren der Straße gerade fast ums Leben gekommen. Was für ein Tod. Cordelia, haben Sie nichts gehört? Ich habe Ihren Namen gerufen. Mehrmals.«

»Ich dachte, Sie wären ein Student, der mir schwierige Fragen stellen wollte.« Cord nahm lächelnd seinen Helm. »Es tut mir sehr leid, Herr Professor. Wie kann ich Ihnen helfen?«

»Indem Sie auf mich hören, schon früher, damals, bat ich Sie darum, als Sie ein junges Mädchen und so selbstsicher waren, dass Sie nie auf mich hörten, auch damals schon, immer hatten Sie Ihre eigene Meinung«, sagte Professor Mazzi. *»Hier und dort, ich singe so, ich gehe dorthin.«* Er schüttelte den Kopf und runzelte die Stirn. »Vielleicht wir können uns hier setzen, wenn Sie haben eine Minute Zeit?« Er wies auf eine Bank jenseits der Brücke und ließ den Seitenständer des Mopeds herausschnellen.

»Oh … Okay.« Cord schaute auf ihre Uhr.

»Was?«, sagte Professor Mazzi. »Sie haben zu tun? Sie müssen irgendwohin gehen, ein neues Konzert, ein Interview? Nein, Sie gehen nach Haus und suhlen sich im Schmutz, wie es im Gedicht heißt.«

»Ich habe später Unterricht«, log Cord.

»Erzählen Sie mir keine Unwahrheiten. Jetzt, hören Sie mir bitte zu. Ich bin ein Schirmherr der Goldsmith's Choral Union. Sie haben in Auftrag gegeben für nächsten Sommer ein neues Werk von Alfred Gatek. Sie kennen ihn? Er ist ein genialer junger Komponist.« Cord nickte. »Sie treten in der Royal Festival Hall auf. Es wird ein großes Ereignis. Das Stück heißt *Ninive.*«

»Ninive?«

»Ja, Sie haben davon gehört?«

»Nein …« Cord schüttelte den Kopf. »Meine Urgroßtante … Ach, es ist nicht wichtig.«

»Ich habe Sie als Mezzosopranistin vorgeschlagen. Ich habe gesagt, ich würde Sie deswegen fragen.«

»Mich? Nein«, sagte Cord. Sie legte ihre Hand auf den Arm des Professors. »Professor Mazzi, Sie sind sehr gütig, aber meine Stimme …« Sie lächelte bittersüß. »Das Mädchen in der Studentengruppe, sie hatte recht. Meine Stimme ist ruiniert.«

»Das ist es ja gerade, verstehen Sie, Sie irren sich. Sie haben sich von der Operation nicht gut erholt.«

»Nein …« Cord schüttelte den Kopf. »Es war gerissen, Professor Mazzi, sie konnten es nicht ausbessern. Erinnern Sie sich nicht?«

»Ja, ich erinnere mich, natürlich erinnere ich mich, ich erinnere mich, dass eine meiner besten Schülerinnen – nein, meine beste –, ich erinnere mich, dass ihre Stimme ruiniert war«, sagte Professor Mazzi wütend. *»Stupido. È molto incredibile – Chiedere questa domanda. Allora una donna che … Incredibile …? Certo, certo … Bah.«*

Zornig schlug er auf die Bank. »Also gut«, sagte Cord zurückhaltend. Sie wollte nur weg von da. Wollte zu Hause sein und wieder das Tagebuch lesen.

»Sie haben kein großes Interesse an dem, was ich sage? Es ist Ihnen egal! Sie haben nur ein Ziel vor Augen. Sie treffen Ihre Entscheidung und – *è finito.«* Er fuhr mit beiden Händen von oben nach unten durch die Luft. »Wie bei diesem armen Jungen, wegen dem Ihr Herz gebrochen ist.«

»Mein Herz ist nicht seinetwegen gebrochen, Professor Mazzi«, sagte sie und lächelte sanft. »Wir haben uns getrennt. Er ging ins Ausland … Es war am besten so.«

»Nein, nein, *cara mia.«* Der Professor starrte sie an. »Ich habe es anders in Erinnerung.«

Sie schloss kurz die Augen und wandte sich ab. Aber er fuhr fort.

»Immer habe ich so viel Anteil genommen an Ihnen. Vom Moment, wo ich Sie sehe … Aha, dieses Mädchen ist Sir Anthony Wildes Tochter. Sie ist also vielleicht auf die Welt gekommen mit dieser Begabung ihres Vaters. Ich habe ihn in *Macbeth* gesehen, als ich nach London gezogen bin, neunzehnhundertsiebenundsiebzig, und solche Kunst. Solche Meisterschaft der Kunst. Und dann treffe ich Sie, und es ist dasselbe. Die Hingabe, die Beherrschung der Stimme, es war Perfektion.«

Cord wiegte den Kopf.

»Sie wollen das nicht hören, Sie tun so, als würden Sie nicht zuhören. Aber ich erinnere mich. Es gab das Konzert am Jahresende, und Sir Bryan Linton, er hat Sie für das Solo ausgewählt. Und als wir hinter der Bühne warteten, erinnern Sie sich, was Sie da zu mir gesagt haben?«

Cord schüttelte den Kopf.

»Sie sagten: ›Sollte ich nervös sein? Ich bin's nämlich gar nicht. Ich will ihnen einfach vorsingen.‹ Verstehen Sie? Es war der wichtigste Auftritt, alle da draußen, die Ihre Karriere prägen konnten, und Sie wussten ...« Er zeigte mit dem Finger auf sie. »Sie wussten, wie gut Sie waren, *carissima.*«

Cord nickte, versuchte, das, was er sagte, auszublenden, aber sie merkte, dass sie es nicht schaffte. Alles, was sie hörte, waren die Worte aus dem Tagebuch in Mads' leiser, eindringlicher, zu Herzen gehender Stimme.

Nur für einen Tag möchte ich wissen, wie es ist, das Gefühl zu haben, dass man total und vollkommen glücklich ist, mit nichts als Glück im Herzen, keine Sorgen über irgendetwas anderes. Nur einmal, nur für einen Tag.

Sie drückte die schmerzenden Augen zu und zwang sich dann zuzuhören. »Das ist es, Cordelia, was ich nicht glauben kann. Dass Sie sich in der Sache nicht erkundigt haben und nicht darüber nachgedacht haben, wo es Ihnen doch so sehr helfen könnte.«

»Worüber nachgedacht?«

»Ach. Sie hören mir gar nicht zu. Darüber, die Operation zu wiederholen. Die Erfolgsrate ist sehr gut. Ja, selbst für Sie.«

»Welche Operation?«

»Meine Liebe«, sagte Professor Mazzi. »Sie stellen meine Nerven wirklich auf die Probe. Die Operation Ihrer Stimmbänder.«

»Ach so, das.« Sie schüttelte den Kopf. »Das ist lieb von Ihnen. Aber es hat doch keinen Sinn, nicht wahr?«

»Ich bin so weit gegangen, anzurufen und mit diesem Khan vom Imperial College Trust zu sprechen. Er versichert mir, dass es sich für Sie lohnen würde, ihn aufzusuchen.«

»Was? Nein ... Oh.« Cord presste die Hände auf ihre inzwischen heißen Wangen. »Lieber Professor Mazzi, ich wünschte, Sie hätten das nicht getan. Es ist sehr rührend von Ihnen, aber ...«

»Dr. Khan erinnert sich an Sie und hat die Operation überdacht. Er sagt, es wäre einfach, es zu korrigieren. Er meint, es würde zu einer leichten Verschiebung der Stimmlage kommen – Sie wären ein Mezzo, kein Sopran –, aber ich habe mir schon immer gewünscht, Sie als Cherubino zu sehen, *cara mia.* Jedenfalls kann ich Ihnen sagen, dass Dr. Khan voller Hoffnung ist.«

»Mr Khan«, sagte Cord nach eine kurzen Pause. »Er ist Operateur, ohne Doktortitel. Also Mr Khan.«

Professor Mazzi schaute gen Himmel und zeigte mit einem Finger nach oben. »Ich weiß nicht, warum ich versuche, Ihnen zu helfen, Cordelia. Sie sind ein Elefant im Porzellanladen, junge Frau.«

Sie beugte sich zu ihm hinüber und küsste ihn auf die Wange. »Junge Frau, sieh mal einer an. Danke, Herr Professor.«

Er reckte sich über die Bank zu ihr hin und ergriff ihre Hand. »Verstehen Sie mich? Er meint, er kann Ihnen helfen, Ihre Stimme zurückzubekommen. Das heißt, wenn Sie das wollen.« Sein Händedruck wurde etwas fester, seine Stimme sanfter. »Das ist die Frage, nicht wahr, Cordelia? Wollen Sie sie wiederhaben? *Wollen* Sie wirklich wieder singen?«

Cord ging zu Fuß durch den Regent's Park nach Hause. Es war herrlich warm, eher Spätsommer als Herbst. Sie trat in den Rosengarten. Komisch, wieder über Hamish zu reden; hier war sie oft mit Hamish gemeinsam beim Lunch gewesen, wenn er sich in einer Pause zwischen den Proben mit ihr traf. Oh, es war schön hier an einem solchen Tag wie jetzt, die letzten Rosen noch üppig und voll, beim Duft herabgefallener Blütenblätter, die Bäume rauschten noch und waren schwer von Blättern. Hamish pflückte manchmal Rosen für sie. Die offenen, die zitronengelb in der Mitte waren und an den Rändern der Blütenblätter in Rosa übergingen. »Wir helfen ihnen zur Blüte«, sagte er dann. »Wir müssen sie pflücken, damit sie wieder blühen.«

Die weiträumigen, cremefarbenen Häuser, die den inneren Kreis säumten, leuchteten in der Nachmittagssonne. Sie erinnerte sich, dass einer von Daddys Freunden, ein ehemaliger alter Schauspieler, bei dem sie einmal zum Tee zu Besuch gewesen waren, in einem der

Häuser gewohnt hatte – in welchem genau, wusste sie nicht mehr. Sie fürchtete, dass sich daran ihr Alter ablesen ließ, wenn auch sonst nichts, denn es musste in der Zeit gewesen sein, als im Regent's Park noch richtige Londoner wohnten, keine abwesenden Milliardäre oder Scheichs oder beides. Wie hieß er noch mal? Er hatte Daddy, der seinen Sohn, Hamlet, spielte, sehr verehrt, und er selbst war Claudius und der Geist gewesen. Jeden Abend schritt er über die Festungsmauern und summte sehr leise die Melodie von *Hitler has Only Got One Ball* ... Daddy war begeistert von dieser Geschichte, und wenn er sie erzählte, zog er die Knie hoch und lachte schallend. Sein Lachen war kindisch, ansteckend und bildete den Mittelpunkt ihrer frühesten Erinnerungen, dieser Klang von Daddys Gelächter.

Ich wollte Euch ein paar Veilchen geben, aber sie welkten alle, da mein Vater starb. Sie sagen, er nahm ein gutes Ende.

Im Park selbst spähte sie an der Kasse des Open Air Theatre vorbei. Sie und Ben waren als Kinder dort zu einem ihrer ersten Theaterbesuche gewesen, als sie Olivia als Titania und Daddy als Bottom sahen. Sie musste die ganze Zeit Bens Hand halten, er hatte solche Angst. Und die Erinnerung an Daddy beim Verbeugen vor dem Vorhang, als er Olivia und Guy mit sich nach vorne zog und alle Schauspieler sich an den Händen hielten, wie er ins Publikum schaute und die Kinder hinten auf den Sperrsitzen entdeckte, die ihm wild zuwinkten, während er weit die Arme ausbreitete und ihnen vor dem ganzen Publikum zurief: »Hallo, meine Kleinen! Hat's euch gefallen?« Und Cord zog Ben hoch, dass er stand, und beide klatschten nun noch lauter, und Ben war jetzt so glücklich und hielt die Hände als Trichter vor den Mund, als beide ihm ihre Antwort zuriefen.

»Ja! Ja, Daddy!« Die anderen Zuschauer wandten sich um und starrten sie lächelnd an, während sie alle langsam hinausgingen. »Seine Kinder. Ist das nicht rührend? Sie haben sich so gut benommen. Der Mann hat wirklich Glück.«

Im vollen Sonnenlicht blinzelte Cord ihre Tränen weg, aber das Gefühl von Leichtigkeit war immer noch da. Seit so vielen Jahren hatte sie an ihren Vater nicht mehr mit Liebe gedacht, an diesen Mann, für den sie früher nur reine und vollkommene Verehrung empfunden hatte, und mehr als das, Verständnis. *Simpatico,* pflegte Professor Mazzi das zu nennen. Sie ging durch den Rest des Parks, vorbei an Fußball spielenden Kindern, vorbei am Gekrächze und Gebrüll des Zoos. Dorthin war er auch mit ihnen gegangen, an Bens Geburtstag, als Mumma weg war, und er hatte alle Tiere nachgemacht. Selbst die Stabheuschrecken ...

Da ist Rosmarin, das ist zum Andenken; ich bitte Euch, liebes Herz, gedenket meiner!

Wollen Sie wirklich wieder singen?

Plötzlich überquerte Cord die Straße und ging, statt auf den Weg zu sich nach Haus abzubiegen, den Primrose Hill hinauf. Am oberen Ende des Parks setzte sie sich und schaute auf die Stadt hinunter, während ihre Arme auf den Knien ruhten. Sie zitterte. Ohne sich zu fragen, warum sie das tat, verließ sie den Park und begann, sich auf den Weg zu Bens Haus zu machen. *Ich kann es ebenso gut jetzt machen,* sagte sie sich. *Solange ich glaube, es tun zu können. Schließlich hat mich heute jemand nach meiner Stimme gefragt, und ich habe die Wahrheit gesagt. Ich bin nicht weggelaufen.*

Die Straße, wo Bens Haus stand, war unkonventionell und sogar eher heruntergekommen gewesen, als er es nach ihrem Umzug nach London gekauft hatte. Verleger, Schauspieler, Akademiker hatten dort jahrelang gewohnt. Jetzt war sie nobel, überall Buchsbaumhecken, glänzende schwarze Jeeps in jeder Einfahrt, und es war sehr still. Keine Kinder spielten auf der Straße, die Vorhänge waren zugezogen, es gab keinerlei Anzeichen von Bewohnern.

Cord klopfte an der leuchtend roten Tür am Haus ihres Bruders. Ihre Hände zitterten. *Bitte, sei da. Bitte, sei* nicht *da.*

»Hallo«, sagte sie, als Iris öffnete.

Iris hielt die Tür mit langen, schlanken Fingern fest, ihr blasses Gesicht war von der Nachmittagssonne rot angestrahlt. Sie starrte ihre Tante an. »Was machst du hier?«

»Ich hatte in der Nähe zu tun, da dachte ich, ich schau mal vorbei.« Cord schüttelte den Kopf. *Schau vorbei,* als wäre sie einer ihrer Multimillionäre aus der Nachbarschaft, der einen Teebeutel borgen wollte.

»Du hast es dir also anders überlegt«, sagte Iris in neutralem Tonfall.

»Ich weiß nicht«, sagte Cord einfach. »Hör mal, kann ich reinkommen?«

Ohne etwas zu sagen, drehte Iris sich um und ging den Flur entlang. Cord folgte ihr nach drinnen.

Sie hätte das Hausinnere nicht wiedererkannt. Es war ausgesprochen großzügig, natürlich, das sollte es sein, musste sie sich mehrmals erinnern. Ben war ein großes Tier, verheiratet mit einer ... War sie Filmarchitektin, seine Frau? Er hätte sicherlich die Poster von Plattenalben, die mit Fotos aus vergangenen Tagen gefüllten Cliprahmen, die Jugendstilposter aus den SiebzigerJahren von Konzerten und Alben, die Mads so gemocht hatte, nicht behalten. Jetzt war alles in geschmackvollen, gedämpften Farben gehalten, und teure Kunstdrucke hingen an den Wänden. Cord fiel ein, dass Lauren Ausstatterin war. Das Haus sah aus wie eine Kulisse.

Cord steckte ihre Hände tief in die Taschen und fragte sich, ob es ein Fehler gewesen war zu kommen. Sie blieb an einer Treppenflucht mit kleinen Stufen stehen.

»Gehen wir doch in die Küche«, sagte Iris mit einer Handbewegung. »Oh, schau mal, da ist Emily.«

Ihre Schwester war am Ende der Treppe erschienen. Sie starrte Cord an. »Hallo?«, sagte sie.

»Das«, sagte Iris, »das ist Tante Cord.«

»O mein Gott.« Emily, die im Gegensatz zu Iris' geometrischer Schwarz-Weiß-Erscheinung ganz lieblich und präraffaelitisch aussah mit ihren Locken, schwieg einen Moment. »Sorry. Hallo.« Dann wandte sie sich an ihre Schwester, streckte das Kinn vor, eine winzig kleine Geste des Zorns, aber Cord nahm sie wahr, und das ließ sie die Entscheidung treffen.

»Vielleicht sollte ich gehen«, sagte sie. »Ich bin nur vorbeigekommen, um zu sehen – zu sehen …« Sie verstummte. »Ich werde wieder eine Zeit vereinbaren …«

»Du hattest recht, Iris«, sagte Emily und wandte sich wieder an Cord. »Du willst also gehen, weil du, jetzt, da du hier bist, es nicht packst? Wow.« Sie schob den Vorhang ihrer goldroten Haare über die Schulter zurück, ihr Haar ähnelte so sehr Altheas, dass Cord fast gelächelt hätte.

»Ich meine nur, es war ein Fehler, einfach so herzukommen, ich hätte vorher anrufen sollen …« Cord schüttelte den Kopf, in die Enge getrieben, überfordert.

»Emily, sei still«, sagte Iris und streckte ihre schlanke Hand aus. »Bitte, bleib, nur auf eine Tasse Tee. Es ist schön, dass du gekommen bist, Tante Cord.«

Konnte sie es einfach jetzt sagen?

Ihr versteht nicht. Ich bin nicht eure Tante.

Cord fuhr sich über die Stirn. »Okay.«

Die Zwillinge schauten einander an; sie sah, wie sehr sie sich ähnelten, trotz der Unterschiede. *Ich bin die einzige noch lebende Person, die die Wahrheit kennt,* dachte sie. *Ich muss das für sie tun.*

Sie folgte ihnen in die Küche, wo Emily sich an die Frühstücksbar setzte, das Kinn auf die geballten Hände gestützt, während Iris das Wasser aufsetzte und sich am Kühlschrank zu schaffen machte, Verschiedenes herausnahm und es Cord anbot, die aber jedes Mal den Kopf schüttelte.

»Nur eine Tasse Tee, bitte.« Sie setzte sich auf einen Barhocker neben Emily. »Also. Was wollt ihr wissen, hauptsächlich? Wie kann ich euch helfen? Wenn das nicht zu förmlich klingt …« Sie verstummte. »Ach, ich weiß nicht, was am besten ist. Sagt mir, was ihr wissen wollt.«

Sie schauten einander an, und an den schnellen, verlegenen Blicken, die sie einander zuwarfen, sah sie, wie jung sie noch waren. Nach einem Augenblick sagte Iris, die offensichtlich für beide sprach: »Können wir damit anfangen, wie unsere Mum gestorben ist, bitte.«

Ihre Stimme klang ein bisschen brüchig, Cords Magen zog sich zusammen. Es war zu heiß in dem perfekten Glaskasten von einer Küche. Konnte sie ihnen sagen, dass sie ihr unbeabsichtigt das Tagebuch ihrer Mutter gegeben hatten und dass es die Wahrheit enthielt? Nein. Niemals.

»Es gibt einen Grund dafür, dass ihr mich so selten gesehen habt, wisst ihr …«, begann sie und unterbrach sich, ihre Kehle war trocken, etwas fühlte sich kratzig an. Sie schluckte und fing wieder an, mit leiser Stimme, den Blick auf den Tisch gesenkt. »Ich habe sie umgebracht. Ihr könnt es nicht beweisen, aber ich bin ziemlich sicher, dass ich es getan habe.«

Ich habe sie umgebracht … Es klang so melodramatisch, da, in dem makellos eingerichteten, sonnigen Raum. Aber Emily schauderte, blickte ihre Schwester an und biss sich auf die Lippe. Ihre Augen füllten sich mit Tränen.

»Was meinst du damit?«, fragte Iris. »Was hast du getan?«

»Ich habe ihr die Wahrheit gesagt«, antwortete Cord. »Was ich für die Wahrheit hielt.«

»Aber w…was ist die Wahrheit?« Emily beugte sich vor.

»Ich bin nicht einmal mehr sicher«, sagte Cord. Sie schluckte und schaute sie beide an, beide so jung, ihrer Mutter so ähnlich, die sie eine so lange Zeit ihres Lebens mehr geliebt hatte als irgendjemanden sonst.

Oh, Mads. Warum hast du das getan, was du getan hast? Warum hast du uns alle auseinandergetrieben?

Das Herz schwoll ihr vor Liebe zu ihnen, zu diesen Wesen hier vor ihr, die ihr Fleisch und Blut waren, egal, was geschehen war, und irgendwie war es zu Ende, es war vorbei mit der Abschottung. Sie konnte sie jetzt ebenso wenig einfach hinter sich lassen, wie sie das Tagebuch vergessen konnte. Aber sie konnte immer noch ihr Leben zerstören, wenn ihr aus Versehen die Wahrheit entschlüpfte.

Cord streckte ihnen die Hände entgegen.

»Passt auf, ich werde euch erzählen, was ich über eure Mum und euren Dad weiß. Ich wollte immer die Menschen, die mich liebten, wegstoßen, ich habe nie gelernt, sie an mich heranzulassen. Ich weiß nicht, warum. Mein Dad, wahrscheinlich. Aber ich verspreche euch etwas, Mädels, ihr müsst vor allem eins verstehen: Sie waren verrückt nacheinander. Sie waren so glücklich, bevor das alles in die Brüche ging. Das waren sie wirklich.«

KAPITEL NEUNZEHN

1986

Auf Empfehlung von Professor Mazzi hatte Cord einen Tisch in dem winzigen italienischen Restaurant in einer kleinen Seitengasse der Brewer Street gebucht. Nachdem der altersschwache Kellner die Kaffeetassen weggeräumt hatte – alle vier hatten verlegen Espresso getrunken und versichert, er schmecke ihnen sehr –, brachte er fingerhutgroße Gläschen mit einer trüben, gelben Flüssigkeit an den Tisch. Nur Hamish wusste, was es war.

»Es ist *Limoncello*«, sagte er und hielt den Daumen hoch in Richtung des Restaurantbesitzers, der hinter den Pendeltüren in der Küche stand und mit fast komischer Besorgnis ihre Reaktion beobachtete. »Danke! Oh, er ist köstlich.« Er lächelte Cord zu; sie scherzten oft darüber, dass er Getränke mochte, die eher bei älteren Damen beliebt waren, wie Sherry oder Crème de Menthe. »Ich hab das zum ersten Mal in Neapel getrunken, als ich eine Rolle in einem Sandalenepos hatte. Ich musste nur einen Satz sagen: ›*Majestät, die Schlachtreihe wird nicht halten*‹. Jedes Mal, wenn ich es sagen musste, bekam ich einen Lachanfall, und der Satz wurde schließlich gestrichen. Ich war am Boden zerstört. Aber es gab ein nettes Restaurant an einer winzigen Piazza in der Nähe unseres Hotels, und die Frau des Besitzers war aus Schottland. »Zum Wohl.« Er hob sein Glas, und die anderen lachten.

»Stopp!« Cord legte ihre Hand auf seinen Mund. »Nicht trinken. Wir sollten alle anstoßen. Herzliche Glückwünsche zum Geburtstag, Mads.«

Mads wich auf ihrem Stuhl zurück, während die anderen ihre Gläser hoben und anstießen. »Ach nein«, sagte sie und senkte den Kopf, sodass ihr Haar das Gesicht bedeckte. »Ich hasse Geburtstage.«

Aber Ben strich ihr das Haar hinters Ohr und küsste es sanft. »Na, komm schon, Mads.« Er legte den Arm um sie. »Wir sollten auf dich trinken …«

»Ja«, sagte Cord. Sie ergriff die Hand ihrer Freundin. »Alles Gute, liebe Mads.«

Als sie anstießen, schwoll die Lautstärke der Opernarie, die im Hintergrund spielte, an, alle lächelten sich zu, und man trank. *Es ist so einfach, wir vier zusammen,* dachte Cord plötzlich, und ihr Nacken kribbelte, und der Kopf tat ihr weh.

»Bist du das, Cord?«, fragte Ben und wies auf den Plattenspieler. »Sie klingt ziemlich aufgewühlt wegen irgendetwas.«

»Sie ist kurz davor, von einem Gebäude zu springen«, sagte Cord. »Ihr Geliebter ist erschossen worden.«

»Was für ein Aufstand«, sagte Hamish. »Sie hätte sich nicht mit einem Künstler zusammentun sollen. Die eignen sich am wenigsten als Partner.«

»Schauspieler sind also besser. Okay.«

»O ja. Sehr verlässlich. Regelmäßiges Einkommen. Ego ganz normal. Mein Rat an jeden, der einen Partner fürs Leben sucht, ist – nehmen Sie einen Schauspieler.«

Cord lachte und drückte seinen Oberschenkel. Er nahm ihre Hand und hielt sie fest in der seinen.

»Ihr drei und Tony und Althea, ihr alle mit euren seltsamen Berufen«, sagte Mads. »Ich möchte betonen, dass ich die Einzige bin, die einen richtigen Job hat.«

»Du hast einen Job?«, fragte Cord. »Wo? Das ist ja wunderbar.«

»Ja!« Mads grinste. »Bei Rolls-Royce. Ich fange nächsten Monat an, nachdem wir aus Australien zurück sind.«

»Ihr geht nach Australien?«, fragte Cord, die nicht sicher war, dass sie recht gehört hatte.

»Jawohl. Wir besuchen Tante Jules. Sie will Ben kennenlernen.« Ben und Mads nickten synchron, und Cord dachte, wie ähnlich sie sich dieser Tage waren. Ihr blondes Haar hatte den gleichen Farbton, ihre Augen – seine blau, ihre von einem tiefen, dunklen Grün – mit einem ähnlichen Ausdruck, das Kinn bei beiden fest geformt, entschlossen, der Mund schnell zum Lächeln bereit. »Nach Melbourne, Sydney, zur Gold Coast und dann nach Haus. Vier Wochen. Ich kann's kaum erwarten.«

»Ich auch«, sagte Ben.

»Bleibst du dann in Bristol?«, fragte Hamish.

Sie nickte. »Ben wollte nach London ziehen, aber ich sagte, noch nicht. Er hat zwei Produktionen geplant in Bristol und einen Film.«

»Wo?«, fragte Cord. »Das ist wunderbar.«

Ben antwortete: »Es geht nur um Arbeit als zweiter Regieassistent. Es ist eine Komödie, sie drehen in den Pinewood Studios. Ein Freund von Simon. Du weißt doch, Cord, Simon Chalmers, Mumma und Daddys alter Kumpel.« Er zögerte, wollte noch etwas sagen. »Wer weiß. Aber es dürfte gut werden als Erfahrung. Und es wird bezahlt, das ist zumindest etwas.«

»Simon Chalmers ist ein hervorragender Regisseur«, sagte Hamish. »Ich habe letztes Jahr seine Inszenierung von diesem Stück von Shaffer gesehen. Tolle Sache. Ihr seid komisch, ihr Wildflowers, ihr kennt alle.«

Es entstand eine kleine Pause, dann sagte Cord: »Sollen wir zahlen?«

»Wir könnten noch irgendwo was trinken gehen, uns in Soho umschauen«, sagte Ben hoffnungsvoll. »Wir übernachten bei Mumma und Daddy heute Nacht – je später wir zurückkommen, desto besser.«

»Sag das nicht«, sagte Mads, während Hamish neugierig fragte: »Was meinst du damit?«

»Ach, da läuft doch immer irgendein Drama bei ihnen, weißt du«, sagte Ben lässig. »Daddy hat wahrscheinlich getrunken, Mumma wird ihr neuer Text nicht gefallen, den sie ihr für *On the Edge* geschickt haben, und sie werden vor uns so tun, als sei alles in Ordnung ...« Er verstummte und schaute über das karierte Tischtuch zu seiner Schwester hin, die lächelte.

»Woran hattest du gedacht, wo wir hingehen könnten?«, fragte sie.

»Ich weiß nicht. Wie wär's mit dem Pub, in den Daddy uns vor der Matinée von *Cinderella* mitnahm? Wir sind auf dem Weg hierher daran vorbeigekommen. Es sah noch so ziemlich aus wie damals, merkwürdigerweise.«

Cord nickte. »Super Idee. Aber diesmal, bitte, sieh zu, dass es dir im Klo nicht schlecht wird, weil du so nervös bist.«

Ben lachte. »Schon gut. Eigentlich ...« Er blickte Mads an, die nickte. »Können wir noch etwas sagen, bevor wir gehen? Wir wollen wirklich auf etwas trinken, richtig darauf anstoßen. Wir wollten es euch beiden sagen, bevor wir es den Eltern bekanntgeben.« Er rückte näher an Mads heran.

»Wir sind verlobt«, sagte sie und wich zurück, als wolle sie einem Schlag ausweichen.

Hamish stand auf, die Hände vors Gesicht geschlagen. »Madeleine! Benedikt! Das ist ja eine wundervolle Neuigkeit!« Er ging um den winzigen Tisch herum und stieß dabei gegen einen anderen Gast. »Tut mir leid. Entschuldigen Sie.« Er legte die Hand auf die Schulter der Dame, die er angerempelt hatte. Sie lächelte zu ihm empor und klimperte tatsächlich mit den Wimpern. »Lass dich umarmen. Ich bin beglückt.« Er nahm Ben in den Arm und umfing zugleich auch Mads. »Wunderbar!«

Cord saß still da, sah ihm zu und lächelte die ganze Zeit. Ben machte sich aus Hamishs Umarmung los und klopfte ihm auf den Rücken. Er stand auf der anderen Seite des Tischs, seiner Schwester gegenüber.

»Freut es dich, Cordy?«, fragte er. Mads, noch in Hamishs Armen, schaute zu ihr zurück, ihr Blick ging zwischen Bruder und Schwester hin und her.

Cord blinzelte. »Natürlich«, sagte sie. Leicht schwankend stand sie auf. »Ich bin natürlich verdammt erfreut.«

Sie kam um den Tisch herum auf ihre Seite und legte die Arme um Mads, spürte ihren dünnen Körper, das seidige Gespinst ihres Haars an ihrer eigenen Wange, nahm ihren Duft nach Mandeln wahr.

Ben drehte sich um und nahm die Glückwünsche eines anderen Gastes hinter ihm entgegen. Cord beugte sich so nah wie möglich zu Mads hinüber und flüsterte: »Ich hab dich so lieb, als wärst du meine eigene Schwester, das weißt du ja.« Mit der Stirn berührte sie die von Mads und hätte am liebsten geweint, obwohl sie nicht genau wusste, wieso.

Dann umarmte sie ihren Bruder. »Oh, Ben, mein großartiger Bruder.«

»Wir dachten, du würdest dich damit vielleicht ein bisschen schwertun«, erklärte er.

»Natürlich nicht«, sagte Cord und wischte sich über ein Auge. »Ich bin doch kein eifersüchtiger Teenager mehr. Ich bin ...« Sie schaute auf ihre Uhr. »Weißt du was, ich kann eigentlich nicht mehr auf einen Drink mitkommen«, sagte sie und strich sich das Haar aus den Augen. »Verdammt.«

Die drei anderen starrten sie an. »Wirklich?«, fragte Hamish als Erster.

»Ich habe morgen früh einen Termin zum Vorsingen«, erklärte sie. »Gleich ganz früh.«

»Du hast gar nichts davon gesagt.«

»Es – es ist streng geheim.«

Mads nickte höflich. »Wie aufregend. Du kannst uns nichts darüber verraten?«

Cord zögerte. »Nein, kann ich nicht.«

»Das ist praktisch«, sagte Hamish leise.

Sie wandte sich zu ihm um. »Was soll das heißen?«

»Nichts.« Sie fixierten einander. »Tut mir leid.«

»Ich lüge nicht«, sagte Cord leise. »Es stimmt.«

»Das tut sie nicht, sie hat recht«, sagte Ben. »Hat sie noch nie getan.«

Hamish legte sich den Schal um den Hals. »Ich will mit euch feiern. Sollen wir eine Kneipe suchen? Cord, kannst du auf einen Drink mitkommen?«

»Ich ...« Cord war hin- und hergerissen. »Es tut mir leid. Ich habe es ihnen versprochen. Wirklich. Ich geh mit euch in Richtung Charing Cross Road. Dort kann ich den Bus nehmen.«

Sie gingen die Berwick Street hinunter, wo an einem Freitag Ende Juli viel los war. Müde, aufgedonnerte junge Frauen standen in den Eingängen. Eine brackige Flüssigkeit bildete Lachen auf den Gehwegen. Weiter unten in der Nähe von Piccadilly glitzerten die Lampen vom Windmill Theatre und von der Raymond Revuebar.

»Hier ist es nicht besonders schön, oder?«, sagte Mads und schaute sich interessiert um. »Wo sind wir denn?«

»Soho«, sagte Hamish. »Früher war es nett hier. Heutzutage ist es 'n bisschen schäbig. Aber alle möglichen Formen des menschlichen Lebens sind hier vertreten. Wo ist das Pub von deinem Dad?«

»In der Wardour Street. Der Moon Under Water«, sagte Cord, und die vier gingen schweigend weiter, Mads und Ben voraus.

Die Stimmung war jetzt anders. *Das ist alles meine Schuld,* dachte Cord. *Ich kann ihnen doch nicht von der Audition erzählen. Sie würden durchdrehen, wenn ich das täte ... Es wird ja zu nichts führen, ich bin sicher ... Aber nur für den Fall ...* Sie drückte Hamishs Arm, als wolle sie ihn durch Gedankenübertragung wissen lassen, dass ihr ihr schlechtes Benehmen leidtat. Er reagierte, indem er ihre Hand drückte, seine warmen Finger auf ihrer Haut, und er begann *La Mer* zu summen. Er summte immer vor sich hin, meistens Chansons von französischen Sängern, oder er versuchte, in abscheulichem Französisch zu singen. Seine Finger legten sich fest um ihre Hand. *Ich könnte mich einfach an dich lehnen und nie wieder damit aufhören,* dachte sie, und wieder stellte sich das kribbelnde Gefühl ein.

»Oh, es ist ein großartiger Abend«, sagte Hamish mit seiner angenehmen Stimme. »Ich bin froh, dass wir alle eure Neuigkeit feiern konnten.«

Cord wünschte, er würde solche Dinge nicht sagen. Kindischerweise riss sie ihren Arm aus seiner Hand los. »Das Pub ist gleich hier.«

»Oh«, sagte Ben. »Ach so, dann ist es nicht das, das ich gemeint habe.«

»Es ist voll«, sagte Mads skeptisch.

Cord fühlte sich plötzlich für den Abend verantwortlich. »Also, ich komm auf einen Johannisbeerlikör mit Soda mit rein. Ich schau mal schnell, ob Platz ist …«

Sie überquerte die Straße und spähte auf Zehenspitzen durchs Fenster der Kneipe. Die Nase gegen die schmutzige Scheibe gepresst, stand sie schnell atmend da, dann kam sie wieder herüber. Ein Motorrad wich ihr hupend aus.

»Da ist kein Platz«, sagte sie. »Gehen – gehen wir doch woandershin.«

Aber es gab sonst nichts, es war fast elf, und nichts war mehr offen außer Bordelle und private Klubs. »Bist du sicher?«, fragte Ben. »Nur ein ganz kleiner Tisch, wir könnten alle …« Er machte einen Schritt vom Gehweg herunter.

»Nein!«, rief Cord zornig. »Mein Gott, warum glaubst du mir nicht? Lass das doch, lass das einfach.«

»Ich wollte ja nur …«

Sie nickte. »Tut mir leid. Du weißt ja, du solltest sowieso gehen, wenn du den letzten Zug nach Richmond noch kriegen willst. Sonst bist du auf den Nachtbus angewiesen.« Sie fasste die Hand ihres Bruders und zog ihn vom Randstein weg, sodass er mit dem Rücken zum Pub stand. »Hört zu. Wie wär's, wenn ihr mitkommt in mein Wohnheim? Ich hab eine Flasche Whisky von Tante Isla. Ich muss schlafen, aber ihr könntet …«

»Auf der Straße stehen und trinken?«, sagte Hamish trocken.

»Oh …«, sagte Mads. »Das wäre schön, aber du hast recht, es ist schon spät …«

»Ich weiß nicht genau, wo der Nachtbus abgeht …«, begann Ben. »Vielleicht sollten wir zur U-Bahn gehen. Aber …«

Cord atmete erleichtert auf. »Ich zeig euch, wie man zur Embankment Station kommt. Du wirst dich doch erinnern, Ben, oder?«

Ben sagte: »Ich weiß nicht.« Er schien enttäuscht. Hamish schaute Cord an, die Niedergeschlagenheit war ihm anzusehen.

»Wir werden bald richtig feiern!«, sagte Cord. »Wenn ihr es Mumma und Daddy gesagt habt. Wie wär's damit?«

»Ja«, sagte Ben. »Morgen ist unser letzter Abend hier. Wie wär's, dass ihr plant, dann vorbeizukommen, ihr beiden?«

Cord lachte. »Ich kann nicht. Es klingt, als wollte ich mich drücken, aber ich kann wirklich nicht.«

»Was ist denn diese Sache morgen?«, fragte Mads neugierig. »Du machst ja wirklich so ein Geheimnis daraus. Fliegst du morgen zum Mond? Singst du vor der Queen?«

Aber Cord schüttelte nur den Kopf.

Sie gingen die Charing Cross Road hinunter, an den Theatern vorbei, wo sich die Menschen drängten und die Lichter blinkten. Cord verabschiedete sie und schickte sie zur Station der District Line, dann kehrten sie und Hamish um und gingen auf Covent Garden und die verlassenen Straßen um Seven Dials herum zu.

»Willst du mit zu mir kommen?«, fragte Hamish. »Wir hätten wohl mit ihnen zusammen die U-Bahn nehmen sollen.«

»Nein, ich sollte nach Haus gehen.«

»Kannst du *mir* sagen, worum es geht? Nur mir allein?«

Sie sagte: »Nein, Hamish.«

»Triffst du dich mit jemand anderem?« Es war ihm nicht richtig ernst, aber er klang doch angespannt. Sein Kinn war nach vorn geschoben. »Sage es mir einfach, wenn es so ist, Cord.«

»Nein, ich treffe mich mit niemandem. Sei nicht albern.«

Sie waren auf einer stillen Straße mit alten Häusern, am Ende einer winzigen Sackgasse. Sie sah sich verwirrt um; hier war sie noch nie gewesen.

»Es ist nicht albern. Du triffst keine Verabredungen mit mir. Du erwiderst meine Anrufe nicht. Du sagst, du liebst mich. Du willst mich haben. Ich weiß, dass du das willst, aber du kannst dir nicht vorstellen, wie wir zusammen sein sollen.« Er hatte die Hände zu Fäusten geballt. »Ich kenne deine Familie … Ich weiß, es ist manchmal schwierig. Ich weiß, dass du meinst, ich sei zu alt für dich.« Sie schüttelte den

Kopf. »Aber ... Du machst einen schönen Abend wie heute kaputt, du willst, dass alles nach deinem Kopf geht, aber es kann nicht immer so sein, Cord. Werd erwachsen. Wir sind im wirklichen Leben.«

Sie schluckte, hatte die Hand an ihre Kehle gelegt. »Ich bin erwachsen.«

»Du bist zwanzig. Praktisch ein Baby.«

»Warum bist du dann mit mir zusammen? Warum sagst du dann, dass du mich liebst, wenn du meinst, ich bin kindisch?«

»Weil du dich gerade jetzt so benimmst! Weil du dich weigerst, in eine Kneipe zu gehen. Weil du dich ihnen gegenüber wegen ihrer Verlobung so merkwürdig benimmst. Weil du mit einer Ausrede kommst, dass du nach Haus gehen müsstest.«

»Ich wollte da nicht rein. Und ich muss früh zu Bett gehen.«

Hamish sagte leise: »Ich weiß, warum du das nicht wolltest, wegen dem Rauch, wegen deiner Stimme. Na ja, das ist ja in Ordnung, aber du kannst dich doch deswegen nicht von allem fernhalten ...«

Sie lachte. »Das kann ich nicht? Schreib mir nicht vor, was ich tun und was ich nicht tun kann, Hamish.« Er versuchte zu antworten, aber sie hielt eine Hand hoch. »Schreib mir das nie vor. Niemals. Es ist mein Leben, mein Gesang, das habe ich dir schon öfter gesagt. Er kommt immer an erster Stelle. *Immer.*« Sie hatte das Gefühl, als sei ein Damm gebrochen und sie sei frei zu sagen, was sie wolle. »Es ist mein Leben, und du versuchst, mich immer dazu zu bringen, dass ich tue, was du willst, was du meinst, dass wir tun sollten, was du für das Beste für mich hältst. Ich muss das morgen machen, okay? Du wirst es erfahren, du wirst es früh genug erfahren. Und was die Kneipe angeht, ich will da nie mehr reingehen, und das geht dich überhaupt nichts an.«

Sie zitterte, er kam auf sie zu, seine Augen schimmerten dunkel. »Ich will das, was am besten für dich ist, weil ich dachte, dass wir uns lieben. Ich will für dich sorgen, und das gilt auch umgekehrt. Und du tust das ja, du bist der gütigste Mensch, den ich kenne. Du brauchst jemanden, der auf dich aufpasst, an den du dich anlehnen kannst, Cordy! Ich will, dass du glücklich bist. Du brauchst jemanden, der ...«

Cord trat einen Schritt zurück. »Das ist es ja gerade, das ist die Sache. Ich brauche niemanden. Tatsächlich brauche ich niemanden.« Sie schaute zu ihm hoch, während ihr Tränen über die Wangen rannen. »Ich will nicht mehr mit dir zusammen sein. Ich will allein sein. Ich muss – ich muss machen können, was ich tun muss. Es tut mir leid, Hamish. Die Stimme ...«

»Die Stimme ist nicht alles, sie ist kein Mensch. Sie liebt dich nicht.«

»Ach Gott, was für ein Klischee. Du verstehst das nicht, liebster, liebster Hamish ... « Sein liebes, markantes, gütiges Gesicht, das dichte, sandfarbene Haar mit dem Büschel, der widerspenstig hochstand ... Sie wischte sich mit dem Mantelärmel über die Nase, schaute zu Boden, räusperte sich, und ihre Kehle schmerzte. »Professor Mazzi sagt, man muss für den Rest der Karriere als Sängerin für seine Stimme einen Extraplatz am Tisch decken. Und das werde ich tun. Sie ist alles für mich.«

»Alles?« Seine Stimme klang hohl.

»Alles.«

Er streckte eine Hand nach ihr aus, ließ sie dann aber sinken, und auf der mondbeschienenen silbrig dunklen Straße blickten sie einander an.

Am nächsten Morgen um acht Uhr ging Cord die breite Treppe zur Albert Hall hinauf und suchte die Tür Nr. 11. Es war ein warmer Morgen, aber sie hatte sich einen Schal umgebunden. Dort warteten Professor Mazzi und Sir Bryan Linton, der Leiter der Proms, auf sie, und als sie sie sahen, fingen sie an, freudig auf sie zuzugehen.

Sir Bryan ergriff ihre Hände. »Meine liebe Cordelia«, sagte er. »Ich hoffe, dass Sie gut geschlafen haben.«

Cord lächelte. »Nicht lange. Leider ... konnte ich nicht schlafen.«

»Das macht nichts. Sie wären eine Ausnahme, wenn es anders wäre. Jetzt kommen Sie mit uns, meine Liebe. Das Orchester wartet.« Zusammen gingen sie durch die gekrümmten Korridore des weitläufigen runden Gebäudes und beschleunigten ihre Schritte. »So früh konnten nicht alle kommen, und wir haben nicht viel Zeit, da sie nach dem gestrigen Abend zusammenpacken und für heute Abend ausladen müssen. Hier sind wir schon.« Er öffnete eine Doppeltür, und sie schritten zwischen den vielen Reihen mit roten Samtsitzen entlang, durch den offenen Bereich für die Konzertbesucher, und Cord schaute zu den riesigen, pilzförmigen akustischen Diffusoren hinauf, die wie fliegende Untertassen von der gewaltigen Decke hingen.

»Haben Sie von Isotta Cianfanelli gehört?«, fragte sie.

Sir Bryan schüttelte den Kopf. »Kein Sterbenswörtchen! Meine Liebe, ich bin zuversichtlich, dass sie zur Vernunft kommen und heute Abend auftreten wird, aber wir können nicht davon ausgehen, wenn wir keinen Pieps von ihr gehört haben, seit sie angekommen ist, und das war vor zwei Tagen. Ich fürchte, sie ist sehr böse auf uns.«

Zum ersten Mal sprach Profesor Mazzi. »Sie ist Künstlerin. So sind sie eben.« Er streckte vor Cord die Hand aus, und sie begriff, dass sie den Bühnenrand erreicht hatten, wo man für sie Stufen aufgestellt hatte. Sie ging hinauf, gefolgt von den beiden Herren, und das Orchester begann zu klatschen oder mit den Bögen auf die Notenständer zu klopfen, bis Sir Bryan Ruhe gebot.

»Wir wissen nicht, ob Miss Cianfanelli heute Abend in der Lage sein wird zu singen«, sagte er. »Und ihre Zweitbesetzung, wie Sie vielleicht wissen oder nicht wissen, ist zu Haus mit einem gebrochenen Sprunggelenk. Die Proms haben eine noble Tradition darin, neue Künstler vorzustellen. Wir haben Miss Wilde gebeten, die Rolle der Gräfin in der *Hochzeit des Figaro* zu singen. Sie hat vor Kurzem ihre Ausbildung an der Royal Academy of Music abgeschlossen und hat die Rolle dort mehrmals gegeben, aber wir müssen Sie um Duldsamkeit bitten und danken Ihnen für Ihre Unterstützung.«

Vereinzelt folgte weiteres Klatschen. Die Orchestermitglieder betrachteten sie, manche scheu, manche offensichtlich mit Neugier.

Der Dirigent, Pierre Besson, nickte ihr zu.

»Es ist mir eine große Ehre, Ihr Debüt bei den Proms zu dirigieren.« Er wandte sich wieder dem Orchester zu. »Ich habe diese junge Dame an der Academy die Gräfin singen hören, sie wird eine der großen Sängerinnen ihrer Zeit sein. Wenn sie auftritt ...« Ein belustigtes Gemurmel war zu hören. »Eine unmögliche Situation, aber wir werden fortfahren. Danke, dass Sie so früh gekommen sind, um das Werk mit ihr durchzugehen.« Er klopfte mit seinem Taktstock, und Professor Mazzi drückte ihren Arm, danach verschwanden er und Sir Bryan. »Nun, dies ist also eine konzertante Aufführung, es gibt deswegen keine Bühnenanweisungen, aber Klarinetten, könnten Sie bitte Miss Wilde ein Zeichen geben, wenn sie auf die Bühne kommt, wie wir es verabredet haben. Ich wäre Ihnen sehr dankbar. Und am Ende von *Sull'Aria,* denken Sie bitte daran, spielen wir noch *allegretto,* nicht *rallentando,* da Miss Wilde nicht verlangsamen wird ... Nehmen Sie hier am Ende das Tempo zurück, bevor wir zum Rezitativ kommen, Miss Wilde? Miss Wilde?«

Aber Cord schaute sich in dem riesigen viktorianischen Saal um und stellte sich vor, wie er aussah, wenn er mit Menschen gefüllt war, sie sah ihre Gesichter, die darauf warteten, dass sie den Mund öffnete und sang. Das kribbelnde Gefühl, die dumpfe, beengende Panik, die sie in letzter Zeit jedes Mal überkam, wenn Hamish erwähnte, sie solle seine Eltern kennenlernen oder dass sie gemeinsam ihre Eltern besuchen sollten, oder wenn er über einen Wochenendtrip mit Ben und Mads sprach oder sogar darüber, dass sie zusammenziehen sollten ... All das war verschwunden. Um die Wahrheit zu sagen, war es in dem Moment verschwunden, als sie am vorherigen Abend ins Fenster geschaut und ihren Vater, versteckt in einer Ecke des Moon Under Water, gesehen hatte, wo er ein Mädchen küsste. Cord wusste, wer sie war, sie hatte sie auch kennengelernt, sie war eine junge Schauspielerin, die Tochter eines alten Freundes von Daddy, und sie hatte eine Rolle in *Richard III.* bekommen, sie spielte seine Frau, Lady Anne. Aber sie war fünfundzwanzig Jahre jünger als Daddy. Natürlich.

Das Schlimme daran war, wie wenig es ihn zu kümmern schien dort in der verrauchten, schmuddeligen Kneipe unter den beschwipsten Bürodamen mit ihren weißen Blusen und ihrem roten Lippenstift und den Yuppies in ihren weiten Anzügen. Als sie ihn anstarrte, wanderten seine Hände über Georginas Körper, glitten unter ihre Kleidung, kamen dann wieder hervor, umfassten ihr Gesicht, während er sie leidenschaftlich küsste und sie den Kuss erwiderte. Dabei bemerkte Cord einen Mann, der seinen Kumpel in die Seite stieß, beide standen drüben am Pooltisch und grinsten über ihn. Sie wusste, dass sie ihn nicht erkannten, dass sie einfach über diesen Besoffenen lächelten, den betrunkenen, zerrauften Mann, der in der Öffentlichkeit eine junge Frau begrapschte.

Diese Bilder – Mads' liebes Lächeln, der sanfte Stolz ihres Bruders, ihr Vater, der lange, lange Weg in der Albert Hall zur Bühne in der kühlen Morgenfrühe ... Sie schloss die Augen, während Hamishs liebenswürdiges, verwirrtes Gesicht vor ihr erschien. *Du brauchst jemanden, der auf dich aufpasst, an den du dich anlehnen kannst.*

Sie blinzelte angestrengt die Tränen weg, biss die Zähne zusammen und räusperte sich leise. *Es ist besser, für mich allein zu sein.*

»Ja, Sir Bryan. Entschuldigung. Ich bin jetzt bereit«, sagte sie, und der Dirigent nickte ihr zu, hob den Taktstock, und das Orchester begann zu spielen.

KAPITEL ZWANZIG

1941

Die dritte Kriegsweihnacht war schwierig für Ant. London schien nur ein ferner Traum; er konnte sich an das Leben dort noch erinnern, aber Teile davon verwischten langsam, wie wenn Regen auf ein Kreidebild fällt. Es ärgerte ihn, und er fing an, abends sein Gedächtnis zu prüfen, versuchte genau herauszufinden, was er aus der Zeit vor dem Tod seines Vaters und dem seiner Mutter noch von der Kelly Street wusste. Er konnte sich zum Beispiel nicht an das Außenklo hinter dem Haus erinnern oder an die Augenfarbe der Enkelin der Süßwarenhändlerin, die dicke braune Zöpfe hatte und Brause mochte. Er entsann sich des Kohlengeruchs in der Luft und des Karamelldufts gebrannter Nüsse in steifen Papiertüten, die von dem Mann neben der U-Bahn-Station am Mornington Crescent verkauft wurden. Und er hatte noch die kratzigen blauen Sitze des opulenten Bedford-Kinos im Gedächtnis, wo er hinging, wenn er seiner Mutter entkommen konnte (sie mochte es nicht, wenn er das tat, sie sagte, er würde Flöhe bekommen), und auch den besonderen, miefigen Geruch türkischer Zigaretten und die dürre, alte Platzanweiserin, die die Karten abriss. Aber er konnte sich nicht mehr daran erinnern, wie das Bedford von außen aussah oder wo an der Geschäftsstraße in Camden es war. Er wusste nicht mehr, ob sein Vater einen Schnurrbart gehabt hatte, als er das letzte Mal auf Heimaturlaub war, und das ärgerte ihn ganz besonders. Sie hatten darüber gestritten, dass Ant ins Internat gehen sollte, sein Vater beharrte hartnäckig darauf, dass es das Beste für ihn sei, dass er nicht die ganze Zeit zu Hause bei seiner Mutter bleiben könne. Ant hatte ihn angeschrien und sich nicht von ihm verabschiedet. Daran konnte er sich erinnern.

Er vermisste London, aber in Wirklichkeit war er jetzt hier zu

Hause. Er fand das Meer toll und den Sand und die Wege, wo man überall radeln konnte, und Playland in Swanage, wo man mit den Fahrgeschäften fahren und an den Spielautomaten spielen konnte zusammen mit seiner Schar Freunde, Jungs und Mädchen, die man auf dem Weg in die Stadt um sich sammelte und von denen viele vorübergehend in Swanage wohnten, da ihre ganze Schule evakuiert worden war. Jeden Tag starben weiterhin Menschen, und die Flugzeuge surrten ständig am Himmel, aber man gewöhnte sich daran. Ant konnte sich erinnern, dass er anfing, deswegen Schuldgefühle zu bekommen, aber man musste sich daran gewöhnen. Man nahm die Schultern zurück und machte weiter. Etwas anderes konnte man nicht tun. Schließlich hatte er Tante Dinah, und sie hatte die Dinge immer besser machen können. Nach einiger Zeit war er davon überzeugt.

Obwohl, manchmal war es doch ... Daphne zum Beispiel. Tante Dinah sagte, Daphne sei eine alte Freundin, mit der sie nicht oft zusammenkam. Und Daphne war das erste Wochenende seines Geburtstags dageblieben und war ganz heiter, half dabei, Kartoffelpfanne mit Rind zu machen und Mrs Proudfoot im Dorf eine Tasse Zucker zu entlocken, die sie auf dem Gasring erhitzte und irgendwie lange Fäden fabrizierte, die sie zu karamellfarbenen Bündeln drehte. Sie war ein Schleckermaul, und Ant bemerkte, dass sie die meisten zuckrigen Fäden selbst verzehrte.

Dann sagte Daphne, sie wolle ihre Ruhe haben und segeln gehen, und kehrte nach ein paar Wochen zurück und danach immer wieder. Ant verstand nicht, warum, wo es doch hier alles andere als friedlich war und man nicht segeln konnte, da der Strand und das Meer von Soldaten und Befestigungsanlagen wimmelten. Aber trotzdem kam sie dauernd herunter. Sie brachte ihr Heftchen mit Lebensmittelmarken mit, aber es brachte nicht viel, weil sie immer die meisten ihrer Marken schon aufgebraucht hatte. Sie war faul und log, und mit der Zeit mochte Ant sie nicht mehr leiden. Er hätte es sich niemals eingestanden, aber er war enttäuscht, dass Dinah sehr beeindruckt war –

nicht nur von ihrer Intelligenz, sondern auch von ihrer überlegenen sozialen Stellung. Man hörte, dass Daphne die Tochter eines Grafen sei, dass sie im Alter von achtzehn Jahren mit einem italienischen Grafen nach Monte Carlo durchgebrannt sei und infolgedessen von ihrer Familie verstoßen worden war. »Sie war früher sagenhaft reich, bevor sie sie ohne einen Penny abgefertigt haben. Sie bewegte sich in den besten Kreisen, lieber Ant«, hatte ihm Dinah einmal erzählt. »Vor dem Krieg waren wir in Venedig bei einer Konferenz über Sumer, und Daphne war zu Gast in einem Palazzo am Canal Grande. Bei einem Herzog. Mallowan und Desmond und ich, wir waren in einer grässlichen *Pensione* am Lido, und hinterher hatten wir alle Bettwanzen. Reich zu sein, das fehlt ihr, man muss Verständnis haben für sie. Und die Leute, die sie kannte! Ich meine, sie kennt alle. Ich habe gesehen, wie sie einmal auf einer Party Oswald Mosley küsste.«

»Er gehört nicht unbedingt zu den Besten, Tante Dinah.«

»Ach, zum Kuckuck, Ant, du weißt doch, was ich meine«, hatte Dinah verärgert gesagt. »Ich will damit sagen, dass sie in den höchsten Kreisen verkehrt. Ich weiß, dass sie etwas egoistisch sein kann, aber das ist nur, weil sie daran gewöhnt ist. Und ich verdanke ihr einiges.« Ihr Gesicht nahm einen betrübten Ausdruck an, und ihr Blick war ernst. »Ich verdanke ihr sehr viel. Ich kann es ihr nicht vergelten.«

Ant glaubte das nicht. Er meinte, Daphne kam, weil sie etwas haben wollte und Dinah es ihr nicht gab.

Heiligabend war ein bitterkalter Tag, und Raureif glitzerte auf dem Sand. Dinah und Ant schnitten gemeinsam am Weg bei der Kirche Stechpalmenzweige und wanden sich in der Dämmerung in harmonischer Stille durch die Stapel von Kartons, die immer noch im Wohnzimmer des Bosky standen. Da klopfte es heftig an die Tür.

»Maria und Josef?«, fragte Dinah neugierig, während sie nach unten ging. »Oh!«, hörte er sie sagen, als sie die Tür öffnete. »Daphne! Wie – wie wunderbar.« Tony wurde bang, aber er setzte eine Miene höflicher Überraschung auf. Daphne kam nach oben ins Wohnzimmer, in einen großen Pelzmantel gehüllt, und trug ihr übliches Auftreten der Unbekümmertheit und erwartungsvollen Neugier zur Schau. Sie ließ sich auf das Sofa plumpsen und streckte die Arme aus.

»Was machst du hier, meine Teuerste?«, fragte Dinah hinter ihr und beeilte sich, ihr ihre Sachen abzunehmen. »Ich dachte, es wurde geraten, diese Weihnachten nicht mit dem Zug zu reisen, außer in dringenden Fällen.«

Daphne zog ihre Handschuhe aus, einen nach dem anderen. »Tja, meine Liebe, das Museum ist getroffen worden, ein absolutes Desaster.« Sie sagte das fast genüsslich.

»O meine Güte. O nein.« Dinah erblasste. »Aber die Marmorskulpturen und die Tafeln, die Statuen ... Wo – wo war das alles?«

Daphne schaute sich um und sprach mit leiser Stimme. »Nur wir sind hier, oder, Schatz? Und er?« Sie wies mit einer Kopfbewegung auf Ant. »Aldwych U-Bahn-Station.«

»Nein, meine Liebe. Wirklich?«

»Allerdings, ja. Ist das nicht zum Totlachen? Die kostbarsten Schätze des Britischen Museums, die Marmorstatuen von Elgin, die meisten der assyrischen Reliefs, alle ordentlich verpackt und übereinandergestapelt in den alten Tunnels der Linie, die zum British Museum hochführt. Manche von den anderen Sachen sind nach Westen gebracht worden, wir dürfen nicht erfahren, wohin.«

Dinah rieb sich die Hände und atmete erleichtert auf. »Wie fabelhaft, wie schlau sie sind. Damit wird ihnen ein Denkzettel verpasst. Sie werden sie niemals finden, nicht einmal, wenn wir den Kürzeren ziehen. Kannst du dir vorstellen, wenn sie die Marmorskulpturen von Elgin in die Finger kriegten?«

»Oh, sie würden sie alle fortschaffen in eines von den grausigen Führer-Schlössern von Speer.« Sie streife ihren Nerzmantel ab und sagte: »Zu grausig. Unser guter alter Bau ist schwer getroffen worden, fürchte ich. *Alles* ist grausig, nicht wahr?«

»Mr Churchill ist in Washington«, sagte Dinah, die einen enormen, fast religiösen Glauben in den Premierminister setzte. »Wir müssen hoffen, dass seine Treffen mit Mr Roosevelt in eine neue, hoffnungsvolle Richtung für unsere beiden Völker führen werden.«

»Was für ein Schwachsinn. Wir sind alle geliefert, Dinah. London ist ein brennendes Chaos, praktisch nichts mehr übrig. Es ist vorbei – wir sollten nur noch trinken und fröhlich sein, denn morgen werden wir alle sterben.« Sie gähnte heftig, und die Narbe auf ihrer Wange zog sich faltig zusammen, als sich ihre Muskeln nach unten dehnten. »Was gibt's zum Abendessen? Ich bin halb verhungert. Ant, Süßer, ist noch Gin da?«

Ant warf ihr einen kühlen Blick zu. »Kein Gin da, sorry. Du scheinst nicht sehr aus der Fassung gebracht wegen des Museums, Daphne.«

»Ant!«, sagte Dinah wütend. »Sei nicht unhöflich.«

Aber Daphne schien ihn nicht gehört zu haben. Sie ließ sich auf dem Sofa zurücksinken, schaute mit ihren großen, hellblauen Augen zu Dinah hinauf und rieb mit einer merkwürdigen Bewegung wie ein zufriedener Schwarzhändler langsam die Hände aneinander.

»Hör zu, meine Freundin. Deshalb bin ich leider nicht gekommen, Dinah, Schätzchen. Es tut mir furchtbar leid, dass ich schlechte Nachrichten bringe. Die Wohnung ist ausgebombt.«

»Welche Wohnung?«

»Deine Wohnung, meine Liebe.«

Dinah hielt inne, sie war dabei, einen Stechpalmenzweig in den Griff über dem Fensterplatz zu stecken. Sie drehte sich um, ihr Mund bildete ein großes, ovales O. »Oh … Oje. Ist sie zerstört?«

»Das ganze Gebäude nur noch ein Schutthaufen. Alle, die gerade drin waren, sind tot. Absolut miese Vorstellung, D, es tut mir so leid.«

Sie hatte aufgehört, die Hände aneinanderzureiben, und Ant sah die Handflächen, als sie die Finger krümmte. Sie hatten schwarze und graue Flecken und waren zerfurcht, als hätte sie selbst den Schotter und den Schutt weggeräumt.

»Aber der Sperrballon …« Dinah blickte verwirrt drein.

»Oh, meine Liebe. Als ob das einen Unterschied machen würde. Hast du nicht die Nachrichten gehört? Weißt du nicht, wie schlimm es ist? Elizabeth Senior ist vor zwei Wochen umgekommen, hast du das gehört? Direkter Treffer auf ihre Wohnung, ihre Schwester war im anderen Zimmer, ist ohne einen Kratzer davongekommen.«

Dinah schlug die Hand vor den Mund. »Oh, die liebe Elizabeth ... O nein.«

Daphne presste die Handflächen auf ihren Schoß und sagte: »Was sie jetzt mit der Abteilung Drucke und Zeichnungen machen werden, keine Ahnung. Der schreckliche Stanley Robinson ist fort an der Front, und der alte Gadd ist der Aufgabe nicht gewachsen – jetzt wird es auf mich hinauslaufen, ich weiß ...« Sie sah Dinahs Gesichtsausdruck und sagte schnell: »Es tut mir leid, D.«

Dinah schwieg. »Alles, wirklich alles ist weg?«

»Liebste, es war eine Brandbombe. Normalerweise kann man rechtzeitig löschen, aber bei dieser nicht ... Die Wohnung ist völlig abgebrannt.«

Dinah sackte auf dem Fensterplatz in sich zusammen, starrte in die Luft, und einen Moment später sagte sie: »Ich bin egoistisch, dass ich mich so aufrege, wo es andere gibt, die absolut nichts haben. Aber es ist einfach ein ziemlicher Schlag. Erinnerungen, die mir lieb waren, und – und Geld, weißt du ... Warst du unverletzt, liebe Daphne?«

»Ich war ausgegangen. War im Café Royal zum Tanz, Gott sei Dank. Boyo war dabei, er hat sich als schrecklich guter Kumpel erwiesen, hat mir geholfen, über den Schutt zu klettern, um zu sehen, ob es noch etwas zu retten gab ...« Daphne lächelte schwach. »Also, ich habe dem Luftschutzhelfer gesagt, dass ich dir Bescheid geben würde. Du wirst in die Stadt gehen müssen, damit du siehst, was gerettet wurde – nicht viel, glaube ich.« Sie beobachtete Dinah genau. »Ich glaube, die meisten deiner Aufzeichnungen, all die Forschung zu Ninive ... All das ist verloren.«

Dinah schlug auf einen Karton unter ihren Füßen. »Nein, einiges davon ist hier. Die persönlichen Dinge. Manche waren sehr ... speziell.«

Sie drehte sich zu Ant um, als wolle sie unauffällig sehen, ob er zuhörte. Dann stand sie auf und ging mit einem Stechpalmenzweig in der Hand ins Wohnzimmer. Nach einer kleinen Weile hörte Ant sie singen, lauter, als er sie je hatte singen hören.

»The holly and the ivy! When they are both full grown!«

»Stechpalme und Efeu, beide nun gewachsen!«

»Es ist entsetzlich.« Ant begriff nicht, warum Daphne nicht netter zu seiner Tante war. »Es ist ihre Wohnung. Es ist ihr Zuhause, und jetzt ist alles …« Er verstummte.

Daphne sagte leise: »Deine Tante ist nicht wie du, traurig, weil du dein Zuhause verloren hast, Ant. Sie ist überall auf der Welt zuhause. Überall nimmt sie Dinge mit und lässt sie zurück. Mach dir keine zu großen Sorgen um sie.«

»Aber sie hat doch fast alles verloren.«

»Das würde ich kaum sagen.« Daphne wies mit einem Arm auf das vollgestopfte Wohnzimmer und stand dann auf. »Der Krieg ist ein Elend.« Sie kam zu Ant herüber und legte ihre kalte, harte Hand um sein Kinn. »Gefällt es dir, bei Dinah zu leben?«, fragte sie.

»Ja«, antwortete Ant.

Daphne neigte den Kopf zur Seite und schaute ihn mit ihren seltsamen funkelnden Augen an. »Warum?«

»Weil sie zu meiner Familie gehört. Und sie hat mich gern. Und ich habe sie gern.«

»Wie süß.« Sie schob die Lippen zu einem kleinen Schmollmund vor.

»Ich habe keine Familie. Sie ist der einzige Teil davon, den ich habe. Sie hat auch keine Familie. Deshalb sind wir, sie und ich, beisammen, verstehst du.«

»Ja. Weißt du, Ant, deine Tante …« Daphne kniff leicht die Augen zusammen, als wolle sie etwas Schwieriges sagen, aber dann öffnete sie den Mund, der ein kleines o formte, und schwieg.

»Was?«

»Das verändert die Lage für sie, dass sie die Wohnung verloren hat.

Weniger Möglichkeiten. Sie mag es nicht, wenn sie festgenagelt ist. Gefangen.«

»Aber ich halte sie nicht gefangen«, sagte Ant hitzig. »Wir kommen einfach ... ganz gut miteinander aus, das ist alles.«

»Nein, nein, nein, natürlich tust du das nicht! Ich verstehe das. Aber ich werde jetzt auch hier wohnen, weißt du. Ich hoffe, das geht in Ordnung. Wir werden Freunde sein müssen, du und ich, Ant«, sagte sie.

»Nur Dinah nennt mich Ant«, sagte er. »Ich heiße eigentlich Tony.« Er starrte in ihre kornblumenblauen Augen, und sie schlug ihn sanft auf die Wange.

»Lauf und hol mir einen Drink – *Tony,* mein Lieber, ja? Spielt keine Rolle, der Gin. Einfach nur irgendwas, das da ist.« Er roch jetzt ihren Duft, diese eigenartige, herbe Mischung von einem blumigen Parfüm und etwas anderem. Jahre später wurde ihm klar, dass es Kümmel war und Zigaretten. Wieso Kümmel? Keine Ahnung, aber er hatte ja sowieso keine Ahnung von Daphne, wer sie war, woher sie kam, warum sie das tat, was sie tat.

Eines Nachmittags, mehrere Monate später, fragte er Dinah einfach so: »Woher kennst du Daphne?« Es war März, ein schöner Frühlingstag, und Dinah und Ant waren im Freien und entwirrten vorsichtig die alten, vertrockneten Zweige der Kletterpflanzen, Rosen, die Ranken von Winden und Geißblatt, die, ineinander verflochten, an der Seite des Hauses und an der Veranda hochwuchsen und jedes Jahr energisch gestutzt werden mussten.

Dinah hielt einen Moment inne, während sie ein skelettartiges Bündel langer Ästchen, das Struwwelpeters Fingernägeln glich, aus den wilden Rosen herauszog, die sich an der Seite des Bosky hochrankten und jeden Mai schöne, sonnengelbe Blüten trieben. Sie schwenkte den Zweig in seine Richtung.

»Ich habe sie im Britischen Museum kennengelernt. Nach der Zeit in Ur, bevor ich nach Bagdad ging, war ich eine Weile hier. Sie half beim Katalogisieren der assyrischen Siegel. Mit einem sehr guten Abschluss in Frühgeschichte war sie gerade von Somerville heruntergekommen und war den schrecklichen italienischen Grafen losgeworden, weißt du.« Ant wusste nichts davon. »Es waren nur noch zwei weitere junge Frauen an der ganzen Institution beschäftigt. Vorher hatten sie noch zwei Frauen, aber beide mussten gehen, als sie heirateten.« Sie schüttelte den Kopf. »All der Verstand, die Fähigkeiten, die sie dem Museum hätten bieten können – einfach weg. Jedenfalls kannte ich niemanden in London, und eine reizende Frau, die liebe Elizabeth, die letztes Weihnachten gestorben ist, sie arbeitete in der Abteilung Drucke und Skizzen. Sie nahm uns beide unter ihre Fittiche. Daphne war ganz anders als ich – aristokratisch, glamourös, verkehrte mit der Schickeria –, aber wir freundeten uns an. Es war aufregend, eine Busenfreundin zu haben.«

»Du kanntest niemanden sonst in London?«

»Nein, keine Menschenseele. Ich bin in Indien aufgewachsen. Mein Vater war Oberst in der Armee. Wasiristan, dann Kaschmir, danach lebten wir in Damaskus.«

Ant sagte: »Mit deiner Schwester. Meiner Großmutter.«

»Aber ich war Rosemary nicht so nah, sie war elf Jahre älter als ich. Als ich fünf war, ging sie nach England zurück. Praktisch wuchs ich als Einzelkind auf, Ant. Ich war ein Versehen, weißt du.«

»Was meinst du damit?«

Sie lachte. »Das wirst du noch herausfinden. Oder ich sollte wohl sagen, hoffentlich findest du es nicht heraus. Erst mit achtzehn kam ich nach England. Und während ich aufwuchs, träumte ich davon. Als ich hier ankam, war alles so grün, wie die alten Ebenen Assyriens früher waren, als die Löwen und Wiedehopfe zahlreich waren, bevor sie im letzten Jahrhundert alle ausstarben, eine solche Tragödie, wenn man sich Assurbanipal anschaut, der all diese edlen Löwen jagte, und die Bäume und das Gras darum herum, und jetzt ist das alles Wüste ...« Sie kaute an einem Fingernagel, und Ant wartete geduldig. »Jedenfalls erschien mir England anfangs wie das Paradies, als ich hierherkam. Der Regent's Park kam mir vor wie die Hängenden Gärten von Babylon.«

»Ich habe ihn eigentlich nie so gesehen«, sagte Ant.

»Na ja. Keine Granatäpfelbäume oder Wasserfälle oder so was, aber die Üppigkeit, zuerst dachte ich, wir würden hier so glücklich sein. Ich dachte wirklich, die Dinge würden anders sein.« Sie unterbrach sich. »Mein Vater brachte uns 1908, im ersten Sommer, als wir zurückkamen, hier herunter zum Bosky. Er hatte es als eine Überraschung für Mutter bauen lassen.«

Ant zog an einem festhängenden Rosentrieb, der sich um den Vorsprung der Veranda gewunden hatte. »Ein ganzes Haus? Das ist aber wirklich eine schöne Überraschung.«

»Daddy war damals reich. Er hatte eine Glückssträhne gehabt. In Biarritz, glaube ich. Aber ich weiß nicht genau.« Tante Dinah wandte sich ab und begann, den Boden zu hacken. »Wir sind so oft umgezogen. Er wurde aufgefordert, sein Regiment zu verlassen, Spielschulden und all so was, aber er war so einnehmend, dass man oft irgendwo anders eine neue Beschäftigung für ihn fand.«

»Hatte er viele Schulden?«

Sie nickte, räusperte sich und steckte eine lose Strähne hinters Ohr. »O ja, und eine Ehrenschuld ist ja besonders ernst. Wir mussten manchmal ganz plötzlich aufbrechen.« Sie lächelte, aber ihre grünen Augen blieben ernst. »Aber wenn er Glück hatte ...« Dinah lächelte. »Wir lebten in Saus und Braus. Er war ein äußerst großzügiger Mann. So ist das mit Spielern, weißt du, sie tun das oft, weil sie von den Menschen gemocht werden wollen, weil sie sie glücklich machen wollen. Armer Daddy. Selbst nach seinem Tod konnte ich seine Verzweiflung nachfühlen.«

»Wie ist er gestorben?«

Sie schüttelte den Kopf. »Oh, Ant, weißt du das nicht? Er hat sich erschossen.«

»Nein.« Ant war entsetzt.

»Leider.« Sie schluckte und schloss kurz die Augen. »Er hat einen

Monat hier unten verbracht, hat alles eingerichtet, alles selbst bestellt. Daddy! Er war immer wunderbar mit Wohnungseinrichtungen, er konnte alles gemütlich und schön gestalten. Mummy hatte einfach kein Interesse an so etwas, sie war lieber draußen bei den Pferden. Daddy entdeckte den Mann, der das Haus baute, jemand, der Villen in Shimla gebaut hatte, oben in den Bergen in Indien. Er wählte alle Möbel aus, er ging zur Armee und zur Navy und suchte sogar das Essservice und das Besteck aus. Ganz allein. Es war sein großes Projekt. Dann gingen wir alle über den Sommer dort runter. Ich hatte die liebe Rosemary seit vielen Jahren nicht gesehen. Das war das erste Mal, dass ich deinen lieben Vater traf, er war damals nur ein Baby, so ein Engelchen. Oh, wir verbrachten alle eine wunderbare Zeit. Ich glaube, ich hatte meinen Vater, ja – ich hatte ihn noch nie so glücklich gesehen ... Dabei war das alles eine Lüge, verstehst du.« Ihr Blick war auf einen fernen Punkt draußen auf dem Meer gerichtet.

»Wir haben Krabben gefangen. Wir spielten endlos lange Mah-Jonggs, nach den richtigen Regeln für vier.«

»Was meinst du damit, mit den richtigen Regeln?«

»Vergiss es. Und wir segelten bei Brownsea. Er war ein wundervoller Segler ... Er hatte eine neue Tätigkeit bei einem Regiment in Yorkshire. Ich glaube, Mummy meinte, das Schlimmste sei vorbei.« Sie räusperte sich und sah sich um, zurück in der Wirklichkeit. »Dann verschwand er eines Morgens. War an die Riviera abgereist. Verspielte den Rest und hatte so hohe Schulden, dass man ihn verhaftete. Man ließ ihn nach England zurückbringen, und dann kam alles raus, das Haus, alles darin, alles war mit Geld bezahlt, das er nicht hatte, Geld das er schuldete ... Sie drückten ihm praktisch die Pistole in die Hand. Wir waren hier ... Machten ein Picknick am Strand ... Wir hörten den Schuss und rannten zum Haus zurück ... Mummy fand ihn auf der Veranda ... Man ist doch etwas wütend, dass er es dort gemacht hat. Albern geradezu.« Sie ließ die Hände seitlich sinken. Er sah zu, wie sie sich umdrehte und das Haus anschaute, als sähe sie es seit langer Zeit zum ersten Mal.

»Es tut mir so leid, Tante D. Ich hab das nicht gewusst. Daddy hat nie etwas gesagt ...«

»Na ja, wir haben einfach nicht davon gesprochen ... Man tat das nicht, weißt du.« Tante Dinah lächelte traurig. »Aber dieser erste Sommer ... Meine Güte, ja, dann hat sich alles geändert. Er ist gestorben, und Rosemary zog nach Northamptonshire hoch, und Mummy ging mit ihr, und ich war in London und studierte am Bedford College ... Ich habe sie jahrelang nicht gesehen ...« Sie verstummte. »Das war eigentlich das Ende unserer Familie.«

Stille trat ein. »Wir Armen«, sagte sie nach einer kurzen Pause. »Spiel nie um Geld, Ant, nicht ein einziges Mal. Es geht ins Blut. Es ist nicht gut. Wechseln wir doch das Thema, ja?«

»Wie bist du Archäologin geworden?«

»Eine gute Frage. Ach, indem ich Leute behelligt habe. Nachdem ich mein Studium abgeschlossen hatte, wohnte ich bei einem alten Freund der Familie in Damaskus, und dann brach der Weltkrieg aus, und ich saß dort sozusagen fest. Da freundete ich mich mit einem netten Burschen an, der die Säulen des Tempels von Baal erforschte, und ich reiste an der Seidenstraße entlang nach Babylon und dann weiter nach Ur. Auf dem Kamel, Ant, mein Lieber, es war großartig. Das Ischtar-Tor, Nebukadnezars Paläste und Schätze – er hat Jerusalem belagert, weißt du. Der Anfang der Geschichte, und es war alles da, unter der Erde, und immer mehr davon erschien jeden Tag. Ich blieb da, um zu helfen, und ging auch eine Zeit lang nach Ur, und ich wurde so etwas wie ein Talisman, wenn man eine Glückssträhne hatte und ein paar Sachen fand, danach war man eher sehr gern gesehen.« Sie zuckte die Achseln, als sei eine Frau, die von Syrien aus auf dem Kamel allein zu den babylonischen Stätten reist, um dort Ausgrabungen zu machen, etwas völlig Normales. »Als ich dann nach London zurückkam, um bei der Katalogisierung dessen zu helfen, gab man mir eine Stelle am Britischen Museum, und da habe ich Daphne kennengelernt. Sie wohnte in einer schrecklichen möblierten Wohnung in Kensington, die Unsummen kostete, und der Pförtner versuchte immer, einem die Hand unter den

Rock zu stecken. Also ehrlich, Ant. Im Aufzug. Mach so was nicht mit Mädchen, wenn du erwachsen bist, ja? Tu das niemals.«

»Nein, ich werd's nicht tun«, sagte er nachdrücklich.

Dinah gab ihm den Zweig. »Auf den Haufen mit dem Holz, das man trocknen kann, bitte, nicht zum nassen Laub für Mulch. Wo war ich stehen geblieben? Ja. Sie verkehrte mit einer ziemlich flotten Clique, nicht besonders nett, um ehrlich zu sein. Sie lässt sich recht leicht beeinflussen ... Ich ... Jedenfalls fragte ich, ob sie zu mir ziehen wollte. Und wir lebten zwei Jahre zusammen, bis ...« Sie stockte. »Vergissmeinnicht. Wie schön. Schau, sie sind schon rausgekommen.«

»Bis was?«

»Ich habe eine Steintafel auf einen kleinen Tisch neben dem Sofa fallen lassen. Sie machte gerade ein Nickerchen. Der Tisch hatte eine Glasplatte.«

Ant schüttelte den Kopf, er begriff es nicht.

»Ich erinnere mich, dass ich sah, wie ihre Wange aufplatzte, ein ganz sauberer Schnitt, so ist das bei Glas. Ich hab ihr die Narbe beigebracht.« Ant ließ den Zweig fallen, den er in der Hand hielt. »Sehr schlimme Sache. Musste genäht werden, und sie haben es fabelhaft hingekriegt. Aber sie hat eine Infektion bekommen, war ewig lange krank.«

»Nein, meine Güte. Wie ist es passiert?«

Dinah sagte tapfer: »Ich war beschwipst. Ganz meine Schuld. Wir hatten uns wegen irgendwas gestritten ... über die Tafel, die ich hielt, glaube ich. Ich bedaure es so sehr. Ein alberner Streit.« Ihre Augen schwammen in Tränen. »Ich kann mich nicht erinnern, weswegen, ich wünschte, ich könnte es. Arme Daphne.«

»Ich habe mit Papa gestritten, als ich ihn zum letzten Mal gesehen habe«, sagte Ant, damit sie sich besser fühlte. »Wegen dem Internat. Er wollte, dass ich ins Internat gehe, und ich wollte nicht. Ich war abscheulich zu ihm, und dann ist er gegangen, und zwei Wochen später starb er. Ich wünschte ... Wenn ich nur ändern könnte, wie wir uns getrennt haben. So etwas Dummes.«

»Das kannst du aber nicht, oder?« Den Kopf zur Seite geneigt, sah sie nachdenklich aus und warf sich ihren Seidenschal mit Fransen um die Schultern. »Deinem Vater war es ziemlich wichtig, dass du in seine Schule gehst, oder? Er hat mir davon geschrieben, als der Krieg ausbrach, weil ich ja dein Vormund war. Ich hatte jahrelang nichts von ihm gehört. Ich glaube, er wollte sicher sein, dass du die beste …« Ant presste die Kiefer aufeinander, und Dinah strich sich eine Locke aus den Augen. »Weißt du, wir alle machen Fehler. Ich ging nach Bagdad, um vor meinen Fehlern zu fliehen. Man hatte eine Stelle für mich am Anfang einer neuen Ausgrabungsperiode, und ich habe Sanherib schon immer gemocht, weißt du, er verlegte die Hauptstadt nach Ninive, er hat die Paläste gebaut, die märchenhaften Gärten … Dort hab ich den Engel gefunden.« Sie warf einen Blick zu ihm hoch, über die Tür. »Wo war ich? Ja, also ließ ich Daphne in meiner Wohnung wohnen, das schien nur recht, wenn man alles bedenkt. Und sie – sie und ich …« Sie unterbrach sich. »Ich muss mir immer wieder in Erinnerung rufen, dass das alles vorbei ist. Ich bin frei, wahrhaftig.« Ein Lächeln breitete sich langsam auf ihrem Gesicht aus.

»Frei?«

»Frei von gewissen Verpflichtungen. Ich hatte mich in ein Schlamassel hineinmanövriert, und jetzt ist alles in Ordnung.« Sie räusperte sich. »Also, Ant, willst du mit mir nach Bagdad kommen?«

Er glaubte, sie sei verrückt geworden. »Ich nach Bagdad? Wie denn, Tante D?«

»Nicht jetzt! Wenn dieser grausame Krieg vorbei ist.« Sie rieb in der kalten Frühlingsluft die Hände aneinander. »Bagdad ist wunderbar. Pfirsiche, die man von den Bäumen pflücken kann, Brücken, die aus Booten bestehen, und Minarette, die wie die Hörner von Einhörnern aussehen und an denen sich außen Treppen hinaufwinden. Im großen Bazar kann man alles kaufen, Dinge, von denen man nicht mal wusste, dass man sie braucht, Dinge von den Rändern der Geschichte, ein Teppich, der in Isfahan für eine Königin gewebt wurde, oder eine glasierte Kachel, die in Babylon zum Schmuck in einem Harem gehörte, oder einen wunderschönen Wiedehopf in einem Käfig, ich hatte ewig lange einen. Zoltan hat immer interessante Dinge für mich aufgehoben, so ein großartiger Mann, er war Ungar, weißt du, stammte von Attila dem Hunnen ab. Und das Essen – frische Wassermelonen und Datteln und gekochtes Fleisch, so zart, dass es im Mund schmolz.« Ant lief das Wasser im Mund zusammen bei dem ständigen Hunger und dem Traum von köstlichem Essen. Normalerweise bemühten sie sich, nicht von Essbarem zu sprechen, das ihnen fehlte. »Am Spieß gebratene Hühnchen und Lammfleisch, das in kleinen Stückchen von den Knochen abfällt ... Man kann Gold kaufen und Weihrauch und Myrrhe, Ant, wir werden leben wie die vorzeitlichen Könige. Du wirst begeistert sein, ja, ja bestimmt. Ich werde dir ein Kamel kaufen, wenn du willst.« Sie lächelte. »Ehrlich. Am Rand von Damaskus gibt es einen Beduinen, der Kamele verkauft. Und silberne Teekannen.«

»Sind sie nicht furchtbar unbequem?«

»Teekannen? Ach so, Kamele. Nein, sie haben die perfekte Form. Ich könnte Stunden drauf sitzen.«

»Ich weiß nie, ob du die Wahrheit sagst oder nicht«, gestand er kühn, denn sie war entspannt, und sie erzählten einander manches.

Sie setzte ein schwaches, ziemlich trauriges Lächeln auf. »Glaub mir nur, Liebling. Denkst du darüber nach?«

»Mach ich ... Ich ...« Er war verwirrt, aber er wusste, dass es eine Lüge war, dass sie nie zusammen nach Bagdad gehen würden. »Hör mal, Daphne hat doch nichts gegen dich in der Hand, oder?«

»Oh ... Sie will etwas haben, aber sie wird es nicht bekommen.« Sie zögerte, dann sagte sie mit gespielter Tapferkeit: »Nichts, worüber du dir Sorgen machen solltest, mein lieber Junge. Das versprech ich dir.«

Er glaubte ihr nicht, aber trotzdem legte er seine Hand in ihre.

KAPITEL EINUNDZWANZIG

Nachdem Daphne 1942 endgültig einzog, wurde Dinah ganz von der Sorge um die Schulbildung ihres Neffen erfüllt. Ants Vater war in ein bekanntes Jungeninternat in Sussex gegangen; im folgenden September sollte ein Platz mit Verpflegung frei werden. Die Schule war gut, sie war noch nicht evakuiert worden, und die Anzahl der Lehrer, die im Krieg waren, war relativ niedrig, was bedeutete, dass nur wenige Unterrichtsstunden ausfielen.

»Ich kann dich nicht immer weiter unterrichten, weißt du«, sagte sie zu ihm an Ostern, als diese Idee zuerst erwogen wurde.

»Doch, das kannst du«, sagte Ant erschrocken. »Ich will nicht ins Internat, ich will nicht von hier weg.«

»Dein Vater wollte das. Du hast das ja selbst gesagt.«

Von dem Moment an, als Ant die Geschichte über das letzte Gespräch mit seinem Vater entschlüpft war, hatte er es bereut. Er knirschte mit den Zähnen, und die Angst bedrängte ihn. »Wenn ich in einem Internat mit mehreren Hundert anderen Jungen eingesperrt bin, werde ich wohl kaum lernen, wie es in der Welt zugeht. Du sagst das doch immer. Du hast gesagt, die Privatschulen seien ein Makel auf der britischen Psyche.«

»Ja, hab ich das?«, hatte sie geantwortet.

»*Willst* du mich wegschicken?« Er blickte von ihr zu Daphne, die den Kopf in ein Buch gesteckt hatte, aber, eine Zigarette lässig in einer Hand haltend, zuhörte – das sah er an einer gewissen Anspannung ihrer reglosen Körperhaltung. Dinahs Augen weiteten sich. »Nein, nein, mein lieber Ant. Ich will dich nicht wegschicken, aber ich meine, du solltest gehen. Downham Hall ist sehr gut, und dein Vater wünschte es sich für dich. Du weißt das ja. Und ich habe das Geld ...«

»Wie? Wie hast du plötzlich das Geld?«

»Mach dir darüber keine Gedanken.«

Er sagte leise: »Bitte, zwing mich nicht.«

»Oh, Ant. Du kannst nicht ewig hierbleiben«, sagte sie sanft.

»Ich weiß das. Aber ich würde es nicht richtig finden, dich im Krieg hier allein zu lassen.«

Sie hatte mit dem Rücken zu ihm gestanden und ordnete die Untersetzer auf der Kommode. »Ich habe Daphne.«

»Ich glaube nicht, dass Daphne eine große Hilfe sein wird, wenn die Deutschen angreifen.«

Daphne schaute aus *Vom Winde verweht* auf, das sie von der Frau des Pfarrers geliehen hatte. »Dinah will ja nur das, was am besten ist für dich, Ant ...«

»Ich heiße Tony. Ehrlich, Dinah ...« Aber seine Großtante hatte sich von ihm abgewandt und summte vor sich hin. Fast, als wäre er gar nicht da.

Trotzdem gab es auch gute Neuigkeiten. Mit Beginn des Sommers wurde sich Ant zum ersten Mal des Gefühls bewusst, dass das Land sich wehrte, dass sie in der Lage sein könnten, den Feind zu besiegen. Jahre später sollte er versuchen, seinen Kindern diese Idee zu erklären, dass der Ausgang des Krieges monatelang, sogar Jahre seines Lebens so unsicher aussah und dass sie alle erwarteten, die Luftschlacht um England könnte jeden Moment verloren werden oder die Bomben würden so großen Schaden anrichten, dass das Land unfähig sein würde, sich zu verteidigen. Sie glaubten ihm nie. »Sei nicht albern, Daddy, die Luftschlacht um England war ein ruhmreicher Sieg«, informierte ihn Ben einmal mit feierlicher Stimme.

»Ja, aber nur, weil wir sehr nah dran waren, nicht zu gewinnen«, hatte Tony ihm gesagt.

»Das ist sehr unpatriotisch. Miss Beale sagt, es war der Patriotismus, der uns allen half, Hitler zu bekämpfen und den Krieg zu gewinnen.«

Einem Neunjährigen konnte Tony nicht den Schrecken erklären, wenn man die Flugzeuge vorüberfliegen hörte und sich fragte, ob es diesmal das Ende sein werde. Das trostlose Träumen von Essen, der ständige Hunger. Die Kälte – es war immer kalt. Die Albträume vom Sterben seiner Eltern … Dass er einmal, so erinnerte er sich, zu Dinah gesagt hatte: »Wir werden doch gewinnen, oder?« Und sie hatte geantwortet: »Ich weiß nicht, meine lieber Ant. Ich fürchte, für uns könnte alles aus sein.«

Aber die nächtlichen Bombenangriffe waren weniger geworden – zumindest ein bisschen. Manche der Evakuierten waren in diesem Sommer nach London zurückgekehrt. Die Deutschen waren dabei, gegen Russland zu verlieren, man hörte, dass sie Stalingrad nicht einnehmen konnten. Die Armee war bereits erschöpft, und das war vor Beginn des russischen Winters. Die Amerikaner waren jetzt am Kampf beteiligt, frisch und unbeschädigt. Allmählich änderte sich etwas. Mit Beginn des Sommers und der Einführung der doppelten Sommerzeit, die den Menschen noch mehr Zeit gab, die Abende zu nutzen, war ein Gefühl der Hoffnung aufgekommen. Seit Jahren war das zum ersten Mal sogar zu riechen und zu schmecken.

Das große Ereignis des Sommers war, dass Reverend Goudge die Aufführung eines Stücks auf sich genommen hatte. Die Theatergruppe des Dorfes hatte seit Ausbruch des Krieges gelitten und sich fast aufgelöst. Im Jahr zuvor war das Gemeindehaus von einer niedrig fliegenden Messerschmitt aus beschossen worden, war in Brand geraten und völlig ausgebrannt. Bisher hatten Leichenschmäuse, Hochzeitsfeiern, Veranstaltungen der Pfandfinderinnen und Theateraufführungen im Gemeindehaus stattgefunden, und jetzt hatte Reverend Goudge mit seinem üblichen Schwung beschlossen, dass zum Wohle des Dorfes die Theatergruppe wieder zum Leben erweckt werden solle. Er würde eine Aufführung des *Sommernachtstraums* auf die Beine stellen.

Aus Treibholz vom Strand und mit Bierkisten, die von der Dorfkneipe gespendet wurden, hatte man eine Bühne gezimmert. Es war

Juli, unnatürlich heiß für die Jahreszeit, still und feucht. In der Gruppe war jedes Alter vertreten, eine bunt zusammengewürfelte Mischung aus Evakuierten und Einheimischen, die entweder nicht zum Militär mussten oder nicht alt genug waren, um zu arbeiten. Aber trotzdem fühlte sich Ant geschmeichelt ... und war sehr überrascht –, dass er die Rolle von Zettel bekam.

»Aber ich bin doch erst vierzehn«, wandte er ein.

»Na ja, wir haben nicht genug Männer, mein Lieber«, hatte der Pfarrer munter gesagt. »Du bist vierzehn, aber du siehst schon wie zwanzig aus, und deine Stimme ist großartig. Zettel ist der Schlüssel zu der ganzen Sache. Du wirst fabelhaft sein. Tu einfach so, als würdest du eins deiner Stücke auf der Veranda vorspielen.«

Er sollte Zettel später wieder spielen und Lysander und Oberon, unter großem Beifall, und er sollte auch Regie führen bei dem Stück, aber er erinnerte sich immer an diese Aufführung, wenn die Einzelheiten der anderen schon lange vergessen waren. Der Eselskopf aus einem alten braunen Polster einer unbestimmten Ledersorte, der Geruch von Schminke und Feuchtigkeit und Schweiß, der Reiz der Verwandlung in dieses völlig andere Wesen, ein Tölpel, ein unzüchtiger Narr, und dabei konnte er die Tristesse und den Wirrwarr der allgemeinen Lage abstreifen. Es machte süchtig und hatte nur einen Nachteil: Die ganze Spielzeit – drei Abende lang – würde er vorgeben müssen, in Julia Fletcher, die Titania spielte, verliebt zu sein.

In diesem Sommer schien Julia noch erwachsener, sie trug wallende, durchsichtige Gewänder in Lagen übereinander, wanderte frühmorgens in den Bergen, rezitierte Gedichte und dergleichen. Sie pflückte Blumen und nannte ihre Namen, erfand gereimte Verse über sie. Sie grüßte ständig und versuchte, ihn dazu zu bringen, dass er zu ihr nach Haus kam oder mit ihr Rad fuhr. Ant war schüchtern. Sie war nervig, auch wenn sie ein nettes, echtes Lachen hatte und immer ihre belegten Brote teilte. Dinah sagte, es sei schwierig, mit Alastair Fletcher zusammenzuleben.

»Sie ist ein junges Mädchen. Alle probieren verschiedene Kleider aus, bevor sie sich festlegen, wer sie sind. Was ist schon dabei, wenn sie lange Kleider trägt und so tun will, als sei die Heldin der *Jungfräulichen Liebe?* Das wird sich auswachsen. Sie schadet niemandem. Ich finde, sie ist ein liebes Mädchen.«

Noch schlimmer als Julia war Ian, ihr Bruder, der immer wieder in unerwarteten Momenten hinter einer Ecke auftauchte, einen ständig aus seinen Schlitzaugen mit den schweren Lidern zu beobachten schien und Dinge sagte wie: »Ist deine Tante glücklich, jetzt, da ihre Freundin hier ist, ihre Freundin Daphne? Hm? Hast du mich gehört, Wilde?«

Nach den meisten Proben ging Ant so schnell wie möglich weg, um zu vermeiden, dass er gemeinsam mit ihnen den Rückweg hinter sich bringen musste. Eine große Illusion, die sich zwischen Alastair Fletcher und Tante Dinah gehalten hatte, war, dass ihre Schützlinge sich gut verstanden. Wenn er sich nicht schnell genug davonmachen konnte, drückte er sich herum, bis sie gegangen waren, und sprach mit den Damen, die bei der Aufführung halfen, oder mit dem Pfarrer, dann half er, die Kulissen und Requisiten wegzuräumen. Er mochte ältere Damen. Er mochte Pfarrer. Er mochte die freundliche, beruhigende Stimmung des Dorflebens, das stetige Gefühl des sich Begnügens und der Gemeinschaft, das sie alle in dieser schwierigen Zeit verband. Und er verbrachte lieber Zeit mit ihnen. Manchmal steckte ihm eine von ihnen ein Stück Kuchen zu, gab ihm einen liebevollen Kuss oder teilte eine Geschichte über seinen Vater, als der noch ein Kind war.

Als er jedoch eines Abends nach einem netten Gespräch mit einigen der Damen, die seine Kostüme nähten, in der Dämmerung nach Haus ging, verließ ihn sein Glück. Julia Fletcher lauerte ihm auf und zog ihn von der Straße weg in eine Haltebucht. Offensichtlich hatte sie dort eine halbe Stunde oder länger im Hinterhalt gelegen.

Als Anthony von dem federnden Gras und Efeu zurückprallte, das sich an der Hecke angesammelt hatte, packte sie ihn am Oberarm.

»He, lass mich los«, sagte er, während er sich von dem Schock erholte, auf diese Weise überfallen zu werden, noch dazu von einem Mädchen. Und er sagte nicht, was er eigentlich sagen wollte, nämlich: *Es wird bald dunkel. Wir müssen zurück, bevor es dunkel ist.*

Aber sie schwieg, und ihre Hände mit den abgekauten Fingernägeln strichen nur das widerspenstige Haar zurück.

»Na, hör mal – ist alles okay?«, fragte Anthony, er war wegen ihres seltsamen Gesichtsausdrucks und ihres Schweigens ziemlich aufgeschreckt.

»Sag, sind das rosa Vergissmeinnicht?«, fragte sie und wedelte mit einer kleinen Blume aus der Hecke vor ihm herum. »*Der Hoffnung zartes Juwel, das liebliche Vergissmeinnicht.* Wunderschön sind sie, oder? Meinst du nicht? Ich *liebe* Blumen.«

»Oh. Ich weiß nicht. Ich achte eigentlich nicht so auf sie.« »Auf sie achten! Ha!« Sie ließ ein zu lautes, müdes Lachen hören. »So ein kleiner Junge!«

»Meine Tante mag sie. Sie verwendet sie. Kamille für Tee und so was.« Ant beäugte die Blume, die sie ihm entgegenhielt. »Das ist sowieso kein Vergissmeinnicht. Das ist Tollkirsche.« Er nahm sie ihr vorsichtig aus der Hand. »Du solltest wirklich lernen, was was ist. Die ist fürchterlich giftig, Julia, ich würde nicht ... Oh!«

Sie hatte ihn gegen die Hecke geschubst und aufdringlich und fieberhaft geküsst. Anthony war völlig überrumpelt, stand steif da und wartete, bis sie fertig war, und als sie sich löste, lachte sie und sagte: »Oh du meine Güte, ich hab dich ganz falsch eingeschätzt.«

»Was meinst du denn?«, sagte er gekränkt.

»Na, ich wollte ein leidenschaftliches Zwischenspiel, und ich dachte, du bist dafür ideal. Aber du hast ja noch nie jemanden geküsst, oder?«

Dass er so überrascht wurde, machte Ant ehrlich. Er schüttelte den Kopf. »Natürlich nicht. Wen gäbe es denn hier schon zum Küssen?«

Julia lachte wieder, affektiert diesmal, und küsste ihn wieder, und diesmal fand Ant, dass die Haltung ihres Körpers an seinem anders war, und er mochte es. Und er fand auch, dass er ihre weiche, aber kräftige Zunge in seinem Mund mochte, und bewegte den Kopf etwas, sodass sie richtig küssten, legte dann die Arme um sie und spürte, wie sie sich an ihn schmiegte, und das war noch besser. Sie schmeckte nach etwas Bitterem und Fadem, aber ihre Lippen waren nass und voll, und als sie an ihm lutschte, erwiderte er plötzlich ihren Kuss und schob ihr die Zunge in den Mund. Er hatte keine Zeit, darüber nachzudenken, denn das war offensichtlich einfach das, was man wohl in der Situation tat.

Nach schrecklich langer Zeit – sein steifes Glied war in der etwas zu engen Shorts eingequetscht und fing an wehzutun, und er fürchtete, dass es peinlich werden könnte, wenn sie nicht aufhörte – riss er sich von ihr los, und sie fiel nach hinten und strich sich wieder effektvoll das Haar aus den Augen. »Da, verdammt noch mal«, sagte sie selbstzufrieden. »Jetzt hast du's, das ist doch, was du wolltest?«

»Nein«, sagte Ant wahrheitsgemäß. »Überhaupt nicht. Aber ich mochte es, als ich mich daran gewöhnt hatte.«

Julia sah etwas befremdet und verärgert aus. Dieser Text passte offenbar nicht zu der dramatischen Szene, die sie sich ausgedacht hatte. »Ist das alles, was du zu mir sagst?«

»Na ja«, sagte Anthony. »Ich meine, wenn das so ist, danke.« Er schaute in den lilablauen Himmel hinauf. »Wir sollten zurückgehen …«

»Hast du Angst vor der Dunkelheit?«

»Natürlich nicht«, sagte er schnell. »Sei nicht albern.«

»Aha. Wenn es nämlich so ist, sammle ich Leuchtkäfer. Ich halte sie in einem Glas. Du kannst welche haben, wenn du willst.«

»Wozu?«

»Na ja, sie leuchten, oder? Ich stelle sie draußen vor die Haustür, damit sie da sind, wenn ich abends vom Spaziergang zurückkomme. Sie … leuchten einfach.«

Er konnte nicht anders und lachte, sie lächelte ihn an.

»Leuchtkäfer leuchten«, sagte er. »Das werd ich mir merken.«

»Sie sind schön. Geben ein bisschen Licht. Nicht so viel, dass sie die Verdunkelung stören«, fügte sie hastig hinzu und lächelte ihm zu, es war diesmal ein natürliches Lächeln, und ihr Gesicht strahlte. »Aber genug. Ich such dir welche. Wirst sehen.«

Er zuckte mit den Schultern. »Gut. Also dann. Aber schlag mal in der Bücherei Tollkirsche nach oder wünsch dir ein Buch über Blumen zum Geburtstag oder so was. Ehrlich, du würdest sterben, wenn du solche Beeren essen würdest.«

»Ach, du verdammter kleiner Narr«, sagte Julia, ihre Laune war unbeeinträchtigt durch seine Ermahnung, und sie ging in einem kleinen Abstand von ihm weiter. Ant fragte sich, woher sie ihre Ausdrücke nahm, sie redete wie jemand, der Phrasen in ein Heft geschrieben hatte, um sie dann zu verwenden. Aber er folgte ihr wieder nach Haus, den üppig grünen Weg entlang, über dem schwer der Duft des spätsommerlichen Geißblatts lag. Er war von der Wendung, die der Abend genommen hatte, ziemlich überrascht, aber nicht unangenehm, und stieß zerstreut mit den Knöcheln an den Schritt, wobei er sich fragte, ob die Ereignisse der letzten Stunde sich wohl jemals wiederholen würden. Seine Lippen prickelten. Als sie mit einem fröhlichen Winken abbog und auf ihr Haus zuging, winkte er zurück, drehte sich um und sah, wie sie hineinging und ihr Haar als Heiligenschein zwischen ihren schmalen Schulterblättern wippte. *Donnerwetter,* dachte er. *Das hatte ich nicht erwartet.*

Er ging den Weg hinunter und hörte das Schwappen der Wellen unten in der Bucht, das permanente Ziehen und Reißen der Gezeiten. Er dachte daran, wie Julias Lippen auf seinen lagen, wie sich ihr Körper an seinem angefühlt hatte, fragte sich, wieso sie *so* war ... als er Stimmen hörte.

»Ich bin sicher – liebe Daphne –, ich tu's nicht. Ich kann nicht.«

»Du kannst, Dinah. Nur noch eins. Komm schon, Liebste.«

»Ich hab's doch schon gesagt, das weißt du! Reden wir nicht mehr darüber. Ich will nicht, dass wir Ärger bekommen ...«

Die Wellen und der Wind waren zu laut, und als er näher ans Haus herankam, schien das sandige Knirschen unter seinen Schuhen auf dem Pfad unerträglich laut.

»... musst es noch einmal machen. Es tut mir leid, aber du musst. Für ihn.«

»Ja.« Es folgte eine lange Pause. »Für ihn. Du wirst – du wirst äußerst umsichtig sein, nicht wahr?«

»O ja. Sie haben überhaupt keinen Verdacht. Ein nette englische junge Dame wie ich.«

Sie mussten den Standort gewechselt haben, denn er konnte die nächsten paar Sätze nicht hören. Aber während er zum Geländer der Veranda schlich und angestrengt lauschte, sagte Dinah: »In Kriegszeiten tut wohl jeder das, was er tun muss.«

»Sag dir das, meine Liebe.« Daphne stieß ein leises, amüsiertes Lachen aus, das Ant erschaudern ließ. »Nur zu, tu es.«

Die Verandatür ging auf, und er verdrückte sich hinter das Haus, wo er nicht gesehen werden konnte, und beobachtete, wie etwas in die schwankende Fülle der Wildblumen und Nesseln am Haus geworfen wurde. Es wurde vom Wind geschüttelt und raschelte.

Haar. Menschenhaar.

Ant begann, laut zu pfeifen, und stieg dann die Stufen zur Veranda hinauf. Er trat ins Wohnzimmer und ließ wie nebenbei die Tür laut zufallen. Daphne schaute ihn verärgert und erschrocken an.

»Du bist früher zurück.«

»Na ja ...«, begann er und sah dann seine Tante. Ihr Haar war verschwunden, zu einer ungleichmäßigen Kurzfrisur gestutzt. Graue und braune Strähnen lagen auf dem Parkettboden. Dinah tätschelte ihren Hals.

»Es fühlt sich sehr seltsam an. Aber es war Daphnes Idee.« Sie wandte sich ihm zu und schien überaus verletzlich, ihre Augen waren ganz groß, die Wangenknochen standen hervor. Das Kopfhaar war grauer, die Muskeln am Nacken waren dünn mit einer Rille in der Mitte. »Ich hab es früher so getragen, es ist doch ganz nett, diese Frisur wieder zu haben ... Es ist doch in Ordnung, Ant? Nicht zu drastisch?«

Er war zornig. Sie sah völlig anders aus. »Es ist schön, Tante D. Sehr flott.« Er wandte sich an Daphne. »Warum?«

Daphne zuckte mit den Schultern. »Ich langweilte mich.« Sie lächelte andeutungsweise. Da war Ant klar, dass er sie hasste.

KAPITEL ZWEIUNDZWANZIG

Es war Reverend Goudge, der ihn zum ersten Mal darauf angesprochen hatte, während er nach der letzten Aufführung vom *Sommernachtstraum* an die Mauer gelehnt stand und eine Mirabelle aß. Sein fülliges Gesicht glänzte in der feuchten, beengenden Wärme unter dem Zelttuch. »Du solltest mal über die Schauspielerei nachdenken, lieber Anthony.«

Er hatte nicht verstanden, was er meinte. Während er sich aus seiner dicken Kostümstrumpfhose herauswand, die Mrs Goudge voller Stolz bei einem Wohltätigkeitsbasar aufgetrieben hatte, glaubte Ant eher, er wolle ihn wegen irgendetwas tadeln. »Ich … Ja, Sir. Ich habe *versucht,* mein Bestes zu geben.«

Er zog am Zwickel, und von Reverend Goudge kam ein halb erstickter Laut. Nachdem er das letzte Stück seiner Mirabelle geschluckt hatte, sagte er: »Ich meinte, als Beruf, mein Lieber. Du bist sehr gut, in der Tat gelingt es dir, Zettel interessant zu machen. Der Mann ist ein Idiot, und ich weiß nicht, was du gemacht hast, aber es war etwas, das mich dazu brachte, Zuneigung zu ihm zu empfinden.«

Ant hielt inne, schüttelte den Kopf und setzte dieses entwaffnend charmante Lächeln auf, das Daphne einmal erwähnt und ihm geraten hatte, es sich zunutze zu machen, wann immer nötig. Wie oft bei Daphnes Ratschlägen war er nützlich, allerdings hatte er das Gefühl, er sei auch fern von der Bühne am Schauspielern, etwas, das er nie tun wollte. »Oh, danke schön. Vielen Dank, Sir.«

»Es ist wahr.« Der Pfarrer betrachtete ihn wohlgefällig. »Mit den kleinen Vorführungen, die du auf der Veranda gegeben hast, ist es auch so. Immer das Gleiche. Es macht keinen Unterschied, ob du eine junge Dorfschöne spielst oder einen Buckligen oder einen dicken, alten Pfarrer wie mich, du schaffst es immer, dass sie echt zu sein scheinen, lieber Ant.«

In dem behelfsmäßigen, im Pfarrgarten aufgestellten Zelt, das als »Hinterbühne« eher im Stil einer Theatertruppe der Restaurationszeit mit herumschlendernden Schauspielern diente, herrschte bohèmehaftes Chaos. Es war der letzte Abend der Spielzeit (von drei Abenden, aber sie betrachteten sich jetzt als Profis), und eine aufregende Stimmung breitete sich aus. Jane Goudge hatte Holunderwein gebracht, und Ant hatte ein Glas für sich allein bekommen. Helena und Demetrius, beziehungsweise die Dorflehrerin und Jim, der Postamtsvorsteher aus Swanage, der nur ein Bein hatte, tanzten langsam miteinander neben den zwei Leuchtern, die in der Düsternis flackerten. Joe Gage hatte seinen kompletten Text auswendig gekonnt und sogar unfreiwillig an zwei aufeinanderfolgenden Abenden stürmischen Beifall geerntet. Es war noch nicht ganz dunkel.

Ant war aufgekratzt, freute sich über den Beifall und die Aufmerksamkeit. Trotz der Tatsache, dass er sich überhaupt nichts aus seiner Figur machte, war er von dem Stück begeistert. Er konnte seinen Text. Er mochte es, hinter der Bühne zu sein und zu beobachten, wie die Mädchen ihre Verwandlung durchliefen, wie sie aufgeregt plauderten und wie man Blicke auf das Publikum erhaschte, das sich zu seinen Plätzen begab. Nur einmal, mitten in der Aufführung am zweiten Abend, hatte eine Sirene den Ablauf unterbrochen, und er hatte die Schauspielerkollegen von der Bühne in den sicheren Keller des Pfarrhauses geführt und war danach zurückgekommen, um die Zuschauer in Sicherheit zu bringen.

»Was für ein netter junger Mann«, hatte jemand Dinah und Daphne gesagt, als sie aus der ersten Reihe herauskamen.

»Er ist mein Großneffe«, hörte er Dinah sagen. «Und zwar ein äußerst *zufriedenstellender.*«

Das, der Stimmbruch und die regelmäßigen Kusseinlagen mit Julia Fletcher, die jetzt eine anerkannte Tatsache des Heimwegs nach den Proben waren, das alles gab ihm zum ersten Mal ein unerwartetes

Gefühl der Macht, er war der Herrscher seines eigenen Bereichs. »Der Hahn im Korb«, hatte ihn Daphne vor zwei Wochen beim Frühstück genannt, und Dinah hatte gelacht.

»Was heißt das denn?«, hatte er, durch ihr glucksendes Lachen verunsichert, gefragt.

»Ach, mein lieber Ant«, meinte Dinah, »sie neckt dich doch nur. Du bist eben diesen Sommer plötzlich ziemlich erwachsen geworden, sonst nichts.«

Er mochte das nicht, wenn sie so in Rätseln sprachen oder unter sich über ihn lachten. Der Sommer war heiß und seltsam ruhig weitergegangen. Irgendwie, und er war nicht sicher, wann, hatte Dinah den Kampf in Sachen Internat gewonnen, und er würde nun, sehr gegen seinen Willen, im September zur Downham Hall aufbrechen. Er konnte sich nicht erinnern, seine Einwilligung dazu gegeben zu haben. Denn Dinah wusste, wie sich unangenehme Themen umgehen ließen, ihm war nicht klar, wie, aber sie konnte es einfach. Diejenigen, die sie unterschätzten, die sie nur als alberne, redselige Exzentrikerin in langen Schlabberkleidern sahen, täuschten sich. Zunächst einmal war sie nicht alt. Im Vergleich zum Pfarrer oder Alastair war sie noch relativ jung, und ihr Gesicht war recht jung und hübsch, jetzt, da es nicht mehr hinter all den Haaren versteckt war. Und albern war sie auch nicht. Sie wusste und verstand weit mehr als Bob Dolney, der ziemlich aufgeblasene junge Vikar mit Plattfüßen, der Kommunist war und viel Zeit damit verbrachte, über Stalin zu reden. Oder als Mr Hill, der Anwalt des Orts, der vorgab, alles über Frühgeschichte zu wissen, und dem sie höflich zuhörte, selbst wenn er ihr über Dinge berichtete, die sie wahrscheinlich selbst ausgegraben hatte ... Und sie wusste auch andere Dinge, zum Beispiel, wie man mit dem Mann in der Werkstatt verhandeln musste, der sich um ihr Auto kümmerte, und obwohl sie im Haushalt völlig unfähig war, fragte sich Ant manchmal, ob sie vielleicht manchmal absichtlich, nur manchmal, dieses exzentrische Gebaren ein wenig pflegte. Nur ein wenig.

Als sie dieses Mal im violetten Dunstschleier der Nacht auf dem Heimweg waren, den Grillen in den Hecken zuhörten und sich dem mit Stacheldraht umgrenzten Strand näherten und die schwachen Geräusche ausgelassener Heiterkeit von der Pfarrei in der Ferne verklangen, war Tony still und dachte an die herrlichen Tage der Aufführungen, die nun hinter ihm lagen, und darüber, was Reverend Goudge gesagt hatte: *Du solltest mal über die Schauspielerei nachdenken.*

Neben ihm gingen Julia und Ian. Er merkte, dass Julia unbedingt ihren jüngeren Bruder los sein wollte; sie seufzte mehrmals theatralisch und unternahm plumpe Versuche, ihn abzuschütteln. »Ach, Ian, ich hab meine Tasche liegen lassen, wärst du so lieb und läufst zum Zelt zurück?« Aber Ian überhörte das anscheinend und hing wie eine Klette an ihnen. Tony selbst war tief in Gedanken und hörte nur halb auf Julias Geschichte von einem Gedicht und auf Ians merkwürdige, gekünstelte Antworten. Sie schrieb gerade an diesem Gedicht über eine symbolische Mohnblume in einer englischen Hecke – dabei schlang sie sich immer wieder einen roten, lang herunterhängenden Schal um den Hals, der überhaupt nicht zu ihrem ganz hübschen Baumwollkleid passte.

Bisher war es Ant nie eingefallen, dass er Schauspieler werden könnte wie sein Vater. Philip Wilde war so oft nicht da gewesen, dass Ant keine klare Erinnerung hatte, weder an seinen Vater noch daran, was er genau beruflich machte. Er war wirklich ein ichbezogener kleiner Junge gewesen, dachte er, von seiner Mutter wie ein Prinz behandelt, wo er in Wirklichkeit doch sehr normal war. Er erinnerte sich an die eine große Rolle seines Vaters, Captain Hook in *Peter Pan* im West End, mit der obligatorischen Perücke und Säbel ausgestattet. Er übte seine Fechtstellungen in der Küche. Ant hatte das immer aufregend gefunden; er hatte *Peter Pan* gelesen, und das war etwas am merkwürdigen Beruf seines Vaters, das er verstand. Ansonsten konnte er sich jedoch im Zusammenhang mit seinem Beruf an nichts erinnern.

Außerdem – wer weiß, wann der Krieg zu Ende sein würde, und wenn es jemals so weit war, ob es dann noch Theater geben würde und ob sie Schauspieler benötigten oder ob sie stattdessen tanzende Girls und Filme wollten, nicht altmodische Stücke? Er konnte sich nicht wirklich an das Leben ohne Krieg erinnern; erst letzte Woche hatten Dinah und Daphne beide gelacht, und Dinah hatte ihn ungestüm umarmt, als er sagte: »Aber was wird mit den Zeitungen sein nach dem Krieg? Man sollte sie doch weiter drucken.« Er hatte geglaubt, Zeitungen seien erfunden worden, um über den Krieg zu berichten. Denn er konnte sich an keine Zeit entsinnen, in der es andere Nachrichten gab. Und auch die anderen Kinder konnten das nicht. Julia hatte ihm einmal erzählt, dass sie Alastair an Weihnachten gefragt hatte, ob Hitler immer schon Deutschlands Führer gewesen sei, und dass sie überrascht gewesen sei, als ihr normalerweise zurückhaltender Vater sie mit Tränen in den Augen in den Arm genommen hatte. Nein, hatte er gesagt. Nein, und er wird es auch nicht mehr viel länger sein, das verspreche ich dir.

Die düstere Aussicht, dass die Schule anfangen und das faszinierende Leben mit Dinah zu Ende sein würde, hing wie eine dunkle Wolke über ihm. Das Gefühl der Angst, mit dem er dem allem entgegensah, konnte er nicht ablegen, und jetzt, da das Stück zu Ende war, kam der Abschied vom Bosky immer näher. Es würde dunkel und kalt sein, und er würde niemanden kennen. Er konnte nicht zum Leben als Wilde zurückkehren, der mit anderen dummen Jungen herumalberte und sich ihre dämlichen Geschichten anhörte. Er mochte Jungs nicht, er mochte die Atmosphäre unter Jungen nicht. Er mochte Frauen und war gern mit ihnen zusammen. Und er lebte gern mit Tante Dinah zusammen.

»Hab 'n Krampf«, rief er Julia und Ian zu, setzte sich plötzlich auf die Straße und löste seine Schnürsenkel. »Das kommt von diesen Stiefeln. Geht ohne mich weiter.«

»Oh«, sagte Julia und blieb überrascht stehen. Ihr Glas mit Glühwürmchen stellte sie auf den Boden. »Brauchst du Hilfe?«

»Verdammt. Ich geh jetzt«, sagte Ian, stiefelte mürrisch voraus, und Tony hörte ihn leise fluchen.

»Na schön«, sagte Julia, schüttelte ihr Haar und lächelte zu ihm hinunter.

An dem Abend war selbst Tony überrascht, wie leicht und schnell sie es geschafft hatten, allein zu sein, und er machte sich daran, mit Julia so weit zu gehen, wie er bisher gekommen war. Diesmal war es etwas anders: Diesmal verzogen sie sich gemeinsam in den Schutz des Abstellgleises am Weg, drückten einander hektisch gegen das Tor, und ausnahmsweise war er es, der an ihren Kleidern herumnestelte und sie anwies, was sie tun solle, und sie, die zuerst ziemlich unsicher war, da sie bei allem Regie führen wollte, willigte erfreulich schnell ein. Das blumenbedruckte Kleid war schnell aufgeknöpft, und sie schob seine Hand in ihren Baumwollschlüpfer und ließ ihn mit seinem Finger manipulieren. Es war feucht und aufregend, und während sein Penis aus seiner Shorts hervorragte, brachte sie es mit ihren unbeholfenen Händen fertig, dass er den Höhepunkt der Lust allzu schnell erreichte.

»Du solltest das auch für mich machen«, sagte sie, nachdem er sich mit auf die Brust heruntergesacktem Kopf und schwer atmend erholt hatte.

»Was machen?« Er wollte sie an sich ziehen, denn er fragte sich, ob sie es noch einmal machen und sie sich inzwischen küssen könnten.

»Machen, dass ich mich genauso fühle. Du solltest es bei mir machen. Wir machen das im Internat miteinander.«

Tony schien offensichtlich verwirrt. »Was machen?«

»Sag nicht immer *Was machen!*« Julia deutete auf seinen schlaffen Penis und auf ihr von seiner Samenflüssigkeit feuchtes Kleid hinunter. »Du kannst es schaffen, dass Mädchen sich so fühlen. Und das solltest du, wenn du fester rubbelst und dich 'n bisschen mehr anstrengst.«

»Das hab ich nicht gewusst.« Er hatte das Gefühl, einen schweren Verstoß gegen das in der Gesellschaft übliche Verhalten begangen zu haben, offensichtlich war dies etwas, das man tat, und offensichtlich hatte er das nicht begriffen. »Tut mir leid. Dann zeig's mir.« Er griff nach ihrem BH, aber sie begann schon, ihr Kleid wieder zuzuknöpfen.

»Nein, nicht heute Abend. Ich muss zurück. Ian wird es Dad sagen, wenn ich nicht bald da bin. Er würde uns sehr gern eines Tages erwischen, weißt du.«

»Dein Vater? Er mag mich doch«, sagte Tony zuversichtlich.

»Er mag dich vielleicht, weil du Dinahs Neffe bist, aber wenn er denken würde, dass du mit mir hinter einer Hecke rummachst, würde er dich wahrscheinlich erwürgen. Er ist so ein viktorianischer Typ, der meint, die Beine des Klaviers sollten bedeckt sein. Er sieht absolut überall Sex, der arme Kerl, wahrscheinlich weil es so lang her ist, dass er etwas mit einer Frau zu tun hatte.«

»Julia, lass das«, sagte er. »Er ist schließlich dein Vater.«

»Meine Güte, du hörst dich an wie er, wenn du so streng guckst. Es geht doch einfach um Körper, oder?« Sie lächelte ihm zu; er fand, sie sei sehr nett, besonders jetzt, da sie nicht versuchte, theatralisch zu wirken. Ihre Zähne waren gleichmäßig und weiß, und ihre sommersprossigen Wangen waren gerötet. Plötzlich überkam ihn eine törichte Neigung zu ihr, und er wünschte, sie würde nicht gehen.

»Was machen wir jetzt, wenn das Stück vorbei ist?«, sagte er halb zu sich selbst, eine schreckliche Mattigkeit schien ihn zu erfassen, die von irgendwo hoch oben kam. Er fühlte sich elend.

»Wie wär's mit einer Radtour morgen?«, schlug Julia vor. »Wir könnten nach Brownsea rübersegeln. Ich wollte sowieso gehen; da gibt es eine alte Festung, die ich für meine Kunstlehrerin zeichnen will. Sie hat uns gesagt, wir sollten Monumente zeichnen, falls sie zerbombt werden und für das Land verloren gehen. Wir könnten ein Picknick mitnehmen und abseits irgendwo schwimmen. Na, möchtest du?«

Es kam mit solch naiver Begeisterung heraus, dass er ihr zulächelte. »Sehr gern. Danke.«

»Wir lassen Ian außen vor, oder? Er packt sowieso für die Schule.«

»Sag nichts über Schule«, meinte Tony, bei dem sich die frühere Übelkeit wieder meldete. »Ich will nicht hin.«

»Na gut, wir werden überhaupt nicht davon reden, wir werden uns nur einen schönen Tag machen. Bring Brot mit, wenn du kannst, ich habe Fischpaste und jede Menge Erdbeeren und Mirabellen. Bis dann«, sagte sie fast fröhlich, als hätten sie Blumen gepflückt oder so etwas, und dann rannte sie fort in die Nacht.

Ant ging hinter ihr her den Weg entlang, das Gesicht zum Himmel erhoben, und spürte die Brise auf seiner abkühlenden Haut. Die Nacht war dunkel und mondlos, und er tastete sich den Weg entlang und die Seitenstufen zum Vordereingang des Hauses hinauf. Er war jetzt daran gewöhnt, sich im Dunkeln zu bewegen, wogegen es ihn früher in Schrecken versetzt hatte. Als er auf das Bosky zu und die Stufen hinaufging, stand seine Großtante da und schaute von der noch offenen Tür auf die Veranda. Die Arme hatte sie in die Hüften gestützt, sie neigte sich aus der Taille leicht nach vorn, als wolle sie sich vorbeugen, könne es aber nicht.

»Hallo, Tante Dinah?«

Sie hatte ihn nicht hereinkommen hören und drehte sich ihm langsam zu, ihr Gesicht konnte er nicht sehen. »Ant, mein Lieber ... Ja natürlich. Wie war es?«

»Es war grandios. Reverend Goudge sagte, ich sollte darüber nachdenken ... Aber was hast du, Tante Dinah?«

Als er sie betrachtete, verstand er zum ersten Mal den klischeehaften Ausdruck »kreideweiß«. Ihr Gesicht war gespenstisch blass, kalkweiß und totenbleich, als sei sie an einem Abend um viele Jahre gealtert. *Ich hätte sie nicht wiedererkannt, wenn ich auf dem Weg an ihr vorbeigekommen wäre,* dachte er.

»Es tut mir leid, dass wir nicht gekommen sind, lieber Ant. Wir waren zu Haus, ja, ich hätte kommen sollen.«

»Was ist passiert?« Er schaute sich um, seine euphorische Stimmung erlosch langsam, und dann bemerkte er erst die Unordnung im Wohnzimmer. Zwei Gläser waren umgefallen und auf dem Boden zerbrochen, Tante Dinahs Brille lag verbogen und zersprungen auf einem Roman, der auch beschädigt war, als sei jemand daraufgetreten. Die Kissen auf dem Sofa waren durcheinander. Der große Radioapparat aus Holz war nach hinten gekippt und stotterte immer wieder etwas in die Stille hinein, und alle Kartons, deren Inhalt noch durchzusortieren war, waren geöffnet und der Inhalt auf dem Boden verstreut.

Dinah sagte nichts. Ant bückte sich und hob ihre Brille auf. »Tante Dinah«, sagte er und reichte sie ihr, und dabei sah er die Blutstropfen auf den alten, abgenutzten Sofakissen.

»Was ist das?«, sagte er. »Bist du verletzt?« Es war die Stille, die Erstarrung im Raum, die ihm am meisten Angst machte. »Was ist geschehen? Was hast du gemacht?«

Schließlich sagte sie: »Sie hat mich reingelegt. Sie versuchte, mich dazu zu bringen ... Aber ich wollte nicht.« Sie blickte zu ihm hinunter, ihr großes Gesicht war ganz eingefallen vor Kummer. »Wir hatten Streit.«

»Worum ging's?«

»Darum, die Wahrheit zu sagen. Darin bin ich nicht gut. Du musst mir verzeihen, Ant. Ich habe dich angelogen. Und ich habe gelogen ...« Wie ein Kind wischte sie sich die Nase am Ärmel ab. »Darüber hab ich auch gelogen!«

»Da gibt es nichts zu verzeihen, Tante D ...« Er ging zu ihr hin, setzte sich neben sie und legte den Arm um ihre dünne Schulter. Ihre formlose Kakibluse war steif vor Schmutz. Sie hatte es mit dem Waschen von Kleidung und mit Körperpflege nie so genau genommen; aber in letzter Zeit hatte selbst er, ein Jugendlicher, den Geruch etwas heftig gefunden.

»Aber, wo ist denn Daphne?«, fragte er und rümpfte die Nase. »Wir könnten doch zur Feier des Tages ...«

»Sie ist zurückgefahren nach London. Sie ... sie war wütend auf mich. Ich wollte das nicht tun, was sie von mir verlangte.« Ihre dünnen Schultern zitterten. »Sie sagte, es wäre das letzte Mal, und dann bat sie mich immer wieder ...«

»Was meinst du?« Ant biss sich auf einen Finger und starrte sie an, es war schrecklich, sie so aufgelöst zu sehen.

»Ich – ich habe einen Fehler gemacht. Hab gespielt, und die Chancen standen schlecht. Bitte, Ant, lieber ...« Sie löste sich von ihm, presste ihre zitternde Hand an den Mund und unterdrückte ein Schluchzen. »Nichts mehr davon, nicht jetzt.«

Sie schob ihn zur Seite und stampfte nach unten, ihre Schritte auf der Treppe ließen das ganze Haus erbeben. Die Tür zur Veranda fiel von einem plötzlichen Windhauch zu, und er blieb allein in der erbarmungslosen Dunkelheit.

KAPITEL DREIUNDZWANZIG

1987

Am Tag seiner Hochzeit wachte Ben um fünf Uhr morgens auf und wusste, er würde nicht wieder einschlafen können. Er lag in seinem alten Kinderzimmer, das mit einem pastellfarbenen Zickzackmuster tapeziert war, ihm gegenüber hingen noch die Poster von Bowie und Roger Moore in *Live and Let Die*. Draußen im Marble Hill Park hörte er die Ringeltauben gurren und nahm den fernen, typischen Geruch der feuchten Herbstluft vom Fluss her wahr. Benommen stand er auf und schaute aus dem kleinen Fenster. Er war schon so lange nicht mehr hier gewesen. In solchen herbstlichen Morgenstunden wie jetzt war der Fluss vielleicht am allerschönsten.

Eine Zeit lang lag er da und dachte an alles, was an diesem Tag getan werden musste. Er wusste – genauso wie seine Eltern –, dass Mads dazu neigte, sich zu sorgen und nahezu hysterisch zu werden, wenn sie überfordert war. Sie fand große Menschenansammlungen furchterregend. Das war ihm nicht klar gewesen, bis sie begannen, in Bristol auszugehen, denn vorher hatte er sie eigentlich immer nur an der Worth Bay gesehen, wo das alltägliche Leben ziemlich entspannt war. Seine Eltern hatten, das sah er jetzt, die wunderbare Fähigkeit, alle davon zu überzeugen, dass alles glattlief, dass das Leben großartig sei, ob sich das mit der Wahrheit deckte oder nicht. Es war ungemein tröstlich. Er hatte sich von ihnen abwenden und wegziehen müssen, um zu entdecken, wie kompliziert es war, diesen Trick zu vollbringen.

In überfüllten Studentenkneipen oder bei Konzerten war Mads blass und still und versuchte, so zu tun, als sei alles in Ordnung. »Ich find's toll«, sagte sie dann, wippte im Takt und mit forcierter Begeisterung für eine Gruppe langhaariger, gitarreschwingender junger Leute in Lederklamotten mit und schenkte ihm ihr breites Lächeln. »Du nicht? Ist es nicht toll, Ben?« Er nahm dann ihre Hand und spürte, dass sie eiskalt und feucht war. Nach und nach wurde ihm klar, dass sie das für ihn tat, weil sie wollte, dass er sich amüsierte. So viel von dem, was sie tat, hatte den Sinn, ihn glücklich zu machen. Erfüllt von der Arroganz eines jungen Mannes, fand Ben das besorgniserregend und dann unheimlich rührend. Er verstand es als Privileg, von ihr geliebt zu werden. Da er über ihre düstere Kindheit Bescheid wusste, erschien es ihm wie ein Wunder, dass sie jemandem trauen konnte. Er und Cord waren zu jung gewesen, um zu begreifen, welche Wahrheit hinter ihren merkwürdigen Kleidern steckte und dahinter, wie hungrig, dünn und schmutzig sie war.

Mads erzählte ihm und Cord in einem der Sommer, dass sie einmal vor ihrem Vater ausgerissen war, als Ian Fletcher versehentlich das Küchenfenster offen gelassen hatte. Erst nach ihrer Verlobung, als sie zu ihrem alten Zuhause Beeches zurückgekehrt waren, bevor es verkauft wurde, erst als er das triste, ärmliche Haus betrat, sah er das betreffende Fenster – in der Größe eines DIN-A4-Blatts, hoch oben, weit weg vom Boden. »Ich stieg auf ein paar alte Bücher, um rauszuklettern«, erzählte sie ihm, als sie in der feuchtkalten Küche standen. »Ich glaube, deshalb hat er mich geschlagen, als ich zurückkam, weil er es nicht mochte, wenn seine Bücher durcheinander waren.«

»Wohin bist du weggelaufen?«

»Oh, das ist es ja, ich kannte euch noch nicht, deshalb konnte ich nicht zu euch laufen. Ich bin eine Ewigkeit am Strand auf und ab gerannt, und dann war ich so müde, dass ich auf dem Sand einschlief. Und am Morgen, als ich aufwachte, kamen viele Familien zum Strand, zum Spielen und um Spaß zu haben, und sie starrten mich alle an, als wäre ich …« Sie hatte den Kopf geschüttelt, dass die Haare flogen »… Müll, Abschaum. Eine Mutter, sie hatte ein schönes, geblümtes Trägerkleid an, und sie gab jedem Kind eine Birne. Es sah so schön aus. Und sie sah wirklich nett aus. Deshalb lächelte ich sie an. Ich war ganz voller Sand, und sie nahm die Kinder näher zu sich, als würde ich sie mit einer Krankheit anstecken.« Er hatte sie zu sich herangezogen, und sein Herz verkrampfte sich. »Da bin ich zurückgegangen. Ich wusste nicht, was ich sonst hätte tun können. Wer würde mir glauben? Wohin sollte ich gehen?«

»Oh, mein Schatz. Wie alt warst du damals?«

»Sieben. Vielleicht sechs.« Sie hatte auf die Frage hin ernsthaft überlegt und schaute zu dem Küchenfenster hoch. »Es war ihr Gesicht. Das machte mir klar, dass mir niemand helfen würde. Dann hab ich euch gefunden ... Ich fand euch, und Tante Jules kam zurück.« Er hatte sie umschlungen gehalten, aber sie löste sich von ihm. »Ich hatte wirklich Glück.« Das sagte sie immer. »Ich habe solches Glück.« Und er glaubte ihr nicht, keine Sekunde.

Bens erste Aufgabe im Beruf, eine Tätigkeit als bescheidener zweiter Regieassistent bei einer britischen Komödie, die Simon ihm besorgt hatte, war gut gelaufen, und er war mit dem Regisseur in Kontakt geblieben. In seiner Freizeit schrieb er Drehbücher und traf sich mit jedem, der es ihm gestattete, denn obwohl er jung war, wusste er, dass er Regie führen wollte. Große, sensationelle Filme im Stil von *Der weiße Hai,* kleine, gefühlstiefe Arthausfilme – jedes und alles. Das war schon immer so gewesen. Vom Regisseur des Komödienfilms wurde Ben für einen Job als Regieassistent bei einer sehr erfolgreichen, von der BBC Wales produzierten Soap-Opera empfohlen. Alle sagten, er würde dabei die beste Erfahrung sammeln, aber es hieß, dass er für drei Monate nach Cardiff ziehen musste, und sie verschoben die Hochzeit um ein Jahr. Er empfand es als eine große Erleichterung, dass er sich auf seine Arbeit konzentrieren und an dem Drehbuch schreiben konnte, das er in Arbeit hatte, und Mads, die gerade angefangen hatte, als Entwicklungsingenieurin im Rolls-Royce-Werk in Filton zu arbeiten, gestand an einem seiner Wochenenden zu Hause in Bristol, dass es ihr auch so ging. »Ich wünschte, es wäre schon vorbei«, sagte sie und griff nach seiner Hand, als sie vor einem vollen Pub in Clifton saßen und starken Apfelwein tranken; es war dasselbe Pub, vor dem sie nach so vielen Jahren zum ersten Mal wieder miteinander gesprochen hatten. »Dann wären wir schon verheiratet und säßen gemütlich in unserer kleinen Wohnung und müssten uns um nichts kümmern, als zusammen zu sein.«

Trotzdem wollte sie eine große Hochzeit, ein Fest. Denn natürlich machte man das heute so, obwohl Althea betonte, dass zu ihrer Zeit Hochzeiten noch nicht der Riesenzirkus waren, der sie heute seien. »Ich habe in einem taubengrauen Bouclékostüm im Standesamt von Chelsea geheiratet, ohne Brautjungfern. Das Kostüm trug ich später noch jahrelang, wir hatten fünfzehn Gäste, danach gab es Lunch im Arts Club, und dann gingen wir alle nach Haus«, sagte sie gern und zu absolut jedem, der zuhörte, wenn sich das Thema der Hochzeit ergab. Und zu Ben gewandt, fügte sie dann hinzu: »Mads wünscht sich eine große Hochzeit, weil sie meint, dass man das so machen sollte, nicht, weil sie das will.«

Ben fand das auch, aber er meinte doch, dass es um mehr gehe. Cord umschrieb das Fest, das Mads wollte, so, dass damit gesagt wurde: »Schaut her, ich gehöre jetzt offiziell zu dieser Familie.« Seine Schwester hatte das auf recht sarkastische Art und Weise gesagt, aber es war etwas Wahres daran. Zum Beispiel waren die Brautjungfern vier alte Freundinnen von Mads aus der Schulzeit, die er nie kennengelernt hatte und die Mads kaum jemals sah. Sie sollten in korallenrosa Monstrositäten aus Taft stecken und Krönchen aus Schleierkraut tragen. Die Kirche war sehr groß und reichte aus, um Mummas und Daddys Theaterfreunde zu fassen, und genau richtig für Cords Stimme, denn während sie sich rundheraus geweigert hatte, eine der Brautjungfern zu sein, hatte sie widerstrebend eingewilligt zu singen.

»Ich will nicht, dass die Leute mich anschauen, wo es doch dein Tag ist«, hatte sie gesagt.

»Ich will das schon«, sagte Mads. »Je mehr Leute dich anschauen, desto weniger werde ich angeschaut, und dir macht es nichts aus, aber ich kann es nicht ausstehen.«

Der Empfang nach der Trauung war im Marble Hill House, einige

Hundert Meter vom River Walk entfernt. Und sie würden am nächsten Tag zu Drinks und Musik und zu einem Lunch für die Familie und enge Freunde zum Haus seiner Eltern zurückkommen. Ben machte sich eine Notiz, dafür zu sorgen, dass die Burschen von Oddbins den Sekt in den Keller gestellt hatten, wo er kühl bleiben würde.

Das ließ ihn darüber nachdenken, ob, wenn sie das nicht getan hatten, noch Zeit genug wäre, ihn später zu kühlen, und schließlich wurde dem Regisseur in ihm klar, dass es wohl das Beste wäre, wenn er aufstand und es selbst machte. Er wusste ja, dass er sowieso nicht mehr schlafen konnte. Ben zog seine Levi's und ein T-Shirt an und trottete geräuschlos nach unten, vorbei an dem riesigen Salon, Schauplatz so vieler Partys der Wildes, aber jetzt erstarrt und graugelb im Morgenlicht. In der Diele zog er seine alten Gummistiefel an und schaute treppauf zu dem großen Fenster, das an der Rückseite des Hauses war. Als Madeleine zum ersten Mal zum River Walk gekommen war, es war erst vor ein paar Monaten gewesen, weil sie wirklich nicht so oft in London waren, war sie ziemlich überwältigt.

»Einmal war ich früher über Nacht hier, bevor ich zu einem Schüleraustausch nach Frankreich fuhr. Ich wusste noch, dass ihr in einem großen Haus gewohnt habt«, sagte sie und drückte seinen Arm, als er sie zur Veranda hinüber und in die Küche führte. »Aber, mein Gott, es ist tatsächlich etwas einschüchternd.«

Für Ben war es einfach sein Zuhause, wo er die meiste Zeit seines Lebens zugebracht hatte. Weder hasste er es, wie er es verabscheute, durch das Tor seiner Schule zu gehen, wo in riesigen Lettern die Inschrift *Huc Venite Pueri Ut Viri Sitis* (Sie kommen als Jungen, aber gehen als Männer) jeden Jungen bei der Ankunft begrüßte. Noch liebte er es und träumte davon wie vom Bosky, wie sie das alle taten, wenn sie wünschten, die öden, grauen Wintermonate wären vorbei, und beteten, der Sommer möge kommen, damit sie wieder dort sein konnten ... River Walk war der Ort, wo seine Legosteine aufbewahrt und seine Schulbücher ordentlich im Bücherregal aufgestapelt waren. Dort hatte er die meisten Nächte seines Lebens geschlafen, aber nachdem er von zu Hause wegzog und in Bristol studierte, hatte er kaum noch an das Haus gedacht, war schon gar nicht zurückgekommen. Es war einfach leichter wegzubleiben.

Der Sekt war ganz sicher in dem kühlen, feuchten Keller unter dem Garten hinterm Haus.

Ben war nicht sicher, was er mit sich anfangen sollte, jetzt, da er auf war; er ging durch den langen, taufeuchten Garten und trat hinaus auf den Weg zum Fluss hinunter. Es war sehr ruhig und, als er die Themse erreichte, absolut still. Es schien, als werde die Trauerweide am Ufer in das tintenschwarze, fast reglose Wasser gezogen. Über dem Fluss drüben leuchtete die Seite des Ham House in der aufgehenden Sonne in einem glühenden, flammenden Rot. Ein Sumpfhuhn schwamm lautlos im Wasser. In der Ferne hörte er einen Hund bellen. Ben vergrub die Hände in den Taschen seiner Jacke und stieß einen tiefen Seufzer aus, der plötzlich stockte, als er ausatmete.

Er war dreiundzwanzig und hatte heute Hochzeit, und danach würde alles anders sein. Für viele seiner Freunde schien das ein lächerliches Alter, um einen Hausstand zu gründen. Einige von ihnen studierten noch. Zwei von ihnen waren noch nie bei einer Hochzeit gewesen und konnten es kaum glauben.

»Warum musst du denn gleich *heiraten?*«, hatte sein alter Schulfreund, vielmehr sein einziger Schulfreund, Bingham ihn noch am gestrigen Abend gefragt. Sie waren im White Swan am Flussufer etwas trinken gegangen. Bingham fuhr total auf Metal ab, er war sogar in Berlin gewesen, um Motörhead zu hören, und hatte ein Tattoo von Ace of Spades, auf das er unmäßig stolz war. Tagsüber war George Bingham Rechtsreferendar. Er hatte eine Freundin, die Louise hieß, auch ein Mädchen aus der weiteren Umgebung von London, die jetzt ein Punk war mit einer richtigen Sicherheitsnadel im Ohr. Ben hatte sie kennengelernt, und sie hatte sie für ihn herausgenommen und ihm in detaillierten Einzelheiten beschrieben, wie man sein eigenes Ohr piercte. Sie war Schwesternschülerin, deshalb kannte sie sich so gut damit aus, erklärte sie. Es schien so normal für die beiden, dieses Leben zu führen, am Tag arbeitete man, und am Abend spielte man und machte sich nicht viele Gedanken über den Rest.

»Warum?«, hatte Ben geantwortet. »Weil ... ich sie liebe, und sie liebt mich, und wir wollen unser gemeinsames Leben beginnen. Weißt du, wenn man den Horizont sehen kann ...«

So hatte Mads es ihm erklärt.

»Du bist der Horizont. Am Himmel ist ein großer, leerer Raum, und du bist das, auf das ich mein ganzes Leben schon zugegangen bin«, hatte sie ihm an einem eiskalten Abend in ihrem kleinen Zimmer in Bristol erklärt, nicht lange nachdem sie sich zusammengetan hatten.

Die meisten von Bens Freunden, die mit ihm Theater und Film studiert hatten, wohnten in besetzten Häusern in der Nähe der Gloucester Road und gingen zu Demos und hatte Nelson-Mandela-Poster an der Wand und sahen *Spitting Image,* während sie sich am Sonntagabend von ihrem Kater erholten. So lebte man eben. Aber Mads hatte in ihrer winzigen Wohnung, die sie mit einer anderen Studentin der Ingenieurswissenschaften teilte, eine riesige südafrikanische Fahne aus dem Fenster hängen, und sie hatte einen Kalender, auf dem die Tage angestrichen waren, die Mr Mandela im Gefängnis verbracht hatte. Jeden Monat schrieb sie Briefe an die südafrikanische Botschaft und an die chinesische wegen politischer Gefangener, und an die Türken wegen der Kurden – sie schrieb jede Menge Briefe. Sie empfand alles mit großer Tiefe des Gefühls, das wusste er schon immer über sie. Seit ihrer Kindheit.

Ben setzte sich auf den gekrümmten Ast der Weide, fröstelte in der kühlen Luft und sah zu, wie sich das Licht auf dem Fluss veränderte.

Er war in einer eigenartigen Stimmung, etwas stimmte nicht ganz. Er wünschte, er könnte richtig mit Cord reden. Aber sie war nie da. Seit ihrem Triumph in *Die Hochzeit des Figaro* hatte sie ohne Unterbrechung gearbeitet. Wenn Ben darauf zurückblickte, war es durchaus einleuchtend. Cord war geboren, um ein Star zu sein, eine Diva nach ihren eigenen Vorstellungen.

Und sie nutzte ihren Ruhm und ihr Beschäftigtsein als Schutzschild, um alle von sich fernzuhalten. Sie war ruhiger, das Kinn weniger entschlossen, und der verschleierte Blick ihrer blaugrauen Augen hatte einen Anflug von Müdigkeit; die Winkel ihres schönen, gewölbten Mundes waren nun heruntergezogen.

Er und Hamish waren zusammen zur Albert Hall gegangen, nachdem sie an jenem Tag angerufen hatte, um ihr Verhalten am vorherigen Abend zu erklären.

»Es tut mir so leid. Ich konnte nichts sagen. Schon gar nicht in dem Restaurant, ich war sicher, dass ein Kritiker hinter uns saß. Aber ich trete auf, Ben, ich trete auf. Isotta wollte ihr Hotelzimmer nicht verlassen. Sie sagte, es sei zu kalt in London und man hätte ihr keinen Chauffeur gestellt und sie könne es nicht riskieren, ein schwarzes Taxi zu nehmen.«

Mads war um Cords willen zu nervös, um zu gehen, und Mumma und Daddy wollten nicht im Stehplatzbereich der Prommers stehen und konnten keine Karten für Sitzplätze kriegen, deshalb gaben sie sich damit zufrieden, eine Party mit Empfang im River Walk zu organisieren. Also standen Ben und Hamish mit den anderen Prommers eingequetscht ganz hinten in der ovalen Arena. Ben war froh, dass Hamish dabei war. Er mochte ihn.

Die Gräfin hat im ersten Akt keinen Auftritt. Sie eröffnet den zweiten Akt mit einer der beliebtesten und schwierigsten Opernarien: *Porgi, amor.* Ben und Hamish, die sich zum äußersten Missfallen der anderen Konzertbesucher nach vorn durchdrängten, als die Musik zu spielen begann, hatten innegehalten und standen stocksteif, als Cord zu singen begann.

Da war sie – in einem langen, dunkelblaugrauen Kleid aus Rohseide, ihr dunkles, schwarzbraunes Haar war in Wellen aus ihrem herzförmigen Gesicht nach hinten frisiert, der Blick ihrer ernsten Augen war so eindringlich, dass das Blau darin fast verschwunden war. Als sie sang, wirkte es außergewöhnlich: Alles schien in Ordnung mit der Welt, und doch klang es so traurig.

»Lass mich sterben, Gott der Liebe, oder lindre meinen Schmerz.«

Die Übertitel, die über der Bühne erschienen, während sie sang, trafen ihn ins Herz, die leicht stockende Stimme, der gebeugte Kopf, die verschränkten Hände ... Das war Cord, aber doch etwas anderes, und ihre Stimme war rein, reif, vollkommen schön.

In diesem Moment liebte Ben sie uneingeschränkt, aber er wusste, dass sie ihn verlassen hatte, dass sie jetzt anders war. In Worten erklären konnte er es nie, eine höhere Ebene – das klang so hochgestochen. Aber sie war besonders, musste wegen der Gabe ihrer Stimme als außergewöhnlich gesehen werden, und er verstand das. Er, Ben, war nichts Besonderes, ein cleverer Typ mit Ideen und Tatkraft, das wusste er. Aber er gehörte zu Mads und sie zu ihm, an erster Stelle.

Von diesem triumphalen und doch melancholischen Abend an gewann er auch ein Verständnis für seinen Vater. Er sah auf eine Art und Weise, wie seine Schwester es noch nicht sehen konnte, dass Tony von einer Genialität geprägt war, die er, Ben, nicht hatte und die auch Althea abging, wie viel Talent sie auch hatte. Dass ihn das quälte, bestimmte ihn in gewisser Weise. Und fortan versuchte er, ihm zu verzeihen, ihn zu lieben. Er versuchte es.

Am darauffolgenden Tag brachte der *Evening Standard* allein schon drei verschiedene Erwähnungen von Cordelia Wilde, Tochter von Sir Anthony Wilde, und von ihrem hinreißenden Auftritt, den sie hatte, weil sie an die Stelle der inzwischen wie durch ein Wunder genesenen Isotta Cianfanelli getreten war. Man sagte, sie werde die nächste Kiri Te Kanawa sein. Der Kritiker der *Times* schrieb, dass sie mit ihrer perfekten Verschmelzung von Schauspiel und Gesang die entrückendste und berührendste Gräfin gewesen sei, an die er sich erinnern könne.

Ich habe keine Ahnung, wie sie mich berühren und mein Herz so tief ergreifen kann, wenn ich mehr als dreißig Meter von ihr entfernt in der schalldämpfenden Akustik eines Goldfischglases in der Albert Hall sitze. Aber sie bewirkt das, und es ist äußerst ergreifend und mitreißend. Ja, ich weiß nicht, wie sie es macht.

Aber Ben, der kaum zu atmen wagte, im Publikum von beiden Seiten eingeengt, neben dem vollkommen stillen Hamish, hatte die Antwort. Er verstand in dem Augenblick, dass sie es war, dass dort oben einfach Cord selbst stand und über die Liebe sang, nach der sie sich verzweifelt sehnte, die sie aber aus welchem Grund auch immer nicht annehmen konnte.

Er und Hamish waren schweigend zusammen zur U-Bahn-Station gegangen, und am Eingang hatte Hamish ihm die Hand gedrückt.

»Ich habe morgen einen Termin zum Vorsprechen, deswegen komme ich nicht mit zu deinen Eltern. Ich habe sie angerufen«, sagte er. Er klopfte Ben auf die Schulter, er war groß und stark, und Ben zuckte zusammen. »Wiedersehen, Ben. Bestell ihr liebe Grüße von mir.«

»Sag ihr das doch selbst«, meinte Ben und versuchte, unbeschwert zu klingen.

»Nein, nein«, sagte Hamish. Seine Kinnpartie war angespannt. »Es ist nicht unsere Zeit. Wirklich, so ist es.« Er nahm seine Brieftasche heraus und suchte nach etwas, ohne Ben anzuschauen. »Ich habe mir gesagt, in einem anderen Leben hätte sie mich vielleicht geliebt, hätte sie ihren Gesang nicht gehabt. Und ich würde ja nicht wollen, dass sie ihn nicht hat, würdest du das wollen?«

Ben schüttelte den Kopf, war jedoch unsicher, ob er ihm zustimmen sollte oder nicht.

»Ach, Ben. Viel Glück für dich, mein Junge, und deine wundervolle Madeleine. Ich hoffe, ihr werdet glücklich. Pass auf sie auf.«

Und er entfernte sich, ging am Victoria and Albert Museum vorbei, durch seinen hohen Wuchs hob er sich von den anderen zahlreichen Fußgängern auf den Straßen ab. Manche von ihnen blickten ihn bewundernd an, aber er beachtete es nicht. Es war einer seiner schönsten Charakterzüge, dass er sich seiner Ausstrahlung nicht bewusst war.

Das Vorsprechen bezog sich auf *Afternoon of the Raj,* die Fernsehserie, die ihn bekannt machte, als sie im folgenden Jahr gezeigt wurde. Das führte dazu, dass er England verließ und sieben Monate zu Dreharbeiten in Indien war, und dort lernte er seine Frau Sunita kennen, die er ein Jahr später in Bombay heiratete. Ben hatte von ihm gehört, eine arg mitgenommene Postkarte war zwei Wochen zuvor abgeschickt worden, auf der er ihm zu seiner Hochzeit Glück wünschte und ihn über seine eigene Hochzeit und darüber informierte, dass das Paar bald ein Kind bekommen werde. Cord wurde nicht erwähnt. Es war, als hätte er einen so großen Abstand wie möglich zu ihnen allen geschaffen. Als hätte er gewusst, dass er sie verlassen musste, solange er es konnte …

Ben schüttelte sich. Es brachte nichts, an einem Tag wie heute daran zu denken. Er stand auf, schwang die Arme und lächelte beim Gedanken an Mads, die mit etwas Glück noch fest schlief. Er hoffte, dass sie nicht wach gelegen und sich Sorgen gemacht hatte. Und an diesen dünnen, unbezähmbaren Fingern nagte, diese Finger, die niemals aufhörten, sich zu bewegen, ob sie an den Haaren zogen, alles berührten, das ihr ins Auge fiel, ihn stöhnen ließen vor Lust. In Bristol hatte er sie einmal im Labor gesehen, absolut reglos, wie eine Tänzerin, als sie einen Draht in ein Reagenzglas schob und mit der anderen Hand unbeirrt das Glas hielt. Aber sonst war sie angestrengt, ungeduldig, nervös, und wenn sie einmal schlief, dann wie ein Kind, zusammengerollt, die Füße in ihr Nachthemd verwickelt, die Haare um sich gewunden und das Gesicht ausnahmsweise ganz friedlich. Sie war seine Zukunft. Er und sie.

»Ben?« Eine Stimme hinter ihm rief, weit genug weg, dass er zuerst meinte, er bilde es sich ein, und dann noch einmal, »Ben, mein lieber Junge, du bist es, oder?«

Ben fuhr schuldbewusst zusammen, als wäre er bei schlechtem Benehmen ertappt worden. »Dad?«

Hinter den tropfenden Wedeln der Trauerweide sah er seinen Vater, der am Ende des Weges beim Treidelpfad stand und angestrengt zu ihm hinschaute. Er hatte seine alten Gummistiefel an und den verblichenen blauen Kittel, den er im Haus trug, darüber einen alten Regenmantel, der neben der Hintertür hing. »Wieso, in aller Welt, bist du so früh auf?«

Ben stand auf. »Ach, ich konnte nicht schlafen.«

»Na schön.« Sein Vater nahm eine Zigarette aus dem Kittel. »Willst du eine?«

»Nein danke.«

»'n Schluck von dem?« Tony schwenkte einen Flachmann, den er aus der anderen Kitteltasche gezogen hatte. Ein alter Mann fuhr auf einem Fahrrad an ihnen vorbei und starrte Tony an. Ben wurde rot. Sein Vater sah tatsächlich ziemlich exzentrisch aus.

»Es ist sechs Uhr morgens.«

»Heißt das ›Ja‹ oder ›Nein‹?«

»Nein danke, Dad.«

»Aha. Stört's dich, wenn ich 'n Schluck nehme?«

Ben zuckte apathisch mit den Schultern. Einvernehmlich begannen sie in Richtung Süden zu gehen, während die aufgehende Sonne sie mit goldenem Licht übergoss.

»Wie fühlst du dich?«

»Nervös. Bisschen mulmig eigentlich.«

»Ja. Ich kann mich gut daran erinnern.«

»Ja?«

»Absolut. Deine Mutter hatte an dem Tag selbst eine Ohreninfektion. Ich ging mit ihr zum Arzt. Und ich war tatsächlich froh, obwohl sie mir natürlich leidtat. Aber ich hatte da in meiner winzigen Einzimmerwohnung gesessen und mich immer elender gefühlt, und bevor sie anrief, dass ich sie zur Praxis in Hammersmith begleiten solle, ist es keine Übertreibung zu sagen, ich war schon fast so weit wegzulaufen.«

»Nein.« Ben schaute seinen Vater an. »Es hat dir nichts ausgemacht, dass es Unglück bedeuten könnte?«

»Was denn?«

»Sie am Hochzeitstag zu sehen.«

»Ach so. Na ja, wir sind ja sowieso so abergläubisch, wir Schauspieler. Ich glaube, das ist an uns beiden vorbeigezogen.«

»Das hab ich gar nicht gewusst«, sagte Ben verwundert. »Das mit dem Arztbesuch.«

»Hast du nicht?«

»Nein.« *Ich weiß eigentlich gar nichts über euch beide, Dad,* wollte er sagen. »Hatte sie niemanden von der Familie, der mit ihr hätte gehen können?«

»Hör zu, Hochzeiten – das war damals kein solches Theater wie heute mit Scharen von Brautjungfern, Torten mit zwanzig Etagen, Bands mit acht Musikern und so was. Es war eine kleine Hochzeit. Wir wollten es so, beide. Hinterher ein nettes Mittagessen im Arts Club in Chelsea. Bertie hielt eine Rede ... Ihre Familie ging um fünf. Am Abend zogen wir im Auto los zum Bosky.« Tonys Kopf sank auf seine Brust, er presste die Lippen aufeinander und schaute nach oben. »Ich erinnere mich tatsächlich. So gut. Und ich frage mich, ob's ihr auch so geht.«

Ben sagte plötzlich. »Und deine Familie?«

»Was ist mit ihr?«

»Ich meine, wer war da von deiner Familie?«

»Oh, Simon und natürlich Bertie, Guy und Olivia, und der liebe, alte Kenneth ...«

»Aber deine *Familie*. War niemand da von deiner Seite?«

Eine kurze Pause trat ein. »Nein. Meine Eltern waren tot. Und Tante Dinah ... Na ja ... Sie war nicht da.«

»War sie auch tot?«

Sein Vater lächelte leicht. »Stell dir vor, ich wusste es früher nicht. Aber jetzt schon. Nein, sie lebte noch. Aber sie kam nicht. Es ist sehr lang her.« Er schaute auf. »Also, es ist deine Hochzeit heute. Sie ist nicht zu traurig, dass niemand von ihrer Seite da ist, oder? Der alte Ian tot. Kein großer Verlust, leider Gottes, aber sie wird ihre Tante vermissen, nicht wahr?«

»Tante Julia? Ja, sie ist sehr lieb zu ihr gewesen.«

»Sie war ein gutes altes Mädchen.« Er seufzte. »Ich hab sie gebumst, weißt du. Sie war der absolute Knaller.«

Ben spürte, dass er vor Verlegenheit rot wurde, auf seiner Haut prickelte es unangenehm. »O Gott, Dad.«

»Ja, sie hat mich dazu gebracht ... Na ja, sie wusste, was sie wollte, kann ich dir sagen. Was für einen tollen Sommer wir hatten! Die liebe Jules.« Er lachte glucksend und nahm einen weiteren Schluck, und Ben empfand wieder den alten, vertrauten Zorn.

»Heute ist meine Hochzeit, Dad«, sagte er knapp. »Halt dich 'n bisschen zurück mit den anzüglichen Erinnerungen, ja?«

»Sorry, Ben, Entschuldigung.« Sein Vater schwieg, und dann lachte er freudlos, bevor er sagte: »Damals war nichts ein Vergnügen. Nichts. Wir hatten die ganze Zeit Angst. Ich lachte früher, als der Kalte Krieg auf dem Höhepunkt war und junge Leute sagten, wie sehr sie sich fürchteten. Das war überhaupt nichts im Vergleich. Damals ging es um wirkliche Bauchschmerzen vor Angst, wir wussten nicht, ob wir gleich überrollt, überwältigt, in unseren Betten umgebracht würden. Wir wussten auch, dass es richtig war ...« Er verstummte. »Ben, du weißt, wie meine Mutter starb, nicht wahr?«

»Nein, Dad. Natürlich nicht. Du sprichst doch nie über sie.«

»Na ja, ich habe überlebt, und sie nicht. Eine Bombe.« Als irrelevante Ergänzung fügte er hinzu: »Wir wohnten in Camden. Als sie herauskam, hatte sie ... Sie hatte kein ...« Er stockte.

»Kein was?«

»Ich war zwölf. Es ist lang her, aber ich sehe es immer noch vor mir, verstehst du. Sie hatte kein Gesicht, auf der einen Seite, Ben, ihr Gesicht war weg, und keinen Arm und keine Schulter ... Ich sah ihren Knochen, ihre – ihre Knochen, gesplittert, sozusagen ... Aah. Sehr weiß. Scharf. Sie standen durch den Stoff heraus, durch ihr – ihr Kleid. Schmutzig. *Ist das nicht dumm,* das dachte ich immer wieder. Sie hasste Dreck, und es war alles so dreckig.« Er senkte den Blick. »Sie gruben sie aus, und ich sah zu, und dann sagten sie mir, ich hätte *Glück* gehabt.« Er lächelte seinem Sohn zu. »Glück, hörst du? Mein Vater war ein paar Monate vorher abgeschossen worden, und meine Mutter lag da auf dem Boden, in zwei Meter Entfernung, und man konnte sie nur identifizieren anhand ihres Verlobungsrings, aber sie sagten, ich hätte Glück gehabt. Ich konnte mich nicht einmal daran erinnern, ob er einen Schnurrbart hatte, als ich ihn zum letzten Mal sah. Konnte mich nicht erinnern.«

Er zündete sich noch eine Zigarette an mit einem Husten, der ihm den Atem nahm. Ben nahm seine Hand.

»Es tut mir leid, Dad.«

»Also, weißt du. Da kam das Bosky ins Spiel. Ich wurde weggeschickt, um mit Dinah zu leben, oh, sie war wunderbar. Ein paar Jahre lang war es wunderbar, ich liebte sie sehr … Und dann verschwand sie.«

»Was ist mit ihr passiert?«

»Ich weiß es nicht, ehrlich.« Sein Vater stieß sich von der Mauer ab. »Reden wir nicht davon, heute nicht. Hast du eine Rede vorbereitet?«

»Na ja, ansatzweise.« Ben zögerte und rieb sich die Arme, denn es war kalt an diesem frühen Herbstmorgen. »Ich will sie Cord zeigen … Ich wollte dich fragen ihretwegen, Dad«, sagte er rasch. »Kommt sie dir nicht ziemlich … ruhig vor in letzter Zeit? Hast du es bemerkt?«

»Wieso denn?«

»Ach, sie ist so distanziert. Und dünn, und sie sieht so leidend aus.«

»Sie ist den Babyspeck losgeworden, das ist doch gut. Sie ist bildschön.«

»Das ist sie, aber sie scheint so traurig zu sein. Meinst du nicht?«

Sein Vater schüttelte den Kopf. »Nö.«

»Wirklich? Meinst du nicht, dass ihr Hamish fehlt?«

»Sie ist nicht wie du und Mads, Ben, mein Lieber. Sie will nicht verliebt sein. Ich denke schon, dass sie froh ist, das alles hinter sich zu lassen.« Tony warf einen Stein in den Fluss. Sie beobachteten beide, wie die kleinen Wellen sich ausbreiteten, bis sie sich in dem silbrigen Wasser verloren. »So eine Vorstellung, dass man sich fein macht und dem entflieht, der man ist. Diese intensivere Realität, in der man nur auf der Bühne wirklich und voll präsent ist, ein gelenkter Traum, und man glaubt es ganz und gar …« Er hielt inne. »Schon gut.«

»Nein«, sagte Ben. »Dad, sprich doch weiter. Ein gelenkter Traum, du meinst, du bist nur du selbst, wenn du auf der Bühne stehst?«

»Ich glaube schon. Und ich stelle mir vor, es ist für sie genauso.«

»Aber sie scheint nicht besonders glücklich zu sein.«

»Ja, ja.« Sein Vater schien dies als Tatsache und ohne Bedauern hinzunehmen. »Aber so ist es eben, fürchte ich.«

»Wir sind so verschieden«, sagte Ben. »Das war mir nie klar, aber das sind wir.«

Sein Vater schaute ihn an. »Ja, mein Junge. Das bist du. In mehrerlei Hinsicht, als du denkst.«

Bens Herz klopfte heftig.

»Ich weiß«, sagte er.

Tonys Blick streifte Ben. »Ah. Du weißt es also?«, sagte er wie zu sich selbst. Das Schweigen zwischen ihnen war plötzlich aufgeladen.

Ben räusperte sich. Nervosität und Adrenalin bedrängten ihn.

»Ja«, sagte er und legte die Hand auf Tonys Arm. »Ich weiß es, Dad. Schon jahrelang.«

»Wie lang?«

»Seit vielen Jahren, Dad.« *Seit dem Abend, an dem ich weggelaufen bin. Warum, glaubst du, bin ich weggelaufen? Warum hast du mich nie gefragt?* Ben rieb den Stumpf seiner fehlenden Finger, die so oft berührte, vertraute Stelle. Er dachte an damals, als Cord ihn im Krankenhaus zum ersten Mal sah. Wie sie seine Hand genommen hatte mit dem schwarzen Faden, wo die verwundete Haut genäht war, und seine Handfläche geküsst hatte. »Ich bin so froh, dass du nicht tot bist«, hatte sie gesagt, drei Mal hintereinander. Und ihre weiche Wange streifte seine Finger, ihre großen grauen Augen blickten ihn an und füllten sich mit Tränen. »Ich bin so froh, Benny. Übrigens hab ich deine Birnendrops aufgegessen, ich wollte das nicht, aber ich dachte, sie würden weich werden und wenn du tot wärst, würdest du sie eh nicht wollen.«

»Wie bist du draufgekommen?«

»Ist egal, Dad. Es ist lange her.«

»Willst du nicht wissen ...«

»Nein«, sagte Ben. »Wie du gerade gesagt hast. Reden wir nicht drüber; heute nicht.«

Tony sagte: »Ben, Schatz, weißt du …« Er ließ den Blick über den Fluss schweifen, der in der Morgensonne schimmerte. »Ich weiß, ich hab alles vermasselt. Ich wollte das Beste für dich und dachte immer, dass ich wüsste, wie wir es machen mussten, und bis mir klar wurde …«

Ben strich immer wieder über seinen Fingerstumpf und schluckte, und dann legte er die andere »gesunde« Hand auf Tonys Knie. »Dad. Lass es. Ich meine es ernst. Ich weiß, dass du mich nicht verletzten wolltest.«

»Ich habe keine Kontrolle, das ist das Problem.«

»Ich weiß.« Ben spürte, wie sich ein leichter Verdruss in ihm regte. »Wir alle wissen das. Aber …« Er starrte Tony an und nahm wahr, dass sich etwas verschob, das Kräfteverhältnis, etwas Grundlegendes … »… es ist wirklich wichtig, dass du begreifst, ich will nicht, dass sich etwas ändert. Ich habe Jahre mit dem Versuch zugebracht, es ganz zu vergessen. Nicht heute, einverstanden?«

Tony lächelte kurz. »Natürlich, mein Lieber. Du willst deine Mutter nicht danach fragen?«

»Auf keinen Fall.« Ben schüttelte energisch den Kopf.

»Und Mads?«

»Ich hab's ihr nicht gesagt … noch nicht.« Ben trat vom einen Fuß auf den anderen. »Ich muss es ihr sagen, meine ich.«

Tony nickte, plötzlich dachte er praktisch. »Ja. Das solltest du. Weiß Cord Bescheid?«

»Ich glaube nicht. Aber ich habe schon ewig nicht richtig mit ihr gesprochen. Es ist seltsam«, sagte er und nahm das Thema Cord wieder auf. »Sie ist jetzt ein anderer Mensch. Ihre Stimme – das macht sie zu etwas Besonderem. Als müsste man sich um sie kümmern, sie beschützen. Ich frage mich, woher das kam. Mumma sagt, sie hat das von ihrer Seite der Familie.«

Tony lachte schallend und umfasste seine Knie. »Mein Lieber, ich liebe deine Mutter sehr, aber das erste Mal, als ich sie singen hörte, hab ich fast die Hochzeit abgeblasen.« Er rümpfte die Nase, mit sich selbst zufrieden.

»Es klang wie Katzendärme, die die Seelen aus dem Leib der Menschen ziehen. Wie war das noch mal? *Viel Lärm um nichts.* Irgend so was.«

»Schafdärme.«

»Was? Was?«

Ben sagte ganz sicher: »›*Ist es nicht seltsam, dass Schafdärme die Seele aus eines Menschen Leibe ziehn können?*‹ Er meint Lautensaiten, weißt du. Nicht, dass eine Frau wie eine ausgenommene Katze klingt.«

»Bist du sicher?«

Ben stieß ein kurzes Lachen aus. »Absolut. Ich habe letztes Jahr eine Inszenierung davon einstudiert.«

»Wirklich?«

»Ja, Dad. In einem Pub-Theater bei den Docks in Bristol. Kam ganz gut an.«

»Du hast das gemacht?« Sein Vater klang verblüfft.

»Ja ... ich ...« *Ich hab's dir erzählt, ich hab dir das Poster geschickt,* wollte er sagen, aber es würde nichts bringen. All seine Wut auf Tony, die sich im Laufe der Jahre angestaut und verhärtet hatte, war weg, als wäre sie eine Kruste, die sie beide bedeckt hatte und die plötzlich zerbrochen war.

Ben schaute ihn an, als sie in den River Walk einbogen und dabei einem weiteren Radfahrer, der früh unterwegs war, gerade noch so ausweichen konnten. Das Profil, das Cord so ähnelte, diese perfekte, gerade Nase, das starke Kinn, die Falten um die Augen, das ergrauende Haar ... Aber er war jetzt ein alter Mann. Tony drehte sich um und nahm seine Hand.

»Ich bin stolz auf dich, Ben, mein Junge«, sagte er. »Du bist ein guter Junge. Mein Junge.«

Seine Hände waren hart und kalt, aber stark ... Ben zuckte zusammen, wie fest er zupackte. »Danke«, sagte er und hätte mehr gesagt, wenn Cord nicht an der Hintertür erschienen wäre. Sie band den Gürtel ihres Morgenrocks um die Taille zu, während Ben seine Stiefel auszog. »Hallo, ihr beiden. Habt ihr vor der Hochzeit einen Vater-Sohn-Spaziergang gemacht?«

»Cordy.« Ihr Vater küsste sie auf die Wange. »So ungefähr. Wie geht's dir heute, mein Liebes?«

»Wunderbar«, sagte Cord strahlend und wickelte eine Locke ihrer wilden, dunklen Haare um einen Finger. »Sieht nach einem wunderschönen Tag für eine Hochzeit aus, Ben. Kommt rein, wir frühstücken. Mumma ist schon auf.«

Die beiden Männer kamen in die Küche, froh über die Wärme nach der beißenden Kälte des Herbstmorgens. Althea saß am Küchentisch, zog zarte Stückchen aus einem Croissant heraus und steckte sie elegant in den Mund, während sie die Zeitung durchblätterte.

»Hallo, ihr beiden«, begrüßte sie sie. »Ich war heute mal spendierfreudig und hab uns bei Harrod's Croissants geholt. Ich dachte, wir sollten ein besonderes Frühstück haben. Und Mrs Berry sagt, sie kommt heute extra her, um dir Speck mit Eiern zu machen, Ben. Sie will dir einen Kuss geben und dir viel Glück wünschen. Du warst immer ihr Herzensjunge.«

Ben zuckte mit den Schultern, etwas in Verlegenheit. Er umarmte seine Mutter und setzte sich.

»Fühlt sich komisch an, oder?«, sagte Althea, lächelte ihm zu und goss ihm Kaffee ein. Cord lehnte sich gegen die Kommode, die Arme verschränkt, und beobachtete sie.

»Was?«, fragte Ben.

»Zu wissen, dass deine Hochzeit ist, und alles fühlt sich normal an. Wie an Weihnachten als Kind, wenn man denkt, da sollten Engel sein. Oder am Geburtstag.«

»Oder wenn man zum Bosky fährt, weil man so lange darauf gewartet hat, und wenn man dort ist, ist es alltäglich, Zähne putzen und frühstücken«, sagte Cord mit einem Anflug ihres alten Ich. Sie hielt inne. »So in der Art, stelle ich mir vor.«

»Genauso ist es«, sagte Ben und lächelte ihr zu. »Genauso fühlt es sich an.«

»Wir sind alle zusammen«, sagte Althea und klopfte auf den Platz neben sich. »Cord, komm und setz dich, Liebling. Lass uns frühstücken.«

»Nicht für mich«, sagte Cord. »Nur Kaffee, danke.« Sie stützte ihr Kinn auf die Hände. Trotz der Worte seines Vaters meinte Ben doch, dass seine Schwester zu dünn sei, ihre Augen waren riesengroß mit dunklen, trüben Ringen darunter, die Mulden unter ihren Wangenknochen zu ausgeprägt. »Wann waren wir zum letzten Mal zusammen, nur wir vier, meine ich?«

»Ich weiß nicht mehr«, sagte Althea. Tony hob den Blick.

»Keine Ahnung, Liebes.«

Auch Ben zuckte die Achseln. Es war zu lang her, und er war derjenige gewesen, der weggegangen war, nicht weggelaufen wie beim ersten Mal, eher war es so, dass er sich von ihnen entfernte, die Opulenz des River Walk und die erstickende Atmosphäre seiner Familie hinter sich gelassen hatte, weil er versuchen wollte, er selbst zu sein; und am Tag seiner Hochzeit wieder hier zu sein, das war in Ordnung. Denn er liebte sie alle, und keiner von ihnen war perfekt, aber sie waren alle da, und das war wichtig, und später würden er und Mads getraut werden.

Was Ben nicht wusste, nie hätte erraten können, ist, dass sie nie wieder alle vier zusammen sein würden.

KAPITEL VIERUNDZWANZIG

15. Oktober 1987

Hallo, mein Buch der Wildflowers! Du liebes altes Ding.

Ich hätte gedacht, dass ich inzwischen schon lange nicht mehr in dich reinschreiben würde. Es sind noch ungefähr zehn Seiten frei … Es macht mir Angst, der Gedanke, mit diesem Heft abzuschließen. Als würde etwas Dauerhaftes zu Ende gehen. Die Frage ist, werde ich danach ein neues Heft kaufen? Werde ich in zwanzig Jahren immer noch Einträge in dich machen, herunterschleichen, auf den Stufen sitzen und loskritzeln, ohne von den anderen gestört zu werden? Werden wir immer noch hierherkommen? Werden wir Blumen und Steine *spielen, und werden die Spielregeln immer noch im Strandhäuschen hängen, oder wird es andere Spiele geben? Wie werden wir aussehen als Familie? Ich wünschte, du könntest es mir sagen, liebes Buch. Ich habe dir im Lauf der Jahre so viele Geheimnisse überlassen, dass ich meine, es ist an der Zeit, dass du mir dafür welche zurückgibst.*

Ich habe ihn geheiratet. Jetzt kann ich mich Madeleine Wilde nennen, und ich glaube, das werde ich tun. Ich habe ihn geheiratet, er war da, er lächelte mir die ganze Zeit zu, und ich kann immer noch nicht recht glauben, dass dieses Glück mir gehört. Jemand oder etwas wird es mir nehmen, ich bin sicher. Ich habe ihn in der kalten, viktorianischen Kirche beim Park in Twickenham geheiratet, bis vor sechs Monaten war ich noch nie dort gewesen, ich kannte praktisch niemanden von der Gemeinde und hatte nichts zu tun mit der ganzen Planung. Aber es machte mir nichts aus. Ich wurde getraut, und als ich ihm das Jawort gab, standen Tony und Cord direkt hinter ihm und lächelten mir fortwährend zu. Cord sang für uns. Althea trug einen Hut, so groß wie ein für eine Teeparty gedeckter Tisch, über dessen Rand Blumen und Schachteln und alles Mögliche herunterquollen. Natürlich war am nächsten Tag ein Foto von ihr in der Times. In der Überschrift hieß es: »Eine Wilde Hochzeit«, und es war ein Bild dabei von ihr und Cord und ein weiteres mit mir Arm in Arm mit Tony und Ben, aber ich drehe gerade den Kopf weg und schaue zu Annie, um ihr meinen Strauß zu reichen, und wegen des Schleiers kann man mein Gesicht nicht sehen. Sie wollten dieses Foto nehmen, weil ich nicht die große Attraktion war, sondern das sind die anderen, und ich bin sehr froh … Mein Foto in der Zeitung, das versetzt mich in Schrecken, und trotzdem ist es mir vollkommen egal. Oh, die Wildes.

Wir sind die Wildflowers.

So ist es!

Das sind wir.

Ich schreibe dies hier drei Tage später im Bosky. Es ist klar, dass der Sommer vorbei ist, aber hier unten hält sich die Wärme, und wir sind an den Abenden meistens am Strand spazieren gegangen. Es ist merkwürdig, allein mit Ben hier zu sein, nur wir im Haus. Es ist merkwürdig, zum Strandhäuschen zu flitzen, damit ich das alles ins Heft kritzeln kann. Es ist merkwürdig, Braut zu sein, es gefiel mir nicht besonders. Ich sah mich immer wieder plötzlich in irgendeinem Spiegel. Das Londoner Haus der Wildes kenne ich nicht gut genug, dass ich wüsste, wie ich ihnen ausweichen kann. Ben weiß nicht, dass ich oft nicht in den Spiegel schauen kann, dass ich es nicht ertragen kann, mich zu sehen oder das, was mich vielleicht daraus anstarrt.

Er weiß, dass er mich gerettet hat, aber ich bin sicher, dass er nicht weiß, wie gestört ich bin.

Gestern habe ich Ben daran erinnert, dass ich gleich Kinder haben will. Ich will sie, solange ich jung bin. Das ist die eine Sache, worüber wir sehr bald gesprochen haben, als wir uns in Bristol wiedertrafen. Er kam an jenem ersten Tag zu mir in meine Wohnung, und wir küssten uns und hatten an dem ersten Abend Sex, und wir wussten es, und wenn ich mehr schreibe, würde das unserer geheimen, besonderen Welt den Zauber nehmen, ich kann es sowieso nicht zu Papier bringen. Aber er wusste es damals, und ich hatte keine Angst davor, es ihm zu sagen, weil es Ben war.

Er sagte: »Aber ich dachte, du wolltest Raumschiffe und Flugzeuge entwerfen.«

»Sie bauen, nicht entwerfen«, sagte ich. »Ja, aber ich will so bald wie möglich Kinder, und dann nehme ich den Beruf wiederauf. Und ich will, dass sie einen Hund haben und einen großen Garten und dass sie Ferien haben wie wir. Und ich will, dass sie eine Mummy haben, die etwas arbeitet, was sie gern tut, und ihr Daddy genauso, damit sie verstehen, dass das wichtig ist. Und ich will ihnen jeden Abend vorlesen, Geschichten über schöne Dinge, damit sie nie Angst haben vor der Dunkelheit und einschlafen können und keine Albträume haben.«

»Klingt, als hättest du dir alles schon gründlich überlegt«, sagte er, und ich konnte dabei nur an Tante Jules denken, die mich in den Arm nahm, wenn ich schreiend aufwachte, die Mädchen in der Schule machten das nämlich nicht, und ich bekam schließlich ein Zimmer für mich allein, was für sie besser war, aber ich hatte nur noch größere Angst. Daddy brüllte mich an, ich sollte still sein, wenn ich zu Hause im Beeches schrie, aber ich konnte nicht damit aufhören. Der einzige Ort, an dem ich gut schlief, war das Bosky.

Tante Jules schickte ein Telegramm zur Hochzeit, und es wurde beim Empfang verlesen. Komisch, niemand wusste, wer sie war, alle waren Freunde von Tony und Althea. Dann redeten die Leute darüber, und das war der einzige Teil der Hochzeit, der für mich wichtig war. Ich klebe es hier rein ins Heft.

An meine liebste Nichte an ihrem schönsten Tag. Jetzt hast Du das Lebensglück, das Du verdienst und für das ich gebetet habe. Ich wünschte, ich könnte bei Dir und Ben sein und feiern, aber meine Krankheit hält mich in Australien fest. Ich wünsche Dir alles Liebe und Gute, Luftballons der Glückseligkeit, die in die Luft steigen.

Vergiss nie, dass Du ein Goldkind bist und dass die Wildes sich glücklich schätzen können, Dich zu haben. Deine Tante, die Dich über alles liebt und Dich vermisst.
Julia Fletcher

Sie hat immer schon gern ein bisschen überzogen, sie schrieb sehr gern Gedichte, ich fand das mit den Ballons etwas übertrieben.

Und Tony las es vor, das war nett, aber er las es mit leiser, trauriger Stimme, und im Saal war es sehr laut, und die Gäste, diese fremden Leute, redeten einfach weiter, was bei Tony so seltsam ist, denn er ist der Letzte, bei dem man erwarten würde, dass ihm keiner zuhört.

Ich fand also, gemeinsam mit Ben, dass wir beide eine eigene Familie gründen wollten und dass wir dafür die richtigen Anfangsbedingungen hatten. Ich wusste, dass er Vater werden wollte. Eine neue Generation ins Leben rufen wollte. Damit wir nicht die Ausreißer wären, die Enttäuschenden, die Irrtümer, die Sonderlinge. Damit wir die sind, die sich kümmern, sich dem Glück der Kinder widmen, dafür sorgen, dass sie alles haben, absolut alles, was sie brauchen.

* * *

Februar 1989

Ach, mein Buch, es ist merkwürdig, das zu lesen, was ich vor achtzehn Monaten geschrieben habe. Ein Jahr verheiratet. (Papier. Zeit für ein neues Heft, wenn das hier zu Ende ist? Oder werde ich nie in ein anderes Heft schreiben außer dir?) Auf der Hochzeitsreise taten wir nichts, außer miteinander zu schlafen. Na ja, wir bummelten ein bisschen herum, gingen etwas trinken im Calke Arms, wir wanderten zum Bill's Point – und wir futterten wie die Scheunendrescher. Jeden Morgen zog ich mich an und schaute von hinten in unserem Zimmer aus dem Fenster auf den unbefestigten Feldweg zum Beeches. Es ist jetzt ein Altenheim. Es wurde zu

»Driftwood« umbenannt. Man kann sie manchmal auf dem Rasen entlangschlurfen sehen. Ich fürchte, es ist immer noch ein deprimierender Ort.

Oh, alles ändert sich … Heute ist Valentinstag und unser erster Tag in unserem neuen Haus in Primrose Hill. Es bestand früher aus fünf alten Einzimmerwohnungen und ist ein merkwürdiges Labyrinth von verschlossenen Türen. Ben mag die Straße. Und er mag die Gegend. Ich kenne das alles nicht, deshalb hoffe ich, dass es ein Abenteuer wird.

Ständig schaue ich auf die Flitterwochen zurück. Wir waren glücklich. Und ich fragte mich zum ersten Mal, ob es der Einfluss des Hauses ist, ob etwas daran ist, ein dunkler Zauber, der bewirkte, dass wir es ständig wollten, beide. Auf der Veranda, wo wir oft saßen, bis die Sterne herauskamen. Im Wohnzimmer, wo die gespensterhaften Erinnerungen an andere Sommer ins Blickfeld zu treten und wieder zu verschwinden schienen, wenn wir uns auf der kleinen gelben Seidencouch umschlangen, wo wir uns als Kinder mit schorfigen Beinen und sonnenverbrannten Armen hinlümmelten und Cricket und alte Wildwestfilme schauten. Da waren wir jetzt als junges Paar und versuchten, eine eigene Familie zu machen, und manchmal war es plötzlich, als hätte ich meinen eigenen Körper verlassen und schaute uns zu, und ich fragte mich, ob er es so merkwürdig fand wie ich. Die einzigen anderen Geräusche waren die Wellen und der Wind und die Ringeltauben, die einander zugurrten.

Wir machten einen neuen Anfang, sagten wir uns, als die Flitterwochen weitergingen. Ich hatte keine Zweifel, dass wir alles zusammenpacken und nach Bristol zurückkehren würden mit unserem Kind in meinem Bauch. Und wir würden immer wissen, dass es hier entstand, ach, mein Buch. Wo wir uns kennengelernt hatten. Wo ich meine Familie fand. Wo du mich gerettet hast, Buch, und sie auch …

Aber es ist jetzt achtzehn Monate her. Und es kamen bisher keine Kinder.

* * *

15. August 1990

Ich fange immer damit an, dass ich sage, es ist lang her, seit ich hier reingeschrieben habe. Ich habe fast keinen Platz mehr, mein Buch. Und wenn ich bis ganz zurück blättere in diesem Heft, zurück bis an den Anfang, ach, es bricht mir das Herz. Du bist wie mein Kind, Buch, ich wickele dich jedes Mal ein, damit du sicher bist und keinen Schaden nimmst. Mein einziges Kind.

Heute hat das Labor angerufen.

Ich habe die Testergebnisse bekommen. Annie sagte, ich sollte niemandem davon erzählen, sie könnte gefeuert werden dafür, dass sie eine Freundin getestet hat. Ich sagte, na ja, das können sie nicht machen, wir sind ja keine Freundinnen. Ich versuchte, einen Witz daraus zu machen. Es ist schwierig, im Bosky ein Gespräch zu führen, dort in der Diele, wo jeder zuhören könnte. Ich glaube nicht, dass es Tony interessieren würde, aber Althea wandert umher, ohne ein Geräusch zu machen, und Ben muss doch wissen, dass etwas in der Luft liegt.

Sag mir, mein Buch: Soll ich es Ben sagen? Ich wünschte, du würdest die Entscheidung für mich treffen. Ich glaube, ihn so gut zu kennen, aber dieses Warten, ohne zu verstehen, es ist sehr schwer. Für uns beide, denn ich bin daran gewöhnt, dass die Wissenschaft erklären kann, was ich nicht verstehe; und er ist an Handeln gewöhnt, daran anzuordnen, was als Nächstes passiert. Beide können wir nicht daraus schlau werden. Tatsächlich ist Ben überzeugter denn je, dass es geschehen wird. Seit wir diese neuen Pillen nehmen, irgendein Unsinn, für den ihn eine Schauspielerin, die bei seinem neuen Film mitspielt, begeistert hat. Man geht zu einer chinesischen Kräuterärztin in Willesden Green, und sie gibt einem eine riesengroße Tüte mit merkwürdig riechenden Kräutern. All diese Frauen, allein im Wartezimmer. Nur dort, um hoffen zu können. Weil das vielleicht die Antwort sein könnte – wer weiß? Ich schaue die Frauen an, und alle wenden den Blick ab, als wolle keine zugeben, warum sie da ist, man funktioniert nicht richtig, man kann kein Baby zustande bringen.

Man zahlt jedes Mal 50 £ für diese Tüte mit Kräutern. Man kocht sie, hat dann eine große Menge Sud und trinkt das, und das verursacht, dass ein Baby dabei rauskommt – rums. Ben ist überzeugt davon. Oh, Ben. Manchmal wünschte ich, du *Ich tu es für ihn, ich glaube nicht daran. Ich sollte froh sein, dass er nicht überall herumvögelt wie Tony, aber manchmal regt sich leise der Wunsch in mir, dass er genau das tun möge, statt mich jeden Morgen zu zwingen, dieses widerwärtige Zeug zu trinken.*

Manchmal würde ich am liebsten schreien, wenn er mich berührt. Und wenn er mir über den Bauch streicht und mir ins Ohr flüstert, dass wir eines Tages da drin ein Baby haben werden ... Dann wird mir schlecht, es erregt mich nicht. Er ist derjenige, der nichts von künstlicher Befruchtung hören oder über Samenspender nachdenken will, er will es so haben, aber er will nicht mal darüber reden, was vielleicht nicht in Ordnung ist. Oder in Betracht ziehen, dass es seine Schuld sein könnte – das ist komisch, oder? Er redet nicht darüber, aber will, dass ich die ganze Arbeit mache. Will es einfach erledigt haben wie ein Kästchen, das man abgehakt hat. Oh, Ben, ich dachte du wärst perfekt, aber natürlich bist du das nicht.

Deshalb hab ich's hinter seinem Rücken getan. Weil ich es wissen muss. Ich kann es nicht mehr aushalten.

Das ist doch nicht zu viel verlangt, mein Buch? Hier auf der Veranda zu sitzen mit meinen Kindern. Ihnen anständiges Essen zu geben, Namensschildchen in ihre Kleider einzunähen, ihnen Geschichten vorzulesen. Ich würde es gut machen. Ich würde es besser machen als Althea, die in Bens und Cords Kindheit die ganze Zeit Cocktails getrunken und mit Simon und Bertie geflirtet hat. Das ist schrecklich, das ist nicht freundlich. Tut mir leid, Buch. Tut mir wirklich leid.

Aber es ist nicht gerecht.

Ich muss es schaffen, diese Familie zu haben. Ich kann so nicht weiterleben.

Jeden Monat meine ich, meine Brüste schmerzen mehr als sonst, und dann finde ich heraus, es ist nur das prämenstruelle Syndrom. Jeden Monat die Temperatur messen, wie es die Frauenzeitschriften empfehlen, und entscheiden, wann der genau richtige Moment ist, es mit ihm zu machen. Sexy ist das nicht, das kann ich dir sagen. Jeden Monat dem Alkohol für zwei Wochen abschwören, dann ziehen die Leute die Augenbrauen hoch und sagen so nebenbei: »Kein Wein, Madeleine? Na dann.«

Ich wünschte, es gäbe jemanden, mit dem ich reden könnte. Außer dir, liebes Buch. Ich hasse es, in London zu leben.

Wir wohnen in Primrose Hill, weil Ben dort hinziehen wollte. Wir sind seit zwei Jahren dort, und ich glaube, ich kenne keinen einzigen Menschen in unserer Straße. Ben ist immer weg, zuerst Dreharbeiten für den irischen Film und jetzt in L. A., wo er diesen Roboterfilm macht, der sich idiotisch anhört. Deshalb bin ich viel allein. Ich bin daran gewöhnt, aber ich vermisse Bristol. In Bristol hatten wir seine Schauspieler- und Regisseurfreunde und meine Freunde vom Labor, und ich kannte die Stadt von der Internatszeit her. Ich hatte auch die Erinnerung an Tante Jules. Ich wünschte, ich könnte öfter mit ihr reden. Ich rufe sie nicht oft genug an.

Die Arbeit ist langweilig. Ich will nicht für Glaxo arbeiten, ich fahre nicht gern jeden Tag nach Brentford, wo ich zum Mittag in einem Gewerbegebiet herumlaufe. Ich will Probleme lösen, Geheimnissen auf die Spur kommen, Krankheiten verstehen. Nicht mehr Geld für reiche Männer reinholen.

Wie ist es dazu gekommen? Das ist das Komische daran. All die Träume, die ich am Morgen unserer Hochzeit hatte, sind noch da, aber sie werden dünn und traurig, es ist mir zuwider.

Ja, ich wünschte, ich könnte mit jemandem reden. Und wir sind hier, und es ist traumhaft, wieder hier zu sein, aber ich kann mich einfach nicht entspannen. Dabei soll man sich entspannen … Es hilft, zusammen mit dem ekelhaften Tee und dem Liegen, Beine in der Luft, und mit den Vitaminen. (Auch von irgendeinem Arzt in L. A., der Ben empfohlen wurde, diesmal vom Drehbuchschreiber seines neuen, blöden Films. Ich hasse die Leute aus L. A.. Ich wusste es vorher, und es ist wirklich so.) Entspannte Leute bekommen Babys zustande. Das hört man. Also sei gefasst. Abgeklärt. Lass Aerobic sein, nimm keine heißen Bäder, iss das nicht, trink jenes nicht ... und vor allem, entspann dich. Ich könnte schreien. Sie anschreien: Ich war noch nie im Leben ein entspannter Mensch!! *Ich hatte zu viel damit zu tun, aufzupassen, Ausschau zu halten, mich vorzusehen vor dem, was als Nächstes kommt, und was ich tun muss, um mich zu schützen, bevor die Welt einstürzt.*

Ich war sechs, als ich Cordelia und Benedick zum ersten Mal am Strand spielen sah, an dem Morgen nachdem ich weggelaufen war. Das habe ich ihnen nie erzählt. Ich saß auf den Stufen eines Strandhäuschens von irgendjemandem und schaute ihnen stundenlang zu, so kam es mir vor. Sie spielten Wellen – wir haben es dann im Lauf der Jahre oft gespielt. (Man muss den Wellen ausweichen. Das ist alles.) Ich übte, wenn sie nicht da waren. Für den Fall, dass sie mich sehen würden und wollten, dass ich mit ihnen spielte. Nur damit ich geübt und bereit wäre. Ich war immer bereit. Ich bin es jetzt. Und nichts passiert.

Ich fühle mich wieder total allein, ist das nicht seltsam. Ben ist so damit beschäftigt, Anmerkungen in seinem Drehbuch zu machen, und geht immer wieder runter, um seinem Producer in L.A. ein Fax zu schicken. Das Gerät surrt und spuckt langsam und piepst drohend. Cord soll morgen ankommen ...

Vielleicht könnte ich mit ihr über alles reden. Ich sollte es versuchen. Wenn ich es nicht tue, werde ich verrückt, oder ich explodiere, weil ich all diese Dinge in mir trage, die ich sagen will, es ist schlimmer denn je, mein Buch. Aber ich halte immer noch an der alten Gewohnheit fest, dass ich alles über sie alle zu erfahren versuche, besonders über sie, und sie findet es ärgerlich, ich weiß, dass sie das tut, wenn ich sie frage, ob sie wieder Dido spielt, oder ihr irgendeine Frage stelle, die mehr technisch ist, über die Partitur oder über das Singen mit Thomas Allen oder das Zusammentreffen mit der Queen. Ich weiß nichts über all diese Sachen. Ich habe sie nachgelesen und nachgeschlagen und mir gemerkt, um sie wie immer später herauszuholen wie ein Eichhörnchen, das Nüsse für den Winter sammelt.

»Sei keine Schleimerin, Mads«, sagte sie einmal zu mir. »Du gehörst jetzt zur Familie, du brauchst nicht herumzuschleichen.« Es kränkte

mich so sehr, dass sie so redete. Aber ich kann nicht anders als fragen. Ich will es wissen. Ich dachte früher, dass sie nicht wusste, wie sehr es mich verletzt, wenn sie kurz angebunden und bissig war. Aber in den letzten zwei Jahren wusste sie es, glaube ich. Und ich glaube auch, dass sie von allen am besten versteht, dass ich unwiederbringlich gestört bin. Minderwertige Ware, so hat mich diese Mum damals an dem Tag am Strand angeschaut.

Das klingt verrückt!

Ich kann es nicht mit Althea besprechen. Ich liebe sie über alles, aber sie ist wie ein schönes Bild an der Wand, wunderschön anzuschauen, hübsch oder eher bezaubernd, aber mehr und mehr nicht ein wirklicher Mensch, mit dem man reden kann. Sie ist völlig bekloppt, wirklich, wenn sie stundenlang in den Spiegel starrt und auf der Veranda auf der Hollywoodschaukel liegt und ihren Akzent übt – sie ist diesen Herbst in der Glasmenagerie *und probt den größten Teil des Tages mit Tony. Man merkt, Tony hat Angst, weil sie gut ist. Er spielt wieder Hamlet, spielt seine erste große Rolle. In seinem Alter. Ich kann nicht umhin zu finden, dass es merkwürdig ist, aber ... Dabei führt er auch Regie.*

Wie wär's, mit Tony zu reden? Oh, ich liebe ihn, aber ich kann ihm nicht vertrauen mit meinem Problem. »Hallo, lieber Tony. Mir? Oh, gut, danke. Ich habe heute mit meiner Freundin Annie vom Imperial College gesprochen. Sie hat bestätigt, dass die Innenauskleidung meiner Gebärmutter dünn ist, und das ist teilweise die Schwierigkeit, aber das ist nicht alles. Das wirkliche Problem sind Bens Spermien. (In einem Kondom gesammelt, als er Sex wollte, und ich sagte ihm, ich sorgte mich, dass ich eine Pilzinfektion hätte, du siehst, ich bin so raffiniert wie eh und je, wenn ich will, und Cord hat recht, was mich betrifft.) Laut Annie ist die Anzahl ungewöhnlich niedrig, und die Motilität und Morphologie sind auch schlecht. Einstweilen gibt es, kurz gesagt, keine Möglichkeit, dass wir auf natürlichem Weg ein Kind bekommen können. Das wär's dann also ... Wie läuft's mit den Proben?«

Trotzdem, morgen kommt Cord an. Dann werden wir wieder alle zusammen sein. Für drei Wochen. Ich muss mir das einreden, was ich tief im Inneren weiß: Es wird wie in den alten Zeiten sein. Sie braucht Ruhe, das weiß ich. Althea und Tony müssen ihre Texte lernen. Hier ist der perfekte Ort dafür. Und Ben und ich könnten trotzdem noch dieses Baby zeugen. Ich habe die pathologische Diagnose gesehen, und ich weiß, es sieht nicht sehr gut aus, aber der Wille zu gewinnen kann Berge versetzen. Wir können trotzdem ein Baby haben, es wird nur schwieriger sein. Aber es muss geschehen. Ich werde es erreichen.

17. August 1990

Ach, mein Buch, von der anderen Seite der Welt kommt eine furchtbare Neuigkeit. Die liebe Tante Jules ist tot.

Sie ist tot.

Tot, tot. Sie ist in ihrem Garten gestürzt, sagte man, und hatte eine Kopfverletzung.

Sie fühlte sich ganz normal, und dann starb sie plötzlich am nächsten Tag in einem Krankenwagen.

Es ging schnell, sagte man. Es gibt schlimmere Möglichkeiten abzutreten. Aber sie war erst sechzig. Ich dachte immer, sie würde eines Tages zurückkommen. Und ich würde ihre Familie sein. Ich würde mich um sie kümmern. Sie würde mir mit den Kindern helfen, so wie sie sich um mich gekümmert hat. Wir haben darüber gesprochen. Es wäre schön gewesen, für sie zu sorgen und wieder meinen eigenen Teil der Familie zu haben. Und es ist merkwürdig zu denken, dass ich sie nie wiedersehen werde. Die Beerdigung war dort drüben, man sagte, die Kirche sei voll gewesen, und ihr Hund Schmitty war auch da und trug eine schwarze Schleife. Er heulte während der Choräle, sie hatte ihm beigebracht zu singen, sie spielte Klavier, wenn wir redeten, und dann heulte er los. Oh, Tante Jules. Sie war nicht wie andere, ein Freigeist, könnte man sagen. Es war ihr egal, was andere Leute dachten. Wirklich …

Sie hatte lockiges Haar und eine Lücke zwischen den Zähnen und rote

Wangen. Sie war schlank und immer unterwegs, sie tippte wütende Briefe, ging mit großen Schritten aus dem Haus hinaus, jätete Unkraut.

Sie liebte Australien und hasste England. Sie las OZ *und* Private Eye *und misstraute Regierungen. Sie schrieb Gedichte und hatte einen wunderschönen Garten. Ich habe ein Foto von ihr in ihrem Garten ... Sie ist in Rosa und Türkis und die Blumen auch.*

Ich hätte sie besuchen sollen. Ich hätte nicht hier verkümmern sollen und mir jeden Monat, der vorbeigeht, Sorgen machen sollen über jede neue Gelegenheit, ein Baby zu machen. Ich hätte sie noch einmal sehen sollen.

20. August 1990

In Tante Jules' Testament steht eine außerordentliche Sache. Ich bin die einzige Begünstigte, nicht, dass mir das wichtig wäre.

»An meine liebe Nichte Madeleine Fletcher vererbe ich meine Vermögensmasse. Mit der einzigen Auflage, dass sie sich weniger anstrengen soll, sich etwas weniger sorgen und ein bisschen mehr essen sollte.«

Ich schreibe den Rest hier ungekürzt hin:

»Ich verfüge, dass meine Asche nach meinem Tod am Strand von Worth Bay auf der Isle of Purbeck in Dorset von Sir Anthony Wilde verstreut werden soll (wenn er bereit ist, diese Aufgabe zu übernehmen), in der schönen Erinnerung an unsere gemeinsamen Sommer. Er möge bitte die Stelle aus Der Sturm *vortragen, die er vor so langer Zeit an einem der ersten Abende aufsagte, als wir uns kennenlernten. Das Fest ist jetzt zu Ende. Es war ein Fest, nicht wahr? Bitte, gib ihm meine Wünsche bekannt und entschuldige ihn, sollte er es ablehnen, die Aufgabe zu übernehmen.«*

Tante Jules und Tony? Anscheinend ja. Ich erinnere mich, nach unserer Hochzeit sagte Ben, sein Vater hätte eine Anspielung auf so etwas gemacht, aber ich passte nicht richtig auf, mein Kopf war voller Hochzeitsflausen. Lieber Tony. Liebe Jules. Ich frage mich, was geschah. Ich kann sie mir wirklich zusammen vorstellen, obgleich sie so verschieden sind.

Sie haben Freude am Leben. Sie hatten*, sollte ich sagen. Liebe Tante Jules, oh, wie ich dich vermisse. Etwas stirbt mit dir. Etwas, das nicht zurückgeholt werden kann.*

Nun, ich werde Tony heute fragen, und heute ist der Tag, es ist Zeit, Ben seine Pflicht tun zu lassen.

KAPITEL FÜNFUNDZWANZIG

Dorset, Juli 1943

Den staubigen Weg entlang schleppte er seinen Koffer, über die schöne, vertraute kleine Wiese mit nickenden Wildblumen, dem heiteren gelben Greiskraut, orangem und rotem Mohn und hellblauen Skabiosen – Dinah nannte sie Tauben-Skabiosen, Ant kannte ihren Namen nicht.

Er war vierundzwanzig Stunden gereist, um nach Haus zu kommen, und hatte sich gefragt, ob er es jemals schaffen würde, aber jetzt, nach vielen Monaten, in denen er sich nach diesem Ort gesehnt hatte, war er hier. Der Himmel war weit und blass lavendelblau, Schwalben flogen ihre geschwungenen Bahnen. Die Drachenzähne der Verteidigungsanlagen aus Beton, die zum Ufer hinunterführten, waren von hier aus nicht zu sehen, er hörte nur unten das Rauschen des Meeres und den Wind im Gras.

Anstatt das Haus vom Weg her zu betreten, schleppte Ant in der Hoffnung, sie zu überraschen, hastig seinen Koffer die Verandastufen hinauf, und da war sie, sie stand in der Küche und schaute auf etwas hinunter! Er hob die Hand, um an die Verandatür zu klopfen, aber dann hielt er plötzlich inne und schaute zurück. Etwas stimmte nicht.

Jetzt sah er, dass die Veranda schmutzig war, mit Vogelkot bedeckt – auch Kot von Ratten, wenn er sich nicht irrte –, und überall lagen Bücher herum, unordentlich aufgeschlagen mit rissigen Buchrücken auf dem Holz liegend. Aus einem waren sogar Seiten herausgerissen, die der Wind in die vier vom Holzgeländer umgebenen Ecken geweht hatte.

Der gelbe Rosenstock, der so üppig an der Seite des Bosky hochgewachsen war, war auch nicht mehr da, er war ganz abgeschnitten, zurückgeblieben war nur eine braune Astgabel unten am Sockel des Hauses. Es sah jetzt irgendwie nackt aus, zugänglich für die Welt.

Dinah sang Bruchstücke von etwas, und ihre Bewegungen waren merkwürdig rasch und kurz, irgendwie verstohlen, ganz anders als ihre gewohnte ausgreifende Art sich zu bewegen. Sie nahm ein zylinderförmiges Stück Marmor aus einem Holzkistchen und schlug es, leise vor sich hin summend, in ein Stück Musselin ein, legte es in eine andere Kiste, flüsterte dabei etwas und lächelte in sich hinein. Er schaute sie intensiv an, er konnte sie plötzlich unerklärlicherweise nicht auf sich aufmerksam machen ... Da schaute sie auf, ihr Gesichtsausdruck veränderte sich, und Ant erschrak zutiefst, wusste aber eigentlich nicht, warum.

»Schon ewig ist niemand hier gewesen, ich bin ziemlich faul geworden«, sagte Dinah als Erklärung, als könne das eine Rechtfertigung sein für das schmutzige Geschirr, die abgestandene Luft, die verwelkten, verdorrten Blumen in dem Glas auf der Kommode. »Ich bin nicht mehr mitgekommen mit der Zeit, lieber Ant. Ich hätte das gemästete Kalb zubereiten sollen, aber es gibt kein Abendessen.« Sie lachte überspannt. »Die Vorräte sind furchtbar mager im Moment. Ich hab ja versucht, wieder Hühner zu halten, aber sie haben nur ein paar Tage überstanden, dann haben die Füchse sie geholt. Ich hoffe jedenfalls, dass es die Füchse waren.« Sie schaute auf und blickte, ohne etwas zu sehen, um sich, dann wickelte sie den Pfauenkimono um sich. Motten hatten ihn zerfressen, riesige Löcher unterbrachen überall das Muster. »Ich stell den mal in dein Zimmer.« Sie packte den Griff seines Koffers und zog ihn auf dem Parkettboden entlang, wobei sie einen großen Kratzer im Holz hinterließ.

»Tante Dinah! Achtung«, sagte er impulsiv.

»Was denn?«

»Der Boden.«

Und sie rief ihm etwas bissig zu: »Sei doch nicht so pingelig, Lieber. Das ist meine Aufgabe. Da wird er schön reingepackt, da hinein, heididdeldei.«

Ant war sehr müde. Er war von London gekommen, wo er mit zwei Schulkameraden hingefahren war, um *Geisterkomödie* zu sehen, ein Geburtstagsgeschenk für Campbell, einen von ihnen. In etwas mehr als vierundzwanzig Stunden hatte er sechs verschiedene Züge mit Wartezeiten von meistens etwa einer Stunde genommen. Im letzten Zug hatten sie an einem Signal in der Nähe von Southampton über eine halbe Stunden stehen bleiben müssen. Ant hatte einklemmt gestanden zwischen einer Gruppe von lärmenden Mädchen vom Arbeitsdienst auf dem Land, die mit ihm auf eine Art und Weise zu flirten versuchten, die ihm unangenehm war, da er viele ihrer Witze nicht verstand. Auf der anderen Seite ein etwas finster aussehender Ehemann und seine Frau, die einander glichen wie ein Ei dem anderen und ihn immer wieder fragten, wohin er wolle und ob alles in Ordnung sei. Er hatte noch nicht genug Selbstbewusstsein, um weder mit der einen Partei noch der anderen umzugehen, und war erschöpft von der anstrengenden Beurteilung dieser Mitmenschen.

Der Film war wunderbar gewesen; Margaret Rutherford war unheimlich lustig. Aber nach London zurückzukommen, es zerstört zu sehen, die falsche Heiterkeit überall, die unheimliche Stille, jetzt, da die Bombenangriffe größtenteils aufgehört hatten, das war mehr als seltsam gewesen. Es hatte ihn zutiefst verstört. Denn es wurde ihm klar, wie viel Zeit tatsächlich vergangen war und wie anders alles war. Seine Schulkameraden, Campbell, der halbwegs annehmbar war, und ein Idiot, der Bailey hieß, waren beide in eine Drogerie gegangen und hatten sich Pariser gekauft, er war mitgekommen und hatte sich auch einen gekauft. Denn sie hatten ihn so aufgezogen, weil er keinen kaufen wollte, hatten ihn geboxt, verlacht und ihm die Haare verstrubbelt. Das war es, was er an der Schule hasste – die Grobheit, die Grausamkeit. Er hatte keinem von ihnen jemals von Julia erzählt, und aus vorsichtigen, halb fragenden Aufschneidereien hatte er geschlossen, dass kein einziger Junge seiner Klasse Erfahrung mit Mädchen hatte außer Elwood, und der wohnte in einem Schloss und hatte einmal ein Dienstmädchen gezwungen, ihn zu küssen, was kaum zählte.

Er war nicht nach Camden zurückgegangen, wie hätte er es seinen Schulkameraden erklären sollen? Und außerdem, was gab es da außer Gespenstern und einer sauberen Lücke in der Häuserreihe wie eine Zahnlücke im Mund eines Kindes?

»Ich hol mir mal Wasser«, rief er verlegen und ging zur Küche. Eine Fliege summte verzweifelt zwischen den schlaffen Vorhängen, die oberhalb des Fensterplatzes hingen.

»Es tut mir leid«, sagte Dinah, als sie wieder erschien. »Ich war ziemlich beschäftigt. Ich wollte alles schön machen für dich, wenn du kommst, mein lieber Ant. Aber jetzt ist es nicht so.«

»Doch, ist es schon«, sagte er matt und schaute sich um in der schäbigen Küche, wo die dünnen Vorhänge noch zugezogen waren und das Durcheinander von Geschirr und Essensresten mehrerer Tage jede freie Fläche in der Küche zierte. »Bist du ... Ist alles in Ordnung?«

»Absolut! Ich bringe mein Haus in Ordnung. Eine Redensart und eine Tatsache ...« Sie schaute ihn fast sehnsüchtig an. »Meine Güte, ich habe dich so vermisst. Du bist so erwachsen. Ich kenne dich fast nicht mehr.«

Die Schule war an Neujahr evakuiert und der Betrieb in den Lake District verlegt worden, deshalb hatte er nicht nach Haus kommen können. Von London nach Dorset war man einen Tag unterwegs, aber von Dorset nach Windermere brauchte man viel länger.

Du hast mich ja weggeschickt, hätte er am liebsten gesagt, aber er tat es nicht. *Natürlich habe ich mich verändert.* Er spürte etwas Weiches, Vibrierendes an seinem Bein und schaute hinunter. »Sweep!« Er nahm das flauschige, dünne Fellknäuel hoch, und Sweep schnurrte noch heftiger und drückte ihren Kopf stürmisch gegen seine Hände. »Sweep.« Er kraulte die weichen Haare zwischen ihren spitzen Ohren. »Ah, du bist älter geworden.«

»Sie leistet mir Gesellschaft. Sie ist kein Problem. Sie schläft im großen Kleiderschrank in deinem Zimmer.«

Ant setzte die Katze wieder auf den Boden, und sie sprang sofort in den Karton mit alten Büchern und schaute ihn unverwandt mit grün leuchtenden Augen an. »Wie geht's Daphne?«, fragte er, ohne wirklich etwas dabei zu denken.

»Woher soll ich das wissen? Lieber Ant, ich habe sie seit einer Ewigkeit nicht gesehen, nicht, seit sie uns letztes Jahr verlassen hat.«

»Ich dachte nur, du hättest vielleicht von ihr gehört.«

Sie hob den Blick, ihre dünnen Schultern waren hochgezogen. Das Haar, das Daphne im vorherigen Sommer so kurz geschnitten hatte, reichte ihr nun über die Schultern herunter, es war grauer und wirrer denn je, und sie steckte es nicht hoch, wie sie es früher gemacht hatte, so hing es in dünnen Strähnen ums Gesicht.

Aber ihre grünen Augen blitzten plötzlich auf, als sie sagte: »Ich brauche nicht von ihr zu hören. Ich kann dir sagen, was sie treibt, Ant. Sie vergnügt sich. Tanzt. Spürt jemanden auf, der ihr ein Dinner bezahlt. Du kennst ja die liebe Daphne. Sie würde für einen guten Zweck nicht über die Straße gehen, aber für eine gute Party würde sie sehr wohl durchs ganze Land fahren. O ja. Also, ich muss dir unbedingt etwas zu essen geben.« Sie ging zur Küchentheke hinüber und begann, unförmige große Scheiben des typischen, im Krieg üblich gewordenen krümelnden Vollkornbrotes zu schneiden. »Wir essen Bratfett und Toast zum Tee, und ich habe echte Teeblätter vom Pfarrer.«

»Der gute alte Reverend«, sagte Ant.

»Oh, er ist ein lieber Mann, ein guter Freund. Und was für ein Glück, Ant, wir haben ein paar Pflaumen aus ihrem Obstgarten, die er heute Vormittag vorbeigebracht hat. Wir werden ein Festmahl haben. Und danach ... Ah!« Sie klatschte in die Hände. »Was sagst du zu einer Runde Mah-Jongg?«

Er nickte beglückt, ihre Blicke trafen sich. »Hört sich wunderbar an.« Ihre Augen leuchteten, und sie war wieder Dinah, die in der freudigen Begeisterung des Augenblicks aufging. Da glaubte Ant noch ehrlich, dass alles in Ordnung sein könnte.

Mit den Überbleibseln des Essens saßen sie in der Küche, und langsam überkam beide eine einschläfernde Wärme, als die Nachmittagssonne dem Raum mit dem vielen Holz einen goldenen Schimmer verlieh. Eine Vase welkender Dahlien, samtrot und intensiv rosa, die sich unter ihrem eigenen Gewicht bogen, verstreuten Pollen auf dem etwas klebrigen Tisch. Er fand, dass es ihm gelang, die Unordnung auszublenden. Lächelnd schaute er aus dem Fenster auf die Bucht und den Himmel, und als er seine Großtante betrachtete, erwiderte sie sein Lächeln. Mit dem Ärmel ihres Kimonos wischte sie sich die Augen.

»Ich möchte mit dir über etwas reden, Ant.« Sie stand auf und öffnete die Doppeltür zur Veranda. »So ist es besser. Frische Luft.«

»Was ist denn, Tante D? Soll ich ein anderes Spiel suchen, bei dem ich gewinnen kann, ist es das? Das Quartett ist da drüben ...«

Sie lachte, zögerte dann einen Moment, schaute auf das Meer hinaus und dann wieder zu ihm. »Oh ... Nein danke, mein Lieber. Hör zu, Ant. Es ist leider ziemlich ernst.« Und Dinah räusperte sich. »Ich hab dir ja von meinem Daddy erzählt. Von deinem Urgroßvater. Er hat das Bosky für meine Mutter gebaut, als Überraschung.«

»Ja, ich weiß.«

»Er war ein Spieler, Ant, hab ich dir das mal erzählt?«

»Ja, hast du.«

»Gut. Also, vergiss das nicht, lieber Junge.« Sie ergriff plötzlich seine Hände. »Ach, Ant. Er spielte, er gewann, und er baute dieses Haus, und dann spielte er wieder und verlor. Verlor alles. Und es brachte ihn um. Und ich schwor einen heiligen Eid im Tempel der Ischtar. Ich stand dort, hielt meine Hand hoch, es war alles sehr dramatisch. *Ich werde nicht wie er sein.*«

Sie stand auf und sagte niedergeschlagen: »Nun, ich habe versagt. Schließlich bin ich seine Tochter, verstehst du. Ich habe gespielt, Ant. Und ich habe alles verloren.«

Ant begriff nicht. »Du hast das – das Haus verloren?«

»Nicht das Haus. Noch nicht. Darüber will ich mit dir sprechen.«

Sie stand auf, ging langsam, als sei sie gelähmt oder hätte Schmerzen, zur Anrichte. Sie nahm einige Papiere heraus. »Ant, Lieber, würdest du die bitte unterschreiben. Ich habe sie von Mr Hill aufsetzen lassen. Ich hätte dir das Haus sowieso auf jeden Fall vermacht, aber wenn du unterschreibst, dann wird alles in Ordnung sein.« Noch etwas wurde da leise gemurmelt. »Es wird alles in Ordnung sein.«

Ant ging auf sie zu, nahm ihr die Papiere ab und legte sie auf die Küchentheke. Er warf einen kurzen Blick darauf. »*Eigentumsurkunde. Übertragung von Vermögenswerten.* Ich verstehe nicht ...«

»Ich schenke dir das Bosky«, sagte sie und streckte das Kinn vor. In ihren Augen blitzte es kämpferisch auf. »Dann können sie es mir nicht nehmen.«

»Wer ist *sie?*«, fragte er mit einem flauen Gefühl des Unbehagens.

»Ach ... Leute, die mich kaputtmachen wollen. Sie ist zurückgekommen, um ihn zu holen«, sagte sie langsam. »Hat ihn nicht gefunden. Obwohl sie ihn direkt vor der Nase hatte, die ganze Zeit hing er da. Über ihrer Nase, sollte ich sagen ...«

»Tante Dinah ...«

Sie streckte eine zitternde Hand aus. »Er gehört dir. Dann wirst du immer etwas haben. Egal, was passiert. Egal, was sie zu tun versuchen.«

Und sie schob ihm den dicken Stoß Papiere entgegen.

»Oh«, sagte Ant, zuckte mit der Schulter, und ihm wurde fast schlecht beim Anblick der offiziellen Worte und des riesigen Siegels unten am Ende des Briefs. »Tante D, wir wollen uns jetzt keine Sorgen darüber machen. Stell du Wasser auf. Ich geh und zieh meine alte Flanellhose an. Sollen wir nicht einen Spaziergang machen? Wir können etwas für den Sommer planen ...«

Dinah knallte die gefalteten Papiere vor ihm auf den Tisch. »Nein. Bitte, Ant. Hier«, sagte sie, faltete eine Seite auseinander und strich sie dann mit der ausgestreckten Handfläche glatt. »Unterschreib hier, und dann ist es erledigt und kann nicht geändert werden.«

»Aber es ist doch dein Haus, nicht meins.«

»Bitte«, sagte sie eindringlich. »Lieber Ant, für mich. Tu's für mich …« Sie sah zu, als er seinen Namen in seiner geschwungenen Handschrift neben das »X« in schwarzer Tinte setzte und dann einen tiefen Seufzer ausstieß. »Wunderbar«, sagte sie und lächelte ihm zu, zog die Schultern hoch und ließ sie dann fallen, als hätte sie sich eines schweren Gewichts entledigt. »So!«

Ant gab ihr den Füller zurück und schaute sie an. »Ich wünschte, ich hätt es nicht getan.«

»Es wird sich nichts ändern«, sagte sie, stand auf und legte den Stoß Papiere auf die Anrichte. »Überhaupt nichts, mein Lieber. Es wird trotzdem in jeder Hinsicht mein Haus sein, aber wenn sie mich holen wollen oder versuchen, es wegzunehmen …«

»Wer würde versuchen, es dir wegzunehmen?«

Sie lächelte dünn und kratzte sich an der Nase. »Niemand! Es ist nur dummes Gerede, eine Vorsichtsmaßnahme. Aber was, wenn ich reisen muss und du musst hierbleiben? Na, dann gehört es dir. Es ist immer deins und alles darin auch. Wir werden einfach ganz normal weitermachen, ja? Verstehst du?«

Er begriff es nicht und würde es auch noch eine Weile nicht begreifen, aber er nickte, und genau in dem Augenblick erschien undeutlich hinter der Glasscheibe der Tür ein Gesicht, und er zuckte zusammen.

»Ah ja«, sagte Dinah zufrieden. »Sie hat ja gesagt, dass sie vorbeikommen würde. Komm rein, meine Liebe. Er ist da!«

Dort stand Julia – fröhlich ans Fenster klopfend und breit lächelnd. Als Ant sie sah, wurde er rot, die unreinen Gedanken, die er das ganze Jahr seit dem letzten Sommer über sie hatte, waren alle wieder da und bedrängten ihn. Sie rüttelte an dem eisernen Türrahmen und versuchte, die Tür zu öffnen, ihre Locken tanzten um ihren Kopf, und als sich nichts tat, stand Ant auf, um ihr zu helfen. Er zog an dem schweren, kalten Griff, und schließlich gab die Tür nach, sie stolperte ins Wohnzimmer und wäre fast auf dem Fußboden gelandet, hätte Ants Arm sie nicht aufgefangen.

»Oh, so was ... Danke.« Sie lehnte sich eng an ihn und lächelte zu ihm hoch, und ihre Augen strahlten vor Entzücken.

Er erwiderte ihr Lächeln. Sie war sonnengebräunt, und das Band an ihrem Badeanzug, das am Nacken gebunden war, war etwas kurz und schnitt in ihre pralle, golden schimmernde Haut. Er bemühte sich, nicht auf ihre Brüste zu starren. Sie war seit letztem Jahr gewachsen, war größer als zuvor, und auch ihre Brüste waren üppiger. Ihre schlanken, starken Finger griffen nach seinem Arm, auf ihren Wangen und auf der Nase hatte sie ein paar Sommersprossen.

»Hallo, Julia«, sagte er, und sie drückte seinen Arm ein bisschen fester und kam näher an ihn heran.

»Na«, sagte sie mit ihrer tiefen, klaren Stimme, in der das Lachen immer mitklang, »Hallo, altes Haus.«

»Julia ist fast jeden Tag vorbeigekommen und hat gefragt, wann du kommst, nicht wahr?«, sagte Dinah, und Julia nickte, ungeniert, dass ihre Begeisterung so offenkundig war. Und wirklich war das ja eins der Dinge, das er an ihr immer so gemocht hatte, dass sie nie versuchte, sich abgehoben zu geben.

»Unsere Ferien haben vor zehn Tagen angefangen, und wir sind direkt runtergekommen, und Ian hat Vater schon fast in den Wahnsinn getrieben. Mir war so unheimlich langweilig, während ich auf dich wartete, Ant«, sagte sie, und er roch das Salz auf ihrer Haut und den ihr eigenen, süßen Duft. »Die Action hat uns gefehlt – hast du gehört, dass die Mustangs drüben am Smedmore Hill im Mai abgestürzt sind?« Sie drehte sich zu Dinah um. »Haben Sie sie gesehen, Miss Wilde?«

»Ja«, sagte Dinah zerstreut. »Schrecklich.« Aber sie hatte ein altes, goldbedrucktes Buch in die Hand genommen und blätterte es gezielt durch. Ant warf einen Blick darauf und sah nur Bilder von Grabkammern und Reihen von Skeletten, goldenen Kopfschmuck und den Schimmer auf dem Hochglanzpapier, der in dem abgedunkelten Raum glänzte.

»Du hast dein Haar schneiden lassen«, sagte Ant zu Julia und berührte den wippenden Schopf lockiger Haare. »Es steht dir.«

»Geht schon und macht einen Spaziergang zu den Drachenzähnen«, sagte Dinah, vom Buch aufblickend. »Du brauchst doch bestimmt dringend frische Luft, Ant, nach all der Zeit, die du in den Zügen eingesperrt warst. Gebt acht auf den Stacheldrahtzaun, sie haben Teile davon umgesetzt, das wäre ein übler Schock, wenn ihr nicht aufpasst. Und ich weiß, es ist unnötig, es zu sagen, aber geht *nicht* an den Strand. Alle bis runter zur Shell Bay sind evakuiert worden, wisst ihr das? Joe hat sie neulich gesehen, wie sie den Beton herbrachten. Hohe Tiere von der Armee standen alle hier unten und haben die Bucht besichtigt. Es tut sich was hier. Ich bin sicher.«

Sie tippte sich an die Nase, und Ant nickte, aber er wusste nicht, ob sie die Wahrheit sagte oder nicht.

»Vielleicht kommen sie bald zu uns«, sagte sie. »Sagen uns, wir sollen weggehen.«

»Oh, Miss Wilde, ich bin sicher, das tun sie nicht«, sagte Julia. Sie schaute zu Ant hinüber. »Und? Sollen wir gehen?«

Er wollte Dinah nicht allein lassen, aber Ant war klar, dass er dieses muffige, schmutzige, zu warme Haus, das jetzt ihm gehörte, keinen Moment länger ertragen konnte. Er nickte. »Bis später, Tante D«, sagte er zu seiner Tante und nahm seinen Blazer. »Bin bald wieder da.«

»Lass dir Zeit, alles gut«, sagte sie im Singsangton, stand auf und begann wieder, in die Kartons zu schauen, hob etwas heraus, legte anderes wieder hinein. »Keine Angst, lieber Ant, keine Angst.«

KAPITEL SECHSUNDZWANZIG

An diesem Abend verlor er nicht seine Unschuld an Julia, oder auch am nächsten, aber ein paar Tage später schon – in den Sanddünen, als es Abend wurde. Er war seit fünf Tagen an der Worth Bay zurück und versuchte, sich wieder an das Leben mit Dinah zu gewöhnen. Das Wetter war noch beständig, klar, heiß, und die Nächte voller Sterne, über dem Kanal Richtung Frankreich war die Milchstraße zu sehen, heller denn je in jenen Nächten mit Verdunkelung. In späteren Jahren stand Tony auf der Veranda und versuchte, den blassen Wirbel aus zahllosen Sternen zu sichten wie in jenen wolkenlosen, warmen Nächten, aber es gelang ihm nie.

Es war an einem solchen Abend zwischen den Drachenzähnen hoch oben Richtung Bill's Point an der Küste, dass sie es taten. Julia hatte ihm schon das Geheimnis entlockt, dass er ein Kondom besaß, und er wollte sie unbedingt haben, drehte fast durch, und beide meinten, es sei in Ordnung. In dieser Welt, wo Betonstützen und Hafenpoller die Bucht säumten, wo Flugzeuge den Sandstreifen beschossen und die Gefahr immer noch überall lauerte, schien es ganz natürlich, es zu tun.

Sie fanden nicht, dass es unrecht sei oder dass sie zu jung seien oder dass sie irgendjemanden hintergingen. Es war für beide so natürlich wie das Küssen gewesen war. Danach, als er, noch in ihr, keuchend still dalag und sich sorgte, er könnte einschlafen, begann sie zu kichern, und dann, als sie den Kopf zurückwarf, dass die Locken sich mit dem Sand vermischten, lachte sie richtig, und ihre kleinen weißen Zähne glänzten in der hereinbrechenden Dunkelheit.

»Was ist denn so lustig?«, fragte er und grinste.

»Oh, ich weiß nicht. Dass ich es mit dir gemacht habe. Du bist einfach himmlisch, Ant, und anscheinend hast du keine Ahnung. Ich kann's nicht fassen.«

»Kannst was nicht fassen?«

Sie stützte sich ab und löste sich von ihm, zog ihr Höschen an und kuschelte sich wieder an ihn. Er streichelte ihre sommersprossigen Unterarme. »Wenn du mehr Auswahl hättest, würdest du nicht mich auswählen«, sagte sie leise zu seiner Brust hin. »Aber ich würde immer dich wählen.«

Er spürte die Spitzen ihrer Brustwarzen, die hart waren, und ihr pochendes Herz, und er drückte sie fester an sich. »Das ist Quatsch, Julia – sag so etwas nicht. Überhaupt dachte ich, das wäre unsere gemeinsame Sache, wir beide.«

»O ja, natürlich«, sagte sie und schloss dann langsam die Augen. »Wir gegen alles. Besonders die Nazis. Und Pa.«

»Und die Schule.«

»Und die Schule. Und dagegen, dass man egoistisch und kleinlich ist. Das höhere Ziel.« Julia setzte sich auf, und er wusste, sie würde gleich wieder anfangen mit Gleichheit – sie war geradezu besessen von dieser Idee, dass Frauen ungerecht behandelt würden ... »Wir sollten alle gemeinsam kämpfen. Miss Bright hat eine Freundin, die arbeitet in einem Rüstungsbetrieb in Liverpool, sie gibt Schwefel in die Granaten. Davon sind ihr Gesicht und ihre Hände leuchtend gelb geworden – sie nennen sie Kanari –, aber sie liebt die Arbeit, früher war sie zu Haus und hat nichts gemacht außer putzen und kochen für ihren Mann, der nicht einmal eine Arbeit hatte. Und wenn der Krieg vorbei ist, wird sie sofort ihre Arbeit verlieren. Die Männer werden sie wiederhaben wollen. Männer wollen alles für sich selbst, die Macht, das Geld, und sie sorgen dafür, dass die Frauen in einem Zustand der Sklaverei bleiben. Wenn man heiratet, gibt man seine Arbeit auf. Kannst du dir das vorstellen, Ant?« Sie schüttelte tatsächlich drohend eine Faust gegen ihn. »Diese furchtbaren Zeitschriften wie *Woman,* die den Mädchen vorschreiben, sie sollen Strümpfe tragen und ihr Haar ondulieren und blöde Dinge, die Männer nicht machen müssen.

Frauen sind Objekte …« Ant nickte, sie verstummte und schaute durch die Wimpern zu ihm hoch. »Apropos Objekte. Ehrlich, Ant, ich will nicht darauf herumreiten, aber du siehst jetzt wirklich wahnsinnig gut aus.«

»Jetzt!«

»Du weißt, was ich meine. Du warst noch ein Junge, als wir uns kennenlernten, jetzt nicht mehr. Du bist ein Herzensbrecher. Ein Kinoidol. Wie steht's übrigens mit der Schauspielerei?«

»Im letzten Trimester war ich ein Knecht in *Antonius und Cleopatra*.«

Im Internat hatte er niemandem erzählt, dass er das Schauspielern mochte. Er war ausgewählt worden, in der Aufführung von *Antonius und Cleopatra* am Ende des Jahres einen Soldaten zu spielen, weil er groß war. »Du und die anderen Schwuchteln, was, Wilde?«, hatte Johnson gesagt, als er ihn im Kostüm eines römischen Soldaten sah. Er stand wartend vor dem Ballsaal des alten Landsitzes am Ufer des Lake Windermere, wohin sie evakuiert worden waren und wo jetzt ihr Wohnheim war. »Ha! Schaut euch Wilde an, Jungs! Er trägt Make-up! Rausgeputzt wie deine Mutter, Wilde. Sie wäre überglücklich, wenn sie sehen könnte, dass du ihren Augenbrauenstift gebrauchst.«

Wie trist, wie erbärmlich, dieser Johnson zu sein mit seinen kleinlichen Geschichten über das Leben in einem großen Haus in Surrey und den Vater, der ihm das Schießen beibrachte, und den großen Bruder, der in Kairo »seine Pflicht tut«. Die Tennisanlage, die »im Sommer jede Woche von unserem Gärtner Philpott gewalzt wird«, vor dem Krieg Ferien in Südfrankreich, die nervtötenden Familientraditionen an Weihnachten, von denen er einem unbedingt erzählen musste. Er würde zu einem rosagesichtigen, missmutigen, bissigen, kleinkarierten, knauserigen Idioten mit Babygesicht heranwachsen. Ant war das klar. Er fand in letzter Zeit, dass er mehr wusste als seine Altersgenossen, als hätte die Tragödie seine Sicht auf die Welt erweitert, als ließe sie ihn mehr sehen und verstehen. Ant hatte sich in dem Moment damals in der Julikälte in Cumbria geschworen, dass er niemals wie Johnson sein werde. Er würde stürmisch sein und neugierig und offen für alles.

»Ich bin sicher, dass du wunderbar warst.«

»Eigentlich nicht, Jules. Ich stand mit einem Speer irgendwo hinten herum.«

»Ich wette, du hast den Speer sehr gut gehalten.« Sie ließ ihre prallen Brüste in den BH gleiten und fingerte an den Häkchen herum. »Nein, nein, mach dir keine Gedanken. Das solltest du loswerden«, sagte sie rasch und zeigte auf das lang gezogene, lächerlich aussehende Kondom. »Wickle es in dein Taschentuch und schmeiß es später weg.«

»Hast du das schon mal gemacht?«, fragte er, lächelte sie mit hinter dem Kopf verschränkten Händen an, und sie versetzte ihm einen scherzhaften Schlag.

»Nein! Natürlich nicht. Du bist der Erste, und wenn Pa und Ian es wüssten, dann könnten wir uns auf etwas gefasst machen, auf jeden Fall. Er wollte nicht mal, dass ich ins Internat gehe, aber Mummys Tante bezahlte dafür, deshalb musste er es annehmen. Er kann es wirklich nicht ausstehen, dass ich klüger als Ian bin. Aber das bin ich. Ich werde nach Girton gehen, wenn ich eine Zulassung bekomme. Er wird es aber natürlich nie erlauben.«

»Wirklich?« Tony war überrascht. »Sogar dein Vater? Aber er ist doch so für Bildung und alles …«

Julia raffte ihr Kleid mit Blumenmuster und ihre rosa Strickjacke zusammen. »Seit wir zurück sind, habe ich bemerkt, dass es viel schlimmer geworden ist mit ihm. Auf dem Rückweg vom Bahnhof hat eine Frau von der Landhilfe neulich sein Auto in der Garage repariert. Ich dachte, er würde vor Wut sterben, so hat er sich geschämt.«

»Aber er hat doch Tante Dinah sehr gern. Und sie … Na ja, in vielerlei Hinsicht ist sie wie ein Mann. Sie tut genau das, was sie will.« Das machte ihn stolz auf sie.

»Er ist ein Heuchler. Ich glaube, er versteht diese neue Welt nicht und den Krieg, und es macht ihn wütend. Jedenfalls sagt das Miss

Bright in der Schule. Sie meint, Männer hassen es, dass wir die Freiheiten genießen, die sie haben, und dass wir deshalb wissen, es lohnt sich, für sie zu kämpfen. Miss Bright war wegen der Zeitung *Votes for Women* im Gefängnis, weißt du. Ich würde dafür auch ins Gefängnis gehen.« Sie beugte sich über ihn, und bei ihrem Geruch, salzig, verschwitzt, süß wie Rosenduft, und dem Empfinden ihrer festen, weichen Haut war es fast um ihn geschehen. Sie küsste ihn. »Wir müssen vorsichtig sein, aber meine Güte, wir haben Krieg, und das Leben ist kurz.« Ihr Gesicht leuchtete in der untergehenden Sonne, die sich auf der gekräuselten See spiegelte. »Aber war das nicht schön? Ich fand es sehr schön.«

»Meine ich auch.« Er setzte sich auf, grinste schüchtern und suchte in der Tasche seines Blazers. »Hier. Möchtest du eine Zigarette?«

»Nein danke«, sagte Julia und zog ihr Kleid über den Kopf, wobei ihr widerspenstiges Haar sich zuerst hervordrängte. Sie schlüpfte schnell in ihre Sandalen, und da kam ihm der Gedanke, wie merkwürdig das alles war, die Kleider auszuziehen und die Tricks und Listen, und wie natürlich es war, nackt zu sein, wie es vor fünf Minuten war, in sie einzudringen, während sie sich ihm hingab, ihr die Haare aus den Augen zu streichen, wenn sie sich ihm entgegenstreckte und er in sie hineinstieß und beide gleichzeitig zueinander sagten: »Es ist schön.«

Es war gar nicht so, wie er es sich vorgestellt hatte, es war zärtlich und lustvoll und ergreifend ... Julia war trotz ihrer theatralischen Art völlig natürlich.

»Geh noch nicht. Bleib doch eine Weile. Bitte«, sagte er.

Mit geschickten Fingern schnallte sie ihre Sandalen zu. »Das wäre sehr kultiviert, mit dir hier zu sitzen und die letzten Strahlen der untergehenden Sonne zu beobachten, aber ich habe Daddy versprochen, dass ich die Knochen vom Entenbraten kochen würde. Entensuppe. Ich weiß nicht, ob das Pathos oder falsches Pathos ist oder so etwas, wir haben es letztes Trimester in der Schule gelernt.« Sie setzte ihren Strohhut auf, schaute auf ihn hinunter und blinzelte heftig. »Das hat mir schrecklich gut gefallen heute. Bis morgen?«

Anthony legte seine Finger um ihr geschmeidiges Fußgelenk und nickte. »Bis morgen.«

»Wunderbar«, sagte Julia mit einem strahlenden Lächeln. »Was für ein Sommer das sein wird!«

KAPITEL SIEBENUNDZWANZIG

London, August 1990

Oh, wie schön neu der Teppich war! Und die Vorhänge, ein Muster mit Pfauenfedernmotiv in prächtigem Rot, Türkis und blassem Grün. Schwere, bedruckte Seide, gekauft von Liberty, ein spontaner, großzügiger Einkauf mit dem Geld, das sie für ein Album bekommen hatte, und sie waren so teuer, aber da hingen sie an den großen Erkerfenstern ihrer schönen neuen Wohnung und sahen umwerfend aus. »Die werden Ihr ganzes Leben halten«, hatte der Raumausstatter gesagt, als er seine Sachen wegpackte. »Ich garantiere Ihnen, die werden Sie mit siebzig noch zuziehen.«

Es belustigte Cord, dass er meinte, sie würde in fünfundvierzig Jahren noch die gleichen Vorhänge in der gleichen Wohnung zuziehen. Trotzdem musste sie zugeben, dass sie den Gedanken eigentlich mochte, als sie sich am Abend, bevor sie zum Bosky fuhr, in der Wohnung umsah. Sie war in ihr Heim verliebt, das sie seit sechs Monaten bewohnte; wenn sie jetzt weg war, sehnte sie sich danach, wieder dort zu sein und sich als glückliche Besitzerin zu fühlen: erwachsen zu sein und Radio (neuer glänzender, schwarzer Stereo) in ihrem (brandneuen blauen Samt-)Morgenmantel zu hören, die frische Luft zu spüren, die durch die offenen, bodentiefen Fenster hereinwehte und sich mit dem angenehmen Geruch von neuer Farbe vermischte. Die Wohnung war gründlich renoviert worden, bevor sie einzog. Vorher war sie viele Jahre das Zuhause einer ans Haus gefesselten alten Dame gewesen, die schließlich dort gestorben war. Cord hatte die Arts-and-Crafts-Elemente beibehalten – die Bleiglasfenster mit verzierten Griffen, die geschwungenen Türklinken, den Kamin mit seinen Sonnenblumenfliesen – aber alles andere, was an die vorige Besitzerin erinnerte, hatte sie entfernt. Sie hatte die ganze Wohnung in hellen Farben streichen lassen, Cremetöne, Hellbraun, Blau- und Gelbtöne. Sie wollte, dass es sonnig und warm wirkte, und sicher, wie das Bosky gewesen war, als sie noch ein Kind war, nur war dies ihre eigene Wohnung, bezahlt mit Geld, das sie verdient hatte. Als ihre Freundin Amanda, eine Gesangskollegin, sie sah, sagte sie: »Cord, du könntest eine neue Karriere starten mit dem Gestalten von Wohnungen.«

»Oh, ich habe es total genossen.« Cord rieb die Hände aneinander und lächelte. »Wenn die Sache mit dem Singen nichts wird, sollte ich das vielleicht machen.«

»Ha, ha«, hatte Amanda trocken gesagt, die gerade von einer erfolglosen Audition gekommen war. »Cordelia Wilde, die es zur Zeit nicht leicht hat, wird Innenarchitektin. Sehr glaubhaft.«

Es war ein neuer Anfang, die leere Wohnung, die darauf wartete, dass sie daraus ein Zuhause machte. Sie würde musikalische Abendeinladungen geben. Die Wände mit Fotos bedecken, die Regale mit Büchern. Sie würde ihre Familie einladen: Mumma würde kommen, jetzt, da die Sitcom zu Ende war, sie würden gemeinsam in die Gemäldegalerien gehen und zum Tee hierher zurückkommen. Mads' und Bens Kinder, wenn sie je Wirklichkeit wurden, sollten die Wohnung so gut kennen wie ihr eigenes Zuhause. In der Diele gab es einen teuren Schrank, aus dem ein Herz herausgesägt war, wo sie ihren neuen kleinen Koffer aufbewahren würde, den sie mitnahm und dann wieder abstellte, wenn sie von Auslandsreisen zurückkam. An der Tür waren herzförmige Haken für Mäntel und ein Dielentisch von der Jahrhundertwende für ihr neues Telefon und ein schöner Jugendstilspiegel darüber, den sie vor einem Liederabend beim Verkauf eines Nachlasses in Glasgow gefunden hatte – es war ein Charles-Rennie-Mackintosh-Haus gewesen. Sie hatte einen Kühlschrank, in dem sie immer eine Extraflasche Champagner, und in dem kleinen Schrank darüber Döschen mit Pastete und Gebäck vorrätig hatte. Auf dem frisch gestrichenen Kaminsims hatte nach dem Einzugsfest nur eine Karte stehen bleiben dürfen, die von Ben. Ein Bild von Agnetha in seidener Kniehose, aus einer Zeitung oder einem Buch ausgeschnitten und auf Karton aufgeklebt.

Liebste Cordy, Du superalter Hase, hatte Ben in seiner schwer leserlichen Handschrift hineingeschrieben. *Wir wünschen Dir viele glückliche Jahre in Deiner wunderschönen neuen Wohnung. In Liebe, B und M.* Der Poststempel war Los Angeles.

Der kleine Koffer stand jetzt fertig gepackt an der Tür, aber dieses Mal würde sie zum Bosky fahren, früh am folgenden Morgen. Cord konnte es kaum erwarten. Sommer in der Stadt, selbst in ihrem ruhigen, grünen Teil von West Hampstead, war jedes Jahr immer noch eine Qual für ein Mädchen, das mit Badeschuhen aufgewachsen war, in denen sie den ganzen Juli und August im Meer planschte. In letzter Zeit, es war das erste Mal, an das sie sich erinnern konnte, war sie nach den Konzerten müde gewesen und hatte Halsschmerzen. Sie war sechsundzwanzig. Seit sechs Jahren hatte sie ohne Pause Auftritte gehabt. Die Termine in ihrem Kalender waren bis 1993 voll ausgebucht mit Engagements in Konzerthallen und Opernhäusern rund um die Welt. In der vorigen Woche hatte sie die Rolle der Gräfin Almaviva zum vierzigsten Mal gesungen, sie führte eine Liste von jedem Auftritt in einem Notizbuch aus schwarzem Leder getreu der Cordy von früher, die Listen und Ordnung liebte. Sie war nicht gelangweilt, das nie, sie würde das Singen nie langweilig finden. Aber in letzter Zeit fand sie sich selbst langweilig. Die ganze Zeit über sich selbst zu reden, an ihre eigene Stimme zu denken. Wenn man ein Star war, bekam man eine übertriebene Vorstellung von seiner eigenen Wichtigkeit. Sie sagte sich, dass es gut wäre, im Bosky zu sein, wieder Teil einer Gruppe zu sein. Mads zu sehen, sich mal richtig mit ihr zu unterhalten, herauszufinden, wie es ihr ging ... Letztes Mal, als sie sie gesehen hatte – zu lange war das schon her –, hatte Cord gemerkt, dass etwas nicht stimmte.

Sie wollte gerade in die Küche gehen, um sich ein Glas Wein zu gönnen, als das Telefon klingelte und sie sich fragte, wer das sein könnte, sie nahm ab – es war halb zehn, etwas spät für Anrufe.

»Hallo?«

»Ben?«, kam die Stimme. »Hallo, ist da Mads?«

Die Reaktion war sofort da. Cord spürte, wie sie sich anspannte, verkrampfte.

»Wer ist da?«, fragte sie, schlang das Telefonkabel um einen Finger und starrte sich in dem neuen Spiegel an. Daran war sie nicht gewöhnt und sah sich in dem Augenblick wie eine Fremde, ausnahmsweise einmal ohne Bühnen-Make-up; ihre geröteten Wangenknochen, der Mund überrascht halb geöffnet, das Haar wild, dick, dunkel und bis auf die Schultern und den Rücken herabhängend. *Ich bin wirklich schlank,* dachte sie plötzlich. *Ich bin keine stämmige Zehnjährige. Ich bin dieses gertenschlanke Mädchen im Spiegel.* »Ich glaube, Sie haben die falsche Nummer für Wilde gewählt. Hier ist nicht Ben ...«

Eine Pause.

»O Gott, Cord. Es tut mir so leid. Natürlich, ich weiß, dass du nicht dein Bruder bist. Ich habe seine Nummer im Telefonbuch nachgeschaut, aber ich muss dich aus Versehen gewählt haben.«

Sie sagte: »Schon gut.«

»Du weißt, dass ich es bin?«

»Ja, Hamish«, sagte sie und versuchte, munter zu klingen. »Natürlich wusste ich, dass du es warst.«

»Das ist wunderbar.« Seine Stimme klang so warm, weich, fließend. Sie presste den Hörer fester ans Ohr. »Wie geht's dir, Cordy?«

Es klingelte an der Haustür, sie drückte schnell auf den Türöffner. »Sehr gut. Prima«, ergänzte sie. »Ich bin gerade umgezogen. Ich genieße den Sommer. Bemühe mich, jeder Erkältung aus dem Weg zu gehen, oh, und natürlich dem Rinderwahn ... Hab mir Flipflops gekauft. Äh ....« Sie errötete.

»Singst du noch?« Stille. »Herrgott noch mal, was für eine blöde Frage. Tut mir leid. Ich bin verwirrt. Du verwirrst mich, Cordelia, aber du weißt ja, das hast du immer schon getan.«

Sie lachte unwillkürlich.

War er immer noch so blond wie früher? Mit den paar Sommersprossen und den hellgrauen Augen? Und das Grübchen am Kinn, und das Lächeln, dieses Lächeln ... Schritte dröhnten auf der Treppe nach oben auf ihre Wohnung zu, und Cord räusperte sich. »Ach, du Schäker.« Aber das war nicht fair, er war nie ein Charmeur gewesen; er war keiner, der etwas vorspielte, war das nie gewesen. »Wie geht's dir? Wie geht's – Sunita war das doch, oder?«

»Ja richtig. Ihr geht's gut, danke. Wir sind jetzt zurück im Königreich. Unsere Tochter ist fast ein Jahr alt, Cordy, ein Jahr.«

»Ah«, sagte sie. »Großartig. Wie heißt sie?«

»Amabel«, antwortete er.

»Annabel?«

»A*mah*. Amabel.«

»Ich hab's gehört. Annabel, wie schön.«

»Nein. Ah-mah, M wie Mutter. Amabel. Amabel Hester Chaudri-Lowther.«

Cord fand, sie war fast froh, das Gefühl zu haben, dass dies lächerlich war. Sie hätte am liebsten gekichert und gesagt: *Was ist denn das für ein Name – Amabel?* Sie wollte ihn albern finden, dumm, kein zu ihr passender Mensch. Früher hatte er zu ihr gepasst, derjenige, der vollkommen gut war. »Hm – schön«, sagte sie wieder etwas dümmlich und wandte sich vom Spiegel ab.

»Ihre ... Sunita hat Amabel ausgewählt. Sie wollte etwas Schottisches.«

»Amabel ist ein schöner Name.«

»Ja, Cordy ...« Er verstummte. »Warum sagen wir immer wieder Amabel? Jetzt ist mir die ganze Bedeutung verloren gegangen. Du hast dafür gesorgt, dass mir der Sinn des Namens meiner eigenen Tochter abhandengekommen ist. Du liebe Zeit.«

»Schatz?«, meldete sich eine laute, tiefe Stimme hinter ihr. »Ich habe Fisch und Chips. Ist das in Ordnung? Bin zu einem Laden in der Nähe von Marylebone gegangen. Der Typ, der Typ im Laden, hat Essig drauf, ich hab ihm gesagt, ich wüsste nicht genau ... Aber er hat ihn drauf und ...«

Jay, großartig aussehend, kaum außer Atem nach den vier Treppenfluchten, stand vor ihr und hielt einen weißen, straffen Plastikbeutel mit Essen aus dem Imbiss. Er verzog das Gesicht, als er sie am Telefon sah, flüsterte: »Ich warte drin«, und wies in die Küche.

»Danke«, deutete Cord an.

»Klar«, sagte er, und als sie sich wieder dem Telefon zuwandte, kam er von hinten an sie heran, legte die Arme um sie und küsste ihren Nacken, seine Haut auf ihrer. Sie sah beide im Spiegelbild, seine dunkle Haut an ihren blassen Körper gepresst. »Na klar!«

»Ich sollte gehen«, sagte Cord in den Hörer, als Jay sich damit beschäftigte, ihren Nacken zu küssen.

»Ja, du hast Besuch. Er ist ziemlich hungrig, so wie es klingt«, sagte Hamish, und Cord lächelte, ihr Herz tat weh, und sie trat vom einen Fuß auf den anderen, während sie Jay wegschob.

»Soll ich Ben etwas ausrichten? Ich sehe ihn morgen.«

»Es geht nur ums Drehbuch. Ich wollte mit ihm reden, ihm sagen, ich weiß nicht recht, wie ich mit Absätzen auf das Gerüst steigen soll.« Eine Pause folgte. »Ich mach nur Witze. Das war ein Scherz.«

»Oh … Ich … Sorry«, entschuldigte sich Cord. »Ich …«

»Ich bin nervös, sagte er. »Das ist so blöd.«

Sie schwiegen beide, keiner wusste, was er als Nächstes sagen sollte. Jay pfiff in der Küche, während er das Essen aus dem Beutel nahm. Sie beobachtete seine kaffeebraunen Arme, die sich hoben, bewegten, an denen sich die Muskeln abzeichneten, als er die Schränke öffnete und Teller herausnahm. Später würde sie Jay auf dem neuen Bett liegen lassen, mit der neuen blau-gelb gemusterten Bettdecke, langsam würde er die Kleider abstreifen, sie würde sich an seinem Körper weiden, an seinen Händen, seiner Andersartigkeit im Vergleich zu ihr. Morgen früh würde sie ihn im Bett hinter sich lassen, wenn sie zum Bosky aufbrach, und sie würde nicht wissen, wann sie ihn das nächste Mal sehen würde. So lief das.

»Ich muss gehen«, sagte sie leise. »Hamish, es war schön, wieder mal mit dir zu sprechen.«

Sie hörte auf seiner Seite ein Stimmchen, das im Hintergrund piepste, etwas über einen kleinen Hund. Sie strengte sich an, um mehr zu hören, aber er sagte nur: »Tut mir leid, dass ich dich wieder gestört habe. Mach's gut, liebes Mädchen. Pass auf dich auf.«

Und die Verbindung brach ab.

»He. Komm und iss«, rief Jay. Cord sagte nichts, und er rief noch einmal, lauter, bis sie sich schüttelte und ihm zulächelte.

»Sorry.«

Seit über zwei Jahren waren sie jetzt immer mal wieder beisammen. Sie hatte ihn in Chicago kennengelernt, als sie zusammen in *La Traviata* auftraten. Professor Mazzi, wie immer pessimistisch, hatte sie vor ihm gewarnt. »Jay Washington. Nein! Er wird Ihnen die Show stehlen.« Aber ihr Agent und die Chicagoer Oper waren beide unglaublich begeistert und hatten recht gehabt. Professor Mazzi hatte sich geirrt, und sie war froh, dass sie nicht auf ihn gehört hatte und sagen konnte: *Ich weiß, was ich tue, halten Sie sich doch wenigstens einmal raus.* Er wusste immer alles besser, und manchmal störte sie das.

Die Chemie zwischen ihr und Jay war elektrisierend, die Wiederaufnahme einer sehr alten Inszenierung, mit der man auf Tournee gewesen war, wurde bejubelt. Jay war aus Detroit, und die Kombination des Einheimischen aus der Gegend der Großen Seen und des englischen Stars zog das Publikum mächtig an. Man stand rund um den Block an wegen Karten, die zurückgegeben wurden.

Und er war wie sie – er wollte nichts anderes als Sex, den er enorm wichtig nahm, und den zusätzlichen Vorteil, dass man sich Gesellschaft leistete. Wenn er in Europa war, kam er vorbei, oder sie flog rüber, um ihn zu sehen, wenn sie Lust dazu hatte, und sie war es nicht leid, dass sie nie zu Hause war. Das war vor der neuen Wohnung gewesen. Jetzt konnte sie sich Jay in zehn Jahren neben sich auf dem Sofa ebenso wenig vorstellen wie den Prince of Wales. Sie beide, zusammen fernsehend, im Waitrose-Supermarkt mit dem Einkaufswagen Besorgungen machend … Nein.

Sie beobachtete ihn, wie er leise etwas vor sich hin summte – er sang immer, genau wie sie. Sie wusste, dass er eine Schwester in Oakland hatte und eine Mutter, die noch in Detroit lebte. Er schickte ihr jeden Monat Geld, und Jay behauptete, sie hätte ihm gesagt, sie würde auf der Stelle sterben, wenn er jemals eine weiße Frau mit nach Hause brächte. Sie wusste, dass er seinen Dad bei einem Unfall verloren hatte, als er fünf war. Dass er Steak mochte und englischen Fußball und Spazierengehen in den Parks großer Städte. Er liebte freie, grüne Flächen. Wo immer sie waren, musste sie mit ihm in den Park am Ort gehen, und sie spazierten im Herbst durch die Parkanlagen der Villa Borghese oder durch den Hyde Park in Sydney, wenn sie zusammen in *Tosca* auftraten, und am liebsten hatte er den Regent's Park.

»Er ist so englisch.« »Er ist urkomisch, so britisch.« »Er ist wie Mary Poppins.«

Jedes Mal sagte er so etwas, jedes Mal ärgerte es Cord, und er lachte über sie.

Jetzt blickte Jay auf, während sie ihm zuschaute und sah, wie die neuen Vorhänge sich leicht in der Brise blähten. »Alles in Ordnung?«

»Ja. Tut mir leid. Das war …« Sie sprach nicht weiter.

»Früherer Freund, stimmt's?«

»Ja, das war er tatsächlich.« Sie kam herein und stellte die Teller auf den Tisch.

»Hah!« Jay klatschte in die Hände. »Wusst' ich's doch. Er ist unten gewesen in eurem Haus am Meer, könnt ich wetten. Ich wette, du hast ihn deinen Eltern vorgestellt. Und ich wette, du hast ihn dich ficken lassen da unten.«

Sie schüttelte lächelnd den Kopf. »Er kannte meinen Vater. Ich hab ihn da unten kennengelernt. Und ja, ich hab ihn mich ficken lassen, da unten.«

»Oh.« Jay war fasziniert von ihrer Familie, dass ihr Vater Anthony Wilde war, dass er ein Sir war. Er holte den Fisch aus der Tüte. »Oh, okay.«

»Daddy hat ihn eingeladen. Sie machten das gern, Leute um sich sammeln, sie in den Bekanntenkreis einführen. Hamishs Verlobte war mit einem anderen durchgegangen. Er tat Daddy leid.«

Jay zuckte die Schultern. »Der Typ hört sich wie ein Trottel an.«

»Das ist er nicht.« Sie lächelte. »Er ist nett. Der netteste Mann, den ich je gekannt habe.«

»Das ist verdammt unverschämt, wenn ich hier bin bei dir«, sagte Jay unbeeindruckt, und sie grinste ihn an. Er steckte sich Pommes in den Mund. »Ihr Engländer. Eure Pommes sind eklig, aber zugleich sind sie unglaublich. Ihr Briten seid so komisch mit eurem Essen, ihr macht etwas, das ihr Erbspüree nennt und das wie gelber Durchfall aussieht, und trotzdem kriegt ihr auch so was hin. Das hier – es ist fantastisch. Also, was ist dann schiefgegangen? Mit dir und dem Trottel, meine ich.«

»Er wollte mich glücklich machen«, sagte Cord fast nur zu sich selbst. »Das ist schiefgegangen. Er wollte für mich sorgen, und ich war zu jung, und er war älter, und es passte nicht.« Sie setzte sich an den kleinen Esstisch und goss ihnen beiden Wein ein. Jay schüttelte den Kopf und schob sein Glas weg, aber sie trank aus ihrem und fühlte, wie der Schmerz etwas nachließ, als der Alkohol durch ihre Kehle rann.

»Das ist eine faule Ausrede, Schatz«, sagte Jay und verschlang weitere Stückchen Fisch. »Er war einfach nicht richtig für dich, das ist alles.«

Cord starrte aus dem Fenster. »Nein, ich war nicht richtig für ihn.«

KAPITEL ACHTUNDZWANZIG

Ha, ha! Seid Ihr tugendhaft?«

»Gnädiger Herr?«

»Seid Ihr schön?«

»Was meint Eure Hoheit?«

»Dass, wenn Ihr tugendhaft und schön seid, Eure Tugend keinen Verkehr mit Eurer Schönheit pflegen muss.«

»Könnte Schönheit wohl besser'n Umgang haben als mit der Tugend?«

»Ja freilich …«

»Hm, Althea.«

»Ja, Schatz?« Altheas Tonfall war säuerlich. Tony legte ihr die Hand auf den Arm.

»Wunderbar, es ist wirklich wunderbar.«

»Aber …?«

»Ein bisschen koketter. Sie ist schwierig, diese Ophelia.«

»Sie wird von Hamlet in den Wahnsinn getrieben, Tony. Sie ist nicht schwierig.«

Tony nickte ernst, hörte aber nicht zu. »Ja, ja. Wenn du es nur so probieren könntest, wie ich …«

Althea ließ einen kleinen spitzen Seufzer los. »Ich werde es verstärken, wenn du wirklich meinst … Aber Delia sollte es selbst tun, bei den Proben.«

Tony nickte zerstreut und beugte sich vor, um etwas zu notieren. Althea sprach den Satz nicht zu Ende und ließ den Text des Stücks auf die Hollywoodschaukel fallen. Sie führte eine Hand an ihrem Nacken entlang über das orange-schwarze Tuch, das sie um ihr glänzendes Haar gebunden hatte. Tony hob den Blick und betrachtete seine Frau, und Cord sah erschrocken, dass sein Blick mit etwas wie Verdruss –

vielleicht Gleichgültigkeit – auf ihr ruhte. Sie hätte genauso gut eine Fremde sein können, die eingeladen war, um die Rolle mit ihm zu lesen.

Das ist alles unecht, alles. Die Schwarz-Weiß-Fotos an den Wänden des Bosky schienen um vieles größer geworden zu sein, seit sie die letzten paar Mal hier gewesen war. Ein Wandteppich, der zeigte, wie wunderbar es einst gewesen war: eine junge Mumma und Daddy Hand in Hand am Strand, die Kinder auf den Stufen des Strandhäuschens, Olivia und Guy und Bertie mit Martinis auf der Veranda sitzend, Mads und Ben bei ihrer Hochzeit – alle so entspannt, so lässig, dass man ganz genau hinschauen musste, um zu sehen, wie sorgfältig das inszeniert war, dass Tony und Althea immer perfekt gepflegt wirkten und hinreißend aussahen. Es gab keine Fotos von Althea spät am Abend mit verschmiertem Eyeliner oder Tony, der die für ihn engagierte Gesangslehrerin küsste, oder von Bens linker Hand, an der drei Finger fehlten ... Es war ziemlich erbärmlich, hier zu sitzen und so zu tun, als sei alles in Ordnung. Bens Gesicht war ausdruckslos und müde, und Mads war merkwürdiger denn je, total aufgekratzt, und es war unmöglich, vernünftig mit ihr zu reden.

Sie war nach dem Lunch angekommen. Madeleine war morgens nach Swanage gefahren und hatte Krabben gekauft. Sie hatten sie abends mit Mayonnaise gegessen, die sie selbst gemacht hatte. »Für den Fall, dass du dir Gedanken machst, nein, bin ich nicht«, hatte sie mit ihrem angestrengten, traurigen Lächeln gesagt. Cord begriff nicht.

»Was hat sie damit gemeint – *Nein, bin ich nicht?*«, fragte sie ihre Mutter, als sie später das Geschirr spülten. Mads und ihr Vater waren draußen auf der Veranda und führten eine oberflächliche Unterhaltung, Ben war zu Bett gegangen, um sich auszuschlafen.

»Oh ...« Althea schaute zur offenen Tür hinüber. »Man soll ja heutzutage keine Mayo essen. Oder auch Krabben. Es ist schlecht für«, sie flüsterte den Rest, »das Baby.«

»Aber sie bekommt doch kein Baby«, sagte Cord ziemlich dumm.

Althea schaute sie traurig an. »Nein, mein Schatz.«

Cord umfasste sich mit beiden Armen. »Arme Mads. Hast du dich danach erkundigt?«

»Ein bisschen. Wenn du mich fragst, ich meine, sie hat sich zu sehr da reinverrannt. Sieht den Wald vor lauter Bäumen nicht.«

»Was meinst du damit?«

»Sie hat Ben, und er ist so erfolgreich, er hat gerade den Vertrag unterschrieben, dass er bei der Fortsetzung von diesem Roboterdings Regie führt ... Sie braucht die Arbeit in London, die sie hasst, nicht mehr ... Weißt du, das Mädchen ist wirklich so weit gekommen, wenn man an ihre Kindheit denkt. Ich glaube, wir wissen nicht, wie schlimm es wirklich für sie war, die arme Kleine, sie spricht nie darüber ...«

Cord erinnerte sich, dass sie damals in den Sommermonaten vor so langer Zeit beim Aufwachen neben sich im Bett Mads' starren, kleinen Körper gesehen hatte, der vor Angst zitterte, steif wie ein Besen. Mit ihrem kleinen Mund kaute sie an Büscheln ihres hellen Haars. »Ich liege einfach im Bett und denke nach, es hilft mir einzuschlafen«, hatte sie gesagt, als Cord sich wieder zu ihr legte, ihr die bebenden Schultern streichelte und leise sang. »Einfach nur einschlafen, ehrlich. Ich schlafe hier wirklich gut.«

»Arme Mads«, sagte Cord traurig. »Sie will eine neue Familie gründen, eine, die anders ist als die, aus der sie stammt. Eines Tages«, sagte sie unbestimmt.

Ihre Mutter hörte nicht richtig zu. »Ach, Liebling, sei nicht deprimiert. Du wirst jemanden finden.«

Cord schüttelte den Kopf und lächelte vor sich hin. Sie dachte an Jay und versuchte, sich ihn hier vorzustellen zwischen dem alten Geschirr mit dem blauen chinesischen Muster und dem abgenutzten Chintz-Sofa, während er rastlos auf dem Rohrsessel, von dem man aufs Meer hinausschaute, nach hinten kippelte. Er würde Althea sehr mögen, und Ben würde ihn gernhaben – er würde hier genau richtig sein, dazupassen.

Was ist nur los mit mir?, fing sie sich in den letzten zwei Tagen an zu fragen, jetzt, da sie weg war von der Wohnung und die Leere im anderen Teil ihres Lebens erkannte. *Warum will ich nicht mit jemandem zusammen sein? Etwas mit mir stimmt doch wohl nicht.*

Sie beugte sich über das Geschirrtuch und schaute auf das abgenutzte aufgedruckte Bild von Corfe Castle hinunter und fragte sich, wie viele Teller dieses Tuch nach den Mittagessen der Familie wohl getrocknet hatte. All diese Dinge im Haus, die sie vergaßen, wenn sie wegfuhren, und auf die sie sich dann im folgenden Jahr wieder besannen. Die Brettspiele, die alten Georgette-Heers-Romane und die grünen Penguinbändchen im Regal, die Salatschüssel in der Form eines Salatblatts, das Hackbrett, auf dem Mrs Gage sich einmal ihre Fingerkuppe abgeschnitten hatte ... die liebe Mrs Gage, die jetzt schon seit drei Jahren tot war, und Cord hatte ihr Begräbnis verpasst, weil sie in Leipzig war und beim Bachfest auftrat.

Wie die schwarz-weißen Fotos schien ihr das Haus jetzt zur Vergangenheit zu gehören. Und als sie das sorgfältig geschminkte Gesicht ihrer Mutter betrachtete, den kräftigen Eyeliner, der ihre einst funkelnden Augen umrandete, die ruhelosen Hände, die auf die Arbeitsfläche klopften, da dachte Cord recht traurig, dass ihre Mutter eine Phase der Verwandlung wie den Lebenszyklus eines Schmetterlings durchgemacht hatte. Sie war die Person geworden, die zu werden sie am meisten fürchtete, und Cord sorgte sich, dass es mit ihr genauso gehen werde.

Am folgenden Tag stand sie früh auf und ging am Strand entlang, einen Schal fest um den Hals gewickelt, dann frühstückten sie alle spät, und Tony und Althea probten wieder, obwohl Althea in Tonys Regiedebüt, einer gewagten neuen Inszenierung von *Hamlet*, nicht besetzt war. Sie war kurz davor, stattdessen mit den Proben zur *Glasmenagerie* zu beginnen, und fand offenbar Tonys Ideen für die Aufführung entsetzlich. Mads schrieb etwas in ihr Notizbuch und Tagebuch, das sie immer bei sich trug, was, wusste Cord nicht genau, und Ben verzog sich wieder und telefonierte mit wichtigen Leuten. Dann gab es Lunch, danach machten alle ein Nickerchen, und am frühen Abend gingen Mads und Tony, um Tante Jules' Asche zu verstreuen. Sie waren eine Weile weg.

»Wir gingen rauf zu Bill's Point, verstreuten den größten Teil, und eine komische, kleine, tief ziehende Böe nahm die Asche mit rüber aufs Meer – es war ganz seltsam«, sagte Mads zufrieden. »Und dort nisteten Wanderfalken. Das hätte ihr sehr gut gefallen.«

»Sie war sehr gern dort oben«, sagte Daddy, sah sich um und schaute sie alle an. Cord kam es vor, als wäre er nicht sicher, wo er war. »Wer ist hier?«, sagte er. »Gut, lasst uns trinken.«

Er öffnete eine Flasche Champagner, die er vorher in einen Flaschenkühler gestellt hatte, und schenkte in fünf Gläser ein. Dabei hielt er die Flasche mit einer Hand so, wie er es immer machte, was die Kinder so eindrucksvoll gefunden hatten. Sie stießen alle an. »Julia.« Er und Mads stießen die Gläser zuerst aneinander und lächelten sich zu. Dann stießen sie alle an, und Althea verdrehte die Augen, sagte aber nichts.

»Das hätte ihr alles gefallen, Tony«, meinte Mads und küsste ihn auf die Wange und dann Bens Wange. »Sie wäre sehr glücklich, wenn sie uns jetzt sehen könnte.«

Aber Cords Vater starrte auf das Meer hinaus und schien sie nicht zu hören.

Zum Dinner gab es Fischpie und wieder Wein. Althea trank und sagte nicht viel, und Tony blieb praktisch stumm, goss sich öfter nach, die Geschehnisse des Nachmittags lasteten schwer auf ihm. Mads war traurig und gedrückt. Cord und Ben hielten die Unterhaltung in Gang; Ben erzählte von den berühmten Leuten, die er in Hollywood gesehen hatte, und dem Schauspieler, einem Actionhelden, mit dem er etwas trinken gegangen war. Eine Perücke, die dieser die ganze Zeit trug, war verrutscht, ohne dass jemand etwas dazu sagte. Ben schlang die Arme um seinen Oberköper, wenn er lachte, und manchmal wischte er sich übers Gesicht mit dieser gewinnenden Geste, die ihm schon immer eigen war. Er brachte auch Cord zum Lachen, und sie erzählte ihnen dafür Geschichten von ihren Reisen. Sie waren nicht so gut wie seine, aber Ben wollte es wissen, auch wenn Mumma sehr bald gelangweilt auszusehen begann. *Wir sind in Ordnung, Mumma,* hätte sie am liebsten gesagt. *Schau dir deine Kinder an, wir machen unsere Sache gut. Wirklich gut.*

Später lag sie ganz still im Bett auf der Seite und horchte auf das Scharren ihrer Wimpern auf dem Kissen, wenn sie blinzelte, und auf ihr Herz, das auf die Matratze klopfte. Sie fragte sich, was Jay sagen würde, wenn er sie alle sehen könnte. Wenn jemand, ein Unbeteiligter, es beurteilen könnte, denn sie glaubte, das nicht mehr zu können. In der Stille, allein mit ihren Gedanken, wurde ihr bewusst, dass sie Mads und Ben im Nachbarzimmer hörte, so wie in der Nacht zuvor, das rhythmische Schieben und Knarren des Betts, das befreite Stöhnen ihres Bruders und hinterher Mads eindringliches Murmeln. Dann war Stille.

Sie versuchte einzuschlafen, aber lange Zeit gelang es ihr nicht.

In der dritten Nacht fühlte sie sich bereits, als sei sie etwas verrückt. Ihre Mutter probte immer noch geduldig *Hamlet* mit ihrem Vater, aber Tony schien sich nicht erinnern zu wollen, dass Althea nicht in dem Stück mit ihm auftreten würde. Wenn sie sagte, was sie oft tat: »Du wirst bei der Probe dafür sorgen müssen, dass Delia das so macht«, beachtete er sie nicht und sagte einfach: »Können wir diese Szene noch mal durchgehen?« Und Cord sah zum ersten Mal, dass sie aufgegeben hatte, sich anzustrengen. Dass sie sich ihm einfach anpasste, damit ihr Leben einfacher war.

»Nun, das wär's für heute, glaube ich, mein Prinz«, sagte Althea, als es Zeit fürs Abendessen war, und sie starrte in den kleinen Spiegel, der an einer der Holzlatten hing. Überall im Haus gab es jetzt Spiegel, hatte Cord bemerkt. »Heute war ich schon Ophelia und Gertrude, und das dürfte für jede Frau genug sein. Lass uns etwas trinken.«

»Ich muss wirklich einen Spaziergang machen, solange es noch hell ist«, sagte ihr Vater, legte seinen Text des Stücks auf den Tisch und rieb sich den Hinterkopf. Sie sah, dass er sich kürzlich das Haar hatte schneiden lassen; hinten, wo er darüberstrich, stand es hoch, fast komisch wirkte es, wie ein graubrauner Entenschwanz.

»Schatz, es wird jeden Moment dunkel. Und Ben und Mads werden bald von ihrem Spaziergang zurück sein – wir können essen, wenn sie hier sind«, sagte Althea. Cord wusste, dass sie meinte, dann werde sie ungehemmt trinken können. »Geh jetzt nicht.«

»Ach, um Gottes willen, Althea«, sagte ihr Vater aufbrausend. »Ich weiß! Ich war gestern da draußen mit Julia, und es war okay. Bitte. Lass mich in Ruhe. Wenn du einen Drink willst, dann erlaube dir einen verdammten Drink. Ich muss eine Weile gehen, meinen Kopf ein bisschen klarkriegen.« Seine Stimme wurde sanfter. »Tut mir leid, altes Mädchen. Trink etwas, wenn du willst. Bis … bald.«

Er schritt in der einbrechenden Dämmerung den Pfad zum Meer hinunter, und Cord sah Althea seufzen und in den Spiegel blicken. Cord schaute ihm mit schmerzerfülltem Herzen nach. Wie gern würde sie ihm nachlaufen, wie sie es früher getan hätte. Ihn einholen. »Daddy, kann ich mitkommen?«

Und dann strahlte sein Gesicht, denn sie war seine Welt. »Cordy, natürlich.«

»Es ist der Jahrestag«, sagte ihre Mutter leise hinter ihr. »Heute. Es ist immer schlimm. Aber er könnte doch, nur das eine Mal … Ach, hol ihn der Teufel.«

Cord wandte sich ihr zu. »Welcher Jahrestag?«

»Der Tag, an dem seine Tante weggegangen ist. Der siebzehnte August.«

»Tante Dinah?«

»Er hat mir einmal erzählt, dass er in der Nacht, als seine Mutter umkam, fast gestorben wäre, aber Dinah hätte ihn ins Leben zurückgeholt, und dann ging sie weg, und ein Teil von ihm ist endgültig gestorben …«

Cord runzelte die Stirn. »Aber Mumma, was ist denn passiert?«

»Sie ist weggegangen.« Ihre Mutter zuckte mit den Schultern, als wäre das eine belanglose Einzelheit. »Ach, es ist ja jetzt Schnee von gestern. Als ich anfing, mit ihm hierherzukommen, vor Jahren, hat mir jemand im Dorf gesagt, sie hätte sich das selbst zuzuschreiben gehabt. Aber Daddy wollte einfach nicht über sie reden.«

»Hat er sie nie mehr gesehen?«

»Ich weiß nicht. Manchmal frage ich mich das.«

Cord kratzte sich an der Wange. Ein Muskel unter ihrem Auge zuckte. »Sie hat sich einfach in Luft aufgelöst? Hat nie wieder Kontakt mit ihm aufgenommen? Hat sie ihn nicht … Ich meine, hat sie ihn nicht geliebt?«

»Oh, sie war eine absolute Katastrophe, Liebling. Sie hätte nie für ein Kind verantwortlich sein sollen, wenn du mich fragst. Hört sich reizend an, aber sie war ein hoffnungsloser Fall. Überall Durcheinander, merkwürdige Leute tauchten auf, sehr fragwürdige Vergangenheit … Sie hat ihn in ein Internat gesteckt und ist verschwunden, das Beste, was sie hätte tun können. Aber er mochte sie sehr. Es war immer ein schwieriger Tag für ihn.«

»Ich wusste nicht, dass sie abgehauen ist.«

Der Gedanke an Daddy, der jetzt so allein am Strand unterwegs war und niemandem sagen konnte, wie ihm zumute war, in sein selbst erschaffenes Gefängnis gesperrt, rührte Cords weiches Herz. Sie stand auf und schlüpfte in ihre Flipflops. »Ich hol ihn ein und gehe ein bisschen mit ihm.«

»Oh, was für eine schöne Idee. Aber sieh zu, dass er schnell zurückkommt, ja? Ich decke schon den Tisch.« Ihre Mutter begann zu summen.

Cord hüpfte die Treppe hinunter und durch die erste Reihe der Strandhäuschen. Sie sah eine einsame Gestalt unten am Strand, die nach Südwesten auf den Bill's Point und den Sonnenuntergang zuging. Es kam ihr vor, als sei sie hinter der Vergangenheit her und laufe, um den Menschen zu fassen, der er einmal gewesen war.

Sie ging ein paar Minuten, folgte der einsamen Gestalt, kniff die Augen zusammen, um zu sehen, ob er es war oder eine ganz andere Person, es war zu weit weg, um sicher sein zu können. Während sie ging, umfasste sie sich selbst mit beiden Armen und dachte über die letzten paar Tage nach und wie merkwürdig es war, wieder hier zu sein. Mit jeder verstreichenden Minute schien die Dämmerung sie mehr einzuhüllen.

Ob er sich wohl jedes Jahr so fühlte, oder begleitete es ihn jederzeit? Was war mit seiner Großtante geschehen? Cord kniff die Augen zusammen und versuchte, sich zu erinnern, was es war an der geheimnisvollen Tante Dinah, das so einen komischen Geschmack im Mund verursachte wie Prousts Madeleine-Gebäck; die Madeleines der Worth Bay. Was wusste sie, was hatte sie vergessen?

Dann bemerkte sie, dass sie die Gestalt aus den Augen verloren hatte; sie war in der zunehmenden Dämmerung und den Schatten der Bucht verschwunden. Sie blieb stehen, unsicher, ob sie ihm folgen solle oder nicht. Da sie ziemlich weit vom Haus entfernt war, drehte sie um und ging zurück. Die Sonne war gerade dabei, hinter Bill's Point zu versinken, der Horizont war goldschimmernd bernsteinfarben und dunkelblaugrau. Als sie schließlich das Strandhäuschen erreichte, schaute Cord auf, mehr aus Gewohnheit als sonst irgendeinem Grund. *Blumen und Steine,* dachte sie. Ich geh mal rein und nehme die alten Spielregeln ab. Wir können es morgen spielen. Das wird spaßig. Albern ... etwas von früher ...

Aber das Licht war an und die Tür angelehnt, was merkwürdig war. Cord stieg die Stufen hinauf, bevor sie überhaupt darüber nachdachte, ob sie das tun solle oder nicht. Ihr Kopf war angefüllt mit Geschichten: ihr Vater als Kind, Tante Dinah, die unheimliche Vertrautheit mit ihr, das kalte Gefühl im Magen, das über sie gekommen war, als Mumma sie beschrieben hatte. Sie ging auf den beleuchteten Innenraum des Häuschens zu, denn eigentlich wollte sie nicht zum Haus zurückgehen. Vielleicht war ihr Bruder ...

Jemand war da drin. Als sie den Mund zum Sprechen öffnen wollte, hörte sie Geräusche und packte den Türgriff. Die alte Pendeltür, die sich leicht bewegte, war schon ein bisschen aufgegangen – und so sah sie es, bevor sie innehalten konnte. Zuerst schien das, was sie durch den fünf Zentimeter breiten Spalt sehen konnte, einen Sinn zu ergeben, obwohl sie bei dem Anblick zurückwich. *Oh,* dachte sie und machte einen Schritt rückwärts, als sie die beiden Gestalten auf dem Bettsofa sah, die Schuhe ihrer Schwägerin auf dem zerschrammten Holzboden. *Ben und Mads sind hier.* Hier hatten sie sich zum ersten Mal geküsst, hierher waren sie in all diesen verbotenen Abendstunden ohne sie gekommen. Kurz, in ein oder zwei Sekunden, schwollen die Erinnerungen an und überwältigten sie, die Wahrnehmung dieser vergangenen Sommer. Sie hörte sie, und diesmal erhob sich Mads' Stimme über seine. Sie sprach, sie sprach eindringlich.

Dann schaute Cord wieder hinein und sah seinen Hinterkopf und das Haar. Kurzes Haar, grau und braun. Hochstehend wie ein Entenschwanz.

»Weiter ... so – so ...« Mads Stimme war leise, dringlich, hektisch. »Nicht aufhören ... Weiter – weiter so ...«

Cord runzelte die Stirn, sie begriff nichts. Sie war dumm. Sie sah, wie sie sich auf dem Ruhebett bewegten, und dann begriff sie.

Es war nicht Ben.

Es war nicht Ben.

Ihr Vater war dort mit Madeleine, der Kopf ihres Vaters, von hinten gesehen, wie bei anderen Gelegenheiten, ein Kaleidoskop von Bildern wirbelte in ihrem Kopf durcheinander ... Seine Schultern, die sich über Madeleine unter ihm krümmten, ihr eigenes silbriges Haar, das sich über die abgenutzten alten Kissen auf dem Ruhebett gebreitet hatte, die dünnen Knie hochgezogen, hatte sie ihn mit den Beinen umklammert, und das war alles, was sie durch den Türspalt sehen konnte. Sie hörte ihren Vater etwas murmeln, stöhnen, aufgewühlt die Luft ausstoßen. All das geschah in Bruchteilen von Sekunden, und Cord spürte einen Stoß in ihrer Brust, der sie leicht rückwärtstaumeln ließ. Sie stützte sich mit der Hand auf das Geländer und rannte dann die Stufen wieder hinunter auf den Sand. Ihre Geräusche wurden etwas lauter, drangen bis zu ihr heraus in der stillen Abendluft.

»Oh, Tony ...«

Sie sah, dass es inzwischen Nacht war, die Sterne standen wie Stiche am klaren, taubenblauen Himmel. Cord versuchte zu rennen, aber der Sand hinderte sie.

Cord sollte für den Rest ihres Lebens diesen Moment ungefähr jede zweite Woche wieder im Traum durchleben. Ihre lauter werdenden, sich steigernden Geräusche beim Sex, heiser und verstohlen. Der Blick auf ihre nackten Füße, blaugrau im Mondlicht. Der Versuch wegzurennen, aber stecken geblieben, gefangen, in dem schweren Sand versinkend.

Am nächsten Tag fuhr sie ab. Es hätte sich ergeben, dass sie zu einer wichtigen Probe musste, sagte sie, und sie müsse gehen. Nach dem Frühstück ging sie, nur ihr Bruder winkte ihr zum Abschied. Mumma und Daddy aßen weiter ihr Müsli in rebellischem Schweigen. Mads schliefe noch, sagte Ben.

»Tut mir so leid, dass du gehen musst«, sagte er, aber in seinem Blick lag eine Härte und in seiner sanften Stimme ein Ton, den sie noch nie von ihm gehört hatte. »Wir haben dich ja kaum gesehen.«

»Tut mir leid, Ben«, entschuldigte sie sich und stieg in ihren ramponierten alten Golf. »Ich – ich muss los.«

»Immer gehst du weg, Cordy. Vergiss doch mal die Probe. Ich habe Dinge aufgegeben, um hier sein zu können. Eigentlich sollte ich bei einer Besprechung zu einem Drehbuch in L.A. sein, aber ich bin nicht dort, weil ich kommen wollte. Damit wir alle zusammen sein könnten.«

Sie zog an der Autotür, bis sie zu war, kurbelte das Fenster herunter und starrte ihn unverwandt an. Ihr großer Bruder, derjenige, den sie lieben und beschützen musste, dessen Hand sie gehalten hatte, wenn er Angst hatte.

Sie sagte nur: »Es tut mir leid, Ben. So leid. Alles.«

Das Auto hüpfte auf dem holprigen Weg, Staubwolken stiegen hinter ihr auf und verdeckten die Sicht auf ihren Bruder durchs Rückfenster. Als sie sich verzogen und sie die große Straße erreichte, sah sie, dass er gegangen war.

Cord fuhr fast bis London durch, ohne Pause zu machen. Aber als sie den Richmond Park passierte, wo das Gras von der Spätsommersonne fast gelbweiß ausgebleicht war, wo schreiende, vergnügte Kinder irgendwo zwischen schwankenden Farnbüscheln auftauchten, hielt sie plötzlich in einer freien Parkbucht an und erbrach sich, ihr Magen hob sich reflexartig noch lange weiter, bis er vollkommen leer war. Der schwere Geruch nach Stroh, Farn und Benzin hing in der staubigen Luft. Sie dachte mehrmals, jetzt sei es vorbei, und dann fing sie an zu würgen und sich zu übergeben, aber es war ja nichts mehr zurückgeblieben. Giftig gelbe Säure brannte in ihrer Kehle, sie war tagelang heiser. Bei einem Konzert am folgenden Abend mit Händel-Arien in der Wigmore Hall schmerzte das Singen, und sie bekam danach die bisher einzigen schlechten Kritiken.

Obwohl sie sich sagte, es sei nicht ihre Schuld, wusste sie andererseits, dass das nicht stimmte. Und sie dachte immer wieder an die Postkarte in der Toilette im Bosky mit der Zeichnung eines alten Mannes, der seinen sterbenden Freund besucht, offensichtlich einen Schauspielerkollegen. Als Kind hatte sie es nie verstanden, dann in all den Jahren danach kaum je wahrgenommen, bis an jenem Abend, als sie sich lautlos in die Toilettenschüssel übergab, nachdem sie vom Strandhäuschen zurückgekommen war. Ihre Kehle hatte gebrannt, sie hatte den Kopf gehoben, in dem sich alles drehte, und hatte zum ersten Mal seit Jahren wieder einmal den Cartoon gesehen, und jetzt verstand sie ihn.

Denn an jenem Abend hatte sie die schwarz-weiß lässig skizzierten Männer betrachtet, einer saß am Bett des anderen. »Es ist recht schwer zu sterben, alter Freund«, sagte der kranke Mann und schaute zu seinem Weggenossen mit der Garrick-Club-Krawatte hoch. »Aber es ist nicht so schwer wie Schmierentheater.«

KAPITEL NEUNUNDZWANZIG

April 1991

Es war ein herrlicher Frühling dieses Jahr. Tagsüber saß sie stundenlang auf der Veranda in ihrem uralten, flauschigen blauen Pullover, dessen Bündchen fransig und ausgeleiert waren, in eine Decke eingewickelt wie ein am Ufer gestrandeter Wal, und ihr dickes Haar hüllte sie in einer weiteren Schicht ein. Sie aß unzählige getoastete Sandwichs mit Käse und Thunfisch, die Ben ihr zubereitete, und las Krimis, während Ben an seinem Drehbuch arbeitete. Die wilden Frühlingsblumen am Bosky waren ganz anders, das Haus war vollkommen anders als in der trockenen Sommerhitze. Buttergelbe Primel und glänzendes Scharbockskraut wuchsen um das Haus herum und auf den abfallenden grasbewachsenen Seitenstreifen, danach ging das Gras in Sand über, die Wege waren mit schaukelnden hübschen hellblauen Vergissmeinnicht und kräftig rosa Pechnelken gesäumt. Amseln sangen in den Hecken unterhalb des Hauses, sie hörte sie morgens und abends, wenn sie zitternd und unbehaglich im Bett lag.

Das alte Holzhaus war ungeeignet, die Wärme zu halten, und Mads litt darunter. Denn es war immer noch bitterkalt, wenn der Abend kam und die Sterne stählern gleißend über der Bucht standen. Gegen Ende ihres Aufenthalts stieg ein zunehmender Mond früh über dem Meer auf, hing dort und sandte sein kaltes weißes Licht auf einer verzerrten Bahn über die Wellen auf das Bosky zu. Tagsüber war es ruhig, aber wenn sie in der Nacht aufstand, was sie oft tat, hörte sie immer die starken Springfluten, die mit gewaltiger Wucht auf den Strand trafen. Sie konnten nur bei Ebbe auf den Sandstrand gehen. Das war auch besser so, denn man sagte ihr, die beiden Babys in ihrem Bauch könnten jeden Moment kommen. Man konnte sie nicht genau messen und war deshalb nicht sicher, wann sie zu erwarten waren. Jedenfalls konnte sie nicht über die Dünen klettern. Also blieb sie im Haus und wartete, bis die Handwerker in London fertig waren, wartete, dass diese so freudig erwarteten Kinder kamen.

»Ist das nicht komisch, wie anders es hier im Frühjahr ist. Wie ein anderes Haus«, sagte sie zu Ben an ihrem letzten Abend dort, als sie drinnen saßen in der gemütlichen, holzverkleideten Wohnküche und über die Bucht den aufgehenden Mond betrachteten. Sie rutschte auf ihrem Stuhl herum und versuchte, noch für weitere Pasta Platz zu machen, konnte aber keine behagliche Körperhaltung finden, da ein beharrlicher Fuß ihr immer wieder unter die Rippen stieß, als wolle er versuchen zu entkommen.

»Ja«, sagte Ben. »Wir sind einmal zu Ostern hergekommen, als ich klein war. Das war wirklich komisch. Ich habe das nie vergessen. Das Gras frisch und grün, und die Blumen und alles.«

»Wann war das denn? Ich wusste nicht, dass ihr an Ostern hier wart.«

Er betrachtete sie mit einem Lächeln und zwinkerte. »Hast du unseren Aufenthalt nicht in deinem Tagebuch ganz genau aufgezeichnet?«

Mads trat nach ihm mit dem Fuß, und er lachte, aber sie sagte hitzig: »Ach, mach dich doch nicht lustig über mich. Ich wollte eben alles ordentlich haben. Es war nicht so.«

Ben nahm, immer noch lächelnd, ihre Hand und streichelte sie. »Doch, Maddy, es war so, und deshalb liebe ich dich so sehr.«

Er küsste ihre Hand, schob dann seinen Stuhl zurecht und legte beide Hände auf ihren riesigen Bauch.

»Eins kickt gerade. Da ist ein Fuß, da oben.«

»He«, sagte er zu ihrem Bauch. »Hier spricht Daddy. Hört auf, eure Mutter zu treten. Ich kann euch Karate beibringen, wenn ihr da seid. Wir schauen uns *Karate Kid* an. Gebt einfach einen Moment Ruhe. Seid still. Nicht wie Mummy.« Er schaute verschmitzt zu ihr hoch.

Bens Hände lagen noch auf ihr. Sie drückte sie noch fester gegen die Rundung. »Ben ... Ich hab Angst.«

»Ich weiß«, sagte er und schaute auf die Wölbung hinunter. »Ich weiß, dass du Angst hast. Es ist riesig. Es sind Zwillinge.« Er strich sich über das Gesicht und glich dabei sehr Althea, Schrecken vermengt mit ironischer Heiterkeit. »Aber jetzt haben wir doch Geld. Wir sind keine armen Studenten mehr, die Bohnen aus der Dose essen. Wir können uns Hilfe holen. Ein Kindermädchen. Kindermädchen im Plural …«

»Nein«, sagte sie und schüttelte ihr Haar; wie bei einem Wesen aus einem Märchen schien es mit jedem Tag ihrer unendlichen Schwangerschaft immer dicker und glänzender zu werden. »Das hab ich ja schon gesagt, ich will keine Kindermädchen. Ich will selbst für sie sorgen. Ich bin ja nicht blöd, ich weiß, dass es schwer sein wird. Aber ich – ich habe meine Mum nicht gekannt. Ich war zwei. Ich weiß, dass sie Suzanne hieß und aus Worthing war und sechs Jahre mit meinem Vater verheiratet war, bevor sie bei der Geburt des anderen Babys starb …« Ihre Lippe zitterte; in letzter Zeit musste sie immerzu an ihre Mutter denken. Sie erinnerte sich an keine Einzelheit, nur an die Vorstellung von einer ganz kleinen Gestalt mit langem Haar und kräftigen, dünnen Fingern, einem Duft nach Flieder, und sie wusste nichts außer dem, was in einigen nichtssagenden, kurzen Briefen an Tante Julia stand, die Mads geerbt hatte *(Liebe Julia, danke für Deinen Brief. Ich bin froh zu hören, dass es gut geht in Sydney. Hier ist alles in Ordnung. Ian geht es gut. Deine Nichte heißt Madeleine Ann. Sie ist sehr lieb. Ich schicke ein Foto von ihr. Wir freuen uns darauf, Dich im Sommer zu sehen. Liebe Grüße, Suzanne).* Sie hatte ein altmodisches Foto aus den Sechzigerjahren von der Hochzeit ihrer Eltern. Ihre Mutter wirkte gediegen und schüchtern in einem Hochzeitskleid aus Spitze, ihr Vater teilnahmslos hinter seiner Hornbrille, während ihre Mutter befangen in die Kamera lächelte. »Sie sollen eine Mum und einen Dad haben, die da sind, die sie lieben, keine Leute, die dafür bezahlt werden, sie zu lieben.«

»Das kann ich verstehen. Du weißt ja, dass ich es verstehe.« Ben nickte. Sie hörte an seiner Stimme, wie nervös er war, als er hinzufügte: »Aber ich werde auswärts sein, weißt du, diese Sache über den irischen Priester, die ich mache, das ist in den Pinewood Studios, aber es wird ja trotzdem …«

»Natürlich, wir haben uns geeinigt, ich weiß das. Ich werde es selbst machen. Und du hast ja auch Pausen zwischen den Filmen und wirst sie sehen. Aber sie werden mir gehören, ich will sie für mich haben und will, dass ich sie versorge.« Sie stemmte sich hoch. »Ich bin ihre Mummy.«

»Ich weiß. Aber …« Ben nahm ihren Teller mit Pasta und begann, ihn leer zu essen, und sie schaute ihm angeekelt zu. »Sei doch kein Kontrollfreak, Liebling. Ich weiß, dass du alles verstehen willst, alles wissen willst, und eine Liste und alles liegt bereit, aber, mein Gott, weißt du, als ich Hamish und Sunita besucht habe, haben sie dreißig Minuten gebraucht, um das Baby zum Spazierengehen im Park fertig zu machen, und dann hat es sein Geschäft gemacht, das ging überall drauf, auf die Kleider und den Kinderwagen, und sie mussten wieder von vorn anfangen. Das war alles, was sie gemacht haben in den zwei Stunden, die ich dort war, Windeln wechseln, die Flasche geben und dann alles sauber machen nach dem *Unfall*. Einmal dachte ich, Hamish wird jetzt gleich umfallen, so erschöpft war er. Und das bei zwei. Und nur *ein* Baby.« Er sah blass aus. »Es war – es war wirklich heftig.«

Mads schaute auf ihn hinunter. Sie war sehr müde. Ben aß die Pasta auf.

»Sag etwas«, bat er.

»Du hast Soße am Mund«, sagte sie schließlich, stellte die Teller zusammen und ging langsam zur Küchentheke. »Ich geh wahrscheinlich zu Bett.«

»Ist alles in Ordnung?«

»Mir ist tatsächlich ein bisschen schlecht.«

»Oh. Schon lange?«

»Gerade jetzt.« Sie lehnte sich an die Arbeitsfläche. »Gerade jetzt.«

Er kam zu ihr herüber, und sie legte den Kopf an seine Brust. »Ich kann dich nicht umarmen«, sagte er und küsste ihr Haar. »Aber so kann ich dich halten.« Er schlang die Arme um ihre Schultern.

»Ich – ich weiß nicht, ob wir das richtig gemacht haben«, sagte sie ganz leise.

»Das ist normal.«

Ihr Blut schien in den Adern zu gerinnen, wie so oft in letzter Zeit. *Normal.* Er fuhr ihr mit den Händen durch die Haare, so wie er es gemacht hatte, als sie noch Kinder waren, so wie damals, als sie sich zum ersten Mal wiedersahen. Und sie fühlte sich sofort besser, die sanfte, sinnliche, prickelnde Berührung beruhigte sie. *Normal.* Blinzelnd verscheuchte sie die Erinnerungen, die jetzt immer regelmäßiger und mit größerer Intensität vor ihr aufflackerten ... sein Anblick an jenem Abend, wie er sich hingekniet und still geweint hatte, die Handflächen an die Augen gepresst wie ein Kind.

»Julia«, hatte sie ihn sagen hören, leise, stockend. Wie seine Stimme versagte, als sie ihm wieder auf die Beine half und ihn umfasste und seine Wange küsste, aber halb verfehlte und so seine Lippen küsste, einen Moment zu lang, sodass sie sich voneinander lösten und sich anstarrten, weil sie plötzlich etwas erkannten, was sie nie zuvor begriffen hatten ...

Der Augenblick, in dem sie innehielten im Strandhäuschen, während das Meer draußen ans Ufer rollte, als er seine Hände auf ihre Hüften legte und sie sanft gegen die Wand drückte ... seine alten Hände mit den hervortretenden Venen, die sie, wie ihr plötzlich klar wurde, überhaupt nicht kannte, auf ihren Brüsten, wo sie an Bens fehlende Finger gewöhnt war ... der glasige, erschrockene Blick, als er in sie eindrang ...

Und dann war es zu spät, und sie genoss es, und das war das Schlimmste daran. Es war kein Fehler, es war das, was sie schon immer gewollt hatte, seit sie bewusst und sorgfältig ihre eigenen Gefühle analysierte und sie mit dem Wissen über weibliche Wünsche verglich, das sie aus zweifelhaften Büchern – Victoria Holts und Shirley Conrans – aus der Bibliothek hatte. Sie mochte Wissen, und es war ihr klar, dass sie Tony begehrte, dass er dies wollte, dass er kaum er selbst war, nur eine Hülle dessen, was er gewesen war. Dass dies ihm vielleicht helfen konnte. Sie wusste, dass sie ihn haben wollte, auf eine Art und Weise, die ganz anders war als ihr Verlangen nach Ben, die Liebe zu ihrem Ehemann. Das war die größte Schande an der ganzen Sache.

Zwei Wochen später verließ sie ihre wissenschaftliche Beschlagenheit, und der Instinkt meldete sich. Nachdem sie nach London zurückgekehrt waren und sie beim Joggen im Regent's Park sich ganz plötzlich auf eine Bank setzen musste, begriff sie augenblicklich, dass sie schwanger war. Danach war sie nie wieder mit Tony allein, nie sprach sie mit ihm darüber, aber sie wusste, dass auch er es wusste. Es war doch offensichtlich, oder? War es nicht offensichtlich für Ben, für Althea?

Anscheinend nicht. Sie waren außer sich vor Glück, und wie Mads schon wusste, verdeckte das Glück viele Wahrheiten. Aber es war geschehen, und sie hatte bekommen, was sie wollte. Das sagte sie sich jeden Tag, jede Stunde.

Jetzt rückte sie sanft von ihrem Mann ab. »Ich mach mich fertig fürs Bett. Kannst du die Küche in Ordnung bringen? Ich meine, wir sollten morgen zeitig losfahren. Wenn das so weitergeht, werde ich jede Stunde auf die Toilette müssen.«

»Natürlich, und dann kommen wir nach Haus zurück, und die Wohnung wird fertig sein, und du brauchst es nur zu genießen. Paar Leute einladen. Bisschen einkaufen. Dich ausruhen.«

»Leute?«

»Na ja. Freunde. Die Familie.«

»Alle von meiner Familie sind tot. In London habe ich keine Freunde, ich tauge kein bisschen zum Einkaufen und hasse es, verdammt noch mal, gesagt zu bekommen, dass ich mich ausruhen soll«, sagte sie und zählte dies alles an den Fingern auf. Reumütig schloss er die Augen.

»Ich weiß. Es tut mir leid.«

»Nein, mir tut es leid.« Sie biss sich auf die Lippe. »Ben, mein

Schatz, du willst so lieb sein. Ich liebe dich …« Sie legte die Hände auf ihre glühenden Wangen. »Manchmal … oh, manchmal wünschte ich von ganzem Herzen, dass wir wieder allein wären, nur wir beide in unserer kleinen Einzimmerwohnung in Clifton, geborgen und gemütlich, kein Geld außer von meiner Arbeit und dein schönes Sofa, das du von zu Hause hast mitgehen lassen. Du nicht?« Sie blickte ihn an.

Ben sagte langsam: »Hör zu. Vielleicht könnte ich Mumma und Daddy fragen, dass sie einmal die Woche rüberkommen und dich besuchen? Seit Daddys Katastrophe mit *Hamlet* sind sie nicht so beschäftigt. Bis Mummy nach Amerika fliegt zur Wiederaufnahme der *Glasmenagerie,* drehen sie sogar manchmal Däumchen.«

»Nein«, lehnte Mads ab. »Nicht deine Eltern. Nicht jetzt.«

Er neigte den Kopf zur Seite. »Maddy … Ich lasse dich für zwei Wochen allein. Ich mag den Gedanken nicht, dass du allein bist …«

»Cord?«

Er presste die Lippen zusammen. »Ich hab nichts von ihr gehört. Hab's versucht. Es ist, als wäre sie verschwunden.«

Mads stellte ein paar Sachen auf der Arbeitsfläche zurecht. »Ich auch. Meinst du …« Ein Gedanke schob sich ungerufen dazwischen, und sie verdrängte ihn mit aller Macht – sie musste besser werden bei der gewaltsamen Verbannung von Gedanken, die sie dieser Tage zu überwältigen drohten. »Es kann sie doch nicht stören. Ich weiß nicht … Ich verstehe es nicht«, sagte sie abschließend mit hoher Stimme.

Das Lachen war es, was ihr an Cord und den Ferien im Bosky am meisten fehlte. Früher lachten sie und lachten, Cords geradezu gurgelndes Kichern überwältigte sie vollkommen. Sie lachten über die komischen Gesichter, die Althea zog, wenn sie sich im Spiegel betrachtete, oder über Tony, wenn er mit Charme versuchte, Mrs Gage aus ihrer völligen Gleichgültigkeit zu locken, oder über den kleinen Jungen am Strand, der unbemerkt in einen Eimer mit Meerwasser pinkelte, den sein nichtsahnender Bruder später über die Eltern ausgoss. Oder über Cords ABBA-Nummern und die Gedichte, die sie über den Kommunismus schrieb, oder über die Geschichte mit dem Ausschlag, den sie bekam, weil sie zu viel Charlie-Girl-Parfüm aufgetragen hatte …

Sie war sehr müde. *Sie fehlt mir. Oh, was für ein verdammter Schlamassel das alles ist.*

»Ich sollte deine Eltern anrufen. Aber ich will einfach allein sein, sonst nichts. Sie sind so lieb gewesen, ich schulde ihnen so viel, aber manchmal – manchmal sind sie …« Tränen traten ihr in die Augen bei dem Gedanken daran, wie entfernt sie war von ihnen, von dieser Familie, die sie so sehr geliebt hatte. *Ich hab's vermasselt. Gründlich, absolut. Alle, jeden Einzelnen liebte ich so sehr und habe alles kaputt gemacht.* »Ich weiß nicht, was ich sagen wollte.«

»Du liebst uns wirklich alle, nicht wahr?«, sagte er und schaute sie an. »Die Einzige, die das tut. Nein, ich sag's dir nicht. Es ist letztendlich egal.«

»Was willst du mir sagen?«

Ben stand unter der Lampe, die einen goldenen Glorienschein um seinen Kopf legte. »Der Grund, warum ich weggelaufen bin. Der Grund, warum ich die Finger verloren habe.« Er hielt seine Hand hoch. Das Licht der Glühbirne fiel drastisch darauf. »Ich hab dir eigentlich nie erzählt, warum.«

Sie schluckte. »Sag's mir. Sag mir, warum.«

Er schwieg. Dann griff er nach den Vorhängen und zog sie vor das Fenster, sodass die Aussicht auf die Bucht verschwand. »Nein, ich sag's dir nicht. Es ist schließlich auch egal.«

»Ben …«

»Ich wüsste nicht, welchen Unterschied es machen sollte.« Er küsste sie wieder. »Und ich wünschte, ich wüsste es nicht, und er weiß es nicht, und so ist es vielleicht am besten, die schlafenden Hunde nicht zu wecken. Er …« Er hustete und räusperte sich. »Er ist schließlich mein Vater.«

Mads drückte auf den knuffenden Fuß, der ihr wieder einen Stoß versetzte. »Ja«, sagte sie, während Bilder in ihrem schmerzenden, dröhnenden Kopf durcheinandertanzten. »Ja, das ist er.«

Geburtsanzeige

Benedick und Madeleine Wilde, UCH
am 15. April, wurden Eltern von Zwillingen,
zwei Mädchen von 4 Pfund 7 Unzen und 5 Pfund,

Emily Suzanne und Iris Julia

Sie sind die Enkelinnen von Sir und Lady Anthony Wilde,
Nichten von Miss Cordelia Wilde.

Die Taufe findet am 29. Mai 1991 in der St. Paul's Church,
Covent Garden, WC2, statt.

KAPITEL DREIßIG

29. Juli 1992

Heute ist es geschehen.

Iris ist zum ersten Mal gelaufen – drei Schritte. (Das ist nicht das, was geschehen ist.) Sehr unsicher, als wäre sie betrunken. Emily schaut ihr verwirrt von der Ecke in der Küche aus zu. Tony und Althea waren hier, die lieben Großeltern, die sie sind. Althea klatschte, sie machte Fotos. Sie liebt die Mädchen, es ist merkwürdig, wie sehr sie sie liebt. Tony blickte Emily aufmerksam an, als sie ihre Schwester beim Gehen beobachtete, und ich wusste, er hat es gesehen. Gesehen, was ich sehen kann. Iris' Beine sind krumm. Der Arzt sagt mit leicht gereiztem Tonfall, den er nicht mehr zu verbergen versucht, dass Babys einfach so laufen. Aber ich frage mich, ob etwas mit ihr nicht stimmt – mit beiden ... Noch mehr Sorgen. Ich habe diese Sorgen, mein Buch. Emily schaut ihr zu und macht gar nichts. Der Arzt sagt, auch das sei normal, und Althea nimmt sie hoch und überschüttet sie mit Küssen, hätschelt sie und flüstert ihr Geheimnisse ins Ohr. Emily hat Löckchen, ihr Haar ist fein und feucht, wenn sie geschlafen hat. Ihre Wangen sind wie dicke, weiche Kissen. Noch zwei Wochen, bis Bens Dreharbeiten zu Ende sind. Gestern Nacht habe ich drei Stunden geschlafen. Und das war eine gute Nacht. Weißt du, wie das ist – Schlafmangel, mein Buch? Ich will versuchen, es zu beschreiben. Wochenlang fühlt man sich einfach schrecklich, und dann fangen die Spielchen im Kopf an, denn man ist immer noch so müde wie eh und je, aber der Körper ist inzwischen daran gewöhnt. Man fühlt sich also an manchen Tagen menschlich, aber dann fängt man an, eine der beiden anzubrüllen, wenn sie schreit, man brüllt ihr ins Gesicht, und sie starren einen überrascht an. Oder man sticht plötzlich mit der Küchenschere in den Tisch, weil man die verdammte Milchpackung nicht aufkriegt. Oder wenn der Fahrer des Lieferwagens einen fast umfährt, während man den Verwandten zum Abschied winkt, dann, ja dann wirft man sich gegen die Windschutzscheibe und hämmert mit den Fäusten dagegen und schreit ihn an, schreit, bis er wegfährt, und steht ihn verfluchend auf der Straße. Die Nachbarn denken, ich bin verrückt. Es stimmt. Ich bin verrückt. *Am Anfang waren sie voller guter Hoffnung für uns. Tony Wildes Sohn und Schwiegertochter und ihre entzückenden Zwillingstöchter. Stattdessen bekamen sie mich. Ich sehe aus wie eine Drogenabhängige oder eine Obdachlose, in einer schlabberigen, abgetragenen Jogginghose mit Löchern. Und mein Haar ist so verheddert, dass ich es überhaupt nicht mehr auskämmen kann, jetzt lasse ich es eben. Ich habe blaue Flecke unter den Augen, ich sehe sie, aber ich kann nicht damit aufhören, die Finger in die Augenhöhlen zu pressen, wenn ich wieder Dinge sehe, die ich nicht sehen will. Wie zum Beispiel Tonys Gesicht. Wie Iris, wenn sie läuft. Wie Ben, als er Wiedersehen sagte. Wie Emilys süßes Köpfchen, das sich an meine Brust schmiegt. Ich habe noch acht Seiten übrig. Buch, mein Buch, was mache ich, wenn es zu Ende geht mit dem Reinschreiben? Ich werde etwas tun. Mein Vater sagte immer, ich sehe aus wie eine Vogelscheuche. »Meine kleine Vogelscheuche.« Einmal hat er mich geschlagen, weil ich so schmutzig war, so sagte er. Mit Ben und Cord hatte ich fast den ganzen Tag* Blumen und Steine *gespielt, immer rein und raus aus den Blumen am Haus, dann spielten wir Dizzyman am Strand, während Flut und Ebbe. Ich bin ein paarmal reingefallen. Uns wurde fast schlecht vor Lachen (Ben hat sich tatsächlich übergeben, beim Haus, nach dem Mittagessen), und wir waren triefnass und voller Sand, und dann gingen wir die Kaninchen auf dem Feld beobachten, hinter dem Weg, wo die graue Stute stand. Ich weiß ihren Namen nicht mehr. Ich hatte mich auf dem sandigen, schmutzigen Feld hingekauert und versuchte, eins von ihnen herzulocken, aber Kaninchen sind sehr scheu. Sie kommen wirklich nicht her, selbst wenn man Schokolade hat, die sie mögen, wie wir glaubten (Cord sagte das). Als ich nach Hause kam, war ich dreckig, roch nach Seegras, Kaninchenkacke und wahrscheinlich nach Erbrochenem, aber ich war glücklich, wirklich einmal wirklich glücklich und so müde, wie man nur sein kann, wenn man den ganzen Tag gelacht hat. Weinen hat die gleiche Wirkung. Mein Vater mochte es, wenn alles etepetete war. Schon immer. Er war betrunken, als ich kam. Und er schlug mich. Er sagte, ich sei eine kleine Schlampe, weil ich mich den ganzen Tag mit ihnen herumgetrieben hätte, und dass Ben Wilde versuchen würde, das mit mir zu machen, was sein Vater mit Tante Jules gemacht hatte, und dass das der Grund gewesen sei, weshalb sie die Schule früher verlassen musste und nie den Schulabschluss machte. Er hörte einfach nicht auf zu reden. Er sagte, deshalb sei sie nach Australien gezogen und die ganzen Jahre dort geblieben, und jetzt wäre sie dick und verbittert und traurig und würde nie mehr zum Bosky kommen. Er schlug mich so fest, dass ich gegen die Tischecke fiel, und sagte, ich wäre nicht sein Problem. Er hätte es satt, sich um mich Sorgen zu machen. Am nächsten Tag tat es ihm leid. Beim Frühstück gab er mir tatsächlich einen Kuss auf den Kopf. »Da hast du eine Beule. Hör zu, es tut mir leid, dass ich dich versohlt habe, aber es ist zu deinem eigenen Besten, hoffe ich. Ich will dich nur warnen. Du musst wirklich verstehen, wie sie sind, dieses Pack.« Oh, Daddy, was hättest du getan, wenn du mich gesehen hättest, als ich so viele Jahre später mit Tony Wilde das Gleiche tat wie Tante Jules damals? Das ist es doch, was sie tat, nicht wahr? Dieselben Fehler zu machen wie sie, nur, das ist es ja, es war kein Fehler, es kann keiner gewesen sein, denn schau dir an, was ich jetzt habe. Es ist der Höhepunkt von allem. Das muss es sein. Vielleicht sind sie nicht von ihm. Vielleicht sind sie von Ben. Ich habe Tony nie danach gefragt. Ich kenne Tony, ich weiß, er hätte jemanden nicht schlecht behandelt. Das ist typisch für ihn, dass er Jahre später, selbst als ich mit ihm zugange war, als er auf mir lag, sich in mich ergoss, mich hilflos und ziemlich verschwitzt anstarrte und sagte: »Bist du sicher, Liebes?« Ein ganz leichter Zweifel lag in seinem Blick, und ich nickte und stöhnte ein bisschen, um ihn wissen zu lassen, wie sehr ich es mochte. Denn ich mochte es, obwohl er langsamer war und ziemlich älter und mehr rot im Gesicht als in meinen lebenslangen Traumbildern; ich glaubte immer noch, dass er es nicht tat, um mich auszutricksen und von einer Liste zu streichen. Sondern weil er es brauchte. Ich weiß nicht, ob ihm bewusst war, dass ich es war und nicht Tante Jules. Armer Tony. Ich glaube, er ist irgendwo in der Zeit gefangen, als er vierzehn Jahre alt war.*

Ich weiß nicht mehr, wie es dazu kam, nur dass ich Tony liebe, ich habe es immer schon getan, und er war so hoffnungslos traurig, und da wollte ich ihn haben. Ich habe begonnen, mich zu fragen, ob der Grund, wieso Ben mich nicht schwängern konnte, war, dass ich kein Kind von ihm wollte. Weil mein Körper irgendwie nicht das richtige Sperma aussuchen wollte, um sein Kind zu zeugen, ist es meine Schuld. Weil ich böse *bin und geschickt wurde, um sie auseinanderzubringen, um an ihnen Rache zu nehmen für das, was vor Jahren mit Jules passiert ist … Ob es so ist? Mir Zwillinge zu schenken und über unsere gemeinsame Fruchtbarkeit zu lachen …? Männer nehmen sich ihr Vergnügen, und die Folge ist ein leichtes Schuldgefühl. Frauen nehmen sich Vergnügen und werden ihr ganzes restliches Leben dafür bestraft. Ich habe Bens Namen angenommen, als wir heirateten, und wünschte mir, ich hätte das nicht getan. Diese Ärzte mit ihren Statistiken und hilfreichen Broschüren haben sich also alle geirrt. Ich brauchte nur eine Nacht, zur richtigen Zeit des Monats, einmal würfeln, und … Hat es nicht funktioniert? Ich habe nicht ein Kind bekommen, ich habe zwei, 2, 2, 2! Ich habe eine Familie, meine beiden Mädchen, meine Babys, und sie gehören mir – und ihm. Ich bin sicher, dass sie von ihm sind. Manchmal betrachte ich meine kleine rundliche Emily mit ihrem dicken, lockigen Haar und ihrer Stupsnase und ihren seltsamen, dunklen Augen, die leuchten und funkeln, und ein kleiner Tony Wilde schaut mich an, und ich frage mich, wieso niemand sonst es bemerkt hat. Warum Althea oder Ben oder Cord nichts sagen. Sie ist Tony so ähnlich, dass es eigentlich lustig ist; sie ist launisch, bezaubernd, irgendwie nicht immer ganz da. Iris sieht mir ähnlich. Ich betrachte ihr klar geschnittenes, wachsames Gesicht, ihre lieben kleinen Augen, ihren ernsten Gesichtsausdruck und die Art und Weise, wie sie niemanden nur so mit Gurren und Glucksen zu beeindrucken sucht, da könnte ich juch-*

zen vor Freude. Sie ergreift Gegenstände ganz akkurat mit einem weißen, dünnen Finger und einem weißen, dünnen Däumchen. Auch sie ist wie er, entschlossen und unberechenbar und bezaubernd, beide sind natürlich bezaubernd. Ich verstand sie sofort vollkommen im ersten Augenblick, als ich sie sah – ebenso wusste ich in dem Moment, als ich sie sah, dass das, was ich getan hatte, um sie zu bekommen, völlig falsch und schrecklich war. Eine Sünde – ich glaube nicht an Gott oder so etwas, aber ich glaube an die Sünde. Ich habe gesündigt. Tony auch, aber, oh, ich habe dafür gesorgt, dass es geschah, und jetzt lebe ich damit. Ich habe Tony oder Ben nie einen Grund für einen Verdacht gegeben, wir haben das, was an jenem Abend geschah, nie wiederholt. Aber ich habe gesehen, wie er Emily angeschaut hat. Er sah es. Ich habe sie. Ich habe bekommen, was ich wollte. Jetzt muss ich einfach für den Rest meiner Zeit mit dem leben, was ich getan habe. *Muss versuchen, all die Scherben der Dinge zu vergessen, über die ich auf dem Weg bis hierher weggeschritten bin. Ich muss einfach klarkommen mit dem Leben und der Wahrheit.*

Ausnahmsweise mal die Wahrheit? Ich bin nicht sicher, ob ich das kann.

5. August

Ben ist zurück, morgen fahren wir zum Bosky. Er sagt, er habe »nachgedacht«. Er sagt, es muss sich einiges ändern. Er besteht auf einem Kindermädchen. Er hört nicht auf mich. Ich bin viel besser als in den letzten paar Wochen. Aber er sagt, ich werde nicht damit fertig. Ich dachte, das würde jetzt eine Erleichterung sein, aber das ist es nicht. Nicht, weil es bedeutet, dass es real ist und ich meine Sache so schlecht mache, wie ich dachte. Iris war bei mir im Bett, als er zurückkam, sie schlief fest unter der Steppdecke. Sie war in der Nacht da hinuntergerutscht, mein Buch, sie wollte in ihrem Bettchen nicht schlafen, deshalb nahm ich sie mit zu mir. Er schrie mich an. Er sagte, sie hätte ersticken können. Ich weiß es nicht. Ich weiß nicht, ob er recht hat. Er brachte den Mädchen riesige Puppen in Kleidern mit Rüschen, die das Studio ihm gab. Eine ist ganz in rosa Seide und heißt Pink Lil Flirt mit einem rosa Haarband, und die andere hat ein grün-braunes Kleid an, heißt Lynda und hat ein Schäufelchen und eine Gießkanne. Ich weiß nicht, warum, aber ich muss darüber endlos lachen, Ben starrt mich an, ich sehe, dass er mich anschaut. Er findet es nicht lustig. Ich überlege mir, ob sie, wenn sie erwachsen sind, die Puppen betrachten und sich fragen werden, warum wir ihnen jeweils genau die geschenkt haben, die sie bekamen.

7. August

Wenn ich schreibe, drückt sich die Schrift mit dem Kuli durch die letzten drei Seiten auf die hintere Umschlagseite meines Buches. Wenn ich an den Anfang zurückblättere und die ersten Seiten lese, sehe ich, dass ich vor achtzehn Jahren geschrieben habe, ich wolle Dinge notieren, die ich an den Wildflowers bemerkt habe, und das Buch ist fast zu Ende.

17. August

Etwas Seltsames geschieht mit mir, und es funktioniert nicht mehr, es niederzuschreiben, was eigentlich gut ist, denn das Buch ist fast voll. Wir sind vor drei Tagen hier angekommen. Ben kommandiert mich immer noch herum. Er hat Cord gezwungen, auch herunterzukommen, das erste Mal seit Monaten, dass wir sie gesehen haben. Er sagt, sie muss auch mit den Babys helfen. Cord hat tatsächlich geholfen. Sie kann das, sie weiß einfach, wie es geht, und ich weiß es nicht. Sie weiß, wie man sie halten muss, wie sie Iris dazu bringt, nicht mehr herumzuzappeln. Und wenn niemand in der Nähe ist, singt sie ihnen vor, während sie sie für die Nacht umzieht. Stay Awake *aus* Mary Poppins. Little Jesus Sweetly Sleeps. *Alles geht weiter wie normal, und doch ist es das nicht. Ich lasse dieses Buch unter den Dielen der Veranda zurück. Zusammen mit der merkwürdigen Puppe, dem Vogelmann, der dort versteckt ist. Er hat ein Vogelgesicht und Flügel und ist sehr alt. Das Buch wird unter der Veranda liegen. Dort haben Cord und ich viele Stunden auf den Stufen verbracht und die Wellen vorausgesagt, Geschichten über die Wolken erfunden, unsere Fußnägel in lächerlichen Farbtönen lackiert und Schlager aus dem Spiel* Bits and Pieces *der* Radio 1 Roadshow *gesungen.*

Weißt du, sie hat mir so gut wie ausdrücklich gesagt, ich müsste alles selbst zu Ende bringen, und ich bin dankbar, dass sie es so gemacht hat, dadurch wird alles leichter. Ich habe sie gestern Abend beim Strandhäuschen gesehen, als ich dort saß und herauszubekommen versuchte, was ich tun muss. Ich fühlte mich schuldig, weil ich die Babys bei Ben und Althea gelassen hatte. Sie weiß es – mir war nicht klar, dass sie das mit Tony und mir und den Mädchen weiß. Sie sagte solch schreckliche Dinge zu mir. Sie sagte, ich sei eine Schlampe – eine Schlampe. Es ist so ein hässliches Wort, und Daddy hat mich so genannt, weil ich damals vor so vielen Jahren mit ihnen herumhing. Sie sagte, ich sei eine perverse, böse Person, dass ich mich in die Familie eingeschlichen hätte und uns von innen zerfressen würde. Ich sei der Grund dafür, dass alles schiefgegangen sei. Sie gibt mir die Schuld an allem. Buch, o mein Buch, o Buch.

Sie sagte, sie hätte heute Abend beim Baden die Mädchen angeschaut und es nicht mehr aushalten können. Sie sagte, es ist so, weil sie so schön und rein sind. Dass sie mit einem Schandfleck gezeichnet seien, und der Schandfleck ist ganz meine Schuld, und er würde ihr Leben ruinieren, wenn ich noch da bin, dass ich es bin, was sie schließlich zerstören wird. Sie sagte, sie sei weggeblieben, weil sie Ben niemals verletzen wollte, aber jetzt, da er sie praktisch hier heruntergeschleift habe, könne sie nicht schweigen, nicht mir gegenüber.

»Alles, was du anrührst, geht schlecht aus«, sagte sie. »Ich dachte, du wärst ein guter Mensch. Aber das warst du nicht. Du hast uns angelogen und bist herumgeschlichen, weil du unsere Freundin sein wolltest. Du hast Ben angelogen und getan, als wärst du ganz unschuldig und passiv, um ihn zu küssen, als wir noch Kinder waren. Du hast meine Mutter

dazu gebracht zu wünschen, sie hätte eine Tochter wie dich, mit ganz langen Haaren und einfältig, statt der Tochter, die sie hatte. Du konntest Ben nicht dazu kriegen, dir ein Kind zu machen. Ich glaube, du musst meinen Vater in den Wahnsinn getrieben haben, im Lauf der Jahre verrückt gemacht. Ich bin nicht überrascht, dass er dir nachgegeben hat.« Ich sagte *zu ihr, Cord, dass das alles nicht wahr sei, aber die Geräusche in meinem Kopf hämmerten weiter, hämmerten so laut und hörten nicht auf. Ich sagte zu ihr, ich sagte, Cord, ich liebe dich am meisten von euch allen. Du bist meine Freundin. »Du bist nicht meine Freundin«, sagte sie, und sie weinte. »Du bist eine Schlange. Du hast dich reingeschlängelt und hast uns vergiftet. Bevor du gekommen bist, ging es uns gut. Nur wir vier. Wir waren glücklich.« Sie war so blass, dass ich die blauen Venen auf ihrer Stirn und den Wangen sehen konnte. Ihre großen grauen Augen, ihre dichten schwarzen Wimpern. Meistens wartete da ein Lächeln in der Tiefe, egal, wie traurig sie ist. Aber jetzt nicht, nicht mehr. Sie sagte es einfach immer wieder, dort auf dem Sofa im Strandhäuschen, und ich stand an der Tür und zitterte vor Kälte. »Du hast uns vergiftet. Unsere Familie. Du bist das Böse. Das Böse.«*

Ich sehe es noch genau vor mir im Strandhäuschen, alles so schmerzlich und scharf umrissen und real, wie Cordy oder Tony oder Ben oder der Geruch und das Aroma meiner Kleinen, und wie entsetzlich es ist, jemanden so sehr zu lieben, es kommt mir vor, als seien sie alle ganz weit weg. Als sehe ich sie durch eine dicke, dicke Glasscheibe oder Plastik. Irgend so ein Material. Und es ist leichter so, mein Buch.

Wenn ich nämlich daran denke, was mit meinen Mädchen passieren könnte. Wie sie von furchtbaren Mädchen in der Schule gekränkt werden könnten, die sich wegen ihrer Kleider über sie lustig machen, so wie ich gehänselt wurde. Wie gemeine Jungen sie ausnutzen und sie dazu bringen könnten, Dinge zu tun, die sie nicht tun wollen. Wie sie vielleicht ihre Körper hassen und sich stundenlang im Spiegel anstarren würden. Wie sie hinfallen und sich ihre vollkommene weiche Haut aufreißen oder Unfälle mit dem Fahrrad oder Schlittschuhen haben könnten oder in ein Auto einsteigen und nicht sicher ankommen könnten, oder am aller-

schlimmsten, dass sie ungeliebt sein könnten, traurig und einsam und gestört durch ihre Erziehung, wie es bei mir ist.

Ich kann nicht klar denken. Es schmerzt so sehr, mir vorzustellen, dass ihnen wehgetan wird. Ich habe ihnen schon wehgetan. Ich fürchte, ich werde alles noch schlimmer machen, wenn ich bleibe.

Ich muss das klaffende Loch schließen. Ich muss es zudecken. *Ich bin ihnen keine gute Mutter. Ich bin keine gute Ehefrau oder Schwester, der Schmerz darüber, dass ich so bin, kommt in Wellen, und im Moment glaube ich, dass die Welle zu stark ist für mich. Jetzt kracht sie auf mich herunter.*

Noch zwei Seiten übrig, und ich wollte das ganze Heft vollschreiben, aber es ist nicht besonders ordentlich, oder? Das ist eigentlich alles. Danke, mein Buch.

Eine Liste noch. Um den Platz zu nutzen.

Cord trug ein blaues Kleid mit Nackenband aus Bastseide und Schuhe mit Keilabsatz aus Kork. Sonnenbrille. Sie kaut an ihren Fingernägeln, sie sind ganz abgekaut. Sie hat eine teure Uhr. Sie liest im Moment Meine Familie und andere Tiere. *Sie hat Althea einen Stoß Bücher von Rosamunde Pilcher und Mary Wesley gebracht. Althea ist entzückt. Sie hat Ben so ein Ding für den Nacken gekauft, das er im Flugzeug benutzen kann; man bläst es auf, und der Nacken tut einem nicht mehr weh. Nichts Großartiges, aber es hat ihm schon geholfen, weil er immer einen steifen Hals bekommt, er wird verspannt und blockiert. Sie ist fürsorglich. Und lieb. Aber so anders in ihrem eleganten Kleid und mit Sonnenbrille. Sie hat ihren Pass immer dabei, in der Handtasche. Wenn sie spricht, fährt sie oft am Hals entlang, sie sagt, das tut ihr gut. Sie drückt richtig fest. Sie hat uns hinter sich gelassen, und jetzt verstehe ich, warum, ich verstehe, warum.*

Bleib dran.

Tony: Gestern trug er ein dunkelblaues Polohemd und eine blaue Twillhose. In seinem Leinenjackett steckte ein rot getupftes Taschentuch, er wischt sich das Gesicht damit. Oft schüttelt er es aus. Ich glaube, er ist krank. Alle hassten den Hamlet*, es hat ihn hart getroffen. Er hat eine Kladde mit allen Kritiken. »Horrend abwegig.« »Unglaublich anstößig.« Er liest jeden Tag darin. Ich sehe ihn.*

Althea hat ein Strickkleid mit Seide von Jaeger in Weinrot mit Tigermuster und Sandalen an, dazu Sonnenbrille, und ihre Beine sind schlank und braun wie immer; sie liegt den ganzen Tag auf der Veranda und liest ihre Bücher, raucht und trinkt Kamillentee oder Gin. Sie pflanzt die Kamille hier an, sammelt sie, trocknet sie und kocht Tee damit. Sie ist in jeder Hinsicht total ahnungslos. Mir wurde das vor langer Zeit klar. Sie will nur das sehen, was schön ist. Für die Babys tut sie alles. Für Ben tut sie alles.

Ben … Ben in seinem alten Kate-Bush-»Hounds of Love«-T-Shirt, das wir gemeinsam, jeder eines, im Kensington Market während der Reise nach London kauften. Wir hielten uns für so cool, o ja, so verliebt, meine Güte, ich liebte ihn und seine Shorts vom Markt in der Provence in dem Sommer, nachdem wir heirateten. Seine Brust ist mit flaumigem blondem Haar bedeckt. Er nimmt die Mädchen auf und schwenkt sie hoch über dem Kopf. Er liest ein Buch von Truffaut über Hitchcock und schreibt an einem Drehbuch über seine Kindheit … Ich weiß das, die anderen nicht … Gestern hat er sich in den Finger geschnitten, als er ein Glas wegräumte, das ich zerbrochen hatte, und ich habe ihm ein Heftpflaster draufgetan. Es wird danach noch drauf sein. Er muss sich die Haare schneiden lassen, aber es steht ihm, so struppig und verstrubbelt. Hilf mir, Liebling, hilf mir, bitte. Das singt sie. Hilf mir, Liebling, hilf mir, bitte. Ich liebe ihn so sehr, aber er muss alle Scherben von dem wegräumen, was ich angerichtet habe, und er ist müde. Ich bin müde. Es wird wirklich eine Erleichterung sein.

KAPITEL EINUNDDREIßIG

Januar 1993

Mads hatte nicht viele Kleider; als Kind hatte sie die Schuluniform oder Sachen getragen, die bunt zusammengewürfelt waren und aus Secondhandläden stammten oder Geschenke von Tante Julia waren. Als junges Mädchen beschäftigte sie sich mit naturwissenschaftlichen Fächern und Experimenten, aber nicht mit ihrer äußeren Erscheinung, und hatte nie ein Interesse für Mode entwickelt, was Ben immer seltsam fand, da sie doch stets bemerkte, was seine Mutter und seine Schwester trugen. Aber, sagte er sich, es werde einfach sein, ihren Kleiderschrank auszuräumen.

Das Schlafzimmer war im vorderen Teil des Hauses; Ben konnte das schwache Motorengeräusch von Autos in der Ferne und im Untergeschoss seine Töchter mit Elsa, dem Kindermädchen, hören. Abgesehen davon war es sehr still. Er schaute auf seine Uhr. Halb elf. In zwei Stunden wollte eine Gruppe von Freunden mit ihm zum Lunch ausgehen als Abschiedsgeste – ein Tisch für zehn Personen im Le Caprice. Freunde aus dem Filmbusiness, die er in Los Angeles sowieso sehen würde. Filmfreunde, die sie nie gekannt hatten, kinderlos waren und keine Ahnung hatten von seinem Leben, aber die Geste war gut gemeint, und einer von ihnen war ein Produzent des demnächst anstehenden *Robot Master 3: Robots Attack*. Wegen einer Tragödie wurde einem nicht die Arbeit erlassen, das hätte er sich auch nicht gewünscht, aber dadurch wurde alles schwerer zu bewältigen, man wurde zu einem Aussätzigen. Von damals, als er von zu Hause weggelaufen war und seinen Unfall hatte, erinnerte er sich mit schmerzlichem Wiedererkennen daran, dass die Menschen vor einem erschraken, wenn man in irgendeiner Hinsicht anders war. Manchmal hätte er in den letzten sechs Monaten den Leuten am liebsten eine Karte mit Anweisungen überreicht.

1) Bitte, nennen Sie meine Frau bei ihrem Namen, wenn Sie von ihr sprechen. Sie hieß Madeleine. Nennen Sie sie nicht »das tragische Ereignis«.

2) Bitte, fragen Sie mich nach meinen Kindern. Nur weil ihre Mutter sich umgebracht hat, heißt das nicht, dass sie tot oder krank sind. Nennen Sie sie nicht »die armen Kinder«.

3) Bitte, schauen Sie mir in die Augen. Ich habe keine Infektionskrankheit. Sie werden sich nicht anstecken.

4) Bitte, erwidern Sie meine Anrufe. Ich brauche Arbeit. Ich habe zwei Kinder (s. Punkt 2).

Der Schrank war ein Trumm aus Mahagoni, das von Bens und Cords altem Zimmer im Bosky stammte. Ben straffte die Schultern und atmete tief ein, langsam, wie er es bei seinem Vater manchmal gesehen hatte, bevor er auf die Bühne ging. Dann öffnete er die große Mahagonitür und – er fühlte sich wie Lucy Pevensie – neigte sich so weit wie möglich hinein.

Der Duft seiner verstorbenen Frau in der dunklen Luft: süß, würzig, leicht schal. Als er in der Dunkelheit besser zu sehen begann, zog sich der Schmerz wie ein Knoten um sein Herz zu, und er blinzelte, die Tränen in den Augen stachen, als er den Duft roch. Es herrschte Chaos im Inneren des Schranks, die Kleidungsstücke waren wahllos aufeinandergehäuft, Pullover mit der Innenseite nach außen zusammengerollt, T-Shirts und karierte Hemden durcheinandergeknäult in zerknitterten Haufen. Behutsam begann er, jedes Stück auf verschiedene Stapel zu Boden fallen zu lassen. Hier war das Kate-Bush-T-Shirt, das sie in doppelter Ausfertigung gekauft hatten, und diese weiten karierten Hemden, die sie mochte, durch die sie keine Aufmerksamkeit auf sich und ihre außergewöhnliche, knabenhafte Schönheit zog. Und die 501-S-Levi's, und die formlosen Umstandskleider, und da war der Schlabberpulli im verwaschenen Blau, in den sie sich mit dem ganzen Körper verkroch, die Knie bis unters Kinn hochgezogen, bis er in den letzten Phasen ihrer Schwangerschaft ihr liebstes Kleidungsstück wurde. All das gehörte seiner Maddy, war einzigartig und ihres. Die Aufgabe, ihre Kleider durchzugehen, war ihm wie eine Routinearbeit vorgekommen; jetzt begriff er, warum er sie aufgeschoben hatte. Dabei fühlte er sich ihr näher als bei irgendetwas sonst, seit sie gestorben war. Es war schmerzlich, es tat wirklich weh. Er fand das grüne Hemdkleid aus Seide, das sie zur Taufe der Mädchen getragen hatte, ganz hinten, in eine Plastiktüte gestopft. Er zog es heraus, und es war steif von angetrockneter Muttermilch und Blut. Noch wochenlang nach der Geburt hatte sie geblutet. Ben begann, die Kleider systematisch zu sortieren, aber bei den meisten fehlte entweder ein Knopf, oder sie waren schmutzig oder so zerrissen, dass sie unbrauchbar waren, und immer noch hing der leichte Duft über ihnen, und wenn er die weiche, flauschige Innenseite des Pullis an seine Wange drückte, war es, als rieche er sie selbst, berühre sie wieder.

Als seine Mutter fünf Minuten später auftauchte, saß Ben deshalb auf dem Boden, umgeben von Mads' Kleidern, die Hände vors Gesicht geschlagen, und weinte, er konnte die keuchenden Schluchzer nicht unterdrücken.

Althea sank auf die Knie. »Oh, Liebling«, sagte sie. Sie umfing ihn mit den Armen. »Ich weiß, mein Liebling. Ich weiß.«

Ben wischte sich die Augen. Er wollte nicht aufhören zu weinen. Wenn er weinte, wehklagte, erkannte er damit an, wie schwarz und endgültig es wirklich war, stellte sich der Lage. Das Weiterleben, Tag für Tag, das war es, was so schwer war. »Sie sind alle schmutzig«, sagte er. »An den meisten Jeans und den T-Shirts ist Blut.« Althea zuckte zusammen.

»Schrecklich.«

»Sie hatte solche Schmerzen. Und ich wusste es nicht«, flüsterte er, zum hundertsten Mal musste das wohl jetzt sein, seit er sie verloren hatte. »Ich wusste, dass es hart war für sie, aber ich hatte keine Ahnung. Ich hab mich nicht genug bemüht, es herauszufinden.«

»Aber das hast du doch getan. Du hattest ja Elsa eingestellt«, sagte

Althea geduldig. Sie setzte sich wieder vorsichtig auf den Boden, und schockiert bemerkte Ben zum ersten Mal, wie steif ihre Bewegungen waren.

Der Kummer überdeckte alles. Er war wie ein schwarzer Tintenfleck, war immer da und schwankte etwas vor ihm, vor seinem geistigen Auge, dann geschah etwas, und er breitete sich plötzlich überall in ihm aus, wie auf Löschpapier, wie Teeblätter, deren Farbe im Wasser umherwirbelt. Emily und Iris würden ihre Mutter nie kennen, würden nicht erleben, wie sie alt wurde. Er würde nie wissen, wie sie sich veränderte; sie war unveränderbar festgelegt, so wie sie gewesen war, als er sie zum letzten Mal gesehen hatte: ein blasses, hohläugiges, gespenstisches Wesen, vor dem Tod schon fast wie ein Geist, das sich langsam bewegte, gelähmt von irgendeinem Schmerz, der sie zwang, vornübergebeugt zu gehen, fast zusammengekrümmt. Je mehr die Babys gediehen, je älter sie wurden, desto mehr schien es an ihr zu nagen. Er hatte geglaubt, sie besser zu verstehen, als die anderen Wildes das taten, aber er hatte sich getäuscht.

Althea begann, die Kleider energisch in einen Plastiksack zu stopfen. »Nein«, sagte er und hielt sie auf. »Die müssen gewaschen oder geflickt werden.«

»Ich weiß«, sagte sie, machte aber weiter. »Deshalb bin ich doch hier, oder? Ich sagte, ich würde dir helfen, das mit ihren Sachen zu regeln, und das werde ich auch tun. Ich habe das Auto und bringe sie zur Kleiderkammer – geht das in Ordnung?« Sie legte ihre Hand auf seinen Arm. »Lieber, es ist am besten, es so zu machen, weißt du. Du gehst in drei Wochen weg. Du musst ihre Sachen ausräumen.« Sie schaute auf ein weiches cremefarbenes Seidenhemd hinunter. »Schau mal. So klein. Sie war so ein zierliches, kleines Wesen, nicht wahr?«

Ben fing gerade an, sich an den Gedanken zu gewöhnen, dass Mads für immer gegangen war, obwohl es dumm klang, wenn man es so sagte, als könne er nicht verstehen, dass sie tot war. Aber sie war ein so lebhafter Mensch gewesen, so lebendig und ganz anders als alle anderen, mit ihrem ernsten Gesicht, halb wie ein Äffchen, halb schön, mit ihren raschen Bewegungen und zugleich ihrer großen Ruhe, die sie ausstrahlte. Sie hatte sehr viel geschlafen, bevor sie sich umbrachte, manchmal zusammen mit den Kindern, im Bett zusammengekauert, wenn er weg war, und ihr Schlaf war tiefer als der der Kleinen – sie tat ja alles mit äußerster Intensität. Als er sie an jenem Morgen fand, hatte er zuerst nicht geglaubt, dass sie tot war, weil er sie schon so oft aus dem Tiefschlaf hatte wach rütteln müssen.

Bei diesem letzten Mal – die zusammengerollte, gekrümmte Gestalt, die Hände fest zu Fäusten geballt, das Haar über die Bettdecke ausgebreitet und fast bis auf den Boden hängend, ihr sanftes, blasses Gesicht, die dunkelgoldenen Wimpern auf der Wange ruhend ...

Man hatte sie in ihrem Hochzeitskleid begraben. Das war Cords Idee gewesen. Sie bestand hartnäckig darauf. »Sie hat so lange keine schönen Sachen gehabt«, sagte sie, stand unter der Tür zum Wohnzimmer und nagte an ihren Nägeln. »Ihr Hochzeitskleid war furchtbar teuer, für sie. Und sie hat es selbst bezahlt.«

»Wirklich?« Ben hatte das nicht mitbekommen, hatte nicht danach gefragt. Er erinnerte sich daran – ein einfaches Taftkleid mit einem langen Rock und einem eng anliegenden Bolerojäckchen aus Samt in silbrig glänzendem Bleigrau. Er sah noch ihr glänzendes Haar vor sich, das ihr Gesicht einfasste, ihre rosa Wangen, ihr atemberaubendes Lächeln, als sie vorn in der Kirche auf ihn zukam ... *Nur wir,* schien sie zu sagen, *jetzt geht es nur um uns ...*

»Ja, und sie musste dreimal zur Anprobe bei Liberty, weil sie immer noch weiter abnahm.« Cord hatte den Zipfel der Nagelhaut abgerissen und zuckte zusammen. Ben erinnerte sich später immer, dass sie die blutende Hand tief in die Tasche zurücksteckte. »Sie hat ihre ganzen Ersparnisse ausgegeben, um es sich leisten zu können. Sie würde wollen, dass sie darin begraben wird. Ich weiß das.«

Als Ben jetzt in den Schrank schaute, wünschte er, er hätte das Kleid noch, etwas von Madeleine, das er den Mädchen geben konnte, etwas, das nicht alt und schmuddelig und fleckig war. Es war eigentlich nichts mehr von ihr da, außer ihnen. Was konnte er ihnen geben, zur Erinnerung an sie?

Das Weinen von einem der Kleinen war von unten zu hören, und er schloss die Augen, kurz überwältigt von dem Gedanken an die beiden, die ihn so sehr brauchten. Ein letztes Mal atmete er ihren Duft ein, der schon schwächer war als vorhin, und er schloss die Schranktür mit einem kräftigen Schubs, um das bisschen zu bewahren, was davon noch da war. Vielleicht würde er den Schrank noch einmal öffnen, bevor er nach L. A. flog.

Althea verschloss gerade den zweiten Sack mit einem Knoten. Sie stand auf, strich den Staub von ihren Kleidern, und ein Brief fiel aus ihrer Handtasche. Sie hob ihn hastig auf. Ben warf einen neugierigen Blick darauf.

»Downing Street?«, sagte er, bemüht, das Thema zu wechseln, um seine Trübsal für einen Moment zu verdrängen. Sie steckte ihn in ihre Tasche. »Wieso schreibt dir John Major, Mumma? Will er mit dir ausgehen?«

Sie schüttelte den Kopf. »Nein.«

»Was ist das denn bloß?« Er schaute ihr ins Gesicht und berührte sie scherzhaft am Arm. »Na los. Sag's mir schon!«

Althea wandte sich von ihm ab und schaute in den Schrank. »Ach, es ist nichts. Reden wir von etwas anderem.«

»Man will dir eine Auszeichnung verleihen«, sagte er. »Stimmt, oder? Was für eine denn?«

Seine Mutter schüttelte wieder den Kopf. »Ich will nicht darüber reden.« Sie strich ihr wunderbar schimmerndes Haar am Hinterkopf glatt, wo es wie immer zu einem Knoten frisiert war, und dann nahm sie den Abfallsack hoch. »Komm, wir stellen das in den Wagen.«

Ben betrachtete sie neugierig. Er griff sich den Brief aus ihrer Handtasche, und sie wehrte sich nicht dagegen.

»Den Titel *Dame?*«, fragte er, während er die Seite überflog. »Man will dich zur *Dame* machen? Oh, Mumma. Das ist ja wundervoll. Dame Althea Wilde – oh, das klingt wirklich gut. Dame Althea ...« Er nahm ihre Hand. »Darf ich dir in meinem nächsten Film eine Rolle geben? Du würdest solch würdevolles Auftreten beisteuern, und das ist sehr erwünscht.«

Sie sagte schnell: »Nein, nein. Ich habe Nein gesagt. Ich habe heute früh dort angerufen. Bevor ich hierhergekommen bin. Ich habe es abgelehnt. Bitte, bitte, erwähne es nicht mehr.«

Ihr Gesicht war gerötet. Sie nahm den Brief und faltete ihn mehrmals.

»Mumma. Warum denn?« Er drückte ihre Hand. »Wegen Daddy?«

»Ich habe ihnen gesagt, vielleicht ein andermal. Sie waren nicht sehr empfänglich dafür.« Sie steckte das Knäuel Papier wieder in ihre Handtasche zurück. »Ich glaube, man kann darum bitten, es zwei Jahre später verliehen zu bekommen, weil man im Moment keine Lust dazu hat. Aber ich kann es nicht annehmen. Ich kann ihm das nicht antun.« Sie drehte energisch den Kopf. Ben hörte, wie ihr Halswirbel knackte. »Er braucht mich.«

Ben schaute sie nachdenklich an. »Du meinst, für ihn ist es wichtig, dass du nicht so gut bist wie er.«

»So ist es nicht. Er ist immer schrecklich stolz auf mich. Aber im Moment, nein. *Hamlet* war so schlimm für ihn. Du weißt ja, es war uns klar, dass er ein Risiko damit einging, es so zu inszenieren, mit den Plattenbauten und den Tiermasken ... Aber, ach.« Sie schlug die Hände vors Gesicht. »Ich konnte ihm nicht sagen, dass ich es lachhaft fand und dass das Publikum es nicht verstehen würde. Ich hatte zu große Angst davor, ihm die Wahrheit zu sagen, aber ich hätte es tun sollen. Hätte ihm die Demütigung ersparen sollen.«

»Es ist nicht deine Aufgabe, das zu tun, Mumma.«

»Aber jetzt hat er keine Rolle mehr bekommen seit dem Werbespot für Erbsen, und das war nach *Hamlet* ein furchtbarer Fehler, es hat alles nur noch schlimmer gemacht. Warum hackt die Presse so auf ihm herum?«, rief sie, die Worte sprudelten nur so aus ihr heraus. »Als ob es nicht schon schlimm genug wäre mit Mads und allem. Ihn so zu verspotten – ihm geht es nicht gut ... Ich bin wegen der *Menagerie* zu viel weg gewesen. Sie wollen ein Weihnachtsprojekt mit *On the Edge* bringen, aber ich habe Nein gesagt …« Sie lud sich den Sack auf die Schulter; sie war so groß wie er und stand ihm gegenüber. »Er fühlt sich nicht wohl. Und er ist so eigensinnig. Er geht nicht mit seinen Freunden zum Dinner aus, besucht niemanden, ruft Cord nicht an, dass sie kommen und uns besuchen soll, obwohl er die ganze Zeit über sie redet. Dauernd fragt er, wann sie kommt, aber sie tut es natürlich nie. Ich habe so ziemlich die Hoffnung aufgegeben, was sie betrifft.«

Ben hob den anderen Sack hoch. »Ich weiß nicht, warum sie sich so benimmt«, sagte er bekümmert. »Ich weiß, dass wir ihr nicht egal sind. Ich weiß es.« Das Gewicht in dem Sack hing schwer an seinem Arm. Es kam ihm vor, als wäre es Mads selbst, die ihn hinunterzog, und er stellte sich aufrecht hin.

»Wer weiß, was sie denkt«, sagte Althea, und ihr Blick war auf etwas in der Ferne geheftet, ging hinaus durchs Fenster mit dem Winterhimmel. »Geh, Lieber.« Sie wandte sich ihm wieder zu, plötzlich mit eindringlichem Ton. »Geh nach L. A.. Nimm die Mädchen mit. Geh weg von hier. Komm nicht zurück. Ich komme und besuche dich oft. Nächsten Monat fliege ich rüber, nachdem du dort angekommen bist. Aber komm nicht zurück. Lass sie dort aufwachsen, schenk ihnen Sonne, lass sie vergessen, das hier vergessen.« Sie deutete mit den Händen eine Geste wie einen Strudel an. »All das hier.«

»Ich würde das nicht wollen für sie«, sagte Ben sanft. »Ich will, dass sie etwas von uns wissen, woher sie stammen.«

»Nein«, sagte seine Mutter. »Du irrst dich. Bitte, frag mich nicht, warum, und vertrau mir. Du tust das Richtige. Daddy und Cord, sie brauchen dich nicht. Das haben sie bewiesen. Aber deine Kinder … Deine Kinder brauchen dich.«

Ben küsste seiner Mutter die Hand. »Mumma, du bist ihm eine wunderbare Frau. An deiner Stelle hätte ich die Auszeichnung angenommen.« Sie umschloss seine Finger. »Ich werde ihm nichts davon erzählen, und auch Cord nicht.« Er zögerte und nahm dann den zweiten Kleidersack. »Cordy wird es sich überlegen, ich bin sicher. Sie ist nur störrisch wie ein Esel.«

Althea hob den Blick zu Ben. »Sie ist die Tochter ihres Vaters, mein Liebling«, sagte sie fast traurig. »Du und ich, wir wissen das ja beide.«

KAPITEL ZWEIUNDDREIßIG

März 1993

Na, das ist ja sehr seltsam.« Althea erschien an der Tür, den Telefonhörer noch in der Hand, wobei sich das verwickelte Kabel hinter ihr spannte. »Du wirst nie erraten, wer das war, Schatz.«

Tony hörte, aber ignorierte den merkwürdigen Tonfall in ihrer Stimme. Er streckte sich in seinem Korbsessel, kuschelte sich tiefer in seine Decke und schaute hinaus auf den langen, schmalen Garten. Im weißgoldenen Licht des Frühlingsnachmittages sah er eine Amsel mit einem dicken Wurm kämpfen. »Weiß nicht.«

»Rate mal.«

In Tonys Kopf hämmerte es, wie so oft dieser Tage, wenn er geärgert wurde oder nicht seinen Willen bekam. Er sagte: »Ich will nicht raten.«

Altheas Stimme wurde lauter. »Rat doch einfach, Schatz!« Er wandte sich der Tür zu, und sie lächelte ihn an, aber ihr Lächeln hatte etwas Gespenstisches.

»Ich will nicht raten.«

»Cord. Das war Cord.« Altheas Stimme zitterte. »Sie ist gerade am St.-Margaret's-Bahnhof aus dem Zug gestiegen. Sie kommt her. Sie – sie will dich sehen.«

Er fuhr auf und sah, wie erfreut sie war, eine Reaktion von ihm zu sehen. Dieser Tage bemerkte er sie kaum. Was seltsam war; bei einem kleinen Showdown ein paar Monate nach Mads' Tod hatte sie ihn einmal hysterisch angeschrien. Sie sei die Einzige, die noch übrig sei, hatte sie betont, schadenfroh und gehässig. Ob es nicht an der Zeit sei, dass er ihr ein wenig mehr Aufmerksamkeit schenkte? Und sie hatte recht. Alle waren im Lauf der Zeit gegangen. Nicht nur die Kritiker, die ihn nach seinem *Hamlet* verlassen hatten, oder die willigen, nachgiebigen, fügsamen Mädchen, die sich nie mit einem alten, zitternden Mann voller Blasen wie ihm einlassen würden, oder die jovialen, gleichgesinnten Freunde, die er jetzt schon jahrelang von sich gestoßen hatte. Nicht nur die Rollen, die Angebote, die klingelnden Telefone und Briefe, mittels derer ihm eindringlich astronomische Summen für die winzigsten Rollen angeboten wurden, nein. Die anderen waren gegangen, die Menschen, die er liebte.

Ben war fort, hatte sich nach L. A. aus dem Staub gemacht, um für diese idiotische *Robot Master*-Franchise zu arbeiten. Er hatte in Laurel Canyon ein Haus gekauft. Sagte, er werde wohl ein paar Jahre da drüben bleiben. Die kleinen Mädchen hatte er mitgenommen.

Althea hatte ihn schon besucht, um sich um die Mädchen zu kümmern – Tony zog eine Grimasse. Sie liebte ihre Enkelinnen. Ein quälender, stechender Schmerz breitete sich in seiner Brust aus, ließ ihn zusammenzucken und leise stöhnen. Althea hatte keine Ahnung – oder doch? In letzter Zeit war sie ein unbekanntes Wesen für ihn, so geheimnisvoll, wie sie am Anfang ihrer Beziehung gewesen war, als er sie so verzweifelt begehrt und mit der Hingabe eines Besessenen verfolgt hatte, nur an sie dachte, nur von ihr träumte, ihren langen, schlanken Beinen, ihrem kühlen, lässigen Ton, ihrer skurrilen, bedächtigen Redeweise. Er hatte sie schon vor Jahren verloren, vermutete er, beim ersten Mal, als sie ihn betrog, aber er war zu sehr damit beschäftigt gewesen, alles zu vögeln, was zwei Beine hatte, um es zu bemerken … Und das, was er damit losgetreten hatte …

Er änderte seine Position auf dem Sessel, versuchte, den Schmerz zu überlisten. Er kam jetzt oft, weckte ihn manchmal in der Nacht auf.

Cord hatte er nicht mehr gesehen seit dem Gedenkgottesdienst für Madeleine. Eine düstere Angelegenheit in der normannischen Kirche des Dorfes, nach der die Asche auf dem Strand verstreut wurde. Es war am Ende des Sommers.

Er wusste, was Mads ihm gesagt hatte, an dem Abend, den sie zusammen hatten. Er erinnerte sich, dass sie es gesagt hatte, als sie beieinander auf dem schmalen Sofabett lagen, in den indischen Überwurf mit dem Siebdruckmuster eingewickelt. Julias leere Urne stand auf dem Boden an der Tür, die angelehnt war und sich leicht in der Brise bewegte.

Sie hatten Julias unbekümmerten Geist und ihren ehrlichen, handfesten Körper, jetzt zu Asche geworden, in Wind und Meer verstreut. Schweigend waren sie am Strand entlanggegangen, dem Sonnenuntergang folgend, und dabei schaute Tony eine Sekunde zu lang in die untergehende Sonne, sodass seine Iris sich trübte und die Sicht verschwamm; plötzlich war er sich ihrer schlanken Gestalt neben sich klar bewusst und der Intensität ihrer Gegenwart und dessen, wie sehr sie ihn an Julia erinnerte …

Julia, die durchs Gras zum Strand lief, Julia, wie sie über die Drachenzähne kletterte, Julia, die lachte, als sie auf ihm saß, ihre weißen Zähne glänzten, ihr wildes Haar in der Sonne zu goldenen Seidenfäden geworden … ihre starken, schlanken Füße, die über den gefurchten Sand rannten, sie beide auf den Verandastufen beim Kirschenessen, und Dinah saß auf dem Korbstuhl, hörte Radio oder las laut aus ihren Tagebüchern vor oder schaute ihnen beiden beim Schauspielern zu …

Althea war eine Obsession gewesen, aber Julia war seine andere Hälfte. Und da begriff er es, als die Sonne hinter die Küste zu gleiten begann und sie das Strandhäuschen erreichten und das Mädchen neben ihm sich ihm zuwandte, ihre Hand auf seinem Arm, die Augen voller Tränen, und sagte, wie sehr sie ihn liebte, wie viel es ihr bedeutete, ihn dazuhaben, wie Julia ihn geliebt hatte … Und er hatte sie geküsst, und sie hatte ihn zu sich herangezogen, und er hatte sie in die Arme genommen und wieder geküsst …

Und da war sie, schaute zu ihm hoch, blickte ihn unverwandt an, und sie war Julia und Madeleine, aber für ihn in dem Augenblick hauptsächlich Julia.

Es war erstaunlich gewesen – stark, spannungsgeladen, ihr Haar, ihr wilder, fast starrer Gesichtsausdruck –, und er hatte sich zum ersten Mal seit Jahren wieder wie ein richtiger Mann gefühlt, so einfach war das.

Aber danach, als er den Arm um sie legte, als er versuchte, ihr ins Ohr zu flüstern, ihr übers Haar zu streichen – nein. Da hatte es sich sofort falsch angefühlt. Nach jeder Begegnung dieser Art hatte er immer die Kontrolle gehabt, war beruhigend, besänftigend, tröstend, flirtete. Aber es war anders. Es war Mads. Seine Schwiegertochter. Er hatte Ians Tochter gebumst, ein Mädchen, das er kannte, seit sie ein Kind war. Das Mädchen, das seinen Sohn geheiratet hatte.

Die alten Sprüche, die er normalerweise brachte ... Er zitterte, war mit einer dünnen Schicht von eiskaltem Schweiß bedeckt.

Danach setzte sie sich auf, die lange, helle, silbrige Mähne fiel über ihren nackten, vom Mond beschienenen Rücken hinunter, und der Ekel und die Schuldgefühle brachen über ihn herein. Wie beim ersten Mal. Diesem allerersten Mal vor all den Jahren. Und sie hatte gesagt: »Ich wollte nur das.« Nicht schwärmerisch, sondern sachlich. Und sie schlang ihr Haar wieder zu einem Pferdeschwanz.

Sofort hatte er gesagt: »Liebes, wir hätten das nicht tun sollen. Wir dürfen – wir dürfen es nicht wieder tun.«

Sie war aufgestanden und zog ihre Unterwäsche an, schlüpfte in ihren BH, zuckte zusammen, als sie das Schulterblatt seitwärtsdrehte, ganz unbefangen. »Du hast mich ein bisschen gedrückt. Es ist ziemlich unbequem, dieses Bett. Das hatte ich vergessen.«

»Hast du gehört?« Tony war übel. Es war dunkel draußen. Die offene Tür ... die anderen oben im Haus ...

Sie schüttelte den Kopf und zog ihr Strandkleid über den Kopf. Ihre Lippen waren zusammengepresst, als sie wieder auftauchte, und sie war blass, ihr Haar noch zerzaust, nachdem er es sich um die Finger gewickelt, sich darin eingehüllt hatte ...

Was hab ich getan? Tony wusste nicht, was er sagen sollte. Er starrte sie an und dachte bei sich: *Aber du bist genauso. Du bist genau wie ich, und deshalb verstehst du es. Du bist auch gebrochen.*

»Mads – als ich dich am Strand gesehen habe ...«, er wischte sich über die Stirn. Er zitterte. »Ich – ich dachte, du wärst sie. Julia. Ich hätte das nicht …« Er umklammerte ihre Hand, als sie vor ihm stand. »O Gott, was habe ich getan?«

Aber sie sagte nur: »Ich wollte es. Denk nicht darüber nach. Wir werden nie wieder ein Wort darüber verlieren.«

Wir werden nie wieder ein Wort darüber verlieren. Er hatte einmal einen Blick von ihr aufgefangen, als Iris anfing zu gehen. Er hatte zu Madeleine hinübergeschaut, die in der Ecke stand und an ihren Nägeln kaute, und sie hatten einander einen Bruchteil einer Sekunde angestarrt, der ihm sagte, was er schon lange befürchtet hatte – oder wollte, er war nicht sicher. Aber sie hatte schnell den Blick abgewandt und begann, den Tisch abzuwischen. Nachdem sie die Mädchen bekommen hatte, wurde sie regelrecht besessen von der Furcht vor Keimen.

Seit ihrer Geburt hatte sie sich verändert, sie war noch blasser, noch dünner als vorher, als hätten sie ihr etwas von ihrer Lebenskraft genommen. Sie war unaufhörlich, angestrengt beschäftigt mit ihnen, und nur mit ihnen. Er wusste, es ging alles auf diese eine Nacht zurück. Es hatte sie in den Wahnsinn getrieben.

Es war Ben, der seine Frau im Strandhäuschen fand, auf dem Bett zusammengekauert, scheinbar schlafend wie ein Kind. Sie stellten alle die gleichen Fragen: Wie war sie an das Antiemetikum und das Pentobarbital gekommen, und warum hatte sie so etwas getan? Aber es war leicht für sie, es zu bekommen, in ihrem Beruf, und er wusste, warum, tatsächlich war Tony als Einziger nicht überrascht. Er verstand Madeleine besser als irgendjemand der anderen. Besser als ihre älteste Freundin, besser als ihr Mann. Sie war verloren.

Tonys Lider waren schwer, er zog die Decke über sich, als der diabolische Schmerz an seiner Seite hinunterschoss. Durch die offene Tür hörte er Althea in der Küche etwas summen. Sie war nie in der Küche, außer wegen einer Instantsuppe oder um Kaffee zu machen. Sie summte auch nie. Im Haus herrschte jetzt Ruhe, einst war es voller Leben, Kinder, Karrieren, Besucher und Freunde gewesen.

»Tony? *Tony!*«

Er musste geschlafen haben, als sie ankam, denn plötzlich öffnete Tony die Augen, und da stand seine Tochter vor ihm. Er konnte sich nicht erinnern, ob sie schon da gewesen war – nein, dachte er.

»H…hallo, Liebling«, sagte er behutsam. »Es ist schön, dich zu sehen.«

Cord nickte. »Hi.« Ihre Hände steckten tief in einem langen, dunkelblauen Mantel, ihre Nase war gerötet von der Frühjahrskälte, sie hatte im Winter immer eine rote Nase gehabt, erinnerte er sich plötzlich. In all seinen Erinnerungen ging es jetzt um den Sommer. Ihr dunkles Haar fiel lockig um ihr herzförmiges Gesicht. Liebe und Stolz auf sie zogen schmerzhaft in Tonys Brust. Ihm wurde übel; er war nicht mehr an Gesellschaft gewöhnt. Plötzlich hatte er den heftigen Wunsch, sie möge einfach gehen, es war zu viel.

Althea stand hinter ihm.

»Schatz, möchtest du eine Tasse Kaffee?«

»Nein danke, Mumma.«

»Etwas anderes zu trinken, etwas Stärkeres? Ich denke, wir könnten ein Gläschen Gin trinken, wenn wir welchen haben …« Althea warf einen Blick auf ihre Uhr.

»Nein. Nichts, danke.« Cord setzte sich halb auf den Rand des Tisches und räusperte sich. »Ich kann nicht bleiben. Heute Abend habe ich ein Konzert. Der *Messias.*«

»Ich weiß, dass mein Erlöser lebt«, sagte Tony angestrengt, und die sich aufschwingenden Anfangsakkorde der Arie ertönten in seinen Ohren.

»Das ist deine Lieblingsarie, nicht wahr«, sagte Althea heiter, und Cord und Tony nickten beide gleichzeitig, und er wusste, woran sie dachte: die alte Aufnahme der Huddersfield Choral Society, fast total abgenutzt vom vielen Hören jedes Weihnachtsfest im großen, luftigen Wohnzimmer im Obergeschoss. Sie benutzten es jetzt nicht mehr.

»Sie schallt, die Posaun'«, sagte Tony und hob die Hände, um die Trompete nachzuahmen. »Weißt du noch, Cordy?«

Aber seine Tochter schaute weg und sagte dann: »Ich kann nicht bleiben. Wir haben eine Probe in South Ken…«

»Oh.« Althea schaute in den Spiegel. »Ach so. Willst du etwas zu …«

»Mumma, könntest du uns allein lassen, bitte? Ich komme dann und rede später mit dir. Aber da ist etwas, das ich Daddy fragen muss. Und ich habe nicht viel Zeit.« Sie räusperte sich wieder, sie war heiser. Er sah sie aufstehen und ihre Hand auf den Arm ihrer Mutter legen. »Bitte, Mumma.«

Als sie allein waren, schaute Cord ihn nicht an. Sie sagte nur: »Können wir einen Spaziergang machen? Es ist ein schöner Tag. Wir könnten in den Park gehen.«

Zu gehen war inzwischen eine Qual, aber er wollte es ihr nicht abschlagen. Schleppend ging er zur Garderobe und dann die Stufen hinunter, durch den langen Garten und hinaus auf den Weg, der in den Marble Hill Park führte. Sie folgte ihm schweigend.

Es waren gerade Osterferien; Kinder rannten und lärmten auf dem Spielplatz am Ende des Weges, von dem der Blick aufs Wasser ging. Tony betrachtete sie mit Interesse. »Kinder machen so viel mehr Lärm, als man denkt, nicht wahr?«, sagte er. »Ich vergesse das immer. Sie spielen einfach nur, und es klingt wie Zeter und Mordio.« Er warf einen Blick über die angeschwollenen Uferbänke des Flusses dorthin, wo im sanften Sonnenlicht Ham House stand, dessen effektvoll rot-schwarze, massige Form am Rande des Flussufers vor sich hin brütete. »Die Personenfähre geht wieder, schau«, sagte er, nur um die Stille zu füllen. »Und da drüben ist etwas gemacht worden, die Boote aufgeräumt. Der Penner, der da oben gewohnt hat, ja, der ist weg.«

»Wann warst du letztes Mal aus dem Haus, Daddy?«, fragte sie neugierig.

»Oh. Schon eine Weile nicht, ehrlich gesagt. Mir ging's nicht so gut.«

Emotionslos fragte sie: »Was fehlt dir?«

Beiläufig sagte er, denn er wusste, wie er den Köder auswerfen musste: »Man weiß es nicht. An der Seite. Da bekomme ich diese Schmerzen. Sie haben ein CT gemacht. Da ist nichts, aber es setzt mich manchmal außer Gefecht.«

»Aha.« Cord ging weiter auf den Park zu. Er folgte ihr, so schnell er konnte.

»Hast du in letzter Zeit mit deinem Bruder gesprochen?«, sagte er, als sie sich angepasst hatte und neben ihm ging.

»Nein. Nicht, seit er weggegangen ist.«

»Er hat versucht, dich zu erreichen.«

»Na ja, er hätte nicht nach L. A. ziehen sollen.«

»Er ist ganz allein, Cordy.«

»Ich weiß ...« Etwas beengte sie im Rachen. Sie griff sich an den Hals und rieb auf und ab. »Ich weiß das, Daddy.«

Er genoss das fast, zu sehen, wie sie sich vor Verlegenheit ein bisschen wand. Endlich. »Er braucht dich. Du bist die Stärkere von euch beiden. Ich dachte, du hättest ihm anbieten können, ihn zu besuchen, eine Weile dort zu bleiben. Deine Mutter ist einen Monat lang drüben gewesen, aber sie kann nicht ständig dort bleiben, oder?«

»Ich kann sie nicht besuchen«, sagte sie. »Verlang das nicht von mir.«

»Kannst sie nicht besuchen?« Tony schüttelte verwirrt den Kopf. »Das verstehe ich nicht.«

Cord schaute ihn mit leicht zusammengekniffenen Augen an. »Nein? Wirklich nicht?« Und dann machte sie einen Rückzieher. »Jedenfalls kann ich im Moment hier nicht weg.«

»Du könntest, wenn du es wirklich wolltest.«

»Nein, Daddy. Ich muss mich operieren lassen. Nächsten Monat, wenn ich aus den Staaten zurück bin.«

Sorge durchfuhr ihn heiß. »Was? Was – was für eine Operation?«

»Um Knötchen von meinen Stimmlippen zu entfernen. Beziehungsweise – es ist noch nicht sicher. Ich könnte es machen lassen. Wir haben uns noch nicht entschieden. Wegen des Risikos eines bleibenden Schadens, verstehst du.«

»Liebes. Ich bin ... Das ist ja schrecklich.«

»Na ja, vielleicht kommt es nicht dazu. Wir werden nächste Woche sehen, wie groß der Schaden ist. Ich muss einfach vorsichtig sein.« Wieder rieb sie ihren Hals. »Pass auf, Daddy, ich muss heute um vier dort sein ...«

»Ich weiß.« Sie schaute ihn nicht an, aber er nickte, als kenne er ihren Terminkalender, wisse, wie ihr Leben getaktet war, als wäre er kein nahezu Fremder für seine wunderbare, begabte, einsame Tochter. Plötzlich kam ihm in den Sinn, dass er sich nicht einmal ihr Zuhause vorstellen konnte. *Ich bin nie in ihrer Wohnung gewesen. Ich weiß nicht einmal, wo sie wohnt. Meine eigene Tochter.*

»Es ist so ...«, sagte sie, als er sich umdrehte, um sie anzuschauen. »Es ist so, dass ich heute Morgen aufgewacht bin und geweint habe. Und das kommt immer wieder vor.« Sie blickte ihn direkt an. »Jemand hat mir letzte Woche gesagt, dass er mich liebt. Ein netter Mann, ein guter Mann, und ich sagte ihm, er solle gehen, er sei verrückt. Und heute früh wurde mir klar, weißt du, diese Dinge, die sind deinetwegen. Und weil ich morgen fliege, und dann diese OP ... Da wurde mir etwas anderes klar. Dass ich keinen Tag mehr vergehen lassen konnte, ohne dich zu sehen.«

Er streckte die Hand aus. »Oh, Liebling. Du hast mir auch gefehlt.«

Aber Cords Gesichtsausdruck erstarrte. »Du fehlst mir nicht. Ich meine, ich bin gekommen, um dich zu bitten, dass du mir die Wahrheit sagst.« Sie nickte wütend, und dann nahm sie wieder die Hände aus den Taschen und rieb sich mit den Knöcheln über die Wangen. »Bist du der Vater?«

»Der wer?« Einen Moment begriff er tatsächlich nicht.

»Bens Kinder. Also – Madeleines Kinder.«

Tony führte eine Hand an die Stirn, um seine Augen vor dem Licht zu schützen, vor ihrem Blick, als könne er ihr nicht in die Augen schauen. »Wovon redest du da?«, sagte er. »Cordy, bist du verrückt geworden?«

Er blieb so stehen, regungslos. Sie standen einander auf der Kuppe des sanft abfallenden Hügels gegenüber. Nach einem Augenblick ließ Cord die Hände wieder in ihre Manteltaschen gleiten. »Es stimmt also«, sagte sie nach einer kurzen Weile. »Gut. Zumindest weiß ich es. Du kannst es nicht mehr tun, oder?«

»Was tun?«

Sie ignorierte ihn. »Weiß Ben Bescheid?«

»Cord – ich habe keine Ahnung, wovon du sprichst.« Er griff sich an den Rücken, eher um sich zu stützen als aus sonst einem Grund, aber sie nickte nur. Ihr Gesicht war jetzt sehr weiß, der wütende Blick ihrer grauen Augen vollkommen unbewegt, und Tony, hektisch blinzelnd, war in Panik. »Was, um Himmels willen, meinst du?«

»Ich hab dich gesehen, Daddy. Ich hab dich mit ihr gesehen.«

»Cordy, Liebling ...«

»Es wird noch viel schlimmer, wenn du lügst, Daddy. Lass das.« Sie sagte es ganz sanft. »Hör auf zu lügen. Als Kinder haben wir dich mit Belinda Beauchamp gesehen. Das war unsere Kindheit, Daddy. Ich habe dich einmal zusammen mit Helen O'Malley gesehen, als wir ins Theater gekommen sind, aber ich habe es nicht begriffen. Und dann der Abend vor den Proms, als ich ... als Mads und Ben und Hamish und ich feierten ... Ich hab dich in einem Pub mit irgendeinem Mädchen gesehen, und deine Hand war unter ihrem Rock, und du hast sie vollgesabbert, und sie starrte in die Luft, als wünschte sie, es wäre vorbei.« Tony runzelte die Stirn, versuchte sich zu erinnern ... »Ich bin mit dir als Vater aufgewachsen. Ich weiß, wie du bist. Man sagt, man muss es akzeptieren oder verrückt werden. Das hab ich getan. Ich habe alles andere nicht an mich herangelassen.« Der Wind wehte ihr das Haar ins Gesicht, sie wischte es weg. »Ich habe das vergessen, was ich gesehen hatte, und wie es ist, zu dieser Familie zu gehören, und habe mich allein auf das Singen konzentriert. Nur auf meine Stimme und mich selbst. Weil es so leichter ist, viel leichter.«

»Helen, ich verstehe nicht, ehrlich ...«

»Cordelia«, sagte sie und legte ihre Hand mit einer schrecklichen Sanftmut auf seinen Arm. »Mein Name ist Cordelia, Daddy. Es ist eben … Einerseits überall in der Stadt herumzuhuren und doch ein guter Vater zu sein, denn, ach, Daddy, das warst du!«

Sie hielt inne, biss sich auf die Lippe und schaute ihn starr an, ihr Gesicht war leichenblass, ihre Lippen rot von Blut.

»Da ist all das und mehr, und dann, dann, dass du mit der Frau deines Sohnes geschlafen hast. Der besten Freundin deiner Tochter. Deiner Schwiegertochter! Hast sie geschwängert. Hast deinen Sohn glauben lassen, diese Kinder seien von ihm. Wo sie doch seine Sch… sch…sch…« Ihre Stimme versagte. »Sie sind seine Schwestern. Sie sind meine Schwestern. Du bist verdorben. Es ist Inzest. Du hast … Es ist Missbrauch, was du mit ihr gemacht hast. Missbrauch. Und ich wünschte, ich wüsste es nicht, aber ich weiß es … Und ich wache jeden Morgen davon auf.« Tränen rannen über ihr blasses Gesicht. »Jeden Morgen ist es, als hätte ich es vergessen, und dann erinnere ich mich, und es, es bringt mich um. Es hat sie umgebracht, ich weiß es. Und ich hab es ihr angetan. Manchmal kann ich an gar nichts anderes denken. Nur an dich denke ich. Wie du das hast tun können.«

»Sie sind nicht seine Schwestern«, sagte Tony mit heiserer Stimme. »Ich versichere es dir, Liebling. Ich versichere es dir eindeutig. Ich schwöre es.«

Mit einem wütenden Fauchen stampfte sie mit dem Fuß auf. »Warum? Warum bist du so?«

»Ich schwöre dir, Cord. Cord! Sie sind nicht Bens Schwestern. Du musst mir glauben, Cordy, Liebling.« Seine Stimme brach – wie konnte er sie dazu bringen, zu verstehen? Sollte er es überhaupt versuchen, verdammt? »Hör zu, Mads war gebrochen, glaub mir. Sie hätte sich irgendwann sowieso umgebracht, glaube ich. Ehrlich.«

»Und damit ist es dann in Ordnung, was? Es ist egal, ob du derjenige warst, der sie zerstört hat, es wäre sowieso passiert?«

»Hör mir zu. Ich kannte ihre Familie. Ich weiß, woher sie kam, ich weiß, wie schwer es für sie war …«

»Sie war meine beste Freundin, du gemeiner, perverser Idiot – sie war meine beste Freundin!« Cords Stimme wurde lauter. »Willst du mir vielleicht erzählen, dass du sie besser gekannt hast als ich?«

»Ja!«, schrie er, fast erfreut, dass er wieder etwas fühlte. Er breitete die Arme aus. »Ja, das habe ich, okay? Ich habe sie verstanden. Ich kannte sie, als sie klein war, und habe sie aufwachsen sehen mit euch beiden, und ich sah es ... Manche Menschen kommen unglücklich auf die Welt, Cord, es ist wahr!«

»Niemand hat sie gekannt wie ich«, sagte Cord, und ihre leise Stimme grollte zornig. »Nicht einmal Ben.«

Das hat sie umgebracht, ich bin sicher. Plötzlich spürte Tony die eisige Kälte der Wahrheit. »Was hast du zu ihr gesagt, bevor sie die Überdosis genommen hat?«, fragte er. »Du hast sie doch an dem letzten Abend gesehen, oder? Ich habe euch streiten hören im Strandhäuschen, als ich von meinem Spaziergang zurückkam – ich bin sicher, dass du es warst.«

Cord starrte ihn an. »Wir sind ins Strandhäuschen gegangen. Ich fragte sie wegen dir. Und sie gab es zu. Ich fragte sie, wie sie ... wie du um Himmels willen ... Ich sagte ihr ...« Sie schluchzte und rieb wieder ihren Hals. »Herrgott. Ich sagte ihr, was ich von ihr hielt, was wir alle dachten. Ich brachte sie zum Weinen. Ich habe sie dort zurückgelassen, sie weinte.« Tränen rannen ihr jetzt über die Wangen; er wollte sich ihr nähern, aber sie wehrte seinen Arm ab und stieß ihn so heftig zurück, dass er strauchelte. »Ich hab ihr das angetan, und es war deinetwegen. Nicht ihretwegen, nicht ihretwegen. Du warst älter, du warst wie ein Vater für sie, und du ...« Sie schüttelte den Kopf. »Du hast sie verführt. Du hast sie vergewaltigt. Das ist Vergewaltigung, wenn man jemanden nötigt mit Überredungskunst und Tricks und deinen alten, bewährten Methoden. Ich kenne dich.«

»Nein, das tust du nicht.« Er schwitzte, nahm sein Taschentuch heraus. »Sie war es ... Oh, wir waren es beide ... Ich – Wie kann ich dir das erklären?« Er begann zu husten. »Können wir uns setzen? Ich fühle mich nicht wohl, Cord.«

»Warum bist du so?«, sagte sie wieder. »Ich versteh das nicht. Was ist mit dir geschehen, das dich so hat werden lassen? Dass du nicht sehen kannst, was so offensichtlich falsch ist, Daddy – wie hast du das nicht sehen können?«

Schwarzes Sonnenlicht verdüsterte seine Sicht. »Hör mir zu, so war es nicht, verstehst du?« Er streckte die Hand aus. »Lass uns einen Sitzplatz finden. Lass es mich doch nur erklären. Ich wollte ja immer nur, dass ihr, ihr alle eine richtige Familie habt. Wollte euch ein schönes Leben schenken.«

Er verstummte. Sie lachte, als sei es wirklich lustig.

»Du kannst nicht mehr schauspielern, oder? Diese Kritiken zum *Hamlet*. Ich habe allen gesagt, wie ungerechtfertigt sie alle seien, aber sie hatten recht. Es ist wie ein Tier im Zirkus, das weiß, auf welcher Bahn im Sägemehl es im Takt zur Musik herumlaufen muss, sich aber nicht erinnern kann, warum es dort ist.«

»Das ist schrecklich, so etwas zu sagen.«

»Du bist ein Witz.« Sie spuckte ihm die Worte entgegen. »Und es wäre ja egal, wenn du nicht ein so schlechter Witz wärst. Und du verstehst nicht, wie ernst es ist. Was du getan hast. Wie glücklich wir gewesen sind ...«

»Doch, ich verstehe es«, rief Tony. »Ich wollte, dass das Bosky ein goldener Ort sein sollte, wie es für mich war, nur wollte ich, dass ihr euch alle sicher fühlt und geborgen und geliebt und dass ihr nie verlassen würdet, nicht so wie ich. Ich wusste, wenn ich euch all das, diese Kindheit geben könnte, dass euch nichts würde etwas anhaben können, was immer geschehen mochte. D...du und Ben und Mads auch, ja, Mads auch, selbst wenn du mir nicht glaubst. Das wollte sie auch ...« Aber sie lachte wieder, so laut, dass er nicht einmal sich selbst hören konnte. Er klatschte in die Hände und wünschte, dass der Schmerz in seinem Kopf aufhören würde, er hielt ihn davon ab, klar zu sehen. Er klatschte und klatschte immer weiter. Ein Mann mit einem Hund in hundert Meter Entfernung starrte ihn an. Ein Paar auf der Hügelkuppe schaute zu ihnen herüber.

»Jetzt hast du ein Publikum«, sagte Cord mit heruntergezogenen

Mundwinkeln, denn sie strengte sich an, das Weinen zurückzuhalten. »Genau das willst du doch, Daddy? Leute, die dir zuschauen. Du hast das Haus zu einer kleinen Bühne für dich und deine Intrigen gemacht, und wir waren das Publikum für dich. Und dabei war nichts echt.« Ihre Stimme war heiser. »Nichts davon!«

Tony bekam mühsam heraus: »Für mich war es echt. Immer.«

»Nein! Früher glaubte ich das. Aber du hast es verloren, Daddy – ich weiß nicht, was es war, das du hattest, aber du hast es verloren. Und ich will einfach wissen, was hat dich dazu gemacht? Was war es? War es der Krieg? Du sprichst nie darüber. War es Tante Dinah? Hör mir zu.« Er schüttelte den Kopf, und plötzlich schrie sie wieder. »Hör zu! Ich sage, du sollst mir zuhören! Was hat dich so gemacht? *Warum bist du so?*«

Er hörte einen Hund, der in der Ferne bellte. Tony schaute sich nach ihm um, panisch. Schwarze Schatten tanzten vor seinen Augen. Er glotzte geradeaus.

»Wo bist du?«

»Ich gehe«, sagte sie plötzlich und richtete sich auf. Sie wurde mit jeder Sekunde leiser, und er streckte die Hand nach ihr aus.

»Ich kann dich nicht sehen.«

Aber sie war schon dabei wegzugehen. »Ich kann das nicht. Es tut mir leid. Wenn du mir nichts sagst und es nicht einmal zugibst, dich nicht entschuldigst, kann ich nicht bleiben. Ich muss gehen.«

»Nein«, rief Tony hinter ihr her, aber seine Stimme war schwach. Seine Beine fühlten sich an, als wären sie aus Pudding. »Geh nicht, Cordelia … Komm zurück hierher. Hierher.«

Jetzt konnte er den Hund sehen, ein schwarzer, ein Labrador vielleicht – war der echt? Konnte er ihn wirklich sehen? Cord war jetzt weiter weg von ihm, zehn Meter oder so.

»Wenn sie nur zurückkommen würde, wenn sie mir nur gesagt hätte, warum, wenn sie nur einmal zurückkommen würde, Cordy …« Tony sank auf die Knie, es war ihm jetzt egal, er wollte nur, dass der wilde, quälende Schmerz aufhörte, der in seine Seite stach. »Sie hat mich gerettet, und ich liebte sie so sehr, und sie ging fort.« In seinem Mund war etwas Saures. Er öffnete den Mund und ließ es ins Gras fallen, und er sah, es war rot, ein leuchtendes, gefährliches, glänzendes Rot.

»Daddy …« Cord war zurückgekommen, sie hatte ihn am Arm gefasst. Sie sank zu Boden neben ihm und strich seine spärlichen Haare auf dem Kopf zurück. »Oh, Mist. Mist … Pass auf, ich lauf nach Haus und rufe einen Krankenwagen. Hallo«, rief sie in die kalte Luft hinaus. »Hallo! Wir brauchen Hilfe. Meinem Vater geht es nicht gut. *Hilfe!*«

Ihr Arm war unter seinem Rücken, und er stützte sich auf ihre Knie. Diese Stellung war merkwürdig tröstlich; er hatte das oft genug auf der Bühne gemacht, so zu sterben.

Ich bin Anthony, ich bin wieder auf der Bühne, dachte er und musste lächeln.

Eros, entwaffne mich; des langen Tages Arbeit ist getan, ich geh zur Ruh.

Cord rief immer noch, und er hörte ihre Stimme rau werden. »He! Sie! Sie da! Ja!! Vielen Dank, bitte, beeilen Sie sich. *Bitte …*«

Ihre Stimme verstummte. Tony schloss die Augen und hörte wieder die Flugzeuge, sah das Klebeband an den Fenstern, das Blümchenmuster auf Julias Kleid, roch Daphnes Parfüm. Dann sah er Tante Dinahs Gesicht über sich, das ihn im Krankenhausbett forschend anblickte, zum ersten Mal seit Jahren.

»Da bist du ja, lieber Ant«, sagte sie. Ihr Haar war noch genau so, ihr Gesicht, das kleine Muttermal über ihrer Lippe, ihre leuchtend grünen Augen, ihre Schönheit, der ganz schwache Duft nach Sandelholz, nach etwas Exotischem. »Aha! Da bist du ja endlich. Ich bin gekommen, um dich abzuholen. Ich bin gekommen, um dich nach Hause zu bringen.«

Und so war es. Er schloss die Augen, während seine Tochter etwas rief, aber er konnte nicht mehr hören, was sie sagte. Er hörte sie singen, ihre Stimme von damals, vor langer Zeit, die trällernde Reinheit der uralten Akkordfolgen:

»Ich weiß, dass mein Erlöser lebet
Und dass er erscheint am letzten Tage dieser Erd' ...«

Die Dunkelheit umfing ihn wieder, so wie sie es getan hatte, als er noch ein Kind war, als sich nach dem großen Gedröhn und Schmerz weich der Staub auf ihn legte. Dann war es still, keine Stimmen mehr. Nur ganz still.

KAPITEL DREIUNDDREIßIG

Dorset 1943

Eine Weile ging alles weiter wie normal, aber es war nicht normal, das wusste er. Immer wieder passierten seltsame Dinge. Sweep verschwand und wurde nie wieder gesehen. An einem Tag war sie noch da, schnurrte auf dem Fensterplatz zufrieden zu einem Ball zusammengerollt, am nächsten war sie fort, und keine Spur wurde je von ihr entdeckt. Das Wetter war merkwürdig, schneidend, kühl, unvorhersehbar. Dinah bekam plötzlich einen fieberhaften Putzanfall, räumte überall die Kartons weg und spendete die Hälfte der Dinge für den Gemeindebasar. Sie hatte auch ihr Rad repariert, am nächsten Tag wollten sie ihre Lieblingsfahrt zum St. Aldhelm's Head machen. In der folgenden Woche sollte sie nach London fahren. Ant wollte nicht, dass sie reiste, obwohl der Blitzkrieg vorbei war. Dieser Tage hatte er Angst um sie, denn sie schien schwach und zerbrechlich. Sie, die eine Wette gewonnen und damit einen Platz auf dem letzten Schiff aus Basra ergattert hatte, die Wüstenstürme und giftige Schlangen überlebt, ihn gerettet und von London weggebracht hatte.

Am Anfang der Ferien war Ant mit dem Fahrrad nach Swanage gefahren und hatte an der Station Road eine Apotheke gefunden, wo er Kondome kaufen konnte. Je nach ihren Plänen für den Tag traf er sich mit Julia am Strand, entweder am späten Nachmittag oder abends nach dem Essen, wenn es ihr gelang, sich davonzuschleichen. Und sie wanderten zusammen umher, bis sie eine absolut abgeschiedene Stelle fanden, fern von den Drachenzähnen und dem Stacheldraht.

Obwohl er später unaufhörlich danach suchte, sollte Tony nie die Ekstase und Freude dieser Abende mit Julia wiederfinden. Er kannte schließlich ihren Körper besser als seinen eigenen, die Falte zwischen der Leistenbeuge und ihrem Bein, ihre runden Brüste, die Sommersprossen auf ihren Unterarmen und im Gesicht, ihren langen Hals mit den Muttermalen am Schlüsselbein, ihre grünen Augen und die Art und Weise, wie sie reagierte, wenn er sie streichelte und sich in sie hineinschob.

Er sollte später dynamischeren Sex haben, anrüchigeren, aufregenderen, intensiveren, aber nie wieder sollte er die gleiche Übereinstimmung finden noch den genießerischen und gleichzeitig völlig harmlosen Nervenkitzel. In seinem späteren Leben versuchte er ständig, ihn wiederzuerwecken, in Theatergarderoben, Einzimmerwohnungen und Hotelzimmern.

»Schau mal«, sagte Ant zu Julia eines Abends, als er in ihrer Armbeuge ruhte, wobei der weiche Sand sich unter seinen Schulterblättern kalt anfühlte. »Da oben.«

Sie streichelte sein Haar, sein Ohr. »Was ist das?«

»Die Milchstraße. Man kann sie gut sehen. Wegen der Verdunkelung; Dinah sagt, da kann man die Sterne viel besser sehen.«

»Sie sagt so allerhand.« Sie rutschte weiter nach unten und näher an ihn heran. »Es ist kälter heute Abend, meinst du nicht?«

»Es ist August. Die sind immer ein bisschen kälter, als man sich vorstellt, die Augustnächte. Ich erinnere mich an meinen ersten Sommer hier, wie kalt es war ... Da, zieh doch dein Kleid an.«

»Wie puritanisch du bist.« Aber sie zog sich das Kleid über den Kopf. »Wir sollten bald zurückgehen.«

»Wo, meint er, dass du heute Abend bist?«

»Ach, das Gleiche wie immer, dass ich bei dir im Bosky bin, dass wir gemeinsam Shakespeare lesen ... Ich lüge ihn nicht an, ich bin ja bei dir. Er glaubt, dass das Haus deiner Tante ein Hort des Studierens und ein intellektuelles Zentrum ist, ich bin also aus dem Schneider. Sie würde uns doch nicht verpetzen, oder?«

»Wegen Tante Dinah braucht man sich keine Sorgen zu machen«, sagte Ant niedergeschlagen. »Es ist nur wegen Daphne. Sie kommt anscheinend wieder.«

»Der schreckliche alte Blutegel? Wie lästig. Warum?«

»Sie hat letzte Woche geschrieben, und seitdem ... Ach, ich weiß nicht.« Wie sollte er das ständige Aufräumen erklären, das geheimnisvolle Herumschlurfen, das Öffnen von Schubladen und Wegräumen von Sachen? Er zog sie an sich heran und wünschte, sie könnten immer so zusammen sein, nur sie beide, und dass sie sich nie von ihm trennen werde. »Sie hat Tante D irgendwie in der Hand, ich weiß nur nicht genau, wodurch.«

»Ist es wie mit Lehrerinnen am Internat?« Er schaute verständnislos. »Solche, die zusammenziehen und anfangen, Golf zu spielen – so was?«

»Nein – na ja, sicher bin ich nicht. Daphne nicht, nein.« So viel wusste er zumindest. »Bei Tante D weiß man nie.«

»Ja«, sagte Julia. »Sie ist ein Rätsel. Sie könnte eine verkleidete ägyptische Prinzessin sein, es wäre keine so große Überraschung. Ich wollte früher immer einfach so sein wie sie, in der ersten Zeit, als ihr hier wart«, sagte sie plötzlich.

»Wie Dinah? Wirklich?« Er zweifelte.

Sie kniete neben ihm hin, strich über seine Brust, ließ die Hände über seine nackten Hüften und seinen Hintern gleiten. »Als ich auf Mädchen stand, vor dir. Miss Bright. Toller Sex-Appeal. Und Dinah.«

Ant war entsetzt. »Tante Dinah? Ich glaube wirklich nicht, dass sie Sex-Appeal hat. Ich glaube nicht, dass sie überhaupt jemals daran ... an ... Sex *denkt.*«

Sie zog leicht an seinem Penis, fuhr über seine Schenkel und tätschelte dann seine Wange. »Mein wunderschöner, nackter Dummkopf, wie wenig du begreifst«, sagte sie in dem Tonfall, mit dem sie sich manchmal immer noch gern über ihn lustig machte. »Sie ist verklemmt. Furchtbar verklemmt. Du solltest Freud lesen.«

»Ich wünschte, du würdest nicht immer über Freud reden«, maulte Ant. »Ich will ihn nicht lesen. He, geh doch nicht«, sagte er, als sie ihre Schuhe aufhob.

»Ich muss«, sagte sie, und ihre Hand mit den zerkauten Nägeln warf ihm ein Küsschen zu. »Bleib nicht zu lange hier draußen, nackt und allein. Sonst wirst du verhaftet. Ich würde dich furchtbar vermissen.«

Als sie sich entfernte, hörte er sie pfeifen, und er setzte sich auf. Während er sich anzog, dachte er über Dinah nach und fragte sich, was Daphne dieses Mal wohl wollte, wenn sie aufkreuzte. Julias leises Pfeifen verstummte, und er hörte ihre Schritte wieder zurückkommen. Als er dabei war, seine Turnschuhe anzuziehen, erschien sie mit blassem Gesicht zwischen den Farnbüschen.

»Hallo«, sagte er. »Alles gut?«

»Natürlich«, sagte sie schnell. »Es ist nur ... Oft, wenn ich weggegangen bin oder du gegangen bist, wünschte ich, ich hätte es dir gesagt, aber ich tu's nicht und denke oft, vielleicht gibt es kein nächstes Mal.«

»Was hast du nicht gesagt?«

»Dass ... Na ja.« Sie räusperte sich. »Also, es ist so, dass ich dich liebe.«

»Oh.« Tony stand hastig auf. »Julia ...«

»Lass mich ausreden. Ich will es sagen. Es ist wunderbar, mit dir zusammen zu sein. Ich fühle mich lebendig – eigentlich habe ich mich vorher noch nie so gefühlt. Ja, noch nie. Ich mochte das Theaterspielen, weil es alles dramatischer machte, wenn es trostlos und furchtbar war. Aber jetzt hab ich das mit dir, und plötzlich ist es mir nicht mehr egal, und ich wünschte, alles wäre nicht so dramatisch. Ich habe immer Angst, es ist, als hättest du mich lebendig gemacht. Ich will nicht, dass du von mir weggehst. Ich will nicht, dass wir durch eine Bombe umkommen. Ich will nicht, dass mein Vater es merkt. Ich will nicht aus Versehen ein Kind bekommen.«

Er ergriff ihre Hände. »Ich liebe dich. Wirklich. Ich liebe dich auch.« Er schaute sie an, fühlte, wie schnell das Herz in ihrer Brust schlug, ihr Mund leuchtete rosenrot wie immer, nachdem er sie viel geküsst hatte. Jetzt küsste er sie, zog sie, so nah es ging, zu sich heran und murmelte an ihrem Hals: »Ich will, dass du mich heiratest. Heiratest du mich, wenn wir alt genug sind?«

Sie stieß einen leisen Schrei aus, ein Seufzer entwich ihrer Kehle, als seine Lippen über ihre Haut wanderten.

»Ant ... Tony ... Verstehst du nicht? Ich werde nicht hier sein. Nein. Ich werde weggegangen sein. Ich kann hier nicht bleiben, nicht bei Daddy ... nicht mit Ian.«

»Doch«, sagte er aufbrausend und packte sie an den Schultern. »Du kannst, wenn ich bei dir bin. Du kannst es.«

»Wir sind fünfzehn«, sagte sie, nahm eine seiner Hände, legte sie auf ihre Brust, und er drückte sie, wieder erregt; dann ließ sie seine Hand zur Seite fallen. »Sie lassen Leute in unserem Alter nicht das tun, was wir wollen.«

»Es gibt Jungen, die zwei Jahre älter sind als wir, die sind als Soldaten im Krieg. Es spielt keine Rolle.«

»Doch, Schatz, es spielt eine Rolle. Ich will nicht für immer hierbleiben. Der Krieg wird bald vorbei sein. Ich will leben, will von hier weg, will danach etwas tun, um zu helfen. Du willst zur Schauspielschule gehen, deine Tante wird das Vorsprechen arrangieren ...«

»Das ist alles egal«, sagte er mit heiserer Stimme. »Wir sollten zusammen sein, das ist das Allerwichtigste ...«

»Verdammt«, sagte sie plötzlich. »Hörst du das?«

Über den Sanddünen vernahmen sie, dass leise ihr Name gerufen wurde. *»Julia! Wo bist du?«*

Zusammen rannten sie schnell zurück an den Absperrungen und den Strandhäuschen vorbei. Er versuchte, sie an der Hand zu fassen, aber sie schüttelte seine Finger ab. »Nicht jetzt, Ant, also wirklich.«

Sie gingen am Bosky vorbei auf den Weg zu, wo Alastair Fletcher stand, die Hände in die Hüften gestemmt, und beim Anblick der beiden einen Schritt zurücktrat. »Oh«, sagte er. »Hallo, 'n Abend, Ant.« Er wandte sich an seine Tochter. »Ich hab dich im Bosky gesucht, Julia. Miss Wilde sagte, ihr wärt zusammen spazieren gegangen.«

»Wir sind in den Sanddünen spazieren gegangen«, sagte Ant, und er wusste sofort, wie er es machen musste, dass es leichter wäre, sich hinter der Wahrheit zu verstecken, als zu lügen. »Tut mir leid, wir hätten auf die Zeit achten sollen, aber es ist so ein schöner Abend, wir haben zugeschaut, wie die Sterne rauskamen. Und wir haben geredet.« Er nahm Julias Hand und drückte sie, lächelte sie an. Mit vor Schreck weit aufgerissenen Augen schaute sie von ihm zu ihrem Vater hin.

»Tut mir leid, Daddy«, sagte sie. »Da war nichts.« Aber ihre Stimme klang hölzern, ihre Hände, die vorher voller Leben waren und mit ihm gespielt hatten, hingen schlaff an ihrer Seite, ihre Schultern hatten sich gesenkt, und sie wirkte nicht überzeugend. Tony wusste, dass er die Sache für sie beide herausreißen musste und dass er das konnte.

»Nichts passiert, aber Sie haben sich bestimmt Sorgen gemacht. Tut mir leid, Sir.«

Alastair Fletcher musterte sie beide verbissen. *Bitte, glaub mir,* betete Ant und wünschte sich sehnlichst, es zu schaffen.

»Ah ja«, sagte er schließlich. »Ich nehme an, ihr seid beide vernünftig, oder? Du bist ein guter Junge, Ant. Ja? Ich habe dich immer dafür gehalten.«

»Ja, Sir«, sagte Ant und erschrak plötzlich über sich selbst, über seine Fähigkeit, so leicht lügen zu können.

»Komm rein jetzt, Julia. Los.« Er schubste seine Tochter sanft ins Haus.

»Schlaf gut, Ant«, sagte Julia und tätschelte ihrem Vater die Schulter. »Bis morgen.«

»Gute Nacht«, sagte er, beiden beiläufig winkend, schaute ihr hinterher und sagte unhörbar: *Ich liebe dich.*

Als er zu Hause ankam, war Tante Dinah schon in ihrem Zimmer, und im unteren Stockwerk war es dunkel. »Hallo, Ant«, rief sie aus, als er die Treppe herunterkam.

»Hallo. Ich war spazieren, hoffe, du hast nichts dagegen.«

Ihre Stimme klang gedämpft. »Sehr gut. Ich freu mich auf unsere Fahrt morgen.«

»Welche Fahrt?«

»Mit den Rädern nach St. Aldhelm's«, sagte sie. »Weißt du nicht mehr? Wir haben das doch schon vor Wochen ausgemacht. Wenn du nicht willst …«

»Doch, auf jeden Fall, natürlich«, rief er und war froh, allein zu sein in der Dunkelheit, sodass niemand sein hochrotes Gesicht und seine feuchten Hände sehen konnte.

Er träumte von blühender Kamille, von Kompassen und Pusteblumen und davon, dass Julias Schuhe riesengroß wurden und so laut auf dem Strand den Weg entlangtrampelten, dass er sie bitten musste, auf Zehenspitzen zu gehen, und als er aufwachte, schien die Sonne nicht in dünnen Strahlen durch die Löcher in der Verdunkelung. Ant schaute auf seine Uhr. Es war zehn. Er konnte sich nicht daran erinnern, wann er zum letzten Mal so lange geschlafen hatte. Das Leben bei Dinah und dann das Internat hatten seine innere Uhr umgestellt, und er war gewöhnlich schon Stunden früher auf.

Er wusch sich das Gesicht und rasierte sich vorsichtig, denn er war noch nicht so vertraut mit dem Rasierapparat, zog sich dann an und summte dabei vor sich hin, obwohl er gar nicht genau wusste, warum er so glücklich war.

»Dinah?«, sagte er, als er die Küche betrat, aber da war keine Spur von ihr, und dann hörte er ihre Stimme auf der Veranda und trat erleichtert hinaus.

»Da bist du!«, rief er. »Ich bin so spät dran, ich weiß, ich hab wahrscheinlich das Frühstück verpasst, aber willst du … Oh, guten Tag.«

Dort neben Dinah saß Daphne, wie aus dem Ei gepellt und cool wie immer in einem blaugrünen Seidenkleid, einen mottenzerfressenen Fuchspelz um die Schultern geschlungen, rauchte eine Zigarette und hatte das Kinn in die Hand gestützt. Ihr anderer Arm lag ausgestreckt auf der Rückenlehne des Korbsofas, als wäre sie schon immer da gewesen. Der Fuchs starrte Ant unverwandt an, Daphne winkte ihm neckisch mit den Fingern zu und klopfte dann einladend auf das Sofakissen.

»Komm her, setz dich, lieber Ant«, sagte sie. »Wie schön, dich zu sehen. Du hast wohl gut geschlafen, was?«

»Ich bin 'n bisschen spät dran, ja«, sagte er und rieb sich das Kinn. »Hallo, Daphne.« Er beugte sich hinunter, um sie mit Küsschen zu begrüßen, und spürte die spitzen Knochen ihrer Wange und die faltige Narbe, die an seine Haut streifte. Dinah hatte das verschuldet. Dinah hatte etwas auf einen Glastisch fallen lassen, hatte sie verletzt ...

Plötzlich langte sie hoch und strich über seine Wange. Er fuhr zurück, als hätte sie ihn gestochen.

»Ich sehe, du rasierst dich jetzt«, sagte Daphne, nahm ihre Hand weg und lehnte sich wieder zurück. »Ganz schön erwachsen, oder, Dinah?«

»Absolut«, sagte Dinah. Ant blickte seine Tante an und wartete auf eine Reaktion, auf irgendein Zeichen, das er interpretieren könnte. Aber ihr Gesicht war regungslos, die grünen Augen auf etwas in der Ferne gerichtet.

Warum ist sie hier?, hätte er am liebsten gerufen. *Warum hast du sie zurückkommen lassen*?

Aber sie vermied seinen Blick und stand auf. »Die arme Daphne ist den ganzen Weg von London hergekommen. Sie hat einen Typen gebeten, sie vom Museum mitzunehmen, aber er hat sie in Corfe abgesetzt, und sie musste von dort zu Fuß gehen.« Sie drückte Ants Schulter. »Wir werden die Radtour später machen«, sagte sie fröhlich. »Ich ... Ach ja – ich geh rein und hole Tee. Ant, Lieber, erzähl doch Daphne, wie du in der Schule vorankommst.«

»Oh, *bitte*«, sagte Daphne und drückte ihre Zigarette aus, während Dinah nach drinnen verschwand. »Erzähl mir alles. Französisch? Biologie? Alles, was ein junger Mann wissen muss – alles da und fehlerfrei?«

Sie war schicker denn je, ihr weißblonder Pagenkopf war gut geschnitten und schimmerte, ihre Fingernägel waren perfekte, glänzende, korallenrote Ovale. Sie sah nicht wie jemand aus, der fünf Meilen über Grabhügel und staubige Wege gelaufen war. *Ich glaube ihr kein*

Wort. Nichts an ihr stimmt. Sie lächelte ihm zu. Die Lücke zwischen ihren Zähnen war wie ein zusätzliches Auge, das ihn beobachtete.

»Es ist in Ordnung«, sagte Tony. »Ich habe nicht viel an die Schule gedacht, seit ich zurück bin.«

»Oh, es muss doch ein paar lustige Streiche geben, von denen du mir erzählen kannst, Tony.« Ihr Blick musterte ihn prüfend.

Er überlegte kurz, ob er ihr erzählen sollte von den Prügeleien, von den größeren Jungen und dem, was sie mit den kleineren Jungen machten, wie sich das Eiswasser in den Sitzbädern anfühlte, vom schneidenden Schmerz an Händen und Füßen wegen der Frostbeulen, dem Schluchzen in der Nacht ... Von der Dunkelheit, die so schlimm war wie damals in der ersten Zeit bei Tante Dinah, und dass er im Internat nie jemandem davon erzählen konnte. Er hatte Dinah nichts davon erzählt, denn er wusste, es war sinnlos. Sie würde nicht zuhören. So hatte er sich eben daran gewöhnt, es abzutrennen, dieses Unglücklichsein. Daphne würde er *ganz bestimmt* nicht davon erzählen. Ant lächelte sie wieder an.

»Wie du mich immer anschaust«, sagte sie und entfernte einen Tabakkrümel von ihren Zähnen. »Als hätte ich zwei Köpfe.«

»Nein«, sagte Ant. »Du siehst anders aus, aber ich kann nicht genau sagen, wieso, verzeih mir.«

»Komm her.« Daphne lockte ihn mit einem Finger näher heran, und als er nur ein paar Zentimeter entfernt war, sagte sie noch einmal: »Komm her, ich sag dir was. Komm näher. Hierher ...«

Er kam, so nah er konnte. Die frische Morgenluft kribbelte auf seiner Haut, kitzelte ihn lustvoll. Er sah die goldenen Härchen auf ihrer Wange, roch das honigsüße, würzige Parfüm, das sie immer trug. Ihre Seidenbluse war aus dickem, schwerem Stoff, er schielte nach unten und sah den Spitzenbesatz an ihrem Büstenhalter und die pralle Rundung ihrer Brust ...

»Ja ...?«, sagte er höflich. »Was gibt's?«

»Ein Geheimnis, ein Geheimnis, das du bald herausfinden wirst«, sagte Daphne leise und deutlich in sein Ohr, und sie lachte entzückt;

er wich zurück und bemühte sich, seinen Abscheu nicht zu zeigen, und auch nicht seine Scham, denn er war von ihr erregt.

Möwen kreischten triumphierend am Himmel. Ant saß auf dem Stuhl so weit wie möglich von ihr entfernt und schaute aufs Meer hinaus. Er war sowieso schon ungeduldig, es war ein kostbarer Ausflugstag mit seiner Großtante, an dem sie nach St. Aldhelm's hätten radeln und reden und denken wollen, aber jetzt ärgerte es ihn, dass die Zeit verloren ging, in der er mit Julia zusammen sein könnte, sie im Arm halten, ihre grünblauen Augen sehen, die Sommersprossen zählen könnte, von denen täglich mehr auf ihrer Nase erschienen ... Er fühlte sich schwach wie immer beim Gedanken an einen ganzen Tag, den er hinter sich bringen musste, bevor er sie wiedersehen konnte. *Sie liebt mich. Ich liebe sie, und sie liebt mich.*

Also saßen sie schweigend da, bis Dinah mit einem Fuß die Tür aufschob und mit einem Tablett erschien. »Tee! Es gibt Kuchen zum Frühstück, wenn du möchtest, lieber Ant.«

Es war schwacher Tee aus dem Aufguss von gestern und Kuchen, den Mrs Hill erst neulich vorbeigebracht hatte; sie, wie so viele andere, mochte Dinah und ließ ihr kleine, nahrhafte Geschenke zukommen oder Hilfe oder Ermutigung, als wüssten sie, dass sie das brauchte. »Ist das nicht nett!«, sagte Dinah.

»Oh, einfach super«, sagte Daphne, und Ant sah den verächtlichen Blick, den sie Dinah heimlich zuwarf, während sie das Tablett abstellte.

Dinah führte die Unterhaltung an, heiter erzählte sie Daphne von Ant und was sie diesen Sommer gemacht hatten. Tatsächlich war sie lebhafter, als er sie seit langer Zeit gesehen hatte, aufgeweckt und vergnügt. Er bemerkte, dass sie etwas mit ihrem Haar gemacht hatte, vielleicht hatte sie es gewaschen, und es war an der Seite mit Klemmen festgesteckt, statt um das Gesicht herumzuhängen. Und sie hatte ein relativ sauberes, dunkelblaues Baumwollkleid mit tiefer Taille und ihren fliederfarbenen Samtkimono an; fast elegant sah sie aus. Sie erkundigte sich bei Daphne nach dem Museum, nach einem Kollegen, den sie kürzlich in Italien verloren hatten, und nach Daphnes eigener Arbeit. Dagegen sagte Daphne sehr wenig.

»Es ist bemerkenswert, wie sie es bei den Schwierigkeiten des Fundplatzes geschafft haben, den Löwen fortzuschaffen«, sagte Dinah. »Ich würde so gern nach Ägypten zurückkehren, eines Tages. Und nach Syrien, wenn es die Zeit erlaubt. Weißt du, ob und welche Ausgrabungspläne man im Museum in dieser Hinsicht hat?«

Daphne war mit ihrem Streichholzheftchen beschäftigt. Ant fand, dass sie ziemlich ungeduldig aussah. »Sei nicht albern, Dinah. Es gibt im Moment keine Ausgrabungen in Ägypten oder Ur. Überhaupt nichts.«

Dinah sagte ganz ruhig: »Oh, aber die Briten haben doch Bagdad letztes Jahr wieder eingenommen. Dort ist jetzt alles in Ordnung.«

»Wohl kaum!«

»Trotzdem, ich bin sicher, dass ich sie finden werde.« Bei ihrem lässigen Ton wurde Ant von Angst erfasst. »Das bringt mich drauf. Ich muss mich um etwas kümmern.« Sie drehte sich um und schaute an der Verandatür hoch, rührte sich aber nicht, starrte sie nur an.

»Machen wir uns doch nichts vor, Liebe, man wird dich nicht gehen lassen …«, sagte Daphne.

»Was bedeutet das?«, begann Ant zu fragen.

»Und selbst wenn du die Heimat verlassen würdest, du würdest es nie bis in den Irak schaffen, Dinah.« Sie hielt ihre Tasse hoch. »Ach, gib mir doch noch eine Tasse Tee, oder was immer das Zeug ist. Und noch Kuchen.«

»Sie ist nicht dein Dienstmädchen«, sagte Ant wütend und spürte, wie sich in seinem Kopf ein Schalter umlegte. Er schlug mit der flachen Hand gegen die Wand, die Holzbalken des Hauses bebten. »Ehrlich, Dinah, warum, in aller Welt, lässt du sie hier runterkommen und …«

Dinah summte, die Hände ruhten leicht auf den Knien, sie hörte ihn überhaupt nicht.

»Oh, du liebe Zeit, Ant. Lieber, lieber Ant«, sagte Daphne. »Du hast keine Ahnung von der Sache. Von *irgendwas*. Dinah, sieh zu, dass dein Junge ruhig bleibt, ja?«

Dinah sagte immer noch nichts.

Ant schaute sie an. Ihr Blick war gefasst, die Hände zitterten nicht. Aber sie schenkte Daphne nach, summte immer noch leise weiter und reichte ihr noch Kuchen.

Mit ihrer klangvollen Stimme sagte sie: »Wir müssen dran denken, dass Jane Goudge vorbeikommt und die letzten Sachen für den Sommerbasar abholt, Ant. Du sorgst dafür, dass sie weiß, wo die Kartons sind, wenn ich nicht hier bin.«

»Ja«, sagte Ant. »Du hast es mir schon einmal gesagt. Unten in der Diele, Nippes im ersten Karton, Spielsachen im zweiten, Kuriositäten im dritten Karton.«

»Wunderbar. Also, ich geh und ziehe meine anderen Schuhe an, und wir können losfahren und unsere Radtour machen.« Sie streckte die Hand aus, nahm den Engel von seinem Platz über der Tür und betrachtete ihn. Daphne setzte sich ein bisschen aufrechter hin, und Ant meinte, sie sei drauf und dran, nach ihm zu greifen, als erwarte sie, dass Dinah ihn ihr reichen werde.

»Ach, Tante D. Er sieht aus, als hätte er's dort so bequem«, sagte Ant spontan. »Nimm ihn doch nicht ab.«

»Tatsächlich ist der Türsturz ziemlich wackelig«, sagte Dinah und beachtete Daphne gar nicht, die den Engel anstarrte, und Ant hörte, wie sie jäh einatmete, es klang wie ein Zischen. »Und an der Eule ist ein kleiner Splitter abgebrochen, um den man sich kümmern muss, weil er vor zwei Monaten runtergefallen ist, als du in der Schule warst.« Sie drehte sich zu ihm um und sagte leise: »Er gehört dir, Ant, aber ich muss mich um ihn kümmern. Ich habe dir das noch nie gesagt, Ant. Daphne weiß es, er ist ziemlich wertvoll. Und ich würde es *furchtbar* finden, ganz furchtbar, wenn er beschädigt oder nicht geliebt oder nicht geschätzt würde ... Er ist das Herz des Hauses, nicht wahr? Erinnerst du dich nicht?«

Daphne blickte sie mit einem sehr seltsamen Gesichtsausdruck an. Eine Rötung am Halsansatz kroch langsam an ihrem Hals hoch.

»Erinnerst du dich nicht, Ant?«, wiederholte Dinah und hielt ihm den Engel hin, und dann kratzte sie sich an der Nase, strich sich das Haar aus dem Gesicht, und ihre schönen Augen strahlten ihn an. »Ich werde ihn wiederbringen, ich verspreche es. Ich sagte, er würde auf dich aufpassen, nicht wahr?« Ant schwieg. »Hab ich das nicht gesagt?«, fragte Dinah laut, und er schaute in ihre grünen Augen, sah ihre geröteten Wangen. »Das hat er getan, oder? Auf dich aufgepasst und auf mich? Glaubst du mir? Glaubst du, dass ich ihn zurückbringen werde?«

Ant nickte. »Ja«, sagte er lächelnd. »Unbedingt.«

Er beugte sich vor, berührte den Engel, den sie ihm entgegenhielt, und strich über seine nach unten zeigenden Schwingen. Dinah küsste ihn auf die Stirn, ein kurzer Kuss, der ihn nur streifte.

»Das ist gut«, sagte sie, wickelte den Engel in ihr riesiges Liberty-Taschentuch ein und ging wieder hinein. An der Tür hielt sie inne. »Ich zieh nur meine anderen Schuhe an, Ant, und wir – wir können losfahren. Daphne, du wirst vielleicht hierbleiben müssen. Falls Jane kommt wegen den Basarsachen.«

Ihre Hand ruhte leicht auf seiner Schulter und drückte sie kurz. Dann drehte sie sich um und ging hinein. Ein paar Augenblicke später erklang das Programm des BBC Home Service im Radio, mit großer Lautstärke.

»Ein bisschen leiser, bitte, liebste Dinah«, rief Daphne, aber es kam keine Antwort. Sie schaute auf ihre Uhr. »Ich wollte ja richtig mit ihr reden, ihr werdet nicht zu lang weg sein bei dieser Radtour, oder?«

»Ich würde gern heute Nachmittag zurück sein«, sagte Ant im Gedanken an Julia. »Ungefähr zur Teestunde.«

»Hervorragend«, sagte Daphne zufrieden, zog ihre Sonnenbrille heraus und lehnte sich auf dem Sofa zurück. »Ich mache ein Nickerchen. Dieser verfluchte Lärm. Sie ist unmöglich, deine Tante, wird immer schlimmer.«

»Wo wohnst du jetzt in London?«, fragte er plötzlich. »Jetzt, da es Dinahs Wohnung nicht mehr gibt.«

»Ach, mal hier, mal da. Furchtbar lästig. Ständig betteln zu müssen.«

»Ich weiß«, sagte Ant. »Aber ich verstehe nicht, warum du nichts Eigenes hast.«

»Die Wahrheit ist, Ant, dass ich faul bin, und ich gebe Geld aus für Dinge, die ich haben will. Das Leben ist schrecklich. Ich gebe es für schöne Dinge aus und für gutes Essen und hübsche Kleider und Alkohol. Und ich überrede andere Leute, für den Rest zu zahlen. Es ist leicht, wenn man erst mal herausbekommen hat, wie man es machen muss.« Sie schob ihre Sonnenbrille über die Augen. »Das ist jetzt mal die verdammte Wahrheit. Zum Beispiel diese Figur über der Tür. Sie hat mich angelogen, sagte, es wäre billiger Gips. Aber ich werde sie irgendwann kriegen. Ich *verdiene* es, sie zu haben.« Sie lockerte ihr Haar auf, biss ihre scharfen, kleinen Zähne aufeinander und schwieg. Dann sagte sie: »Hör zu, ich bin absolut erschöpft. Macht es dir etwas aus, wenn ich ein Nickerchen mache?«

»Natürlich nicht«, sagte Ant höflich.

Nachdem er ein Weilchen gewartet und auf die Wellen hinausgeschaut hatte, stand er auf und ging mit den Teetassen hinein. Als er die Lautstärke des Radios herunterdrehte, hörte er ein Auto auf dem Weg, eine kreischende Möwe, ein Gespräch in der Ferne. Er dachte an die Fahrt, die er vor sich hatte, an die Zeit mit ihr zusammen, an den endlosen blauen Himmel, das Versprechen von Julias Körper am Abend ... Pfeifend wechselte auch er die Schuhe, ging auf die Toilette und setzte sich dann auf die Treppe; erst als er fünf Minuten gewartet hatte, rief er den Namen seiner Tante, und erst als er keine Antwort bekam, öffnete er die Tür zu ihrem Zimmer.

Keine Spur von ihr. Nicht im Bad oder irgendwo sonst im Haus. Er schaute sogar in dem riesigen Schrank in seinem Zimmer nach, wo, so hatte sie einmal gesagt, man sich einfach verlieren könne. Und die letzten paar Kartons auch ... Wo waren sie? Wo waren all ihre Sachen? Nichts in ihrem Zimmer ... Und als Ant nach der üblen Vorahnung reale Angst zu beschleichen begann, schaute er auf den Weg hinaus, und ihr Wagen war nicht da; nur die Spuren waren zu sehen. Er folgte ihnen zum Beeches, zur Straße, sah die schwachen Bremsspuren, wo sie um die Ecke gefahren war, sonst nichts.

Es gab keinen Zettel, keine Nachricht. Auch von dem Engel keine Spur. Sie war fort, genauso wie sie vor drei Jahren in sein Leben gewirbelt war, wie ein Sandsturm, aus dem Nichts heraufbeschworen.

KAPITEL VIERUNDDREIßIG

Ich habe mit der Schule gesprochen, ob Dinah mit ihnen Kontakt aufgenommen hätte. Nichts«, sagte Reverend Goudge. Ant schloss die Augen und horchte auf das tröstlich paffende Geräusch, als der Reverend an seiner frisch angezündeten Pfeife zog. »Ich will Ihnen reinen Wein einschenken, Miss Hamilton …«

»Nennen Sie mich doch bitte Daphne, Herr Pfarrer. Ich sagte das bereits.«

»Daphne …« *Paff, paff.* »Ja, verstehen Sie, obwohl ich manchmal schon dachte, Dinah sei etwas … Wie sagt man …?«

»Exzentrisch? Unzuverlässig?«

»Wahlweise.« Ant hörte seiner Stimme das Lächeln an. »Aber ich dachte doch, dass sie dem Jungen zugetan war, und ihn einfach so *im Stich zu lassen,* ausgerechnet ihn, ich muss gestehen, da ist man doch ein wenig enttäuscht.«

Eine Pause entstand, wonach Daphnes klare Stimme zu Ant herausdrang, der auf den Verandastufen saß. »Sie brauchen nicht enttäuscht zu sein. Ich kenne sie besser als die meisten. Ich hätte früher eingreifen sollen. Ich kam zu spät an, um das Verhaltensmuster zu unterbrechen, verstehen Sie.«

»Das Verhaltensmuster?«

»Dinah war schon immer so. Lange Zeit läuft alles gut – eventuell jahrelang –, und dann wird sie nach und nach äußerst sonderlich. Sie kann es nicht ertragen, an einen Ort gebunden zu sein. Sie muss frei sein, so sieht sie das, nehme ich an. Ich hatte von ihr gehört, bevor ich sie am British Museum kennenlernte. Drüben in Babylon und Ur nannte man sie die Regenmacherin, einfach weil sie immer die guten Teile fand. Sie hatte diese Gabe, und ich glaube, die anderen Kollegen fanden das äußerst ärgerlich, all diese Arbeit, und dann kam Dinah anmarschiert und las ein Brettspiel auf, das Jahrtausende in der Erde gelegen hatte und mit dem wahrscheinlich irgendein König gespielt hatte, oder die goldene Totenmaske einer Königin oder ein sumerisches Felsbild einer Schlachtszene ... Aber man konnte ihr nicht böse sein, niemand konnte das. Man klopfte ihr auf den Rücken, und sie bekam einen besonderen Stuhl nur für sich, und man begrüßte sie mit Begeisterung, wenn sie ankam, und dann war sie eines Tages einfach verschwunden.«

»Aber wo ging sie hin?«, fragte der Pfarrer.

Daphne zuckte mit den Achseln. »Weiter zur nächsten Ausgrabungsstätte. Ich weiß es nicht. Fragen Sie mich etwas Leichteres. Ich habe sie erst kennengelernt, als sie zurück in London war. Und sie war eine Weile da, dann verschwand sie und tauchte wieder in Ninive auf. Sie hasst es, eingesperrt zu sein.« Sie schaute Ant an. »Am glücklichsten habe ich sie in der Wüste gesehen, als sie auf dem Kamel nach Mossul hoch reiste, einen Schal um den Kopf gewickelt und meilenweit vor sich überhaupt nichts.« Sie zündete sich eine weitere Zigarette an. »Sie machte sich davon oder bekam Schwierigkeiten, wenn sie versuchte, irgendwie zu verduften. Merken Sie sich, was ich sage.«

»Nun«, sagte Mrs Goudge entschieden, »am glücklichsten habe ich sie hier gesehen, bei Anthony, dem sie ein sehr guter Vormund war.«

»Aber Sie haben sie ja nur hier gesehen, liebe Mrs Goudge«, sagte Daphne honigsüß.

»Das ist es ja gerade«, sagte Mrs Goudge ziemlich knapp.

Daphne beachtete sie nicht. »Als ich vor ein paar Tagen ankam, hatte sie schon einen von ihren *Schüben* – so nenne ich das immer.« Sie unterbrach sich. »Der Höhepunkt ist wohl eine Art Nervenzusammenbruch. So geht es schon eine Zeit lang. Ihr Vater hat sich hier erschossen, können Sie sich das vorstellen ... Ich erinnere mich, dass Dinah sagte, ihre Mutter hätte eine Brosche aus dem Familienbesitz verkaufen müssen, um nach dem Begräbnis die Zugfahrt zurück nach

London bezahlen zu können. Sie warteten zwei Tage, nichts zu essen, nichts, bis der Käufer sich für das Stück entschied. Sie war wohl ungefähr zehn.«

Es war früh am Abend. Ein milchiger Mond war aufgegangen, riesig über dem stillen, taubengrauen Meer, und darüber stand ein einzelner Stern, ruhig und regungslos. Ant starrte zu ihm hoch. Er fragte sich, wo Dinahs Teleskop war. All die Dinge, diese losen Fäden, die sie hinterlassen hatte, obwohl es von ihr selbst keine Spur gab. Der Gemeindebasar war ein toller Erfolg gewesen. Die meisten Dinge, die verkauft wurden, waren aus Dinahs gespendetem Besitz gekommen. Der ausgestopfte Affe. Eunice, die Puppe. Alte Marmorwürfel. Leute, die nichts hatten, stellten sich an, um in den Pfarrgarten zu gelangen und dort ein Stück aus Dinah Wildes Habe zu erstehen.

Du fehlst mir, sandte er eine lautlose Botschaft in die Luft.

Die Stimme des Pfarrers verriet ihm, wie verwirrt er war. »Danke, Miss Hamilton. Ich glaube, die erste Überlegung muss sein zu entscheiden, was wir mit Anthony machen, da sie sein gesetzlicher Vormund war und er jetzt keinen mehr hat.«

Mrs Goudge, die ihren Gatten begleitet hatte, meldete sich plötzlich. »Am besten ist er im Internat aufgehoben«, sagte sie bestimmt. »Ich habe von dort einen Antwortbrief bekommen. Miss Wilde hatte die vollen Gebühren für den Rest des bevorstehenden Jahres schon bezahlt. Erstaunlich. Der Unterricht beginnt wieder am Donnerstag, das war doch der Tag, Ambrose? Er kann auf jeden Fall nicht hierbleiben, im Bosky.«

»Es würde mir gefallen, wenn er das täte«, sagte Daphne. »Er hasst das Internat.«

»Sie sind sehr freundlich«, sagte Mrs Goudge. »Aber Miss Wilde bestand darauf. Sie wollte, dass er eine gute Schulbildung bekommt. Ordnung. Nach allem, was war.«

»Vielleicht wusste sie …«, sagte Pfarrer Goudge langsam. »Ach je!«

Sie wusste es, hätte Ant am liebsten geschrien. *Sie wusste, dass sie verschwinden würde, daher die ganze Sache mit dem Internat. Sie hat schon geplant wegzugehen. Sie hat es von dem Moment an geplant, als sie ins Krankenhaus kam. Aber warum hat sie all diese Zeit darauf verwendet, mir Dinge beizubringen und mir zu helfen? Warum hat sie dafür gesorgt, dass ich sie gernhabe?*

Mrs Goudge sagte: »Was soll mit dem Haus geschehen? Man kann es doch nicht einfach *sich selbst überlassen.* Wer weiß, wann sie zurückkommt.«

»Es macht mir nichts aus hierzubleiben«, sagte Daphne, und fast hätte er ihr den zögernden Tonfall geglaubt. »Ich muss an meinem Buch arbeiten, und da ihre alte Wohnung ausgebombt wurde – die ich von ihr gemietet hatte –, habe ich sonst kein Zuhause mehr.« Sie zuckte traurig mit den Schultern. »Wer weiß schließlich, was sie im Sinn hatte? Arme Dinah!«

»Sie hat das Bosky an Anthony weitergegeben«, sagte Mrs Goudge relativ bissig. »Sie werden also ihn fragen müssen.«

Daphne klopfte mit dem Endstück einer Zigarette auf den Tisch. »Entschuldigung. Hat was weitergegeben?«

»Sie hat es ihm überschrieben. Vor einiger Zeit, in diesem Sommer. Sie hat es mir nach dem Gottesdienst erzählt, eine Woche bevor sie wegging. Merkwürdig, dass sie damit extra zu mir kam, und sie hat es einfach aus heiterem Himmel gesagt. Es war, als wollte sie es mir mitteilen.« Sie schaute Daphne mit schmalen Augen an. »Sie wussten das nicht?«

Es folgte eine klitzekleine Pause. »Nein, aber wie wunderschön. Ich bin sehr froh. Nun, ich werde Ant fragen – oder wenn das Haus ihm gehört, hat er vielleicht eigene Ideen. Arme Dinah, es ist nicht leicht zu wissen, was sie gewollt hätte …«

»Du weißt es«, sagte Ant und hob die Stimme. »Du weißt, warum sie weggegangen ist. Lüg nicht, sag nur ein Mal die Wahrheit …«

Daphne legte ihre Hand aufs Herz, ihre blauen Augen waren weit aufgerissen. »Ant, das ist ja schrecklich, natürlich weiß ich nicht …«

Ant konnte es nicht mehr ertragen. Er stand auf, nickte dem Pfarrer zu und lief durch das halb abgeblühte Greiskraut und die Wicken auf den Weg zum Bill's Point. Sein Herzschlag dröhnte dumpf in den Ohren. Er kam an neu gebauten Unterständen und zwei Soldaten vorbei, die am Strand entlangschlenderten. Er hatte amerikanische Soldaten gesehen, als er und Julia einen Tag in Bournemouth verbracht hatten.

Sie wartete – sie wartete immer auf ihn, war immer da.

»Hallo«, sagte Julia und zog ihn herunter, sodass er rücklings auf der Decke lag, die sie ausgebreitet hatte. Sie rutschte auf sein Bein und begann, ihm das Hemd auszuziehen. Er hob sein Knie, sodass sie sich auf und ab bewegte, als reite sie ein Pferd, sie glitt lachend zur Seite, und er fing sie auf. »Ich habe ein paar Fledermäuse herumflitzen sehen. Schön.«

»Sch!«, sagte er und fing an, ihre Bluse aufzuknöpfen.

»Wie ist die Lage?«, sagte sie, während sie sich mit ihren Strapsen und ihrem wollenen Unterrock zu schaffen machte.

»Ich will nicht drüber reden, wenn du nichts dagegen hast«, sagte er. »Diese Frau, sie ist ... Sie ist der Teufel selbst. Ich bin sicher, dass sie Dinah irgendwie dazu gebracht hat, wegzugehen, aber ich kann es nicht beweisen. Ich weiß nicht, warum ...« Er bog den Kopf zurück und küsste sie auf den Hals. »Bitte, lass uns jetzt nicht reden.«

Sie nickte, lächelte und schlüpfte aus ihrem Rock, unverwandt betrachteten sie dabei einander. Sie half ihm mit dem Kondom und zog ihre Bluse aus, jetzt waren sie beide nackt und schmiegten sich aneinander. Zum ersten Mal seit Dinahs Verschwinden fühlte sich Ant frei, sein Kopf war klar, seine Kleider abgestreift. Er legte die Hände auf ihre Hüften und ließ sie auf und ab gleiten, sie stieß gegen ihn und lächelte auf ihn hinunter.

»O ja ...«, sagte sie, »Oh, Ant, kannst du ein bisschen tiefer ..., damit ich ... He! *Hey! Hey du!* Wer ist da?«

Sie sprang auf und von ihm weg, sie hörten etwas durch das Schilf huschen. Julia streifte die Bluse über, zog ihren Rock an und rannte hinterher. Ant, dessen Erektion zusammenschmolz wie Schnee im Juli, fuhr in seine Hose.

Als er sie am Ende des Weges einholte, der einerseits zum Strand hinunter und andererseits zu den Klippen führte, sahen sie eine einzelne Gestalt in unauffälligen Farben weglaufen.

»Ich wette, das ist ein Soldat«, sagte er und schob sie hinter sich. »Ich hab zwei auf dem Weg hierher gesehen.«

»Würg!«, sagte Julia und machte ihre Bluse zu. Sie keuchte. »Ach du meine Güte. Dreckige Mistkerle. Einer von ihnen hat neulich an der Bushaltestelle versucht, Phoebe zu küssen, hast du das gewusst?«

»Amerikaner?«

»Einer von den unseren. Da laufen Hunderte von ihnen rum.«

Sie gingen zu der Decke zurück. Geschlagen ließ sich Julia wieder hinplumpsen und verschränkte die Arme hinterm Kopf. »Was ist das für ein Stern?«

»Was?« Er hatte nur halb hingehört.

»Dort. Ein Stern, am Himmel. Du kennst doch alle Sterne.«

»Den kenne ich nicht.« Er setzte sich neben sie.

»Schau ihn dir richtig an.«

Er schüttelte den Kopf, sie rutschte langsam etwas näher an ihn heran und schob ihren Kopf auf seinen Schoß. Er streichelte über ihr Haar und blickte auf ihr liebes rundes Gesicht. Umgedreht war es kaum zu erkennen, nur einzelne Gesichtszüge.

»Ich bin sicher, dass sie zurückkommt«, sagte sie nach einer Weile, tastete nach seiner Hand und drückte sie.

»Sie hat den Engel mitgenommen«, sagte Ant. »Ich glaube nicht, dass sie wiederkommt. Ich glaube, sie musste verschwinden.«

»Warum?«

Er zuckte mit den Schultern und schaute zu dem einsamen Stern hoch. »Er funkelt nicht. Es muss ein Planet sein. Es ist Venus. Dinah wüsste es.« Er schwieg, Julia auch, und er hatte sich ihr nie näher gefühlt als in dem Augenblick. Ihre Freundlichkeit, ihre Ruhelosigkeit, ihre Erregbarkeit – das alles stand still, wenn sie das wollte. »Ich glaube, sie ist nach Bagdad zurückgekehrt«, sagte er schließlich.

»Sei doch nicht albern – wie würde sie da hinkommen?«

Er zuckte mit der Achsel. »Sie ist Dinah. Sie würde eine Möglichkeit finden. Ein Panzerzug, oder sie würde sich in ein U-Boot schmuggeln, oder sonst etwas. Sie hat eine Wette gewonnen, um hierherzukommen ...« Er verzog das Gesicht. »Vielleicht auch nicht. Vielleicht ist das alles nicht wahr, was sie gesagt hat. Der springende Punkt ist, dass sie nicht zurückkommt. Sie hat mir das Haus überschrieben.«

»Aber *warum?*«, fragte Julia.

»Warum nicht?«

»Ich meine, warum spielt es eine Rolle, ob du das Haus hast oder sie, wenn sie nicht da ist? Sie ist dein Vormund, alles würde sowieso dir gehören. Warum musste es in deinem Besitz sein und nicht ihr gehören? War sie in Schwierigkeiten?«

»Ich weiß nicht. Sie ...« Und Ant rieb sich übers Gesicht und biss sich auf die Lippe, weil er sich anstrengen musste, nicht zu weinen. »Sie fehlt mir«, sagte er schließlich. »Sie hat mich ins Internat geschickt, weil das der Wunsch meines Vaters war, aber sie hatte das Geld nicht, und ich weiß immer noch nicht, woher sie es genommen hat. Ich kann es nicht ertragen, und ich habe nachgedacht, ich weiß, dass sie es auch verabscheut. Aber sie hat es getan, weil sie meint, so ist es am besten, obwohl sie damit unrecht hat. Sie ist zurückgekommen, weil ich jemanden brauchte. Sie ist weggegangen, weil sie meint, so ist es am besten. Und ich kann nicht anders, als zu denken, dass sie mich jetzt braucht, und ich bin nicht bei ihr ...« Sein Gesicht verzog sich, und Julia setzte sich auf und nahm ihn in den Arm.

»Ich weiß«, sagte sie immer wieder. »Ich weiß. Ich weiß.«

»Ich habe ja niemand anderen«, sagte er.

»Du hast mich.« Sie küsste seine nasse Wange. »Ich bin hier. Ich werde immer hier sein. Wir werden an diesen Strand kommen, wenn wir alt sind und du humpelst, und du wirst mich wieder in die Arme nehmen und mich küssen.« Ihre Wangen waren rot, ihre Augen leuchteten, glänzende Scheiben in der Abenddämmerung. »Wir werden den Frieden langweilig finden, stell dir vor. Unsere Kinder werden auf den Drachenzähnen herumklettern, die aber halb im Sand versunken und mit Moos bewachsen sind. Und ich werde überall gewesen sein und werde alles gesehen haben, und du wirst ein berühmter Schauspieler sein …« Sie erhob sich auf die Knie und strich ihm übers Haar. »Nicht jetzt. Noch nicht. Du musst zur Schauspielschule gehen. So gut wie möglich sein. Für sie besonders, aber auch für mich.« Er lachte, und sie auch, aber dann sagte sie ganz ernst: »Wenn du berühmt bist und trittst auf der Bühne auf, dann wird sie dich immer finden können, und wenn du immer wieder zum Bosky zurückkommst, dann wird sie immer wissen, wo sie dich finden kann.«

»Ich liebe dich über alles«, sagte er schlicht.

»Ich auch. Ich weiß.« Und sie nahm seine Hand, legte sie auf ihre Brust, dann küsste sie ihn, setzte sich auf seine übereinandergeschlagenen Beine und wiegte sich ihm entgegen.

»Julia.«

Die Stimme war ganz in der Nähe, kalt, hell, und wieder fuhren sie beide zusammen.

»Du bist es. Komm her.« Ants Herz zog sich zusammen, ihm wurde schlecht. Julia sprang auf, und auch er stand auf, da auf der Lichtung vor ihnen stand Alastair Fletcher, Julias Vater, und ihr Bruder Ian, der höchst selbstzufrieden aussah. Er deutete auf sie.

»Ich hab doch gesagt, dass sie es sind«, rief er, trat dann etwas zurück und verschränkte die Arme.

Und Alastair schaute die beiden nicht einmal an, sondern richtete den Blick aufs Meer hinaus. Leise sagte er: »Julia, nimm deine Schuhe und komm jetzt.«

»Daddy – wir haben nicht …«

Seine Stimme war eisig. »Du kommst jetzt.«

Sie begann, ihre Gasmaske, die Decke, ihren Rock, den sie gerade ausgezogen hatte, aufzusammeln. Aber sie war ungeschickt, und alles fiel herunter, Ant versuchte, ihr zu helfen, und das gebrauchte Kondom mitsamt Verpackung und einer von Ants Schuhen rutschten aus der Decke heraus.

»Einen Moment«, sagte Julia, ganz ruhig, aber ihr Gesicht war blass.

»Ich will – ich muss das alles zusammenpacken, und Daddy, wir haben nichts Schlimmes gemacht.«

»Du bist eine Hure, das weißt du doch, oder«, sagte Alastair im Gesprächston. »Eine Hure ist ein Luder, und das bist du. Da bin ich froh, dass deine Mutter tot ist. Damit sie nicht sehen kann, was für eine Hure sie zur Tochter hat.«

Selbst Ian hörte auf zu grinsen und sah ziemlich fassungslos aus. Julia schlüpfte mit einem Schluchzer in ihre Schuhe. »Daddy, sag das bitte nicht.«

Seine Stimme klang heiser. »Wie konntest du ... Nein, wir reden gar nicht weiter drüber. Du gehst morgen ins Internat zurück, eine Woche früher. Du kommst mir nicht mehr ins Haus. Nicht, bis du verheiratet bist. Und du«, sagte er und wandte sich an Ant. »Ich verstehe, warum Dinah gegangen ist. Du bist pervers und gefährlich, und sie hatte genug davon, Sachen zu verkaufen, die ihr nicht gehörten, es mit dir und deiner Milchbubiangst vor der Dunkelheit und dem Gejammer übers Internat auszuhalten ... Oh, sie hat die ganzen Jahre alles für dich getan, und du hast ihr keine Dankbarkeit gezeigt. Du bist ein Lump, Anthony. Durch und durch schlecht.«

Er packte seine Tochter am Arm und deutete mit der anderen Hand auf Ant. »Du. Bleib da. Warte, bis wir gegangen sind.«

»Sir, bitte, hören Sie doch ...«, setzte Ant an, aber sie schickten sich an zu gehen. Alastair klopfte seiner Tochter auf den Arm und zeigte auf Ant.

»Es ist mir ernst. Ich werde ihr wehtun, wenn du nicht hierbleibst.« Also blieb Ant stehen, fassungslos, als hätte Alastair ihn tatsächlich geschlagen, und schaute ihr nach, als sie ging, und sein Unvermögen, Julia zu helfen, zeichnete ihn für immer.

Während Alastair, Ian und Julia zum Weg zurückgingen, stolperte Julia in ihren Schuhen, die sie nicht zugebunden hatte. Ant sah, wie Ian sie schroff vorwärtsstieß, damit es schneller ging, und sie stolperte erneut. Ihr Vater ging neben seinem Sohn, den Kopf gesenkt, die Hände im abgetragenen Tweedjackett.

Ant sah sie weggehen, und nach ein oder zwei Minuten folgte er ihnen, so leise er konnte. Er beobachtete, wie Julia mit ihnen ins Haus trat, aber sie drehte sich nicht um.

Jetzt war es fast dunkel, und der Mond stand höher. Die Venus leuchtete gleichmäßig, als Ant, müder, als er jemals gewesen zu sein glaubte, die Stufen zur Veranda hochstieg. Der berauschende Duft von Rosmarin lag in der nächtlichen Luft.

Da ist Rosmarin, das ist zum Andenken; ich bitte Euch, liebes Herz, gedenket meiner.

Dinah hatte das am ersten Tag hier gesagt, als er den Engel über dem Türsturz befestigt hatte, und sie hatte ihm erklärt, eines Tages werde er groß sein.

KAPITEL FÜNFUNDDREIẞIG

Er stieß die Tür auf, und da saß Daphne auf dem Fensterplatz, las bei heruntergezogenem Verdunkelungsrollo und rauchte. Ihr weiches Haar schimmerte in dem gedämpften Licht, aber der Rest ihrer Gestalt war im Schatten, und er hatte kurz die fantastische Vorstellung, dass sie wie eine böse Spinne sei, die in der Ecke des Zimmers auf ihn wartete.

»Hallo!«, grüßte er sie. Er glaubte, sie zusammenfahren zu sehen, als sie ihn erblickte.

»Oh, hallo, Ant. Komm doch rein.«

Ant setzte sich schwerfällig an den Küchentisch. Er war sehr müde. Plötzlich fühlte er sich alt, viel älter als fünfzehn, und konnte sich nicht vorstellen, wie es sein musste, wenn man das Alter von siebzig oder achtzig erreichte. Jeden Morgen aufstehen und all das – immer all das ständig mit sich herumtragen, wo doch das einzige Entrinnen darin bestand, wenn er mit Julia zusammen oder auf der Bühne war und so tat, als sei er ein anderer.

Im Schein der Öllampe erschienen Daphnes Gesichtszüge übertrieben: Ihre runden Wangen und die vorstehenden Wangenknochen traten deutlicher hervor denn je. Ihr Schopf blonder Haare sah schmutzig gelb aus. Sie klopfte auf den Platz neben sich. »Komm und setz dich zu mir.«

»Ist schon gut hier«, murmelte er. »Ich geh vielleicht bald zu Bett.«

»Sie haben dich mit Julia erwischt, oder?«, fragte sie fast im Plauderton. »Ich hab den widerlichen kleinen Jungen seinem Vater zurufen hören, nachdem er euch gesehen hatte. Hast du dich schlecht aufgeführt? Hast du sie um Erlaubnis gefragt?«

Er hob den Blick. »Natürlich.«

Daphne lachte. »Ich hab mich das ja nur gefragt. Manche Mädchen mögen das, verstehst du.« Sie stand auf und kam auf ihn zu, sich mit ihren dünnen, weißen Händen auf die Rückenlehne des Stuhls neben ihm stützend. »Sie tun gern so, als wollten sie es nicht, aber in Wirklichkeit wollen sie es schon.« Sie kraulte ihn unterm Kinn mit der Fingerspitze. »Du wirst schon sehen.«

»Ich würde nicht ... So ist es nicht«, sagte Ant hitzig, stand auf und rückte von ihr ab. An den Schläfen saß ein Schmerz, als sei sein Kopf in einen Schraubstock eingespannt. »Ich geh jetzt schlafen, und ich glaube, du solltest ... Wenn ich wieder im Internat bin, solltest du besser gehen. Wenn es dir recht ist«, fügte er matt hinzu.

Sie lachte übermütig. »Wenn es mir recht ist. Sehr höflich, das würde Dinah gefallen.«

»Ich verstehe nicht, warum ihr befreundet wart«, sagte er, und sein Kopf tat ihm jetzt so weh, dass er nicht mehr sicher war, was er sagte und was er sich nur vorstellte, ohne es auszusprechen.

»Nein«, sagte Daphne leichthin, »das kannst du auch nicht. Ich verstand es lange selbst nicht.« Sie drückte ihre Zigarette auf einem Unterteller auf dem Tisch aus. Er gehörte zu dem Service, das Dinahs Vater kaufte, als er das Bosky als grandiose Überraschung für seine Frau und seine Töchter einrichtete. Ant hätte ihr am liebsten auf die Finger geschlagen, die die Zigarette brutal auf das glänzende Porzellan drückten. »Eigentlich hielt ich Dinah früher für eine Lesbe, aber jetzt bin ich nicht mehr so sicher. Ich glaube, diese ganze Seite ging ihr einfach ab. Armes Mädchen.«

»Bitte ...«, sagte Ant und unterdrückte die Versuchung, sich die Ohren zuzuhalten. »Bitte, sprich nicht so über sie.«

»Na klar.« Ihre Blicke schweiften rasch umher im schummerigen Licht. »So unschuldig bist du, was? Bei all dem schmutzigen Zeitvertreib in den Sanddünen. Aber wir hatten schon etwas gemeinsam, weißt du – konnten beide nicht mit Geld umgehen. Und ich mag Geld, Ant, ich liebe es sogar. Es ist schrecklich lästig, keins zu haben, wenn man damit aufgewachsen ist. Der Krieg ist entsetzlich lästig, wenn man will, dass man sich Dinge kaufen und essen kann, was man will, und trinken kann, was man will, und tanzen gehen …«

Ant dachte, jetzt sei sie übergeschnappt. »Aber niemand kann das. Wir sitzen doch alle im gleichen Boot. Komm, Daphne.«

»Aber ich will tun, was mir gefällt, ich muss das.« Die Augen starrten ihn an, sehr groß, blau, vollkommen ausdruckslos. »Und dafür war deine Tante sehr nützlich.«

»Sie ist menschlich, und du bist eine Blutsaugerin«, sagte Ant, und seine Lippen zitterten. Er war so wütend auf sie, so aufgebracht, er hätte ein Loch in die Wand boxen können. »Eine gemeine Blutsaugerin …«

»Ach, das glaubst du wohl? Aber eins weißt du nicht über dein liebstes Tantchen. Sie ist eine Diebin. Eine niederträchtige, verdammte Diebin. Als sie vor zehn Jahren oder so nach London zurückkam, da war sie pleite, natürlich. Sie hat eine kleine Statue verkauft, die sie nicht hätte mitnehmen sollen aus Ur. Vom Tempel, der Zikkurat.«

»Nein, das hat sie nicht getan.«

»Liebling, sie hat's getan. Der Händler hat mit mir Kontakt aufgenommen, wir hatten da eine kleine Abmachung, dass er mich anrufen würde, wenn Leute versuchten, ihm Dinge zu verkaufen, die ihnen nicht gehörten. Jemand mit mehr Sachkenntnis hätte es über einen Mittelsmann gemacht, es vielleicht stattdessen in Bagdad verkauft, aber sie war eine dämliche Ziege. Es ist meine Aufgabe, genau solche Dinge zu verhindern bei Mitarbeitern, die wir vom Britischen Museum aus hinschicken. Es verdirbt unseren Ruf, wenn wir Archäologen haben, die überall auf den alten Ausgrabungsstätten herumlaufen und sich unter den Nagel reißen, was immer sie mit ihren schmutzigen Fingern ausgraben.« Ihre Hände fuhren über den rauen Stoff des Verdunkelungsrollos. »Ich dachte eigentlich, ich hätte da etwas Gutes aufgetan mit ihr, denn natürlich war es unbedingt nötig für sie, nicht bloßgestellt zu werden. Sie sagte, es sei nur einmal gewesen … Der übliche Quatsch.«

»Warum hätte sie das tun sollen? Du lügst. Das ist sie nicht, sie würde nicht …« Ant verstummte.

Spiel nicht, Ant. Man kommt nicht mehr davon los.

»Sie würde das nicht tun? Ich glaube, du hast sie nicht sehr gut gekannt, mein Lieber. Wollen wir nicht alle etwas aufs Spiel setzen, irgendwann alles riskieren? Hast du mal die Pfote eines uralten Löwen im Sand gefunden oder den goldenen Kopfschmuck einer Königin, der Tausende von Jahren alt ist? Weißt du, wie es ist, so etwas in der Hand zu halten, zu denken …« Sie kam ihm ganz nah mit dem Gesicht und zischte plötzlich: »… es könnte mir gehören. Ich könnte es einfach nehmen, und niemand wüsste davon!«

Sie lachte hemmungslos.

»Sie ist eine Diebin, mein Lieber. Sie hat viele Kleinigkeiten gehamstert, die sie dem Museum hätte melden müssen, und ich wusste es … Also trafen wir eine Vereinbarung. Ich würde ihre Wohnung nutzen dürfen, sie kehrte nach Bagdad zurück und sollte nie wieder zurückkommen. Ich mochte es wirklich, in ihrer Wohnung zu leben, weißt du, so praktisch, in der Nähe von Harrods und dem Park … Nur bist du dann gekommen und hast das alles kaputtgemacht.«

»Du hast es kaputtgemacht«, rief er grollend. »Du hast alles kaputtgemacht, du hast sie vertrieben …«

Aber sie beachtete ihn nicht. »Ich habe also keine Wohnung, ich habe dieses Haus nicht, und sie hat mich übers Ohr gehauen, ist mit dem Rest der Beute verschwunden und mit dem Engel. Wenn er echt ist, ist er sehr wertvoll. Ich hätte ausgesorgt für den *Rest meines Lebens,* wenn ich den richtigen Typen finden würde, der ihn für mich verkaufen könnte. Aber sie hat mir gar nichts gelassen. Also muss ich mir nehmen, was ich will«, sagte sie und kam auf ihn zu, sodass sie ihm gegenüberstand.

Er lehnte mit dem Rücken an der Wand, sie stand vor ihm, nahm seine Hand und schob sie kurzerhand in ihre Seidenbluse. Seine Finger schlossen sich automatisch über ihrer kleinen, vollen Brust; er spürte, wie die Brustwarze hart wurde, er öffnete leicht den Mund, die unvollendete Szene mit Julia vorher machte ihn empfänglicher, als er sonst wohl gewesen wäre. Sie begriff das, und er sah das triumphierende Aufblitzen in ihren blauen Augen, sie kam näher heran, legte ihre Hand auf die Bluse, über seine Hand unter der Bluse auf ihrer kühlen, nackten Brust.

»Deine Tante, mein Lieber, ist eine schlimme Frau«, sagte Daphne und schob ein Bein zwischen Ants Beine, presste damit gegen den Schritt, und sofort spürte er, dass er hart wurde. »Oh«, sagte sie erfreut mit leiser Stimme. »Ich dachte, du bist nur ein kleiner Junge. Na ja, bist du ja auch, oder? Sag, dass du das bist.«

»Nein, nein, bin ich nicht«, stieß Ant zwischen zusammengebissenen Zähnen hervor.

»Ach, aber für mich bist du das. Noch ein Kind.«

Trotzdem zog er sich nicht zurück von ihrem festen, harten Bein, dem Druck, den sie damit auf ihn ausübte, und sie sah die Scham in seinen Augen, und ihre eigenen Augen hatten einen fiebrigen Glanz.

»Hör zu«, sagte sie. »Dieser Engel gehört mir.« Sehr langsam kam sie mit ihrem Knie näher und drückte sich an ihn, sodass er noch härter wurde. »Es ist nicht einmal ein Engel. Ist das nicht spaßig? Es ist die Göttin Ischtar. Aus Mesopotamien, dreitausendfünfhundert Jahre alt ... Fast unbezahlbar. Ich weiß nicht, woher sie stammt, aber ich glaube nicht, dass sie sie auf einem Markt gekauft hat, wie sie immer behauptet. Es ist ein äußerst wertvolles Stück, ganz einzigartig – es sollte nicht über einer zugigen Holzhütte am Meer hängen. Das ist ein Witz. Wenn du derjenige wärst, der es gefunden hat ... Dir wäre ein Platz in der Geschichte sicher ...« Ihre Augen glänzten, sie atmete mit kleinen, schnellen Atemzügen, und ihr Gesichtsausdruck und ihr starrer Körper hatten eine Intensität, die zugleich faszinierend und abstoßend war ... Sie wandte ihm ihren katzengleichen Blick zu. »Es sollte in einem Museum stehen, nicht im Besitz von Dinah sein.«

»Sie hat es gekauft und dafür bezahlt, sie glaubt, dass es eine Art besondere Macht hat, die sie beschützt.« Ant blinzelte und verdrängte die Erinnerungen, bemühte sich, sie nicht anzuschauen und nicht zu zeigen, wie sehr er sie begehrte. »S…sie muss es nicht an ein Museum abgeben.«

»Unsinn, es ist einzigartig. Es ist schon länger auf der Welt als die meisten anderen Dinge, es wird Hitler überdauern, das steht fest …« An die Stelle ihres Knies trat nun ihre Hand, mit der sie ihn reizte, er dachte, ihm würde übel werden, so stark war der Drang, wie sie ihn erregte, das war fast zu intensiv, mit ihren weißen Zähnen biss sie sich auf die fleischigen, weichen, rosa Lippen, und doch konnte er sich nicht zwingen, ihr zu sagen, sie solle aufhören … Er schaffte es einfach nicht. Ant schloss die Augen. »Du magst das, was? Nur ein Junge, ein kleiner Junge, aber du magst es schon. Na ja, es ist nicht, was es zu sein scheint, nie. Dein Schulgeld, zum Beispiel. Sie konnte sich das nicht leisten, da habe ich ihr geholfen, ein schönes Siegel zu verkaufen, das sie in Nimrud gefunden hatte.« Ihm war unglaublich heiß, und ihre Finger, ihre Haut waren so kühl, und er presste sich hilflos an sie. »Sie war verzweifelt, verstehst du, sie wollte, dass du diese alberne Schulbildung genießen solltest, wollte, dass du aufwachsen und ein richtiger Mann werden solltest, erzogen in der guten britischen Tradition der Public School. Sie bekam Angst, dass zu viel Zeit bei ihr dich in eine falsche Richtung lenken würde, dass du sie mögen könntest … Ist das nicht lustig?«

Ihr Gesicht schaute ihn spöttisch an, mit ihren roten Lippen sagte sie leise diese Dinge, eine Haarlocke fiel ihr ins Gesicht. Sie schüttelte sie aus dem Weg, beugte sich dann vor und ließ ihren Seidenunterrock von den Schultern gleiten, küsste ihn, und er erwiderte den Kuss.

»Du bist eigentlich doch noch kein richtiger Mann, oder?«, sagte sie, und deshalb küsste er sie wieder, mit mehr Nachdruck diesmal, presste die Hände auf ihre Brüste, und dann erklang laut und klar die Sirene und hallte auf dem leeren Strand wider; schwer atmend trat er zurück. Damit würde es doch sicher aufhören – sicher würde es jetzt zu Ende sein. Aber Daphne rieb wieder an seinem Glied, fester, bis er ihr entgegensank; da brach sie unvermittelt ab und nahm ihn bei der Hand.

»Unten«, sagte sie. »Dein Zimmer.«

Sie führte ihn hinein, schloss die Tür, und er sah das Funkeln ihrer Augen, die aufeinandergepressten Zähne, ihr kantiges, energisches Kinn, und inzwischen war er fast verrückt vor Begierde nach ihr, erfüllt von dem Wunsch, sich ihr zu beweisen, das auszulöschen, was vorher gewesen war, es einfach zu Ende zu bringen.

Sie zog ihre Kleider aus, ihr blasser, glatter Körper leuchtete wie Knochen im Mondschein. Er wollte sich ausziehen, aber sie legte eine Hand auf sein Hemd.

»Lass die Sachen an, Kleiner. Die Shorts, lass sie an. Wollen wir ein Spiel spielen?« Tony nickte aufgeregt. Daphne fasste ihn an den Handgelenken, ihre Kieferpartie war angespannt, der Blick starr. »Ich bin deine Lehrerin, verstehst du? Ich bin deine Lieblingslehrerin. Und du – du bist ein schlechter Schüler. Ich bin sehr ungehalten. Du musst mich besänftigen.«

Sie ließ ihn seine Shorts herunterziehen.

»Um die Fußgelenke, zieh sie nicht aus.«

»Ja …«

»Ja, Miss. Sag: Ja, Miss, Tony, andernfalls … Du willst nicht wissen, was ich sonst tue.«

Sie strich unterdessen an seinem Penis entlang und sorgte dafür, dass er noch steif war, und er war so erregt, dass er fast schon kam, als er sie bestieg, und dann war es sehr, sehr schnell vorbei, so schnell, dass er die Besinnung verlor und zwanzig Minuten später aufwachte, als sie ihn auf die Schulter tippte, diesmal in ihren seidenen Morgenmantel gehüllt und dunkelroten Lippenstift tragend, der im einen Mundwinkel leicht verschmiert war, als sei er hastig aufgetragen worden. Und sie sprach in einer hohen Stimmlage, sie war also eine treuherzige Lehrerin, und er war ein kleiner Junge.

»Unartig«, sagte sie wiederholt mit leiser, süßlicher Stimme. »Unartiger Junge. Du hast gesagt, es tut dir leid, oder? Du magst es, Miss Hamilton da zu berühren, nicht wahr? Sie ist dir nicht mehr böse, sie mag es, wenn du sie berührst, und du magst es, wenn ich dein kleines

Ding berühre, ja?« Ihr gekrümmter Mund war schlaff, als sie sich gierig an seinen Shorts zu schaffen machte.

Und in diesem Stil ging es weiter, sie sagte Dinge, die er den Rest seines Lebens zu verdrängen versuchte genauso wie die Erinnerung an ihren sehnigen Körper, ihre starren Augen, in allem Julia so unähnlich, und als er sich sagte, er müsse sich einfach von ihr lösen und aus dem Zimmer laufen, brachte sie ihn noch einmal zum Höhepunkt, und er ejakulierte auf sie und sich selbst, und sie wischte sich ab und auch ihn, indem sie so tat, als sei er ein Kind, dem auf dem Spielplatz ein Malheur passiert ist. Mit seinen um die Fußgelenke gespannten Shorts, stand er tropfend da, und sie lächelte und sagte: »Er mag das, oder?«, und so war er also bei alldem mitschuldig.

Danach, als Ant sich von ihr abwandte, brannten seine Augen von zurückgehaltenen Tränen, und er legte den Kopf aufs Kissen und begann, lautlos zu weinen. Daphne sah das im Spiegel und lachte. Sie sagte ihm, er solle erwachsen werden, und dann machte sie noch mehr Dinge mit ihm, von denen sie ihm sagte, sie müssten ihm gefallen, die er aber erniedrigend fand für sie und ihn selbst. Es tat weh, es sollte ihr wehtun, es dort zu tun, aber sie mochte es. Tony begriff einiges von dem, wovon sie im Internat redeten, und es wurde ihm klar, dass sie nichts wussten, diese angeberischen, dummen Jungen, die so taten, als seien sie Männer, sie hatten keine Ahnung davon, wie ekelhaft und brutal und hässlich es sein konnte, inmitten der Ekstase.

Sie schlief ein, wie sie da lag, war ihr Gesicht vollkommen regungslos, und als er sie anschaute, fragte er sich, was passieren würde, wenn er sie tötete, ihr ein Kissen auf das Gesicht drückte ... Er schlich aus dem Zimmer, zur Veranda hinauf, und blieb die Nacht über dort, zitternd in der Kälte unter einer alten Decke wartete er auf die Sonne, bis der Tag kam.

Daphne lachte ihn am Morgen aus, als er ihr Eipulver und verbrannten Toast anbot und zögernd sagte, sie solle gehen.

»Natürlich gehe ich. Was ist hier noch für mich? Nichts.«

»Wohin wirst du gehen?«

»Zurück nach London, ins Museum. Um jemanden zu finden, der mir helfen kann, das Leben erträglicher zu machen.«

»Du … Ich werde ihnen schreiben und ihnen sagen, was du Dinah angetan hast.«

»Nein, das wirst du nicht«, sagte sie belustigt. Sie standen draußen auf dem Weg. »Du weißt, ich werde im Museum ankommen, um sie der Polizei zu melden. Ich bin diejenige, der sie vertrauen, sie wird als Belastung gesehen. Sie wird auf jeder Liste stehen, wird danach nie wieder zurückkommen können. Du bist schwach. Du bist ein verängstigter kleiner Junge, das wirst du immer sein, man sieht es in deinen Augen«, sagte sie, als sie sich daranmachte, mit Dinahs Fahrrad davonzufahren. Aus einem unbesonnenen Impuls heraus hatte er gesagt, sie könne es nehmen, nur damit sie gehen möge.

Er konnte es nicht ertragen zuzusehen, wie sie zügig davonfuhr, auf dem Fahrrad, mit dem Dinah planlos an der Bucht herumgekurvt war, mit ihrer krummbeinigen Haltung und dem wilden Haarschopf.

Wo bist du jetzt? Wohin bist du gegangen? Warum hast du mich verlassen?

Später würde er zu Reverend Goudge gehen und fragen, ob er bei ihnen übernachten konnte. Sie würden dafür sorgen, dass er etwas zu essen hatte und wohlbehalten zurück ins Internat kam. Sie würden sich anständig ihm gegenüber verhalten, obwohl sie viele andere Verpflichtungen hatten, allen ging es so. Als er sich in dem leeren, dunklen Zimmer mit der zerknitterten rosa Steppdecke umsah, wusste Tony, dass er jetzt ganz allein war.

In dieser Nacht wurde er erwachsen, aber auf eine ganz und gar falsche Art und Weise, und sein ganzes Leben lang versuchte er, das wiedergutzumachen, was er getan hatte. Er erzählte niemandem davon, also gab es niemanden, der ihm hätte sagen können, dass es nicht seine Schuld war, dass er ein guter Mensch war, der verdient hatte, glücklich zu werden.

KAPITEL SECHSUNDDREIßIG

Fünfzehn Jahre später
1958

Sie möge zu schnelles Fahren nicht, sagte sie, aber er sah, dass sie nach einem kurzen Atemzug die Luft anhielt, wenn er die Kurven wirklich forsch nahm, und wusste, es war Erregung, nicht Angst. Ihre kleinen Hände in den korallenroten Glacéhandschuhen klammerten sich an der cremefarbenen Innenausstattung seines neuen Austin fest, als er mit Karacho über die Wege an Wareham vorbeibrauste, gelegentlich hinübergriff und ihren Oberschenkel berührte oder ihr zulächelte.

»Ich will, dass du begeistert bist davon«, sagte er. »Genauso sehr, wie ich es bin.«

Er hatte das schon öfter gesagt, aber er glaubte, es diesmal wohl wirklich so zu meinen.

Althea Moray war neunzehn, etwa zehn Jahre jünger als er. Er mochte ihre Jugend. Sie war während des Krieges noch ein Kind gewesen, konnte sich an fast nichts erinnern, als dass es ständig kalt gewesen war und dass 1946 der National Banana Day war, an dem jedes Kind in Großbritannien mit einer Banane beschenkt wurde. Ihre ersten deutlichen Erinnerungen gingen auf das *Festival of Britain* zurück, das sieben Jahre zurücklag. Bei der Gelegenheit war sie mit ihrer Familie nach London heruntergekommen. Sie erwähnte es oft, wie um ihre Legitimation als Frau von Welt zu bestätigen. Er fand das ziemlich rührend.

Sie war aus Schottland, seit sechs Monaten in London und studierte an der Central School of Speech and Drama. Mit mehreren anderen Mädchen wohnte sie in einem Wohnheim in Marylebone. In Dorset war sie noch nie gewesen. Und sie hatte noch nie von Anthony Wilde gehört, war nicht von ihm beeindruckt, hatte nicht von *Hamlet* gehört.

»Es war vor acht Jahren, kam ziemlich gut an, weißt du, so 'ne Situation, wo man zur rechten Zeit am richtigen Ort ist«, hatte er ihr beim Dinner erklärt. Dabei wusste er, dass er seine Mischung aus Selbstironie und Verlegenheit rüberzubringen wusste, ohne unangenehm zu wirken, und damit einen ach so bescheidenen Schleier über die ekstatische Aufmerksamkeit breitete, die ihm entgegengebracht worden war.

»Wieso sollte ich etwas davon gehört haben, in Dumfriesshire vergraben, wie ich war?«, sagte sie lachend. »Wer ist denn gekommen, um dich zu sehen? Marilyn Monroe? Mario Lanza?«

Er konnte ihr nicht sagen, sie hätte davon hören sollen, dass ein Kritiker ein ganzes Buch über seine Interpretation der Rolle und die Inszenierung geschrieben hatte, die aufs Wesentliche reduziert und bei der alle Schauspieler schwarz gekleidet waren. Der einzige Gegenstand auf der Bühne war eine riesige, rostige, halb goldüberzogene schiefe Hülle, die Schloss Kronborg darstellte, halb Gefängnis, halb Vogelkäfig. Mario Lanza war tatsächlich gekommen und Olivier mit Danny Kaye und Vivien Leigh, die ihm danach einen äußerst liebenswürdigen Gruß geschickt hatte. Dass man am Abend der letzten Vorstellung die Polizei hinzuziehen musste, um die Menschenmenge unter Kontrolle zu halten. Der Bericht hatte es auf die Titelseite der *Evening News* geschafft. Ein Polizist hatte Tony erzählt, die Menge sei seit Ivor Novellos Begräbnis nicht mehr so hysterisch gewesen.

»Weil es ein riesiger ... Ach, was soll's, ich höre mich schrecklich an, wenn ich es so erkläre«, gab er auf, nahm ihre Hand und küsste sie. »Prinzessin Margaret kam zu einer Vorstellung. So. Du bist noch ein Kind.«

»Ich war noch ein Kind, als du Hamlet warst, ja.« In ihren Augen blitzte es auf. »Sag mir, war sie sehr schön?«

Sie war ichbezogen, konnte aber über sich selbst lachen, und das gefiel ihm, weil er sich selbst ein bisschen in ihr erkannte.

Bertie Hoare, dieser schreckliche Tunichtgut, hatte sie einander eines Abends im Phoenix Club vorgestellt. »Tony, mein Bester«, hatte er mit seiner affektierten Redeweise gesagt und blieb vor seinem Tisch stehen. »Hier ist eine neue Trophäe für dich. Darf ich dir Althea Moray vorstellen. Sie will dich unbedingt kennenlernen.«

Tony war natürlich darauf hereingefallen, war aufgestanden, hatte die Hand ausgestreckt, höflich, ließ aber dabei eine Spur der Langeweile merken, die er jetzt vor seinen Freunden heuchelte, um zu zeigen, dass es schrecklich nervig war, dauernd so verfolgt zu werden ... Er hielt ihre Hand, schaute diesem atemberaubenden Mädchen mit den tizianroten Haaren ins Gesicht und murmelte: »Wahnsinnig nett, Sie kennenzulernen, Althea«, und war dann erstaunt, als sie mit schottischem Akzent und dem gerollten R antwortete: »Bertie, verzeih mir, aber ich habe dir schon gesagt, dass ich nicht weiß, wer dieser Herr überhaupt ist.«

Tony hatte sich unter lauten Heiterkeitsbezeugungen seiner Freunde und schadenfrohem Schulterklopfen wieder hingesetzt. Er starrte wütend zu Bertie hoch und merkte erst jetzt, dass er ihm mit diesem Trick einen Dämpfer hatte aufsetzen wollen, blickte aber dann wieder auf dieses Mädchen, ihre grünen Augen, ihre weiße Haut, die durch den schwarzen Rollkragenpullover und den kräftigen Lidstrich betont wurden.

»Anthony Wilde. Ein gefährlicher Mann«, hatte sein Freund Guy zu dieser ungerührten jungen Schönheit gesagt.

»Oh.« Aber trotzdem schien sein Name ihr noch nichts zu bedeuten, und während sie Guy und Dougie Betteridge die Hand gab, sagte er zu Bertie: »Darf ich euch beiden einen Drink spendieren? Bitte, setzt euch doch zu uns.«

Bevor Bertie antworten konnte, sagte sie: »Sekt, bitte«, nahm in der Nische Platz und ordnete ihre umfangreichen Röcke um ihre Beine wie die Blütenblätter einer Blume.

»Aber«, sagte Bertie und blieb stehen, »wollten wir uns nicht diese Show anschauen?«

»Ein paar gelangweilte Mädels, die in kleinen Rüschenslips mit dem Hintern wackeln und zehn Minuten brauchen, bis sie einen

Handschuh ausgezogen haben, das ist wirklich nicht meine Vorstellung von einem tollen Abschluss des Abends, Bertie«, sagte sie und schüttelte bedauernd den Kopf. »Ich würde lieber hier bei diesen Herren bleiben, besonders da einer von ihnen anscheinend berühmt ist.« Sie lächelte ihn an. »Sie sind mir doch nicht böse, oder?«

Bertie verdrehte die Augen, und Tony beobachtete seine Freunde Guy und Dougie, die ihm gegenüber in der Nische saßen und sie mit offenem Mund anstarrten, den unverbrauchten Charme ihrer Worte und ihre umwerfende Schönheit, die einen einfach immer wieder erfasste wie eine Welle, je mehr man sie anschaute. Aber es war ihre Art, sich zu geben, ihr Lächeln, ihr Sinn für Humor, das Aufblitzen ihrer Augen, was so unmittelbar anziehend auf ihn wirkte. Er musste fast lachen und wusste nicht, warum.

»Ich muss gehen, muss mal für kleine Jungs«, sagte Bertie eingeschnappt. »Aber das heißt, du bist vorgemerkt, du schuldest mir ein Abendessen, Liebling. Mich wegen dieser drei verkommenen Subjekte abzuservieren.«

Zum ersten Mal weiteten sich ihre Augen, und sie schien unsicher. »Ja …« Und Tony sah, dass sie sich fragte, ob sie allein hier bleiben solle bei drei Männern, von denen sie stolz behauptet hatte, nichts über sie zu wissen. Bertie, der Lump, half nicht, sondern entdeckte einen Bekannten, rief ihn an und verschwand einfach im Gedränge. Tony sah, wie ihre Finger die schwarz-goldene Abendtasche aus Seide umklammerten.

»Miss Moray, ich bin Tony Wilde, und ich bin ein Gentleman, kein Halunke, das versichere ich Ihnen. Und diese Typen hier sind meine Freunde Guy de Quetteville und Douglas Betteridge.« Sie schüttelten ihr in aller Form die Hand. Sie nickte mit aufeinandergepressten Lippen, als bemühe sie sich, nicht zu lachen. »Wenn Sie nichts dagegen haben, würde ich Sie gern nach Hause begleiten. Wir werden auch den Nachtbus nehmen, zusammen mit anderen Leuten, damit Sie sehen, dass ich Sie nicht ermorden möchte.«

»Aber Sie werden doch nicht Ihr Leben aufs Spiel setzen? Was ist, wenn wir von hysterischen Verehrern angepöbelt werden, die ein Stück von Ihrer Jacke haben wollen?«

Er runzelte die Stirn, sah dann ihr unbezähmbares Lächeln und grinste, er konnte nicht anders. »Das riskieren wir.«

Vor dem Wohnheim am Dorset Square schloss er mit ihrem Schlüssel die Tür auf, nahm dann den Hut ab und sagte, ohne weiter darüber nachzudenken: »Wie wär's, würden Sie gern einmal mit mir ans Meer fahren? Ich habe da ein Haus. Es ist sehr schön dort.«

Sie hielt inne, ihre behandschuhte Hand lag auf dem Türknopf, und musterte ihn gelassen. Und dann sagte sie: »Am Samstag arbeite ich. Ich könnte am nächsten Sonntag. Ja, das würde ich gern machen.«

»Also dann am Sonntag«, sagte er.

Als er es Guy erzählte, mit dem er eine marode Wohnung am Onslow Square in South Kensington teilte, meinte Guy: »Du bist ja verrückt. Mit einem Mädchen, das du vor heute Abend noch nie gesehen hast, zum Bosky runterfahren? Ich dachte, das ist nur für sichere Angelegenheiten?«

»Ach, komm, Guy«, meldete sich Simon Chalmers, sein anderer Mitbewohner, der später am Abend im Klub erschienen war und Althea kennengelernt hatte. »Sie ist es wert, Alter. Und sie ist eine grandiose Schauspielerin.«

»Sie ist Schauspielerin?«

»Na ja, sie studiert am Central. Aber sie wirkt diesen Sommer mit am Open Art Theatre. Viola. Sie hat eine Sondergenehmigung.«

»Und sie hatte noch nie von dir gehört?«, rief Guy mit gespielter Empörung und lachte.

»Lass ihn in Ruhe«, mischte sich Simon ein und nahm sich eine Zigarette aus Tonys Packung, und Tony lächelte ihm dankbar zu, nicht wenig überrascht, da Simon durchaus dafür bekannt war, dass er einem ein Mädchen vor der Nase wegschnappte, wenn er konnte. Unter sich hatten sie ihn den aalglatten Abschlepper genannt, nachdem er Guys erste große Liebe, eine gertenschlanke, blonde Debütantin namens Candida, buchstäblich abgeschleppt hatte.

»Danke, Simon, Alter«, sagte Tony.

Simon antwortete, ohne eine Miene zu verziehen: »Na ja, du weißt ja, wie schwierig es ist für Tony. Er hat keine Ruhe, bevor er persönlich jede Jungfrau in London entjungfert hat. Der arme Kerl! Ich schlage vor, bring sie doch gelegentlich mit in die Wohnung, damit ich sie mir noch mal anschaue, ja?«

»Halt doch die Klappe, Simon«, sagte Tony, der aus dem Fenster auf das Gartenstück schaute, wo die ersten Frühlingsblumen zu sprießen begannen. »Diese nicht.«

Und jetzt waren sie fast dort, und wie immer jubelte sein Herz vor Freude beim Anblick der Schwalben, die aus den Hecken hervor- und über die Felder schossen, hinter ihnen erhob sich der große Grabhügel, die gewundenen Wege waren dicht gesäumt von Blumen, und schließlich bogen sie ab, fuhren den kleinen Feldweg entlang, und Tony stellte den Motor ab.

»Hier ist es. Das Bosky«, sagte er.

Die Hände hatte sie auf dem Schoß geballt. Sie lächelte schwach, und er merkte, dass sie nervös war.

»Komm«, sagte er. »Ich beiße nicht. Gehen wir doch rein und trinken etwas.«

Er würde sie nehmen, natürlich, aber jetzt noch nicht, nicht bevor sie nicht ganz entspannt und sicher war, dass sie es wollte, vielleicht sogar, dass es ihre Idee war. Natürlich nicht.

Das gehörte alles zum Spiel dazu, und er musste weiterspielen. Er hatte immer zu tun, entweder arbeitete er, oder er war mit seinen Freunden unterwegs oder hier unten und vergnügte sich. Er strengte sich ganz besonders an, um zu verhindern, dass er an Daphne dachte. Einmal glaubte er, sie gesehen zu haben, in der Coptic Street in der Nähe des Britischen Museums, und drehte sich einfach um und ging in die andere Richtung. Er träumte von ihr und jener Nacht, schreckliche, aufgewühlte, widerliche Träume. Aber er sagte sich, dass er es ausgesperrt hatte. Dass es Schnee von gestern war, genauso wie Dinah. Er dachte kaum jemals an Dinah.

Seit dem Osterwochenende war er hier nicht mehr mit einem Mädchen allein gewesen – es war eine mollige, lustige, kleine Sekretärin vom Büro seines Agenten mit Namen Ann gewesen, die aus Dover stammte und deren Vater, so wenig wahrscheinlich das auch schien, Clown war. Bei ihr bekam man sofort Lust, sich einen Limerick auf sie auszudenken, sagte er ihr. Es war amüsant mit ihr; er war mit ihr nach Swanage gegangen, um die Attraktionen zu sehen. Als sie auf dem Weg zurück in die Stadt durch Staines rollten, hatte er seine Nummer über schicksalhafte »Verstrickungen« abgezogen, in der er die Geschichte seiner toten Eltern erklärte und die Damen meistens zum Weinen brachte und dazu, dass sie mit ihm einer Meinung waren, sie dürften ihn nie wieder behelligen. Aber Ann nahm eine Puderdose heraus und fing an sich zurechtzumachen.

Als er fertig war, sagte sie: »Tony, ich hab schon 'nen Freund. Er ist im National Service. Nächsten Monat scheidet er aus. Es wäre sowieso nicht gegangen, dass ich dich wiedersehe.«

»Oh, na ja, das wusste ich nicht.«

»Ja. Wir werden heiraten, wenn er sich niedergelassen hat. Er ist sehr an Schuhen interessiert. Will einen Laden aufmachen. Du brauchst mir also deine rührselige Geschichte nicht zu erzählen, ehrlich.«

»Ich wollte nur, dass du verstehst, dass ich ...«

»Ich weiß, was für einer du bist, Tony. Wir sind gleich, du und ich. Es hat Spaß gemacht, oder? Tausend Dank. Mach dir keine Gedanken, ich werd's nicht ausplaudern, aber du kannst es nicht wiederholen, sosehr mir das gefallen würde.«

Es war diese klare, unbekümmerte Unterstellung, die ihn kränkte, dass sie einander tatsächlich glichen, beide auf Sex, auf Spaß und unkomplizierte Gesellschaft aus waren. In diesem Moment wollte er ihr wehtun oder etwas Bissiges sagen, denn er hasste sie dafür, dass sie begriff, worum es ging. Wer er war. Er hatte sie in Richmond fast unterkühlt abgesetzt. Als das lange Wochenende im Mai nahte, fuhr er mit einer Gruppe mitspielender Kollegen runter und erreichte ein befriedigendes Ergebnis sowohl mit dem Winslow Boy selbst (in Wirklichkeit ein jung aussehender zwanzigjähriger Schauspieler, der einen dreizehnjährigen Jungen spielte) als auch einer Schauspielerin, die seine Schwester darstellte. Es war ihm egal, dass sie beide verstimmt und aufgebracht waren, als sie entdeckten, dass die jeweils andere Person während des Wochenendes mit ihm im Bett war. Er spielte beiden die Leier von der Waise vor und wurde von beiden reich belohnt. Je weniger er sich daraus zu machen schien, desto großzügiger fielen diese Belohnungen aus. Es war ein Wochenende reiner Ausschweifungen, der bisherige Höhepunkt, was das Bosky anging, und einmal stieß er auf Simon, der sich auf der Veranda die Mutter des Winslow Boys zu Willen machte, was Tony ein bisschen unnötig fand, aber er sagte nichts dazu. Er mochte es nicht, vor Simon prüde zu erscheinen.

Im Bosky war keine Spur all dessen mehr zu erkennen; er ließ Mrs Proudfoots frisch verheiratete Tochter Eliza kommen und das Haus tipptopp in Ordnung bringen und alles vorbereiten, während er weg war, und obwohl die neue Mrs Gage eine zutiefst konservative Seele war, schien sie seine Anweisungen nie zu hinterfragen. Das tat sie auch nicht, was die nie abreißende Abfolge fröhlicher junger Leute betraf, die an langen Wochenenden das Bosky bevölkerten und Sektflaschen im Geäst des Rosenbusches oder mit Rührei beschmutztes Bettzeug und Stöße aus den Hüllen genommener Schallplatten zurückließen, die sie dann aufräumen durfte.

Man würde nie erraten, dass bei seinem letzten Aufenthalt hier sich jemand auf der Sitzbank der Veranda übergeben hatte oder dass sich am vorhergehenden langen Wochenende zehn Leute in das Holzhäuschen hineingezwängt hatten … Tony fuhr sich mit der Hand über die Stirn. Er war froh, dass Althea Simon noch nicht kennengelernt hatte.

Die Geißblattblüten begannen, sich zu öffnen, und duftender Lavendel und Rosmarin wuchsen in den Rissen am Haus. Drinnen stand eine kleine Vase mit winzigen sonnengelben Rosen auf dem Tisch. Sie stammten von dem Rosenbusch, der sich nach Jahren der Passivität jetzt wieder an der Seite des Hauses hochrankte. Ein Geflügelsalat stand auf der Anrichte, der Tisch war für den Lunch gedeckt, das Kissen auf dem Fensterplatz, wo jemand aus Versehen ein Glas Rotwein verschüttet hatte, war auf wundersame Weise wieder sauber. Althea ging im Haus umher und ließ alles auf sich wirken. Sie stieß keine atemlosen Ausrufe des Entzückens aus, noch tanzte sie um ihn herum, während er die Fensterläden und Fenster öffnete, sie schaute nur alles an. Sich selbst im Spiegel, sah aus dem Fenster, warf einen Blick in Schubladen – nicht neugierig, sondern ruhig, mit intensivem Interesse an allem, aber immer noch ohne zu zeigen, was sie dachte. Das mochte er an ihr. Oh, er mochte sie so sehr, und es war ihm vorher nicht bewusst gewesen, dass man eine Frau auch mögen solle, wenn man sie begehrte. Nicht seit ... langer Zeit.

Er machte Gimlets für sie beide – nicht allzu stark, es gehörte sich nicht, ein Mädchen betrunken zu machen. Sie saßen zusammen auf der Veranda, zum ersten Mal, die einzigen Geräusche waren der Wind und das Klirren des Rührstäbchens an ihrem Glas.

»Das Haus gehört also dir?«, fragte sie nach einem Augenblick.

»Ganz mir.«

»Keine Familie?«

»Meine Eltern sind tot.«

»Ja. Bertie hat es mir erzählt.« Bertie hatte sie also informiert. »Das tut mir leid. Ich meinte: Sonst noch jemand an Verwandten?«

»Nein.«

Sie stieß mechanisch mit dem Stäbchen gegen ihr Glas. »Wirklich gar niemand?«

»Verdammt!«, sagte er lauter als beabsichtigt. »Nein. Ich sagte doch: Niemand.« Ein verlegenes Schweigen folgte. »Es tut mir leid. Möchtest du noch ein Glas?«

»Noch nicht.« Sie stand auf und schaute über das Geländer hinunter. »Als ich klein war, fingen meine Schwester und ich Forellen vom Steg am Ende unseres Gartens aus, obwohl mein Vater es absolut verboten hatte.«

»Euer Garten?«

Sie drehte sich um und sah ihn an, lehnte sich dabei an das Geländer, und der Wind blies ihr das Haar ins Gesicht. »Bei dem Haus, in dem ich in Kirkcudbright aufwuchs. Da war ein langer Garten, der bis zum Fluss Dee hinunterreichte. Mein Vater ist Maler. Er hatte ein Atelier am Ende des Gartens und er sang den ganzen Tag, während er malte.«

Er nickte und genoss das Gefühl der prickelnden Brise an seinem Nacken und das metallische Klimpern am nassen Glas.

»Es gibt ein Schloss, nicht weit weg, und einen kleinen Hafen. Es ist ein schöner Ort. Der Himmel ist weiter als hier. Ich weiß nicht, warum. Jedenfalls – eines Tages hatte meine Schwester etwas gefangen, aber sie verlor das Gleichgewicht und fiel in den Fluss, und ich musste tauchen, um sie zu retten, und sie ist größer als ich, und ich war erst neun. Es war ziemlich anstrengend. Aber als wir absolut durchnässt und stinkend zurückkamen, kam Vater aus seinem Atelier gestürzt und fragte uns, warum wir tropfnass seien, und Isla sagte: ›Es ist besser, wenn wir uns nicht an den Grund erinnern.‹ Vater fand, das sei das Lustigste, was er je gehört hatte. Er gab ihr ein Sahnebonbon. Es geht darum, dass man manchmal vergessen muss.« Sie hielt sich am Geländer fest und lehnte sich an ihn. »Vergiss einfach, dass es passiert ist.«

»Mrs Gallagher, unsere Nachbarin in London«, sagte Tony nachdenklich. »Sie hat ihren Sohn im Weltkrieg verloren. Sie hat ihn nie wieder erwähnt. Ihre Tochter hat es mir erzählt. Es war, als hätte er nie existiert.«

»Ich glaube, das ist am besten, diese Lösung«, sagte Althea unumwunden und hielt ihm ihr Glas hin. »Ich habe mich anders besonnen zu dem Drink, wenn das Angebot noch steht.«

Er stand auf, brachte die Gläser fürsorglich nach drinnen und mixte ihnen einen weiteren Cocktail. Die Vorstellung, dass man einfach nie wieder daran denken könnte, an Mummy und wie sehr sie ihm immer noch fehlte, an Dad und wie er gestorben war, an Dinah und ob sie am

Leben war, in Sicherheit, glücklich (aber er wusste, sie konnte nicht glücklich sein, denn sie war nicht hier) – an Daphnes Gesicht, als sie am Morgen danach damals das Haus verließ. Als er in sein Zimmer zurückging, hatte sie ihre Unterwäsche zurückgelassen, und er wusste, es war Absicht, damit er sie beseitigen müsste, damit er sie sich vorstellen müsste, den Rest des Tages ohne Unterwäsche.

Er betrat dieses Zimmer nie wieder. Kein einziges Mal. Mehr als fünfzehn Jahre später, als inzwischen erwachsener Mann, schien es Tony in der Dunkelheit der Wohnküche die Lösung zu sein, die er schon immer suchte seit jenem Morgen in Zeiten des Krieges, als ihm klar wurde, dass er ganz allein war, was auch immer geschehen mochte.

Es wurde zu einer Metapher in seinem Kopf, die geschlossene Tür zu jenem Zimmer, wo er und Daphne am gleichen Abend, an dem er Julia verlor, Sex gehabt hatten. Was, wenn man einfach das alles aus seinem Denken verbannte, wie man die Tür zu dem Zimmer zumachte? Was, wenn man vorgab, es sei nie geschehen, statt diese immer wiederkehrenden Anfälle von Kummer zu erdulden, die einen dazu brachten, zu trinken und Menschen so schlecht zu behandeln, und die bedeuteten, dass man auf der Bühne manchmal hängen blieb oder sich nicht konzentrieren konnte, weil man so stark zitterte? Was wäre, wenn man es einfach runterdrücken würde wie Tabak in einer Pfeife, es anzünden würde und herunterbrennen ließe?

Er goss den Cocktail in Altheas und sein Glas und überlegte, ob nicht dies auch etwas sei, worüber man am besten gar nicht nachdachte.

»Es ist am besten, wenn wir uns nicht an den Grund erinnern.« Er lächelte kurz und ging mit den Gläsern wieder auf die Veranda hinaus. Althea sprach mit jemandem, und er blieb an der Tür stehen und schaute zu, wie sie sich anmutig an dem Geländer umdrehte und sich mit einer weißen Hand daran festhielt, als gehöre sie in dieses Haus, als wäre es ihres. Er spähte weiter nach vorn, um zu sehen, wer es war. Reverend Goudge, der ihn aufgenommen und dafür gesorgt hatte,

dass er die Central School of Speech and Drama besuchen konnte, war vor zwei Jahren gestorben, seine liebe Frau war weggezogen, und im Dorf waren jetzt nicht mehr viele, die er kannte. Der Krieg hatte die Leute versprengt, und manche waren einfach nicht zurückgekommen. Ein Hotel war weiter drüben am Strand gebaut worden. Gäste begannen, in den Ferien hierherzukommen, aber nicht, um das ganze Jahr hier zu wohnen. Tony schaute genau hin, und jetzt war ihm klar, wer der Fremde war.

Althea unterhielt sich mit Ian Fletcher. Er sah viel älter aus; sein Schopf widerspenstiger schwarzer Haare war schon etwas grau. Die dichten, zerstrubbelten Augenbrauen waren weiß gefleckt. Sein Gesicht zeigte bereits Anzeichen von Ausschweifung, eine Rötung, die er als Junge nicht gehabt hatte. Tony war daran gewöhnt, dass er sich in der Nähe herumtrieb, wenn er Besucher hatte, ein buchstäblich ungeladener Gast, aber er redete nie mit ihm. Er kam vorgeblich auf seinem Weg zum Strand vorbei und hob die Augenbrauen, als wolle er ins Haus kommen, tat es aber nie. Nie grüßte er, starrte Tony nur an. Es musste gut zehn Jahre her sein, dass Tony ihn wirklich genau angeschaut, geschweige denn mit ihm gesprochen hatte.

»Wo in Schottland?«, fragte ihn Althea höflich.

»Stirling, aber wir sind nach Bristol runtergezogen, als ich acht war, nachdem meine Mutter gestorben war, und wir haben das Haus an der Straße hier vorn gekauft.«

»Da müsst ihr Jungs ja miteinander gespielt haben«, sagte Althea und erblickte Tony, der auf sie mit den Gläsern zukam.

»Ich und Tony, ja, und meine Schwester Julia, aber da war natürlich Krieg, und wir waren alle im Internat, und verschiedene andere Dinge gingen vor sich«, sagte Ian, ohne Tony anzuschauen. »Gerade gestern habe ich einen Brief von Julia bekommen.«

Tony reichte Althea ihr Glas, sie nahm es und berührte leise seine Hand, und ihre gelassene Bestimmtheit und ihr Selbstbewusstsein waren wie ein Floß in einem tobenden Meer, etwas, an das er sich klammern konnte, während schwarze Punkte vor seinen Augen tanzten.

»Oh? Wie geht's ihr denn?«

Ian wiegte sich auf den Fersen. Tony wünschte, er möge abhauen, verschwinden. Aber er schien sich bereit zu machen, etwas zu sagen.

»Ihr geht's ganz gut«, sagte er.

»Das ist schön. Wo lebt sie denn jetzt?«, fragte Tony.

Ian schaute ihn direkt an. »Sie wohnt jetzt in Melbourne, sie ist verheiratet, hat einen Hund, der heißt Buster, nach Mottram.«

»Aha«, sagte Tony höflich, wobei sein Herz heftig pochte. Etwas saß in seiner Kehle fest, schnürte sie zu, irgendein Knoten.

»Ihr Mann ist Engländer, tennisverrückt. Das ist so ein Insiderwitz für die beiden gegen die Aussies, weißt du. Und sie arbeitet für eine Organisation, die Wildtiere schützt. Sie mag Fledermäuse«, sagte Ian zu Althea, die ein bisschen gelangweilt wirkte. »Sie führt eine Kampagne, damit sie geschützt werden. Ausgerechnet Fledermäuse.«

»Die mochte sie immer schon«, sagte Tony. »Hat abends nach ihnen ausgeschaut, wenn wir von den Proben zurückgekommen sind und so weiter …« Er verstummte.

»Es ist nicht leicht gewesen für sie«, sagte Ian plötzlich. »Du hast sie ja gekannt, Tony, nicht wahr? Sie waren im Krieg befreundet, er und Julia.«

»Oh«, sagte Althea langsam. »Ich verstehe.«

»Sie war kein *schlimmes* Mädchen, oder?«, sagte Ian unschuldig. »Sie war keine … Du weißt ja, keine von diesen Mädchen. Nur verleitet, und es war eine sehr schwere Zeit, sehr schwer …« Er zuckte mit den Achseln.

»Ich hab nie eine Antwort von ihr bekommen«, brachte Tony heraus. »Ich habe ihr schon geschrieben, an die Adresse hier, aber sie hat nie geantwortet. Ich weiß nicht, ob sie die Briefe bekommen hat …«

»Vater hat sie in Schottland aufs Internat geschickt, und dann blieb sie natürlich dort, bis der Krieg vorbei war. Nach dem Sommer damals ging's ihr eine Weile nicht gut, die Luft in Schottland hat ihr gutgetan. Und dann, dann …« Sein Ausdruck verdüsterte sich. »Sie ging gleich nach dem Krieg nach Australien, weißt du, sie haben Lehrerinnen gesucht. Sie ging, sobald sie konnte, und ist nie zurückgekommen. Ich weiß nicht, ob sie jemals wiederkommt ...«

Althea war ans andere Ende der Veranda geschlendert und schaute über das ruhige, graue Meer hinaus zum Bill's Point.

Tony sagte leise zu Ian: »Es tut mir leid zu hören, dass es ihr nicht gut ging. Ich hoffe doch, dass sie sich erholt hat.«

Ian schaute Tony direkt an, hatte die Schultern hochgezogen und lächelte langsam. Es war ein ungewöhnlicher Gesichtsausdruck, eine starre Grimasse.

»Sie hatte eine Abtreibung«, sagte er. »Dabei ist sie fast gestorben. Eine gute Einrichtung war es angeblich, ein kleines Haus am Shepherd's Market in London. Vater hat sie hingebracht. Aber sie haben es nicht gut gemacht, glaube ich – sie war sehr krank, eine Infektion. Sie ist fast gestorben, ja, und Vater wollte sie danach nicht im Haus haben. Sie ist im Internat geblieben. Sie haben sie separat unterrichtet, wollten nicht, dass sie mit den anderen Mädchen zusammenkam, deshalb hat sie ihren Abschluss nicht geschafft. Ich hab sie einmal gesehen, bevor sie weggegangen ist ...« Er hatte leiser gesprochen, Tony wusste nicht, ob es war, damit Althea ihn nicht hören konnte, oder um Tony zu zwingen, näher zu ihm hinzukommen. »Mein Vater starb bald danach. Sie hat ihn nie wiedergesehen.«

»Sie hat nie auf meine Briefe geantwortet ...« Tony spürte, wie sein Herz klopfte und die Hände feucht wurden.

»Komisch, sie hat dir ins Internat geschrieben und zum Bosky, aber sie wusste nie, ob die Adresse der Schule stimmte, weil du nie geantwortet hast ...« Er zuckte mit den Schultern, und Ant wusste, dass Ian dabei mitgewirkt hatte, was immer geschehen war. Vielleicht hatte er ihr eine falsche Adresse gegeben oder die Briefe zerrissen ... »Sie hat sich ziemlich aufgeregt, besonders als sie so krank war ... Ich nehme an, du warst danach weg und an der Schauspielschule. Wir haben alles über dich erfahren hier unten.«

»Ich hab ein Jahr früher angefangen ... Sie haben mich zugelassen, weil ...« Tony wischte sich die Augen. »Ich hätte sie wissen lassen sollen, wo ich war ... Ich wusste nicht, warum sie nicht antwortete, und natürlich war sie nicht mehr hier ...«

Ian sprach mit seiner fürchterlich leiernden Stimme weiter. »Es ist Vergangenheit, oder? Sie ist wahnsinnig froh, dass sie von der Insel weg ist. Sie sagt, es ist ein totes Land, und vielleicht hat sie recht. Sie ist so weit weggegangen, wie sie konnte.«

Es ist Vergangenheit, oder?

Tony nickte und wandte jedes Gramm Selbstbeherrschung und Schauspielkunst auf, um die Kontrolle über seine Gefühle zu behalten. Althea kam wieder herübergeschlendert und schaute vom einen zum anderen.

Eine Hupe ertönte in der Ferne, und Ian schaute auf. »Ich muss gehen. Das ist meine Frau.« Er schüttelte Althea die Hand. »Wir werden Sie mal einladen, wenn Sie wieder herkommen«, sagte er. »Meine Frau hat gern Gäste. Sie würde sich freuen, Sie kennenzulernen.« Er nickte Tony zu, und er sah den hinterlistigen Schmerz in seinem Gesicht. »Wiedersehn dann, *Anthony*«, sagte er.

»Was für ein seltsamer Mensch«, kommentierte Althea, nachdem er gegangen war.

Tony schüttelte den Kopf. Er drängte alles zurück, so weit es ging, und nahm einen großen Schluck aus seinem Glas. »Ich hab ihn nicht sehr gut gekannt.«

»Aber du kanntest seine Schwester«, sagte sie spitz. »Das war jedenfalls klar.«

Ich hab dich verlassen, Julia. Du hast nicht geantwortet, und ich habe nie wieder geschrieben, war zu beschäftigt mit dem Überleben, um in Verbindung zu bleiben. Ich habe dich verlassen.

»Ich hoffe, dass sie glücklich ist«, sagte er.

Sie schaute ihn einen Moment eindringlich an. »Das hoffe ich auch.«

Drück es runter, drück es alles runter ... Tony schloss kurz die Augen, öffnete sie dann und konzentrierte sich auf die Naht an Altheas Strümpfen, die kastanienbraunen Löckchen an ihrem Nacken, wo sie das Haar zu einem Knoten hochgesteckt hatte. »Komm rein«, sagte er angespannt. »Vergiss ihn. Ich will dir den Rest des Hauses zeigen.«

Sie lächelte ihm über die Schulter zu, und er ließ ihren Anblick auf sich wirken. Ihr wissendes Lächeln, ihre große Schönheit, ihren Ernst, ihren sanften schottischen Akzent. Sie war neu und fremd und kannte ihn noch nicht, und er konnte er selbst sein oder eine Version seiner selbst, die er mochte und nicht bearbeiten musste. Sie könnte vielleicht sogar alles eine Zeit lang von ihm nehmen.

»Ich habe großes Glück, dass du mir vertraut hast, mit mir hier runterzukommen«, sagte er und versuchte, einen heiteren Ton anzuschlagen, aber insgeheim war ihm übel und zittrig, als sie nach unten auf die Schlafräume zugingen. Er hatte viele Frauen verführt, etliche hier, da dies seine bevorzugte Masche war, aber dies war das erste Mal, dass ihm übel war. Er klammerte sich ans Geländer.

Althea ging vor ihm, sie sagte auf ihre unbeschwerte, ruhige Art: »Ich mag dich. Ich mochte dich vom ersten Moment an, als ich dich sah. Das ist alles.«

Sie zuckte mit den Schultern, als sei es so einfach, und als sie sich nach ihm umdrehte, stolperte Tony auf der letzten Stufe und hielt sich am Geländer fest.

»Meine Güte«, sagte sie, als er sich abstützte. »Du siehst furchtbar blass aus. Ist dir schlecht? Da.« Sie nahm seinen Arm. »Lass uns … Oje, das Licht ist aus. Wo ist denn der Schalter?«

Er konnte sie kaum hören. Es war sicherer, einfach stehen zu bleiben, sich am Geländer festzuhalten und leicht schwankend die Dunkelheit und die Wellen von Übelkeit über sich ergehen zu lassen. »Hier«, sagte sie und fasste ihn am Arm. »Vielleicht hast du etwas gegessen, was du nicht verträgst. Komm rein. Komm und leg dich hin.«

»Nein.« Er wich zurück, Tränen drohten ihm in die Augen zu treten. »Nein!«

»Komm«, sagte sie bestimmt und versuchte fast, ihn in den Raum zu stoßen. »Du musst dich wirklich setzen oder hinlegen, Tony.«

»Nein.« Tony schubste sie tatsächlich, sodass sie im Flur gegen die

Wand zurücktaumelte. »Ich geh da nicht rein. Lass das. Ich geh nicht in dieses Zimmer. Bitte.« Er räusperte sich – es war schrecklich, er hatte jetzt alles total kaputtgemacht, wenn er nur diese schwarzen Wellenlinien anhalten könnte, die vor seinen Augen auf und ab liefen, und das Gefühl, das Bewusstsein zu verlieren … »Sorry«, sagte er, streckte die Hand aus und ergriff Altheas Hand. »Es tut mir so leid …«

Und da wurde ihm zum Glück schwarz vor Augen.

Als er zu sich kam, lag er auf dem Bett in seinem alten Zimmer. Die Knötchen auf der rosa Tagesdecke rieben an seinem Nacken; es fühlte sich tröstlich an, wie Finger. Er setzte sich auf, schüttelte den Kopf, und wieder überwältigte ihn ein Schwindelgefühl.

Althea saß am Fußende des Betts und spielte mit etwas. Sie schaute zu ihm hin und schluckte.

»Sorry. Ich habe oben im Schrank kandierte Maronen gefunden. Köstlich. Leider habe ich sie in Angriff genommen. Hier. Probier mal eine. Wird dir guttun.« Sie schob ihm die feuchte karamellfarbene Süßigkeit zwischen die Lippen. »Und hier ist Wasser.«

»Danke.« Er hob den Kopf und trank, legte sich dann zurück und beobachtete sie.

»Was hast du da?«

Sie reichte es ihm herüber. »Ein altes Spiel.«

»Oh.« Sein Herz pochte heftig, er setzte sich auf.

»Wo hast du das gefunden?«

»Unter dem Bett. Tut mir leid, wenn ich die Finger hätte davon lassen sollen. Es ist wunderschön. Die Plättchen und diese Metallblumen. Was ist es?«

Sorgfältig legte Tony die Plättchen und die Blumen wieder in das Mahagonikistchen zurück, machte es zu und fuhr mit der Hand über den Drachen aus Perlmutt. »Es ist ein Mah-Jongg-Spiel. Es gehörte meiner Großtante. Wir spielten oft damit während der Luftangriffe.«

Er schob es wieder unters Bett und lächelte ihr zu. Es war zwecklos, betreten zu sein oder seine übliche Rolle zu spielen. Er hatte sie geschubst, hatte geweint und war bewusstlos geworden. »Das tut mir wirklich alles leid. Ich mag dieses Zimmer nicht.«

»Das hab ich mir gedacht.« Sie aß noch eine Marone. »Meinem Vater brach immer der Schweiß aus, wenn er den Zug zurück nach Glasgow nahm. Genau dort am Bahnhof. Nirgends sonst. Aber sein Vater hat ihn einmal dort geschlagen, vor aller Augen. Er hatte es ganz vergessen, bis sein Bruder ihn daran erinnerte. Ist das nicht seltsam, was die Psyche verursachen kann?«

Tony nickte. Es war Spätnachmittag und sehr still. Der Geruch nach Mottenkugeln und Moder, nach alten Büchern und tröstlichem Holz umfing ihn. Er fühlte sich beruhigt.

»Was ist also hier drin geschehen, oder willst du es mir nicht sagen?«

Er verzog den Mund und schwieg. Schließlich schüttelte er den Kopf. »Ich war noch ein Junge ... Tut mir leid.«

»Das ist kein Problem, und es geht mich ja nichts an.« Sie stand auf und glättete ihren langen blauen Rock, und ein Lichtstrahl fiel auf ihr rotbraunes Haar. »Du kannst zwei Dinge haben, Tony. Du kannst den Rest deines Lebens der Junge im Schlafzimmer sein, oder du kannst ihn dort drin zurücklassen und herauskommen. Es ist aber ziemlich deprimierend, der erstere zu sein.«

»Ja.« Er starrte sie an. »Ja, das ist es.«

Sie aß noch eine kandierte Marone und machte dann die Schachtel fest zu. Er sah ihr zu, und zum ersten Mal, seit sie angekommen waren, war er gelassen.

Irgendwie gelang es ihm, ihr stockend zu erzählen, was in dem Zimmer geschehen war, erzählte von Daphne, von Julia und natürlich von Dinah. Später, als es dunkel war, ging er wieder mit ihr hinunter, und in der Dunkelheit zog er sie aus, nahm ihre Strapse ab, ihr Mieder, die Seidenbluse und den weiten Rock. Sie hatte große Brüste, üppige Oberschenkel, war groß wie eine Göttin – sie war herrlich, alles an ihr. Er nahm sie dort, wild, Vergeltung übend, und dann wieder, diesmal sanfter. Zuerst war sie teilnahmslos, als verstünde sie, und dann feurig, leidenschaftlich; sie hielt seine Handgelenke über seinem Kopf fest und biss ihm mit ihren scharfen weißen Zähnen in die Lippen, setzte sich rittlings auf ihn, sodass er ihre milchweißen Schenkel umfassen und sehen konnte, wie ihr das Haar ins Gesicht fiel, ihr zuschauen konnte, wie sie ihn ritt und wie es ihr Lust bereitete. Es war das erste Mal seit Julia, dass er mit einer Frau zusammen war, die das mit solch reiner Freude annehmen konnte, die es so sehr wollte wie er.

Sie blieben die Nacht über in Ants altem Zimmer und schlichen dann am nächsten Morgen in das große Schlafzimmer. Und viele Jahre betraten sie beide dieses Zimmer nie wieder, außer wenn es nötig war. Lange Zeit war es dann nicht mehr wichtig. Lange Zeit dachten sie beide, sie hätten die Geister gebannt.

KAPITEL SIEBENUNDDREIẞIG

London 2014

Das Haus ist gestrichen. Sie haben es in einer Woche geschafft. Es sieht großartig aus. Und ich habe Möbel reinstellen lassen. Gerade habe ich eine Tasse Kaffee getrunken und aufs Meer hinausgeschaut. Diese Aussicht auf die Bucht! Mann, ist es schön hier, Ben. Ich verstehe es, wirklich.«

»Ich kann's kaum erwarten, es zu sehen. Ich danke dir so sehr, Liebling.«

Er konnte förmlich hören, wie seine Frau etwas von einer Liste als erledigt abhakte. Sie mochte Listen sehr. »Okay. Ben – du musst mir noch sagen, was du mit dem Strandhäuschen machen willst. Es steht einfach da und gammelt im Sand vor sich hin.«

Ben, der daran gewöhnt war, auf ganzen Filmsets das Sagen zu haben, mit dem Heben einer Hand Ruhe im Raum herzustellen, war zu Hause so zurückhaltend wie eh und je. Er rieb sich über die Nasenwurzel. »Ja. Also, ich weiß nicht.«

»Wir würden eine gute Summe dafür bekommen«, sagte Lauren, praktisch wie immer. »Ich habe herumtelefoniert. Der Boden ist mehr wert als das Häuschen darauf.«

Als Ben vor Jahren bei einem Benefizdinner in New York Lauren zum ersten Mal traf, hatte sie einen amerikanischen Baseballspieler bei einer Auktion überboten. Es ging um einen signierten David-Hockney-Druck, den sie postwendend wieder an einen alternden Filmproduzenten verkaufte, mit dem sie bekannt war und der Hockneys sammelte. Er hatte beobachtet, wie ihre langen Finger abwechselnd auf ihrem BlackBerry herumtippten, um den Deal abzuschließen, und dann wieder eine Strähne ihres Pagenkopfes hinters Ohr strichen. Sie hatte das zusätzliche Geld als Spende für den guten

Zweck zurückgegeben. Bis die Matcha-Pannacotta serviert wurde, war die ganze Sache erledigt, und Ben hatte die ganze Zeit zugeschaut, fasziniert von ihrer Energie und Kraft, so anders als alle anderen, die er kannte.

Sie fügte ganz ohne Skrupel hinzu: »Willst du meine Meinung dazu? Wir sollten das ganze Ding einfach abreißen.«

»Es gehört Cord. Sie wird es entscheiden müssen.«

»Klar.« Er hörte, dass sie etwas aufschrieb. »Und, keine Neuigkeiten?«

»Nichts. Sie war letzte Woche wieder hier. Aber um die Mädchen zu sehen. Es war das dritte Mal.«

»Was erzählen sie davon?«

»Sie sagen, es ist toll. Sie erzählt ihnen von Mads, als wir Kinder waren, was sie zusammen gemacht haben. Lustige Sachen.« Wieder einmal dankte er seinen Sternen, dass Lauren nicht zu den eifersüchtigen oder schwierigen Frauen gehörte und er Mads immer vor ihr erwähnen konnte.

»Sie erinnert sich an alles, an Dinge, die ich komplett vergessen hatte. Und natürlich kennt sie sich mit Aufführungen aus und war deshalb eine große Hilfe für Emily bei ihrer Dissertation. Aber sie bleibt nie zum Essen oder auch nur auf ein Glas Wein. Iris meint, sie hat ein melancholisches Herz.«

»Was für ein trauriger Ausdruck.«

»Ja, aber es stimmt.«

»Wann kann ich sie kennenlernen, Ben? Es ist doch total verrückt, dass ich sie noch nie gesehen habe.«

Er zuckte mit den Schultern. »Schau, ich habe sie seit zehn Jahren nicht mehr gesehen, und dabei ist sie meine Schwester.«

»Wann war das letzte Mal?«

»Ich hab sie zufällig auf der Straße getroffen vor einer Apotheke, die Nachtdienst hatte, in der Wigmore Street, erinnerst du dich? Sie hatte Zahnweh, und ich habe etwas gegen Emilys Ekzem abgeholt. Wir haben geredet, und sie war ganz freundlich, aber als ich erwähnte, dass wir uns treffen könnten, ging sie schnell. Sie sagte nur: ›Es tut mir echt leid‹, und war weg.«

»Ich versteh das nicht.«

Ben stieß einen tiefen, bebenden Seufzer aus. Er fand es immer noch schlimm. »Weißt du, ich glaube, sie wollte uns einfach nicht mehr nah sein. Ich habe viel darüber nachgedacht. Wo steht geschrieben, dass man den Rest seines Lebens wie eine Klette an seiner Familie hängen muss? Sie war immer schon eine Einzelgängerin.«

Er verstummte und schüttelte den Kopf. Denn obwohl das die Version war, die zu glauben er sich entschlossen hatte und die er für ihre Mutter im Lauf der Jahre immer wieder vorgebracht hatte und mit der er vor neugierigen Freunden und Verwandten die Situation zu verharmlosen versuchte, glaubte er nicht wirklich daran. Als Kind war Cord sehr gern mit anderen Menschen zusammen gewesen, hatte Leute zusammengebracht und Unternehmungen organisiert. Er glaubte nicht, dass sie ihre Einsamkeit genoss. Er glaubte nicht, dass sie keine Liebe wollte und Vertrautheit ablehnte. *Ich kenne dich, Schwesterchen,* dachte er jetzt. *Ich kenne dich immer noch, so wird es immer sein, und ich weiß, dass du nicht glücklich bist.*

»Also, nächstes Mal sagst du ihnen aber, dass ich sie kennenlernen will.«

Sein Telefon summte und kündigte eine SMS an, und Ben fuhr leicht zusammen. »Sie bleibt nicht da, wenn sie glaubt, dass ich da sein werde. Sie hat ihnen gesagt, sie brauche Zeit, um sich an alles zu gewöhnen. Sie hat demnächst auch wieder eine Operation am Kehlkopf, man wird versuchen, den Schaden zu beheben. Anscheinend sind sie in den letzten zehn Jahren viel weitergekommen mit dem, was sie tun können und wie genau sie sein können.«

»Das ist unglaublich. Ich meine, wenn es funktionieren würde ... Wie gut sind die Chancen?«

»Die Mädels sagen, es stehe so ziemlich halb-halb. Es könnte also eine Katastrophe werden, aber es ist gut, dass sie es probiert. Stimmt's? Ich meine, das ist alles gut. Es ist erstaunlich, dass sie überhaupt mit den Mädchen in Kontakt ist. Ich frage mich, wieso sie plötzlich ihre Meinung geändert hat.«

»Schatz. Ich weiß es nicht. Deine Mutter wahrscheinlich.«

»Ja ... Aber sie ist so halsstarrig.« Er hielt einen Moment inne. »Mein Gott, Lauren. Ich hoffe, es ist richtig, was wir tun. Das Bosky wieder zu neuem Leben zu erwecken ... Es ist ja für sie. Ich hoffe, dass sie nicht einfach ... durchdreht.«

Lauren sagte nichts darauf, nur das Geknister in der Leitung war zu hören. »Ich wünschte, mir würde etwas zu sagen einfallen, um es zum Besseren zu ändern.«

Er lachte. »Du kannst nicht immer etwas zum Besseren ändern, Liebste.«

Sie sagte: »Wollen wir wetten?« Also ... Triff eine Entscheidung über das Strandhäuschen. Sag mir, was du meinst, was wir machen sollen.«

»Ich weiß es nicht«, sagte Ben bedrückt. Ein weiteres Schweigen, und er wünschte, er wüsste mehr von ihr, dieser gütigen, wunderbaren Frau, die seine Frau war. Die Häuser innerhalb von Wochen einrichtete, mir nichts, dir nichts Partys organisierte, das Leben reibungsloser und angenehmer machte, als es jemals gewesen war, und bei der er sich doch manchmal nicht ganz wohlfühlte, wie wenn man einen warmen Wollpullover trägt, der ein ganz klein wenig kratzt. Eine Frau, die so gar nicht wie die tapfere, gequälte, unbändige Mads war. Überhaupt nicht.

Dann sagte sie: »Ich weiß, dass du glückliche Erinnerungen daran hast, aber weißt du, es ist doch der Ort, an dem sie sich umgebracht hat. Ich glaube, du solltest ... « Sie unterbrach sich, in der Stille war da nur das Knistern und Rauschen in der Leitung. »... einen neuen Anfang machen.«

»Das hab ich getan.« Ben rieb den Stummel seiner Finger am Knie.

»Nicht wirklich. Du musst praktische Schritte unternehmen, Ben. Auch wenn es Cordelia gehört. Es ist Zeit, es wieder in Schuss zu bringen, das ganze Haus, und es scheint etwas seltsam, das Häuschen, wo Madeleine sich umbrachte, einfach dort stehen zu lassen.«

Er hatte den Impuls zu sagen: *Aber ich habe auch so viele glückliche Erinnerungen daran. Ich erinnere mich daran, dass sie mir erlaubte, sie zu küssen, ich erinnere mich, wie sie sich anfühlte, ich erinnere mich an uns drei, Cord, Mads und mich, wie wir auf den Stufen saßen und redeten oder als wir ausnahmsweise dort übernachten durften. Wir waren immer zusammen.*

Einmal machten wir ein Feuer im Häuschen, weil Cord behauptete, es wäre in Ordnung, und wir rösteten Marshmallows und haben fast die ganze Hütte abgefackelt. Oder damals, als Mads die Vorhänge abgenommen hat, weil sie meinte, die seien so schmutzig, und sie zerfielen einfach in ihren Händen, so uralt waren sie. Oder als wir auf den Stufen zum Bosky dieses Stück aufführten, das ein Abklatsch von Peter Pan *war, und Mumma und Daddy mussten es sich mit Mrs Gage anschauen, und Daddy schlief ein, und sein Kopf fiel immer wieder auf Mrs Gages Schulter, und sie war entsetzt ... Die Regeln für* Blumen und Steine *hängen immer noch dort, sie sind dort, seit Cord sie an die Wand geheftet hat. Diese Dinge sind wichtig.*

Ich erinnere mich, wie meine Frau im Tod aussah. Nicht friedlich ... Das soll man ja immer sagen. Ihre Arme waren über ihrem Kopf, die Augen weit offen ... Die Haare waren über das Bett ausgebreitet wie bei einer viktorianischen Braut ...

»Lass es abreißen«, sagte er plötzlich. »Tu's.« Es wurde an die Tür geklopft.

»Dad?«, kam eine Stimme von draußen. »Bist du da drin? Der Wagen ist hier für dich.«

»Was hast du gesagt? Lass es stehen?«, fragte Lauren rasch.

»Ja klar«, sagte Ben. »Hör zu, ich muss gehen. Ich ruf dich später an ...«

»Ben, ich will doch nur, dass dir das Haus wirklich gefällt ...«

»Ja«, sagte Ben, hörte aber wieder gar nicht richtig hin. »Ich auch. Tschüss, Liebling.«

Er hörte den kleinen Seufzer, den sie ausstieß, als er auflegte, nahm ihn aber nicht wirklich auf, sondern ergriff mit dem verbliebenen Finger und dem Daumen das Telefon und ließ es in seine Tasche gleiten. Einen Moment starrte er den glatten Stumpf an und dachte zurück, bis das Geräusch des in der Einfahrt wartenden Wagens ihn in die Gegenwart zurückrief.

Aber erst als er seine Jacke angezogen und die Hand schon auf dem Türgriff des Arbeitszimmers hatte, dachte Ben daran, nach der SMS auf seinem Handy zu schauen, das während des Gesprächs mit Lauren gesummt hatte.

Okay, okay. Du nervst. Ich habe sehr viel nachgedacht. Ich komme mit dir zum Bosky. Nur einmal, um Mumma zu sehen. Mach keine Umstände, bitte. Es wird schön sein, dich zu sehen, Flash Gordon. Cord x PS: Dumme Frage, aber wohnt Hamish bei dir im Souterrain und ist Steuerberater?

Ben lächelte und schaute auf das Foto von ihm und seiner Schwester, das er immer auf seinem Schreibtisch stehen hatte. Sie knieten im Sand, hatten die molligen Arme fest umeinandergeschlungen und grinsten übers ganze Gesicht. Er hörte, dass der Motor im Auto draußen ein wenig hochgedreht wurde, eine respektvolle Erinnerung. Schnell steckte er sein Handy und das Portemonnaie in die Tasche, nahm seinen Koffer und verließ den Raum. Auf dem Weg nach draußen rannte er fast Emily um, die mit ihrem langen kupferroten Haar, das um ihr Gesicht herabfiel, im Flur an die Wand gelehnt stand und auf ihr Telefon hinunterschaute.

»Oh, Dad«, sagte sie abwesend und schaute dabei auf ihr beleuchtetes Display. »Hallo, hör zu, hast du Bargeld dabei?«

»Cord«, sagte er und kniff sie in die Wange. »Cord kommt. Sie kommt.«

»Was in aller Welt meinst du damit?«

»Sie kommt zurück. Sie kommt, um Mumma zu sehen. Oh, Emily.

Du und deine Schwester, ihr seid genial. Gut gemacht, meine Süße. Sie kommt endlich zurück.«

Emily hob nicht einmal den Blick. »Natürlich. Das hätte sie doch sowieso getan. Ihr beiden seid doch verrückt nach diesem Häuschen.« Und sie tippte weiter auf ihrem Telefon herum.

KAPITEL ACHTUNDDREIßIG

Cord und Ben wurden am Bahnhof von Wareham mit Laurens riesigem Mercedes Geländewagen abgeholt, der wie ein großer schwarzer Transporter mit blau getönten dunklen Scheiben wirkte. Als sie die Straße zur Worth Bay entlangrasten, saß Cord steif und aufrecht auf dem Rücksitz, und Lauren plauderte munter vor sich hin. Die verdunkelten Scheiben ließen die Herbstlandschaft merkwürdig fleckig und gefiltert aussehen, als sei sie nicht ganz real. Sie musste sich immer wieder sagen, dass es *tatsächlich* alles real war. Dass sie wieder hier war und in ein paar Minuten das Haus wiedersehen, ihre Mutter sehen würde.

Wie so viele Amerikaner hatte Lauren ein tadelloses Benehmen. Sie sprach höflich über die Landschaft, stellte Fragen zur Isle of Purbeck und ihren Ferienaufenthalt dort, sagte Cord, sie fände ihre Schuhe toll. Cord warf einen Blick auf die robusten alten Motorradstiefel, von denen sich schon die Sohlen lösten, entschloss sich, ihr zu glauben, und beteiligte sich nach einer Weile an ihrem Geplauder. Sie mochte Lauren. Sie wollte sie mögen, und das war vielleicht noch wichtiger.

Sie war ganz ruhig. Am Morgen hatte sie ihre dunkelrosa Strickjacke und schwarze Jeans angezogen, sich einen großen, blumenbedruckten Schal um den Hals gebunden und sich im großen Spiegel im Flur betrachtet; dabei schob sie einen Stoß alter Bücher beiseite und warf aus Versehen eine halb tote, herabhängende Grünlilie um. Als sie versuchte, die trockene Erde mit den Fingern aufzuheben, und ihr der Schal in die Quere kam, wurde sie nervös. Tränen traten ihr in die Augen, und dann hielt sie inne, richtete sich auf und betrachtete sich noch einmal.

Es kann gar nicht so schlimm sein, wie es schon war, sagte sie sich.

Reg dich nicht auf. Bleib gelassen … Das Schlimmste ist ja schon passiert. Und heutzutage ist alles in Ordnung mit dir, oder?

Und ihr Spiegelbild hatte ihr zugenickt. *Alles in Ordnung.*

In ihrer Tasche waren Mads' Buch und der Engel. Sie wusste nicht, was sie mit ihnen machen sollte. Sie konnte sonst niemandem von dem Heft und Buch erzählen, das wusste sie. Vor Jahren hatte sie gelobt, sie müsse und werde allein die Bürde des Wissens tragen. Also konnte sie ihren lieben Nichten niemals sagen, was sie wusste. *Ich bin eure Schwester.* Und doch konnte sie es nicht ertragen, dass sie nicht Bescheid wussten über ihre Mutter, denn als sie das Tagebuch wieder las, hatte sie sich an Dinge erinnert, die sie so lange verdrängt hatte. Wie sehr sie Mads geliebt hatte, wie schrecklich deren Kindheit gewesen wäre, hätte es die Wildes nicht gegeben. Das, was geschehen war, bekam dadurch eher einen Sinn, und es erinnerte sie an etwas: wie glücklich sie gewesen waren. Und darauf kam sie immer wieder zurück.

Diese Mädchen waren ihre Verwandten, egal, in welcher Beziehung genau, sie gehörten zur Familie. Und welchen Unterschied machte es doch, Menschen zu haben, die Zuneigung zu einem empfanden. Iris hatte ihr unendlich geholfen bei ihrer anstehenden Operation. Sie hatte sie zum Besuch beim Facharzt begleitet und viele vernünftige Fragen gestellt, auf die Cord nicht gekommen war. Cord hatte Emily mitgenommen zu einem Rundgang durch das Covent Garden Opera House, angebahnt von Professor Mazzi. Als sie die halbe Tour hinter sich hatten, hatte sie in einer der alten Garderoben, die sie früher genutzt hatte, Jay Washington getroffen, mit grauen Schläfen, aber sonst der Alte. Seine Hand hatte ihre fast zerquetscht, als er sie ergriff und sie an sich zog.

»Mann, ich hätte dich nicht wiedererkannt, Cordelia«, sagte er, und das traf sie, aber sie lächelte und tat so, als mache es ihr nichts aus, während er Emily beäugte.

Der Kontrast zwischen ihnen – sie, ein farbloses, Turnschuhe tragendes, geisterhaftes Wesen im schwarzen Kleid, schwarzen Leggings und übergestreifter Strickjacke, das am Schauplatz seiner früheren, glänzenden Erfolge herumschlich, und er, eine nach vielen erfolgreichen Jahren immer noch gepflegte Erscheinung. Und trotzdem war er danach so freundlich gewesen und hatte sie behandelt, als wäre sie immer noch jemand, der es wert sei, beachtet zu werden, und Emily war beeindruckt und tippte ihr auf die Schulter, als sie weitergingen.

»Fantastisch, Tante Cord. Gut gemacht.« Und sie hatte Iris sofort eine SMS geschickt und sie über den scharfen Ex ihrer Tante informiert, sie hatten sie seinetwegen unbarmherzig aufgezogen, und sie hatte es absolut genossen.

Beide waren zum Tee in ihrer Wohnung gewesen, und sie hatte ihnen Fotos von ihrer Mutter gezeigt, und Iris hatte Cord gesagt, sie solle öfter gemusterte Sachen tragen. »Blumen- und Druckmuster. Sie stehen dir. Nicht immer dieses Grau und Schwarz.«

»Oh, na – vielen Dank für das Feedback.«

»Glaub mir.« Sie schaute wieder auf ihr Smartphone. »Emily, das ist urkomisch, komm her und schau's dir an. So eine Stabheuschrecke, und es sieht aus, als würde sie zu Carly Ray Jepsen tanzen.«

Es gab eine weitere Überraschung, noch etwas, das sie Ben sagen wollte. Aber wie konnte sie das tun, ohne die Existenz des Buches zu verraten?

Jetzt ließ Cord den Blick über die Felder schweifen, die sich auf den Hängen zu Brownsea Island hin erstreckten, über den Hügel, der in Richtung Bill's Point und Swanage verlief. Im Sommer grüßten dort Glockenblumen im hohen Gras, und blaue Schmetterlinge tanzten umher, aber jetzt im Spätherbst war alles blutrot und grün vom Stechginster, der Wind pfiff durch die kahlen, gebeugten Bäume, und man konnte schon ahnen, wie anders es im Winter aussehen würde. *Ich kenne es nur im Sommer,* dachte sie. *Ist das nicht komisch?*

Und da war der erste, kurze Ausblick auf das Meer, über den feuer- und pfirsichfarbenen Baumkronen, eine dunkelblaue Linie, die größer wurde, die Form einer Raute annahm und wieder verschwand.

Sie fuhren durch das Dorf. »Es ist noch genau so«, sagte Cord und hoffte, dass sie die aufgesetzte Heiterkeit durchhalten würde, denn sie konnte nicht einfach schweigen. Sonst würde ihr vielleicht übel werden, glaubte sie.

»Sogar im Winter. Schaut, da ist die Pfarrei. Dort ist Mrs Gages Haus. O hier ist der Weg.« Sie hatte Bens Hand ergriffen, und er hielt sie fest. »O meine Güte, da ist Beeches. Ist Mumma dort? Ich würde sehr gern reinschauen.«

»Sie wird später rüberkommen. Sie will zum Haus kommen.«

»Sieh an«, sagte Cord, und ihr war unwohl vor Nervosität. Von ihrem weiten schwarzen Steppmantel, der die Kälte sehr gut abhielt, schaute sie zu Laurens eleganter, einfach geschnittener dunkelblauer Jacke. Die Hände angespannt, fühlte sie sich in dem Geländewagen eingesperrt mit dem Gewicht des Engels und dem Buch auf dem Schoß. Plötzlich wollte sie unbedingt raus. »Oh, der holprige Weg – so war er schon immer, ich bin so froh, dass er sich nicht geändert hat …«

»Ich würde ihn gern asphaltieren, aber selbst ich konnte das nicht durchkriegen«, sagte Lauren. »Es ist die einzige Veränderung, die man mir nicht erlaubt hat, Cordelia. Ich hoffe, du kannst damit leben.«

»Veränderung?«, fragte Cord und lächelte höflich. »Ich weiß nicht, was du meinst.« Sie schaute ihren Bruder an.

»Na ja, Cordy … Hör zu, wir müssen dir etwas sagen. Lauren ist hier unten gewesen und hat am Haus gearbeitet«, gestand Ben, löste jetzt seine Hand aus Cords Griff und drückte die Schulter seiner Frau. »Sie hat das Bad machen lassen, und das Holz wurde behandelt und lackiert, und sie hat die feuchten Stellen instand setzen, die Speicherheizkörper neu streichen lassen, hat Möbel reingestellt und einen Wasserkocher, so etwas. Wir haben es für Mumma getan und für dich.« Er schaute Cord an, als der Wagen holperte, und war dann still. »Wir wollen, dass es wieder bewohnbar ist, falls Mumma hier eine Nacht oder zwei übernachten will, bevor … solange sie das kann. Und wir … Wir wollten, dass es dir gefällt, wieder hier zu sein, weißt du.«

»Und dass du uns vielleicht einmal hier unten einlädst«, sagte Lauren lächelnd, als der Wagen anhielt und die Tür wie von unsichtbarer Hand zurückgeschoben wurde. Cord fand, dass sie inzwischen nervös war. Ben half seiner Schwester heraus, und sie stand auf dem Kiespfad und schaute an der Hinterseite des Hauses hoch.

»Daddy sagte immer, als er es zum ersten Mal sah, sei es ganz von Wildblumen umgeben gewesen, erinnerst du dich? Geißblatt und Brombeersträucher und die Rosen. Ja, schau, Ben, sie blühen noch. Ist das nicht erstaunlich ...«

Sie gingen um das Haus herum nach vorn, den kleinen Seitenpfad entlang, und oh, die herrliche Fremdheit des Vertrauten, die gleichen buschigen Nesseln und wuchernden Brombeersträucher im Sand, der kleine Streifen Gelb vor den Strandhäuschen unten, und wenn man die Stufen zur Veranda hochstieg, die Aussicht aufs Meer und die Bucht, die sich vor einem auftat.

Cord biss sich auf die Lippe.

Eine Stimme hinter ihr sagte etwas.

»Hallo, Cordy.«

Lauren schrie leise auf. »Oh! Meine Güte, du hast mich erschreckt, Althea.«

Cord drehte sich langsam um. Dort saß allein auf der Veranda ihre Mutter.

»Mumma, du bist ja früher da! Ich dachte, sie würden dich zum Lunch herbringen«, sagte Ben und ging zu seiner Mutter hin, die auf einem neuen, mit leuchtend pastellfarbenen Kissen bedeckten Korbsofa saß. Er küsste sie und trat zurück, und Cord schaute sie an.

»Ich wollte früher hier sein.« Sie blickte ihre Tochter an. »Cordy, Liebling. Hier sind wir also.«

Die Falten, die Althea unter den Augen hatte, als Cord sie zuletzt gesehen hatte – im Fernsehen, als sie zu einem Gedenkgottesdienst für einen Schauspieler in der Westminster Abbey ankam –, waren nun unterhalb der Wangenknochen wie kleine Bögen verdickter Haut. Die unteren Augenlider waren schlaff, sodass ihre Augen ständig tränten. Ihre Hände waren so dünn, dass ihr goldener Trauring nur lose am

Finger hing. Aber Althea strich sich das kurze, immer noch glänzende, fahlrote Haar aus dem Gesicht und sagte mit der so wohlklingenden Stimme zu ihrer schweigenden Tochter: »Nun? Bist du gekommen, um dich zu entschuldigen oder um mich anzuschreien?«

Cord beugte sich über sie und küsste ihre weiche, pergamentene Wange. »Hallo, Mumma.« Sie strich ihr übers Haar. »Wie – wie geht es dir heute?«

»Gut. Ich hatte vor zwei Tagen einen Anfall und bin gestürzt.« Sie hob ihren langen grauen Moiréseidenrock hoch, auf dem überall riesige blaue und cremefarbene Hortensien aufgedruckt waren, um ihr verbundenes Knie zu zeigen. »Sie meinen, dass ich an einem weiteren sterben würde, und wollen, dass ich ruhe und im Heim bleibe, aber das mache ich nicht. Es gibt schlimmere Todesarten, als an einem Anfall zu sterben. Und es ist besser zu gehen, bevor man anfängt, sterben zu wollen.«

»Also Althea, so darfst du nicht reden!«, sagte Lauren gespielt ungeduldig.

»Danke für deine Anteilnahme.« Althea hob gebieterisch die Augenbrauen. Cord unterdrückte ein Lächeln. »Cordelia, gehst du rein und stellst Wasser auf? Ich war schon drin. Ich muss sagen, Lauren, du hast das ausgezeichnet gemacht.«

Cord trat über die Schwelle und machte sich auf die frühere Vertrautheit mit dem Haus gefasst, auf den Geruch nach Kiefernnadeln, Staub, Meer, Menschen ... Aber das fand sie nicht vor. Die Holzverkleidung, die den Räumen eine so warme und gemütliche Atmosphäre verliehen hatte, war an manchen Wänden geblieben, aber an anderen war sie wegen der feuchten Stellen entfernt und durch frisch gestrichenen Putz ersetzt worden, primelgelb in der Küche, cremefarben und in einem warmen Grau im Wohnzimmer. Cord füllte den Kessel, schaltete ihn an und bewunderte die Jalousien in der Wohnküche und den Fensterplatz, der mit einem Stoff mit Duncan-Grant-Motiv bezogen war. Die alten Fußbodenleisten und Türknöpfe sowie die feuchten Stellen waren verschwunden, alles war sauber, frisch und neu. Fort waren die Fotos an den Wänden im Treppenhaus, nur ein paar waren noch da, vier oder fünf höchstens.

Es war das Haus, das es immer gewesen war, aber die Last der Erinnerung war aufgehoben. Cord holte tief Luft und schloss die Augen, während draußen die herbstlichen Gezeiten brausten. Sie öffnete die Verandatüren, bewunderte, wie leicht und reibungslos sie sich jetzt öffnen ließen, und wollte Lauren danken und ihr sagen, wie großartig sie war, fand aber nur ihre Mutter vor.

»Sie machen einen Spaziergang am Strand«, sagte Althea, klopfte sich leicht auf den Hinterkopf und fuhr sich mit den Fingerspitzen über ihren geschürzten, faltigen Mund. »Komm, setz dich.«

Cord ließ sich auf den Korbsessel neben ihrer Mutter sinken. Sie wollte ihr verwelktes Gesicht anschauen, sie fragen, ob es ihr etwas ausmachte; das hatte sie immer am meisten gefürchtet. So viele Fragen wollte sie stellen, dass sie nicht wusste, wo anfangen.

Schließlich sagte Althea: »Das Wichtigste zuerst. Das Bosky gehört dir, nachdem ich gestorben bin, das musst du wissen. Es steht in meinem Testament, aber dazu kurz etwas, damit du davon vor meinem Tod hörst. Du wirst auch einen Teil des Geldes bekommen, das wir aus dem Verkauf des Hauses in Twickenham erzielt haben, nicht so viel wie Ben, als Ausgleich, weil du das Bosky bekommst. Aber es war der sehnlichste Wunsch deines Vaters, dass das Haus dir gehören soll. Hier ist es also. Und was die anderen Vermögenswerte ...«

Cord legte die Hand auf den Arm ihrer Mutter. »Mumma, das ist mir nicht wichtig mit den Vermögenswerten. Warum hat er es mir hinterlassen? Warum nicht Ben?«

»Ah.« Althea blinzelte. »Na ja, Ben hatte Geld. Du nicht.«

»Aber ... als Daddy gestorben ist, ging es mir finanziell gut«, sagte Cord nach kurzem Nachdenken. »Ich bin noch aufgetreten, meine Stimme war noch da. Er konnte nicht wissen – er wusste nicht, dass ich Geld nötiger brauchen würde als Ben. Das ergibt keinen Sinn.«

Ihre Mutter zuckte mit den Schultern. »Manches ergibt nicht immer einen Sinn.«

»Jedenfalls«, sagte Cord schließlich. »Ich brauche das Haus nicht. Ich brauche nichts von dir. Ich wollte dich nur wiedersehen.« Ihre Stimme klang sehr dünn. »Es tut mir leid, Mumma.«

»Was denn?«

»Dass ... ich dich so viele Jahre nicht gesehen habe.« Cord senkte den Kopf; eine Träne fiel in ihren Mantel und hinterließ auf dem Stoff mit schraffierter Musterung einen dunkleren Fleck.

»Du hattest deine Gründe. Und Daddy hatte seine. Deshalb hat er dir das Haus vererbt, verstehst du. Er wollte, dass du dich erinnerst ... dich erinnerst, dass du hier glücklich warst.«

»Aber ...« Cord wollte etwas sagen, hielt es jedoch zurück. »Danke, Mumma. Jetzt sag mir, wie es dir geht.«

»Es ist langweilig.« Althea schüttelte den Kopf. »Ich war's nicht. Ich will, dass du verstehst, mein Liebling. Du musst verstehen, warum er es getan hat. Er wusste es, verstehst du. Er wusste, dass alles seine Schuld war. Dass Ben weggelaufen ist und seine Finger verlor. Es war seine Schuld, dass du uns abgelehnt hast, lange vor der Sache mit ihm und der armen Mads, seine Schuld, dass Mads sich umbrachte ... Er wusste es.«

Die Wolken am Horizont quollen auf und zogen vorbei; Cord blinzelte. »*Du* wusstest das?« Althea nickte. Sanft presste sie die Finger an ihre Schläfen. »Mumma, du hast nie etwas davon gesagt.«

»Aber es ist doch so lang her«, sagte Althea fast ungeduldig. »Vor Ewigkeiten, Cordelia. Wir waren damals alle anders. *Knab' und Jungfrau goldgehaart, zu des Bettlers Staub gepaart* ... Erinnerst du dich daran? Du hast das gesungen, Liebling. Er war der goldene Knabe, verstehst du? Ich habe vor langer Zeit aufgehört, deinen Vater nach den gleichen Maßstäben zu beurteilen wie andere Menschen.«

»Warum?« Cord presste die Hände an ihre heißen Wangen. »Hat es dir nichts ausgemacht?« Sie schluckte. »Du musst Bescheid gewusst haben, Mumma. Über die Affären. Diese jüngeren Frauen. *Wir* wussten es.«

Althea schaute auf das Meer hinaus und zuckte mit den Schultern.

»Du bist komisch. Und du bist überhaupt nicht wie ich. Das war mir vorher nie klar. Schau zum Beispiel diese Jacke an.« Sie berührte das schwarze Nylon, und Cord blinzelte, dann musste sie lachen.

»Mumma. Wovon redest du, um Himmels willen?«

»Ich meine einfach, ich würde nie so eine Jacke tragen an einem besonderen Ausflugstag. Einer der Gegensätze, durch die wir uns unterscheiden.«

»Vielen Dank auch«, sagte Cord und lachte wieder.

»So bist du schon immer, mein Liebes. Du siehst es auf deine Art und Weise, weißt du? Du kannst dir nicht vorstellen, dass es anders sein könnte. Du findest, dass du recht hast. Du siehst deinen Vater nur als untreuen Ehemann, der uns alle anlügt, verantwortlich dafür ist, dass deine Beziehung zerbrach, für Bens Unfall, Mads' Tod, auch für all diese anderen schrecklichen Dinge. Aber ich sehe ihn als den jungen Mann, der er war, als ich ihn kennenlernte. Ich sehe noch den Mann, in den ich mich verliebt habe.« Sie nickte zu etwas in ihrer Vorstellung, als wäre es vor ihr, und dann blinzelte sie heftig. »Meine Güte.«

»Ist alles in Ordnung?«

»Ja. Es erzeugt seltsame Empfindungen, dieses Etwas, das in meinem Kopf wächst. Es lässt mich manche Dinge vergessen, und dann ganz plötzlich ruft es mir andere ins Gedächtnis. Und ich sitze gern am Fenster im Heim, direkt oberhalb vom Bosky. Ich denke gern nach. Ich sehe die Vergangenheit in aller Klarheit.«

Sie machte sich an ihrem Rock zu schaffen, der zu weite Ehering hing lose an ihrem dürren Finger. Cord sah ihr zu, dann schluckte sie den Knoten hinten in ihrer Kehle, oder was immer es war, hinunter. »Wirklich, Mumma?«

»Ja, Cordy. Die Leute bedenken nicht, dass es eine andere Seite der Geschichte geben könnte, eine andere Art und Weise, das Geschehene zu betrachten, verstehst du mich?« Cord nickte. »Genau. Zum Beispiel, als wir zum ersten Mal hierherkamen und er von Julias Abtreibung erfuhr und ihrer Krankheit. Er erzählte mir von Daphne. Und dem Krieg. Und seinen Eltern.«

»Julia? Mads' Tante meinst du?« Cord glaubte, ihre Mutter sei etwas verwirrt. »Wer ist Daphne, Mumma?«

Althea blinzelte wieder. »Hast du gewusst, Cordy, dass Daddy seine Mutter sterben sah? Er stand neben ihr im Schrank unter der Treppe, als sie getroffen wurden, und er sah sie. Eine Seite war vollkommen weggerissen.« Sie sprach jetzt immer schneller, sie legte los, um die Worte aus sich herausströmen zu lassen, als habe sie nicht genug Zeit. »Wusstest du, dass er in Camden einen Monat im Krankenhaus lag, und niemand kam ihn besuchen, weil seine Eltern tot waren, und alle anderen waren entweder evakuiert worden oder umgekommen oder sie wussten nicht, wo er war? Hat er dir das jemals erzählt? Keine Menschenseele, bis seine Tante ihn holte.« Cord schüttelte den Kopf, gefesselt von der leisen, melodischen Stimme. »Wusstest du, dass sein Vater, als er ihn zum letzten Mal sah, sagte, er hätte ihm einen Platz in Downham Hall gesichert, das war seine eigene alte Schule gewesen. Und Daddy hatte einen heftigen Streit mit ihm und sagte, er wolle nicht in ein muffiges, hochgestochenes Internat gehen, schon gar nicht mitten im Krieg. Sein Vater fuhr ab und war furchtbar wütend. Ein paar Tage danach kam er um. Dinah versuchte alles, um ihn in diesem Internat unterzubringen, sie war der Meinung, das tun zu müssen. Natürlich irrte sie sich, aber deshalb war Daddy so darauf aus, dass Ben ins Internat gehen solle, und deshalb konnte er nicht verstehen, wieso es dumm war, ihn zu zwingen. Man wiederholt die gleichen Fehler.

Und wusstest du, dass er in Julia verliebt war? Sie trafen sich oft in den Sanddünen und liebten sich, alles ganz unschuldig, er hat mir alles über sie erzählt. Und sie wurde von Ian und ihrem Vater ertappt und hatte eine Abtreibung. Sie verlor einen Liter Blut, dann bekam sie eine Infektion und wäre fast gestorben. Wochenlang lag sie im Krankenhaus. Konnte keine Kinder mehr bekommen. Sie schrieb ihm, um es ihm zu erklären, aber ihr Vater und das Internat schickten die Briefe nie ab. Sie sagten, sie sei … Oh, sie sagten ihr, sie sei eine Hure, eine Schlampe, eine Prostituierte. Jahre danach gelang es ihm, einen Brief an sie in Australien zu schicken, aber sie wollte eigentlich nichts davon wissen. Es war kurz vor unserer Hochzeit, ich erinnere mich, wie am Boden zerstört er war, als sie antwortete, sie könnten keine Freunde sein, sie könnten überhaupt nichts mehr sein. Arme Julia. Und er gab sich die Schuld, dein Vater, aber es war nicht seine Schuld, durchaus nicht, nur ein Kondom, das nicht richtig in Ordnung war. Alles, was sie taten, war ja nur, einander zu lieben.

Und seine größte Liebe war vielleicht Tante Dinah. Ich denke oft, sie ist die Frau, die er sein Leben lang suchte, und er fand sie niemals wieder. Er hat mir alles erzählt. Das heißt, *früher* erzählte er mir alles.

Jetzt sag mir, warum du meinst, dass das, was er mit Madeleine getan hat, so falsch war.«

Cord sagte leise. »Du wusstest das also? Über Daddy ... und Mads? Und es – es macht dir nichts aus?«

»Ich wünschte, er wäre nicht untreu gewesen. Sie auch. Aber es *macht mir nichts aus.* Sieh doch, sieh, was das Ergebnis war.«

»Sie hat sich umgebracht, Mumma.« Cord senkte die Stimme, ihre Kehle schmerzte jetzt so sehr, dass sie kaum sprechen konnte. »Ihre Kinder sind meine Halbschwestern, sie sind die *Halbschwestern ihres Vaters,* um Himmels willen. Wie kannst du das bloß nicht sehen? Es ist wie in der griechischen Tragödie. Es ist – es war Missbrauch. Es ist Inzest, ich hab's ihm gesagt, dass es das war. Es ist ekelhaft.«

»Du kannst das nicht wissen.« Althea strich sich übers Haar und blinzelte nervös.

Cord rückte von ihr ab. »Oh, Mumma. Um Gottes willen. Du klingst wie er.«

Was hatte Daddy an jenem schrecklichen letzten Tag gesagt? *Sie sind nicht seine Schwestern ... Das kann ich dir absolut versichern. Ich schwöre es.*

»Er hatte seine Gründe.«

»Das ist absoluter Schwach...« Cord holte tief Luft und unterbrach sich, sie erinnerte sich an das Versprechen, das sie sich selbst morgens in ihrer Wohnung gegeben hatte. Reg dich nicht auf. Bleib ruhig.

Althea sagte noch einmal: »Du hörst mir nicht zu, ich weiß. Er hatte seine Gründe, das zu tun, was er getan hat. Weißt du, es geht darauf zurück, was ich sagte. Du siehst es auf deine Art und Weise. Ich sehe es von seinem Gesichtspunkt aus. Ja, es war in vieler Hinsicht falsch, aber es bescherte Mads Kinder. Das ist alles, was sie wollte. Er machte sie glücklich, bevor sie starb.«

»Sie hat sich umgebracht, Mumma!« Cord hätte fast gelacht.

»Sie war zerbrechlich. Zu zerbrechlich für dieses Leben, Cordy. Konntest du das nicht erkennen?«

Cord dachte an das Tagebuch, sicher in ihrer Tasche verwahrt, das sie fünf oder sechs Mal gelesen hatte. Sie würde es irgendwann unter der Veranda verstecken, wo es immer gelegen hatte. Würde sich an Mads auf die richtige Art erinnern, würde sagen, dass es ihr leidtat. Sie dachte an das Mädchen auf den Seiten des Tagebuches, das kämpfte und sich abmühte, um alles besser zu machen, das aber nicht konnte.

»Sie war nicht immer zerbrechlich ...«

»Vielleicht nicht, aber sie wurde so. Das Leben hat sie aufgerieben. Du warst es nicht, Liebling, es war nicht einmal Tony. Ich sah die Auswirkung, die ihre Kindheit auf sie hatte. Dieser furchtbare Vater. Wie sehr sie sich danach sehnte, zu uns zu gehören. Sie bekam, was sie wollte, aber all dieser Schmerz, der manchmal wie eine Woge über sie hereinbrach, sie konnte sie nicht aufhalten. Und sie hat falsch gehandelt, natürlich, das weiß ich. Natürlich hätte sie nicht mit ihm schlafen sollen.« Tränen füllten ihre wässrigen, matten Augen, sie streckte ihrer Tochter die Hände entgegen. »Vergib mir. Es macht mich wirklich unglücklich. Ich liebte dieses Mädchen, ich liebte sie fast so sehr wie euch beide. Diese Enkelinnen mögen nicht mein Fleisch und Blut sein, oder vielleicht doch – trotzdem gehören sie mir, und ich habe sie wahnsinnig gern. Ich kann Mads nicht verurteilen. Es war das, was sie tun musste.« Althea wischte sich die Nase an einem Stofftaschentuch; sie zog die schwachen Schultern hoch, und Cord verspürte eine große Zuneigung zu ihr. »Ich wünschte, dass sie eine Sache gewusst hätte.

Sie kannte nie die ganze Wahrheit. Wenn sie das gewusst hätte, hätte sie sich vielleicht nicht so große Vorwürfe gemacht.« Sie lehnte sich wieder zurück und klopfte spontan leicht auf ihren Nacken.

»Die Wahrheit? Worüber?«

»Über Ben, Liebling.« Althea rutschte ein bisschen auf dem Kissen zur Seite und spähte auf den Strand und den Himmel hinaus. »Schau mal, es wird bald regnen. Mach mir einen Drink, ja? Einen Gimlet vielleicht? Ich möchte einen Drink.«

Cord konnte es nicht fassen. »Oh, aber ehrlich. Danach, Mumma. Sag es mir.«

»Na ja.« Althea zupfte mit ihren dünnen Fingern am Korbsofa. »Der liebe Ben … Ben ist nicht wirklich Tonys Sohn. Ich hatte eigentlich gedacht, dass du dir das auch zusammengereimt hast, bei all der Zeit, die du zum Nachdenken hattest.«

Cords Augen weiteten sich. »Was?«

Althea zuckte mit den Achseln. »Sie gleichen einander überhaupt nicht, wenn man mal darüber nachdenkt.«

»Ben – Ben ist nicht von Daddy?« Cord schloss kurz die Augen. »Wer ist denn dann sein Vater?«

»Ist nicht wirklich wichtig. Darum geht es nicht, Liebes …«

Aber damit ließ Cord sie nicht durchkommen. »Na komm, Mumma. Nach alldem kannst du mir das nicht vorenthalten. Weiß Ben es?«

Althea seufzte. »Ja, ja. Ben weiß es. Okay. Ein alter Schauspielerfreund von uns, Simon Chalmers. Er teilte sich eine Wohnung mit Daddy. In der frühen Zeit waren wir oft mit ihm zusammen. Dann … Na ja, dann waren wir nicht mehr so oft mit ihm zusammen«, sagte Althea. Sie blieb ganz ruhig beim Sprechen. »Weißt du, es war damals nicht so ungewöhnlich. Es gab jede Menge Partys, dabei tat sich alles Mögliche … Ich erinnere mich, dass einmal bei einer Party bei einem Freund der Armstrong-Joneses, in der Nähe von Bath war es, da …« Sie hielt inne. »Jedenfalls. Diese frühen Jahre unserer Ehe, die waren nicht leicht. Daddy war … Oh, er war schwierig! Und ich war jung und daran gewöhnt, meinen Kopf durchzusetzen …« Sie faltete die Hände auf dem Schoß und schaute aufs Meer hinaus.

»Simon und ich, wir hatten eine sehr kurze Affäre. Daddy fand es heraus, er war wütend, es ging zu Ende, ich bekam Ben, er sah Simon ähnlich, wir sprachen nie darüber, und …« Sie machte kurz eine Geste, mit einer Handfläche über die andere streifend. »Na bitte. Er kam oft und blieb ein paar Tage in der frühen Zeit, erinnerst du dich an ihn?«

»Ja natürlich. Er kam oft mit Bertie.« Cord schüttelte den Kopf, völlig perplex, als die Erinnerungen vor ihrem inneren Auge auftauchten, neue Dias in einem Rundmagazin. »Er hatte blonde Haare. Oh, o meine Güte. Er war lustig. Und er mochte Agententhriller.«

»Das ist er. Du hattest ihn gern.«

»Was ist aus ihm geworden?«

»Na ja, Daddy hielt sich gern für hip und meinte, dass es ihm nichts ausmachte, dass wir alle nur Menschen seien und miteinander auskommen sollten, und was Treue anging, da konnte er kaum etwas sagen. Aber Simon hat ihn schon auf die Palme gebracht. Wenn er schnell mal hier runterkam, während Daddy weg war, und immer versuchte, mich zu überreden … Wie auch immer, es hat mich nicht gestört, ist das nicht schrecklich? Aber Daddy bekam es satt, mit ihm und auch mit Bertie, er verbot ihnen zu kommen. Ich meine, es war verständlich. Simon heiratete irgendein Mädchen, und danach sah ich ihn nicht mehr oft. Er starb vor ein paar Jahren. Er war ein wunderbarer Mann. Ein Unruhestifter, aber unheimlich amüsant.«

»Hat Ben ihn getroffen?«

»Klar.« Sie nickte, und Cord begriff, dass ihre Mutter Jahre der Vertrautheit mit ihrem Sohn gehabt hatte, die sie selbst, Cord, verpasst hatte. »Natürlich. Simon hat Ben nach der Uni einen Job besorgt, Arbeit an einem Film. Er war eine große Hilfe. Und als Daddy starb, kam Ben zu mir und erzählte mir, er hätte es immer gewusst, und sagte, er wolle ihn richtig kennenlernen.«

»Nein.« Diese ganze Zeit hatte sie an den Geheimnissen festgehalten, und da waren Ben und ihre Mutter, die ihr eigenes mit sich herumtrugen und diskret damit umgingen.

»Er hat Simon mehrmals besucht, nachdem Daddy gestorben war. Er ging zu seinem Begräbnis.«

»Ich kann's nicht glauben.«

»Aber das wirst du doch tun.« Althea trommelte mit den Fingern auf ihren Sessel. »Es geht mir darum, Liebling, dass die Mädchen vielleicht von Tony gezeugt wurden, aber dein Bruder nicht. Ich habe *einen* Fehler gemacht. *Einen.* Ein paarmal mit Simon zu schlafen, als dein Vater weg war, aber ich war wütend auf deinen Vater, und ich war damals attraktiv und schrecklich einsam. Man könnte sagen, dass das, was sie getan haben, viel schlimmer war …«

»Natürlich war es das!«, warf Cord ein.

»Sie waren geschädigte Kinder, Tony und Mads, beide.« Althea setzte sich vorsichtig auf ihrem Platz zurecht, richtete ihre weiten Röcke und rieb sich dann langsam mit einem spitzen Finger die Schläfe. »Ich habe im Lauf der Jahre nichts gelernt außer Texten aus schrecklichen Stücken von vor fünfzig Jahren, die ich nicht vergessen kann – und noch eine andere Sache, dass Schaden, den man in der Kindheit erleidet, einen für immer begleitet.«

Cord sah einen Drachen, eine Art Disney-Prinzessin, der am Strand auf und ab schwebte, hochgetragen wurde und dann dramatisch außer Sichtweite abtauchte, bis er wieder sichtbar wurde. Sie spürte, wie der Groll von ihr abfiel, dass sie etwas verlor, an dem sie so sehr festgehalten hatte, als hätte sie lange Zeit die Luft angehalten. Sie nickte.

»Oh, als ich ihn zuerst kennenlernte, Cordy. Er war absolut wunderbar. In *Hamlet* war er eine Riesensensation gewesen, und er war so eitel, so selbstgefällig, schrecklich mit seiner falschen Bescheidenheit. Und es war bezaubernd, ganz und gar betörend. Sie hatten ihn alle gehabt, er war mit Hunderten von Frauen zusammen gewesen, und Onkel Bertie warnte mich vor ihm. Aber ich durchschaute es gleich. Ich wollte nicht den gut aussehenden, wuschelköpfigen Star, sondern den verlorenen Jungen dahinter, der in der Zeit erstarrt war, der nicht herauskonnte. Erstarrt genau in dem Moment, als seine Tante ihn verließ ... In ihn habe ich mich verliebt, um ihn wollte ich mich kümmern.« Lächelnd schaute sie auf. »Wir waren wirklich glücklich, weißt du. Ich liebte den bösen Buben, und ich liebte den verlorenen kleinen Jungen, und ich ließ den schlimmen Buben tun, was er wollte, und ich sorgte für den verlorenen Jungen. Und, Cordy, jahrelang dachte ich, er wäre geheilt und dass wir die Dämonen verjagt hätten, und dann passierte etwas, das es änderte.« Sie blinzelte und versuchte, sich zu erinnern. »Er wurde viel schlimmer. Egoistisch. Grausam. Er war nie grausam gewesen. Dann lief Ben weg nach dem Streit wegen des Internats, und vielleicht wurden wir alle älter und weniger tolerant ... In den späteren Jahren hatte ich nicht das Verlangen danach, ich wurde wütender auf ihn ... Ich bereue das.« Dann schwieg sie und deutete auf den Drachen, der jetzt weiter oben schwebte als zuvor. »Aber es ist sehr wichtig, dass du verstehst, dass du dich erinnerst: Jahrelang, bis Ben weglief und noch eine Weile danach, haben wir dir eine richtig schöne Kindheit gegeben, es war alles, wir liebten uns, wir waren am glücklichsten, wenn wir vier zusammen waren, und ja – es war herrlich.«

Cord nahm die Hände ihrer Mutter. »Ja«, sagte sie schlicht. »Ja, so war es.«

Sie beugte sich vor und berührte mit der Stirn die von Althea, und sie blieben eine ganze Weile so sitzen. Cord hörte das Atmen ihrer Mutter, fühlte ihren Schädel hart und warm an ihrer Schläfe, der tickenden Zeitbombe.

»Weißt du, was mit Großtante Dinah geschehen ist?«, sagte sie schließlich. »Hast du es jemals erfahren?«

»Sie kam zurück, weil sie den Engel zurückbrachte.«

»Wie meinst du das?«

»Na ja, sie nahm ihn mit, als sie wegging. Sie muss ihn irgendwann zurückgebracht haben. Das steht fest. Aber wir haben keine Ahnung, wie oder wann er wieder auftauchte. Ich wusste es jedenfalls nicht. Er hing nur in einem Jahr dort oben, und davor war er nicht da gewesen, und erst als dein Vater alt wurde, fing er an, solche Dinge zu sagen … Ich weiß nicht, wohin sie gegangen ist.«

Cord stellte das kleine steinerne Rechteck an den Kissen auf und starrte in die großen Augen des Engels. »Vielleicht werden wir es nie erfahren.« Sie wandte sich an ihre Mutter und sagte leise. »Es tut mir so leid. All diese Jahre, die ich verloren habe.«

Althea sagte leise: »Liebling, du hast getan, was du für richtig hieltst. Ich hätte das nicht tun können, was du getan hast. Deshalb darfst du jetzt nicht auf diese Jahre zurückblicken, ohne dich daran zu erinnern, dass es das Richtige war. Es wird Ben oder den Mädchen nicht helfen zu wissen, was wir wissen. Du bist ein tapferes, gutes Mädchen, Liebes, und es tut mir so leid, dass alles so schwer gewesen ist für dich – so … Ach, weine nicht, Cordy. Cordy, nicht weinen.« Sie lächelte, obwohl ihre Augen voller Tränen waren. »Schon gut.«

Und Cord ließ ihren Kopf an der dünnen, gebrechlichen Schulter ihrer Mutter ruhen und weinte für sie alle, und als sie zu Ende geweint hatte, richtete sie sich auf, Augen und Nase waren vom Weinen aufgequollen, und räusperte sich.

»Das Wasser hat gekocht, aber ich glaube, ich mache dir den Gimlet.«

»Stark, bitte. Ich sollte auf keinen Fall trinken, und es ist mir scheißegal. Was macht das schon aus?«

»Mumma, du siehst gut aus, weißt du«, sagte Cord an der Tür. »Du siehst nicht aus, als würdest du …«

»Lass.«

Althea schüttelte heftig den Kopf. »Sprich nicht darüber. Wir erwähnen es nicht. Eines Tages werde ich den Geist aufgeben, und das war's dann, aber wichtig ist, dass wir nicht übers Sterben reden, wir leben, solange wir es können.« Sie drehte sich langsam um und zeigte ins Wohnzimmer. »All diese Fotos. Das amerikanische Mädchen hat die meisten abgenommen, nicht wahr? Na gut. Ich merkte nicht, was wichtig ist, bis es fast zu spät war. Es ist das wirkliche Leben zwischen diesen Fotos, das ist das Wichtige. Das ist das, woran man sich erinnert. Die kleinen Augenblicke. Wie glücklich wir waren. Wir *waren* doch glücklich, oder?«

Cord wartete lange, ein Schmerz saß in ihrer Kehle. Schließlich sagte sie: »Ja.« Sie nickte und lächelte ihrer Mutter zu, die Augen voller Tränen. »Das waren wir. Wir waren glücklich.«

»So, mein Liebes. Hol mir den Drink.«

Und Cord ging langsam in die Küche des Hauses, das ihr gehören würde, in ihrem Kopf drehte sich alles, und sie mischte einen extrastarken Gimlet für sich und ihre Mutter. Und als Ben und Lauren eine halbe Stunde später zurückkamen, nieselte es, die Sicht auf die Bucht war vom feuchten Dunst verdunkelt, und Althea schlief mit dem Engel neben sich auf dem Sofa und Cord daneben mit getrockneten Tränen auf ihren Wangen, ein leeres Glas in der Hand, während der Regen sanft heruntertröpfelte.

»Oh, Cordy«, sagte Ben, als er tropfnass die Stufen heraufkam. »Schwesterchen – ist alles in Ordnung?«

Cord lächelte ihm zu, glättete ihre Röcke und stand auf. Sie nahm seine Hand, umklammerte den Finger und den Daumen. »Nein. Aber es wird schon. Lieber, lieber Ben.« Sie hielt seine Hand fest, und er blickte sie erstaunt an. Über die Schulter warf sie Lauren ein Lächeln zu und dann ihrem Bruder. »Es wird schon gut, ich versichere es.«

EPILOG

I

Sommer 2015

Der Leichenschmaus für Althea Wilde im Bosky war ein Erlebnis; Olivia de Quetteville, die schon lange Witwe war, Guy war zehn Jahre zuvor gestorben, erklärte, dass Althea und Tony sich sehr über die Menge Champagner, die große Anzahl der Gäste und die späte Stunde gefreut hätten, zu der die Feier endete. »Genau wie früher«, verkündete sie. »Kein ungezogenes Benehmen, leider, aber man kann nicht alles haben.«

Althea starb im Juli, nachdem sie mehrere Monate gut verbracht hatte, in denen ihr Zustand sich nicht verschlimmerte; nur ganz am Ende wurde sie von Anfällen und Schmerzen befallen, und das wurde mit Morphin unter Kontrolle gehalten. Sie war erst fünfundsiebzig, noch jung, aber sie schien zufrieden damit, dass sie ging, wie Ben etwas verblüfft zu Cord sagte, und Cord konnte nur lächeln und zustimmen. Althea hatte die Kontrolle behalten, sie war gestorben, nachdem das Bosky renoviert war, mit ihren Kindern und auch mit diesen wunderbaren Mädchen an ihrer Seite, die sie ihre Enkelinnen nannte. Sie hasste den Gedanken eines langen Verfalls, hatte keine Bücher mehr, die sie lesen wollte, und ihre Bewunderer wurden im Lauf der Zeit immer rarer oder schrecklich kahl – kurz gesagt, die Sache war so weit unter ihrer Kontrolle, wie man es unter den gegebenen Umständen nur hoffen konnte.

Die Trauerfeier fand in der normannischen Kirche im Dorf statt, und Althea wurde neben Tony auf dem buckligen alten Friedhof begraben, der in den Obstgarten überging, wo sich die Äste der Apfelbäume unter der Last der Früchte bogen; er grenzte an den Garten, wo Tony vor so vielen Jahren im *Sommernachtstraum* zum ersten Mal als Schauspieler aufgetreten war. Vom Friedhof aus konnte man das Meer sehen, ein dünnes blaues Band und in der Ferne das Weiß von Bill's Point. Es war eine private Trauerfeier mit den engsten Angehörigen, obwohl man den jetzt fünfundachtzigjährigen Onkel Bertie hervorholte und ihm zu kommen erlaubte. Er las:

»Ich bin ein Geist von nicht gemeinem Stande; Ein ew'ger Sommer zieret meine Lande.« Denn, so sagte er, Althea sei wie eine Feenkönigin gewesen, umringt von ihren Bewunderern, nie glücklicher als umgeben von der Wärme der Anerkennung und Bewunderung.

Am Sonntag des verlängerten Wochenendes im August veranstalteten Ben und Cord einen Leichenschmaus für sie, in Wirklichkeit organisierte jedoch Lauren alles. Cord kam am Samstag an, um zu helfen, und war erstaunt, als sie die Stufen hinaufstieg, auf der Veranda drei Stapel von Stühlen vorzufinden, außerdem standen zwei Biertische auf dem Sand, und ein junger Mann auf einer Leiter befestigte ein Seil mit Lampions an den Giebeln und dem Dach. Über der Tür hing am Ehrenplatz an einem neuen Haken der Engel, der nun wieder auf sie alle herablächelte.

»Das Pub unten am Weg sorgt fürs Essen«, sagte Lauren. »Große Platten mit Sandwichs und Salaten, und ich habe jemanden beauftragt, Brötchen und Krabben aus dem Ort hier zu bringen, und die hier ...«, sie zeigte auf drei aufgerollte Decken in einem Segeltuchsack. »Ich dachte, die Leute könnten sich vor das Haus auf den Sand setzen, oder vielleicht könnten wir alle an den Strand gehen oder zum Strandhäuschen, jetzt, da wir endlich dazu kommen, es abreißen zu lassen, könnten wir ein paar Worte sagen ...« Sie verstummte und lächelte Ben zu. »Warum lachst du denn?«

»Mumma würde es nicht gefallen, dass die Leute feierlich herumstehen, glaube ich«, meinte er, legte den Arm um sie und küsste das aschblonde Haar seiner Frau. »Oder dass sie über ihre *Gefühle* reden.«

»Außerdem ging sie nie an den Strand, wenn sie es vermeiden

konnte«, fügte Cord hinzu. »Sie war immer hier oben auf der Veranda mit einem Drink und ihrer Sonnenbrille auf der Nase.«

»Mit den Füßen auf dem Tisch las sie ein Drehbuch.«

»Oder *Die Dornenvögel* oder einen P.D. James oder so was. Sie war wirklich fantastisch träge. Meistens war Daddy mit uns da unten.«

»Er hat uns das Schwimmen beigebracht, Schlagball und wie man sich gut versteckt beim Versteckspiel. Cordy, erinnerst du dich noch daran, als er uns allen die Geschichte vom Geist der Lady erzählte, die ihren jungen Mann verlor, weil er Schmuggler wurde, und sie wandert auf den Wegen herum und sucht ihn, und Mads umwickelte ihren Kopf total mit ihrem Haar, weil sie so große Angst hatte, und es hat sich so verheddert, dass wir es fast abschneiden mussten?«

»Mads' Haar, ehrlich, es war so oft ein Problem für sie«, fügte Cord hinzu.

»Wieso?«, fragte Lauren und rollte die Decke wieder zusammen.

»Es war sehr, sehr lang, und es war für sie eine Art Schmusedecke. Sie kaute daran, sie deckte sich damit zu, sie verdrehte es ... Oft hatte sie es um sich gebreitet wie einen Umhang, wenn sie schlief.«

Er nickte. »Genau wie Emily, ist das nicht komisch?«

»Das hatte ich nicht bemerkt«, sagte Cord, »aber du hast recht. Natürlich, sie macht das auch.«

Lauren fügte hinzu: »Und Iris verdreht ihr Haar zu kleinen Spitzen, wie Ben. Es ist süß.«

»Oh ...«, begann Cord etwas zu sagen, hielt aber dann inne. Vielleicht tat sie das. Vielleicht ... So viele Unsicherheiten, und sie würden die Wahrheit nie wirklich kennen, sie wussten nur, dass sie wieder zusammen hier waren.

»Es wird doch alles gut gehen bei der Feier, oder?«, fragte Cord.

»Natürlich«, meinte Lauren. »Eure Mom wurde so sehr gemocht. Alle, die eingeladen sind, kommen.«

Cord wandte sich an ihren Bruder. »Aber werden die Leute nicht wissen wollen, was passiert ist ... Warum wir so lang nicht hierhergekommen sind ...«

Ben antwortete nicht.

»Weißt du was«, sagte Lauren. »Ich finde, ihr solltet einfach die Wahrheit sagen. Ihr wart euch also nicht nah, ihr alle, ein paar Jahre lang, aber vor Lady Wildes Tod habt ihr euch versöhnt. Die Leute haben kein so großes Interesse, wie man denkt. Sie wollen nur eine Erklärung hören, die logisch klingt, damit sie mit Essen und Trinken weitermachen können. Sagt ihnen die Wahrheit.«

»Die Wahrheit«, sagte Cord und wandte sich von beiden ab, damit sie sie nicht lächeln sahen, denn wie konnte sie es ihnen erklären? »Eine Version der Wahrheit.«

Vier von Altheas Pflegedienst im Driftwood kamen kurz den Weg herunter, um auf ihr Andenken zu trinken, und trugen beträchtlich zur Feier bei, denn zwei von ihnen waren aus Polen und hatten Wodka dabei. Jane aus dem Dorf, Mrs Gages Tochter, war mit ihren drei Kindern da, und auch der Pfarrer und seine Frau kamen.

»Es ist so schön, hier zu sein«, sagte der Pfarrer, Reverend James. Er war ein ehemaliger Wertpapierhändler aus der City, ein hochgewachsener, recht ernsthafter Mann, der Gott gefunden hatte, vorzeitig in den Ruhestand gegangen und vor ein paar Jahren geweiht worden war. »Ich bin öfter am Strand entlanggelaufen und habe mich gefragt, wem wohl dieses Haus gehört. Dann hörte ich Geschichten von den älteren Leuten im Dorf über das Bosky und die berühmten Wildflowers und war ziemlich traurig, dass niemand es nutzte.«

Cord bot ihm ein Wurstbrötchen an. »Wir kamen jahrelang nicht hierher. Die Situation war ziemlich schwierig, nachdem mein Vater gestorben war, aus verschiedenen Gründen.«

»Ich habe so etwas gehört«, sagte der Pfarrer, und sein langes, asketisches Gesicht wurde nachdenklich. »Eins wollte ich Ihnen und Ihrem Bruder schon seit dem Begräbnis Ihrer Mutter sagen. Der erste Auftritt Ihres Vaters als Schauspieler fand in der Pfarrei statt. Wussten Sie das?«

»Nein«, sagte Cord. »Welches Stück war das?«

»Der *Sommernachtstraum* komischerweise. Er spielte Zettel. Die komödiantische Rolle, ziemlich ungewöhnlich, sie einem Vierzehnjährigen zu übertragen, meinen Sie nicht? Aber es war ja im Krieg. Der Pfarrer von damals war ein bemerkenswerter Mann. Soweit ich weiß, hat er Ihren Vater aufgenommen, nachdem seine Tante wegging, und unterstützte ihn, solange er in die Schauspielschule ging. Er hat viele Fotos gemacht von den Stücken und dem Leben im Dorf, da ist eins von Ihrem Vater und dem Mädchen, das die Titania spielte, ein hübsches Kind ... Und ein grandioses Foto, auf dem sie während einer Probe alle auf dem Boden liegen, und eine Messerschmitt fliegt obendrüber.«

»Guter Gott. Entschuldigung, du meine Güte. Wie faszinierend.«

Er lächelte. »Sein Name war Reverend Goudge. Ich habe das Tagebuch und die Fotos alle beisammen, Sie und Ihr Bruder müssen einmal kommen und sie sich anschauen. Vielmehr – hier. Eins hab ich mitgebracht.« Er tastete auf seiner Tasche herum. »Ein schönes Bild von ihm und auch seiner Mutter, glaube ich.« Er zog ein glänzendes Foto heraus mit einem jungen, unerträglich gut aussehenden Jungen, braun gebrannt und ein altmodisches Kostüm tragend, der den Arm um eine Frau gelegt hatte. Ihr dunkles, wildes Haar war hochgesteckt und hing ihr ums Gesicht, ihr Mund war weit geöffnet, denn sie lachte, und ihre zarten Wangenknochen, die klaren Augen, von dunklen Wimpern gesäumt, waren zu sehen. Nachlässig hatte sie ein Tuch mit Paisleymuster um den Hals geschlungen und geknotet und hielt ihn stolz fest. Beide lächelten in die Kamera, er mit gesenktem Kopf, etwas verlegen, aber strahlend, sie schaute ihn breit grinsend an.

»Das war seine Tante«, sagte Cord. »Sie ist schön – das war mir nie klar. Und auch jung ...« Sie blickte das Foto prüfend an. »Sie war jung. Ich dachte immer, dass sie alt war, als sie sich um ihn kümmerte. Über fünfzig oder sechzig.« Und etwas begann, sich wieder zu melden, etwas, das sie beunruhigte, wann immer sie an Dinah dachte, obwohl sie es nicht hätte klar benennen und entsprechend verstehen können.

»Seine Tante. Ich verstehe. Sie gleichen sich sehr.«

»Ja, nicht wahr?«

»Ja«, sagte der nette Pfarrer. Er nahm das Foto und drehte es um. »Sehen Sie. Er hat hinten draufgeschrieben: *Die Wildflowers, Ant und Dinah, 1942.* Ist das nicht interessant?«

»Dinah Wilde, das ist sie. Sie war ja eigentlich seine Großtante«, fügte Cord hinzu, aber zugleich dachte sie: *Welche Rolle spielt das denn?* Verwandtschaftsbezeichnungen, was hatte das denn zu sagen, wenn man nur liebte und wiedergeliebt wurde?

»Nun, kommen Sie bald vorbei und schauen Sie es sich an.«

»Ja bitte. Ich habe vor, an Wochenenden und so hier runterzukommen, und mein Bruder und meine Nichten auch. Es gehört ja eigentlich uns allen. Dieser Tage ist es eher wahrscheinlich, dass ich weg bin …« Sie verstummte. »Wegen der Arbeit«, fügte sie hinzu, und es klang so seltsam, das wieder zu sagen.

»Ah, nun ja«, sagte er ziemlich eifrig. »Ich wollte es nicht erwähnen … Meine Frau und ich haben Sie letzten Monat beim Festival in Bath als Dido gesehen. Sie waren einfach wunderbar.«

»Ach du meine Güte …«, setzte sie an, immer noch durch die letzten zwanzig Jahre programmiert, sich gedemütigt zu fühlen, wenn sie auf jemanden traf, der sie hatte singen hören. Und dann hielt sie inne und erinnerte sich. *Es funktionierte. Es funktioniert wieder.* Denn es war nicht so romantisch oder eine so dramatische Erfüllung, dass man sagen konnte: »Sie hat ihre Stimme wiedergefunden« – trotz der Berichte in zahlreichen Zeitungsartikeln über ihre Rückkehr in den Konzertsaal. Es war so, dass etwas an ihr durch eine Operation repariert worden war, bei der zwei Männer in blauer OP-Bekleidung mit ihr gesprochen und ihre Kehle aufgeschnitten hatten; und drei Tage später konnte sie wieder singen, und einen Monat später war ihre Stimme besser, als sie seit Jahren gewesen war. Es war Wissenschaft. Man konnte dieses Problem beheben, aber andere nicht.

»Es war erstklassig«, sagte Reverend James. »Die beste Version, die wir je gehört haben. Wir fuhren deswegen extra von Dorset hoch. Ich war damals bei den Proms, verstehen Sie, an dem Abend vor so vielen

Jahren, und ich habe mich immer glücklich geschätzt, dass ich am Anfang Ihrer Karriere dabei sein durfte. Ja, es ist etwas, von dem wir oft sprachen, Allison und ich. Ein großes Privileg.«

Seine Nasenspitze war ziemlich rot. Er lächelte ihr verlegen zu.

»Oh. Na, vielen Dank. Aber die Operation war vor vier Monaten. Ich bin noch nicht ganz wieder dort, wo ich gern wäre.«

»Meine Liebe, es war eine große Ehre, Sie wieder singen zu hören«, sagte Reverend James. »Kommen Sie bald zu uns ins Pfarrhaus.« Dann berührte er leicht ihren Arm und auf diese vage Art, wie Pfarrer und die Royals das tun, nickte kurz und ging, ohne zu zögern, zu einem anderen Gast weiter.

Cord drehte sich um, damit sie noch etwas Sonnenschein abbekam, der gerade zu verblassen begann, gelbe und silbrig goldene Wellen zogen sich über den Himmel. Ein älterer Gast, eine von Altheas Kolleginnen aus *Hartmann Hall,* sprach sie an und wollte sie ebenfalls zu ihrem Gesang fragen, und Cord beantwortete ihre Fragen höflich, bot ihr einen Stuhl an, wo sie es sich bequem machen konnte, und holte ihr ein Glas Wein.

Als sie mit dem Glas zurückkam, sah sie Iris unten an den Stufen zur Veranda, wo sie mit einem älteren Mann plauderte. Sie legte ihrer Nichte die Hand auf die Schulter.

»Wie geht's dir denn, Iris?«, fragte sie herzlich, und ihre Nichte lächelte ihr mit einem so vertrauten Blick zu, dass es Cord den Atem verschlug. »Es ist so ein schönes Fest, nicht wahr?«

Iris schaute sie ein wenig eigenartig an. »Ja natürlich ... Tante Cord, darf ich dich jemandem vorstellen? Er ist ein alter Freund von Dad ... Er ist derjenige, der im Moment im Souterrain wohnt. Ich kann mich nicht erinnern, ob du ihn kennst oder nicht. Hamish? Hamish Lowther?«

Ach, komm, dachte Cord, als sie sich nach ihrem Bruder umschaute, damit sie ihm einen strafenden Blick zuwerfen konnte. Aber er war nirgends zu sehen, also ergriff sie die ausgestreckte Hand des vor ihr stehenden Mannes.

»Hamish Lowther. Na, hallo«, sagte sie.

»Hallo, ich grüße dich auch.«

Hamish legte seine beiden Hände um ihre kleine Hand und betrachtete sie. Er war natürlich älter, die blonde Haarpracht seiner Jugend war ergraut, seine gertenschlanke Erscheinung war untersetzter, die Schultern breit, sein Gesicht faltig. Das mittlere Alter stand ihm recht gut. Seine dunkelgrauen Augen lächelten sie an, und er hielt immer noch ihre Hand.

»Cordelia«, sagte er mit seiner tiefen, angenehmen Stimme. »Es ist wunderschön, dich zu sehen.«

Ein Kribbeln auf der Haut, das alte, instinktive Gefühl sagte ihr, Gefahr komme auf sie zu. Aber mit großer Anstrengung ignorierte sie es, lächelte ihm zu und konnte gar nicht mehr damit aufhören. »Was in aller Welt …«

Er unterbrach sie und neigte sich zu ihr hin. »Hör zu, bevor du dich über mich ärgerst – deine Mutter wollte, dass ich hier bin. Sie bestand darauf. Anscheinend hat sie Ben eine Gästeliste gegeben, ich wäre sonst nicht gekommen, bestimmt …«

Cord war hin- und hergerissen zwischen ihrer Heiterkeit über seine offensichtliche Angst, ihr zu missfallen, und ihrer Traurigkeit. *Da hab ich wirklich ganze Arbeit geleistet, ihn von mir zu stoßen.*

Sie dachte an die Männer, mit denen es ihr im Lauf der Jahre gelungen war, eine zu enge Beziehung zu umgehen. So hatte sie das immer gesehen, eine Verstrickung, sich in einem Netz zu verheddern, aus dem es kein Entkommen gab. Sie schaute ihn an, ihre Finger lagen immer noch in seiner Hand.

»Aber es ist doch schön, dich zu sehen. Mumma hat dich sehr gemocht. Danke. Ich bin froh, dass du hier bist.«

»Ich bin froh, hier zu sein. Es ist sehr seltsam, wieder hier zu sein.«

»Ich weiß. Aber man gewöhnt sich daran«, sagte sie zu ihm. Sie sah sich um. Das matte Licht der Lampions leuchtete, während die Sonne hinter dem geschmolzenen Silber des Meeres versank. »Du hast eine Tochter, nicht wahr? Wie geht es ihr?«

»Amabel geht es sehr gut, danke. Sie macht eine Ausbildung als Optikerin.«

»Als *Optikerin?*«

»Ich weiß«, sagte Hamish. »Ein richtig normaler Beruf. Ich bin so stolz auf sie.«

»Gut für sie – aber, Hamish, wie alt ist sie denn? Ist sie nicht so um die zwölf?«

»Sie ist fünfundzwanzig, Cordy.«

»Mein Gott«, sagte Cord automatisch. »Tut mir leid. Sie wollte also nicht Schauspielerin werden.«

Er hielt immer noch ihre Hand. Ernst schüttelte er den Kopf. »Nein. Ich finde, es ist ein ziemlich blöder Beruf, wenn du mich fragst. Kein sicherer Arbeitsplatz. Macht einen verrückt.«

»Du hast ihn aufgegeben, oder? Ich nehme an, du bist der Steuerberater und Fan von Charles Trenet, der in Bens Souterrain wohnt?«

»Ja, der bin ich«, sagte er lächelnd. »Nächste Woche macht man tatsächlich ein Interview im Radio mit mir. Ich bin anscheinend der einzige lebende Schauspieler, aus dem ein Steuerberater wurde. Man will wissen, was nicht stimmt mit mir und warum ich den Beruf aufgegeben habe.«

»Aber du warst ja erfolgreich, deshalb interessiert sie das.«

»Ich wollte dieses Leben nicht. Ich veränderte mich.« Sein Kinn war energisch vorgeschoben. »Es ist schwierig, das zu erklären.«

»Ich verstehe, warum du es hinter dir lässt.« Sie schaute auf ihre ineinander verschränkten Finger hinab. »Wirklich, ich kann es verstehen.«

»Du musst auch noch etwas anderes wissen. Ich ziehe nächsten Monat in eine eigene Wohnung. Ich bin kein permanenter Hausgast dort. Nur – das musst du wissen.«

Sie zog ihre Finger aus seiner Hand weg. »Okay.«

»Es ist wahnsinnig gut, dich wiederzusehen, Cord«, sagte er, und sie stieß ein leises, abgebrochenes Lachen aus.

»Dich auch. Oh – ach, dich auch.« Schon sehnte sie sich danach, wieder die Wärme seiner Hände zu spüren. Oh, die Tröstlichkeit, die von ihm ausging, jemand, der sie kannte, der sie all diese Jahre schon gekannt hatte, der nicht von den Wildes und ihren Geschichten schockiert sein würde, nicht schockiert sein konnte ... jemand, der sie wirklich verstand und wusste, wie sie tickte ... Es war wunderbar. Es war nichts, vor dem sie sich fürchten sollte. Es war ungeheuer tröstlich. Weil sie eine gute Gastgeberin sein wollte, sagte sie: »Wie – wie geht's Sunita?«

»Ich höre, es geht ihr gut. Wir haben uns vor fünf Jahren scheiden lassen. Ich bin einmal mit ihr hierhergekommen, um deine Eltern zu besuchen, weißt du. Dein Vater war sehr begeistert von ihr.«

»Na, das gilt für viele Leute. In der Tat für viele Leute hier«, sagte Cord und wies mit der Hand auf die versammelte Menge, und er schnaufte und lachte schallend.

»Das kann ich glauben. Der liebe alte Tony.«

Sie lächelte ihm wieder zu, Freude war in ihr aufgestiegen, und Hamish holte kurz Luft.

»Ach, Cordelia. Also, Ben sagt, du seiest in letzter Zeit ein bisschen öfter bei ihm gewesen.«

»O ja. Und bei meinen Nichten. Und hier unten war ich öfter. Und habe Zeit mit Mumma verbracht.«

»Da bin ich sehr froh. Ich weiß, es hat ihm wehgetan.« Das sagte er, ohne vorwurfsvoll zu klingen. »Es muss furchtbar schwer gewesen sein für dich. Was, meinst du, hat sich geändert?«

Sie schüttelte langsam den Kopf. »Es ist eine lange Geschichte. Für ein anderes Mal.«

»Klar. Natürlich.«

Stille trat ein, eine angenehme, traurige Stille. Cord schöpfte tief Atem.

»Meinst du, wir könnten mal abends miteinander etwas trinken gehen? Uns aufs Laufende bringen, uns – uns wieder treffen?«

Hamish blickte sie ernst an. »Vielleicht«, sagte er und zuckte mit den Schultern, lächelte aber dabei. »Vielleicht wäre das eine gute Idee. Bist du sicher?«

»Ich glaube, es wäre eine gute Idee«, sagte sie, und er trat näher an sie heran, sodass er sie abschirmte, den Rest der Menge ausschloss und sie für sich waren, und sie wich nicht aus.

Flüsternd sagte er: »*Ich* halte es für eine gute Idee.«

»Aber ich habe viel zu tun«, warf sie ein, denn der uralte Impuls meldete sich, und sie duckte sich weg aus seiner Nähe. »Ich – ich habe viel Arbeit. Nächste Woche bin ich in Italien, Turin, Mailand, Florenz, und dann muss ich im August nach Salzburg … Weißt du, ich hatte eine Operation dieses Jahr, und ich – ich muss jetzt singen. Es ist Jahre her, dass ich das konnte, und ich habe viel Arbeit, Hamish …«

Hamish nickte. »Ich hab's gehört, Schatz, ich hab alles erfahren. Natürlich. Ben erzählt mir alles.«

Schatz. Das Wort auf seinen Lippen war wie eine Liebkosung, nicht wie die *Schätzchen,* mit denen die Unterhaltungen ihrer Eltern überfrachtet waren. *Schatz.*

Er sagte langsam: »Ich habe das Interview im *Observer* gelesen. Auf Facebook habe ich gesehen, dass jemand etwas über dein erstes Konzert gepostet hat. Ich sah diese Kritik in der *Times.* An den meisten Tagen frage ich bei Ben nach wegen dir. Es ist nicht die Saison für Steuererklärungen. Im Moment habe ich wirklich sehr wenig zu tun, weißt du, außer dich und das, was du machst, zu verfolgen. Auf eine harmlose Art und Weise«, fügte er lakonisch hinzu. »Sehr wichtig, dass du das verstehst, Cord.«

Sie lachte kurz.

»Ich weiß, dass du viel zu tun hast. Es ist einfach so, dass ich hier bin. Wenn du also mal was trinken gehen willst. Oder – sonst etwas.«

»Sonst etwas?«

»Ach, ich bin sicher, dass eine Unmenge kräftiger Baritone in den Opernhäusern der Welt auf deine Gunst hoffen.« Er schüttelte sich vor Lachen. »Aber du musst dir im Klaren sein, ich bin Mitte fünfzig, ich habe ein angeschlagenes Knie, ich sehe schrecklich schlecht; trotzdem werde ich sie alle aufstöbern und gegen sie um deine Hand kämpfen. Und dabei werde ich einen großen, geschweiften Schnauzer und einen Umhang tragen.«

Sie lachte. Aus dem Augenwinkel sah sie, dass ihr Bruder auf sie zukam. »Wie kann ich das ablehnen?«

»Hi, Ben«, sagte Hamish.

»Hamish«, grüßte Ben, und sie gaben sich die Hand. »Ich komm nachher. Cord ...« Er berührte sie am Arm, und sie drehte sich, noch lächelnd, zu ihrem Bruder um. Als sie seinen Gesichtsausdruck sah, erstarrte sie. »Was ist los?«

»Komm mal mit«, sagte er und nickte Hamish zu, zerrte dabei aber fast an ihrem Arm. »Das Strandhäuschen. Ich war drin ...« Er zog sie weg, und sie gingen zusammen die Stufen hinunter. »Ich war drin, nur um mich noch mal umzusehen, bevor es abgerissen wird, und ich habe die Spielregeln von *Blumen und Steine* abgehängt, und da fand ich etwas.«

Sie waren allein auf der sandigen, grasbewachsenen Fläche zwischen dem Haus und den Strandhäuschen. Er reichte ihr einen wohlvertrauten Zettel, auf dem Cord vor so vielen Jahren für sich und Mads sorgfältig die Spielregeln aufgeschrieben hatte. Die Buchstaben waren braun und ausgebleicht, das Papier alt und rissig. »Dreh ihn um«, sagte er. »Dreh ihn mal um und schau.« Er ergriff ihre Hände. »Erinnerst du dich nicht, dass sie zurückkam? Erinnerst du dich, dass sie ihn dir gab? Hat er ihn gesehen?« Er wischte sich übers Gesicht.

Cord hielt die Spielregeln mit der Nachricht, die auf die Rückseite gekritzelt war, sie entzifferte die geschwungenen schwarzen Buchstaben, so verblichen, dass sie fast unleserlich waren. »Großer Gott. Das ...« Jedes Haar an ihrem Nacken juckte. »Der Engel ... Das ist es, woran Mumma sich zu erinnern versuchte. Sie ist also doch zurückgekommen.« Sie blinzelte, versuchte zu denken.

»Erinnerst du dich an sie?«

»Ich weiß nicht ... Sie hatte eine weite Hose an mit einem Muster drauf. Blumen, sie war mit Blumen bedruckt.« Sie legte ihrem Bruder eine Hand auf den Arm. »Ben, sie sagte mir, ich solle singen.« Sie nickte. »Sie sagte, wir seien die Wildflowers. Das war sie. Erinnerst du dich?« Sie zuckte zusammen, winzige Splitter der Erinnerung blitzten in ihrer Erinnerung auf – gemusterte Hose, wildes Haar, die weißen Knöchel an den Händen ihres Vaters, als er den Engel wieder umfasst hielt, und – und Mads – ein kleines Mädchen, das musste Mads gewesen sein, die lachte … lachte, bis sie den Schluckauf bekam, als sie zwischen Gras und Blumen herumtaumelten, während die Sonne am Himmel dahinzog, auf das Meer zu. Aber Ben war dort, oder war er krank? Oder war das ein anderes Mal gewesen? Denn sie hatten so oft *Blumen und Steine* gespielt, dass es unmöglich war, sich zu erinnern … Sie hatten es den ganzen Sommer über gespielt, jeden Sommer, wie sollte man sich da an eine Stunde erinnern unter so vielen goldenen Tagen?

Cord schüttelte den Kopf. »Es tut mir leid. Aber ich bin froh, dass wir die Nachricht gefunden haben. Sie erklärt etwas, oder?«

Ben nickte und kratzte sich am Kinn. »Manches. Nicht alles.«

»Was machen wir jetzt? Lassen wir den Engel dort?«

Das steife, rissige, alte Papier fühlte sich an, als werde es jeden Moment zerfallen wie alte Handschriften, die nach Jahren der Abgeschlossenheit in einem Grab der Luft ausgesetzt werden. Sie schaute auf die kindliche Handschrift hinunter und drehte den Zettel um.

Ben sagte: »Ich weiß nicht. Wahrscheinlich nicht.«

»Wir können ihn nicht einfach dortlassen. Er gehört nicht uns.«

»Er gehört uns schon, gewissermaßen.«

»Ben, wenn das, was auf diesem Zettel steht, stimmt … Wir müssen jemandem sagen, dass wir den Engel haben. Dem Britischen Museum oder so. O meine Güte, Mumma würde das aber gefallen, Drama beim Leichenschmaus.« Cord lächelte. »Und wir wissen es nicht. Es gibt immer noch so vieles, was wir nicht wissen.«

»So ist es. Genau so ist es. Wir wissen manches, aber nicht alles.« Ben nahm den Brief und faltete ihn zusammen. »Lass uns jetzt nicht darüber nachdenken, machen wir uns doch morgen Gedanken darüber.«

»Wir müssen ihn zurückgeben, Ben«, sagte Cord bestimmt.

»Vielleicht. Ja.« Er nickte, und ihre Blicke trafen sich. »Ja, Cordy. Hör zu, bevor ich's vergesse – ich wollte dir schon die ganze Zeit sagen, Mumma wollte, dass Hamish kommt. Sie sagte, er müsse kommen, es war das Einzige, worauf sie wirklich bestand. Ich hoffe, du hast nichts dagegen …«

»Sie wusste genau, was sie tat«, sagte Cord und bemühte sich, die Freude zu unterdrücken, die sie zum Lachen reizte. »Es macht mir nichts aus. Ich bin tatsächlich sehr froh darüber.«

»Das ist ja fast eine Liebeserklärung, wenn es von dir kommt, Cordy.«

Sie versetzte ihm einen liebevollen Rippenstoß. Ben schloss die Tür des Strandhäuschens und legte seiner Schwester den Arm um die Schultern, und zusammen gingen sie den gekrümmten Pfad zum Haus hinauf. Dabei brach Cord Blumen und Blätter ab, Mohnblüten, Vogelknöterich, Lavendel, Geißblatt. Als sie am oberen Ende des Pfades ankamen, ragte das Bosky vor ihnen auf. Die vom Dach hängenden bunten Lampions schwangen ganz sanft in der sommerlichen Brise. Dahinter flutete das Meer ans Land. Das würde es die ganze Nacht über tun und würde am Morgen immer noch da sein, das Wasser, das sanft ans Land schwappte. Nichts würde sich ändern.

»Es ist dein Haus«, flüsterte Ben ihr ins Ohr.

»Es ist unser Haus«, sagte Cord und umarmte ihn fest. Hier war sie zusammen mit ihnen allen. Sie schaute zur Venus hoch, die ruhig leuchtete, ein winziger platingrauer Punkt am blassblauen Nachthimmel.

»Adieu, meine Lieben«, sagte sie leise und verstreute die gepflückten Blumen um sich herum zu ihren und Bens Füßen. Ihr Duft schwebte noch einen kurzen Augenblick in der Luft, und war dann weggeweht.

II

1972

Miss Cordelia Wilde, sechs Jahre alt, saß mit finsterer Miene auf dem Fensterplatz und starrte auf den wolkenlosen Himmel hinaus. Neben ihr lagen ordentlich nebeneinander auf dem Boden ihr Kescher, ihr neuer blauer Spaten mit dem Holzgriff und ein Glas mit der kleinen Krabbe, die sie und Daddy am Tag zuvor gefangen hatten, nachdem sie erhitzt und schwitzend nach der langen Autofahrt aus London angekommen waren. Die Krabbe rührte sich nicht. Sie hatte sich nicht bewegt, seit sie sie hergebracht hatte.

»Es ist nicht *fair*«, sagte sie wieder, wohl zum zehnten Mal. »Warum kann ich noch nicht ans Meer gehen?«

»Das Leben ist nicht fair«, sagte ihr Vater, ohne von seiner Zeitung aufzuschauen. »Es ist absolut unfair, wie du herausfinden wirst. Aber, wie ich dir schon ungefähr fünfzig Mal gesagt habe, mein Mädchen, gleich wenn ich mit meinem Kaffee und meiner Zeitung fertig bin, rasiere ich mich, und wir können ausgehen.«

»Ich kann alleine gehen.«

»Du bist sechs Jahre alt«, sagte Daddy. »Ein Jahr lang bist du nicht am Meer gewesen. Du kannst nicht allein gehen. Selbst jemand, der so unerschrocken ist wie du, kann das nicht, meine Süße.«

Cord nahm ihr Stück Toast vom Kissen und kaute daran herum. »Es ist nicht fair.«

»Schau«, sagte ihre Mutter und blätterte eine Seite ihres Buches um. »Solange Ben Fieber hat, bleibt er im Bett, und du kannst mit Daddy an den Strand gehen. Er hat seine Cornflakes fast aufgegessen, schau, Liebling.« Tony rührte sich nicht. »Nicht wahr, Liebster?« Sie gab dem Stuhl ihres Mannes mit ihrem schmalen Fuß einen Stoß.

»Was? Oh. Ja.« Tonys Kopf erschien über der Zeitung, er schaute seine Frau an und tätschelte dann ihre Wade. Er sprang von seinem Stuhl hoch. »Meine Liebste, du bist heute Morgen bildschön«, rief er, breitete weit die Arme aus und zog dann, nach einem kurzen Blick in den Spiegel am oberen Ende der Treppe, seine Krawatte fest. »Du machst mich zum glücklichsten aller Männer.«

»Hör auf zu reden wie in einem Stück«, sagte Cord angewidert, aber ihre Mutter lachte.

»Oh, Ihre Majestät«, sagte sie und stellte ihren Kaffee ab. »Ihr schmeichelt mir, und ich bin Eurer Zuneigung unwürdig.« Sie stand auf, er schlang die Arme um sie, und sie machten ein paar Tanzschritte. Cord sah zu, halb erschrocken, halb hingerissen von ihren Gestalten, die sich in der Dunkelheit der Wohnküche drehten, Mummas leuchtend grüner Morgenrock aus Seide schwenkte hinter ihr her, eine Sekunde nach ihren Schritten.

»Oh, meine Schöne, woll'n wir auf der Veranda ein Tänzchen wagen? Der Mond scheint heut Nacht so silbrig glänzend wie dein schimmerndes Haar.«

»Das hab ich nie verstanden«, sagte Althea, setzte sich wieder und nahm ihren Roman zur Hand. »Er sagt, ihr Haar ist grau, oder? Sehr unhöflich, sie ist erst neunzehn.«

»Na ja, du warst erst neunzehn, als du sie gespielt hast«, sagte er.

»Trotzdem, sie ist keine betagte, alte Tante, will ich damit sagen, Liebling. So, jetzt fort mit euch. Bitte, geh mir mit dieser Krabbe aus den Augen.«

»Jawohl!«, sagte Tony, trank den letzten Schluck Kaffee und verschwand für ein paar Minuten. Als er rasiert und seine Handflächen aufgeregt aneinanderreibend zurückkam, hielt er seiner Tochter die Hand hin, die breit lächelnd vom Fensterplatz kletterte und die Finger ihres Vaters ergriff. So gingen sie los, Tony schüttelte missbilligend den Kopf bei dem leisen Rumpeln der Veranda, als Cord die Stufen hinunterpolterte.

»Da ist irgendwo ein Brett locker«, sagte er, hob sie hoch, wirbelte sie herum, und sie schrie vor Entzücken. »Komm, meine Kleine. Wir machen das Strandhäuschen auf und ziehen unsere Schwimmsachen an.«

So hatte es sich zugetragen. Ihr Vater und sie waren im Meer schwimmen gegangen, trockneten dann schnell in der sengenden Hitze der Vormittagssonne, und Tony erlaubte sich ein Nickerchen – »sag deiner Mutter nichts davon« – auf dem Sessel auf der Veranda, das Gesicht mit einem Taschentuch bedeckt. Cord hatte einen netten Jungen, Tom, zum Spielen gefunden, der eine herzige Promenadenmischung namens Tugie mit flauschigen braunen Ohren hatte. Er grub sich ständig in Löcher ein und musste gerettet werden. Sie bauten eine komplizierte Burg mit einem großen Graben, und sie kümmerte sich nicht um die steigende Flut und die immer noch leblose Krabbe, die sie in einen selbst gebauten Tümpel gesetzt hatte. Sie war ganz in ihre Beschäftigung vertieft und sang leise vor sich hin, als ein Schatten auf sie fiel, und sie schaute auf.

Eine Frau stand vor ihr, die ein kleines Mädchen an der Hand hielt. Das Gesicht des kleinen Mädchens war verweint, und sie schaute störrisch drein.

»Na, guten Morgen. Und wenn ich das so sagen darf, du hast eine wunderschöne Stimme«, sagte die Lady.

Cord kratzte sich verlegen im Gesicht, als hätte man sie bei etwas Ungehörigem erwischt.

»Meine Freundin würde gern mit dir spielen, Cordelia«, fuhr die ältere Frau fort. »Hättest du etwas dagegen?«

Cord starrte das Mädchen an. »Na gut, aber du darfst meine Burg nicht anrühren. Du musst etwas anderes bauen, bitte schön, wenn's geht. Vielen Dank.«

»Ich will gar nicht mit dir spielen«, sagte das Mädchen, und ihr kleines Gesicht verzog sich zu einer wütenden Grimasse. »Ich will alleine spielen.« Aber sie warf einen sehnsüchtigen Blick auf die fabelhafte neue Schippe mit dem Holzgriff.

»Na bitte«, sagte die Lady und lächelte Cord zu. »Ich danke dir, Schätzchen. Sehr lieb von dir. Wie heißt du denn, Kleine?«, fragte sie das andere Mädchen, das sein langes silbriges Haar zu einer Spirale drehte.

»Madeleine«, sagte das Mädchen.

»Wo wohnst du, wo ist deine Mummy und dein Daddy?«

»Meine Mummy ist in der Erde, weil sie tot ist, und mein Daddy schläft noch, und ich hab niemanden zum Spielen. So.«

Sie zeigte auf das große, alte Haus mit Erkern, das hinter dem Bosky stand. Cordelia, die mit sechs Jahren noch nicht so sicher Entfernungen und nachbarschaftliche Beziehungen einschätzen konnte, blickte es an.

»Unser Haus ist dort«, sagte sie und deutete in die Richtung des Bosky. »Das dort ist mein Daddy. Er schläft auch.« Sie schaute das kleine Mädchen an. »Wie alt bist du? *Ich* bin sechs.«

»Ich bin sogar sieben«, antwortete das Mädchen. »Sieben«, wiederholte sie mit Nachdruck und schlenkerte ihr Haar zur Seite.

»Dein Haar ist wie Silber«, sagte Cord überrascht. »Überhaupt nicht grau.«

»Was heißt das?«

»Nichts«, sagte sie. »Es ist komisch, aber ich kann es nicht erklären.«

Die ältere Frau stand groß über ihnen, schaute ihnen zu, und dann kauerte sie sich nieder. Cord hörte, dass ihre Knie knackten und knirschten. Sie war alt, aber nicht so alt wie Bethans Oma vom Dorf, die sich nicht bewegte, nicht einmal, wenn sie etwas sagte, und ein Gesicht hatte wie ein Apfel, der zu lange in der Obstschale gelegen hat, gelb und faltig. Diese alte Lady hatte noch etwas, und ihr gebräuntes, wettergegerbtes Gesicht war wachsam und geistesgegenwärtig. Sie hatte lange, braune Finger und umfasste Cords Schulter. Mit ihrer ziemlich auffälligen, blumengemusterten Hose kniete sie sich auf den Sand. Sie hatte ein spitzes Gesicht, und ihr Haar war kurz und stufig geschnitten. Ihre Augen waren grün und tanzten. Kurzum, sie sah aus wie eine Hexe, aber eine ziemlich nette Hexe. Cord lächelte ihr unwillkürlich zu.

»Wie heißt du?«, fragte sie.

»Ach, ich bin zu alt, um noch einen Namen zu haben«, sagte sie. »Du bist Cordelia, nicht wahr?«

»Ja«, antwortete Cord.

»Kümmere dich um Madeleine, ja?«, sagte die alte Lady. »Sei ihre Freundin, jetzt, da ich euch miteinander bekannt gemacht habe. Sie hat nicht viele Freunde, und sie ist nicht wie du. Bei dir wird schon alles gut laufen, das sehe ich.«

»Ja, also gut«, versprach Cord, verstand aber nicht viel von der ganzen Sache.

»Es war schön, dich zu sehen, Cordelia. Du solltest mehr singen. Sing und sing, bis dir der Hals wehtut, und dann sing weiter. Es ist das einzig Wahre. Vergiss das nicht, einverstanden?«

»Ja.« Cord dachte einen Moment nach. »Wieso weißt du, wer ich bin?«

»Ich weiß schon immer, wer du bist.« Die Frau verschob die Tasche auf ihrer Schulter. »Ihr seid die Wildflowers, und das ist euer Haus, und es ist ein Ort, an dem man glücklich und freundlich sein soll. Vergiss das nicht.«

»Wir sind die Wildflowers«, sagte Cord und nickte zustimmend. »Es ist wirklich unser Haus.«

Und sie schauten sich einen Moment an und verstanden einander vollkommen, obwohl die eine dem Tod nah war und bis zum Ende des Jahres nicht mehr sein würde und die andere in ein paar Stunden die Begegnung schon vergessen haben würde.

»Hör zu, Cord, meine Kleine«, sagte die alte Dame und legte ihre Hand auf Cords Schulter. »Kannst du – wirst du etwas für mich tun?«

Cord zuckte mit der Schulter. »Natürlich.«

»Kannst du deinem Vater dieses Päckchen geben? Es ist für ihn.«

»Dort drüben ist er …« Cord deutete mit dem Finger auf ihn. »Er schläft.«

»Ich weiß, ich hab's gesehen. Ich – ich will ihn nicht aufwecken. Gibst du's ihm also? Es ist sehr wichtig.«

»Was ist es denn?«

»Es ist etwas für das Haus. Sag ihm, dass ich es mitgenommen habe, aber dort gehörte es nicht hin, deshalb habe ich es zurückgebracht. Es soll auf ihn aufpassen. Das habe ich immer gesagt. Also, vergiss es nicht.«

Sie reichte ihr das verschnürte Päckchen, das mit einem Stück Papier umwickelt war.

»Ja klar«, sagte Cord höflich, aber schon ein wenig gelangweilt. »Danke«, fügte sie automatisch hinzu, denn das bewirkte meistens, dass Erwachsene den Mund hielten oder weggingen. »Vielen Dank für das leckere ... Danke.«

Die alte Dame lachte glucksend vor sich hin, stemmte sich dann hoch und schüttelte den Sand von ihrer weiten Hose. »Danke, liebe Cord. Jetzt gehe ich weg.«

»Wohin gehst du?«

»Ich geh zurück nach Hause. Ich wollte dieses Haus noch ein letztes Mal sehen. Danke noch mal, Liebes. Vergiss es aber nicht, ja?«

Dann ging sie, schritt langsam auf das Strandhäuschen zu, und Cord drehte sich zu dem störrischen kleinen Mädchen neben ihr um; plötzlich fühlte sie sich wild und übermütig und absurd glücklich und wusste nicht genau, warum. »Komm«, sagte sie mit einem glucksenden Freudenlaut. »Wir erfinden ein neues Spiel.«

Das schmuddelige Gesicht des Mädchens war misstrauisch. »Ein neues Spiel?«

»Ja«, sagte Cord und klopfte bestimmt auf das kleine, schwere Päckchen auf ihrem Schoß. »Wir nennen es ... Hmm ... Wir nennen es *Blumen und Steine*. Ja, und wir bekommen Punkte für verschiedene Blumen und Steine. Kannst du schreiben? Sorry – wie heißt du noch mal?«

»Madeleine.« Das Mädchen schüttelte den Kopf. »Ich kann Wörter so buchstabieren, aber ich schreibe sie nicht gern. Und ich mag es auch überhaupt nicht, schreiben zu üben.«

»Dann kannst du das Buchstabieren machen.« Cord sprang auf, und das Päckchen der alten Dame fiel von ihrem Schoß auf den Boden, der Bindfaden und das Papier fielen ab, die alte Dame war schon vergessen. »Ach ja, ich muss ihm das geben ... Jetzt gehen wir zum

Strandhäuschen. Komm mit. Ich schreibe die Regeln auf, ich kann drei Dinge wirklich gut: Hula-Hoop, schreiben und Blasen mit Bubblegum machen. Und singen. Diese alte Dame hat recht, ich bin wirklich gut im Singen!«

Sie sahen die alte Dame nicht, als sie auf dem Pfad vom Strand hinaufstieg und auch nicht, dass sie das alte Haus mit einem steifen Winken grüßte, als sie daran vorbeikam. Sie sahen nicht, dass sie behutsam noch einmal die Stufen zur Veranda hinaufstieg und den Mann betrachtete, der dort fest schlafend saß. Und auch nicht, dass sie ihn ganz sanft berührte, die langen, dünnen Finger strichen über seine Stirn, sodass er sich leicht bewegte und die Hand wegstreifte, als sei sie eine Fliege.

Sie sahen nicht ihren gesenkten Kopf, ihren faltigen Mund und wie sie hinter dem Gewimmel von Wildblumen neben dem Haus verschwand und dass die gleichen Hände Greiskraut, Flockenblumen, verdorrte Gräser und Lavendel pflückten. Sie stieg in ein wartendes Taxi und wickelte die Blumen in ihr Taschentuch, während das Auto sie über den holprigen Weg hinunterfuhr, weit weg von ihnen.

Sie war schon eine lange Strecke entfernt, als die Regeln für *Blumen und Steine* schließlich abgeschlossen waren, auf die Rückseite des Stücks Papier gekritzelt, das Cord gefunden und mit einem rostigen Nagel an der Wand des Strandhäuschens befestigt hatte.

Bluhmen und Staine
dass sind die Rägeln

Blauhe Bluhmen: 5 Pungte
Rohte Bluhmen: 8 Pungte
Rosa Bluhmen: 10 Pungte

Goldne/Gelbe Bluhmen: 100 Pungte
Graue Schtaine: 5 Pungte
Gälbe Schtaine: 8 Pungte

Dunkelroote Schtaine: 10 Pungte
Schwarze Schtaine mit Adern: 100 Pungte

Muscheln: Gar kaine Pungte
Man valiert ale Pungte

Den Rest des Vormittags spielten sie *Blumen und Steine*, ein überraschend leichtes und unheimlich lustiges Spiel, bei dem man sich Daddys alten Strohhut aus dem Strandhäuschen über die Augen zog und in die Wildblumenwiese unterhalb des Hauses rannte und so viele Blumen und Steine sammelte, wie man konnte, während die andere bis zehn zählte. In Madeleines Haaren hingen überall Blätter und Blütenblätter, und Cord bekam kaum noch Luft vor Lachen, und erst als Madeleines barscher, schlecht gelaunter Vater erschien, verschwand sie urplötzlich und ging zu ihrem Haus zurück, ohne sich zu verabschieden.

Cord schloss die Tür des Strandhäuschens und ging zum Haus zurück, sehr zufrieden mit sich, aber ziemlich erschöpft. Am Fuß der Treppe zur Veranda sah sie ihren Vater, der sich das Kinn rieb und die Arme mit geballten Fäusten streckte, und sie blieb stehen ... Was war es noch mal, das sie ihm sagen musste? Die alte Dame – diese merkwürdige alte Lady. Sie hatte ihr gesagt, sie solle singen. Und Wildblumen. Sie waren gut.

»Hallo, Cordy, hast du Spaß gehabt am Strand?«

Das Päckchen. Die Figur. Cord stand stocksteif. »Ja – oh, Daddy, warte mal einen Moment.«

Sie bahnte sich durch die Blumen und den Stechginster einen Weg wieder hinunter auf die Strandhäuschen zu, suchte verzweifelt, kroch um das Strandhäuschen herum und versuchte, es ausfindig zu machen. Oje, ojemine, sie würde Ärger bekommen ...

Aber die Figur war unauffindbar, ihre Knie taten weh, ihr Arm schmerzte, wo sie an der Seite des Strandhäuschens entlanggestreift war und nun eine Reihe Spreißel hatte wie Eisensplitter. Sie stand auf und stieß mit dem Zeh an, schrie auf, und gerade als ihr Tränen in die Augen treten wollten, sah sie den kleinen Engel mit den riesigen Schwingen, den großen Vogelaugen und der Eule auf der einen und dem Tannenzapfen auf der anderen Seite. Cord nahm ihn hoch und starrte ihn an. Der Stein war warm, obwohl der Sand unter dem Häuschen kühl war. Sie trug ihn vorsichtig zum Haus.

»Hier, Daddy.« Sie legte ihm den Engel auf den Schoß. Ihr Vater schaute ihn beiläufig an, dann erstarrte er.

»Wo hast du das her?« Eine Ader pochte an seiner gebräunten Wange. Er wandte sich ihr mit großen Augen zu.

»Vom Strand.«

»Wer hat es dir am Strand gegeben?«

»Eine Dame. Kann ich reingehen? Ich hab wirklich Hunger.«

»Cord – meine Kleine?« Er nahm ihre Hände. »Kannst du dich an etwas von der Dame erinnern? Und von diesem Engel? Es ist sehr wichtig.« Er streichelte ihr die Wange.

»Natürlich«, sagte sie und stellte sich gerade aufgerichtet hin. Obwohl ihr Magen knurrte, gab sie ihr Bestes, um ihrem geliebten Daddy zu gefallen. »Eine alte Dame hat ihn mir beim Strandhäuschen gegeben. Ich habe mit dem Mädchen von dem Haus unten am Weg gespielt. Mit dem, dessen Daddy du nicht magst. Sie ist einfach da gewesen. Sie hatte große Füße, und das Muster auf ihrer Hose, das waren Blumen in Braun und Orange und Grün und Gelb – es war eigentlich ganz schön.« Cord kniff die Augen zusammen und versuchte, sich zu erinnern. »Sie sagte, sie wollte dir das geben. Ich habe gesagt, sie sollte es dir selbst geben, und sie sagte, du schläfst, und sie wollte, dass ich es dir gebe. Und etwas über Wildflowers. Sie sagte, das wäre fürs Haus.« Der Duft nach Mürbteigpastete mit Hähnchen zog durch das Küchenfenster heraus, und das Wasser lief ihr im Mund zusammen – wirklich, so hatte also Ben recht mit dem, was er gesagt hatte, und zuvor war das noch nie so gewesen. »Wir haben ein Spiel gespielt ... Daddy, ich habe wirklich großen Hunger. Ist das Mittagessen ...«

»Schätzchen ... Bitte, kannst du es mir zu Ende erzählen?«.

»Auch etwas mit Singen hatte es zu tun. Sie sagte, ich sollte singen und singen, bis mir der Hals wehtut, und dann weitersingen.«

Er umklammerte den Engel so fest, dass seine Hände weiß waren. »Cord – gut gemacht, Kleine. Was noch? Kannst du dich an noch etwas erinnern?«

»Sie sagte, er sollte auf uns aufpassen oder so was.« Cord stand auf einem Fuß. »Daddy – bitte, ich hab so Hunger.«

Daddy lächelte. »Ja natürlich. War da ... sonst noch etwas?«

Cord dachte einen Moment nach. »Na ja, ich versuche, es dir zu sagen. Wir haben ein Spiel erfunden, das heißt *Blumen und Steine*«, sagte sie schließlich, denn das war es, was sie ihm hatte sagen wollen, sie war sicher. »Ich habe die Regeln aufgeschrieben und sie im Strandhäuschen an der Wand aufgehängt. Ich hab sie selbst aufgeschrieben, so wie es geschrieben gehört, und alles. Das wollte ich erzählen. Ich will, dass du kommst und sie dir anschaust.«

Ihr Vater küsste sie sanft auf die Stirn. »Das ist fantastisch, *Blumen und Steine*, aha.«

»Ja.« Cord richtete sich auf. »Vielleicht können wir es nach dem Lunch spielen. Ich habe die Regeln aufgeschrieben. Ich habe sie mit dem Nagel festgemacht«, wiederholte sie, war sich aber nicht ganz sicher, wieso sie das für so wichtig hielt. »Kann ich zu Ben gehen und ihm von dem Spiel erzählen, kann ich?«

Aber ihr Vater hörte nicht richtig zu, er wendete den Engel immer wieder in den Händen. Also rannte Cord, die seiner seltsamen Stimmung schon überdrüssig war, nach drinnen, um Ben zu erzählen, dass sie das fremde Mädchen aus der Nachbarschaft kennengelernt hatte und dass sie eigentlich ganz in Ordnung war und dass sie ein Spiel erfunden hatte und dass Ben davon begeistert sein werde, einfach begeistert, aber sie müsste als Erste drankommen, wenn sie es spielten.

Ihr Vater sah ihr nach, hörte sie die Stufen hinaufpoltern, dass sie knarrten. Er saß auf der Veranda und schaute zu dem Rosenstock hinauf, der sich an der Seite des Hauses hochrankte, und auf die warmen, honigfarbenen Wände aus Holz. Dann betrachtete er wieder den Engel.

»Sie muss es gewesen sein«, sagte er und zog die Ranken des Wilden Weins zur Seite, die sich unter das Dach und an der Dachrinne entlangschlängelten, und er hängte den Engel über der Haustür an den Haken, der nach so vielen Jahren immer noch da war. Er sagte zu niemandem etwas davon, obwohl er sich nach dem Lunch hinlegte und der pfeifende, höllische Bombenlärm laut in seinen Ohren dröhnte, und als er die Augen schloss, sah er nur Gesichter aus der Vergangenheit, und er wusste nicht, wie er sie zurückhalten konnte, wie er die Geräusche zum Schweigen bringen oder die Menschen anhalten konnte, damit sie nicht wegliefen, damit sie nicht gingen, obwohl er aufschrie und sie zu bleiben bat ...

Er begann an diesem Tag, sein langsamer Abstieg, und er kämpfte zwanzig Jahre und mehr dagegen an, versuchte, seinen Vorsprung zu halten, blickte immer über die Schulter zurück nach dem Augenblick, in dem es ihn überwältigen würde, bis es letztendlich passierte. Als er den Engel in Händen hielt an jenem windigen, hellen Vormittag und ihn wieder über dem Hauseingang aufhängte, wusste er, sie musste zu ihm zurückgekehrt sein, dass dies ihre Art war zu sagen, ich lebe noch, mir geht es gut. Er sah dann, dass er hatte, was sie nicht hatte haben können – Sicherheit, Beständigkeit, Erfolg, ein gewisses Maß an geistiger Gesundheit. Er hatte seinen eigenen Kindern eine Kindheit ermöglicht, von der sie beide, er und sie, nur hätten träumen können.

Später, als er sah, wie Cord den im Sonnenlicht blinzelnden Ben zum Strandhäuschen hinunterschleppte, damit sie dieses neue Spiel spielen konnten, und als er ihre Schreie hörte, als sie hilflos im Kreis rannten, blind in die Blumen fielen und vor Lachen kreischten, fand er, dass es ihm an diesem einen Nachmittag zumindest gut ging.

Der Brief, den sie ihm geschrieben hatte, hing im Strandhäuschen, die Seite mit den Worten zur Wand gedreht, während die Regeln des Spiels mit den Jahren immer mehr verblassten. Niemand las ihn, niemand sah, was sie geschrieben hatte, bis viele Jahre später dieses kleine Mädchen und ihr Bruder, jetzt Erwachsene, ihn von der Wand nahmen.

Liebster, mein lieber Ant,
vor Jahren habe ich Dich verlassen. Ich habe den Engel mitgenommen und versprochen, ihn zurückzubringen.
Hier ist er – häng ihn über der Haustür auf an seinem rechtmäßigen Platz. Die Assyrer glaubten, dass wir kleine Figuren um die Schwelle und den Thron herum vergraben sollten, um das Haus zu beschützen, vor dem Bösen zu schützen. Ich sage, hänge ihn hoch hinauf.
Mir tut alles so leid. Ich habe Dinge gestohlen, um an Geld zu kommen. Um zu überleben. Aber den Engel habe ich nicht gestohlen, obwohl Daphne das immer glaubte. Ich habe Dir vor so vielen Jahren damals die Wahrheit gesagt, das heißt, ihn habe ich nun einmal ehrlich gekauft, allerdings kannte ich seinen wirklichen Wert und vermute, wenn Du wüsstest, wie alt und wertvoll er wirklich ist, würdest Du Dich verpflichtet fühlen, ihn dem Museum zurückzugeben, wo er, hinter Glas eingesperrt, den ganzen Tag angeglotzt würde. Nein. Ich will, dass er stattdessen Dich beschützt.
Ich fand ihn in einem Stand am Wegrand auf dem Rückweg von einer Ausgrabungsstätte, gerade bevor ich das Telegramm bekam, das mich zu Dir zurückrief. Ich habe ihn von einem alten Mann gekauft, der eine Eidechse in einem Glas hatte. Er gab mir Granatapfelsaft zu trinken. Er war schon jahrelang in seinem Haus. Seine Söhne waren groß und stark, seine Familie sei sicher, sagte er.
Ich wusste im ersten Moment, als ich ihn sah, dass er alt war – viel älter als Ninive, wahrscheinlich viertausend Jahre alt oder so. Er wäre der größte archäologische Fund meiner Karriere gewesen. Vielleicht hätte man ihn nach mir benannt. Die Wilde-Tafel. Aber ich habe ihn behalten, ich mochte ihn, ich wollte, dass er uns behütet. Und das hat er getan.
Lass diese Kinder frei sein. Lass sie Fehler machen, lass sie sie selbst

sein, versuch nicht, sie zu erziehen, dass sie auf die eine oder andere Weise verbogen werden. Den Wildflowers muss es erlaubt werden, zu wachsen, wie und wo sie wollen. Wenn Du ihnen eine Kindheit voller Liebe und Wärme gibst, dann werden sie überstehen, was immer kommt.

Als ich ging, hatte ich beschlossen, dass ein harter Schnitt besser wäre, und so muss es eben sein. Ich wusste, dass ich Dich mit mir herunterzog, dein Leben mit Lügen erfüllte; ich habe Dich so vermisst, als du ins Internat gingst, es hat mich am Boden zerstört, aber es geschah aus den richtigen Gründen, die gleichen Gründe, aus denen ich Dich verlassen habe. Es ist recht schwer für mich, normal zu sein. Ich bin nicht geeignet für das Familienleben.

Aber ach, Ant, noch einmal mit Dir da draußen zu sitzen. Dir die Sterne zu zeigen, über Julia zu reden und den Krieg und die Hühner und das Fahrrad und den lieben Reverend Goudge und die wilden Blumen und die Zeiten, die wir zusammen erlebten – hätte ich doch nur noch einen einzigen Abend mit Dir haben können … Denn Du warst meine größte Beglückung, mein lieber Junge. In jener schrecklichen Zeit waren wir sicher und glücklich, eine Zeit lang, nicht wahr?

Lieber Junge, versuche glücklich zu sein. Was bleibt, nachdem Du gegangen bist, ist nicht das Streben, sondern die glücklichen Erinnerungen, die Augenblicke des Sonnenscheins, der Wärme und des Gefühls von Sicherheit und Freude in der Gesellschaft eines geliebten Menschen.

Es tut mir leid, lieber Ant. Ich habe Dich sehr geliebt. Du wusstest das, oder? Und für Dich zu sorgen war das größte Privileg meines Lebens.

Häng ihn hoch oben auf.

Deine Dich liebende Großtante

Dinah Alexandra Wilde

Der Steinengel oder die steinerne Göttin, die als Amulett für einen altertümlichen, lange vergessenen König gemacht worden war, wurde von Tony am selben Nachmittag an seinem Platz über der Tür aufgehängt. Dort blieb er vierzig Jahre lang und wurde immer mehr von den wilden Blumen umwachsen, die das Haus überwucherten, bis er an einem Sommertag zu Boden fiel. Jemand hob ihn auf, und so kamen die Ereignisse in Gang, die der Engel brauchte, um endlich nach so vielen Jahren dabei zu helfen, dass das Haus renoviert und seine Familie geheilt wurde.

DANK

Allen bei Headline danke ich dafür, dass ich mich in sicheren Händen wissen darf. Besonderer Dank geht an Sara Adams, Viviane Basset, Katie Brown, Yeti Lambregts, Frances Doyle, Georgina Moore, Becky Bader und vor allem in jeder Hinsicht an Mari Evans, die mir täglich wieder das Gefühl gibt, dass ich als Autorin größtes Glück hatte und deshalb keine Danksagung ausreichend sein kann.

Allen bei Curtis Brown möchte ich meinen Dank abstatten, besonders Lucia Rae, Emma Bailey und Melissa Pimentel, und ein großes Dankeschön an Jonathan Lloyd, der mich ermutigt hat und mir im Anfangsstadium dieses Romans eine enorme Hilfe war.

Danke auch an Mary Nelson für alle Informationen und Ratschläge im Zusammenhang mit Sängern und Gesang, an Simon Mulligan und Nicole Wilson und an Jo Roberts-Miller für ihre Hilfe und Großmütigkeit. Ich mag dich sehr, Jo-Jo. Danke an Rebecca Folland dafür, dass sie das Buch frühzeitig gelesen und mich bestätigt hat. Und ich danke Katie Cousins, dass sie mich zum Studland Beach begleitet hat, unvergessliche Ausflugstage.

All meinen fantastischen Lesern/Leserinnen und Buchbloggern/Buchbloggerinnen, die sich für meine neuesten Bücher eingesetzt und mir berichtet haben, dass sie sie mochten, bin ich überaus dankbar dafür, dass sie so großzügig und liebenswert waren.

Meiner Mum danke ich für ihre Unterstützung und meinem magischen, wunderbaren Dad dafür, dass er in diesem letzten, schrecklichen Jahr mein Held war, und ich danke meiner lieben Schwester Caroline, der dieses Buch gewidmet ist. Und Dank geht an Pret a Manger dafür, dass sie uns verköstigt haben.

Am meisten danke ich meinen beiden lieben Mädchen, Cora und

Martha, weil sie mir die Freude schenken, von der ich nie glaubte, dass sie mir zukommen werde, und schließlich meinem Chris, denn wie sehr auch immer ich mich auf dich stützen mag, du bleibst stark.